Rafael Eigner
Kammerflimmern & Klabusterbeeren

Das Buch

Benny Brandstätter, attraktiver Arzt und Lebemann, versteht nach einer durchzechten Nacht die Welt nicht mehr. Alles deutet darauf hin, dass eine Frau namens Ricky bei ihm übernachtet haben muss – doch wer war die schöne Unbekannte?

Sein zeit- und kräftezehrender Schichtdienst in der Notfallambulanz mit oftmals skurrilen Patienten wird für ihn schlagartig zur Nebensache, als einige Zeit später sein Handy aufleuchtet und er überraschenderweise eine Nachricht von Ricky erhält.

Der Hobbymusiker und die Immobilienmaklerin verfangen sich in einer aufregenden Chataffäre, die Bennys Alltagsleben durcheinanderwirbelt. Doch was passiert, wenn Ricky plötzlich vor ihm steht?

Die Jagd zweier verlorener Seelen nach mehr als einem Chat bringt einige Überraschungen zutage.

Der Autor

Unter dem Pseudonym Rafael Eigner verarbeitet ein Stuttgarter Notarzt seinen skurrilen Alltag als Mediziner und Single im schwäbischen Großstadtdschungel. Mit seinem humorigen Debütroman »Kammerflimmern und Klabusterbeeren« um den sympathisch-chaotischen Benny Brandstätter legt er ein erfrischendes Werk medizinischer Popliteratur vor.

Rafael Eigner

Kammerflimmern und Klabusterbeeren

Roman

Die Erstausgabe erschien 2015 unter dem Titel »Kammerflimmern und Klabusterbeeren« im Selbstverlag.

Veröffentlicht bei
Tinte & Feder, Amazon Media EU S.à r.l.
5 Rue Plaetis, L-2338 Luxembourg
August 2016
Copyright © der Originalausgabe 2015
By Rafael Eigner
All rights reserved.

Umschlaggestaltung: semper smile, Mümchen, www.sempersmile.de
Umschlagmotiv: © Alexandru-Radu Borzea /Shutterstock; © KoQ Creative /Shutterstock; © Hein Nouwens /Shutterstock; © Yustus /Shutterstock
Lektorat: Rainer Schöttle
Satz: Dr. Rainer Schöttle Verlagsservice, www.schoettle-lektorat.de
Printed in Germany
By Amazon Distribution GmbH
Amazonstraße 1
04347 Leipzig, Germany

ISBN: 978-1-503-93990-5

www.amazon.de/tinteundfeder

Für das kleine, manchmal ganz große
schwäbische Scheißerchen –
weltbeste Muse, grandiose Inspiration,
eloquenter nächtlicher Weltschmerzteiler, versierter Zweifler,
zuverlässiger Verdrussumkehrer und großer
Lächeln-ins-Gesicht-Zauberer.
Wir haben uns nicht gesucht, aber trotzdem gefunden.

Wunderlichstes Buch der Bücher
Ist das Buch der Liebe;
Aufmerksam hab ich's gelesen:
Wenig Blätter Freuden,
Ganze Hefte Leiden;
Einen Abschnitt macht die Trennung.
Wiedersehn! ein klein Kapitel,
Fragmentarisch. Bände Kummers‹
Mit Erklärungen verlängert,
Endlos, ohne Maß.
O Nisami! – doch am Ende
Hast den rechten Weg gefunden;
Unauflösliches, wer löst es?
Liebende, sich wieder findend.

Johann Wolfgang von Goethe,
Westöstlicher Diwan

»Seien Sie vorsichtig mit Gesundheitsbüchern –
Sie könnten an einem Druckfehler sterben.«

Mark Twain

Januar

Nahtkunst & Notaufnahme

Velasquez, mein edler, reinrassiger Andalusierhengst, tänzelte unruhig, als wir der lebhaften Gruppe Kinder begegneten, die fröhlich plaudernd auf dem Weg zur Schule waren. Diese Schule hatten meine Vorfahren vor Generationen auf unseren Ländereien für die Kinder der Landarbeiter und Domestiken errichtet, und ich hatte sie erst im letzten Jahr mit Bildschirmarbeitsplätzen und *Playstations* für alle aufgerüstet. Einige dieser Kinder besaßen eindeutig meine glutvollen Augen unter markanten, männlichen Augenbrauen, ein verräterisches Grübchen zierte ihr Kinn. Bestand ich auch nicht mehr wie meine Vorväter auf das *Recht der Ersten Nacht*, so öffneten sich dennoch die Herzen und Schöße der jungen Frauen; die Damen erlagen meinem blendenden Lächeln und meinem unwiderstehlichen Charme. Dank ausgezeichneter Gene machten sich keinerlei Zeichen von Inzucht bemerkbar.

Üblicherweise begleitete mich meine bezaubernde Gemahlin auf ihrem edlen Wallach bei diesem täglichen Ritual in den frühen Morgenstunden. In den letzten Wochen aber, die sie mit meinem ersten legitimen Sohn schwanger war, ritt ich alleine durch die ertragreichen Weinberge, die sich hinter dem Anwesen an den Südhängen erstreckten und die jeden Herbst einen schweren, samtenen Rotwein hervorbrachten. Weiter ging es durch die uralten Olivenhaine mit den bleigrauen, gewundenen Stämmen und zurück durch die süß duftenden Orangen- und Zitronenplantagen. Die Landarbeiter grüßten freundlich und zogen ihre breitkrempigen Strohhüte respektvoll vor mir.

Ich war von frühester Kindheit an in die Rolle des Padrone hineingewachsen, war doch mein Vater wenige Tage vor meiner Geburt von seiner letzten Exkursion durch Indien, wo er nach noch unentdeckten Heilpflanzen suchte, nicht mehr zurückgekehrt. Man vermutet, er sei einem Tiger zum Opfer gefallen, als er Jagd auf diesen machte, um das kleine Dorf, das an das Revier des Tigers angrenzte, und in dem die menschenfressende Bestie nächtens ihr Unwesen trieb, zu beschützen. Die Leiche von *El Dottore Jorge* wurde nie gefunden. Alle, die diesen mutigen Mann gekannt hatten, wussten, dass er ein grausames Ende im stolzen Zweikampf mit dem unberechenbaren Gegner gefunden haben musste. Meine Mutter, die tapfere Seele, hatte trotz dieses schweren Verlustes nie den Mut und ihr unverzagtes Lächeln verloren und widmete sich fortan ganz der Erziehung ihres einzigen Sohnes, der ein Ebenbild seines Vaters war.

Eben dieser Sohn lenkte Velasquez, den er zu Zuchtzwecken erworben hatte, und der sich von niemand anderem als ihm reiten ließ, durch den Torbogen in das Innere des herrschaftlichen Gutshofes. Das Hufgeklapper hallte an den hohen Wänden des alten Sandsteingemäuers wieder. Flink eilte der bucklige Tomaso, einer der Stallburschen, herbei und nahm mir meinen rassigen Hengst ab. Wiegenden Schrittes ging ich, in hohen Reitstiefeln und engen Reithosen, die meine schlanken Hüften und den wohlgeformten Hintern betonten, durch einen anderen Torbogen hinaus auf die weitläufige Terrasse, die einen einzigartigen Blick auf die Morgensonne und das offene, weite Meer erlaubte. Mein stolzer Zweimaster, die Nirwana, dümpelte im Hafen zwischen den Fischerbooten. Die Fischer waren gerade dabei, den reichen Fang der vergangenen Nacht auszuladen. Die besten Stücke würden in der Küche landen, wo Rosalie, die beleibte Köchin, daraus köstliche Mahlzeiten für uns bereiten würde.

Am Frühstückstisch, den wie immer Consuela, die schon meiner seligen Mutter zu Diensten gewesen war, reichlich mit allerhand Köstlichkeiten gedeckt hatte, saß meine wunderschöne junge Frau, deren Name mir gerade nicht einfiel, der aber so ähnlich klang wie Rihanna. Unser fünfjähriges Töchterchen Marie-Claire schmiegte sich in ihren Schoß. Die beiden Jagdhunde lagen friedlich dösend auf den Steinplatten. Mit ihren rosigen Wangen und ihrem von der Schwangerschaft gewölbten Leib sah meine Geliebte aus wie das blühende Leben. Ihr volles, langes Haar glänzte rotgolden in der Sonne. Trotz der besonderen Umstände verlangte sie täglich zweimal nach meinem Körper, und so hatten wir erst heute Morgen vor dem Aufstehen zusammen den Gipfel der Lust erklommen.

Als sie den vertrauten Schritt vernahm, warf sie mir einen liebevollen Blick aus ihren unglaublich grünen Augen, so grün wie die offene See, zu. Marie-Claire, die wir viersprachig erzogen, kam lachend auf mich zu gerannt, ihre goldenen Locken hüpften fröhlich: »Papa, das Baby hat getreten, ich habe es ganz deutlich gespürt!«

Ich nahm meine entzückende Tochter hoch, küsste sie auf ihr Engelshaar, sog ihren einzigartigen Duft ein und trug sie zum Frühstückstisch. Consuela stellte einen frisch bereiteten Latte vor mich hin. Rihanna schnitt mir ein knuspriges Brötchen auf, wie sie dies jeden Morgen seit nunmehr zehn Jahren tat, und legte es auf einen Teller des erlesenen Wedgwood Porzellanservices, welches meine Eltern von Queen Elizabeth II. zu ihrer Hochzeit geschenkt bekommen hatten.

Alles war ganz so, wie ich es mir immer gewünscht hatte – ich würde sogar sagen, wie ich es mir verdient hatte, wären da nicht diese permanenten, quälenden Kopfschmerzen gewesen, die mich meine Augen jäh öffnen ließen. Die Digitalanzeige des Radioweckers auf dem Nachttisch zeigte 15.49 Uhr. Ich schloss die Augen schnell wieder. Zu spät. Rihanna und Marie-Claire waren verschwunden. Stattdessen hatte Bruce Springsteen begonnen, *I'm on Fire* in meinem Kopf zu schmettern, und der legendäre Frachtzug stampfte durch die Mitte meines Hirns. Irgendwie kam der Zug, der sich unerbittlich einen Weg durch meinen Kopf bahnte, ins Schlingern. Ich versuchte, zu schlucken, was sich ohne Speichel als sehr schwierig herausstellte. Perverserweise meldete sich gleichzeitig meine Blase, die übervoll um baldige Entleerung bettelte. Das leise Gluckern der Pumpe des Aquariums, das strategisch günstig vor meinem Bett stand, trug ein Übriges dazu bei, den Harndrang zu verstärken.

Ich öffnete die Augen erneut einen winzigen Spalt. Die Lider schabten trocken über die Hornhäute. Mit etwas Glück, was mich bekanntermaßen mied, würde auf dem Nachttisch eine Flasche Saft stehen, die ich austrinken und anschließend für meine Notdurft missbrauchen konnte. Ich freute mich spontan über meine ungebremste Kreativität, die auch einem brutalen Kater trotzte. Da standen aber nur zwei meiner teuren Whiskybecher, die ich mir zum Auszug meiner Freundin vor einem Jahr zum Trost geleistet hatte. Beide Gläser waren zwar leer, aber zum Hineinpinkeln wirklich zu schade und, dem Druck meiner Blase nach zu urteilen, vom Fassungsvermögen sowieso zu klein ausgelegt. Ich grübelte, wie sie in der Nacht dahingekommen sein mochten und warum es zwei waren. Ich hatte wohl einen klitzekleinen Blackout gehabt. Wunderbar – endlich mal wieder Besuch in meinem trostlosen Schlafzimmer, und ich konnte mich an rein gar nichts erinnern.

Die Rollläden waren nicht unten, nichts Ungewöhnliches, wenn ich nach Feierlichkeiten mit letzter Kraft ins Bett fand. Dank des trüben Januarlichts war ich keinen schädlichen Sonnenstrahlen ausgesetzt. »*Always look on the bright side of life,* Brandstätter«, motivierte ich mich selbst, weil es seit dem Auszug meiner Freundin Yvonne keiner mehr tat, und die hatte mich genau genommen auch eher demotiviert.

Meine Kleider lagen, bis auf das T-Shirt und die Retroshorts, die ich anhatte, sorgfältig zusammengefaltet auf dem alten IKEA-Sessel, den ich von meiner Mutter geerbt hatte, dessen Modellname mir aber entfallen war. Lässigen, Fättigen, Sässällen? Die gefalteten Kleidungsstücke ließen mich stutzig werden, ließ ich doch sonst meine Klamotten da liegen, wo ich sie gerade ausgezogen hatte, was vorwiegend im Wohnzimmer auf der Couch oder im Bad war. Hatte mich der Alkoholmissbrauch schon so weit gebracht, dass ich ordentlich und penibel wurde? Was würde als Nächstes kommen? Würde ich meine Socken und Shirts farblich sortiert in den Schrank legen? Ich werde nie wieder einen Tropfen trinken, schwor ich mir.

Langsam erhärtete sich der Verdacht, dass ich von der spektakulären Geburtstagsfeier eines Kollegen am Abend zuvor nicht alleine nach Hause gegangen war. Ich erinnerte mich an einen Feuerschlucker und meine kurzfristige Überlegung, dieses Kunststück selbst auszuprobieren. Vorsichtig tastete ich die Matratze neben mir ab. Negativ.

Ich rief leise und zögerlich: »Hallo?« Keine Antwort. Ich räusperte mich und probierte mein Glück etwas lauter: »Rihanna? Marie-Claire?« Es waren keinerlei Geräusche durch die offene Schlafzimmertür zu hören. Lediglich das Aquarium vor meinem Bett gluckerte unverdrossen vor sich hin.

Ich schloss die Augen wieder vor der tristen Wirklichkeit, der Tag war sowieso gelaufen. Morgen hatte ich noch frei, ehe ich Montagfrüh meinen allerersten Dienst in der Notaufnahme des St. Margarethen-Krankenhauses, bei Insidern *Margarinenklinik* genannt, antreten musste. Demnach war überhaupt keine Eile geboten. Lediglich mein Flüssigkeitshaushalt machte mir, sowohl was die Zufuhr, als auch was die Abfuhr betraf, nach wie vor zu schaffen.

Ich brauchte dringend ein Mittelchen gegen die einsetzende Übelkeit und die penetranten Kopfschmerzen. Mittlerweile fuhr nicht nur ein Dampfzug mit Pendeltechnik durch mein Hirn – nein, um im Text zu bleiben, es fühlte sich an, als hätte jemand ein Messer genommen und ein tiefes Tal direkt über meiner rechten Augenbraue eingeschnitten. Ich hob die Hand, um die brennende, pochende Stelle mit dem Daumen leicht zu massieren. Beim ersten Kontakt zuckte ich vor Schmerz zusammen und saß senkrecht im Bett, als ich ein störrisches Fadenende berührte, das oberhalb meiner Braue in der Haut steckte. Das Bett schien sich plötzlich unter mir zu drehen. Als es langsam mit dem Unsinn wieder aufhörte, tastete ich äußerst vorsichtig meine rechte Stirnhälfte ab. Meine empfindlichen, erfahrenen Ärztepfötchen ließen sich nicht verarschen. Es handelte sich um eine mehrere Zentimeter lange Wunde, die mit drei Stichen vernäht worden war und die am Tag zuvor meine Stirn noch nicht verziert hatte.

Eigentlich war mir danach, ins Bad zu rennen, um den Schaden zu begutachten, aber schnelle Bewegungen waren momentan nicht angesagt. So schlurfte ich gemessenen Schrittes in Richtung Nasszelle. Im Spiegel begrüßte mich ein unrasierter Mann mittleren Alters, mit blutunterlaufenen Augen und zerknittertem T-Shirt, das besagter Herr erst vor wenigen Tagen bei einem Konzert der *Toten Onkelz,* oder so ähnlich, erworben hatte. Die dunkelbraunen Haare des Spiegelbilds standen wirr in alle Richtungen ab.

Ich stützte mich mit beiden Händen am Waschtisch auf, wo mich der nächste Schock erwartete. Im Becken lag eine gebrauchte Slipeinlage. Ich schloss verzweifelt die Augen. Mir kam ein uralter Witz in den Sinn, in dem ein Typ, der nach einer durchzechten Nacht aufwacht, einen Faden aus seinem Mund hängen sieht und ein Stoßgebet gen Himmel schickt: *Lieber Gott, lass es einen Teebeutel sein!* Ich öffnete erneut die Augen. Beim genaueren Hinsehen fanden sich da nicht nur die blutige Slipeinlage, sondern auch noch die Überreste einer nächtlichen Wundversorgung: Nadelhalter, Nadel mit Fadenrest, Spritze, Lokalanästhetikum und ein ehemals weißes Stofftaschentuch. Letzteres konnte ebenfalls nicht von mir stammen. Ich war der Einmaltyp und das nicht nur bei Taschentüchern. Zu wem gehörten das edle Leinen und die profane Zellstoffeinlage? War etwa Weibsvolk in meiner Wohnung gewesen? Die Indizien wiesen darauf hin.

»Ganz ruhig, Brandstätter«, beruhigte ich mich und rekapitulierte die letzte Nacht. Nach der Geburtstagsfeier eines Chirurgen aus der Klinik hatte ich mich, soweit ich mich erinnern konnte, alleine gegen halb zwei Uhr nachts auf mein Fahrrad geschwungen. Zuvor hatte ich mich mit Henriette, einer OP-Schwester, mit der ich vor Weihnachten eine sehr kurze, aber heftige Affäre gehabt hatte, gestritten und sie dabei unflätig beschimpft. Meine Stirn war zu dem Zeitpunkt noch unbeschädigt gewesen. Definitiv.

Ich lehnte mich übers Waschbecken, um die Wunde im Spiegel aus der Nähe zu bewundern. Eindeutig meine unnachahmlich elegante Knotentechnik. Würde eine interessante, kaum sichtbare Narbe abgeben. »Brandstätter, Rrrespekt, Alter, das hast du wohl im Vollsuff selbst genäht.« Jemand Inkompetenteren als mich an meine hohe Denkerstirn zu lassen, wäre auch ein Ding der Unmöglichkeit, aber bei meinem Promillepegel gestern wohl eher vernünftig gewesen. Nur, wie war ich zu der Verzierung gekommen? Für einen Schnitt waren die Wundränder nicht scharf genug abgegrenzt. Das sah eher nach einer stinknormalen Platzwunde nach einem Aufprall oder einem Schlag aus. Hatte ich mich etwa geprügelt, jemanden im Suff dumm angelabert und dann den Kürzeren gezogen?

Was heißt hier den Kürzeren? Ich hatte keinen Schimmer, wie mein mutmaßlicher Gegner heute früh aussah. Ich neige zwar dazu, unliebsame Frauen kurz vorm Delirium übelst zu beleidigen, aber geprügelt hatte ich mich noch mit keiner. Hatte Henriette mir etwa nachgestellt und mich mit einem gezielten Schlag ihres gefakten Prada-Täschchens vom Fahrrad geholt, mich dann wehrlos nach Hause geschleppt und die Wunde versorgt? Ich hatte die besagte Tasche mal für fünf Minuten tragen müssen, weil Henriette sie auf dem Weihnachtsmarkt nicht mit aufs Klo hatte nehmen wollen. Mit geschätzten sieben Kilogramm Bruttogewicht war das Teil ein perfekter Totschläger. Henriette wäre auch durchaus in der Lage gewesen, eine Wunde, die sie mir zugefügt hatte, im Anschluss zu nähen.

Ich nahm mein Handy, das auf dem Waschtisch lag, schlurfte damit hinüber zur Toilette, nahm stöhnend Platz und ließ der Natur endlich ihren Lauf. Direkt neben dem Töpfchen hatte ich eine meiner Lieblingsweisheiten eingerahmt aufgehängt:

Man sitzt insgesamt viel zu selten am Meer.

Das Telefon war aus und ließ sich auch nicht anschalten.

»Scheißakku!«

Ich konnte mich nicht erinnern, wann ich es zuletzt am Ladegerät hängen gehabt hatte. Ehe ich anhand der Fotos von der Feier meine letzten Stunden mit intakter Stirn rekapitulieren und den Tatverlauf nachstellen konnte, musste der Akku erst aufgeladen werden. Ich hatte auf der Feier nicht nur ordentlich gebechert, sondern auch viele Fotos gemacht, so viel war mir noch in Erinnerung.

Die Küche war meine nächste strategische Station. Ausnahmsweise war sie sehr aufgeräumt, weil ich gehofft hatte, die lässige, alkohollastige Stimmung anlässlich der Party ausnutzen zu können und auszutesten, wie tief die offensichtlich vorhandene Sympathie meiner zukünftigen Kollegin Steffi Fischer für meine Person ging, und um dem kleinen Elvis mal wieder etwas Bewegung zu verschaffen. Mein durchtriebener Plan ließ sich leider nicht umsetzen, weil bereits erwähnte Henriette mit ihrer rachsüchtigen Art denselben vorsätzlich durchkreuzt hatte und mir den ganzen Abend nicht von der Seite gewichen war. Das hatte mich genervt, weil seit Wochen nichts mehr zwischen uns gelaufen war, und ich die Affäre offiziell und mit Nachdruck in der Spätschicht am zweiten Weihnachtsfeiertag für beendet erklärt hatte.

Es stand nur eine einzelne Kaffeetasse mit Löffel in der Spüle. Ich nahm die Tasse hoch und untersuchte sie eingehend. Keine Lippenstiftspuren, aber ich ließ nie den Löffel in der Tasse. Wer war in der Nacht mit mir hier gewesen? Wer hatte in meinem Bettchen geschlafen, aus meinem Becherchen getrunken und, vor allen Dingen, wer hatte ungefragt das letzte Kaffeepad genommen? Dieser Morgen barg mehr Rätsel, als mein verkaterter, gemarterter, noch völlig koffeinfreier Schädel vertragen konnte.

Ich öffnete die Kühlschranktür und nahm einen Schluck aus der Milchpackung. Das heißt, ich setzte für einen Schluck an – heraus kamen nur noch wenige Milliliter Flüssigkeit, die auf meiner staubtrockenen Zunge beim ersten Kontakt verdampften. Die Literpackung Bio-Vollmilch von glücklichen Kühen war gestern Abend noch fast halb voll gewesen. Ich sah ins Fach der Kühlschranktür. Wenigstens das Mineralwasser hatte man mir gelassen. Nachdem ich ein paar kräftige Schlucke genommen hatte, schleppte ich die Flasche ins Bad und wühlte in meiner Medikamentenbox nach etwas gegen die Schmerzen und die Übelkeit. Die Wunde über der Braue tat höllisch weh. Ich fand in der Schachtel lediglich ein paar Tabletten Loperamid gegen Durchfall, die noch von meiner letzten Asienreise stammten, sowie zwei abgelaufene Zäpfchen gegen Scheidenpilz.

»Himmel, Arsch, Yvonne! Hättest du den Scheiß nicht auch mitnehmen können?« Gekonnt schmetterte ich die aluverpackten Torpedos aus dem Handgelenk in eine Umlaufbahn über die Badewanne an die gekachelte Wand.

Jetzt musste ich außer zum Supermarkt auch noch zur Apotheke gehen. Ich ließ mich resigniert auf den eiskalten Fliesenboden sinken und lehnte mich erschöpft an die Badewannenumrandung. Wie kann man heutzutage noch ein Bad ohne Fußbodenheizung planen? Wieder ein Grund, neben dem lächerlichen Minibalkon, der nicht vorhandenen Aussicht und der allseits präsenten Vermieterin, umzuziehen. Dabei war die Wohnung nach über einem Jahr noch nicht mal fertig eingerichtet.

Ich trank den Rest des Wassers und wankte zurück ins Schlafzimmer. Ich durchsuchte das Bett und dessen Umgebung nach gebrauchten Kondomen oder zumindest aufgerissenen Packungen. Es war nichts Verdächtiges zu finden. Das zweite Kopfkissen war benutzt und roch ganz dezent nach Blumen, also nicht nach mir, der ich eher animalische Gerüche auszuströmen pflege. Aktuell war es rolliger Ochsenfrosch mit nassem Otter gekreuzt. Die Reservedecke für Besucher lag unangetastet im Schrank.

Mein armes Hirn schrie förmlich nach einer Tasse Kaffee. Mit etwas Koffein im Blut würde es mir hoffentlich gelingen, meine Gedanken zu sortieren und die Erinnerung an die vergangene Nacht aufzufrischen. Meine Kleider, die ich gestern getragen und die jemand sorgfältig zusammengelegt hatte – ich wusste, ich konnte niemals so hackevoll gewesen sein, dass ich so etwas Reaktionäres getan hätte –, sahen dank der liebevollen Aufbewahrung noch ganz ordentlich aus. Sie rochen zwar nach einer durchfeierten Nacht, aber in der Lokalität, in der ich vorhatte, meinen Erstversorgungskaffee einzunehmen, spielten weder optische noch olfaktorische Belange eine große Rolle.

Das Handy war erst zu wenigen Prozent geladen und noch nicht einsatzfähig. Schweren Herzens ließ ich es am Ladekabel zurück und betrat seit Jahren das erste Mal ohne multimediale Absicherung die böse Welt. So musste sich Clint Eastwood ohne Revolver gefühlt haben, nackt und schutzlos.

Meine dunkelgraue Winterjacke hing im Flur am Garderobenhaken und hatte verdächtige bräunliche, eingetrocknete Flecken auf dem Revers.

»Aha, aha, die Wunde hast du dir wohl draußen geholt, Brandstätter«, schloss ich aus den Blutspuren auf der Jacke.

Der Schlüssel steckte nicht, wie gewohnt, von innen in der verschlossenen Eingangstür, sondern lag neben einem Briefstapel auf dem Schuhschrank. Der oberste Umschlag, eine Rechnung meines Mobilfunkanbieters, war auf der Rückseite mit schwungvoller, mir völlig unbekannter Schrift verziert:

> Hi Benny!
> Sorry, habe den letzten Kaffeepad genommen, aber brauchte dringend Koffein, ehe ich mich auf den Weg machte. Wollte Dich nicht wecken, war froh, als Du endlich schliefst. Gute Besserung!
>
> Lieber Gruß und gute Zeit!
>
> Ricky

> P.S.: Habe angefangen, das Buch auf Deinem Nachttisch zu lesen. Es hat mir sehr gefallen, habe mir deshalb erlaubt, es kurzerhand mitzunehmen. Sorry! Gebe es bei nächster Gelegenheit zurück.

Es bestand kein Zweifel mehr, irgendwann zwischen dem Fahrradabstellplatz vor der Klinik (meine letzte Erinnerung) und meiner Wohnung hatte ich jemand Unbekannten namens Ricky getroffen und ihn/sie mit in meine Wohnung genommen. Hatten wir uns wirklich eine Schlägerei geliefert? Hatte ich mir dabei die Platzwunde zugezogen? Aber warum sollte ich mich erst mit jemandem prügeln und ihn dann mit in die Wohnung nehmen und friedlich neben mir pennen lassen? Die Slipeinlage wies zudem eher auf eine weibliche Begleiterin im gebärfähigen Alter hin. Der Abschiedsbrief klang auch nicht nach vorhergegangener nonverbaler Auseinandersetzung.

Fakt war, dass dieses miese, kleine Dreckschwein als Dank für meine Gastfreundschaft meinen letzten Kaffee und ein noch nicht zu Ende gelesenes Buch geklaut hatte. So was Verwerfliches würde kein Mann einem anderen antun. Von Frauen war man das eher gewohnt. Yvonne hatte vor dem Einzug bei mir gerade mal fünf CDs besessen. Eigentlich waren es meiner Ansicht nach nur zwei CDs gewesen, weil eine von James Blunt war und zwei von *DEM*, dessen Namen ich niemals aussprechen würde, und den Erlösern Mannheims. Yvonne war Monate später mit meiner halben CD-Sammlung ausgezogen, deren Verlust ich nach und nach mit Vinylplatten ausglich, weil die keine Frau klauen würde. Die Mädels von heute besaßen keine Plattenspieler mehr.

Mich überfiel plötzlich ein grausamer Gedanke. Ich ging noch mal in die Küche zurück und warf einen besorgten Blick in die blaue Kaffeedose, auf der Yvonne das *Kaff* mit schwarzem Stift durchgestrichen und ein *T* drübergemalt hatte. Tatsächlich war bis Oktober letzten Jahres Yvonnes stinkende ayurvedische Kräuterteemischung darin gelagert worden; seit ihrem Auszug diente mir das Gefäß zur Aufbewahrung meiner Spezialrauchwaren. Alles war unberührt. Ich schloss die Dose wieder und machte mich auf den Weg in die Welt. Im Flur nahm ich den Umschlag und stopfte ihn in meine Jackentasche.

Ein kurzer, prüfender Blick ins Esszimmer, der nagelneue Laptop lag aufgeklappt schwarzglänzend auf dem Esstisch. Meine drei Gitarren, mein wertvollster Besitz, standen aufrecht und unberührt auf ihren Ständern im Wohnzimmer. Während ich zum Fenster weiterging, zog ich meine Geldbörse aus der Jackentasche. Bargeld und sämtliche Karten waren unangetastet und ein Blick auf die Straße nahm mir die letzten Bedenken, vielleicht ausgeraubt worden zu sein. Mein fünf Jahre alter Golf stand brav am Straßenrand geparkt. Scheiben und Lack intakt, auch keine zerstochenen Reifen. Carolyn konnte es also nicht gewesen sein. Ich hatte jedoch mein Handy noch nicht gecheckt. Eine ganze Nacht und ein halber Tag waren vergangen und ich machte mich auf zahlreiche mündliche und schriftliche Hinterlassenschaften meiner Affäre mit Carolyn Schwindel alias Borderline-Caro gefasst.

First Things First und der Welt die frisch genähte Stirn bieten. Nach einem kurzen Abstecher in die Apotheke um die Ecke und dem erschrockenen Ausruf der Apothekerin mit dem leichten Sprachfehler: »Ja, Herrr Brrrandstätterrr, wollten Sie mit dem Kopf durrrch die Wand in derrr Nacht?«, und meiner genialen Antwort: »Nee, nee, klinischer Selbstversuch, neues innovatives Nahtmaterial«, hatte ich endlich die Drogen, die ich brauchte.

Wenige Minuten später betrat ich mein Stammcafé mit einer ausgefeilterten Version meiner vorhin erfundenen Ausrede. Außer Holger Wernauer, dem Besitzer, und mir war niemand im *FAQ*, das wie das englische *fuck* gesprochen wurde. Eigentlich wollte Holger den Laden ursprünglich so nennen, um ganz Stuttgart ständig den ausgestreckten Mittelfinger vor Augen zu halten, aber dabei hatte die schwäbische Bürokratie nicht mitgespielt. Auch die Erklärung, dass es sich bei *FUCK* um eine Abkürzung handele: *Für unbescholtene christliche Kameraden*, hatte die Herren vom Amt nicht überzeugen können.

»Klinischer Selbstversuch. Darf nicht drüber reden. Hab Stillschweigeerklärung unterschreiben müssen«, verkündete ich, um allen Fragen zuvorzukommen.

An der Bar packte ich jeweils zwei Metamizol gegen die Schmerzen sowie eine Kapsel MCP gegen die Übelkeit aus. Holger stellte mir ungefragt den üblichen Latte vor die Nase und dann abweichend von der Routine ein Glas Wasser. Ich sah ihn verwirrt an.

»Willst du die Tabletten mit dem heißen Kaffee runterschlucken?«, fragte Holger.

»Nö.«

»Na, dann.«

Ein guter Kneipenwirt ist wie eine Mutter, er weiß immer, was du brauchst. Nachdem ich mich pharmazeutisch grundversorgt hatte, packte ich den Umschlag aus der Jackentasche, glättete ihn und schob ihn Holger hin, der sowieso nichts anderes zu tun hatte, als mich zu beobachten.

»Du hast doch mal Psychologie studiert. Ist das eine Männer- oder Frauenschrift?«

»Muss ich erst meine Brille holen, warte.« Holger zog seine Lesehilfe, die ihn plötzlich nicht mehr aussehen ließ wie einen abgetakelten Psychologiestudiumsabbrecher, sondern wie einen versierten Falschgelddrucker, unter dem Tresen hervor und begutachtete den Text fachmännisch.

»Frau, eindeutig. Äußerst kreativ und selbstbewusst. Steht mit beiden Beinen im Leben und hat es zu was gebracht. Kleptoman veranlagt, aber durchaus gebildet.«

»Das erkennst du alles an den paar Zeilen?« Meine Skepsis war mir anzusehen.

»Männer schreiben einfach anders. Die eigenwilligen Buchstaben zeugen von Kreativität und die raumgreifende Schrift von Selbstbewusstsein und Dominanz. Die Wortwahl von Bildung. Hat keine Scheu, Entscheidungen zu treffen, das letzte Kaffeepad zu nehmen und sich ein Buch auszuleihen, ohne zu fragen. Toughes Weib, wenn du mich fragst. Wie sieht sie aus?«

»Wenn ich das wüsste.«

»Muss ich das jetzt verstehen?«

»Nö, ich tu es ja auch nicht.«

»Ah so.«

»Ja, wohl Blackout nach Besäufnis.«

»Und das da?« Er zeigte mit dem Weizenglas, das er gerade trockenrieb, auf meine Wunde.

»Auch keinen Schimmer.«

»Üble Sache, Kollege, üble Sache.«

»Du sagst es, du sagst es.« Ich nahm einen weiteren Schluck Kaffee, verspürte plötzlich Hunger und bestellte mir ein Croissant mit Butter und Erdbeermarmelade.

»Hast du mal einen Blick auf die Uhr geworfen, Kollege? Frühstück is nich mehr. Du kannst ein Baguette mit Salami oder Käse oder eine heiße Wurst mit Senf haben. Etwas Handfestes ist in deinem Fall wohl auch angesagter.«

»Dann zwoi.«

»Was zwo ieh?« Holger war vor dreißig Jahren, der Liebe wegen, aus Duisburg in der schwäbischen Metropole gestrandet, aber die hiesige Sprache beherrschte er immer noch nicht.

»Wurschtweckle.«

Die schwere Eingangstür knarzte. Holgers unbeteiligtem Blick nach zu urteilen, musste gerade ein weiterer Stammgast die aus den Achtzigerjahren übrig gebliebene Mischung aus Barbistrocafé betreten haben. Bei Unbekannten setzte der Wirt eine bedrohliche Miene auf und die steile Falte über der Nase vertiefte sich. Aus dem Augenwinkel sah ich Dobro mitsamt seiner imposanten Rastalockenpracht neben mir Platz nehmen. Der junge Landschaftsgärtner, der im gleichen Mietshaus wie ich das Souterrain bewohnte und ab und zu im *FAQ* Jamsessions mit seinen Gitarrenkünsten aufwertete, klopfte mir nach einem zweiten Blick auf meine Stirn kameradschaftlich auf die Schulter. Den Spitznamen Dobro hatte er seiner Virtuosität auf der gleichnamigen Gitarre zu verdanken.

»Ohauerha, Bunny, wer hat denn dein hübsches Köpfchen so zugerichtet? Bist jetzt nicht mehr der Schönste im Viertel?«

Holger antwortete stellvertretend: »Klinischer Selbstversuch, er darf nicht drüber reden, hat ein Schweigegelübde abgelegt.«

Ich ärgerte mich insgeheim, dass mir die Formulierung nicht selbst eingefallen war.

»Ja, von wegen Schweigegelübde. Hat dich die geile Lady mit dem rhythmischen Schritt so hinterlassen, die heute Morgen so verwuschelt an meinem Schlafzimmerfenster vorbeimarschiert ist?« Er setzte nach: »Ich hatte mal einen Kumpel, der hat sich beim Vögeln an einem Bettrahmen, der aus Vierkantmessing war, so was Ähnliches geholt.«

»Deswegen habe ich ein Bett mit gepolsterter Lederrückenlehne«, erwiderte ich.

»Echt schlau, Alter.«

»Hieß die Frau heute früh Ricky?« fragte ich.

»Bunny, woher soll ich das wissen? Die hatte kein Trikot mit Rückennummer und Namen an. Aber so gegen sechs verließ ein mir unbekanntes weibliches Wesen das Haus. Ungewöhnliche Zeit für Damenbesuch. Bei der alten Winterberg war sie wohl nicht, oder braucht die neuerdings 'nen Pflegedienst in der Früh und ich weiß es nicht?«

»Aha, aha. Warum warst du um die Zeit eigentlich schon wach?«

Dobro und um sechs Uhr früh an einem Samstag mit offenen Augen war eine ungewöhnliche Konstellation.

»Ich sag doch, die Dame ist mit ihren High Heels sehr laut unterwegs gewesen. Toller Takt übrigens. Könnte man ein Lied draus machen.« Er klopfte den Takt auf dem Tresen. »Wo bleibt eigentlich *mein* Kaffee, Olga?«

Dobro war dafür berüchtigt, dass er den Namen eines jeden Menschen, den er schätzte und respektierte, verballhornte. Wehe, er nannte dich beim richtigen Vornamen oder sprach dich gar mit Nachnamen an.

»Ist schon unterwegs, Frederic-Fabian.«

Die Retourkutsche von Holger kam prompt und wurde geflissentlich überhört. Frederic-Fabian Becker passte eher zu einem französischen Tennisspieler als zu einem eingefleischten Anhänger des großen Bob Marley.

»Außerdem hatte sie ihr Statussymbol direkt vor meinem Schlafzimmerfenster geparkt. Nehmen keine Rücksicht auf die werktätige Bevölkerung und deren Schlafbedürfnis, diese neureichen Prolls.«

»Aha, aha. Wie sah sie aus? Was war das für ein Auto?« Plötzlich erschien Dobro als meine einzige Hoffnung, nicht mehr wie ein völliger Depp mit Kopfwunde und Filmriss.

»Ich hab nur die Beine gesehen. Teure Galoschen, wenn du mich fragst. Wildlederstiefel und die Jeans reingestopft. Das Auto war prollschwarz. Metalliclack.«

»Kennzeichen?«

»Alter, ich bin ein subversives Element und kein schwäbischer Rentner, der alle, die ihn im Schlaf stören, aufschreibt und anzeigt. Frag deine Vermieterin, die notiert sich doch jeden fremden Wagen. Außerdem haben sie sich unterhalten.« Dobro grinste in sich hinein. »Designerwildlederstiefel in Taupe talking to Plüschhausschuhen in Pink von Chic&Arm.«

Das Leben im Souterrain hatte wohl besondere Aspekte.

Holger kam meiner nächsten Frage wieder zuvor, ich war eindeutig noch eingeschränkt in meinen Reaktionen: »Taupe? Woher kennst du denn solche Begriffe?«

Dobro sah einen Moment betreten in seine Tasse mit dem doppelten Espresso, ehe er »*Shopping Queen*« murmelte.

»Ja, Scheiße, unser Rastafari, guckt heimlich *Shopping Queen*. Ich fasse es nicht! Das Ende ist nah!« Holger lachte mit bebendem Bauch vor sich hin. »Ist der Kretschmer euer neuer Messias? Vergiss den großen Haile! Worship Guido Maria!«

Wäre ich in normaler Verfassung gewesen, hätte mich diese Tatsache auch sehr amüsiert, aber ich befand mich in investigativer Grundstimmung: »Automarke?«

Dobro sah mich mit hochgezogenen Schultern ratlos an.

»Benny, der guckt *Shopping Queen* und nicht *Auto, Motor, Sport*. Frag ihn lieber, von was für einem Designer die Jeans und die Stiefel waren. Da kann er eher weiterhelfen«, warf Holger ein.

Dobro, der mittlerweile erkannt hatte, dass sein Outing Folgen haben würde, konterte: »War ein flacher Zweitürer mit todschicken Reifen, mehr weiß ich auch nicht. Ich hab in *Shopping Queen* versehentlich mal reingezappt, als ich letzten Monat mit Schweinegrippe im Bett lag. Wenn einer von euch weitererzählt, dass ich *Shopping Queen* geguckt habe …«, er hielt inne, um zu überlegen, was er uns antun könnte, dann fiel ihm ein: »… dann schließt der magische Briefkasten, Bros.«

Der *magische Briefkasten* im Hausflur der Kneipe war Dobros Umschlagplatz für Rauchwaren der besonderen Art, die er mit dem Chef der Gartenbaufirma, in der er arbeitete, in dessen Gewächshaus unter Ausschluss der Öffentlichkeit ganzjährig unter Profibedingungen anbaute. Für Eingeweihte gab es gegen Bargeld und Nachfrage bei Holger an der Theke den Schlüssel zur *Behindertentoilette*, neuerdings *Toilette für besonders Begabte* genannt, nachdem ein politisch überkorrekter Kunde sich über den diskriminierenden Ausdruck beschwert hatte. Man bekam dann tatsächlich den Schlüssel fürs Klo, aber es hing noch ein kleiner Briefkastenschlüssel dran. Selbstbedienung. Noch nie war ich so leicht an mein gelegentliches Einschlafmittelchen gekommen wie zu meinen Zeiten in der Neckarfischerstraße in Stuttgarts Osten.

Die beiden Brötchen schmeckten fade und ich aß sie mehr aus Vernunftgründen denn aus Appetit, bezahlte und machte mich auf den Weg in den Supermarkt um die Ecke. Nicht nur Kaffeepads und Milch waren aus, ich war die ganze Woche noch nicht einkaufen gewesen. Ich nahm mir einen Einkaufswagen und packte erst mal jede Menge Vitamine in Form von Obst und Gemüse hinein. Das pure schlechte Gewissen meinem in den letzten Stunden arg in Mitleidenschaft gezogenen Körper gegenüber, vermutete ich.

Fachmännisch tastete ich eine israelische Avocado nach ihrem Reifegrad ab, als ich hinter mir die schrille Stimme meiner Vermieterin mit ihrem typisch schwäbischem Einschlag hörte: »Ja, guten Tag, der Herr Doktor! Sehr schee, dass se sech so gsund ernährt.«

Jedes Wort wurde mit Druck und Kraft aus diesem schmächtigen Körper herausgepresst. Das funktionierte bei Käthe Winterberg auch morgens, wenn ich um halb sieben zum Dienst fuhr und sie fast immer *zufällig* im Flur traf. Auch auf Kopfschmerzen und Wetterfühligkeit wollte Frau Winterberg keine Rücksicht nehmen und ihre Lautstärke zügeln.

Ich drehte mich mit der Avocado meiner Wahl um und sah das blanke Entsetzen in Frau Winterbergs Mäusegesicht: »Ja, mein Gott, Herr Doktr, was hen Sie triebe?« Beide Hände hatte sie wie zum Schutz vor der nicht vorhandenen Brust gefaltet.

»Ähm, ich bin heute früh auf den glatten Fliesen im Bad ausgerutscht.«

Frau Winterberg, die aussah wie die Unschuld vom Land, aber dank kluger multipler Eheschließungen in Stuttgart vier Miethäuser besaß, bekam sofort den verschlossenen Ausdruck knallharter Miethaie.

»Ja, wellet Sie etwa behaupte, dass i' dafür verantwortlich bin, Herr Doktr?«

»Nein, nein! Alles meine eigene Schuld.«

»Ja so. Des mein i' abr au.« Sie schaltete sofort wieder auf Weichspüler um. »Des tut fei scho arg weh. Hen Sie des richtig versorge lasse, Herr Doktr?«

»Ich, äh, hab das selbst gemacht«, sagte ich nicht ganz ohne Stolz.

»Ja, kennet Sie des, Herr Doktr? I' han immr gmoint, sie send Anäschthologe.«

»Scho.« Wenn ich mit Frau Winterberg sprach, kamen auch bei mir manchmal die schwäbischen Wurzeln zum Vorschein. »Aber das lernt man in der Ausbildung, das Nähen. Das sind Grundkenntnisse.«

»Ja so.« Nach diesem kurzen Zugeständnis schaltete sie stufenlos wieder auf Miethai um: »Sie, wo i' Sie jetzt grad treff, Herr Doktr. I' han ja nix gege nächtliche Damebsuche, wenn sie net überhandnehmen, aber sie waret heut Nacht scho arg laut, als sie die Schtieg nauf send. Wisset sie, ma ka au leise laufe nach Mittrnacht. Und die Dame heut früh hätt ja wirklich net so laut mit ihre Absätz klappre misset.«

»Ähm, haben sie uns gesehen, heute Nacht?«

»Also, Herr Doktr, um zwoi war i' im Bett im Nachtgewand und han versucht zu schlafe, wie sich des für en gute Chrischtemensch ghört«, tadelte sie mich, und ehe ich mich entschuldigen konnte, fuhr sie fort: »Aber heut früh, als i' die Zeitung reigholt ha, da han i's klappre ghört und gsäh, die Dame.«

Gott schütze die neugierigen schwäbischen Rentner.

»Ja, und wie sah die aus?«

»Herr Doktr, i' bitt Sie, Sie misset doch wisse, wie Ihre Liebschafte aussähet.«

Was sollte ich darauf antworten?

Da Frau Winterberg keine Sekunde Schweigen ertrug, plapperte sie weiter: »Obwohl, erscht han i' denkt, die ka omöglich von ihne na komme. War nämlich eine gepflegte, sehr schicke Dame, net so ein junges, flippiges Ding mit omöglicher Haarfarb wie beim letschten Mal.«

»Dame?« Wo lag bei Frau Winterberg der Unterschied zwischen Dame und Ding?

»Ja, richtig. Die hatt au so oin schicke schwarze Schportwage. Mit Lädärsitz.«

»Ledersitze, das konnten Sie erkennen?«

»Scho. I' han sie nämlich agschproche und ihr gsagt, sie mecht doch bitte nägschtes Mal net so laut die Treppe nauf und na laufe. Wege mir ischt es ja net, aber ma muss scho Rücksicht auf die andre Mietr nehmet, wisset Sie, Herr Doktr. Am End kürzet die mir die Miete wege nächtlicher Ruheschtörung!«

Die anderen Mieter waren Dobro sowie ein Sales Consultant, der nie da war und den Dobro deswegen als den *Briefkastenmieter* bezeichnete. So viel zur Fürsorge von Frau Winterberg für ihre Schutzbefohlenen.

»Die war ja an sich sehr eisichtig, Herr Doktr. Hat aber gmoint, so schnell würd sie net wieder in der Gägänd sei. I' wois ja au net, wie Sie die Dame immr behandlet, aber es ischt scho arg auffällig, dass kaum oine zwoi Mol kommt.« Die dünnen Augenbrauen über den braunen Stecknadelnagetieraugen hoben und senkten sich vorwurfsvoll.

»Aha, aha«. Ich musste alles auf eine Karte setzen. »Haben Sie sich zufällig die Autonummer meiner Bekannten …«, ich zögerte kurz, »… gemerkt?« Ich war sicher, sie hatte sie aufgeschrieben samt Kilometerstand und Tankanzeige, aber ich wollte keinen Unmut schüren.

Frau Winterberg zögerte mit der Antwort in gestelztem Hochdeutsch eine Sekunde zu lange. »Nein, Herr Doktr, so eine bin ich nicht. Schönen Tag noch!« Und weg war sie, wohl damit ich nicht sah, wie ihre Nase länger wurde.

Noch ehe ich meine Einkäufe zu Hause auspackte, schaltete ich endlich mein Smartphone an. Die üblichen nächtlichen und täglichen Hasstiraden von Carolyn, die ich ungelesen löschte. Eine Nachricht von der OP-Schwester, die ich heute Nacht vor meinem Absturz und Blackout beschimpft und derentwegen ich die Party vorzeitig verlassen hatte. Sie bot mir großzügig an, meine Entgleisungen zu vergessen und mich am Wochenende mit ihr zu einer friedlichen Aussprache zu treffen, ohne *Verbalinjurien*. Die Verwendung des Fremdwortes ließ mich vermuten, dass sie die Nachricht nicht alleine verfasst hatte. Auch diesen Monolog löschte ich. Die restlichen Nachrichten von Freunden samt Videos und Fotos überflog ich oberflächlich und sah mir die Mediendateien an. Keine davon brachte irgendwie Aufklärung in das Geheimnis der vergangenen Nacht. Auf allen Bildern war meine hohe Denkerstirn unverletzt abgebildet. Kein Foto mit einem unbekannten Gesicht, auf dem *RICKY* stand. Auch kein neuer Kontakt mit diesem Namen in meinem Verzeichnis. Das hatte wiederum nicht viel zu sagen, besaß ich doch die dumme Angewohnheit, die Namen in meinem Adressverzeichnis fantasievoll zu vergeben. So war zum Beispiel besagte OP-Schwester unter *Fette Henne* abgespeichert, mein kleiner Bruder Björn unter *Lillebrör,* meine Mutter unter *Mamabär* und mein Papa unter *Erzeuger.*

Meine Fotodatei enthielt diverse Bilder von der Party gestern Abend. Ich selbst war auf keinem einzigen zu sehen. Bis auf das letzte, ein Selfie von mir mit Henriette friedlich Kopf an Kopf, blöd in die Kamera grinsend. Ehe wir uns in die Haare gerieten, sah es eher so aus, als würden wir die Nacht zusammen verbringen, was in dem Moment der Aufnahme gar nicht so abwegig erschienen war. Hätte die Dame im Suff nur nicht damit angefangen, dass sie lieber endlich mal mit zu mir kommen wolle, als mich schon wieder mit zu sich zu nehmen, wo ich mich, nach ihren Worten, ›bloß wieder direkt nach dem Sex verpissen würde‹. Das war zwar reichlich vulgär ausgedrückt, traf den Nagel aber auf den Kopf. Leider war es genau das, was ich wollte, nämlich nach dem Beischlaf mit Henriette in meiner sicheren Höhle Zuflucht suchen. Henriette war eher nach gemeinsamem Frühstück mit mir. Klassischer Interessenkonflikt, über den ein Streit entbrannte. Ich war so unvorsichtig, Henriette zu erklären, dass sich ihr Name eher auf *die Fette* reimte als auf *die Nette.* Was von den realen Voraussetzungen her, nüchtern betrachtet, nicht ganz stimmte: Henriette war eine nette Mittdreißigerin mit Idealgewicht und Traumbusen, aber ihr Kopf und meiner waren nicht kompatibel. Sie bezeichnete mich darauf als *chovistisches Schwein* und forderte mich auf, es mir doch in Zukunft selbst zu machen.

Ich fühlte mich in meinem männlichen Stolz verletzt und antwortete: »Das heißt chauvinistisch, du blöde Kuh! Und ich kann ES eh besser als du!« Da ich eindeutig der Klügere war, gab ich nach, schnappte mein Fahrrad und verließ den Schauplatz als gefühlter Sieger.

Mein Fahrrad! Wo war mein treues Fahrrad geblieben, das mich durch mein ganzes Studium zur Uni getragen hatte? Autos wechselte der Herr Dr. Brandstätter, ohne mit der Wimper zu zucken, aber ein gutes Fahrrad war ein Begleiter fürs Leben. Normalerweise stellte ich es im breiten Flur ab, der zur Kellertreppe führte. Hierfür hatte ich die ausdrückliche Sondererlaubnis von Frau Winterberg: »Ausnahmsweise, weil Sie sonscht so ein ahgnähmr Mietr send, Herr Doktr, könnet Sie es da hanne naschtelle.« Ich konnte mich nicht erinnern, es vorhin gesehen zu haben. Tatsächlich stand es weder an seinem gewohnten Platz noch irgendwo auf dem Grundstück des Mietshauses. Ricky konnte es nicht geklaut haben, die war laut Zeugenaussagen mit Sportwagen unterwegs gewesen und sicher nicht an einem Mountainbike interessiert, das vor der Jahrtausendwende produziert worden war.

Innerlich fluchend trat ich wütend an einen der heiligen meterhohen Buchsbaumbüsche von Frau Winterberg, die den Weg von der Straße zum Hauseingang säumten, und zuckte zusammen, als die Haustür aufging. Ich vermutete Frau Winterberg mit der speziellen Buchsbaumschere in der Hand, die sie gezückt hatte, um ihre Lieblinge gegen Vandalismus zu verteidigen. Es kam aber nur Dobro aus der Tür – trotz der Kälte ohne Jacke in khakifarbenen Cargohosen aus schwerem Baumwolldrillich, tomatenrotem T-Shirt und mit grasgrüner Strickmütze. Immer wenn ich Dobros Farbzusammenstellung sah, machte ich mir ernsthaft Gedanken darüber, ob Kiffen Farbenblindheit verursachen konnte.

»Und, Bunny, Glück gehabt und die Alte gefunden?«, sprach er mich an, beide Hände in den weiten Hosentaschen vergraben.

»Nee, alles immer noch sehr mysteriös, und jetzt ist auch noch mein Fahrrad verschwunden.«

»Geklaut?«

»Eher irgendwo unterwegs stehen gelassen und gegen eine Frau mit Sportwagen eingetauscht.«

»Kluge Entscheidung, Alter, hätte ich auch gemacht.« Dobro zog eine Packung Zigaretten samt Feuerzeug aus der Hosentasche und bot mir eine davon an. Als ich dankend ablehnte, steckte er sich eine an, nahm einen tiefen Zug und meinte, eine Rauchwolke vor sich: »Komm, wir suchen das Teil. Hab eh nix anderes vor.«

Ich sah auf die Uhr. Mittlerweile war es halb acht, stockdunkel, überdies sah der Himmel verdächtig nach Schnee aus. »Willst du ganz Stuttgart nach meinem Fahrrad absuchen?«, fragte ich ärgerlich, genervt von der Gesamtsituation.

»Woah, Bunny, bist geladen?« Dobro nahm einen letzten Zug, lächelte mich mit zusammengekniffenen Augen an und tat dann das Unverzeihliche: Er schnippte die filterlose Kippe in die heiligen Büsche von Frau Winterberg.

»Wenn das deine Vermieterin sieht, hast du eine Klage als Pflanzenschänder am Hals«, warnte ich ihn.

»Ach was, das mache ich schon seit Jahren. Was meinst du, warum die Dinger so gut gedeihen?«

»Du bist der mit dem grünen Daumen.« Ich zuckte mit den Schultern.

»Melde das Teil halt morgen als gestohlen und kassier die Kohle von der Versicherung.«

»Das Fahrrad ist nicht versichert.«

Dobro klapperte mit seinem Schlüsselbund. »Dann mal auf ins Beetmobil.«

Womit er seinen Pick-up meinte, der von innen noch ungepflegter als von außen war und nach dem besten Dope diesseits des Hindukusch roch.

»Hast du noch was von dem Zeug, nach dem es hier so duftet?«

»Nicht im Auto, Alter. Nie im Auto! Kann mir nicht leisten, meinen Führerschein zu riskieren.«

»Woher kommt der verdächtige Geruch dann?«

Er zeigte auf ein selbst gebasteltes Duftbäumchen in Form eines Hanfblattes, das am Rückspiegel baumelte: »Spezialanfertigung, um die Bullen zu verwirren. Das ist immer ein Riesenspaß bei Verkehrskontrollen. Hat mich Monate Forschungsarbeit gekostet, das zu entwickeln. Ist aber jede Minute wert. Werde demnächst mal versuchen, die Dinger auf den Markt zu bringen. Was meinst, Bunny, kann man fünf Euro dafür verlangen?«

Dobro war mit seinen auffälligen Dreadlocks, die er allem Klischee nach wirklich oft unter einer Häkelkappe mit den Nationalfarben Jamaikas versteckte, und dem Pick-up, der fast immer irgendwelche Gartenwerkzeuge und Plastikeimer mit mysteriösem Inhalt auf der Ladefläche hatte, ein gefundenes Fressen für jede anständige schwäbische Verkehrskontrolle.

»Wenn du eine Doppelpackung machst, sind fünf Euro okay. Kann ich auch eines haben?«

»Klar kannst du das. Ist 'ne gute Werbung, wenn ein richtiger Arzt damit herumfährt.« Er dachte kurz nach: »*Dr. Dobros Dopeblättchen*. Klingt doch abgefahren, was?« Er startete den Motor und sah mich fragend an: »Wohin des Weges?«

»Ich denke, wir fahren die Strecke von heute Nacht in umgekehrter Richtung ab.«

»Dein Wille ist mein Weg.«

Dobro hatte sein ganzes Leben damit verbracht, sämtliche Gesetze, die der deutsche Staat und benachbarte Grenzstaaten sich so ausgedacht hatten, zu umgehen, aber wegen Geschwindigkeitsüberschreitung würde er nie belangt werden können. Er fuhr bedächtig und im Schneckentempo, wie ein Rentner kurz vor der Demenz.

Ich sah ihn von der Seite an. »Wann hast du eigentlich Geburtstag?«

»Erster Mai. Tag der Arbeit. Witzig, was?«

»Ironie des Schicksals«, antwortete ich lakonisch. Obwohl Dobro sein Gärtnerjob Spaß machte, wusste ich, dass er eigentlich davon träumte, mit seiner Gitarre an einem südlichen Strand zu sitzen, ein helles Blondes in der Hand, eine helle Blonde im Arm, und der Sonne tatenlos beim Auf- und Untergehen zuzusehen.

»Warum willst das wissen?«

Er bog gnadenlos langsam um die nächste Ecke. Ich sah auf den Tacho. Dreißig Stundenkilometer, wo eigentlich fünfzig erlaubt waren. Selbst mein zahmer Golf und ich hätten die Kurve mit der doppelten Geschwindigkeit genommen.

»Wegen deines Geschenks. Damit ich es rechtzeitig fertig habe.«

»Echt, willst mir was basteln?«

»Häkeln.«

»Jo, Bunny, aber von diesen Häkelmützen habe ich echt schon genug. Die Weiber finden es alle spaßig, mir so ein Teil zu werkeln. Und immer in den gleichen Farben. Nach der fünften findest du das weder originell noch süß.«

Er lenkte die Karre auf eine breite Linksabbiegerspur und drosselte deswegen das Tempo auf fünfzehn Stundenkilometer.

»Nee, hab da eher an eine Klorollenabdeckung für die Hutablage gedacht.«

Dobro musste anhalten und dem Gegenverkehr die Vorfahrt lassen. »Versteh ich jetzt nicht, echt.«

Dobro hatte keinerlei Sinn für Ironie und Sarkasmus; er würde die Geschichte mit der Häkelklorolle auch nicht kapieren, wenn ich sie ihm lang und breit erklärte. Aber ich war in Fahrt und hatte Rückenwind.

»Oder willst du lieber einen Wackeldackel für die Hutablage?«

»Ich hab doch keine Hutablage. Aber den könnte ich aufs Armaturenbrett stellen.« Er bog im Schritttempo ab. Gerade, als ich überlegte, ob ich nicht lieber aussteigen und nebenher laufen sollte, sah ich mein Fahrrad mit dem auffälligen grünen Streifen aus Isolierband um den Lenker an eine Straßenlaterne vor einer Gemüsehandlung gekettet stehen.

»Stopp, da drüben vorm *ALI's*, das ist es.«

Dobro brachte den Pick-up mit quietschenden Bremsen zum Stehen und ich wunderte mich, wie man bei einer Durchschnittsgeschwindigkeit von fünf Kilometern pro Stunde die Bremsen zum Quietschen bringen konnte.

»Hat die Karre einen Bremskraftverstärker?«, fragte ich provokant.

»Wie sieht so was aus?«

»Sind zwei Enterhaken, die im Notfall aus der hinteren Stoßstange fallen und sich im Asphalt festhaken.«

Langsam drehte sich der Kopf mit der kiloschweren Haarpracht unter der albernen Mütze zu mir um: »Du verarschst mich doch, Alter.«

»Sorry, Scherz! Ist in echt so ein kleiner Fallschirm, der hinten aus dem Auspuffrohr kommt und bremsen hilft.«

»Ich weiß nicht, das ist ein französisches Auto …« Dobro ließ das Ende des Satzes und des Gedankenganges offen.

»Na, dann ist der Fallschirm blau, weiß, rot. Trikolore, woisch?«

Dobro sah mich immer noch misstrauisch von der Seite an, entgegnete aber nichts.

Mein Fahrrad war unverletzt, selbst der kleine abnehmbare Bordcomputer, den ich sonst immer abmontierte, wenn ich das Fahrrad in der Öffentlichkeit abstellte, war nicht geklaut worden. Als ich die schwere Kette aufschloss, kam der Händler mit Migrationshintergrund vor die Tür.

»Isch des deines?«, fragte er in breitestem Schwäbisch, die Arme über dem mächtigen Bauch gefaltet.

»Jupp.« Zur Verstärkung meiner Worte zeigte ich die lose Kette und den passenden Schlüssel.

»Da wollte sich heut früh nämlich scho zwoi junge Kerl dra z'schaffe mache. Alles abschraube. Abr net beim Ali vorm Gschäft, des sag i' dir.«

»Echt? Ich habe mich schon gewundert, dass nichts geklaut wurde.« Ich reichte dem Gemüsemann die Hand. »Danke.«

Er packte schmerzhaft mit seiner fleischigen Hand zu. »Mir müsset doch zammhalte«, bemerkte er.

»Ebbe!« Ich lachte und korrigierte seinen Irrtum nicht. Wegen meines Aussehens hielten mich viele für einen Südländer, was ich weder mütterlicher- noch väterlicherseits war. Alter schlesischer Landadel auf der Seite meines Papas und auf Seiten der Mama noch ältere schwäbische Bäckerfamilie. Außerdem konnte Ali es dem Fahrrad unmöglich angesehen haben, welcher Nationalität sein Besitzer war.

Ich packte das Rad auf die Ladefläche des Pick-ups. Mit Fracht schien Dobro noch langsamer und vorsichtiger zu fahren. Ich nutzte die Zeit für ein kurzes Nickerchen und wachte erst bei Dobros Gewaltbremsung vorm Haus auf. Es schleuderte mich regelrecht in den Sicherheitsgurt. Hätte die betagte Karre Airbags gehabt, wären die sicherlich ausgelöst worden. Ich sah Dobro verwirrt an.

Der sah prüfend in den Rückspiegel. »Da sind keine Bremskraftverstärker, Alter«, meinte er ratlos.

Ich fragte mich, ob Stuttgarts Antwort auf Bob Marley schon immer so gewesen war oder ob Kiffen doch so viele Gehirnzellen nachhaltig zerstörte.

Dobro wollte nach unserer Aktion noch ins *FAQ*. Ich war noch bedient vom gestrigen Abend und gönnte mir eine Auszeit auf der Couch. Nach wenigen Minuten schlief ich bei einem Dokumentarfilm über Freddie Mercury ein und wachte erst Stunden später wieder auf. Ich machte den Fernseher aus, zog im Gehen Hosen, Sweatshirt und Socken aus und ließ mich ungewaschen ins Bett plumpsen. Ich schlief innerhalb von Sekunden wie ausgeknipst ein und öffnete erst Sonntagfrüh nach zehn wieder die Augen.

Den Sonntag verbrachte ich mit Recherchen und rief so ziemlich jeden an, dessen Telefonnummer ich gespeichert hatte, und der auf der Party am Freitagabend gewesen war. Keiner konnte mir was Hilfreiches sagen. Niemand kannte jemanden, der Ricky hieß, bis auf meinen Kollegen Thorsten Zuber, der mit einem Ricky, der eigentlich Richard hieß, zusammen studiert hatte. Aber der war vor fünf Jahren mit seiner Frau nach Australien gezogen.

Am späten Abend packte ich meine Akustikgitarre, stimmte sie, klimperte ein wenig darauf herum und ging dann hinunter ins *FAQ,* wo Dobro bereits mit einem anderen Gitarristen einen Bluesstandard spielte. Sie notierten mein Eintreffen mit einem kurzen Kopfnicken, ohne ihr Spiel zu unterbrechen. Als ich mich zu ihnen auf die kleine Bühne gesetzt hatte, wechselte Dobro zu den Anfangsakkorden des *Walking Blues,* den ich von Clapton kannte. Der zweite Gitarrist hörte kurz zu und setzte dann mit seinem Spiel ein. Instrumental hätten sie mich nicht gebraucht, ich war nicht der beste Gitarrero und klimperte mit mehr Leidenschaft als Können. Dafür war ich ein guter Sänger und die waren nicht so dicht gesät, weshalb ich auf jeder Session immer willkommen war.

Ich begann »*I woke up this morning, feelin' round for my shoes* ...« Im Publikum rief jemand laut und melodisch: »*Yeah!*« Ich legte mich richtig ins Zeug und sang, bis die Platzwunde an meiner Stirn wieder übel schmerzte. Eigentlich hatte ich meine Emotionen immer sehr gut, wahrscheinlich zu gut, unter Kontrolle, aber wenn ich sang, lagen meine Gefühle so dicht unter der Oberfläche, dass ich sie nicht mehr verbergen konnte und auch nicht wollte. Wenn Benny Brandstätter sang, war er unverstellt, offen und verletzlich.

Sonntagabend war im *FAQ* »Unplugged Jamsession«, und in der Regel fanden sich recht viele Musiker ein. Da es draußen heftig zu schneien begonnen hatte, waren wir drei an diesem Abend die Einzigen, die vor den wenigen Gästen spielten.

Während der ersten Pause stellte sich der andere Gitarrist vor: »Rainer Langmuth«. Dobro hatte eine Bekannte an einem der Tische ausgemacht und verzog sich in der Pause dorthin.

Ich bestellte bei Holger einen *Shirley Temple* und erntete von Rainer einen verwunderten Blick: »Ich wusste gar nicht, dass es in einer Beize so ausgefallene Cocktails gibt.«

»Gibt es auch nicht, Kollege«, mischte sich Holger ein und stellte eine Flasche mit alkoholfreiem Pils vor mich hin. »Ich will nur nicht, dass es sich rumspricht, dass ich alkoholfreies Bier ausschenke. Mache ich nur auf besonderen Wunsch dieses Herren da.« Er nickte in meine Richtung.

»Ich muss manchmal frühmorgens sehr nüchtern an meinem Arbeitsplatz erscheinen«, entschuldigte ich mich.

Beim gemeinsamen Bier stellte sich heraus, dass Rainer Urologe war und in der gleichen Klinik wie mein kleiner Bruder Björn arbeitete. Die Landeshauptstadt war ein Dorf.

Wir beschlossen den Abend mit einem richtigen Claptontitel. Nach *Tears in Heaven* waren alle in der Stimmung, nach Hause zu gehen. Wir packten unsere Instrumente ein. Ich lief zusammen mit Dobro die paar Schritte durch die dünne Schneedecke zu unserem Haus. Es hatte aufgehört zu schneien. Die winterliche Stadt roch wunderbar frisch und unverbraucht.

»Kommst noch was rauchen?«, fragte mich Dobro im Hausflur.

Nervös schielte ich zur Wohnungstür von Frau Winterberg, die sicherlich nicht erbaut gewesen wäre, hätte sie gehört, dass ihre Mieter in den Nichtraucherwohnungen illegale Drogen pafften. Aber unsere Vermieterin schien entweder fest zu schlafen oder *Volksmusik der Heimatmenschen* oder ähnlichen Rentnerjunk in der Glotze zu konsumieren.

»Nee, danke, ich habe morgen früh meinen ersten Tag in der Notaufnahme. Den will ich mit klarem Kopf und ausgeschlafen antreten.«

»Klar, Alter, verstehe ich doch«, meinte Dobro und verzog sich ins Souterrain.

An diesem Abend duschte ich, putzte meine Zähne und ging mit frischen Kleidern ins Bett. An Ricky und die vergessene Nacht erinnerte nur noch die perfekt vernähte Wunde über dem Auge.

Der Wecker spielte *Saddle Up*, eine schnelle Nummer aus den Achtzigern aus der Kategorie One Hit Wonder. Blödes Lied, aber wunderbar zum Wachwerden. »*Saddle up and ride your pony, sit around and you'll be lonely ...*«, trällerte ich, während ich mir eine der wöchentlichen Rasuren gönnte.

Ich betrachtete mich im Spiegel. »Sehr gut, Brandstätter«, lobte ich mich selbst. »Keine Augenringe, Teint klar und unauffällig«, ich zog die Lippen zurück, »Top-Gebiss!« Selbst meine leicht angegrauten Schläfen schienen an diesem Morgen eher Seriosität als beginnende Senilität auszustrahlen. Während der zehnminütigen Busfahrt überlegte ich mir eine passende Geschichte für meine Kopfwunde.

Das war zwar mein erster Arbeitstag in der Notaufnahme der Margarinenklinik, aber da ich zuvor bereits über drei Jahre im OP als Anästhesist tätig gewesen war, waren mir der Betrieb und viele Gesichter nicht ganz unbekannt. Vor dem Wechsel hatte ich mir eine Woche Urlaub gegönnt, den ich größtenteils mit mir und einem guten Buch auf der heimatlichen Couch verbracht hatte. Deswegen war ich trotz des Quartalsbesäufnisses und dem Absturz Freitagnacht relativ fit und ausgeschlafen und stellte mich gut gelaunt an der Stationszentrale, die gleichzeitig die Anmeldung der Notaufnahme beherbergte, vor. Es begrüßte mich eine dunkelhaarige Schönheit mit orientalischen Zügen, die es schaffte, selbst in der sackartigen, weißen Dienstkleidung sexy auszusehen. Sie sah mich mit herausforderndem Blick an.

»Benny Brandstätter. Ich bin der Neue«, sagte ich innovativ.

Woraufhin sie die Glastür in den Innenbereich per Drücker öffnete, aufstand und mir die Hand reichte.

»Fatima Yüksel, ich bin eine von den Alten.«

Wir grinsten beide und ich meinte: »Na, dann freue ich mich aber mal auf die Jungen hier.«

»Du bist mir schon angekündigt worden.« Sie zögerte kurz. »Ich darf doch Du sagen? Wir duzen uns hier alle.«

»Ja, klar.«

»Der Florian, unser Pflegedienstleiter, wird mit dir zu Dr. Teichmann gehen. Den duzt übrigens niemand, den Teichmann, solltest du wissen.«

»Aha, aha.«

Dirk Teichmann war der Leitende Oberarzt der Notaufnahme, den ich bei den Vorstellungsgesprächen bereits kennen-, aber nicht lieben gelernt hatte. Obwohl er meiner Versetzung letztendlich zugestimmt hatte, hatte ich das Gefühl, dass er mit meiner Person nicht besonders viel anfangen konnte. Wahrscheinlich hatte er dem Drängen von Professor Manschott, dem Ärztlichen Direktor der Klinik, nachgegeben. Der Direktor war einerseits von meiner Qualifikation überzeugt und schien, warum auch immer, einen Narren an mir gefressen zu haben.

Fatima hatte inzwischen den Pflegedienstleiter angepiepst. Während wir warteten, deutete sie auf meine Verletzung: »Besoffen auf den Tresen geknallt?«, fragte sie frech.

Bis zu diesem Zeitpunkt hatte ich sie nur pimpern und dabei in ihrem Haar wühlen wollen, jetzt hätte ich auch jederzeit gerne ein oder zwei Bier mit ihr getrunken.

»Schlimmer. Besoffen vom Fahrrad gefallen.« Ich hatte mir zwar während der Busfahrt drei mögliche Alternativen ausgedacht, aber alle zugunsten der Wahrheit verworfen. Fatima erschien mir nicht der Typ Frau, den man leichtfertig anlügt.

»Ui!« Sie zog die Luft zwischen den Zähnen ein. »Das hat wehgetan!«

»Nee, ich war zu besoffen, um es zu spüren.«

»Wer hat es genäht?«, wollte sie wissen.

»Ähm, ein Freund von mir«, log ich, weil mir dieser Teil der Geschichte doch etwas peinlich war.

Florian Schneider war ein fast zwei Meter großer Riese mit glänzender Vollglatze und freundlicher, tiefer Stimme. Er schob mich wie einen Einkaufswagen an der Schulter vor sich her in Richtung heiliges Inneres der Notaufnahme. Auf dem Weg zur Umkleide erklärte er mir einige der Räumlichkeiten.

Ich zog unter seinem prüfenden Blick die nicht besonders kleidsame weiße Arbeitskluft aus einem schweißtreibenden Mischgewebe an. In der linken oberen Tasche des kurzen Kittels verstaute ich meinen Kugelschreiber, die Pupillenleuchte sowie das Handy und steckte mir den Klinikausweis und die Röntgenplakette an. Das Stethoskop und mein Notizbuch kamen in die untere Tasche.

»Was hast du mit deinem Kopf gemacht?«, fragte Florian.

»Fahrradunfall.« Das war nicht gelogen und klang wesentlich besser als »besoffen vom Fahrrad gefallen«.

»Tja, wenn ihr Ärzte was macht, dann richtig, was?«, meinte er und suchte dann mit mir zusammen den Leitenden Oberarzt. Jedem, der uns über den Weg lief, stellte er mich mit dem immer gleichen Satz vor: »Das ist der Benny Brandstätter, Privatpatient mit Chefarztbehandlung. Platzwunde am Kopf nach Fahrradunfall. Er soll hier seine unbezahlte Behandlungsrechnung abarbeiten.«

Humor schien man in dieser Notaufnahme großzuschreiben. Vielleicht war deswegen die Wahl des Ärztlichen Direktors auch auf mich und meinen schrägen Humor gefallen, der im OP nicht immer so gut ankam.

Endlich war die Suche beendet. Dirk Teichmann kam gerade aus einem Behandlungsraum und lief uns praktisch vor die Füße. Der unsichere Blick, den er uns zuwarf, stand einem Leitenden Oberarzt gar nicht gut, fand ich.

Florian wechselte den Vorstellungssatz: »Der Dr. Brandstätter wäre jetzt da.«

Ich schüttelte die zwölfte Hand dieses Morgens. Der schwammige, feuchte Händedruck passte zu dem unsicheren Blick. Ich hatte das Gefühl, ein im strömenden Regen frisch verendetes Tier in den Händen zu halten. Außerdem war Dirk Teichmann ein Stück kleiner als ich, was auch nicht allzu oft der Fall war. Mir fiel einer meiner Lieblingsklosprüche ein:

**Wenn die Sonne tief genug steht,
wirft auch ein Zwerg einen langen Schatten.**

Sein prüfender Blick auf meine Platzwunde wurde von der Frage begleitet: »Sie sind verletzt, Herr Kollege? Trotzdem einsatzbereit?«

Ich stotterte leicht, wie ich das manchmal tat, wenn ich nervös oder emotional wurde. »Ja, äh, das ist nur eine Kleinigkeit. Fahrradunfall in der Freizeit.«

»Sport ist Mord, kann ich da nur sagen«, meinte er trocken. »Aber wenn Fahrradfahren Ihr Freizeitvergnügen ist, dann möchte ich Sie doch bitten, zukünftig einen Helm dabei zu tragen. Wir hier in der Notaufnahme haben doch eine deutliche Vorbildfunktion und täglich vor Augen, wozu Nachlässigkeit in puncto Sicherheit führen kann. Außerdem können wir keine mutwilligen Ausfälle verschmerzen, die Abteilung ist sehr lean besetzt. Das Gleiche gilt selbstverständlich auch für das Skifahren, das ich generell für zu gefährlich halte, als dass ich es billigen möchte. Aber leider kann ich diese Unsitte arbeitsvertraglich nicht im Vorfeld ausschließen.«

»Ja, sicherlich.« Sicherlich würde ich eher sterben als einen Helm tragen. Die Generation Helm waren die Kinder meiner Freunde. Ich war eindeutig Generation Schal, und den trug ich stets beim Fahrradfahren. Klein-Dirkie war ein Wichtigtuer und Dummschwätzer und Klein-Benny hatte gerade beschlossen, in der nächsten Saison endlich mal wieder mit seinen Freunden Skifahren zu gehen.

»Noch was, Herr Kollege, meinen Sie nicht, dass es an der Zeit ist, die etwas zu jugendliche Abkürzung Ihres Vornamens zumindest für den beruflichen Teil Ihres weiteren Lebens zu beenden?« Dirkie sah so konzentriert auf meinen Klinikausweis, als wolle er ihn mit seinem Laserblick umdrucken. »Wie lautet Ihr voller Vorname? Benjamin oder Benedict?«

Ich wusste, ich sollte es nicht tun, aber die Frage war eine unwiderstehliche Provokation. Ich führte seine Reihe fort: »Benito?«

Die beiden haarigen Raupen über Dirks Augen hoben sich fragend. Offensichtlich verstand er meine Anspielung auf Mussolini nicht wirklich.

Ich half nach: »Italiener? Diktator?«

Die Raupenbrauen krümmten sich in der Mitte, als wollten sie ein Stück über die Stirn spazieren. Florian, der hinter unserem sehr klein geratenen Chef stand, unterdrückte ein Grinsen.

»Nein, kleiner Scherz. Ich heiße wirklich nur Benny, das ist keine Abkürzung. Für mehr hat es wohl nicht gereicht. Meine Eltern waren noch sehr jung und hatten ja nichts. Studentenkind.«

»Ach so, nun ja, Ihr Humor ist schon etwas sehr eigen, Herr Kollege Brandstätter. Gut, manche Eltern sind sich ihrer Verantwortung nicht bewusst und haben keine Vorstellung, was sie ihrem Kind antun, wenn sie ihm einen unpassenden Namen geben. Oder glauben Sie etwa, Albert Schweitzer wäre nur annähernd so erfolgreich gewesen und man wäre ihm mit dem gleichen Respekt begegnet, hätte er Bertie Schweitzer geheißen?«

Er musste alleine über seinen müden Witz lachen, weder ich noch Florian verzogen eine Miene. Auf dem Ausweis des Leitenden Oberarztes war zu lesen: *Dirk D. Teichmann.*

Ich dachte gegen meine sonstige Gewohnheit laut: »Richtig. Am Ende erfinden die ein Insektizid, das die gleichen Initialen hat wie man selbst.« Ich legte nach, als keine Antwort kam und wieder nur die Brauen fragend in die Höhe gezogen wurden. Mimisch war Herr Dr. Teichmann offensichtlich nicht sonderlich vielseitig begabt. »Mit Thomas N. wäre es hochexplosiv gewesen.«

Das frisch getaufte Insektizid überlegte kurz, schien aber zu keinem Resultat zu kommen. Die Abkürzungen *DDT* für ein Insektenvernichtungsmittel oder *TNT* für einen Sprengstoff schienen ihm nicht geläufig. Er sah auch nicht so aus, als hätte er in seiner Jugend AC/DC gehört, deren Song den Begriff »TNT« populär gemacht hatte. Mein Joke war wohl zu kompliziert für das Hirn meines neuen Chefs. *Fachidiot*, fällte ich ein weiteres, politisch unkorrektes Urteil über das Insektizid.

DDT legte kritisch seine Stirn in Falten, machte aber weiter im Programm: »So, jetzt machen wir drei uns aber unverzüglich auf den Weg zu Herrn Professor Manschott, der wartet sicher bereits.«

Unterwegs bekam ich einen Vortrag darüber, was das Insektizid in seiner Funktion als mein Vorgesetzter von mir erwartete. Es lief in etwa auf Fleiß, Pünktlichkeit, Ehrlichkeit, Respekt und Achtung vor dem Patienten hinaus. Kurz vor dem Büro des

Ärztlichen Direktors teilte er mir mit, was er keinesfalls akzeptieren würde, also das zuvor genannte mit Un- als Vorsilbe. Mit der Pünktlichkeit würden wir wohl ab und zu aneinandergeraten, aber das musste er zu diesem Zeitpunkt noch nicht wissen.

Das Büro von Professor Dr. Dr. Armin Manschott, dem Ärztlichen Direktor der Notaufnahme der Margarinenklinik, war ein besseres Wohnklo, das er sich mit seiner Sekretärin Fritzi Klemm, einer wasserstoffblonden Mittfünfzigerin, und einer riesigen italienischen Kaffeemaschine teilte. Professor Manschott war im Gegensatz zu seiner auffälligen Sekretärin, die offensichtlich ein Dauerabo in einem Sonnenstudio hatte und deren permanentes Augen-Make-up selbst in einem Nachtklub nicht als dezent durchgehen würde, ein unauffälliger, grauhaariger, großer, schlanker Mann mit feinen Manieren, einer leisen, sicheren Stimme und festem, trockenem Händedruck.

Er stellte mich zuerst seiner Sekretärin vor, die mir unter balkendicken nachtblauen Lidstrichen zuzwinkerte, und erst dann sich selbst, sehr bescheiden mit »Manschott, Armin. Aber das wissen Sie ja bereits.«

Er forderte uns auf, uns zu setzen, und ließ jeden bei Frau Klemm einen Kaffee seiner Wahl bestellen. Mein Latte kam prompt und schmeckte wie in einer sehr guten Bar. Ich hatte keine Ahnung, ob die überschminkte Fritzi eine gute Sekretärin war, eine ausgezeichnete Barista war sie allemal.

In Anwesenheit des Ärztlichen Direktors verwandelte sich Dirk D. urplötzlich. Mir kam das Bild eines␣ralligen Dackels in den Sinn, der das Bein von Herrchen rammelt.

Professor Manschott übersah diskret meine Platzwunde und hielt eine kurze Ansprache über die Philosophie *seiner* Notaufnahme, die er bei seinem Amtsantritt vor vier Jahren wohl in üblem Zustand vorgefunden, dann mit viel Energie und Elan modernisiert und zu einer der effektivsten Abteilungen der Klinik gemacht hatte.

Irgendwo spielte plötzlich J.J. Cales *Cocaine,* und alle sahen mich dabei an. Gut, ich mochte das Lied auch, benutzte es sogar als Klingelton für mein Handy, aber ... Es dauerte noch eine Millisekunde, ehe ich begriff, dass ich vergessen hatte, mein Handy lautlos zu stellen, und jemand gerade versuchte, mich anzurufen. Rasch nahm ich das Telefon aus der Brusttasche und versuchte, es abzustellen. Ich aktivierte dabei versehentlich *VoiceControl*, woraufhin sich Verzweiflung bei mir breitmachte, weil mir das öfter passierte und ich nicht wusste, wie man diese verfluchte Funktion wieder abstellte. Noch weniger Ahnung hatte ich davon, wie man das Handy währenddessen bediente.

Ich entschuldigte mich verlegen bei den Umsitzenden und probierte es mit dem deutlichen Befehl: »*VoiceControl aus!*« Jeder dumme Straßenköter hätte das begriffen, aber dieses Wunderwerk der Smartphonekunst kapierte rein gar nichts. Der Klingelton verstummte zwar, aber das Telefon vermeldete munter: »*Volker Overrath anrufen.*« Daraufhin begann es bei Volker, dem Klempner und Schlagzeuger, den ich von diversen Sessions im *FAQ* kannte, zu klingeln. Volker, ein Urgestein des Schweinerock mit Halbglatze und Pferdeschwanz, pflegte sich am Telefon mit »*Na, du alter Wichser?*« zu melden, gefolgt von der Frage, wo die Eier des Anrufers hingen. Ich begann zu schwitzen und wusste nicht, wie ich den Lautsprecher ausschalten konnte. »*Nicht anrufen!*« versuchte ich, den Anruf zu stoppen, ehe Volker abnahm und für alle vernehmlich über Lautsprecher einen dummen Spruch losließ.

Plötzlich erschien neben mir die solariumgebräunte Gestalt von Fritzi Klemm, die mir das Handy kurzerhand aus der Hand nahm, darauf herumdrückte und es mir mit den Worten »Männer und Technik« wieder zurückgab.

Sie hatte *VoiceControl* mühelos ausgeschaltet und den Klingelton abgestellt. Ich entschuldigte mich nochmals und fing mir einen vernichtenden Blick des Insektizids ein.

Professor Manschott fuhr unbeirrt mit seinen Ausführungen fort und entließ uns fast eine halbe Stunde später in die Freiheit. Beim Herausgehen klopfte er mir väterlich auf die Schulter und meinte verschwörerisch: »Die Version von Eric Clapton ist besser.«

Ich war zwar überzeugter Clapton-Fan, aber hier irrte der Herr Professor. Diese Meinung behielt ich aber für mich. Benny Brandstätter wusste manchmal wirklich, wann er besser seinen Mund hielt, wenn auch nicht oft.

Als ich zehn Stunden später die Notaufnahme verließ, hatte ich, zusammen mit meiner Kollegin Steffi, größtenteils unspektakuläre Notaufnahmefälle erledigt. Ich behandelte einen eingewachsenen Zehennagel bei einer Achtzigjährigen mit multiplen Blähungen, diverse grippale Infekte beiderlei Geschlechts und jeglichen Alters, eine Blasenschwäche bei einem Fünfundneunzigjährigen aus einem Pflegeheim, ohne Flatulenz, dafür aber mit Irrigation. Es folgten unerträgliche Hitzewallungen mit Schluckbeschwerden bei einer Grundschullehrerin in den Wechseljahren; eine Verbrennung zweiten Grades mit dem Bügeleisen bei einem BWL-Studenten, der sich für ein Vorstellungsgespräch schick machen wollte. Ein hektischer Privatpatient hatte eine äußerst schmerzhafte Nierenkolik und einen *dichten Terminkalender mit minimalem Zeitfenster* für seine Behandlung. Dafür konnte ich den Abszess am After eines seit Tagen ungewaschenen Koches in Ruhe spalten. Ich merkte mir den Namen des Lokals, in dem er arbeitete, gut, um dort ja nie essen zu gehen. Eine Bogenschützin mit gerissener Achillessehne reagierte auf meine flapsige Frage, ob sie den Bogen überspannt habe, mit Unmut. Dazwischen kümmerte ich mich um zwei Obdachlose, die den kalten Wintertag im Warmen verbringen wollten. Zeitweise olfaktorisch und akustisch über meine Grenze belastet, wünschte ich mich an meinen alten, klinisch reinen Arbeitsplatz am Kopfende eines schweigsamen, sauberen, sterilen Patienten, den ich nicht anfassen musste, zurück.

Ab Morgen würde ich mich alleine durch die Patientenflut kämpfen dürfen. Ein Tag Einweisung war genug, befand das Insektizid, das mir am späten Nachmittag nochmals über den Weg lief und gleich die Sache mit dem Handy ansprach.

»Herr Kollege, das mit Ihrem Telefon war reichlich unprofessionell und solche Fauxpas sollten Sie in Zukunft tunlichst vermeiden. Ich verbuche diesen Vorfall auf das Konto *Neu und aufgeregt*, aber dieses Konto wird morgen geschlossen sein, wenn Sie wissen, was ich meine.«

Ich wusste es und hatte eine Vorstellung davon, wie das Insektizid tickte, nämlich wie eine wandelnde Zeitbombe, die irgendwann explodieren würde.

Nach einem kurzen Zwischenstopp bei meinem Lieblingsdönerladen, zwei Bushaltestellen vor meiner, und einem Yufka mit allem außer Rotkraut, ging ich den letzten Teil der Strecke nach Hause, den leckeren Teigfladen mit Füllung im Gehen essend. Eigentlich schlurfte ich eher über das Pflaster, als dass ich schritt. Ab einer Express-Reinigung begleitete mich eine sehr sportliche schwarze Katze, die nur noch ein Auge hatte, aber anscheinend gut mit der Behinderung zurechtkam. Auf jeden Fall schielte sie damit permanent auf meinen Döner.

Wir kamen ins Gespräch und ich fragte zwischen den Bissen, wie und wo sie ihr Auge verloren hatte. Die Katze sah mich nur an und wollte anscheinend nicht darüber reden. Das konnte ich gut verstehen, ich hatte auch die Nase voll davon, jedem zu erzählen, wie ich zu meiner Kriegsverletzung gekommen war. Sie trottete neben mir her und stoppte nur gelegentlich, um ein aus meinem Dönerpäckchen herausgefallenes Fleischstück hinunterzuschlingen. An meiner Haustür setzte sie sich und sah mit dem einen Auge, das in der Dunkelheit groß und rund wie ein gelber Vollmond aus dem tiefschwarzen Gesicht leuchtete, erwartungsvoll zu mir hoch.

»Okay, wer immer du bist, hier trennen sich unsere Wege. Ich darf keine Haustiere halten«, log ich die Katze an, die daraufhin den Kopf schief legte und mich anklagend ansah.

»Gut, das stimmt nicht ganz, aber ich bin nicht auf tierischen Besuch eingerichtet. Ich hab für liebreizende Kätzchen nur Sekt und Kondome daheim, kein Katzenfutter. Außerdem stehe ich eher auf Blond. Nichts für ungut. Also, tschüss dann.« Ich schloss auf und der Kater, wie ich aus den beiden samtigen Beutelchen zwischen seinen Beinen schloss, schlüpfte geschickt zwischen meinen durch und wartete auf dem ersten Treppenabsatz auf mich.

»He, du Mistvieh, du hast mich aber übel ausgetrickst.«

Mein tierischer Gast stiefelte munter hinter mir die Treppe hoch. Vor der Wohnungstür das gleiche Spiel. Brav setzte er sich hin, bis ich aufgeschlossen hatte, und lief dann vor mir her in die Wohnung, die bis dahin mir allein gehört hatte.

»Ich steh nicht so auf Männer«, versuchte ich es erneut.

Der einäugige Schwarze hörte nicht zu, sondern inspizierte neugierig die Wohnung, ehe er auf meinem Bett Platz nahm, um aufgeregt die Fische im Aquarium zu beobachten.

Ich folgte meinem Besucher. »Ähm, hör mal, das mit dem Bett geht aber wirklich nicht, das ist meins.«

Ich hob den Kater vorsichtig hoch und er schmiegte sich laut schnurrend in meine Arme, wanderte Richtung Hals und rieb seinen Kopf an meiner Wange. So viel körperliche Zuwendung machte mich immer sprach- und wehrlos. Ich nahm ihn mit in die Küche, wo er von meinen Armen direkt auf die Arbeitsplatte sprang und Platz nahm. Ich öffnete die Kühlschranktür, schließlich wollte ich meinem Gast etwas bieten. Es fand sich etwas gekochter Putenschinken, der noch passabel roch. Ich bot ihn meinem Gast auf dem Küchenboden an und die Spende wurde dankbar angenommen. Das obligatorische Schälchen Milch wurde wohl eher aus Dankbarkeit denn aus Hunger probiert. Der Kater schleckte sich ausgiebig die Schnauze, kurz die rechte Pfote und ging dann Richtung Wohnzimmer. Er rollte sich auf der Strickdecke meiner Mutter zusammen, und nach einem prüfenden Blick, was ich denn wohl so mache, schlief er ein.

Ich kroch unter die gleiche Decke und pennte erst mal eine geschlagene Stunde wie ein Toter. Beim Aufwachen lag das Fellknäuel zusammengerollt in meinen Kniekehlen und verbreitete eine angenehme Wärme, wie das nur ein lebendiger Körper tun kann. Es half nichts, ich musste unsere Idylle stören, weil mich meine Blase dazu drängte. Der schwarze Kater sprang ohne zu murren vom Sofa und tippelte hinter mir her ins Bad, wo er mir neugierig mit einem Auge beim Strullern zusah.

»Von Privatsphäre hältst du wohl eher weniger«, diagnostizierte ich, während ich auf der Schüssel saß und in der Broschüre eines Segelbootbauers blätterte. Der Kater leckte sich zur Antwort ausgiebig am Hinterteil.

Der Döner von vorhin war eher ein Appetizer gewesen, und mein Magen grummelte laut. Ich machte mir unter der strengen Beobachtung meines neuen Hausgenossen eine Portion Spaghetti mit Bolognesesoße, die ich erst noch im Schnellverfahren auftauen musste. Einen Teil der hausgemachten Soße tat ich in eine kleine Schüssel, die ich auf den Küchenboden stellte. Ich aß im Stehen an die Küchenzeile gelehnt und beobachtete den kleinen Kater, der ohne Hast und Eile seine Portion verdrückte und sich im Anschluss an unsere gemeinsame Mahlzeit putzte, während ich das Geschirr in die Spülmaschine räumte.

Nach einer weiteren Stunde, in der wir gemeinsam zwei Folgen von *Two and a Half Men*, meiner derzeitigen Lieblingssitcom, ansahen, war es endgültig Zeit für mich, ins Bett zu gehen. Dienstbeginn war am nächsten Tag pünktlich um sieben Uhr. Mein neuer Freund war offensichtlich nicht sonderlich begeistert von der pointenreichen Handlung und war auf der Couch eingeschlafen.

Ich tippte vorsichtig an seine hohe Stirn: »Hör mal, das war echt nett mit dir, aber ich denke, ich gehe jetzt pennen.«

Der Kater öffnete und schloss demonstrativ sein eines Auge. Anscheinend war meine Person nicht von großem Interesse für das Tier.

»Okay, bis ich im Bad fertig bin, kannst du noch bleiben, aber dann ist gut.«

Beim Zähneputzen sah ich aus dem Fenster. Es hatte in riesengroßen, federleichten Flocken zu schneien begonnen. Mein Außenthermometer zeigte zwei Grad minus an. Eigentlich keine gute Nacht, um einen Kumpel vor die Tür zu setzen. Ich kramte aus der kleinen Kammer im Flur eine Bananenschachtel hervor, die noch vom Einzug hier stand, legte ein paar Zeitungen unten rein und hoffte, dass der Kater, der fest auf seinem neuen Stammplatz auf der Kuscheldecke schlief, so intelligent sein würde, das Behelfsklo zu akzeptieren.

»Gute Nacht. Und benutz bloß das Katzenklo, sonst gibt es Ärger, mein Freund.«

Mein Schlaf war tief und traumlos. Als ich wieder erwachte, weil mich etwas Feuchtes an der Nase kitzelte, sah ich direkt in ein rundes, gelbes Auge, das mich interessiert beobachtete.

»Was willst du denn?«, fragte ich leicht genervt, weil ich es hasste, im Schlaf beobachtet zu werden.

Ein kurzer Blick auf die Uhr – es war eh gleich Zeit aufzustehen. Ich quälte mich aus meinem warmen Bett, hinaus in das noch von der Nacht kühle Schlafzimmer. Der Kater stand mittlerweile erwartungsvoll vor der Wohnungstür.

»Musst du raus?«, fragte ich rhetorisch und öffnete die Tür. Mein Übernachtungsgast verschwand blitzschnell im Treppenhaus. Ich lief fröstelnd in Unterhose und T-Shirt hinterher, immer in der Hoffnung, dass Frau Winterberg von all dem nichts mitbekam. Die Steinstufen fühlten sich eiskalt unter meinen nackten Füßen an. Als ich die Haustür öffnete, schlug mir eisige Januarluft entgegen. Der Kater verschwand in der Kälte und benutzte den schneefreien Weg entlang der Hauswand. Dabei fiel mir ein, dass ich diese Woche Kehrwoche hatte, was sich auch auf das Räumen des Zugangs und des Gehwegs von Schnee bezog. Ohne den kleinen Kater wäre ich wohl zu spät aufgestanden und hätte die Wahl gehabt, entweder zu spät zum Dienst zu kommen und somit gleich am zweiten Tag eines der Gebote des Insektizids zu missachten oder mir wahlweise den Unwillen meiner Vermieterin zuzuziehen, weil die Wege nicht vorschriftsmäßig schneefrei waren.

Dank der halben Stunde Schneeräumen begann ich meinen zweiten Tag in der Notaufnahme der Margarinenklinik mit gesunden, rosigen Wangen und vollgepumpt mit Endorphinen. Die Hormone wurden beim Anblick der rattenscharfen Fatima Yüksel, die proper und glutäugig in der Blüte ihrer geschätzten 27 Jahre an der Aufnahme saß, noch von jeder Menge einschießendem Testosteron unterstützt. Leider, oder Gott sei Dank, war Fatima das einzige weibliche Wesen in der Notaufnahme, das mein Blut in Wallung bringen konnte. Im OP hatten ständig zahlreiche willige OP-Schwestern, aufgeschlossene Studentinnen und verzweifelte Singleärztinnen gelauert, die mich über aufgeschnittene Körper hinweg angeschmachtet hatten. Im Normalfall hat man als Anästhesist während einer OP nicht besonders viel zu tun und so war ich den verheißungsvollen Blicken hilflos und gelangweilt ausgeliefert. Zu meiner Schande muss ich gestehen, dass ich öfter schwach wurde, als das für meinen Ruf gut gewesen wäre. Irgendwie musste sich mein Negativimage bis hierher in die Notaufnahme herumgesprochen haben.

»Du siehst ja heute früh aus wie das blühende Leben«, meinte Fatima, als ich mich umgezogen und arbeitsbereit mit einer Tasse Milchkaffee aus dem Automaten zu ihr an die Zentrale Aufnahme setzte.

»Ich sehe jeden Morgen so aus. Direkt nach dem Erwachen praktisch.«

»Wie kommt's?«

»Ausreichend Schlaf auf einer ayurvedischen Tantramatratze, täglich vier Liter bretonisches Quellwasser trinken, selbstredend nur rechtsdrehendes, und eine gute Nachtcreme mit Hyaluron.«

»Na, dann schreib mir mal die Marke deiner Nachtcreme auf.«

Ich sah Fatima tief in die Augen: »Als ob du bei deiner Pfirsichhaut eine Pflegecreme nötig hättest.«

Fatima hielt meinem Blick stand und entgegnete: »Ich bin verlobt.« Sie hob ihre linke Hand, an der ein Ring golden und noch sehr neu glänzte.

»Aha, aha. Und das macht so schöne Haut?«

»Keine Ahnung. Ich wollte damit nur klarstellen, dass du dir bei mir die Zähne ausbeißen wirst.«

»Eigentlich hatte ich gar nicht vor, dich zu beißen, aber du hast mich da auf eine Idee gebracht.«

»Ich stecke nur gerne ganz am Anfang die Grenzen fest, damit es nicht zu Missverständnissen kommt.« Fatima wandte verlegen den Blick ab.

»Geht klar, du bist off-limit. Dann gib mir mal was zu tun, ehe ich es mir anders überlege und doch über dich herfalle.«

»Nichts für ungut, aber du hast in der Klinik einen Ruf wie Donnerhall. Kennst du Barney Stinson?«

»Ja, klar, der geniale Typ aus *How I Met Your Mother*.«

»Genau der. Die Schwestern nennen dich Benny Stinson.«

Mir blieb kurz der Atem weg und meine Wangen wurden noch ein Stück rosiger, aber dieses Mal, weil der Ärger in mir hochkochte, trotzdem ließ mich meine Schlagfertigkeit nicht im Stich: »Dann bin ich ja *legen* ... , warte: *där!*«

Fatima fuhr fort: »Das kann man wohl sagen.«

»Aha, aha. Aber genug über mich geplaudert. Ich hätte gerne was zu tun«, kam es ungewollt ziemlich schroff aus mir heraus.

Fatima schluckte kurz und meinte: »Hey, können wir einfach so zusammenarbeiten, ohne böses Blut und die ganze Anmache?«

»Ich hatte eigentlich nichts anderes vor.« Ich fragte mich, welche Gerüchte in dieser Klinik unter der Schwesternschaft über mich kursierten, und goss noch Öl ins Feuer: »Schwestern vernasche ich selbstverständlich erst nach Dienstschluss und dann gleich zwei auf einmal, weil mir eine nicht genügt. Libidoüberschuss, wenn *du* jetzt weißt, was *ich* meine.«

Fatima lachte kurz, trocken und ehrlich. »Dass du Humor hast, hat mir niemand gesagt.«

»Das kommt wohl davon, dass die meisten Beschäftigten in dieser Klinik keinen haben.«

»Mag sein«, meinte Fatima und wiegte dabei ihr hübsches Köpfchen. »Entschuldige, dass ich dich so plump angesprochen habe, aber man hört nur Übles über dich.«

»Ja, ja, all die enttäuschten, gebrochenen Frauenherzen müssen sich irgendwo erleichtern. Vielleicht gibt's ja schon eine Selbsthilfegruppe mit Stuhlkreis und Fan-Shirts, auf denen steht: *I had sex with Benny B. and survived it!*«

»Das nicht, aber auf der Personaltoilette in der Chirurgie stand bis vor Kurzem sogar ein Spruch über dich.« Fatima sah verlegen auf einen Stapel Papier vor sich auf dem Schreibtisch.

»Wie bitte?« Toilettensprüche waren eigentlich mein ureigenes Metier und dieser Morgen entwickelte sich gänzlich anders als erwartet. Fatima hatte ihr Handy herausgeholt und wischte suchend darüber.

»Da, schau, ich habe es fotografiert.«

Das Foto zeigte eine Inschrift auf einer weißen Kunststofftrennwand, die linke Spalte in meiner ureigensten Handschrift:

Hiroshima 45 **Brandstätter 76**
Tschernobyl 86
Windows 95

Das *Brandstätter 76* war mit einem anderen Stift und in einer anderen Schrift von einem Witzbold hinzugefügt worden. Als Copyrightinhaber fand ich es witzig, dass sich jemand weiterführende Gedanken über mein Gekritzel gemacht hatte, als Betroffener fand ich es dann doch nicht mehr so lustig.

»Der Hausmeister hat es mittlerweile übermalt. Ging wohl schwer ab«, erklärte Fatima.

»Aber jeder hat es zuvor fotografiert und weitergeschickt, nehme ich mal an.« Meine Stimme klang spröde und ich musste mich räuspern.

»Möglich«, meinte Fatima.

»Ich gebe dir mal meine Nummer, würdest du es mir schicken?«, fragte ich und schrieb Fatima meine Telefonnummer auf die Schreibtischunterlage.

Vor der Glasscheibe warteten ein Mann und eine Frau Mitte sechzig. Die Frau war aschfahl im Gesicht und hatte Schweißperlen auf Stirn und Oberlippe.

Fatima sprach sie freundlich an und übergab mir nebenbei meinen ersten alleinigen Fall in der Notaufnahme.

»Achtundzwanzigjährige mit juckendem Ausfluss.«

»Du weißt, wie man einen Mann runterbringt.«

Fatima lächelte frech zurück, und ich widmete mich zusammen mit einer Schwester den Unterleibsbeschwerden von Esther Soundso, die bald weit und breit und käsig flockig vor mir ausgebreitet lagen. Allerdings waren ihre äußeren Geschlechtsmerkmale unter einer äußerst dichten, ungebändigten Haarpracht verborgen, die erst kurz oberhalb der Knie zu enden schien. Eine Seltenheit bei einer Frau in dieser Altersklasse. Ich fragte mich, ob so ein Vollbart im Winter wärmte, traute mich aber nicht, die Patientin selbst zu fragen.

»Kommen Sie aus Tübingen?«, fragte ich stattdessen, weil ich während meiner Zeit in der Tübinger Uniklinik ähnliche Pelze vorwiegend bei alternativ angehauchten Frauen der 68er-Generation zu Gesicht bekommen hatte.

»Nein, aus Böblingen.«

»Sind Sie Buchhändlerin oder Sozialpädagogin?«

»Grundschullehrerin«, kam die Antwort.

»Ah, sehen Sie, da kommen wir der Sache doch näher.«

»Meinen Sie, ich habe mir das auf der Schultoilette geholt?«

»Wer weiß, wer weiß.«

Ich holte noch mal tief Luft, legte zusätzlich einen Mundschutz an, murmelte »*Carpe that fucking diem!*« und machte mich an die Untersuchung.

»Machete, bitte«, verlangte ich und streckte meine rechte Hand aus.

Dörte Huber, Ende vierzig und altgediente Schwester in der Notaufnahme, war mir gestern schon zur Hand gegangen. Sie wusste sofort, was ich meinte, und reichte mir ein Scheidenspekulum.

»Herzlichen Dank.«

Die Gynäkologie war eines der Fachgebiete, die mir gar nicht lagen. Weibliche Unterkörper waren eindeutig mein

Hobby, nicht meine Berufung. Ich biss die Zähne zusammen, bis sie knirschten, und bahnte mir mutig einen Weg durch den Dschungel, der vor mir lag. Ich war das erste Mal seit Langem heilfroh darüber, dass am Abend kein weibliches Wesen auf Performance meinerseits wartete. Das wäre mit diesem Bild im Kopf relativ schwierig gewesen.

Nachdem ich mich durch den dichten Urwald mit seinen im Unterholz wuchernden endemischen Pilzen gekämpft hatte, war Fatima für den Rest des Tages verschwunden. Ihre in jeder Hinsicht unauffällige Kollegin Angelika Kröner deckte mich von da an mit Arbeit ein, allerdings ohne den feinen Humor der osmanischen Schönheit.

Gegen 14 Uhr hatte ich das erste Mal wieder Zeit zum Pinkeln, durchatmen und um eine Kleinigkeit zu essen. Ralf Richter, ein neuer Kollege, den ich auf der Toilette getroffen hatte, war mir in die Kantine gefolgt. Wir wählten einen Tisch am Fenster. Die makellose Schneedecke von heute Nacht hatte sich in den üblichen Matsch verwandelt und ich wusste, meine Schneeschipperei von heute früh war so ziemlich für die Katz gewesen. Ich fragte mich, was wohl mein Kater machte und ob ich ihn je wiedersehen würde.

Ralf versorgte mich in der halben Stunde, in der ich ein Schnitzel mit einer doppelten Portion Pommes sowie einen Beilagensalat und ein Schüsselchen Obstsalat verschlang, mit dem üblichen Klinikklatsch. Nur über mich erzählte er mir nichts. Ob er was von der Inschrift auf der Personaltoilette wusste? Mittlerweile war das Foto von Fatimas Handy bei mir angekommen. Ich überlegte, ob ich es als Profilbild für meinen Nachrichtendienst verwenden sollte. Nicht jeder Mann wurde jemals in einer Inschrift verewigt, schon gar nicht in Verbindung mit drei von Menschenhand gemachten Katastrophen. »Du bist schon eine Ausnahmeerscheinung, Brandstätter«, lobte ich mich mal wieder selbst.

Ralf, auch Ende dreißig, ebenfalls Assistenzarzt, aber bereits seit drei Jahren in der Notaufnahme, aß Spaghetti mit Tomatensoße und sprach beim Kauen, was man seiner Kleidung und dem Tablett vor ihm anzusehen begann. Ich sehnte mich erneut nach meinem sterilen OP-Umfeld. Warum war ich jemals auf die Schnapsidee gekommen, mitten im Leben mit den vielen Gärungsprozessen und Geruchssensationen stehen zu wollen?

An der Essenausgabe stand Steffi Fischer, die Kollegin, die mich gestern eingewiesen hatte und auf die ich, seitdem ich sie näher kannte, keinerlei Lust mehr verspürte.

Ralf nickte mit dem Kopf in ihre Richtung, während er eine volle Gabel soßentriefender Spaghetti in sich rein schaufelte. »Da steht das beste Beispiel dafür, dass man sich als Frau auch nach unten schlafen kann.«

»Wie meinst du das?«

»Die Steffi war schon als nächste Oberärztin im Gespräch und wurde dann von einer Putzfrau im Bereitschaftsraum mit einem Kollegen aus der Inneren in flagranti erwischt. Die Putzfrau, eine ältere Bosnierin, hat sich beim Anblick des ersten nackten Männerarsches, den sie in ihrem Leben gesehen hatte, so erschreckt, dass sie wie ein geschlachtetes Karnickel gequietscht hat, und der Teichmann himself ihr zur Hilfe geeilt kam.«

»Upps!«

»Kann man wohl sagen. Steffi ist jetzt wohl Assistenzärztin auf Lebenszeit und jedes Mal, wenn ihr die Putzfrau begegnet, bekreuzigt die sich.« Er hatte aufgegessen und schob den Teller mit dem Tablett so weit von sich, dass meines vom Tisch zu fallen drohte.

»Da versteht er wohl keinen Spaß, der Teichmann?«, fragte ich, um die Unterhaltung in Gang zu halten.

»Nee, dabei nicht, und wenn er dich ohne Helm auf dem Fahrrad erwischt, dann bist du praktisch untragbar für diese Abteilung.«

»Ich dachte, das mit dem Helm sei ein Witz«, meinte ich.

»Ist es nicht. Es wird gemunkelt, er hätte eine Beteiligung an einer Firma, die so Teile herstellt, in Ludwigsburg.«

Ich stand vom Tisch auf und nahm mein Tablett, um es zum Wagen zurückzubringen. »Ich werde auf keinen Fall so eine Schüssel aufsetzen. Ich habe immerhin einen schlechten Ruf zu verlieren.«

Ralf folgte mir. »Wenn das so ist, kannst du auch gleich eine Kollegin beglücken.« Dann fügte er noch hinzu: »Aber ich habe gehört, du hast es mehr mit den ganz jungen Schwestern.«

Ich drehte mich zu ihm um und meinte: »Eigentlich stehe ich eher auf reife Dominas, das mit den Schwestern ist reine Tarnung.«

Man konnte es von Ralfs Gesicht ablesen, dass er gar nicht abwarten konnte, diese Meldung über den vermeintlichen Frauenhelden des Klinikums zu verbreiten.

»Was kostet so was?«

»Hey, du weißt doch, was die uns hier zahlen. Ich putze für die ihre Studios in Latex und mit Halsband. Dafür bekomme ich die Behandlung gratis.«

»Echt?«

»Echt wahr. Es ist nur schwierig, vegane Dominas zu finden.«

»Vegan? Es kann dir doch egal sein, wie die sich ernähren.«

»Ist mir auch gleich, was die essen. Aber ich lehne als überzeugter Veganer dieses ganze Ledergedöns an meinem Körper ab. Peitschen und so.«

»Ja, schon klar«, bemerkte Ralf und nickte verständnisvoll, als wir auf den Fahrstuhl warteten. Gerade als sich die Fahrstuhltür öffnete, fiel ihm ein: »Sag mal, hast du nicht grad eben ein Schweineschnitzel verdrückt?«

»Nobody's perfect, woisch.«

Unsere Wege trennten sich im Erdgeschoß an der Zentralen Aufnahme. Ich kümmerte mich um einen Obdachlosen mit offenen Beinen, der um diese Tageszeit schon eine üble Alkoholfahne hatte. Er war von der Polizei auf dem Bahnhofsvorplatz bewusstlos aufgefunden worden. Inzwischen war er wieder bei Bewusstsein, klagte aber über heftige Schmerzen in der Brust. Ein alter Trick, um die Aufenthaltszeit in der Notaufnahme auszudehnen, weil man damit erstmal einen Myokardinfarkt ausschließen musste. Ich spulte das übliche Untersuchungsprogramm ab, flößte ihm intravenös Flüssigkeit ein und entließ ihn viele Stunden und jede Menge Labordiagnostik später wieder auf die Straße und in den Suff. Er bedankte sich überschwänglich bei mir und wollte mir die Hand küssen, die ich erschrocken zurückzog, als er sie greifen wollte. Ralf, der das im Vorbeigehen mitbekam, meinte später, ich solle aufpassen, der Obdachlose sei ein alter Bekannter, in der Notaufnahme *Huggie* genannt, weil er dazu neigte, einen an die Brust zu nehmen und mit körperlichen Gunstbeweisen zu übersäen. Insofern hatte ich mit der Handattacke ja noch mal Glück gehabt. Wo war ich hier nur gelandet?

Meine Serie von normal Kranken, die mich weder küssen noch umarmen wollten und denen ein einfaches Händeschütteln zum Abschied reichte, hielt bis kurz vor Dienstschluss an. Dann behandelte ich einen sehr gepflegten Mann Mitte vierzig mit einer schweren akuten Mittelohrentzündung. Die Blicke, die mein Patient mir während der Behandlung zuwarf, ließen keinen Zweifel daran, dass er mehr als den Arzt in mir schätzte. Ich verfiel automatisch in die distanzierteste Professionalität, die mir zur Verfügung stand. Das Ohr sah übel aus, das Trommelfell war rot und entzündet. Ich zog zur Sicherheit einen Kollegen aus der HNO hinzu, der meinte, das Trommelfell müsse inzidiert werden, um den Eiter aus dem Ohr abzusaugen. Die Entzündung war zu weit fortgeschritten und ein Breitbandantibiotikum alleine wäre zu wenig gewesen.

Als wir mit dem Patienten durchsprachen, was wir zu tun gedachten, begann dieser am ganzen Leib zu zittern. Er beichtete, dass er Angst vor Spritzen und scharfen Instrumenten habe. Worauf ich ihn beruhigte und erklärte, dass ich Tropfen in das Ohr geben und er von dem kleinen Eingriff selbst nichts mitbekommen würde. Trotzdem lag er die ganze Zeit wie ein nervöses Kaninchen mit krampfhaft geschlossenen Augen auf der Behandlungsliege. Der Kollege ließ mich die Prozedur, die ich noch nie zuvor gemacht hatte, durchführen, sah mir über die Schulter und war auch schon wieder weg, als ich das Skalpell aus der Hand gelegt hatte.

»Sie können die Augen wieder aufmachen. Ich bin fertig«, meinte ich schließlich.

Mein Patient gehorchte und sah mich völlig abgekämpft an: »Ich habe gar nichts gespürt.«

»Das will ich doch hoffen, ich bin schließlich Anästhesist.« Alter Witz, der immer gut kam.

Das Häufchen Elend erwachte plötzlich zum Leben und sah mich mit einem verführerischen Lächeln an: »Sanft und zärtlich, wie ich es mag.«

Das war mir jetzt doch eine Nummer zu viel. Ich stand abrupt auf. »Bleiben Sie noch einen Moment liegen, ich hole Ihr Rezept für ein Schmerzmittel und die Antibiose.«

»So lange Sie möchten.« Er setzte das Lächeln noch einen Tick verführerischer an.

Vor der Tür fasste ich mir an die Stirn und schüttelte den Kopf. Als ich wenige Minuten später mit dem Rezept zurückkam, verfolgte mich der Patient mit seinen Blicken und ich hatte das Gefühl, ausgezogen zu werden.

Wir verabschiedeten uns, wobei er meinte: »Vielleicht sieht man sich ja mal?«

Ich nickte und verzog die Lippen zu einem schrägen Grinsen, ärgerte mich aber in dem Moment darüber, weil man das sehr wohl falsch auslegen konnte.

Ich hätte jetzt Fatima gebraucht, um meinen Frust mit ein paar sarkastischen Bemerkungen abzureagieren. Stattdessen nahm mich das Insektizid zur Seite und erklärte mir, dass ich nächste Woche die Einweisung für das Beatmungsgerät und das EKG im Notarztwagen bekommen würde.

Als ich an diesem Abend nach Hause kam, wartete weit und breit kein einäugiger Kater auf mich. Nur Fiona 6.2, meine treue Palme, stand schweigsam in ihrer Ecke und verdeckte notdürftig den Hometrainer. Der Schnee war wie erwartet geschmolzen, nur das kleine Häufchen, das ich heute früh als Beginn eines Schneemannes aufgeschüttet hatte, war übrig geblieben.

Ich schob mir eine Fertigpizza in den Backofen und erledigte den längst überfälligen Schreibkram, während ich wartete. Ich fand, es wäre an der Zeit, mal wieder meine Mutter anzurufen. Diese war laut ihrem Lebensgefährten mit einer Freundin ausgegangen. Meine Mutter schien mit Ende sechzig ein aufregenderes Leben zu führen als ihr Sohn in der Blüte seiner Jahre. In mir kam kurzfristig die Frage auf, ob meine Mutter einen Vollbären, wie fast alle ihrer Generation, hatte oder sich rasierte. Eigentlich wollte ich die Wahrheit gar nicht wissen. Gegen solcherlei Gedankengänge half nur gute Musik und ein Vollbad. Als Badezusätze standen Eukalyptus und Orangenblüte zur Auswahl. Mir war nach Orangenblüte. Während ich üppig von dem duftenden Zeug ins Wasser laufen ließ, klopfte es an der Wohnungstür.

»Frau Winterberg«, fluchte ich leise vor mich hin. Sich tot

stellen funktionierte nicht, weil ich im Hintergrund laut Musik laufen hatte. Wohl zu laut für den Geschmack der empfindlichen Dame, die ihren eigenen Volksempfänger immer bis zum Anschlag aufgedreht hatte, wenn sie auf SWR 4 ihre Rentner-Metal-Sendungen anhörte. Ich stellte das Wasser ab und öffnete verdrossen die Wohnungstür. Vor mir stand Dobro mit von der Kälte roter Nase und dunkelgrüner Strickmütze.

»Hey, Alter, seit wann hast du eine Katze?«, fragte er.

»Wie kommst du darauf?«

»Die ist eben zu dir in die Wohnung rein«, meinte Dobro und sah an mir vorbei auf einen Punkt im Flur.

Ich drehte mich um und da saß tatsächlich das einäugige Monster und sah mich erwartungsvoll an.

Dobro erklärte: »Der wartete vor der Haustür. Als ich aufgeschlossen habe, kam er hier hochgeschossen. Ich habe für ihn geklopft, und als du aufgemacht hast, ist er gleich reingewitscht. Deswegen dachte ich, das ist deiner.«

»Hm, der scheint mich wohl adoptiert zu haben.«

»Cool, Alter.« Mit diesen Worten betrat Dobro ebenfalls unaufgefordert meine Wohnung und setzte sich zusammen mit dem Kater auf mein Sofa, wo sie wie alte Freunde zu schmusen begannen.

Ich schlappte unmotiviert hinterher. Mir war definitiv nicht nach Besuch und Gesellschaft. Trotzdem fragte ich in die Runde: »Wollt ihr was trinken?«

»Wenn du mich so fragst. Hast'n Bier da?«

Dobro hatte Glück, ich hatte noch ein Sixpack Dosenbier im Kühlschrank. Sobald sich die Kühlschranktür quietschend öffnete, stand der Kater neugierig neben mir und sah sich den Inhalt mit einem Auge an. Ich machte ihm ein Schälchen Milch zurecht und schnitt den Rest des Schinkens klein. Mehr hatte ich nicht anzubieten.

Die Pizza war mittlerweile auch fertig. Ganz der perfekte Gastgeber, schnitt ich sie in Viertel und stellte sie samt Bier vor

Dobro auf den Couchtisch. Wortlos begann er zu essen und zu trinken. Unklugerweise hatte ich eine Pizza mit Pilzen und Käse herausgesucht, bei deren Anblick und Geruch mir der verpilzte Urwald von heute früh ins Gedächtnis kam.

Dobro fragte zwischen zwei Bissen: »Isst du nichts?«

»Nein, danke, mir ist grad nicht nach Pizza.«

»Ey, aber supernett, dass du die dann extra für mich gemacht hast. Hab heute nämlich noch nichts gegessen.«

Der Kater kam lautlos um die Ecke und richtete sich auf seinem Deckenplatz ein.

»Wie heißt der?«, wollte Dobro wissen.

»Keine Ahnung. Gehört mir nicht.«

»Ich würd ihn Jack Sparrow nennen und ihm 'ne Augenklappe basteln mit Totenkopf drauf. Wie ist denn das passiert mit dem Auge?«

»Auch das weiß ich nicht. Ich kenn das Tier doch erst seit gestern Abend.«

»Lustig, passt irgendwie zu dir mit dem einen Auge und du mit deiner Naht überm Auge.«

»Vielleicht nenne ich ihn Ricky.«

»Hast noch was von der Lady in Black gehört?« Dobro hatte bereits eine Dose leer getrunken und zerquetschte diese in der Hand.

Ich schüttelte den Kopf. »Keinen Ton. Die wird wohl für immer ein Mysterium bleiben.«

Der Kater fand anscheinend keine Ruhe und wanderte durchs Wohnzimmer. Vor den drei Gitarren auf ihren Ständern blieb er stehen und beäugte sie kritisch.

»Scheint aber aus einem Musikerhaushalt zu kommen, so wie der die Gitarren ansieht«, bemerkte Dobro.

In dem Moment sprang der Kater mit allen vieren gleichzeitig hoch und versetzte dabei der Akustikgitarre einen Seitenhieb mit der Vordertatze auf die Saiten. Er erschrak ganz fürchterlich, als er den melodischen Lärm hörte, und flüchtete sich zwischen meinen Beinen unter das Sofa.

»Spielen kann er auch. Für meinen Geschmack etwas zu sehr in Richtung Free Jazz, aber hey, für 'ne Katze«, lachte Dobro.

»Wie Clapton.«

So kam der einäugige Kater zu seinem Namen und ich auf die Katze. Als Dobro gegessen und sich die fettigen Pizzapfoten im Bad gewaschen hatte, drückte ich ihm die Ovation Custom Legend in die Hand, die er wie eine Zither auf dem Knie spielte. Für mich selbst holte ich mir die Cordoba Negra von ihrem Ständer. Ich legte vor: *Walk on the Wild Side* von Lou Reed. Dobro setzte ein, und anstatt zu baden spielte ich eine Stunde mit meinem Nachbarn und Dopelieferanten, während sich mein neuer Mitbewohner, der was von guter Musik zu verstehen schien, auf der Couch zwischen uns lang machte.

»Kann man bei dir rauchen?« fragte Dobro, als wir die Gitarren zur Seite stellten.

»Klar, ich muss nur die Wohnzimmertür zumachen.«

Dobro packte eines seiner feinen Erzeugnisse aus, das wir uns brüderlich teilten. Es roch nicht ganz so gut wie Orangenblütenessenz, war aber weitaus entspannender.

»Weiß die Winterberg eigentlich von deinem Familienzuwachs?«, fragte Dobro und entließ genüsslich eine Rauchfahne in Richtung Wohnzimmerdecke.

»Wie denn? Bis vorhin wusste ich doch selbst nichts von meinem Glück.«

»Das gibt Ärger, Bunny.«

»Anzunehmen. Vielleicht verkaufe ich ihr den Kater als Blindenkatze in der Ausbildung. Wenn ich behaupte, dass jeder Arzt so was machen muss, dann schluckt die das, ohne mit der Wimper zu zucken.«

Frau Winterberg war in der Tat obrigkeitshörig, und wenn ich meinen Doktortitel ins Spiel brachte, ging bei ihr wirklich fast alles durch.

»Bist für sie schon ein Halbgott in Weiß. Ich bin eher der Vollpfosten in Grün.«

Nachdem sich Dobro gegen halb eins verabschiedet hatte, genehmigten Clapton und ich uns noch eine Scheibe Brot mit Käse beziehungsweise einmal Käse ohne Brot, aber dafür mit Extraportion Butter. Danach gingen wir gemeinsam ins Bett. Clapton, der einen angeborenen Sinn für Drama zu haben schien, rollte sich auf der Decke zusammen und schloss sein Vollmondauge effektvoll.

Am Morgen erwachte ich regulär durch das Klingeln meines Weckers. Clapton saß bereits hellwach am Fußende und beobachtete die Fische.

»Guten Morgen. Na, hast du dir schon einen ausgesucht zum Frühstück?« Als er meine Stimme hörte, kam der Kater zum Kopfende gelaufen und drückte sein Köpfchen zärtlich an meine Wange.

»Hoppla, so nett bin ich schon lange nicht mehr morgens begrüßt worden.«

Beim Rasieren summte ich fröhlich *Katzeklo* von Helge Schneider. Nach dem Frühstück, das für mich aus einer Tasse Latte Macchiato und einem Müsliriegel bestand und für Clapton aus einem Stück Käse mit Butter sowie einer Schale Milch, verließen wir gemeinsam die Wohnung. Ich fuhr in die Klinik und Clapton ging seinen wie auch immer gearteten Geschäften nach. Vielleicht enterte er tagsüber Tierfutterläden und vertickte das Zeug unter der Pfote an seine Kumpels. Oder er betrieb einen illegalen Handel mit Katzenminzekissen. Ich würde es nie erfahren.

Der Morgen verlief ziemlich ungestört von allzu lästigen Patienten. Die üblichen Erkältungskrankheiten, wobei eine davon eine ausgewachsene Lungenentzündung war, die ich auf die Innere schickte anstatt wieder nach Hause.

Die Mittagspause verbrachte ich wieder mit dem neuesten Klatsch und Tratsch meines Kollegen Ralf.

Die Meldung des Tages war: »In der HNO arbeitet eine Schwester, die keine Unterwäsche trägt, auch nicht, wenn sie ihre Tage hat.«

»Warum trägt sie keine?«, fragte ich Ralf mehr aus Höflichkeit, als dass es mich wirklich interessierte.

»Ist wohl eine spirituelle Sache bei ihr. Es hat was mit der Freiheit des Körpers zu tun und dass Bluten was Normales ist für Frauen und deshalb muss die Umwelt damit zurechtkommen. Die Hopi-Indianerinnen trugen auch nie Unterwäsche.«

»Ist nicht dein Ernst.«

»Doch.«

»Krass.«

»Sieht die restlichen drei Wochen des Monats so was von scharf aus, sage ich dir.«

»Muss ich mir mal ansehen.«

»Darfst du nicht verpassen. Du musst dich aber beeilen. Ich habe aus der Personalabteilung läuten hören, dass sie bei der nächsten öffentlichen Blutung fliegt. Fristlos. Aus hygienischen Gründen. Rein rechnerisch wäre das nächsten Montag soweit.«

»Woher weißt du das denn? Hast du mitgerechnet?«

»Nee, einer der Pfleger aus der Inneren führt einen Menstruationskalender aller weiblichen Angestellten im gebärfähigen Alter.«

»Gut zu wissen, dass ich nicht der einzige Bekloppte in diesen sterilen Hallen bin.«

Meine erste Patientin nach der kurzen Pause war eine adrette Bankerin, dreiunddreißig, schulterlanges dunkelblondes Haar mit Mittelscheitel, riesiger, schwarzer Nerdbrille und erotischer Zahnlücke zwischen den beiden oberen Schneidezähnen. Sie klagte über Bauchschmerzen und Übelkeit nach Mittagessen beim Chinesen.

Rachel Weigert saß vor mir auf der Patientenliege und erzählte, dass sie nur Sushi und Sashimi gegessen habe, wegen der Figur – mit Seitenblick auf mich nach dem Motto: *Sag schon, dass ich das nicht nötig habe.* Aber ich konnte und wollte nicht alle Frauen retten. Außerdem stieß mir der fette Bratfisch mit Kartoffelsalat und ordentlich Mayonnaise, den ich selbst zu Mittag gehabt hatte, übel auf. Deshalb hatte ich keinen Sinn für überflüssige Komplimente, obwohl Rachel sonst ganz meine Kragenweite war.

Der satte, müde Notfallmediziner beschloss, trotzdem nett zu sein, immer die Zukunft im Auge. Ich beugte mich etwas weiter zu ihr vor, um Nähe und Interesse vorzugaukeln. Der Mann lebt schließlich nicht von Brot alleine. Das war taktisch sehr klug, praktisch aber äußerst unklug, weil die adrette Rachel mir urplötzlich und ohne Vorwarnung eine Riesenportion unverdauten Reis mit Fisch und Gemüsestückchen auf Hose und Schuhe kotzte. Ich fuhr blitzschnell mit dem Rollhocker nach hinten, sodass die nächste Ladung auf den Boden ging, aber trotzdem war ein Teil von mir mit *Sushi to go* bekleckert. Ich zog ein paar Papiertücher aus dem Spender, wischte das Gröbste ab und versuchte, nicht allzu ärgerlich zu wirken. Rachel lief rot an und entschuldigte sich wortreich.

Ich wiegelte ab und rief aus der Untersuchungskabine in den Flur: »Dööööörteeeeee! Biiiiitteeee!«

Der Pflegedienstleiter kam um die Ecke. »Würde es Floooo-oriiiiaaan auch tun?«

Als er meine Hose und die Schuhe sah, verzog er keine Miene und telefonierte nach dem Reinigungspersonal. Ich entschuldigte mich bei meiner Patientin, die Florian mit einer Einmalnierenschale versorgt hatte, ging mich umziehen und meine Schuhe abspülen.

Leider war keine Hose mehr in meiner Größe vorhanden, also schlüpfte ich notgedrungen in eine, die mir zwei Nummern zu groß war, krempelte sie unten um und hielt sie beim Laufen fest. In einer freien Kabine schnitt ich mir ein Stück Elastikbinde ab und band damit die Hose oben zu, was unter dem engen Oberteil wie ein dicker Wulst um meine ansonsten gertenschlanke Hüfte aussah.

Rachel traute sich nicht zu lachen, als ich missmutig und unförmig in die Kabine zurückkam. Wenigstens war das Reinigungspersonal schon fertig. Es roch nach dem Reinigungsmittel und der Desinfektionslösung, die hier im Krankenhaus verwendet wurden, und nicht mehr nach halb verdautem Fisch und saurer Magenflüssigkeit.

Florian fragte: »Neue Lässigkeit?«

»*Boyfriend Style* nennt man das«, klärte ich ihn auf.

Routiniert fertigten wir die Bankkauffrau ab. Nachdem alles Übel heraus war, gab es eh nicht mehr viel zu tun. Ich verabschiedete Rachel mit einigem Bedauern. Wer einmal auf mich gekotzt hatte, war als Partnerin für weitere Aktivitäten ein für alle Mal aus dem Rennen. Eiserne Brandstätter-Regel *NFVW: Never Fuck Vomiting Women.*

»Muss ich denn noch mal kommen?«, fragte Rachel verzagt.

»Nee, Schatz«, meinte ich im Stillen. »Du hättest so schön kommen können, so oft du gewollt hättest, aber du bist definitiv gerade ganz falsch gekommen.« Laut sagte ich: »Ich denke, das wird sich in den nächsten Stunden legen. Trinken Sie viel, am besten Kamillentee, und morgen sind Sie wieder fit.«

Ihr Händedruck war warm und feucht, ihre Augen waren vielversprechend und ebenfalls feucht, und weiter wollte ich nicht über feuchte Körperstellen nachdenken.

An der zentralen Anmeldung saß jetzt Fatima, die bei meinem Anblick trocken bemerkte: »Schick, schick. Maßanfertigung?«

»Das nennt man *Boyfriend Style*, Türkenmädchen.«

Fatima und ich hatten in der kurzen Zeit unserer Bekanntschaft eine wunderbar boshafte Art gefunden, uns gegenseitig aufzuziehen, wobei wir insgeheim unsere Bewunderung füreinander ausdrückten.

»Wenn wir schon beim Stichwort *Boyfriend* sind … Du hast Herrenbesuch.«

Fatimas Grinsen war so breit, dass man die Weisheitszähne sehen konnte. Ich war kurzfristig erregt.

»Kennst du eigentlich den Witz mit dem Breitmaulfrosch?«, fragte ich.

»Den kannst du mir später erzählen. Da draußen wartet seit einer halben Stunde ein Herr Kaiser auf dich.«

Sie zeigte mit dem Kopf in Richtung Warteraum, den man durch die Glasscheibe einsehen konnte. Da saß meine zitternde Mittelohrentzündung von gestern. Als Herr Kaiser registriert hatte, dass ich ihn ansah, stand er freudig lächelnd auf, nahm einen gigantischen Blumenstrauß vom Stuhl neben sich und kam eiligst zur Anmeldung. Fatima studierte diskret irgendwelche Patientendaten auf ihrem Bildschirm. Ich begann innerlich zu kochen. Erst angekotzt und dann angemacht, eindeutig nicht mein Tag.

Mein Bewunderer stand direkt an der Scheibe, hob den Strauß hoch und meinte: »Der ist für Sie. Für Ihre Wunderheilkräfte und dafür, dass ich nichts gespürt habe.« Er zwinkerte tatsächlich mit einem Auge.

»Wunderheilkräfte?«, fragte dieselbe unerbittliche Stimme in meinem Kopf, die vorhin Schluss mit Rachel gemacht hatte. »Warte mal ab, wenn ich meine Wunderheilkräfte mit Umkehrschub in Todesstrahlen verwandle.« Gut erzogen, wie ich war, öffnete ich die Tür, nahm die Blumen ab und bedankte mich brav dafür.

Der liebe Herr Kaiser hatte mich aber anscheinend noch nicht genug gedemütigt: »Ich würde Sie auch sehr gerne bei Gelegenheit zu einem Abendessen in einem Lokal Ihrer Wahl einladen.«

Ich warf einen kurzen Blick in die Anmeldung. Fatima telefonierte hochkonzentriert oder schien zumindest so zu tun. Weitere Zeugen gab es nicht.

»Das ist wirklich sehr nett von Ihnen, aber wir sind gehalten, keine Geschenke von Patienten anzunehmen. Die Blumen nehme ich trotzdem gerne für die Damen an der Anmeldung. Aber ein gemeinsames Essen geht dann doch zu weit.«

»Wir könnten auch nur was trinken gehen oder ein wenig durch die Stadt schlendern. Ganz unverbindlich. Ein wenig plaudern, Gemeinsamkeiten entdecken.«

»Tut mir echt leid, ich bin nicht der Typ zum Schlendern und Plaudern, glauben Sie mir.«

Ich setzte diesen Blick auf, den meine Mutter immer an mir gehasst hatte, weil er ankündigte, dass der kleine Benny kurz davor war, sich auf den Boden zu schmeißen und loszuheulen oder mit Gegenständen um sich zu werfen. Herr Kaiser kannte diesen Blick nicht und holte Luft, um unverdrossen einen neuen Satz anzufangen.

Fatima, mein dunkelhaariger Engel, rettete mich beziehungsweise meinen Verehrer: »Herr Doktor Brandstätter, Code Red im Schockraum. Würden Sie sich bitte beeilen?«

»Bin schon da«, und zu dem irregeleiteten Herrn Kaiser: »Sie sehen, immer im Dienst, keine Zeit für Privatvergnügen.«

So trennten sich unsere Wege ohne Happy End. Als ich mir sicher war, dass Herr Kaiser außer Sichtweite war, kniete ich mich mit dem Strauß vor Fatima nieder und fragte sie: »Willst du meine Frau werden, Fatima Yüksel?«

Sie schluchzte und griff sich an die Brust. »Du willst doch nicht wirklich mich, das ist doch nur eine dieser Scheinehen unter Schwulen, damit du nicht auffliegst.«

Plötzlich stand die Kollegin Simone Kant, völlig humorfrei seit ihrer Geburt, hinter uns und räusperte sich verlegen. »Störe ich gerade?«

Ich erhob mich und streckte den gigantischen Strauß in Simones Gesicht. »Aber gar nicht, meine Holde. Den hat eben ein heimlicher Bewunderer für dich abgegeben.«

Die Ärztin nahm die Blumen und drückte sie ungeschickt an ihre flache Brust. »Wirklich?«, hörte ich ihre Stimme hinter dem Grünzeug. »Warum habt ihr mich nicht gerufen?«

»Der wollte partout nicht warten oder seinen Namen nennen. Er ist auch gleich wieder verschwunden. Du hättest ihm angeblich diesen Monat das Leben gerettet, meinte er. War eher die Sorte stiller Verehrer.«

»Wie sah er aus?«

Ich beschrieb ihr Herrn Kaiser in den schillerndsten Farben, ehe ich mich in Richtung Toilette verzog. Im Gehen sang ich leise: »*Ganz in Weiß mit einem Blumenstrauß, so siehst du in meinen kühnsten Träumen aus.*«

Dörte Huber, der ich unterwegs begegnete und die vom Alter her mit Roy Black, dem Originalinterpreten dieses Schlagers aus den Sechzigern, aufgewachsen sein konnte, meinte verdutzt: »Heißt das nicht *in meinen schönsten Träumen?*«

»Wenn man dabei an Simonchen denkt, dann sind solche Träume nicht unbedingt schön, sondern sehr, sehr kühn.«

»Ich verstehe.«

Sie ging weiter und ich sang ihr hinterher. »*Und dann reicht sie mir die Hand und sie sieht so glücklich aus, ganz in Weiß mit einem Blumenstrauß.*«

Lust auf einen neuen Patienten hatte ich an diesem Tag keine mehr und in diesem Aufzug schon gar nicht. Meine Schicht ging sowieso in einer halben Stunde zu Ende. Es war Zeit, meine Blase vor der Heimfahrt zu entleeren. Im Vorraum der Toilette wusch sich das Insektizid die Hände in Unschuld. Ehe ich selbst unbemerkt in einer Kabine verschwinden konnte, hatte er sich umgedreht und musterte mich aufmerksam von oben bis unten.

»Herr Kollege Brandstätter«, hob er an. »Ich weiß, Sie sind neu hier in der Notaufnahme und ein wenig als Rebell und schwierig in der gesamten Klinik bekannt, aber selbst Sie sollten etwas mehr auf Ihr Äußeres achten. Sie werden sehen, auch Ihre Patienten und Kollegen werden das zu schätzen wissen. Respekt ist das Schlagwort. Ich habe die Erfahrung gemacht, dass man in jeder Lebenssituation überzeugender wirkt, wenn man der Situation angepasst korrekt gekleidet ist, wissen Sie.«

Das war mir jetzt eindeutig zu viel. Ich griff mir spontan an den Kopf und verschwand in einem Toilettenabteil mit den Worten: »Ich wusste, ich habe diesen verfluchten Helm vergessen.«

Von draußen kam ein resigniertes Seufzen, und dann ging die Tür auf und wieder zu. Ich nahm einen abwaschbaren Marker aus meiner Brusttasche und schrieb auf die Trennwand:

> You can't soar with the eagles
> when you're surrounded by turkeys.

Bereits in meinen Straßenklamotten sah ich noch mal bei Fatima vorbei: »Damit du eines weißt, es wäre doch Liebe gewesen.«

Sie lachte und meinte: »Geh nach Hause, Benny, und schlaf dich aus. Der Tag war wohl zu viel für dich.«

»Na, dann noch frohes Schaffen.«

»Übrigens, Benny …«, rief sie mir hinterher.

Ich stoppte: »Hast du es dir anders überlegt, meine Beste?«

»Nein, nur Simone läuft überall rum und fragt, wer ihren Verehrer gesehen hat. Die will sich sogar die Videoaufzeichnungen vom Warteraum ansehen.«

»Siehst du, dafür hat sich der ganze Aufwand heute dann doch gelohnt. Bis morgen.«

»Bis morgen, du Spinner.«

Zum Abschied zwinkerte ich ihr noch einmal zu. Der älteren Dame, die an der Aufnahme stand, erklärte ich: »Die Mutter meiner zukünftigen Kinder.«

Die Patientin sah mich kurz an, daraufhin Fatima etwas länger und meinte: »Na, wenn des keine hübsche Kinder werdet, no wois i au net.«

»*Ganz in Weiß, so geht sie neben mir und die Liebe strahlt aus jedem Blick von ihr*«, sang ich extra für die ältere Dame und verschwand durch die automatisch sich öffnende Tür ins richtige Leben. Es nieselte und war kalt, dafür stellten mir keine Männer mit Blumenstrauß nach. Jenseits der Kliniktür war ich nicht mehr Dr. med., sondern Mr. Nobody.

In dem kleinen, familiären Supermarkt bei mir um die Ecke erstand ich noch ein paar Lebensmittel sowie eine Packung Trockenfutter plus einige Schälchen Nassfutter von der Sorte, die man unbedingt mit einem Sträußchen Petersilie verzieren musste. Ich fand krause Petersilie reichlich out und entschied mich dafür, einen Basilikum im Topf mitzunehmen für den Fall, dass auch bei Clapton das eine Auge mitessen wollte. Sollte er mich mittlerweile verlassen haben, konnte ich das Futter ja immer noch dem nächsten Tierheim spenden und aus dem Basilikum ein Pesto machen.

Clapton war tatsächlich weit und breit nirgends zu sehen. Dafür öffnete sich die Wohnungstür von Frau Winterberg, sobald ich die Haustür hinter mir geschlossen hatte.

»Sie, Herr Doktr, kennt i' äbbe mol mit Ihne schwätze?« Frau Winterberg, die auch als Hausmeister fungierte, hatte beide Hände tief in den Taschen ihrer Dienstkleidung, einer bunt geblümten Kittelschürze, vergraben.

Ich schluckte. Von der Vermieterin angequatscht zu werden, hatte mir nach angekotzt, angemacht sowie vom Chef abgefertigt zu werden, noch gefehlt. Benny Brandstätter hatte aber eine sehr gute Kinderstube genossen und sagte: »Selbstverständlich, was gibt es denn?«

»Sie hend also oine Katz.«

Erst jetzt bemerkte ich den kleinen schwarzen, einäugigen Clapton, der im unbeleuchteten Flur hinter Frau Winterberg saß. Meine Vermieterin sparte Strom, wo sie konnte.

»Ähm ...«

»Also, der Herr Beckr, der hat gmoint, des wär Ihre.«

Ich wusste nicht gleich, wen sie mit Herrn Becker meinte, bis mir einfiel, dass das Dobros Nachname war.

»Ja, also ...«

»Der Herr Beckr hat mir elles erzählt. Wisset Sie, i' find des ein ganz feine Zug von Ihne, dass Sie die Operation von dem arme Tierle nach dem schwäre Autounfall zahlt hend und den Aufenthalt in der Klinik, bis er wiedr ganz gnäse war. Es ischt doch overantwortlich, wie man so ein wehrloses Gschöpf erscht afahre und no hilflos uff der Schtraß liege lasse ka. Oine Schweinerei ischt des. Gut, dass es wiedrum so hochaschtändige Leut wie Sie gäbe tut, Herr Doktr.«

»Ja, das war doch ...«

»I' han ihn gfüttrt und gsagt, er mecht bei mir warte, bis Sie hoim kommet. Er war au ganz brav. I' ka ihn doch net bei dem garschtige Wettr draußa vor der Tür lasse. Er hat meiner Moinung nach scho gnuag durchgmacht in seim kurze Läbn. Net wahr?«

»Das ist ausgesprochen ...«

»So, jetzt abr emal zum Gschäftliche. Sie könnet des Tier in dem bsondre Fall selbschtverschtändlich gern bhalte. Des isch mir jetzt direkt uognehm, aber Sie müsset scho verschtande, dass i' die Miete gringfügig erhöhe muass, wo Sie nimmr elloi da obe wohnet.«

»Aber ...«

»Wie hoisst er denn?«

»Clapton.«

»Käpt'n? Wohl wege der Augeklapp. Ihr junge Leut denkt euch scho luschdige Sache aus. I' rechn des emal hoch und geb Ihne des mit der Mietahpassung schriftlich. Schöne Abend noh, Herr Doktr.«

Frau Winterberg schob Clapton mit der Hand durch die Tür auf den Flur und verschloss diese vor uns beiden wie vor zwei unerwünschten Bettlern. Mein Mitbewohner folgte mir auf dem Fuß in die Wohnung hoch und freute sich sehr über das teure Nassfutter im Schälchen.

»Genieß es! Wenn ich mehr Miete zahlen muss, können wir uns solche Delikatessen nicht mehr leisten. Dann gibt's Trockenfutter vom Discounter. Damit du Bescheid weißt.«

Als ich mir später mein Rumpsteak mit einer Schüssel Feldsalat mit kleingehackten Walnüssen und Speckwürfeln einverleibte, sah Clapton mich interessiert an. Er freute sich über den Fettrand, den ich ihm großzügig überließ.

»Dann ist auch Schluss mit Fleisch vom Biorind. Dann gibt's nur noch Pute aus Massenzucht.«

Clapton hörte mir aufmerksam zu. Ich trank einen Schluck eines tiefroten, samtigen spanischen Riojas, den ich bei einem Importeur für spanische Weine in Frankfurt im Dutzend bestellt hatte, die Flasche für 11,50 Euro.

»War ein Sonderangebot«, entschuldigte ich mich bei dem Tier und legte leise lachend den Kopf in den Nacken. »Noch keine vierzig und ich rede mit meiner Katze. Scheiße, Brandstätter.« Ich trank noch einen Schluck, fing den vorwurfsvollen Blick von Fiona 6.2 in ihrer Ecke auf und prostete ihr zu: »Entschuldige, mein Herz: Und natürlich mit meinen Pflanzen!«

Dann legte ich *Dark Side of the Moon* von Pink Floyd auf, machte die Flasche Rioja ratzeputz nieder und tanzte mit Clapton auf dem Arm psychedelische Tänze. Mein musikalischer Kater schnurrte leise die Melodie mit. Ich drehte ihn übermütig auf den Rücken, was er sich ohne mit der Wimper zu zucken gefallen ließ, und ließ ihn kopfüber am Türrahmen laufen. *Spidercat*, lachte ich, ehe ich Clapton wieder auf seine Kuscheldecke legte, wo er in Sekundenschnelle trotz der lauten Musik einschlief.

Februar

Elvis & Priscilla

Dienstfreie Tage nutzte ich gerne dazu, meinen Kontostand aufzubessern und bei meinem Kumpel und Studienkollegen Stefan Deusch in seiner chirurgischen Praxis in Tübingen als Anästhesist zu arbeiten. Stefan hatte die Praxis praktischerweise vom Herrn Papa geerbt. Heute kamen Männlein und Weiblein unters Messer, die Probleme mit hässlichen, schmerzenden Krampfadern hatten. Ich ließ sie sanft einschlafen, achtete darauf, dass ihnen während der Narkose der Körper keinen Streich spielte, und wenn, dann brachte ich es wieder in Ordnung. Ich kontrollierte beim Aufwachen die Vitalfunktionen und ließ mich in der Zwischenzeit von Stefan mit den neuesten billigen Witzen versorgen. Nicht gerade meine Lieblingsbeschäftigung – Notaufnahme war eindeutig interessanter –, aber Narkosen bedeuteten leicht verdientes Geld, das ich gut gebrauchen konnte. Meine Träume waren zwar an einer Hand abzuzählen, die meisten davon aber nur gegen vier- bis sechsstellige Summen käuflich zu erwerben. Meine restlichen Träume waren auch für viel Geld nicht zu kaufen.

Die letzte Patientin, eine Frau Mitte sechzig mit offensichtlich falschen Brüsten, die sich lange standhaft weigerte, aus der Narkose aufzuwachen, entließ ich erst gegen halb sechs. Außer mir waren nur noch Stefan und Beatrice, eine altgediente, sehr routinierte OP-Schwester, in der Praxis. Während eines gemeinsamen Besäufnisses hatte Stefan mir gestanden, dass er ganz zu Anfang seiner Selbstständigkeit, als der Herr Papa noch in der Praxis mitgewirkt hatte, ein kurzes, aber heftiges Verhältnis mit Beatrice gehabt hatte, aus dem ein gemeinsamer Sohn, Maximilian, entstanden war. Der Sprössling durfte aber nichts von seiner Herkunft wissen, weil Beatrice mit einem Bankangestellten verheiratet war und diesen auch nicht gegen den windigen Chirurgen, der zudem noch zehn Jahre jünger war als sie, eintauschen wollte. Daraufhin war Stefan zu Kondomen übergewechselt und ließ die Finger von Angestellten.

»Wie sieht es aus, Benny, gehen wir noch was zusammen essen?«, fragte Stefan. »Oder wartet neuerdings jemand auf dich?«

»Immer noch Fiona 6.2., die treue Seele, und neuerdings Clapton.«

»Wie kommst du eigentlich auf die Bezeichnung 6.2?«

»Fiona ist schon die sechste ihrer Art. Die Vorgängerinnen sind alle verdurstet.«

Stefan stutzte. »Aber warum dann ›Punkt zwei‹? Hast du die in Teilen erneuert oder wie?«

»Umgetopft«, erwiderte ich und erzählte Stefan auf dem kurzen Weg zu unserem Stammitaliener um die Ecke, bei dem wir schon zu Studienzeiten eingekehrt waren, wenn es der Geldbeutel erlaubt hatte, die Geschichte mit Clapton, der bereits die zweite Woche bei mir wohnte.

Giovanni, italienischer Wirt der alten Schule, bediente uns höchstpersönlich und rasselte ziemlich schnell und unverständlich seine Tagesempfehlungen herunter. Manchmal hatte ich ihn im Verdacht, er würde absichtlich so undeutlich sprechen. Stefan bestellte kurzerhand *das Erste* und mir war nach *Spaghetti vongole*. Vorweg bestellten wir Pizzabrot und Antipasti.

»Darf isch die Dottores eine perfekte Roteweine dazu empfehle?«, fragte Giovanni gestenreich, wie dies nur Südeuropäer können, deren Wiege unter blühenden, duftenden Zitrusbäumen gestanden hatte.

Ich war in Stimmung und fragte, ebenfalls mit den Händen herumfuchtelnd: »Wase für eine Weine solle das sein? Äh?«

Giovanni fand meine Imitation seiner Wenigkeit anscheinend lustig und schmunzelte: »Eine Kostlischkeite aus Sicilia. Samtisch weische und lieblisch suße! Wie die Kusse von einer wunderbare Fraue.«

Er küsste seine Fingerspitzen als Statthalter und ich fragte mich insgeheim, wann Giovannis ältliche, leicht feuchte Lippen das letzte Mal eine richtige Frau geküsst hatten. Anschließend machte ich die gleiche Rechnung für meine vollen, hoch erotischen Lippen auf und beendete den Rechenvorgang, ehe die traurige Wahrheit zutage trat.

»Dann einmal her mit dem köstlichen famosen Nektar«, meinte Stefan, der mit mir der Leidenschaft für aus der Mode gekommene Worte frönte. Der empfohlene Rotwein war so perfekt, dass wir zur Hauptspeise eine zweite Flasche bestellten.

Nach dem Espresso steuerte Giovanni als kleines Geschenk des Hauses zwei Grappe bei und füllte die leeren Gläser später noch mal aus einer anderen, kleineren Flasche Grappa. »Welsche schmeckte die Dottores bessa?«

Wir konnten uns nicht entscheiden, welcher mehr mundete, und ließen uns nochmals von dem Ersten einschenken.

»Nee, nee, Giovanni. Die sind beide gleich gut!«, lallte ich, während Stefan die Rechnung beglich. »Wo ist der Unterschied?«

»Der eine kostet doppelt so viel wie der andere.« Wenn es ums Geschäft ging, konnte Giovanni plötzlich akzentfrei hochdeutsch.

Das Gute an Giovannis Lokal war nicht nur das ausgezeichnete Essen und der freizügige Umgang mit Hochprozentigem, nein, es lag auch nur wenige Gehminuten von Stefans Praxis und der darüber liegenden Wohnung entfernt. Wir wankten durch die winterlich leeren Gassen und die steile Altbautreppe hoch zur Wohnung. Ich ließ mich auf die unbequeme, hartweiße Designercouch fallen, während Stefan in der Küche herumkramte. Kurze Zeit später kam er mit einer üppigen Käseplatte und einer geöffneten Flasche Rotwein zurück.

»Ah, wunderbare«, hieß ich ihn willkommen, »endlische bekomme isch wase zu trinke, äh!«

Stefan holte zwei bauchige Rotweingläser aus dem glänzend weiß lackierten Wohnzimmerschrank mit den beleuchteten Glasregalböden. Er wohnte im Gegensatz zu mir, der ich dunkles Leder und warmes Holz schätzte, in kaltem Chrom und lackierten, hoch glänzenden Oberflächen.

Ich hielt das Glas mit der rubinroten Flüssigkeit prüfend gegen das Licht und prostete Stefan zu: »Cheerio, Admiral von Schneider.«

Er hielt dagegen: »You are the nicest little woman, nicest little woman, that ever breathed«, und rülpste vernehmlich.

Schmatzend und schlürfend wie ein echter Weinkenner trank ich den ersten Schluck: »Ah, das ist ein Stöffchen. Eine Schleppe aus Samt, von Muskataromen über meine Zunge getragen.«

»Wo hast du das denn her? Liest du jetzt Bücher über Essen und Weine? Demnächst wirst du wohl auch anfangen, Golf zu spielen.«

»Nee, das ist aus *Käpt'n Blaubär*.«

»Schlimmer, als ich gedacht habe. Er schmökert noch in Kinderbüchern. Ich fang an, mir ernsthaft Sorgen um dich zu machen.« Stefan boxte mir mit wenig Gefühl hart auf den rechten Oberarm.

»Aua! Du hast von hochgeistiger Literatur doch keine Ahnung.« Ich nahm mir ein Stück Käse, der nach den ungewaschenen Füßen der Obdachlosen roch, die ich tagtäglich behandelte, aber köstlich schmeckte. »Ich werde dann wohl hier pennen müssen, wie es aussieht.«

»Sehe ich auch so. Das waren mein Plan und meine Absicht. Mi casa es su casa.«

»Wenn du meinen Körper willst, mein Allerwertester, des kannst vergessen. Ich bin mittlerweile über den Punkt, wo was geht.«

»Wer will schon deinen haarigen Körper?«

Ich schob mein T-Shirt hoch und zeigte Stefan meinen glatten Bauch und die Brust, die zu meinem Leidwesen zu schmächtig ausgefallen war und sich auch mit viel Training nicht weiter aufpumpen ließ. »Da, schau, keine Haare zu sehen. Glatt wie ein Babypopo, aber hart wie Kruppstahl. Fass ruhig hin!«

»Nur für viel Geld.«

Auf diesem Niveau leerten wir die Flasche Wein, probierten noch einen Ouzo, den Stefan aus Griechenland mitgebracht hatte. Wie erwartet, schmeckte das Urlaubsmitbringsel genauso beschissen wie alle anderen Ouzos, die ich im Laufe meines Lebens gezwungen war zu trinken.

»Wasndasfürnfurchtbareszeug?« Ich schüttelte mich.

»Musst du deine Katze nicht füttern?«, fragte mein Kollege und Kumpel aus dem Blauen heraus.

»Nope, wir haben ein raffiniertes Abkommen. Clapton und ich haben zusammen Frau Winterberg um den Finger beziehungsweise um die Pfote gewickelt. Schließlich zahle ich für Clapton seit Februar sechzehn Euro fünfzig mehr Miete. Er hat jetzt freien Zugang ins Haus und in unsere Wohnungen über ein ausgeklügeltes System an Katzenklappen. Hat mich hundertfünfzig Euro gekostet, der Spaß. Plus Mehrwertsteuer.«

Wie sich dieser Betrag zusammensetzte, war mir schleierhaft, aber auch reichlich egal, solange Käthe Winterberg meinen neuen Mitbewohner und mich in Frieden ließ. Nachdem Clapton eine knappe Woche bei mir gewohnt hatte und wir das Arrangement getroffen hatten, dass er die Wohnung verließ, sobald ich ging, kam ich eines Abends nach 22 Uhr vom Spätdienst nach Hause und sah Clapton auf der inneren Fensterbank von Frau Winterbergs Küchenfenster sitzen, das überwachungstechnisch praktisch direkt neben der Hauseingangstür gelegen war. Als er mich kommen sah, klopfte er mit der Tatze spielerisch an die Scheibe. Hinter ihm erschien das blasse Mäusegesicht von Frau Winterberg mit entschlossener Miene und zusammengepressten Lippen. Ihre Wohnungstür ging in dem Moment auf, als ich den Flur betrat. Clapton, der aus irgendeinem Grund ein todschickes, tomatenrotes Lederband um den Hals trug, machte sich sofort die Treppe hoch aus dem Staub. Ich war Frau Winterberg hilflos und alleine ausgeliefert.

»Sie, Herr Doktr, des mit dem Käpt'n geht so fei nimmr.«

Ich hatte es geahnt: Die Geduld von Käthe Winterberg war, was Katzen anbelangte, nicht grenzenlos.

»Was ...«

»Des arme Tier hogget so oft muttrseeleelloi in dr Kält vor der Tür, bis ihn jemand neilasst, und Sie send ja so ozuverlässig da. Des ischt doch koi Läbn.«

»Das tut mir ...«

»Also, da ja sonscht niemand was macht in dem Haus, hab i‹ bschlosse, die Dinge emol wiedr selbscht in d'Hand z'nehme und oine Katzetür eibaue zlasse.«

»Das ist ...«

»Die Koschte für Ihr Wohnungstür übernähmet Sie selbstverständlich in voller Höh. Die für die Tür hinte zum Hof teilet mir uns, net wahr?«

»Ja, das ist doch …«

»So, dann bräucht i' morge früh schpäteschtens um neun ihr Wohnungsschlüssel, falls Sie unterwegs sei sollte, weil i' für die Zeit den Schreinr bschtellt han.«

»Ich bin zu Hause.«

»Wundrbar. Dann ischt des hier des Schreibe mit dr Mieterhöhung. Des Halsband mit dem Ahänger, wo elles drauf schtoht, falls der Käpt'n verlore gehe sollet, zahl i' aus meinr oigne Tasch.« Die Großgrundbesitzerin seufzte vernehmlich, als ob sie sich in den nächsten Tagen wegen dieser unerwarteten Ausgabe nur noch Einbrennsuppe leisten konnte.

»Das mit dem Halsband …«

»Ja, i' wois, des war oine gute Idee von mir, schließlich gibt es schwarze Katze wie Sand am Meer. Wie soll man die unterscheide? Am End landet dr arme Käpt'n noh im Tierheim oder sonschtwo.«

»Aber Clapton hat doch nur ein …«

»Ja, so, i' gang jetzt schlafe. Dass Sie mir morge wach send, wenn dr Handwerkr kommt, der rechnet nach Schtonde ab, also au Wartezeite. Gute Nacht, Herr Doktr.«

Ohne mein *Gute Nacht* abzuwarten, schlug mir Käthe wieder mal die Tür vor der Nase zu.

Stefans Augen wurden bei meiner Erzählung über Käthe Winterbergs wundersame Liebe zu einem pelzigen, einäugigen Käpt'n immer kleiner. Ich rollte mich seitwärts von der Couch herunter, von der man schon nüchtern nicht aufstehen konnte, ohne lächerliche Verrenkungen zu vollziehen: »Ich geh pennen. Ich muss morgen früh um sechs raus, weil ich um sieben Dienstbeginn in der Klinik habe.«

»Dein Bett steht da, wo es immer steht. Bedien dich im Bad. Im Schrank sind frische Zahnbürsten.«

»Stefan, du alter Schwerenöter. Allzeit bereit!« Die Zischlaute kamen mittlerweile sehr undeutlich.

Als ich aus dem Bad kam, war Stefan schon verschwunden. Er war wohl zu besoffen für die minimalste Körperpflege.

Ich löschte das Licht im Wohnzimmer, ließ mich auf das Gästebett, das im Büro am Ende des Flurs stand, sinken und zog mich im Sitzen aus. Stehend Hosen ausziehen wäre gerade nicht sonderlich gut gegangen. In T-Shirt und Unterhose schlüpfte ich unter die Decke. Ich musste mich nochmals aus dem Bett lehnen, um mein Handy aus der Hosentasche zu ziehen. Es war nicht anzunehmen, dass ich in der Früh um 5.45 Uhr von alleine aufwachen würde.

Mittlerweile war es halb zwei und ich hatte seit Stunden keine Nachrichten mehr gecheckt. Die üblichen dreißig von Carolyn, die ich morgen ungelesen löschen würde, eine von einem Freund, der am Wochenende was mit mir trinken gehen wollte, konnte ich auch noch morgen beantworten. Eine Nachricht war von einem mir unbekannten Absender.

01:20 Nachricht von Priscilla
Hi, Benny, ich wollte nur mal fragen, wie es Dir geht und ob Deine Kopfwunde gut verheilt ist. LG Ricky

Ich war plötzlich hellwach, aber leider nicht im Geringsten nüchtern. Das war das, worauf ich seit zwei Wochen wartete, eine Nachricht von der großen Unbekannten. Ich zoomte das Profilbild ran. Die Silhouette einer nackten, schlanken Frau auf einem Bootssteg im Gegenlicht der untergehenden Sonne fotografiert. Leider von hinten, aber ich war geflasht. Alkohol machte mich immer leicht bis mittelschwer wuschig, und das hier war eindeutig provokant. Es zielte genau dahin, wo ich am empfindlichsten war. Ich antwortete, obwohl die Nachricht der Unbekannten schon vor mehr als zwanzig Minuten gesendet worden war.

01:44 Nachricht an unbekannten Teilnehmer
Also, wenn das Deine Silhouette ist, fällt mir nichts mehr ein!

Ich wollte das Handy nach dem Senden gleich wieder weglegen und endlich schlafen, aber es kam umgehend eine Antwort.

01:44 Nachricht von Priscilla
Dann schlaf jetzt! Gute Nacht!

Aber an Schlaf war nicht mehr zu denken und ich tat das, wovon ich jedem abriet: *Don't drink and dial!* Die moderne Technik machte es einem auch so verdammt einfach. Ich drückte wie beiläufig auf *Anrufen* und mein braves Telefon erledigte den Rest für mich. Faktisch hatte ich also gar nicht *gewählt*. Nach zweimal Klingeln meldete sich eine Frauenstimme, leicht heiser, aber samtweich und voll. Verheißungsvoll, um genauer zu sein. Eine von den Stimmen, die man nicht nur im Ohr spürte.

»Hallo?«

»Hey, du unbekanntes Wesen.« Ich kicherte blöd vor mich hin. Benny Brandstätter, genau fünfeinhalb Jahre alt.

»Das ist aber eine Überraschung. Ich hatte nicht damit gerechnet, dass du noch wach bist.«

»Hey, du hast aber eine erotische Stimme«, gluckste ich.

»Danke für das Kompliment. Ist schon das zweite heute Nacht. Sehr großzügig.«

»Gern geschehen. Bin halt ein vollendeter Gentleman.«

»Was hast du gesagt? Die Verbindung ist nicht so toll.«

»Kann sein, dass ich ein klein wenig was getrunken habe und daher ein bisschen undeutlich spreche«, gab ich zu.

»Aha, was ist ein klein wenig?«

»Drei Flaschen Rotwein. Die hab ich mir aber mit 'nem Kumpel ehrlich geteilt.«

»Und?«

»Ja, ich glaube, jeder hatte noch drei Grappa.« Ich konnte nicht anders, ich musste kichern, und an Rickys Stimme konnte ich erkennen, dass sie lächelte. Ich wollte diese Frau unbedingt und gleich pimpern, ungesehen.

»Und?«

»Hoppla, du bist aber sehr, sehr hartnäckig. Tz, tz, tz.«

»Ja, bin ich. Also, sprich.«

»Ouzo, aber nur ein klitzekleines Gläschen.«

»Ah, dann ist ja gut.«

Als Antwort kicherte ich vor mich hin. »Aber nur weil er mir nicht geschmeckt hat. Bin eher der Whiskytrinker. Wie alle harten Männer.« Ich musste aufstoßen und legte nach: »Und Genies.«

»Apropos harter Mann. Wie geht es dir?«, fragte die erotische Stimme namens Ricky.

»Blendend. Ich hatte einen Supertag und penne bei 'nem Kumpel, mit dem ich was essen war. Penne mit Muscheln, quasi.« Ich kringelte mich wegen meines Wortwitzes. Erfreulicherweise hatte die Dame am anderen Ende der Leitung den Joke auch kapiert. »Bin eben ein Pastatiger«, bemerkte ich.

»Papiertiger trifft's wohl eher.«

»Hallo, das nehme ich jetzt als Beinahebeleidigung. Unverschämtheit! Wenn dann Titantiger.«

»Und dabei habt ihr den Alkoholvorrat des Restaurants niedergemacht?«

»Nee, nee, das meiste haben wir hier getrunken. Dann wollte ich ins Bett und sehe eine Nachricht von einer *Priscilla,* die eigentlich Ricky heißt, oder wie ist das?«

»Lange Geschichte, erzähl ich dir vielleicht mal bei Gelegenheit.«

»Hm, ich liebe Frauen, die ein Geheimnis um sich machen. Du scheinst mir ein richtiges kleines Luder zu sein.«

»Du bist ja witzig! Rufst du ständig hackezu unschuldige

Frauen mitten in der Nacht an und beschimpfst sie?«

»Wenn sie bei mir zu Hause nächtigen und danach ohne Lebenszeichen für zwei Wochen von der Bildfläche verschwinden und meine Bücher klauen, dann ja. Strafe muss sein.« Ich unterdrückte ein Hicksen, das wäre mir dann doch zu peinlich gewesen.

»Ich habe dir doch im Bad gesagt, dass ich umziehen werde und es eine Weile dauern kann, bis ich mich wieder bei dir melde. Bist du wirklich sauer wegen dem Buch?«

»Nee, nee, aber du bist mir schon ein verstohlenes Miststück.« Ich amüsierte mich über meine eigenen Worte, wie dies nur Besoffene und schlechte Alleinunterhalter können. Dass ich eine wildfremde Frau an der Schnur beschimpfte, war mir gerade ziemlich egal. Leider tendierte ich mit steigendem Alkoholpegel dazu, nicht nur sexuell bedürftig, sondern auch ausfallend zu werden.

»Hey, hör mal auf, mich zu beschimpfen, schließlich habe ich dich in der Nacht vorm Verbluten und Erfrieren gerettet. Ist das der Dank?«

Man hörte Rickys Stimme erneut an, dass sie bei diesen Worten lächelte. Eine Frau, die nachts um kurz vor zwei lächelte, konnte nicht verkehrt sein.

»Was noch zu beweisen wäre«, lallte ich.

»Warte, ich schicke dir ein Beweisfoto.«

»Du hast Fotos von der Nacht? *Fuck!* Du bist mir vielleicht eine!«

Ich konnte nicht mehr vor Lachen. Ricky am anderen Ende der Leitung, wo immer das sein mochte, lachte mit. Irgendwie war ich in die Stimme und dieses Lachen unrettbar verliebt. Das passierte mir allerdings ab 1,5 Promille regelmäßig und ging wieder vorbei, sobald mein Blutalkoholwert wieder niedriger wurde. Nüchtern verliebte ich mich dagegen tendenziell eher ganz selten.

»Ja, zur Erinnerung. Wann passiert es einem schon, dass

man einen blutenden Mann aufgabelt, ihm anbietet, ihn zum Arzt zu fahren, und zur Antwort bekommt: ›Lassen Sie mich Arzt, ich bin selber durch!‹«

Ihr Lachen klang herrlich in meinen besoffenen Ohren.

»Oh, Scheiße, das klingt wirklich nach mir.«

»Sag mal, du sprichst immer undeutlicher, was machst du?«

»Äh, hab grad probiert, unter der Bettdecke zu telefonieren, damit mein Kumpel nicht aufwacht. Wir müssen beide morgen früh raus. Also später am Morgen.«

Ich musste unaufhörlich weiterlachen. Ricky konnte auch nicht aufhören. Die Situation war völlig absurd, machte aber unheimlichen Spaß. Ich hörte, wie eine Nachricht auf meinem Handy ankam und sah mir die Bilddatei an. Ich in T-Shirt und Unterhose vor meinem Badezimmerspiegel, mit Nadelhalter und Nadel und dazu mit einem hoch konzentrierten Gesichtsausdruck an meiner Stirn arbeitend.

»Oh, Scheiße, du Stück hast mich ausgezogen!«

»Nee, nee, mein Guter, das hast du selbst getan. Ich hab dich nicht angefasst«, kam die Antwort.

»Und was passierte *dann*? Hast du mich immer noch nicht angefasst?«

»*Dann* habe ich dich ins Bett gebracht.«

»Und *dann* habe ich dich angefasst?«

»Dazu warst du *dann* nicht mehr in der Lage. Du hast dich bis zum Kinn zugedeckt, mich vollgejammert und nach einem Whisky und einem Schlaflied verlangt.«

»Schade.« Ich überlegte kurz. »Warum habe ich dich nicht angegrapscht? Siehst du so scheiße aus?«

Obwohl ich ratzeblau war, wusste ich in dem Moment, als ich den Satz gesagt hatte, dass es das Falscheste war, was man zu einer wildfremden Frau mitten in der Nacht am Telefon sagen konnte.

Aber Ricky schien anders als die anderen zu sein. Sie lachte ihr wunderbares kehliges Lachen und erwiderte: »Sagt der Typ mit der Platzwunde überm Auge und der ausgeleierten Unterhose, dem besten Verhütungsmittel überhaupt.«

Ich sah noch mal genauer auf das Foto. Meine Mutter hatte recht, wenn sie mich seit frühester Jugend ermahnte: *Geh nie mit alter Unterwäsche aus dem Haus. Man weiß nie, was passiert, Kind.*

»Okay, eins zu null für dich. Schick mal ein Foto von dir. In Unterwäsche, bitteschön.«

»Heute schicke ich dir gar nichts mehr. Ich denke, es wird Zeit für dich, zu schlafen.«

»Aber ich habe keine Ahnung, wie du aussiehst«, heulte ich.

»Sag bloß, du hattest wirklich einen Filmriss. Es ist nicht meine Schuld, wenn du dich bis zur Besinnungslosigkeit besäufst.«

»He, zumindest scheinst du ein schlaues Mädchen zu sein! Merkst aber auch alles.«

»Na ja, besoffen genug warst du ja und bei so einem harten Schlag auf den Kopf weiß man nie, was zurückbleibt.«

»Jeder Rausch tötet nachhaltig Millionen von Hirnzellen. Bin Anästhesist. Weiß so was.«

»Ich weiß.«

»Na, dann. Erzähl mir mal, was so war in der Nacht.«

»Du erinnerst dich an gar nichts mehr? Das ist ja nicht zu glauben.«

»Nope. Blackout vom Feinsten.« Ich fand das ungeheuer witzig. »Du kannst mir jede Story erzählen. Ich glaub dir alles.«

»Es macht echt Spaß, mit dir zu sprechen, auch wenn ich nur die Hälfte verstehe, weil du so nuschelst.«

»Ich nuschle nicht, das ist eine freche Unterstellung. Bin bekannt für meine klare Aussprache.«

»Ist es nicht, du bist völlig blau. Aber ich kenn dich ja nicht anders.«

Ricky lachte wieder frech. Ich hätte sie zu gerne gesehen oder wenigstens eine Vorstellung von dem Gesicht hinter der Stimme gehabt.

»Du bist ja rotzfrech! Jemand sollte dir mal den Hintern versohlen!«, konterte ich und wunderte mich, warum Ricky nicht auflegte, sondern sich weiter mit mir sturzbesoffenem Arsch unterhielt.

»Das hast du mir in dieser Nacht auch ständig angedroht.«

»Und, was noch?«

»Du hast mir so dies und das aus deinem bewegten Leben erzählt.«

»Sprich, Weib!«

»Nicht mehr heute. Ich muss jetzt auch schlafen.«

»Also gut, überredet. Bin eh hundemüde und ich muss um sechs schon wieder aufstehen. Um sieben fängt mein Dienst an. Außerdem mache ich gerade meinen Segelbootführerschein und noch 'ne Fortbildung zum Palliativmediziner«, zählte ich stolz auf.

»Kannst du das letzte Wort noch mal wiederholen?«

»Wieso, hab ich wieder genuschelt?«

»Auch, aber das klingt sehr sexy, wenn du das sagst.«

Ich tat ihr den Gefallen: »Palliativmedizin.«

»Voll erotisch!«

»Du bist mir vielleicht ein Weib, lässt dich mitten in der Nacht von einem wildfremden Mann verbal sexuell stimulieren.«

»Wer hat wen angerufen?«

»Ja, ja. Aber wenn ich gewusst hätte, worauf das hinausläuft ...«

»Fühlst du dich benutzt?«

»Voll«, lallte ich.

Mit frechem Grinsen, das man aus der Antwort heraushörte, auch wenn man über 1,5 Promille hatte, meinte Ricky:

»Das tut mir echt leid!«

»Hallo? Merk dir mal eines, junge Dame, man grinst nicht, wenn man sich entschuldigt. Du bist nicht nur ein Miststück, du lügst auch. Elende Schwindlerin.«

»Du hast mich voll durchschaut.«

»Pin schon ein schlauer Pursche.«

»Bist du wohl, auch wenn du gerade enorme Probleme damit hast, das auszusprechen. Schlaf jetzt!«

»Okay, Mama, mache ich.«

»Braves Kind!«

»He, du?«

»Ja?«

»Wie siehst du aus?«

»Toll!«

»Echt?«

»Klar.«

»Du bist nicht nur frech, sondern auch eingebildet. Freches Miststück eben.«

»Schlaf endlich! Augen zu! Handy aus! Gute Nacht!«

»Hände auf die Decke hast du vergessen. Gute Nacht, du süßes Luder. Und träum schön. Am besten von mir.« »Du auch, Hase.«

Dann war die Verbindung unterbrochen. Der Hase legte das Handy mit einem breiten Froschmaulgrinsen zur Seite und schlief auf der Stelle wie ausgeknipst ein.

Der Wecker klingelte planmäßig um 5.45 Uhr. Ich hatte noch genügend Restalkohol im Blut, um locker in der Ausnüchterungszelle landen zu können. Trotzdem war ich mit einem Schlag hellwach, als mir einfiel, was ich kurz vor dem Einschlafen getan hatte. Mein Handy lieferte den Beweis. Tatsächlich, ich hatte mitten in der Nacht reichlich betankt mit einer ominösen unbekannten Dame namens Ricky alias Priscilla telefoniert. Ich beschloss, noch eine halbe Stunde zu dösen, in der Hoffnung, dass sich der Restalkohol in meinem Blut auf wundersame Weise auflösen würde. Den Gefallen tat er mir selbstverständlich nicht. Die Zeit nutzte ich, um das nächtliche Telefonat nochmals Revue passieren zu lassen, was mir aber nur in Bruchstücken gelang. Ich befürchtete Schlimmes. Alkohol löste meine Zunge und ließ mich regelmäßig Dinge zu Ladys sagen, die ich später sehr bereute, weil es die Damen nicht unbedingt immer so lustig fanden wie ich selbst.

Stefan war noch nicht wach, die Tür zu seinem Schlafzimmer war zu. Er musste erst später arbeiten und nur die Treppe runterlaufen und nicht eine halbe Ewigkeit durch den morgendlichen Berufsverkehr fahren. Da ich hier aber öfters nächtigte, kannte ich mich gut genug in der Küche aus, um mir selbst einen Kaffee zu machen, den ich im Bad während einer Katzenwäsche nebenher trank.

An diesem Morgen trat ich meinen Dienst viel zu spät an, dazu mit übler Alkoholfahne, aber irgendwie beschwingt. Während der Rückfahrt nach Stuttgart im dichten Pendlerverkehr hatte ich erneut versucht, das Telefonat mit Ricky zu rekapitulieren. Es war mehr als peinlich gewesen, aber irgendwie lustig und ihrem Lachen und der netten Verabschiedung nach zu urteilen schien sie mir nichts krumm genommen zu haben. Zumindest hoffte ich, dass dem so war. Ich wollte Ricky nach diesem außergewöhnlich spaßigen Telefonat unbedingt näher kennenlernen. An einer roten Ampel nahm ich mein Handy heraus, um ihr zu schreiben. Ich rief den Kontakt auf und musste schmunzeln. In meiner Euphorie über das ungewöhnliche nächtliche Gespräch hatte ich Ricky alias *Priscilla* unter *Ricky Brandstätter* gespeichert. Da soll mir mal einer nachsagen, ich würde es mit den Frauenbekanntschaften nicht ernst meinen.

06:33 Nachricht an Ricky Brandstätter
Au, verdammt! Ich hab Dich tatsächlich rotzeblau angerufen!?! Nicht zu fassen ... Und ich sag noch: Don't drink and dial ...

Es war nicht weiter schlimm, dass ich mal wieder zu spät dran war, denn es gab nichts zu tun. Mit meiner zweiten Tasse Kaffee an diesem Morgen machte ich es mir auf dem Tresen der zentralen Aufnahme gemütlich, ließ die Füße baumeln und bemerkte, dass ich dringend neue Arbeitsschuhe brauchte. Fatima blätterte in einem Boulevardmagazin. Sie reichte mir wortlos ein Pfefferminzkaugummi aus der Schreibtischschublade, welches ich dankbar annahm. Meine Alkoholfahne war mir unangenehm. Mein Handy vibrierte. Ich warf einen Blick darauf.

07:26 Nachricht von Priscilla
Geht doch nix über einen Mann, der seine eisernen Grundsätze bricht!

SIE hatte geantwortet und war nicht sauer. Mir fiel ein Stein vom Herzen. Schon wieder musste ich schmunzeln. Fatima sah mich misstrauisch von der Seite an. »Huch, was ist denn mit dir los? Noch keine zehn Uhr und du lächelst? Ganz was Neues. Bist du etwa verliebt?«

»Nee, ich hatte heute Nacht nur eine seltsame Begegnung.«

»Mit mehreren Flaschen Schnaps und zwei Knollen Knoblauch, wie es riecht.«

»Falsch. Ich habe lediglich versucht, meinen Knoblauchatem mit ziemlich viel alkoholhaltigem Mundwasser zu reinigen. Das scheint mir aber nicht gelungen zu sein.« Ich kratzte mich am Kopf und überlegte, was ich Ricky antworten sollte.

»Mundwasser, soso«, bemerkte Fatima. »Du hättest es vielleicht nicht schlucken, sondern bestimmungsgemäß wieder ausspucken sollen.«

Ich sah Fatima lange und eindringlich an und nickte bedächtig. »Ich habe es besonders gut gemeint und wollte auch von innen sauber duften. War wohl ein Fehler.«

Fatima musste ein Telefongespräch annehmen und ich tippte.

07:36 Nachricht an Ricky Brandstätter
Eieiei ... schlimm! Trotzdem war es lustig. By the way einen wunderschönen guten Morgen.

07:36 Nachricht von Priscilla
Ja, das war es! Aber verdammt kurze Nacht! Dir auch einen guten Morgen!

Der Kollege Ralf Richter erschien, ebenfalls mit einer Tasse Kaffee bewaffnet und ziemlich verschlafen, an der Anmeldung. »Guten Morgen zusammen.« Er hielt kurz inne. »Was riecht hier so komisch?«

Ich nickte in Richtung Fatima, deutete mit einer Handbewegung an, dass sie getrunken hatte, formte lautlos das Wort *Knofi*, hielt mir die Nase zu und widmete mich wieder meinem Telefon. Fatima, die mit einer unglaublichen Rundumsicht gesegnet schien, schlug mir mit ihrer freien Hand an den Hinterkopf.

»Aua!« Ich schrie auf, und nachdem ich auf meine Armbanduhr gesehen hatte, sagte ich zu Ralf: »Du bist mein Zeuge: 7.38 Uhr, Anmeldungsordonanz Fatima Yüksel belästigt den aufstrebenden Assistenzarzt Dr. Benny Brandstätter sexuell und wird ihm gegenüber tätlich, als er nicht auf ihre Avancen eingeht.«

07:39 Nachricht an Ricky Brandstätter
Äh ja, das war es leider ... Werd' es nicht zur Gewohnheit machen ... Versprochen!

»Gibt's was zu tun?« fragte Ralf.

Fatima und ich schüttelten simultan den Kopf.

»Na, dann leg ich mich noch ein Weilchen aufs Ohr. War eine kurze Nacht«, verkündete er und ging von dannen.

Mein Handy vibrierte wieder, ehe ich erklären konnte, dass ich eigentlich eine viel kürzere Nacht gehabt hatte und Schlaf weitaus dringender gebrauchen konnte.

07:42 Nachricht von Priscilla
Sehr rücksichtsvoll! Ich brauch schließlich meinen Schönheitsschlaf! By the way: Lustigstes erstes Telefonat ever!

Fatima hatte aufgelegt und sah mich wieder an. »Hey, wenn du nicht verliebt bist. Du lächelst schon wieder so treudoof.«

»Wo ist eigentlich dein Kopftuch, das mich laut eurer heiligen Schrift davon abhalten soll, vom Anblick deines glänzenden Haares frühmorgens schon sexuell erregt zu werden? Hä?«

»Oh, das habe ich doch glatt heute Nacht bei meinem Freund liegen lassen! Moment, ich ruf Mustafa eben mal an, damit er es mir bringt. Bei der Gelegenheit erzähle ich ihm, dass du sonst sexuell von meinem Anblick erregt wirst«, kam die Retourkutsche.

Mustafa war eins zweiundneunzig groß, brachte hundertfünf Kilo pure Muskelmasse auf die Waage, davon grob geschätzt alleine zehn Kilo für die Halsmuskulatur. Laut Fatimas Schilderung ein begeisterter Bodybuilder. Ehe ich antworten konnte, kam ein Patient an die Trennscheibe und Fatima war beschäftigt. Ich nahm einen Schluck Kaffee, der mit dem Kaugummi zusammen scheußlich schmeckte.

07:50 Nachricht an Ricky Brandstätter
Fand ich auch ... nur, wenn wir das Level halten wollen, wird es schwirig für meine Leber. P.S. Schick doch mal endlich ein Foto von Dir, damit ich beurteilen kann, wie viel Schlaf Deine Schönheit noch braucht!

»Ich hätte eine Appendizitis für dich«, bot Fatima an.

»Wer hat das diagnostiziert? Der Hausarzt?«

»Nein, der Patient selbst.«

»Aha, aha. Na, dann ruf am besten gleich im OP an, und einer der Pfleger soll ihn geschwind rüberbringen. Der Fall wäre erledigt. Der Nächste bitte. Das geht ja heute wie's Brezel backen.«

Der letzte Schluck Kaffee war kalt und bitter. Ich rutschte vom Tisch. Immer wieder bewahrheitete sich der Spruch *Nur eine tote Aufnahme ist eine gute Aufnahme!*

Fatima rief mir hinterher, während ich im Gehen tippte: »He, Dr. Seltsam, wie kommt die Tasse in die Spüle?«

»Versuch's mal mit Telekinese, dann kommst du ins Fernsehen«, schlug ich vor, nahm die Tasse aber brav mit.

07:52 Nachricht an Ricky Brandstätter
Hicks!

07:53 Nachricht von Priscilla
Ja, blöd, spende Dir nach der Hochzeit 'nen Teil von meiner Leber! Red so 'nen Sch… auch stocknüchtern! Leber fast wie neu. Foto hängt an!

Während ich mit der gewagten Selbstdiagnose in Gestalt eines vierundsechzigjährigen Rentners, der auf den Namen Walter Breiter hörte, in eine der Untersuchungskabinen ging, sah ich zum ersten Mal ein Foto von meiner witzigen Retterin. Sie hatte langes, dunkelblondes Haar, ein freundliches, gewinnendes Lächeln und ultrahübsche Augen. Das Gesicht passte zu der tollen Stimme und dem warmen Lachen.

Ich stellte mich dem Patienten vor und ließ ihn erst mal frei über seine Beschwerden assoziieren.

»Aha, aha. Legen Sie sich bitte mal auf die Liege und machen Sie Ihren Oberkörper frei«, forderte ich ihn auf und nutzte die Wartezeit, bis sich der Patient in der Horizontalen befand, sinnvoll.

07:59 Nachricht an Ricky Brandstätter
Beruhigend! Wenn sie so ausschaut wie der Rest von Dir,
ist sie ja quasi jungfräulich ... Erst nach der Hochzeit?
Dann müssen wir unsere Telefonate vorher begrenzen ...

Nachdem ich das Telefon weggesteckt hatte, tastete ich den schwabbeligen Bauch vor mir ab. Ich konnte bis auf einen dezenten Druckschmerz im Oberbauch nichts Ungewöhnliches feststellen. Ehe ich zum Stethoskop griff, um die Darmgeräusche abzuhören, las ich, was Ricky mir mitzuteilen hatte.

08:05 Nachricht von Priscilla
Rischdisch ... alles an mir ist frisch und unverbraucht ... Warum?
Wir können im März nach Vegas fliegen, bis dahin dürfte Deine
Leber doch mitmachen ...

Ich tastete die typischen Blinddarmdruckpunkte im rechten Unterbauch ab und lauschte, was das Stethoskop mir verriet. Es waren wenig Darmgeräusche zu hören. Ich beschloss, ihn mittels Ultraschall weiter zu untersuchen. Herr Breiter nutzte meine Wehrlosigkeit und erzählte mir von seinem Hobby, welches etwas mit Laub, Sägen, Holz und viel Farbe zu tun hatte und anscheinend seine Enkel und die halbe Nachbarschaft sehr glücklich machte, warum auch immer.

»Aha, aha«, täuschte ich Interesse vor und legte mir im Kopf meine Antwort an Ricky zurecht. Ich gab dem Großvater vieler glücklicher Holzenkel ein paar Papiertücher und bat ihn, sich den Bauch zu reinigen.

08:10 Nachricht an Ricky Brandstätter
Is gebongt! Bis März ist überschaubar! Werd es mal mit
Abstinenz probieren ... Also nicht jeden Tag!

Ich wandte mich wieder meinem Patienten zu und erklärte ihm, dass absolut nichts Auffälliges zu finden war, schon gar kein entzündeter Blinddarm.

Er sah mich ratlos an: »Aber ich spüre so seltsame Bewegungen im Bauch.«

Mein fieses Ich schlug im Geiste einen Schwangerschaftstest vor. Mein professionelles Ich hielt seine Klappe und ließ den Patienten weiter von seiner durchwachten Nacht erzählen. Mein männliches Ich las mit Begeisterung eine weitere amüsante Nachricht von meiner neuen Freundin.

08:14 Nachricht von Priscilla
Dann lass uns heute sehr nüchtern und ernsthaft telefonieren. Ich schick Dir später 'ne Liste mit der Themenauswahl, dann kannst Dich intellektuell darauf vorbereiten.

»Herr Doktor, hören Sie mir überhaupt zu?«, störte der Patient.

»Selbstverständlich! Gerade wir Ärzte in der Notaufnahme müssen absolut multitaskingfähig sein.« Ich hielt das Handy hoch. »Das ist ein Kollege, der mich wegen meiner Meinung konsultiert hat. Enorm wichtig.« Mit ernster, sehr besorgter Miene tippte ich:

08:17 Nachricht an Ricky Brandstätter
Sehr gut! Werde dann während dem Gespräch das Protokoll übernehmen und es Dir hinterher zur Korrektur schicken!

Dann sah ich meinen Patienten mit noch besorgterer Miene an: »Wann hatten Sie das letzte Mal Stuhlgang?«

»Da muss ich mal überlegen. Vorgestern?«

»Tja, mich dürfen sie nicht fragen! Vielleicht rufen wir mal bei der NSA an? Die können das sicher in ihren Aufzeichnungen nachprüfen.«

Herr Breiter reagierte verunsichert auf diesen Vorschlag: »Meinen Sie die Städtische Wohnungsbaugesellschaft?«

»Kontrollieren die bei Ihnen die Toiletten?«

»Ja, also, nein, nicht dass ich wüsste. Die lesen nur die Wasseruhren einmal pro Jahr ab.«

»Aha, aha, na, dann wissen die auch nicht mehr als wir.«

»Ich könnte aber meine Frau anrufen, die weiß so was immer«, bot er an.

»Nee, nee, Telefonjoker gibt's hier bei uns nicht, sorry.« Herr Breiter schien immer noch nicht kapiert zu haben, dass ich mir einen Scherz mit ihm erlaubte. »Sie müssen sich schon selbst erinnern«, ermahnte ich ihn.

»Eher vorvorgestern. Abends. Nach der Tagesschau«, meinte er schließlich mit wenig Überzeugung. Dann fiel ihm ein: »Stimmt! Ich habe deswegen die Wettervorhersage verpasst.« Die Freude darüber, dass er sich so genau erinnerte, war ihm anzusehen.

»Aha, aha, dann kommen wir der Sache schon etwas näher. Das ist recht lange, da kann der Darm schon mal Problemchen bereiten.«

»Habe ich einen Darmverschluss, Herr Doktor?«

»Das wollen wir doch nicht hoffen.« Ich stand auf. »Das sieht mir eher nach einer harmlosen Verstopfung aus. Ich verschreibe Ihnen etwas Abführendes für zu Hause, und die Schwester wird Ihnen ein Klysma verabreichen. Dann müsste in einer Stunde alles wieder bestens sein.« Ich gab die Daten für das Rezept ein und nahm wieder mein Handy.

08:24 Nachricht an Ricky Brandstätter
Also ich wünsche mir an Themen: Weltfrieden, unbefleckte Empfängnis und Dschungelcamp.

08:25 Nachricht von Priscilla
Erste Korrektur. Es muss heißen: Während des Gesprächs! O. k., meine Liste ist umfangreicher … Was interessiert Dich an unbefleckter Empfängnis?

Mein Patient meldete sich wieder ungefragt zu Wort: »Konnten Sie dem Arzt helfen?«

Ich sah ihn leicht verwirrt an.

»Weil Sie so zufrieden lächeln«, erklärte er.

»Oh, ja, alles bestens. Sie warten hier. Eine Schwester kümmert sich gleich um Sie.«

Fatima hatte keine weitere Arbeit für mich. Ich nahm mit der dritten Tasse Kaffee des Morgens auf dem Drehstuhl neben ihr Platz. Meinem Kopf hatte ich ein paar Aspirin gegönnt. Señorita Priscilla war ebenfalls fleißig gewesen.

08:29 Nachricht von Priscilla
Topics: Senken Gelnägel wirklich den IQ?
Ist Tupperware besser als eine Billigschüssel?
Soll man einen Stehpinkler in die Wohnung lassen?
Hat die Queen ein Kondom in ihrer Handtasche?
Is freedom just another word for nothing left to lose?

08:41 Nachricht an Ricky Brandstätter
Z. B.: Wieso schaffen es so viele Frauen völlig unbefleckt ohne Empfängnis durchs Leben?

Ich nahm Fatimas linke Hand prüfend in meine und fragte: »Sind das Gelnägel an deinen Patschehändchen?«

»Ja, aber seit wann interessiert dich so was?«

Ich warf einen Blick auf mein Handy, ehe ich antwortete: »Seit 8.29 Uhr ganz genau. Wie lange hast du die schon?«

»Diese seit zwei Wochen. Ich mach das noch nicht lange mit den Gelnägeln.« Sie betrachtete die gespreizten Finger: »Macht eine Freundin von mir. Sieht schon gut aus, oder?«

Ich ließ Fatimas Hand wieder los.

Sie erklärte weiter: »Das ist ein *Must Have* für jede Frau, die was auf sich hält, weißt du.«

»Fühlst du dich seitdem anders?«, wollte ich wissen.

»Wie anders? Schöner oder was?«

»Nee, brauchst du länger, um was zu kapieren, oder hast du

seitdem beim Kopfrechnen Probleme?«

»Hallo?! Wie viel Restalkohol hast du eigentlich noch im Blut?«

»Das geht dich nichts an. Beantwortest du mir jetzt meine Frage?«

Fatima ignorierte mein Anliegen und fragte stattdessen: »Wer bringt dich eigentlich auf so absurde Gedanken und mit wem schreibst du denn schon wieder? Mit dem neuen Schatzi?«

»Nee, das ist Konversation auf höchster intellektueller Ebene, davon verstehst du nix.«

»Aber du!?«

Ich sah sie herausfordernd an: »Kannst du dir kein Kopftuch leihen? Hier rennen so viele muslimische Putzfrauen rum. Da wird doch eine ein Zweittuch haben!«

»Du bist ein Arsch, Benny.«

»Dr. Benny! Bitteschön!«

Seit geraumer Zeit wartete eine bildhübsche Mittvierzigerin mit kupferrotem, wallendem Haar vor der Scheibe, lauschte unserem Geplänkel misstrauisch, rückte schließlich doch mit ihrem Namen und ihrem Anliegen heraus. Habe ich schon erwähnt, dass lange Haare mein einziger Fetisch sind?

»Eintragen, Schwester Fatima, aber pronto. Ich übernehme den Fall«, tönte ich großspurig und nutzte die Zeit, die die Aufnahmeformalitäten brauchten, anderweitig.

08:43 Nachricht an Ricky Brandstätter

O. k. Schöne Auswahl. Da wünsche ich mir noch: Wo gehen alle Socken in der Waschmaschine hin?

Die attraktive Ulla Roman litt unter üblen, nicht mehr auszuhaltenden Kopfschmerzen und Druckgefühl über den Augen seit dem vorigen Abend. Sie hatte sich heute früh sogar übergeben müssen und deshalb beschlossen, uns vor der Arbeit aufzusuchen. Die Symptomatik betrübte mich etwas, hatte ich doch noch keinen Grund, die Patientin sich ausziehen zu lassen. Irgendwie hatte ich das Gefühl, heute Morgen etwas Schönes fürs Auge verdient zu haben. Aber was nicht war, konnte ja noch werden. Gründliche, umfassende Anamnese war das Zauberwort. Ich warf noch einen letzten Blick aufs Handy.

08:47 Nachricht von Priscilla
Zu eins: Weil es so viele männliche Luftpumpen gibt!
Zu zwei: Ich bin überzeugt, die werden als Mützen wiedergeboren.

08:47 Nachricht an Ricky Brandstätter
… und warum braucht man für alles einen Führerschein, nur Kinder darf jede Dummbratze bekommen?

08:48 Nachricht an Ricky Brandstätter
Ich glaube, die landen auf 'nem fremden Planeten, auf dem nur Socken leben … à la Per Anhalter durch die Galaxis … woisch?

Ich sah kurz hoch, konnte aber die attraktive Ulla nirgends mehr entdecken. »Wo ist das rothaarige Geschoß geblieben?«, fragte ich Fatima.

»Die hat sich Ralf unter den Nagel gerissen. Du warst ja anderweitig beschäftigt.«

»Patientendiebstahl. Sauerei«, bemerkte ich und sah auf mein Handy. Ricky hatte geantwortet.

08:50 Nachricht von Priscilla
Verschwinden eigentlich nur männliche, also LINKE Socken oder beiderlei Geschlechts?

08:50 Nachricht von Priscilla
Stimmt, kriegst ja nicht mal 'nen Hund ausm Tierheim ohne polizeiliches Führungszeugnis!

08:51 Nachricht an Ricky Brandstätter
… und nicht jetzt schon die Fragen beantworten! Sonst haben wir wieder nichts zu reden und enden womöglich bei Ferkeleien.

Ich steckte das Handy weg und sah Fatima an.

Sie fragte: »Ist der Herr Assistenzarzt nun bereit, einen Patienten zu übernehmen, oder wie sieht das grundsätzlich aus heute? Bist du ansprechbar oder soll ich dir die Patienten per WhatsApp zuteilen?«

»Gut, ich übernehme den nächsten Patienten und dann geh ich ein Kopftuch für dich besorgen.« Mein Handy hatte erneut vibriert, und ich holte es unter dem verschlagenen Blick von Fatima heraus. »*WAS?* Meine Mutter!«

»Klar, welche Frau interessiert sich sonst für dich?«

Weil schon wieder Patienten vor der Scheibe standen, bewegte ich meine Lippen lautlos: »Kopftuch.«

Fatima zwinkerte frech.

08:53 Nachricht von Priscilla
… wenn Du Palliativmedizin zu mir sagst, kann ich für nix garantieren …

Ich musste laut auflachen, was Fatima zu der Frage drängte: »Lustige Frau, deine Mutter?«

»Der Humor liegt in der Familie. In beiden Linien. Doppelte Erblast sozusagen.«

09:04 Nachricht an Ricky Brandstätter
Du wildes Luder.

»Friedrich Kristaller, schmerzhafte Krampfadern«, vermeldete Fatima.

»Mist, ich hätte wirklich gerne die Rothaarige mit den Kopfschmerzen gehabt, die war ausbaufähig.«

»Dann frag den Kollegen, ob er tauscht.«

09:07 Nachricht von Priscilla
Ey, wenn Du misch so produzierst!

09:09 Nachricht an Ricky Brandstätter
Muss kurz was arbeiten … Krampfadern … der Patient

> heißt Kristaller. Muss an Kristall-Rainer von Herrn Lehmann denken ... Kennst Du das Buch von Sven Regener?

Herr Kristaller wurde von einer riesigen Lederreisetasche begleitet. Ich hörte mir sein Leiden an und entschuldigte mich pro forma, weil ich wusste, ich würde der Versuchung, mit Ricky zu schreiben, nicht widerstehen können.

»Bitte entschuldigen Sie, wenn ich zwischendurch schreibe. Konsil. Ein Kollege in Ghana hat Probleme, da hilft man sich«, log ich unverfroren.

09:14 Nachricht an Ricky Brandstätter
Bin eben ein alter Verbalerotiker ...

Herr Kristaller erzählte, wie er mit seiner deutschen Schäferhündin heute früh Gassi gegangen war. Die Hündin hörte auf den Namen *Roxanne vom Fenchelhof* und stammte aus einer Zuchtlinie, die direkt von Hitlers *Blondi* abstammte oder vielleicht auch von einer Schäferhündin, die der Sängerin Debbie Harry von der Band Blondie gehört hatte – ich hatte nicht richtig zugehört. Auf jeden Fall war beim Laufen wieder dieses *unerträgliche* Spannungsgefühl in den Waden aufgetreten. Herr Kristaller beschloss, auf der Stelle umzukehren, seine Tasche zu packen und sich *unverzüglich* ins Krankenhaus zu begeben. Ein *guter Nachbar* habe ihn in seinem Wagen hergefahren. Der Kombi sei erst zwei Tage alt und würde noch nach neuem Auto riechen. Deswegen wollte der hilfsbereite Nachbar Roxanne nicht mitnehmen, weil das Auto sonst nach nassem Hund stinken würde. So war die Hündin alleine in der Wohnung zurückgeblieben, was wiederum auch nicht gut war, weil Roxanne noch nie alleine zu Hause gewesen war. Herr Kristaller meinte jedoch, ich bräuchte mir keine Gedanken um Roxanne zu machen, weil seine Schwester, *Pensionärin* und *Geisteswissen-*

schaftlerin, sich *fürsorglich* um das treue Tier kümmerte.

Normalerweise wiegelte ich solche ausführlichen Schilderungen sofort ab, aber heute ließ ich dem Redefluss freien Lauf. Ricky hatte seit meinem Hinweis, dass sie es mit einem Verbalerotiker zu tun hatte, nicht mehr geantwortet. Hatte sie mich vergessen? Hatte ich sie damit vergrault? Ich hakte nach.

09:19 Nachricht an Ricky Brandstätter
Palliativ ... hast recht, hat schon was. Gibt's heute Mittag ... Werde wieder übel zu spät kommen ...

Es führte kein Weg drum herum, ich würde Herrn Kristaller bitten müssen, seine Hosen auszuziehen, damit ich mir das Elend ansehen konnte. Männerbeine waren im Allgemeinen nicht besonders reizvoll. Bei einem Neunundsiebzigjährigen mit Krampfadern würde der Anblick schrecklich sein. Die Erinnerung an die Krampfaderbeine von gestern war noch frisch. Die Wirklichkeit übertraf meine Vorstellungen. Fast fingerdicke bläuliche Bahnen zogen sich über ödematöse, milchweiße Haut. Die Bündchen der ausgewaschenen grauen Socken spannten an den Fesseln. Ich zog mir Handschuhe über und begann mit der Untersuchung. Es vibrierte in meiner Hosentasche zweimal. Ich konnte der Versuchung nur kurz widerstehen.

09:27 Nachricht von Priscilla
Verbalerotik, soso! Mach aber vorher ein Gummi übers Handy!
09:27 Nachricht von Priscilla
Herr Lehmann kenn ich, aber an Kristall-Rainer kann ich mich nimmer erinnern!
09:33 Nachricht an Ricky Brandstätter
... denken sie an die Elektrolyte, Herr Lehmann!

»So, der Kollege kann erst mal ohne mich weitermachen«, informierte ich Herrn Kristaller, der keine Ahnung hatte, wozu sein Name mich anregte, und widmete mich ganz ihm. Nach einer halben Stunde hatte ich Dr. Siegbert Kristaller, dessen Doktortitel sicher in einer hochgeistigen Wissenschaft erlangt worden war, davon überzeugt, dass er einen Chirurgen zum Venenstripping aufsuchen solle, und empfahl meinen Kumpel Stefan. Ich stellte ein Rezept für ein Schmerzmittel und eines für Kompressionsstrümpfe aus.

Nachdem ich Herrn Dr. Kristaller verabschiedet hatte, suchte ich die Toilette auf. Als Spruch des Tages wählte ich:

> Besoffene überfahren ein rotes Stopp-
> schild,
> Bekiffte warten, bis es grün wird.

09:40 Nachricht von Priscilla
Muss ich mal wieder lesen! Blieb nicht so viel hängen bei mir. Ist halt ein Männerbuch.

09:56 Nachricht an Ricky Brandstätter
Also hör mal: Der is ja wohl unisex ... Da ist für jedes Geschlecht was dabei!

Die Antwort von Ricky kam noch ehe ich mein ausführliches Morgengeschäft erledigt hatte.

10:06 Nachricht von Priscilla
O. k., ich korrigiere mich: Ist ein unisex Buch, tendenziell etwas männerlastig. Besser?

Die Erwiderung schrieb ich erst nach dem Händewaschen. Ich war schließlich Arzt und reinlich von Natur aus.

10:13 Nachricht an Ricky Brandstätter
Passt schon ... hab ich schon erwähnt, dass ich Korinthenkacker bin?

10:14 Nachricht von Priscilla
Wollt grad fragen, ob Du eventuell e bissele rechthaberisch und Erbsenzähler bist. Bist nicht etwa Sternzeichen Jungfrau? Erinnerst mich an meine Freundin!

Woher wusste das Miststück, welches Sternzeichen ich war? Erstaunlich! – Eine kurze Stippvisite bei Fatima, die mittlerweile Unterstützung von unserem Aufnahmezwerg Angelika Kröner bekommen, aber trotzdem wieder nichts für mich zu tun hatte. »Ich halt dir den Vormittag frei. Damit du dich ganz deiner Mutter widmen kannst. Oder dem hilfsbedürftigen Kollegen in Ghana.«

»Tz! Diesen Patienten kannst du doch rein gar nichts anvertrauen. Können nichts für sich behalten. Warum hat der Typ dir das erzählt?«, regte ich mich künstlich auf.

»Weil ich so einen vertrauenerweckenden Eindruck mache.«

Ich stand wortlos auf.

»Wohin gehst du?«

»Dir endlich ein Kopftuch besorgen.« In Wahrheit steuerte ich die Kantine an. Ich hatte heute früh noch nichts gegessen und mir war flau im Magen. Im Fahrstuhl tippte ich:

10:26 Nachricht an Ricky Brandstätter
Gut geraten! Ist aber nur eine von unseren vielen guten Seiten ...

Mit zwei Eierweckle und einem Milchkaffee setzte ich mich an einen Tisch hinter einer großen Grünpflanze. Ich hatte weder Lust noch Zeit für Kollegengeplänkel und las lieber unterhaltsame Nachrichten.

10:31 Nachricht von Priscilla
... genau wie das gesunde, unkaputtbare Selbstbewusstsein!

Ich leckte die leckere Remoulade – der einzige Grund, warum die Schaumstoffbrötchen überhaupt nach etwas schmeckten – von meinen Fingern und verfasste eine Antwort.

10:42 Nachricht an Ricky Brandstätter
So isses ... und doch sind wir extrem sensibel bei Menschen, die uns was bedeuten ... Also tatsächlich die ideale Kombi!

Nach einem weiteren Schluck Kaffee fiel mir noch was ein.
10:42 Nachricht an Ricky Brandstätter
… und dabei noch bescheiden!

Grinsend legte ich das Telefon vor mir auf den Tisch und aß zufrieden lächelnd das zweite Brötchen. Verwundert schüttelte ich den Kopf. Ich hatte mir Ricky in allen Farben und Schattierungen ausgemalt in den vergangenen Tagen, aber dass ich auf Anhieb so viel Spaß mit ihr haben würde, das konnte ich nicht im Traum ahnen. Ich trank den Kaffee, stellte die Tasse vorschriftsmäßig in den Rollcontainer mit dem Schmutzgeschirr und machte mich fröhlich pfeifend auf den Weg zurück in die Zentrale der Notaufnahme. Ich setzte mich erneut neben Fatima auf den Stuhl. Mein Handy vibrierte.

»Ghana?« fragte Fatima.

»Mal sehen.« antwortete ich. »Nei-en! Kalkutta! Das muss ich sofort beantworten! Ich kämpfe an allen Fronten und auf allen Kontinenten gegen das Siechtum.«

Fatima lachte amüsiert. Meine gute Laune war für alle ein Gewinn.

11:11 Nachricht von Priscilla
Oh Gott! Jetzt weiß ich auch, warum ich mich heute Nacht ohne zu fremdeln mit Dir auf Anhieb verstanden habe. Bin seit 20 Jahren mit Deinem weiblichen Alter Ego befreundet!

Hinter mir tauchte unvermittelt das Insektizid auf. Verstohlen steckte ich das Handy weg. Er war aber nur auf der Durchreise und belästigte uns nicht weiter.

Fatima bemerkte frech: »Hoffentlich überlebt der Patient in Kalkutta das.«

Ich schlug mir an die Stirn: »Mist, das Kopftuch!« Ich stand auf, um mir einen ruhigeren Ort zu suchen. Kabine 6 war leer.

11:19 Nachricht an Ricky Brandstätter
Na, das nenne ich mal vom Schicksal gesegnet. Zwei Jungfrauen in Deinem Leben.
11:20 Nachricht an Ricky Brandstätter
Würde es mit mir selber vermutlich keine 10 min aushalten.

Dörte, eine der diensthabenden Schwestern, kam herein und füllte eine Schublade mit Einmalspritzen auf. Ich starrte geschäftig auf mein Handy.

Im Rausgehen fragte sie: »Ghana oder Kalkutta?«

»Hallo«, rief ich ihr hinterher. »Ist das hier eine Gerüchteküche oder eine Notaufnahme!?« Ich schüttelte ungläubig den Kopf. Gab es etwas Vertratschteres als Pflegepersonal?

11:22 Nachricht von Priscilla
Komm, jetzt erzähl mir noch, dass mein Leben ohne Dich ziemlich sinnlos ist, dann bist auf dem gleichen Level! Ich muss ein heimlicher Masochist sein! Überlege spätestens nach 15 min, wie ich Antje am besten umbringen kann, ohne dafür in den Knast zu kommen!

Dörte kam mit einer neuen Ladung Spritzen zurück und grinste.

Ich machte ihr Grinsen nach: »Die Macher von *Grey's Anatomy*. Brauchen meinen ärztlichen Rat. Seit Staffel 3.«

»Du bist verrückt, Benny.«

»Sagt die Frau, deren Name eine Mischung aus Döner und Torte ist«, rief ich ihr nach.

Aber sie hatte recht, ich war verrückt und irgendwie hatte ich das beschwingte Gefühl, eine Frau gefunden zu haben, die ähnlich verrückt war wie ich.

11:27 Nachricht an Ricky Brandstätter
Ich würde sogar sagen: Dein wahres Leben beginnt erst jetzt. Willkommen zur Stunde null! Vergiss alles, was Du

bisher gelernt hast. Der Messias ist da! Die Erleuchtung naht! Befreie deinen Geist!

Ich überlegte kurz, ob das dann nicht doch eine Spur zu großkotzig war, drückte mutig auf *Senden* und legte übermütig nach.
11:27 Nachricht an Ricky Brandstätter
Frohlocke ... frohlocke ...

Dann starrte ich wie gebannt auf das Telefon, um zu sehen, wie Ricky darauf reagieren würde. Eine gefühlte Ewigkeit tat sich nichts, bis endlich das Display verheißungsvoll aufleuchtete.
11:31 Nachricht von Priscilla
Oh my god! I am lost! Mein Leben wird nie mehr sein wie zuvor!

Bingo, sie hatte es geschluckt und mit Bravour drauf reagiert. Mich überkam ein seltsames Glücksgefühl, das sonst nur bestimmte, illegale Drogen hervorriefen.
11:32 Nachricht an Ricky Brandstätter
Nein, nein, nicht lost! Du wurdest gefunden.

Die nächste Antwort von Ricky/Priscilla ließ wieder auf sich warten, und ich nutzte die Zeit, um ein paar andere Nachrichten zu beantworten. Langweilige Pflichtlektüre im Gegensatz zur geistreichen Unterhaltung mit der großen Unbekannten.

Ich wanderte zurück zur Aufnahme und sprach Fatima mit tiefer Stimme an: »Du Frau ohne korrektes Kopftuch geben mir Arbeit!«

»Was für Arbeit du wolle?«, konterte sie schlagfertig, ebenfalls in unnatürlich tiefem Bass.

»Gutes Arbeit! Gib mir krass junge Frau mit Schmerzen in Doppel-D-Brust, wo ich anfassen kann.«

»Ich kann dir einen verstauchten Knöchel anbieten. Weiblich, unter zwanzig.«

Ich verzog den Mund. Teenager waren anstrengend und heulten viel und schnell. Was sollte es? Ich übernahm.

Das 16-jährige Mädchen wurde vom Lehrer und einer Klassenkameradin in den Untersuchungsraum gebracht. Schuhe trug sie keine mehr, die hatte die Freundin in der Hand – Keilabsätze oder Wedges, wie der versierte Schuhverkäufer in mir wusste. Ich hatte während der Schulzeit und im Studium mein Taschengeld im Schuhladen meiner Tante Edith aufgebessert. Ich schätzte die Absatzhöhe auf mindestens fünfzehn Zentimeter. Gab es eine Studie, wie viele Frauenknöchel diesen unförmigen Schuhen, die zum Laufen gänzlich ungeeignet waren, bereits zum Opfer gefallen waren? Ich warf verstohlen einen Blick auf mein Telefon und las.

11:41 Nachricht von Priscilla
Auf DIE Erleuchtung bin ich mal gespannt! Muss ich Dich ab sofort Savior nennen? Wann ist Dein Geburtstag?

Ich setzte mich auf den Rollhocker. »Einen Moment, ich bin gleich bei dir«, entschuldigte ich mich.

Teenager haben grundsätzlich Verständnis dafür, dass die virtuelle Welt zuerst kommt. Der Lehrer, Ende fünfzig, dunkelbraune Cordhosen, kariertes Hemd, sah dagegen sehr skeptisch auf mich herunter. Ich hätte wetten können, dass sein Handy noch ein gutes, altes Nokia war, das er vor zehn Jahren gekauft hatte und dessen erster Akku vermutlich immer noch funktionierte.

»Online-Konsil mit Kalkutta. Not-OP in Kinderklinik eines Waisenhauses«, fühlte ich mich genötigt zu erklären, und weil ich grad so schön drin war: »Es ist mir ein inneres Anliegen, Kliniken in der Dritten Welt mit meinen bescheidenen Mitteln zu unterstützen, wann immer ich es kann.«

Der Lehrer nickte zustimmend. Den beiden Teenies ging das am Arsch vorbei. Die Unverletzte hackte selbst auf ihrem Smartphone rum.

11:47 Nachricht an Ricky Brandstätter
… ich habe am 8. 9. Geburtstag – die sollten endlich mal Weihnachten auf den Tag legen, dann könntest Du es Dir leichter merken … Wann hast Du denn?

Ich stellte erst mal die legendäre Einstiegsfrage: »Erzähl mal, wie es passiert ist und wo es genau weh tut.«

Dann zog ich mir die Handschuhe über. Das Mädchen erzählte äußerst langatmig, wie ihr auf dem Schulhof von *so 'nem Mongo aus der 11a* nachgepfiffen worden war. Sie hatte sich umgedreht, um dem *Vollpfosten* Bescheid zu stoßen, und war dabei umgeknackst. Der geduldige Dr. Brandstätter hatte heute alle Zeit der Welt. Auf dem Display erschien Rickys Antwort:

11:51 Nachricht von Priscilla
Schade, zwei Tage früher und ich hätte es mir über den Spruch: Wine, dine, 69 merken können – grins. Ich bin Skorpion. 27. 10.

Mich überkam das dringende Bedürfnis, breit zu grinsen. Ricky schien mehr als offen für verbalerotischen Austausch. Eine Frau, die mit dem Begriff *69* für eine bestimmte Sexualpraktik nichts anfangen konnte, war meist nicht nach meinem Geschmack, wusste ich aus leidvoller Erfahrung. Ricky schien Bescheid zu wissen, mehr noch, sie kannte einen Spruch, der mir bislang unbekannt gewesen war. Ich war zum wiederholten Male an diesem Morgen begeistert von Ricky, gab dem Bedürfnis zu Grinsen nach und informierte mein Umfeld kurz: »Ja wunderbar! Die OP ist gut verlaufen. Der Patient wieder im Aufwachraum. Puh! Das war knapp. Ich klinke mich nur eben aus.«

11:54 Nachricht an Ricky Brandstätter
Zu geil … hatte mir gerade zur Abwechslung was in der Art verkniffen. Fast schon ein wenig erschreckend …

Dann untersuchte ich den bereits dick angeschwollenen Knöchel des ungeschickten Teenies, schickte sie zum Röntgen und checkte mein Telefon erneut.

12:09 Nachricht an Ricky Brandstätter
Ich sag ja, Du bist ein Ferkelchen.

Während ich auf Antwort von Ricky und die Röntgenaufnahmen des Teenieknöchels wartete, holte ich mir einen weiteren Kaffee, weil ich ab 13 Uhr für einige Stunden aufmerksam in meinem Palliativmedizinkurs sitzen musste, und es nicht ratsam war, den zu verschlafen.

Der Teenager kam fast zeitgleich mit der nächsten Nachricht von Ricky zurück. Beim Röntgen schien heute auch nicht viel los zu sein.

12:21 Nachricht von Priscilla
Aber ein süßes, kleines.

Nach der Nachricht sah ich mir die Röntgenaufnahmen auf dem Bildschirm an. Nichts war gebrochen, kein knöcherner Ausriss, dafür ein ziemlich ausgeprägtes Hämatom um den Knöchel herum. Daran würde die Patientin lange Freude haben. Ehe ich einen Verband anlegte, antwortete ich eben noch.

12:32 Nachricht an Ricky Brandstätter
Ohne Frage!

Die Verabschiedung vom Teenager verlief kurz und schmerzlos. Immerhin hatte sie tapfer durchgehalten und nicht rumgeheult. Sie fragte noch, ob ihre Freundin ein Foto von mir und ihr machen dürfe für den unvermeidlichen Post auf dem sozialen

Netzwerk ihres Vertrauens.

»Ähm, nein, das ist nicht erlaubt, und ich habe nirgendwo ein Profil«, log ich, denn ich wollte keinesfalls von hundert Teenagern geliked oder gar angestupst werden. »Aber ich kann gerne eines von dir und deiner Freundin machen«, bot ich an.

Sie schien enttäuscht, willigte aber ein. Den Lehrer wollte anscheinend niemand auf dem Bild haben, er schien deswegen auch leicht enttäuscht. Ich gab das Handy zurück.

Der Lehrer gab mir zum Abschied die Hand und bekräftigte den Händedruck mit der anderen Hand: »Wissen Sie, ich finde es ganz großartig, was Sie da machen und wie Sie sich für den guten Zweck einbringen. Ist das eine Organisation, die man unterstützen kann? Meine Frau und ich fördern solche Projekte sehr gerne, vor allen Dingen, wenn es um Kinder geht.«

Ich widerstand der Versuchung, dem noblen Herrn meine eigene Kontonummer zu geben, und erwiderte: »Nein, das mache ich alles ehrenamtlich und auf meine eigene Kappe und eigentlich möchte ich nicht, dass das bekannt wird. Der gute Helfer hilft und schweigt.«

Er drückte nochmals fest zu und schien sichtlich gerührt.

Es war bereits kurz vor eins und ich musste eigentlich schon in wenigen Minuten am anderen Ende des Klinikgeländes im Hörsaal sitzen und den Ausführungen des Dozenten lauschen, wollte aber zuvor noch raus aus den Arbeitsklamotten. Das T-Shirt, in dem ich gestern Abend unterwegs gewesen war und diese Nacht geschlafen hatte, roch verdächtig nach italienischem Essen und ungewaschenem Körper. Zum Glück hatte ich immer ein Ersatzshirt in meinem Schrank. Die Sweatjacke roch nicht viel besser. Ich versuchte, mit etwas Deospray nachzuhelfen, entschied mich dann aber doch für eine kurze Dusche. Ich machte mich, dezent nach Lotusblüte duftend, auf den Weg in den Ostflügel und warf im Laufen einen Blick auf mein Smartphone.

13:02 Nachricht von Priscilla
Du bist aber auch niedlich, zumindest, wenn Du was getrunken hast, sonst kann ich es noch nicht beurteilen.

Erwartungsgemäß hatte der Kurs schon angefangen. Alle saßen brav auf ihren Plätzen und hörten dem Privatdozenten Jäger aus der Uniklinik Ulm zu, wie er über *Palliative Strahlen- und Chemotherapie* dozierte. Mit einem Handout schlich ich langsam und unauffällig auf einen Platz in der hintersten Reihe. Dann folgte der mittlerweile automatische Griff zum Handy, um einer wildfremden Frau mit geiler Stimme zu schreiben. Ich hatte gerade mal zwölf Stunden Kontakt zu Ricky und schien wie besessen. Ich musste wirklich verrückt geworden sein. Ich seufzte schicksalsergeben und tippte.

13:21 Nachricht an Ricky Brandstätter
Tja, das müssen wir dringend ändern … Auch mal so von Angesicht zu Angesicht beurteilen.

Ich lauschte kurz dem Vortrag des Dozenten, ohne wirklich mitzubekommen, was er sagte. In meinem Kopf spukten die Worte der Nacht und die Nachrichten des Tages herum. Irgendwie erschien mir alles noch wie in einem Traum. Ricky war eindeutig etwas anders als andere Frauen und ich fuhr voll darauf ab. Es schien immer mehr, als hätte Ricky den für mich passenden Generalschlüssel. Ich war es gewohnt, dass die Ladys sonst nur Schlüssel für wenige Türchen in meinem labyrinthischen Innern besaßen.

13:24 Nachricht an Ricky Brandstätter
… dann ist ja mal gut, dass ich fast immer high bin. Berufskrankheit!

Ich legte das Handy weg, verschränkte die Arme, um nun wirklich dem Dozenten zuzuhören, wusste aber, dass ich in der

Position nach der kurzen, alkoholisierten Nacht in wenigen Minuten wegdösen würde. Ebenfalls Berufskrankheit, immer und überall einschlafen zu können. Eine höchst unwillkommene Nebenwirkung des jahrelangen Schichtdienstes, der einen jeglichen Biorhythmus nachhaltig verzwirbelte. Ricky rettete mich. Als mir grade die Augen zufallen wollten, wurde der Bildschirm hell, das Handy vibrierte.

13:31 Nachricht von Priscilla
Aha! So ein Studium in Tübingen hat wohl Langzeitfolgen. Don't smoke and dial hast bei Deiner Aufzählung vergessen!

Rickys Schlagfertigkeit war echt beeindruckend. Ich musste kurz über eine Antwort nachdenken. Wann hatte ich ihr erzählt, dass ich in Tübingen studiert hatte? An die legendäre Nacht vor zwei Wochen konnte ich mich nach wie vor nicht mehr erinnern und das Telefonat in der vergangenen Nacht war auch nur lückenhaft abrufbar. Ich sollte weniger trinken, beschloss ich zum hunderttausendsten Mal in meinem Leben. Das geistige Niveau der Dame war erschreckend hoch, da galt es fortan, fit und wachsam zu sein.

13:43 Nachricht an Ricky Brandstätter
Tübingen ist eben ein biodynamisches Örtchen.

13:45 Nachricht von Priscilla
Schöne Umschreibung! Hättest in Heidelberg studiert, würdest nur an der Flasche hängen.

Ich las und versuchte mich wieder auf die Worte des Dozenten zu konzentrieren. Das erwies sich als vergebliche Mühe. Ich war hundemüde und die Konversation mit Ricky war weitaus interessanter.

13:50 Nachricht an Ricky Brandstätter
Ist aber besser, wenn man die Drogenbelastung medizinisch wertvoll rotierend auf die Organe verteilt …

Was machte Ricky eigentlich beruflich? Warum hatte sie so viel Zeit zum Schreiben und warum hatte sie so lange gewartet, bis sie sich überhaupt bei mir gemeldet hatte?

13:54 Nachricht an Ricky Brandstätter
So viel Zeit, wie Du zum Schreiben hast, hättest Du auch locker Anästhesist werden können.

13:56 Nachricht von Priscilla
Ich wollte nie studieren – wegen der Drogenbelastung.

13:58 Nachricht von Priscilla
Und wenn es Dich beruhigt, ich bin gleich im Gespräch, dann hast Du Deine Ruhe.

14:02 Nachricht an Ricky Brandstätter
Sehr schade ... sitz schon in der Fortbildung. Da ist es besser, wenn ich jetzt einigermaßen aufpasse. Dann bezirze mal schön Dein Gegenüber!

Schließlich lauschte ich aufmerksam dem beruhigenden, einlullenden Gesäusel des Dozenten und schlief dabei selig ein.

Als die anderen Kursteilnehmer den Dozenten mit dem üblichen Klopfen auf die Pulte verabschiedeten, wachte ich aus meinem fünften Nickerchen des Nachmittags auf und packte meine Sachen zusammen. Auf dem Smartphone waren sechs neue Nachrichten, eine davon von Ricky. Ich wusste noch nicht mal ihren Nachnamen.

16:27 Nachricht von Priscilla
Dann pass mal schön auf, was der Lehrer sagt. Mach Dir mal keine Sorgen um mich, kann Eskimos Eiswürfel verkaufen.

Nach dieser Nachricht war Schluss mit Fortbildung. Ich machte mich auf den Heimweg. In der Wohnung wartete Fiona 6.2, die treue Seele, geduldig auf einen Schluck Wasser, den ich ihr ausnahmsweise sofort gab, dann waren die Fische dran. Clapton war mal wieder aushäusig. Während ich eine Tiefkühlpizza aufbuk, beantwortete ich schnell noch all die übrigen, plötzlich völlig nebensächlichen Nachrichten, die den Tag über aufgelaufen waren. Ich las nochmals alles, was Ricky und ich uns geschrieben hatten, staunend durch. Was passierte gerade mit mir Nachrichtenverweigerungsguru?

> **18:19 Nachricht an Ricky Brandstätter**
> Hab nur ca. 5 Nickerchen gemacht, peinlich, obwohl ich in der letzten Reihe saß. Dass Du ein kleenes Verkaufstalent bist, glaub ich sofort. Wer so gut mit Worten umgehen kann, der lässt sich auch nicht durch den Dialekt bremsen.

Mir war in der Nacht trotz meines eingeschränkten Zustands aufgefallen, dass Ricky mit einem leichten Akzent sprach. Ihre Antwort war bereits da, als ich den Teller in die Geschirrspülmaschine gestellt hatte und zur Couch zurückkehrte.

> **18:25 Nachricht von Priscilla**
> Dialekt kann man verkaufstechnisch gut einsetzen! Du wirst sofort unterschätzt und das nutz ich dann gnadenlos aus.

Ich legte mich auch auf meinem Sofa flach und zog meine Kuscheldecke, die meine Mutter in dezenten, aufeinander abgestimmten Brauntönen gestrickt und mir zum Einzug in die neue Wohnung geschenkt hatte, über mich. Ich hörte die Katzenklappe und wenige Sekunden später machte es sich das einäugige Monster in meinen Kniekehlen bequem.

> **18:29 Nachricht an Ricky Brandstätter**
> Hab festgestellt, dass wir 'ne krasse Stunde telefoniert haben ... womöglich ist da nicht mehr alles auf meiner Platte gespeichert.

> **18:30 Nachricht von Priscilla**
> Geh gleich Sport machen.

18:30 Nachricht von Priscilla
Ich weiß nich ALLES.
18:30 Nachricht von Priscilla
… noch …
18:31 Nachricht an Ricky Brandstätter
Das hatte ich auch vor, werde es aber höchstens auf den Hometrainer schaffen … Telefonate mit Dir schlauchen ganz schön.
18:31 Nachricht an Ricky Brandstätter
Was für ein Sport? BBP? Body Pump?
18:32 Nachricht von Priscilla
B wie Badminton!
18:33 Nachricht an Ricky Brandstätter
Apropos Telefonat … nachher Lust auf einen nüchternen Versuch? Badminton ist auch nicht schlecht … war ich schon mindestens ein Jahr nicht mehr … Könnte also eine Stunde mit Dir vertragen.
18:33 Nachricht von Priscilla
Was hattest Du eigentlich im Vorfeld geschluckt bzw. geraucht? Ruf in Zukunft halt zu 'ner vernünftigen Zeit an. Nächtliche Ruhestörung!
18:23 Nachricht von Priscilla
Können wir gerne machen, bin aber erst ab 22:30 available.
18:35 Nachricht von Priscilla
Wenn Du betankt 'ne Stunde schaffst, müssten nüchtern doch mind. zwei gehen!
18:35 Nachricht an Ricky Brandstätter
Klingt gut! Versuche bis dahin nichts zu trinken … zumindest keinen Ouzo …
18:36 Nachricht von Priscilla
Warum?
18:37 Nachricht an Ricky Brandstätter
Bis zum Ouzo ging's mir nämlich gut! Der war irgendwie schlecht!

18:37 Nachricht von Priscilla
Dass Du überhaupt meine Nummer wählen konntest! Respekt!
18:38 Nachricht an Ricky Brandstätter
Bin auch schwer begeistert ... Hast eben ordentlich Eindruck auf mich gemacht.
18:38 Nachricht von Priscilla
Tja, ein Mann muss tun, was ein Mann tun muss!
18:38 Nachricht an Ricky Brandstätter
Wenn ich mich mal besoffen so zusammenreiße, ist das fast schon eine Liebeserklärung.
18:38 Nachricht an Ricky Brandstätter
Quasi Romantik pur.
18:38 Nachricht von Priscilla
Hättest Dich nüchtern auch getraut?
18:39 Nachricht an Ricky Brandstätter
Jo, das kann schon vorkommen.
18:39 Nachricht von Priscilla
Ich weiß das zu schätzen. Hab zwar nur die Hälfte verstanden, aber der Wille zählt.
18:40 Nachricht an Ricky Brandstätter
Ach du dickes Ei ... zum Glück hat mein Hirnselbstschutzmechanismus die Hälfte gelöscht.
18:41 Nachricht von Priscilla
Oder mein Unterbewusstsein hat die Infos nicht alle zum Hirn vorgelassen. Selbstschutz! Bis später dann!
18:42 Nachricht an Ricky Brandstätter
Viel Spaß!

Ich schaltete das Handy auf lautlos, legte es vor mich auf die Couch und kuschelte mich für ein ausgiebiges Nickerchen in meine Mamadecke ein, als ich zwei Nachrichten aufblinken sah.

18:45 Nachricht von Priscilla
Danke! Ich spiel mit André, der jagt mich willenlos über den

Platz. Der ist so sch...gut. Bewegt sich kaum und macht mich fäddisch.

18:45 Nachricht von Priscilla
Hast Du eigentlich noch ein Hobby, außer chatten?
18:46 Nachricht an Ricky Brandstätter
Die Vorstellung du und willenlos gefällt mir.
18:47 Nachricht von Priscilla
Jo, da musst dann aber verdammt gut sein, um das zu erleben.
18:47 Nachricht an Ricky Brandstätter
Tauchen, segeln, joggen, Fitnessstudio, fotografieren, lesen, Kino, Rotwein ...
18:47 Nachricht an Ricky Brandstätter
... kochen und essen.
18:48 Nachricht an Ricky Brandstätter
Werde mich bemühen!!
18:48 Nachricht von Priscilla
Hört sich gut an. Musik hast vergessen.
18:48 Nachricht an Ricky Brandstätter
Ha! Stimmt!
18:49 Nachricht von Priscilla
Ach je, wenn sich einer schon bemühen muss ...
18:49 Nachricht an Ricky Brandstätter
Freches Miststück!

In Erwartung einer Antwort von Ricky schlief ich endlich ein und wachte erst gegen halb acht wieder auf, weil mich tierischer Durst plagte. Ich holte mir eine Flasche Mineralwasser aus dem Kühlschrank und checkte mein Handy.

19:24 Nachricht von Priscilla
Ich nehm das mal als unbeholfene, romantische Liebeserklärung.
19:35 Nachricht an Ricky Brandstätter
Wie? Unbeholfen? Weißt doch, dass Du bei Männern

zwischen den Zeilen lesen musst.

Danach versiegte der Nachrichtenfluss mit meiner neuen Bekannten. Ich widmete mich ein wenig der lästigen Hausarbeit, räumte die Spülmaschine aus, sah etwas fern, quälte mich auf dem Hometrainer, duschte und chattete mit meinem Bruder, als eine Nachricht aufpoppte.

22:29 Nachricht von Priscilla
Wem schreiben wir denn?
22:31 Nachricht an Ricky Brandstätter
Bruderherz! Hat das freche Miststück Zeit zum Telefonieren?
22:31 Nachricht von Priscilla
Wenn Du mich schüchternes Wesen meinst, jupp!

Dann tat ich was, was ich sonst noch nicht mal im Suff tat: einer Frau, die mich nicht neun Monate mit sich herumgetragen und dann unter viel Schmerzen und Geschrei geboren hatte, meine heilige, geheime Festnetznummer geben.
22:34 Nachricht an Ricky Brandstätter
Die Nummer zum Glück!

Es dauerte vier endlos lange Minuten, bis endlich das Telefon klingelte und ich mit Ricky reden konnte. Zur Abwechslung nüchtern und relativ ausgeschlafen.

»Hey, du!«

»Hey! Na, bist du nüchtern?«

»Ja, den ganzen Tag nur Kaffee und Wasser getrunken, alles dir zuliebe.«

»Hättest du nicht müssen, ich fand das Gespräch extrem nett.«

Wir lachten beide etwas verlegen, voneinander angezogen, aber doch noch leicht am Fremdeln im Umgang miteinander.

»Ich auch, also zumindest das, was ich noch davon weiß.«

»Siehst du, ich kann mich zwar noch an alles erinnern, habe aber nur die Hälfte verstanden.«

»Eieiei, da war wohl die Zunge ziemlich schwer.«

»Im Moment verstehe ich jedes Wort.«

»Na ja, ob es besser ist, wenn du den ganzen Quatsch verstehst, den ich so von mir gebe?«

Ich hörte ein kehliges Lachen am anderen Ende der Leitung und dann die Frage: »Was macht eigentlich deine Kriegsverletzung?«

Ich tastete instinktiv die Narbe über meinem Auge ab, die mittlerweile nur noch eine dünne, blassrote Linie war.

»Oh, die sieht man kaum noch. Hat halt ein Fachmann genäht.«

»Ein sehr besoffener Fachmann, wie mir schien.«

»Scheiße, du musst vielleicht einen Eindruck von mir haben.« Ich schüttelte den Kopf.

»Das stimmt allerdings.«

»Hast du deswegen fast zwei Wochen gewartet, bis du dich wieder bei mir gemeldet hast? Habe ich mich so daneben benommen?« Ich wusste, wozu ich im Suff in der Lage war und wie distanzlos ich gegenüber Frauen werden konnte.

»Stimmt, ich habe lange überlegen müssen, ob ich mich überhaupt noch mal bei dir melden soll.«

»Au, das hat wehgetan!«

Ricky lachte und fuhr fort: »Strafe muss sein, Hase.«

Hase, so hatte mich auch noch niemand genannt. Ich mochte es, wie ich bislang alles mochte, was Ricky sagte, und freute mich von Minute zu Minute mehr über ihr Auftauchen.

»Ich habe dir doch in der Nacht erzählt, dass ich am Umziehen war. Das war praktisch meine vorletzte Nacht in der Stadt und ich kam von meiner Abschiedsfeier, als ich dieses blutende Häufchen Elend am Bordstein sitzen sah.«

»Nein, tut mir leid, diese Nacht wird mir wohl für alle Zeit ein Rätsel bleiben.«

»Wenn ich das gewusst hätte«, lachte die Frau am anderen Ende der Leitung frech.

»Hättest du das schamlos ausgenutzt?«

»Tja, noch mal einen schwäbischen Jüngling vernascht zum Abschied. Ah, das ärgert mich aber!«

»Mach dir mal keine Sorgen, irgendwann wird auch mal ein kleiner Schwabe in dir stecken«, frotzelte ich.

»Benny, du kleines Ferkel, das hab ich jetzt verstanden.«

Ich musste grinsen, diese Frau merkte aber auch alles. »Erzähl weiter.«

»Ich hab angehalten, weil du geblutet hast wie ein Schwein und außer einem völlig durchgebluteten Papiertaschentuch nichts zum Draufdrücken hattest. Ich hab dich gefragt, ob du Hilfe brauchst, es war ja schon spät und kein Mensch außer uns unterwegs. Ich bot dir an, dich ins nächste Krankenhaus zu fahren. Du hast aber gemeint, da kämst du gerade her und so schnell würden dich keine zehn Pferde dahin zurückbringen.«

»Aha, aha.«

»Ich habe dir entgegengehalten, dass es die zweihundertfünfzig Pferdestärken meines Autos mit Leichtigkeit schaffen würden, und habe dich gefragt, warum die dir nicht helfen konnten in der Klinik. Daraufhin hast du höhnisch gelacht und mir erzählt, dass da nur *blöde Schlampen* und *inkompetente Vollidioten* arbeiten und du die Schnauze gestrichen voll hättest.«

Ich zog hörbar die Luft durch die Zähne. Immer wenn ich zu viel über den Durst getrunken hatte, war ich in meiner Wortwahl nicht sonderlich zimperlich. Ricky musste einen furchtbaren ersten Eindruck von mir gehabt haben, und ich hatte mir den ganzen Tag Sorgen wegen des nächtlichen, eher moderaten Telefonats gemacht.

»Ich wollte mit einem Taschentuch die Wunde sauber

machen, um zu sehen, wie groß sie wirklich war, aber du hast es mir aus der Hand genommen mit den Worten: *Lassen Sie mich Arzt, ich bin selber durch.* Dann hast du das Tuch auf die Wunde gepresst und versucht, aufzustehen. Du hast dich fürs Anhalten bedankt und wolltest mit dem Fahrrad weiter.«

»Ja, ich bin schon ziemlich unkaputtbar.«

»Das sah in der Nacht aber nicht so aus. Ich bot dir an, dich wenigstens nach Hause zu fahren, und hab dich vorsichtig ins Auto bugsiert.«

»Du hast mich abgeschleppt. Tz, tz, tz!«

»Die Befürchtung hast du im Auto die ganze Zeit geäußert. So nach dem Motto: ›Junge Frau, Sie nutzen meine Notlage schamlos aus!‹ Dabei hast du gekichert wie ein kleiner Junge. Mittlerweile war auch das Stofftaschentuch durchgeblutet. Ich fand in meiner Tasche noch eine Slipeinlage, die hab ich dir dann gegeben, ich wollte ja keine Flecken auf den Sitzen haben. Du hast dich halb krankgelacht darüber, ständig was von *blutstillenden Surfbrettern* gefaselt und dass unsere *blutjunge* Beziehung schon sehr intim sei. Schließlich hast du die Einlage doch benutzt, mit dem Kommentar: ›Ich menstruiere, also bin ich eine Frau!‹ Eigentlich wollte ich dich nur abladen und weiterfahren, aber du hast beim Aussteigen bedrohlich gewankt und konntest nicht den richtigen Schlüssel finden. Daraufhin hast du deine Vermieterin, ich zitiere*: die alte Schlampe,* Zitat Ende, beschuldigt, das Schloss ausgetauscht zu haben, bis du durch Zufall den richtigen Schlüssel gefunden hattest. Du: ›Da hat sie aber noch mal Glück gehabt! Dumme Sau!‹«

Ich jaulte laut auf, das klang wirklich nach Benny Brandstätter, rotzeblau und unflätig.

Ricky fragte: »Tut dir was weh?«

»Das kann man wohl sagen. Ich hab mich ganz schön daneben benommen, was?«

»Na ja, du hattest die ganze Zeit dieses umwerfende Lächeln im Gesicht. Das hat das Ganze irgendwie sehr lustig gemacht. Ich habe mich blendend amüsiert über dich.«

»Na, dann.«

»An der Wohnungstür das gleiche Spiel, nur dieses Mal war eine Dame namens Henriette, die Fette, ebenfalls blöde Schlampe, schuld. Die Arme hatte angeblich die Schlüssel ausgetauscht, um sich heimlich in die Wohnung zu schleichen und dir aufzulauern. Ich hab dir die Schlüssel dann kurzerhand abgenommen und aufgeschlossen. Die Wohnung war leer, keine fetten Schlampen zu sehen. Du hast dich auf den Weg ins Bad gemacht und deine Stirn im Spiegel betrachtet und zuversichtlich gemeint: ›Ebbe, da muss ein kompetenter Arzt ran.‹ Daraufhin hast du dich, warum auch immer, bis auf die Unterwäsche ausgezogen, mich frech von der Seite angegrinst und mir verkündet: ›Ich muss mich jetzt sterilisieren, junge Frau!‹ Ich habe gefragt, warum du das nicht angezogen kannst, und zur Antwort bekommen: ›Junge Frau, sind Sie froh, dass ich die Unterwäsche anbehalte, bin normalerweise ein überzeugter Nacktnäher!‹ Darüber hast erst mal ausgiebig gelacht.«

Während ich der Schilderung über die vergessene Nacht zuhörte, schenkte ich mir einen doppelten Talisker mit einem Eiswürfel ein.

»Dann hast du diverse Utensilien aus dem Badezimmerschrank zusammengesucht, wobei jede Menge anderes Zeug auch auf dem Boden gelandet ist. Daran war deine Exfreundin, ›die unordentliche Schlampe‹, schuld. Anschließend hast du deine Stirn desinfiziert, eine Spritze aufgezogen und alles mit zwei Stichen betäubt. Dabei hast du furchtbar gejault, weil es so gebrannt hat, und irgendeinen Pharmakonzern, in dem ›blöde Wichser‹ nicht in der Lage sind, ein Lokalanästhetikum, das nicht brennt, zu entwickeln, aufs Übelste beschimpft. Du hast mir die ganze Zeit jeden Arbeitsschritt wie einem Medizinstudenten erklärt, und angefangen, die Wunde zu nähen. Ich war baff, wie gut dir das von der Hand ging. Ich meine, noch kurz vorher konntest du nicht die richtigen Schlüssel finden, und dann hast du dir selber im Spiegel eine Wunde überm Auge genäht. Ich saß staunend auf dem Badewannenrand und hab zum Beweis ein Foto gemacht. Das glaubt mir doch sonst kein Mensch. Ich hatte richtig Angst, dass das schiefgehen könnte, und ich dich mit einem zugenähten Auge dann doch in eine Klinik schleppen müsste.«

»Nenn mich ruhig Meister.«

»Das hab ich jetzt überhört.« Sie lachte und fuhr fort mit ihrer Schilderung: »Als du endlich fertig warst und den letzten Faden abgeschnitten hast, ohne dir dabei ins Auge zu stechen, hast dich zu mir umgedreht und mich dein Werk bewundern lassen: ›Da, schau, junge Frau, wie neu – aber jetzt ist mir ein wenig blümerant.‹ Ich hab dich schnell ins Bett gebracht, ehe du mir umgekippt bist. Ich hätte dich ja nie im Leben ins Bett tragen können. Im Bett hast du noch nach einem Whisky zur Beruhigung verlangt. Den habe ich dir dann auch gebracht und mir selbst einen eingeschenkt.«

»Dann hast du dich endlich an mir verlustiert?«

»Nein, du hast gemosert, dass da kein Eis drin wäre, obwohl es unbedingt reingehöre, und bist anschließend ins Koma gefallen. Ich saß in einer wildfremden Wohnung neben einem völlig fremden, sternhagelblauen Typen, der ausgesprochen lustig war und den ich nicht allein lassen wollte. Ich hab erst deine Klamotten, die im Bad verstreut lagen, aufgeräumt, mir eine Decke aus dem Wohnzimmer geholt und dann habe ich mich neben dich gelegt, die beiden Whisky aus Verzweiflung selbst getrunken und gelesen, bis ich dann eingeschlafen war.«

»Mir wäre lieber gewesen, du hättest dich an mir vergangen.«

»Tja, habe ich vielleicht auch, aber du wirst es nie erfahren.«

»Ah, alle wollen nur meinen Körper«, stöhnte ich.

»Dein Körper ist ein Wunderland«, hörte ich Ricky sagen und war schon wieder hin und weg.

Normalerweise war der Song *Your Body Is A Wonderland* von John Mayer mein ureigener Frauenverführungssong. Wenn die Damen auf meiner Couch saßen und ich mehr wollte, aber noch zu viel Widerstand spürte, dann packte ich einfach die Gitarre, stimmte das Lied an und zauberte in der Regel ein verzücktes Lächeln auf die Lippen der Auserwählten. Diejenige, die den Sinn von *If you want love, we'll make it* nicht verstand und heraushörte, war es dann auch nicht wert, weiter umworben zu werden. Bei den anderen reichte ein vielversprechender Blick gegen Ende des Songs – und dann ab zum Schwimmen in einem tiefen Meer aus Laken.

»Es hat was, wie dein Haar ins Gesicht fällt«, teilte ich Ricky mit.

»Ich habe Lippen aus Zucker und eine Zunge wie Kaugummi«, erwiderte diese.

Mir zog es heftig durch den Unterleib. Benny Brandstätter war eindeutig erregt. Ricky kannte den Verführungssong und wandte ihn gerade in ihrer eigenen Version gekonnt an mir an. Das hatte ich so auch noch nicht erlebt.

»Du gehörst mir«, meinte ich mit belegter Stimme.

Ricky legte noch eines drauf: »Du sagst mir, was ich tun soll.«

»Ich werd meine Hände nehmen«, kündigte ich an und hätte in diesem Moment nichts lieber getan, als die Worte in Taten umzusetzen. Wieder ein Novum, dass mich eine Frau, die ich noch nie bewusst gesehen hatte, am Telefon dermaßen anmachte.

»Ich mochte, wie dein Körper aussah, als du zum Kopfkissen gekrabbelt bist«, kam es aus dem Hörer.

Ich zog hörbar die Luft zwischen den Zähnen durch:

»Eieiei, du verstehst es, einen Mann zu quälen.«

Sie lachte: »Gut, dann nenn mich Meisterin, und ich höre auf damit.«

»Verdammt, Baby, du frustrierst mich.«

»Soso«, meinte sie neckisch, »dann weiter im Text. Ich bin so gegen halb sechs wach geworden, und du hast immer noch tief und fest geschlafen. Ich hab mir einen Kaffee und mich dann schließlich vom Acker gemacht.«

»Und hast dich erst Wochen später wieder gemeldet.«

»Ich war ja nur noch den Samstag da, und den Tag brauchte ich für meine letzten Vorbereitungen und zum Packen.«

»Wo bist du?«

»Miami«, hörte ich und wollte es nicht glauben.

Meine Stimme klang plötzlich eine ganze Oktave höher und überschlug sich fast: »Miami in den fucking USA?«

»Miami in den schönen USA!«

»Weiter weg hättest du nicht ziehen können?«

»Doch, eigentlich wollte ich nach Sydney, aber die Jobzusage kam zuerst aus den Staaten.«

»Ja, verdammter Mist, dabei wollte ich dich am Wochenende besuchen und mich mit einer großzügigen Essenseinladung für die Rettung bedanken.« Ich fluchte auch innerlich – mein schöner Plan von *wine, dine, 69* hatte sich in Luft aufgelöst.

»Das geht schon, Miami ist nur zwölf Flugstunden weg von dir.«

»Sehr lustig, junge Frau.«

»Das war ein Scherz, ich bin nur nach Mallorca gezogen. Anderthalb Flugstunden entfernt.«

»Supertrost, echt.«

»Du bist aber auch mit nichts zufrieden.«

»Was machst du auf der Insel der Putzfrauen?«

»Putzen, was sonst?«, kam die Antwort, und gleich danach:

»Nein, ich arbeite hier für einen deutschen Makler, der Luxusimmobilien vermietet und verkauft. Aber davor habe ich wirklich in Florida gearbeitet, ehe es mich vor einigen Jahren wieder in meine alte Heimat Heidelberg verschlagen hat. Anschließend hatte ich sogar versucht, in Stuttgart Wurzeln zu schlagen. Lange, komplizierte Geschichte.«

»Klingt interessant, vor allen Dingen, wenn du es in deinem komischen Dialekt erzählst.«

»Hallo?! Ich spreche keinen Dialekt.«

»Tust du wohl. Wann kommst du wieder zurück?«

»Nicht so schnell. Der Plan war, hier mindestens ein Jahr zu bleiben.«

»Aha, aha.« Ich seufzte. »Du kannst einem Mann die Hoffnung nehmen.«

»Tut mir leid. Aber ich bin hier gelandet, weil mir ein Mann die Hoffnung genommen hat.«

»Willst du es mir erzählen?«

»Heute nicht mehr, ein anderes Mal.«

»Wofür ist Ricky die Abkürzung? Und wie heißt du eigentlich mit Nachnamen?«

»Ricarda Koch.«

Schlagartig war mir klar, warum die Frau in meinem Traum im Januar Rihanna geheißen hatte.

»Aha, aha. Ich dachte schon Presley. Oder warum hast du sonst *Priscilla* gewählt als Absenderkennung für deine Nachrichten?«, wollte ich wissen.

»Weil mein erster Freund gemeint hat, ich sehe Priscilla Presley ähnlich. Er hat mich oft so genannt. Der Freund ist lange weg, der Spitzname geblieben.«

»Das gibt es nicht!«

»Warum nicht?«

»Weil ich mit zweitem Vornamen Elvis heiße.«

»Komm, hör auf, mich zu verarschen. Ich hab dich vorm

Verbluten und Erfrieren gerettet, da wäre ein wenig Dankbarkeit angebracht, finde ich.«

»Nee, wirklich, mein Vater war, also ist immer noch, absoluter Elvis-Presley-Fan.«

»Gibt's doch nicht!«

»Sag ich doch!« Ich erklärte weiter: »Mein kleiner Bruder heißt Aaron mit zweitem Vornamen.«

»Und warum nur mit zweitem Vornamen?«

»Weil meine Mutter, ein militanter ABBA-Fan der ersten Stunde, mehr zu sagen hatte in der Familie.«

Ich hörte Ricky am anderen Ende laut lachen: »Erzähl«, forderte sie mich auf.

»Na ja, das ist ganz einfach. Mein Bruder und ich heißen wie die beiden Jungs von ABBA: Benny und Björn. Damit Ruhe im Karton war, durfte mein Vater die zweiten Vornamen aussuchen: Elvis und Aaron.«

»Shit, Benny, mit so Namen wird man leicht verhauen auf dem Schulhof.«

»Tja, vor allen Dingen, wenn man so beschissene Strickpullover mit diesen Katzenmotiven tragen musste.«

»Katzenmotive?«

»Jupp, meine Mama war nicht nur erklärter ABBA-Fan, sondern hatte damals schon ein Handarbeitsgeschäft. Sie strickte wie besessen und wir, mein Bruder und ich, waren ihre wehrlosen Opfer.«

Ricky schien sich am anderen Ende der Leitung vor Lachen zu kringeln.

»Du erinnerst dich doch bestimmt an diese schrecklichen Shirts mit den hässlichen Katzen drauf?«, fuhr ich fort.

»Ja, die sind doch legendär!«

»Genau! Und der kleine Benny hatte einen selbst gestrickten Pullover mit der blauen Katze drauf gestickt und der kleine Björn einen mit der gelben.«

»Ich mach mir gleich ins Höschen!«

»Das hab ich mir damals auch fast gemacht, allerdings vor Angst, damit über den Schulhof zu laufen. Mein Bruder war noch im Kindergarten, aber ich musste so in die Schule.«

»Unglaublich, was Eltern ihren Kindern antun. Ich hatte mal eine knallrote Hose, die mit ähnlichen Erfahrungen verbunden war.«

»Die Woche darauf habe ich mit Karate angefangen.«

Das Telefonat mit Ricky war weiterhin sehr kurzweilig. Ich erfuhr noch einiges Wissenswertes über sie. Sie hatte sich wegen eines Landsmannes von mir, der sich von heute auf morgen von ihr getrennt hatte – die Gründe wollte sie mir allerdings nicht nennen – um einen Job im Ausland bemüht. Eine große Immobilienfirma auf Mallorca hatte ihr ein Angebot gemacht, und da Ricky viele Bekannte auf der Insel hatte und sich gut auskannte, hatte sie die Stelle angenommen. Sie wohnte bis auf Weiteres in der Finca eines befreundeten Ehepaares, das aus beruflichen Gründen für zwei Jahre in Sydney war, das Ferienhaus auf Mallorca jedoch nicht aufgeben wollte. Ricky spielte sozusagen Housesitter und sparte sich die Miete. Was für ein Cleverle. Genau die richtige Frau für einen Schwaben.

»Wie spät ist es eigentlich auf der Insel der Ballermänner?« Mir fielen die Augen zu und ich drohte einzuschlafen.

»Warum? Wirst du langsam müde?«

»War eine sehr kurze Nacht und ein sehr langer Tag.«

»Dann würde ich vorschlagen, du haust dich etwas aufs Ohr, sonst verschläfst du morgen den halben Kurs.«

»Das werde ich wohl machen. Ich wünsch dir einen schönen Abend. Es war wirklich nett mit dir.«

»Ach je, nett«, kam es verzagt aus dem Hörer. »So nach dem Motto: *Rufen Sie nicht an, wir rufen Sie an!*«

»Nein, nein! Nicht falsch verstehen. Ich bin wohl etwas müde. Es war mehr als nett, es war *sehr, sehr nett,* mit dir zu sprechen.«

»Das fand ich auch, Elvis. Schlaf gut und süße Träume. Tschüss«, hauchte sie mit dieser variablen Stimme, die manchmal verrucht und rauchig klang, als hätte sie den Abend mit Saufen und fünf Männern verbracht, und dann zuckersüß und sanft, als würden Engelsflügel schwingen. Was für ein wunderbares Miststück – und so weit weg von meinen Fingern, die jetzt gerne ihren Körper erkundet hätten.

Mein »Dir auch, Priscilla« hörte Ricky nicht mehr, aber ich grüßte den kleinen Elvis ganz lieb und nachdrücklich von ihr.

Der nächste Morgen kam schneller als erwünscht und kündigte sich lautstark durch Edwin Starrs Stimme aus dem Radiowecker an: »*War, huh, yeah! What is it good for? Absolutely nothing. Listen to me!*« Ich drückte energisch auf *Schlummer*, nur um neun Minuten später von Michael Jackson daran erinnert zu werden, dass ich mit dem Mann im Spiegel anfangen solle, um was zu verändern. Auf den King of Pop hörend, stand ich auf, um dem Mann im Spiegel eine Rasur zu gönnen. Ich begrüßte den kleinen Elvis, den unermüdlichen Morgenständer, der sich nach einem Besuch der Toilette dann auch für den Tag verabschiedete.

Während ich mein Gesicht einseifte, kam mir der Gedanke, dass meine mallorquinische Bekanntschaft vielleicht die Nacht genutzt hatte, um mir semi-erotische Nachrichten zu schicken. So schlurfte ich mit Seife im Gesicht zurück ins Schlafzimmer und warf einen Blick auf mein Handy. Tatsächlich, da war sie, die ersehnte Nachricht von Priscilla, die sowohl der große als auch der kleine Elvis wirklich gerne einmal besuchen würden.

07:13 Nachricht von Priscilla

Guten Morgen! Du bist übrigens nüchtern auch nicht unsympathisch! Viel Spaß beim Fortbilden und schlaf schön!

Clapton kam verschlafen aus dem Nirgendwo angeschlichen und sah mir bei meiner Morgentoilette zu. Als ich noch eben flink unter die Dusche sprang, setzte er sich vor die gläserne Duschkabinentür und sah den Wassertropfen, die innen herunterliefen, interessiert zu. Zeit und Lust für ein großartiges Frühstück hatte ich nicht. Clapton hatte in der Nacht seine beiden Schüsseln mit Trocken- und Nassfutter radikal geleert. Ich füllte das Trockenfutter nach. Clapton, der bei seinem Einzug eine sehr sportliche Figur gehabt hatte, zeigte nach wenigen Wochen in meiner und Frau Winterbergs Obhut leichte Zeichen eines Bauchansatzes. Mir musste eine Tasse Kaffee genügen. Ich wollte fit und schlank sein, wenn ich Ricky das nächste Mal begegnete. An die Küchenarbeitsplatte gelehnt, holte ich mein Handy aus der Hosentasche.

07:53 Nachricht an Ricky Brandstätter
Schönen guten Morgen. Puh, Gott sei Dank. Auf Dauer hätte das meine Leber sonst echt nicht gepackt … War ja tatsächlich eine Verdoppelung der Telefonzeit. 2 h am Stück hatte ich schon lange nicht mehr … Die Zeit mit Dir ist berauschend kurzweilig.

07:53 Nachricht an Ricky Brandstätter
… so, noch das Nackenhörnchen einpacken. Und los geht's …

Die eisige Luft des Februarmorgens begrüßte mich unfreundlich vor der Haustür. Ich war froh, dass ich nur wenige Schritte bis zur Haltestelle hatte und der Bus bereits mit offener Tür dastand. Ich suchte mir einen Platz und holte das Handy raus. Als ich die Ohrhörer verkabelte, um mich zumindest akustisch von der unwirtlichen Stadt an einem Wintermorgen abzugrenzen, poppte eine Nachricht auf.

08:07 Nachricht von Priscilla
Kompliment kann ich zurückgeben. Habe ungern aufgelegt, aber ich war am Ende.

08:11 Nachricht von Priscilla
Du sitzt doch nicht wirklich mit Nackenhörnchen in dem Kurs???
08:11 Nachricht von Carolyn Schwindel
So früh schon online?

Flugs war ich *offline*, ehe mir Carolyn, eine kurze Affäre, die mir aber sprichwörtlich nachhing, den Morgen verderben konnte. Ich hole mir in der Cafeteria der Klinik noch einen Milchkaffee und ein Croissant und sah erst wieder auf meinem Platz im Hörsaal auf das Handy. Carolyn, Diätassistentin in der Margarinenklinik, hatte mir in zwanzig neuen Nachrichten mitgeteilt, was für ein dummes Schwein ich sei und dass ich noch nicht mal den Dreck unter ihren Fingernägeln verdient hatte. Das war mir nichts Neues und ich löschte die Nachrichten, ohne sie alle gelesen zu haben.

08:42 Nachricht an Ricky Brandstätter
Nee, nee, so krass bringe ich es dann doch nicht … Kann auch erschreckend gut ohne Hörnchen pennen.

Mein bescheidenes Frühstück war schnell vertilgt, und als der Dozent kurz vor neun erschien, konzentrierte ich mich völlig auf seine Ausführungen. Meine mallorquinische Traumfrau schien mittlerweile beschäftigt zu sein. Das Telefon behielt ich aber trotzdem im Blick, um ja keine Nachricht von der Dame zu verpassen.

09:12 Nachricht von Carolyn Schwindel
Du bist ein dermassen feiges Schwein!
09:17 Nachricht von Priscilla
Es gibt so was wie den Vielschläfer … Aber wer als Messias unterwegs ist, den schlaucht das Leben mehr als 'nen Normalsterblichen. Hallelujah!
09:18 Nachricht von Priscilla
Kannst Du auch übers Wasser gehen?

> **09:19 Nachricht von Carolyn Schwindel**
> Ich weiß genau, das du wach bist und das liest! Also, antworte mir endlich!

In dem Tenor, die s, ss und ß nach dem Zufallsprinzip gestreut, schickte mir Carolyn noch eine gute halbe Stunde Nachrichten, und ich wagte es nicht, *online* zu gehen, um Priscilla zu antworten. Um zehn Uhr tat ich das, was ich schon seit Wochen hätte tun sollen, und blockierte den Kontakt *BorderlineCaro* auf meinem Handy. Ich wollte endlich meine Ruhe und nicht, dass mir Carolyns Nachrichtenflut und Hartnäckigkeit länger im Weg stand, meinen Kontakt zu *Priscilla* weiter zu pflegen und auszubauen.

> **10:05 Nachricht an Ricky Brandstätter**
> Hosianna sag ich da! Stimmt schon, ist alles nicht ohne ... Wasser zu Wein kostet viel Kraft! Und das ständige Hand auflegen, Lahme zum Gehen etc. macht einen ganz schön platt ... Vom Laufen über Wasser bin ich ein bisschen weggekommen ... ist einfach zu protzig ... und ich bin doch eher der bescheidene Typ.
>
> **10:09 Nachricht an Ricky Brandstätter**
> Kennst Du die Bibel nach Biff? Das verlorene Evangelium über Jesu Jugendjahre, in dem er säuft, schlägert und das Kamasutra erfindet ...

Wenige Minuten später kam eine Bilddatei an, die ich zum Missfallen der strickenden, hochschwangeren Kollegin einen Platz neben mir gleich öffnete. Selbst schuld, es waren so viele Plätze noch frei im Auditorium, warum musste sie sich ausgerechnet neben mich setzen? Das Geklapper ihrer Stricknadeln ging mir umgekehrt auch auf den Zeiger. Immerhin hatte ich, rücksichtsvoll, wie ich war, die Mitteilungstöne meines Handys ausgeschaltet. Sie warf mir erneut einen missbilligenden Blick zu, ohne dabei ihre Strickaktivität zu unterbrechen. Wahrscheinlich hatte sie in ihrem ökologisch-alternativen Zuhause noch ein Bakelittelefon mit Wählscheibe.

Ich beugte mich zu ihr rüber und heuchelte Interesse, um die Fronten zu entschärfen: »Was wird das denn Schönes?«

Worauf sie sich auf die einzigartige Weise, wie das nur Schwangere können, mit beiden Händen samt Stricknadeln über den Bauch strich und meinte: »Ein Mädchen.«

»Ich meinte eigentlich das Strickteil.«

Das sanfte Mona-Lisa-Lächeln verschwand schlagartig aus ihrem Gesicht, meine Sitznachbarin strickte mit heftigen Bewegungen weiter und antwortete mit Blick nach vorne zum Dozenten: »Ein Babyjäckchen.«

»Aha, aha.« Was, fragte ich mich selbst, hatte ich jetzt wieder falsch gemacht? Auf jeden Fall wurde die Unterhaltung nicht weitergeführt.

10:14 Nachricht von Priscilla mit Bilddatei
Ich will ja nicht angeben, but I actually read the original version.
Das Buch ist Blödsinn vom Allerfeinsten.

Tatsächlich zeigte das Foto das Buch, über das wir uns unterhielten. Die kleine Hexe wurde mir immer sympathischer. Der langweilige Dozent sagte zur Abwechslung mal etwas Interessantes und ich schenkte ihm meine gesamte Aufmerksamkeit, selbst die Stricknadeln verstummten kurzfristig. Leider driftete er bald wieder in indifferentes Geschwafel ab, und ich las, was es Neues von Ricky gab.

10:15 Nachricht von Priscilla
Kann Deine Probleme nachvollziehen. Als Göttin, die Begehrlichkeiten weckt, hast es auch nicht leicht.
10:17 Nachricht von Priscilla
Dann findest sicher auch The Life of Brian gut …

10:33 Nachricht an Ricky Brandstätter
Krass … so langsam macht es mir etwas Angst. Klar, das Leben des Brian ist klasse.
10:33 Nachricht an Ricky Brandstätter
Alter Streber, wieder auf Englisch!

Ricky antwortete nicht, die Stricknadeln klapperten munter weiter, und der Dozent langweilte immer mehr.

10:40 Nachricht an Ricky Brandstätter
Jaja, das Leben als Göttin der Wollust ist sicher nicht leicht!

10:43 Nachricht von Priscilla
Wollust, das Wort habe ich auch schon lange nicht mehr gehört. Dabei ist es so aussagekräftig!
10:44 Nachricht von Priscilla
Musst keine Angst haben, ich tu Dir nix, ich will nur spielen!

Ich lächelte und beschloss, mich wieder dem ursprünglichen Grund meines Hierseins zu widmen, lauschte dem, was aus dem kleinen Mann da vorne zäh herausfloss und schlief dabei selig ein. Ich schreckte hoch. Um mich herum war Unruhe ausgebrochen. Anscheinend machten alle eine kurze Pause. Das war eine gute Idee. Ich besuchte die Toilette und checkte mein Handy.

10:57 Nachricht von Priscilla
Weißt, was mir an Dir imponiert, Du bist nicht nur intelligent, sondern auch klug und witzig! The rarest of the rare!

Beim Lesen dieser Nachricht musste ich schon etwas schlucken. Komplimente zu meinen Gunsten waren in den letzten Monaten rar gesät. Die meisten Frauen begannen mich nach kurzer Bekanntschaft eher zu beschimpfen, weil ich ihren Forderungen nicht nachkam oder so ganz und gar nicht ihren Erwartungen entsprach. Dabei erwähnte ich relativ früh, was ich von ihnen wollte, und dass jegliche Hoffnung auf eine dauerhafte Beziehung zum Scheitern verurteilt war. Aber das glaubten die Damen mir in der Regel nicht, und ich musste es hinterher ausbaden. An der Kaffeemaschine kam ich mit einem Kollegen, der wegen des Kurses extra aus Hamburg angereist gekommen war und seine Frau dabei hatte, mit der er am Abend gepflegt ausgehen wollte, über die Gastronomie in Stuttgart ins Gespräch.

Als ich eine halbe Stunde später an meinen Platz zurückkam, musste ich betrübt feststellen, dass sich die flinke Strickerin einen neuen Platz, weit weg von mir, gesucht hatte. Sie sah eh aus wie eine humorlose Streberin. Es war Zeit, mich bei einer anderen Frau einzuschleimen, was mir generell sehr schwer fiel, bei Priscilla dagegen erstaunlich leicht. Eigentlich war es nicht eingeschleimt. Ich musste einfach sagen, was ich empfand, und das waren im Moment einfach nur erschreckend tolle Dinge.

11:35 Nachricht an Ricky Brandstätter
Darauf stehe ich bei Dir auch … v.a. würde ich sagen, dass Menschen mit unserem Humor auch nicht so häufig sind … versteht ja im Alltag auch nicht jeder. Und ähnlicher Humor ist für mich eines der wichtigsten Dinge … zumindest, wenn man über die Wollust rausdenken möchte.

11:35 Nachricht an Ricky Brandstätter
Ich steh auf alte Ausdrücke …

11:36 Nachricht an Ricky Brandstätter
Na, dann freu ich mich mal auf Deine Spielversuche …

Ich legte das Handy beiseite, verschränkte die Arme vor der Brust. Die Stimme des Dozenten wurde immer leiser und mein Kopf immer schwerer. Bevor mir die Augen zufielen, holte mich eine Nachricht von einer kleinen Insel im Mittelmeer ins Leben zurück.

11:49 Nachricht von Priscilla
Deswegen habe ich mich auch wieder bei Dir gemeldet. Hätte meinen Arsch verwetten können, dass hinter dem besoffenen Hobbychirurgen eine gleichgeschaltete Persönlichkeit steckt. Bin ein menschliches Trüffelschwein. Männer für Wollust zu finden ist einfach, dann wird's aber extrem eng.
Und lustig, dass Typen wie wir als Kind eher introvertiert waren.

Ich hatte mich mit Ricky während unseres letzten Telefonats über unsere Kindheit ausgetauscht. Auch da gab es schon einige Gemeinsamkeiten. Wir hatten schon als Kinder beide für unser Leben gern gelesen, waren eher nachdenklich als draufgängerisch gewesen und hatten viel Sport gemacht. Obwohl wir beide beliebt waren und viele Freunde hatten, waren wir immer etwas anders als die anderen und hatten das Gefühl, perfekt integrierte Außenseiter gewesen zu sein.

12:35 Nachricht an Ricky Brandstätter
Dann bin ich mal gespannt, wie mich das Trüffelschwein im Original beurteilen wird. Das Problem mit der weit verbreiteten Wollust kenne ich natürlich auch: Frauen wollen leider viel zu oft nur mein Geld und meinen Körper.

12:36 Nachricht an Ricky Brandstätter
Den Hobbychirurg nimmst aber gefälligst zurück!!!

Um ein Uhr lud der Dozent zu einem gemeinsamen Mittagessen in der Klinikkantine. Ich hatte keine große Lust auf Fachgespräche über Palliativmedizin mit dem Rest der Truppe und setzte mich in einen ruhigen Flur zwischen dem Hörsaal und der Kantine mit einer Tasse Kaffee ab. Lektüre fand ich auf meinem Handy.

13:07 Nachricht von Priscilla
Seit wann haben junge Klinikärzte Geld? Tz. Oder bist Du ein reicher Erbe und ich weiß nix davon? Nee, nee, schöne Körper gibt's

ohne Ende. Finde schöne Seelen viel interessanter! Und den Hobbychirurgen nehm ich nicht zurück!

13:16 Nachricht an Ricky Brandstätter
Klugscheißer! Na gut, entlarvt ... jetzt wo du eher an meiner Seele interessiert bist, kann ich ja auch zugeben, dass mein Körper schon ausschaut wie 'ne alte Avocado.

13:31 Nachricht an Ricky Brandstätter
Von einer schönen Seele hat man ja tollerweise viel länger was. Und eine gute Seele macht dich am Ende auch schön ...

Es konnte nicht schaden, gegenüber meinem unbekannten Schwarm ein wenig auf Understatement zu machen. Schließlich holte ich mir in der Kantine das Tagesgericht, Linsen mit Spätzle, setzte mich weitab von den anderen allein an einen Tisch und beantwortete bei der Tasse Espresso danach meinen sonstigen Nachrichtenverkehr. Meine Freunde kamen seit zwei Tagen definitiv zu kurz.

13:34 Nachricht von Priscilla
Weise Worte, mein Bester! ... reife, schrumpelige Avocados schmecken besser!

Ich saß schon wieder im Hörsaal, als ich Rickys letzte Nachricht beantwortete.

14:23 Nachricht an Ricky Brandstätter
Zwischendurch versuche ich, mir einen schlauen Spruch aus den Lippen zu leiern ... Na, dann lass sie Dir schmecken.

14:25 Nachricht an Ricky Brandstätter
Was macht die personifizierte Begehrlichkeit meiner Träume?

Ich legte das Smartphone so, dass mir eine eventuelle Nachricht nicht entging.

14:40 Nachricht von Priscilla

Moi? Ich habe gerade auf 'ner Beerdigung in Palma gesungen. Ob Du es glaubst oder nicht, ich habe wirklich eine schöne Singstimme ... wenn auch zurzeit leicht kratzig.

Unfassbar, schon wieder gab es eine neue Gemeinsamkeit zwischen meiner virtuellen Traumfrau und mir. Sie sang! Hallelujah! Wir würden ein wundervolles Duett abgeben. Vor meinem geistigen Auge sah ich uns eine zweite Kelly Family gründen. Die *Benny Family* würde selbstverständlich wesentlich geschmackvoller angezogen sein und besser riechen als das Original.

15:38 Nachricht an Ricky Brandstätter

Huch. Da bin ich ja schon wieder beeindruckt! Ich singe nämlich auch und klimpere etwas unbeholfen auf der Gitarre dazu! Was hast Du gesungen? Passend zur kratzigen Stimme was von Joe Cocker? Alleine? Hattest Du mal Unterricht? War hoffentlich nicht die Beerdigung eines Freundes oder Bekannten!?!

Und dann zwang mich Ricky mittels Nachrichtenverweigerung, endlich dem Dozenten meine ganze Aufmerksamkeit zu widmen. Erst kurz vor Ende des Kurses meldete sie sich wieder.

16:41 Nachricht von Priscilla

Du singst auch?!? I am impressed! Mit der angeschlagenen Stimme ist es nicht ganz so wild, weil ich im Chor singe. Hab das gemacht, um neue Leute hier kennenzulernen, außer den Arbeitskollegen und ein paar wenigen Bekannten.

16:44 Nachricht von Priscilla

Heute waren wir so gut, dass ich beim Singen Gänsehaut hatte. Geiles Gefühl! Schade, dass bei Beerdigungen keiner klatscht oder Zugabe ruft. War die Tante einer Kollegin, kannte ich selbst nicht.

Um 17 Uhr war pünktlich Schluss mit Fortbildung für diesen Tag. Ehe ich nach Hause fuhr, machte ich noch einen kurzen Zwischenstopp bei meinem Lieblingsspirituosenladen, in dem ich eine Flasche Bunnahabhain und mehrere Flaschen italienischen Wein erstand. Mit meinen hochprozentigen Schätzen im Rucksack nahm ich den Bus nach Hause, wo Clapton bereits im Küchenfenster von Frau Winterberg wartete. Die Katzenklappe in ihrer Wohnungstür ging gemeinsam mit der Haustür. Oben wartete Clapton, bis ich geöffnet hatte. Hunger hatte er anscheinend keinen. Ich schon, aber ich wollte noch weiter nach Tübingen, weil ich dort bei einem ehemaligen Studienkollegen zum Geburtstag eingeladen war. Mit einer Tafel Schokolade mit ganzen Haselnüssen setzte ich mich vor den Laptop, um die aufgelaufenen Mails der letzten Tage zu beantworten. Seltsam, wie schnell und selbstverständlich Ricky meine Zeit in Beschlag genommen hatte. Noch merkwürdiger war jedoch, dass mich diese Tatsache nicht im Geringsten störte. Im Gegenteil, ich wartete ständig auf Neuigkeiten von der Baleareninsel. Aber nun war die Reihe an mir.

17:41 Nachricht an Ricky Brandstätter
Stimmt, kenne ich. Das Lied und das mit der Gänsehaut. Bei der nächsten Beerdigung bin ich dabei. Mit Spruchband, Vuvuzela und Zugabe-Geschrei! Bist ja eine Frau mit vielen Talenten …

17:56 Nachricht von Priscilla
Junge Frau, reifes Mädchen, das bin ich, ich, nur ich!

17:57 Nachricht von Priscilla
Echt, Vuvuzela! ? Bist ab jetzt mein Lieblingsfan.

17:58 Nachricht von Priscilla
Was sollte man bei Deiner Beerdigung singen?

17:59 Nachricht von Priscilla
Ich hätte gerne 'ne fröhliche Party am Strand, so wie die von dem fetten Hawaiianer. Izzy Kawadingsbums oder so!

Ich kam erst wieder eine halbe Stunde später dazu, meine Antwort zu tippen. Als ich schrieb, sah ich, dass Ricky auch online war und ebenfalls an mich schrieb. Dieses Glücksgefühl, diese Worte auf dem Display zu lesen, machte mir etwas Angst. Aber die Dame empfand es wohl ähnlich.

18:29 Nachricht von Priscilla
Ah, mein Fan schreibt! Freu!

18:30 Nachricht an Ricky Brandstätter
Somewhere over the rainbow ist auf jeden Fall keine schlechte Wahl. Hab aber in seine CD mal reingehört und der Rest war nicht der Knaller. Aber 'ne Party will ich auch … mit ner fetten Sektglaspyramide auf meinem Sarg! Die Lieder wechseln häufig mal … the funeral … Jeff Buckley … WIZO: Die letzte Sau … Oder die Besten sterben jung von den Onkelz … Wobei ich ja nicht mehr ganz sooo jung bin. Too old to die young von Brother Dege, by the way!

18:31 Nachricht an Ricky Brandstätter
Tja, Dein Fan ist mittlerweile etwas süchtig nach Nachrichten von Dir …

18:33 Nachricht von Priscilla
Abhängige Fans sind die besten: Bist schon 'ne kleine Suchtpersönlichkeit! Ich freu mich aber auch immer wie Sau, wenn 'ne Nachricht von Dir kommt.

18:46 Nachricht von Priscilla
… und Sektpyramide aufm Sarg ist porno!

18:49 Nachricht von Priscilla
Ich hätte gerne, dass alle Knocking on Heaven's Door grölen!

Nachdem ich die letzte Nachricht getippt hatte, setzte ich mich ins Auto und fuhr Richtung Tübingen, wo ich studiert, meinen Facharzt gemacht und eine Weile gearbeitet hatte. In Tübingen spielte sich immer noch ein Teil meines Lebens ab, weil dort noch der Großteil meiner Freunde und Bekannten lebte. Ich machte einen Zwischenstopp bei Gitta und Dominic Schneider. Ihr Sohn Felix, zweieinhalb, nahm mich bei Betreten der Wohnung sofort komplett in Beschlag. Doch selbst Felix schaffte es heute nicht, mich vom Schreiben mit der interessantesten Frau, die mir seit Langem untergekommen war, abzuhalten. Mit dem Kleinen auf dem Schoß saß ich am Küchentisch, während Gitta, eine frühere Studienkollegin, das Abendessen zubereitete.

19:17 Nachricht an Ricky Brandstätter
Ist wirklich porno … Aber wenn ich nicht verbrannt werden wollte, würde ich trotzdem drauf bestehen … Bei Dir singen sie wohl eher »Die Hex ist tot, die Hex ist tot …« Habe mich gerade noch bei Freunden in Tübingen eingeladen, ehe ich zum Geburtstag von 'nem Kumpel hier gehe … Deswegen stocken die Nachrichten auch.

19:18 Nachricht an Ricky Brandstätter
War vorhin noch Wein einkaufen … hicks … theoretisch würde also einem Besuch von Dir nichts im Wege stehen.

19:30 Nachricht von Priscilla
Ich bestehe auf Duftkerzen (nicht zu süßlich), spanischen Brandy, Buttercremetorte, Nutella (falls ich gezwungen sein sollte, bis zum Frühstück zu bleiben), Sandelholzbadezusatz, Kuschelrock-CD, Massageöl Rosenholz, Kalamataoliven, Raffaello und Handschellen! Wenn Du das hast, melde Dich wieder.

19:30 Nachricht von Priscilla
Ja, dann pass auf, dass die Hex Dich nicht verflucht …

19:31 Nachricht von Priscilla
Die Mädels kommen auch gleich …

19:39 Nachricht an Ricky Brandstätter
Kein Problem … ein Klacks! Sind ja alles Sachen, die eh in jedem guten Haushalt vorhanden sind. Und gezwungen wirst du natürlich auf jeden Fall.

19:41 Nachricht an Ricky Brandstätter mit Bilddatei
Da siehst du mal, wie ich ständig am Schreiben gehindert wurde. Das ist übrigens Felix ...
                                   19:41 Nachricht von Priscilla
                                            Süßer Hinderungsgrund!
19:43 Nachricht an Ricky Brandstätter
Aber echt. So einen könnte ich mir auch vorstellen. Der ist echt Zucker: Wünsche der Hexe viel Spaß mit den anderen Hexen ...
                                   19:49 Nachricht von Priscilla
Du weißt, wir waren alle Engel, bis uns die Flügel gebrochen wurden und wir gezwungen waren, auf Besen weiterzufliegen. Dir auch viel Spaß mit den anderen Suffköpfen.

Dann aß ich mit meinen Freunden zu Abend – Dominic war mittlerweile auch nach Hause gekommen. Nach dem Essen fuhr ich die wenigen Kilometer zu Patrick, der seinen sechsunddreißigsten Geburtstag feierte. Ich trank ein Glas geschmacksneutralen Rotwein, tauchte Karotten- und Selleriestengel in Dips, die unterschiedliche Farben hatten, aber alle nach Knoblauch schmeckten. Den Gesprächen hörte ich nur mit halbem Ohr zu, weil ich im Kopf bei Ricky war. So etwas war mir bis dato noch nie bei einem Menschen passiert, den ich noch nicht gesehen hatte. Benny B. stand leicht neben sich und fühlte sich wohl dabei. All das führte dazu, dass ich mich um kurz vor 22 Uhr schon verabschiedete und zurück Richtung Stuttgart fuhr.

Clapton lag zusammengerollt auf seiner Decke, als ich in die Wohnung kam. Ich legte die letzte Platte von Johnny Cash auf, auf der er mit vom Leben gezeichneter Stimme, in der schon leise der nahe Tod zu hören war, bekannte Songs gecovert hatte. Mit einem Glas Marques de Caceres machte ich mich neben Clapton breit und gab ihm erst mal ausgiebig

Streicheleinheiten.

»Was meinst du, Clapton, steigere ich mich ein wenig hinein in die Sache mit der fremden Frau, die so weit weg von uns lebt?« Mein Kater sah mich mit seinem wunderschönen Auge an. Zum wiederholten Mal fragte ich mich, wobei er das andere verloren haben mochte. »Aha, aha, du meinst, wir sollen abwarten und nichts überstürzen? Irgendwann finden wir einen Fehler bei der Dame, wie bei allen anderen auch, und dann ist der Zauber vorbei? Tja, mein schweigsamer Freund, da wirst du wohl leider recht haben.« Ich konnte es abwarten, bis Ricky versuchen würde, Änderungen an mir vorzunehmen, oder bis der unweigerliche Kontrollwahn, den alle Frauen früher oder später, meist in Kombination mit Eifersuchtsanfällen, entwickelten, ans Tageslicht treten würde.

Bei unserem letzten Telefonat hatte Ricky erwähnt, dass sie den Abend mit ihren Freundinnen zu Hause auf der Couch verbringen wolle. Die Programmpunkte waren Wein trinken, Musik hören und Katzen streicheln. Wir taten an diesem Abend dieselben Dinge – zu meinem Leidwesen standen unsere Sofas ein paar Tausend Kilometer voneinander entfernt und ein wenig Wasser war auch noch dazwischen. Ich nahm meine Gibson vom Ständer, machte den Verstärker an, spielte mich ein und sang mich mit *Take me to Church* von Hozier warm. Bei *I got it bad and that ain't good,* einem alten Standard von Duke Ellington, den ich in der Version von Nina Simone am liebsten mochte, sang ich mir die Seele aus dem Leib, bis mein Handy, das ich immer im Blickfeld behielt, aufleuchtete. Ich legte die Gitarre beiseite und hoffte, dass die Nachricht von der Frau war, für die ich eben gesungen hatte. Bingo!

23:06 Nachricht von Priscilla
Huhu!
23:07 Nachricht von Priscilla
Störe ich?

Ich legte eine Platte auf und machte mich auf der Couch lang, ehe ich Ricky antwortete.

23:09 Nachricht an Ricky Brandstätter
Nee, aber gar nicht. Mädelsabend schon rum?
23:09 Nachricht von Priscilla
Nee, hören gerade ABBA! Musste ich an Dich denken, Benny!
23:09 Nachricht an Ricky Brandstätter
Hab genau genommen gerade auch an Dich gedacht …
23:09 Nachricht an Ricky Brandstätter
Höre gerade die Doors.
23:10 Nachricht von Priscilla
This is the end beautiful friend!
23:10 Nachricht an Ricky Brandstätter
Gib's zu, du bist blau!
23:10 Nachricht an Ricky Brandstätter
Das kam auch schon!
23:10 Nachricht von Priscilla
… of our elaborate plans the end!
23:10 Nachricht an Ricky Brandstätter
Coole Live-Aufnahme.
23:11 Nachricht von Priscilla
Vielleicht hellblau! Höchstens!
23:13 Nachricht von Priscilla
Ich dachte, Du bist auf Geburtstag …
23:14 Nachricht an Ricky Brandstätter
Was macht dein dubioser Walpurgisnacht-Zirkel? Schon jemand verhext?
23:16 Nachricht an Ricky Brandstätter
War nur kurz weg, der war eh in TÜ, ich musste also heimfahren. Und die Leute waren nicht ganz so nach meinem Geschmack … morgen Abend werde ich auch unterwegs sein. Da sind ein paar Stunden mehr Schlaf nicht schlecht. Morgen früh ist ja auch noch mal Kurs angesagt …

23:17 Nachricht an Ricky Brandstätter
Mir steckt immer noch das Quartalsbesäufnis von vorgestern in den Knochen …
23:18 Nachricht an Ricky Brandstätter
Bin eben keine 18 mehr und die Leber ist auch schon vorgealtert.
23:18 Nachricht von Priscilla
Oh, du armes, kleines Benny! Kriegst doch dann 'ne fast neue Leber von mir! Sauf ruhig!
23:19 Nachricht an Ricky Brandstätter
Irgendwie traue ich Deiner Leber auch nicht so recht über den Weg.
23:20 Nachricht von Priscilla
Willst Du meine Leber beleidigen? Unverschämtheit! Hicks!
23:20 Nachricht an Ricky Brandstätter
Wer weiß, ob das noch die erste ist … Das Leben als Dancing Queen hat sicher Spuren hinterlassen.
23:21 Nachricht an Ricky Brandstätter
Wie groß ist denn der Tanzkreis um euren Scheiterhaufen?
23:22 Nachricht an Ricky Brandstätter
Musst sagen, wenn ich nerve … Möchte die anderen Hexen nicht verärgern.
23:23 Nachricht an Ricky Brandstätter
Ruckzuck wacht man sonst mit Knoten in wichtigen Körperteilen auf … oder mit Glatze.
23:26 Nachricht von Priscilla mit Bilddatei
Nee, eine Hexe appt auch ständig mit einem Typen! Wir sind nur zu dritt! Woher weißt Du, dass ich die Dancing Queen bin?

Ich sah mir das gesendete Foto an. Drei Beinpaare in Jogginghosen und groben Strickstrümpfen. Das mittlere Paar mit einem Stück brauner Haut zwischen Hose und Strümpfen. Ich zoomte es heran. Irgendwie erschien mir jedes Detail wichtig, das ich von Ricky in Erfahrung bringen konnte.

23:33 Nachricht an Ricky Brandstätter
Schuss ins Blaue ... das ABBA-Lied ist mir spontan zu dir eingefallen.

23:33 Nachricht von Priscilla
Du bist gut, verdammt gut!

23:35 Nachricht an Ricky Brandstätter
Haha ... bin vielleicht einfach der richtige Hexenbändiger für dich.

23:36 Nachricht an Ricky Brandstätter
... seeehr erotisch das Foto.

23:36 Nachricht an Ricky Brandstätter
Da fällt dem Hexenbändiger nichts mehr ein!

23:37 Nachricht von Priscilla
Hexenbändiger? Hm, da hast aber zu tun!

23:37 Nachricht an Ricky Brandstätter
Aber wenn ich das richtig sehe, hättest Du Dein Beinchen ruhig rasieren können.

23:38 Nachricht an Ricky Brandstätter
Kann den Umfang der Mammutaufgabe bisher nur erahnen ...

23:39 Nachricht an Ricky Brandstätter
Könnte mir aber gerade keinen reizvolleren Job vorstellen.

23:40 Nachricht an Ricky Brandstätter
Hm, irgendwie sendet es den Kram nicht mehr ...

23:41 Nachricht an Ricky Brandstätter
Oh, nein, das System kollabiert ... gerade jetzt. In diesem intimen Augenblick.

23:41 Nachricht an Ricky Brandstätter
Scheiß Technik!

23:44 Nachricht von Priscilla
… das sind keine Haare! Optische Täuschung! Verdammt!
23:47 Nachricht an Ricky Brandstätter
Wollte dich doch nur ärgern!
23:49 Nachricht an Ricky Brandstätter
O. k. … werde es mal lieber nicht übertreiben … Versuche noch immer den Fehler bei Dir zu finden. Bist einfach zu perfekt!

23:51 Nachricht von Priscilla
Nee, bin charakterlich grenzwertig!
23:53 Nachricht von Priscilla
Wir sind 'ne coole Sockengang!
23:57 Nachricht an Ricky Brandstätter
Das mit dem Charakter haben wir doch alle irgendwie … Hast Du die Socken alle schön selber gestrickt??
23:58 Nachricht an Ricky Brandstätter
So innerhalb der letzten 8 Jahre?

23:59 Nachricht von Priscilla
Nee, Hase, das macht meine Mama. Tochter, also ich, zu blöd, um die Kurve zu stricken! Habe andere Qualitäten! Willst auch welche?

00:05 Nachricht an Ricky Brandstätter
Socken oder deine anderen Qualitäten kennenlernen?

00:06 Nachricht von Priscilla
Mich gibt's nur mit Stricksocken.
00:06 Nachricht an Ricky Brandstätter
Nehme BEIDES!
00:09 Nachricht an Ricky Brandstätter
Hm … daraus könnten wir ein Heidi-Geißenpeter-Rollenspiel machen.
00:10 Nachricht an Ricky Brandstätter
So, Zeit fürs Bett … bevor mir noch mehr Schrott einfällt.

00:11 Nachricht von Priscilla
Magst Du Rollenspiele?
00:11 Nachricht von Priscilla
Dann schlaf mal gut! Ich bin hellwach!
00:11 Nachricht an Ricky Brandstätter
Heidi, wie Gott sie schuf, in Socken … Da wird es mir ganz wohlig warm um's Herzl.
00:12 Nachricht von Priscilla
Gute Nacht und Kuss!
00:12 Nachricht an Ricky Brandstätter
Dann brauchen wir ja sogar einen Dialog … Ganz schön anspruchsvoll!
00:13 Nachricht an Ricky Brandstätter
Geht so … bin mehr der animalische Naturalist. Aber mit der richtigen Inspiration. Dir noch viel Spaß mit den Sockenhomies!
00:13 Nachricht von Priscilla
Kann ich schreiben! No problem! Schon oft gemacht! Hast aber recht, lenkt vom Wesentlichen ab! Träum schön!
00:14 Nachricht an Ricky Brandstätter
Wie, schon oft gemacht? So kann ich doch nicht schlafen!

Wunderbarerweise klingelte in dem Moment, in dem ich auf *Senden* drückte, das Telefon, und Ricky erklärte mir das mit dem Drehbuch etwas genauer, und der kleine Elvis und ich übten, nachdem ich aufgelegt hatte, schon mal mit einer Socke, wobei sich der Kreis für diese Nacht auf wunderbarste Weise schloss.

Trotz der Entspannung konnte ich nicht einschlafen. Ich dachte über mein bisheriges Leben nach und über diese neue, interessante Frau, die vor wenigen Wochen darin kurz aufgetaucht und wieder spurlos verschwunden war, nur um vor wenigen

Wochen wieder in Erscheinung zu treten und zwar auf eine für mich völlig überraschende Art und Weise.

Ricky schien die Erfüllung eines lang gehegten Traumes zu sein. Sie schien genau das mitzubringen, was ich brauchte, um eine Frau wirklich und intensiv lieben zu können. In den etwas mehr als zwanzig Jahren, die ich bisher aktiv als Mann unterwegs gewesen war, war mir das Glück, so eine Frau zu finden, bislang genau dreimal beschieden gewesen, wenn auch jeweils nie für lange. Ich sehnte mich einfach danach, endlich wieder tiefe Gefühle für eine Partnerin empfinden und mich ganz und gar fallen lassen zu können, und das nicht nur beim Sex. Ich wollte nicht schon wieder eine dieser Vernunftsbeziehungen, die ich in der Vergangenheit eingegangen war, um dem Alleinsein zu entgehen. Die Krux bei solchen Beziehungen war: Je weniger Gemeinsamkeiten du mit der Frau an deiner Seite hast, umso einsamer fühlst du dich in einer Partnerschaft.

Ich wollte eine Frau, der ich mein Herz ausschütten konnte, die meinen schrägen Humor verstand und mit der ich sowohl reden als auch schweigen konnte. Ich brauchte eine Frau, die sich liebevoll über meine ungelenken Tanzversuche amüsierte, die aber voller Selbstverständlichkeit und Stolz mit mir weitertanzte, als wäre ich John Travolta höchstpersönlich. Ich wollte eine Frau, die ich in meine seelischen Abgründe blicken lassen konnte, ohne dass es ihr vor mir graute. Ich brauchte eine Frau, die hinter meine aufgesetzte arrogante Fassade blickte und den verletzlichen, kleinen Jungen dahinter sah und liebte. Eine Frau, die mich in den Arm nahm, wenn ich traurig und depressiv war, die mich aufmunterte und tröstete und mich nicht noch mehr hinunterzog oder meinen Kummer relativierte.

Ich wollte eine Frau, mit der ich erst Pferde stehlen konnte und die danach wild und hemmungslos auf dem kleinen Elvis reiten wollte. Ich wünschte mir eine Lady, die bei jeder möglichen oder unmöglichen Gelegenheit Dinge mit mir anstellte, die alles andere als ladylike waren! Ich wollte eine Frau, die *Pink Floyd* nicht für einen Cocktail hielt oder hinter *Element of Crime* eine amerikanische Krimiserie vermutete. Ich sehnte mich nach einer Partnerin, die wusste, wer Quentin Tarantino war und in *Kill Bill* keinen brutalen, blutrünstigen Film sah, sondern wirkliche Filmkunst, eine Frau, die über Charlie Chaplins *Der große Diktator* lachen konnte und bei Disneys *Bambi* heulen musste. Eine Frau, die mich, wenn ich beim Essen Rainald Grebe erwähnte, nicht nur unverbindlich lächelnd ansah, sondern scherzte: »*Reich mir mal den Rettich rüber!*« Ich wollte eine Frau, die wusste, wer hinter den Namen d'Artagnan, Athos, Aramis und Portos steckte, aber auch wer sich hinter Skipper, Private, Kowalski und Rico verbarg, ohne es erst googeln zu müssen.

Ich wollte eine Frau, die souverän Bier aus der Flasche trank und die einen guten Döner genauso zu schätzen wusste wie ein Fünf-Gang-Menü im Drei-Sterne-Restaurant. Ich hatte Sehnsucht nach einer Gefährtin, die mit mir tiefgründig über Philosophie diskutieren und innerhalb von Sekunden auf Fäkalhumor umschalten konnte. Ich brauchte eine Frau, die wochenlang mit mir auf Bali in einer einfachen Strandhütte schlafen und von frisch gefangenem Fisch und Reis leben konnte. Die sich wie eine Schneekönigin freuen konnte, wenn sie beim Rückflug beim Check-In am Flughafen einen Upgrade in die Businessklasse aus dem Bodenpersonal rausquatschen konnte und den kostenlosen Champagner und die Lachshäppchen in der VIP-Lounge mit seligem Lächeln in sich schlang, als würde es morgen nichts mehr zu essen geben.

Ich wollte eine Frau, mit der ich geistiges Pingpong spielen konnte, und die meine Vorgaben nicht nur retournierte, sondern ihnen neuen Drive gab, und die Aufschläge drauf hatte, bei denen ich mich anstrengen musste, den Ball zu erwischen. All das hatte ich in der Vergangenheit gehabt und all das vermisste ich schmerzlich und all das schien mir Ricky geben zu können.

Über meine Gedanken schlief ich endlich doch ein. Als ich am nächsten Tag erwachte, begannen sich Raum und Zeit für mich aufzulösen. Ich lebte in einem Ausnahmezustand, in dem ich aß, trank, arbeiten ging, Clapton und meinen Haushalt versorgte, aber vor allen Dingen mit Ricky kommunizierte und mich in dieser neuen, unbekannten Parallelwelt auf wunderbare Weise verlor.

TAG 1
SPONTANEREKTION &
PHARMAKOTHERAPIE

Ich saß bereits im Hörsaal, als die erste, sehnsüchtig erwartete Nachricht des Morgens aus Mallorca kam.

08:30 Nachricht von Priscilla
Jetzt sind wir quitt! Heute Nacht habe ich dich sturzbesoffen angerufen! Lern schön fleißig und klopp Dich nicht mit den anderen Kindern!

08:41 Nachricht an Ricky Brandstätter
Moin. Deine Artikulation war leider noch um Längen besser als meine vor ein paar Tagen. Das nächste Mal sind wir beide richtig blau.
Mal schauen, die anderen sind schon teilweise sehr doof und zwei oder drei werden da heute noch im Sandkasten Dreck fressen müssen … Einer hat sich über meinen Amigo-Ranzen lustig gemacht, der kann keine Gnade erwarten.

08:45 Nachricht von Priscilla
Dann schlag halt zu. Hast Dein Schäufelchen dabei? Aber Pfoten weg von den Brillenträgern und Anwaltssöhnen!
Tja, der Alkohol, der meine Zunge lähmt, muss noch erfunden werden.

08:55 Nachricht an Ricky Brandstätter
Echte Männer brauchen kein Schäufelchen. Blöd, er ist brillentragendes Anwaltskind im Rollstuhl. Aber scheiß

auf gesellschaftliche Normen! Bei meinem Rucksack hört der Spaß auf!

08:56 Nachricht an Ricky Brandstätter
Er hätte Deine Zunge auch nicht lähmen, sondern nur ein bisschen lockern sollen.

09:04 Nachricht von Priscilla
Dann lock ihn auf die Behindertentoilette und zerstich seine Reifen! Ohne Zeugen! Wusste ich doch, dass Du nur auf einen schwachen Moment wartest, um mir unaussprechliche Dinge zu entlocken! Da muss ich Dich enttäuschen, da ist Alkohol eher kontraproduktiv. Ohren vollsülzen hilft gelegentlich.

09:15 Nachricht an Ricky Brandstätter
Hab ihn mit dem Fahrradschloss auf dem Hof an die Laterne gekettet und hoffe auf Schnee ... Sülzen ist halt nicht so meine Spezialität. Dann probieren wir es doch vielleicht mal nüchtern.

09:22 Nachricht von Priscilla
Hast ihm hoffentlich sein Pausenbrot und die Capri Sonne weggenommen!
Dann lass uns doch nüchtern anfangen und uns simultan betrinken! Promillegleichstand!

09:30 Nachricht an Ricky Brandstätter
Er hatte zum Glück 'nen Zitronentee und Autoquartettkarten. Hab ihm dann noch die Unterhose in den Schlitz gezogen ... Das ist ja mal ein guter Plan. Ein Gespräch durch alle Höhen und Tiefen des Deliriums. Was machst Du eigentlich schon auf? Sind die restlichen Hexen schon heimgeflogen?

09:34 Nachricht von Priscilla
Ah, Brandstätter, Du bist ein Mann nach meinem Geschmack, unbarmherzig und hart wie Stahl! Darf ich Dich Dirty Benny nennen? Bin nicht AUF, nur WACH! Wäre schön, mir würde jemand

Tee ans Bett bringen. Die letzte Hexe habe ich so kurz nach 3 rausfliegen lassen.

09:41 Nachricht an Ricky Brandstätter
Wäre auch verdammt gerne Dein Teeboy … Musst mich dann auch unter die warme Decke lassen. Will auch wieder ins Bett.

09:44 Nachricht von Priscilla
Sehr gute Idee! Aber Dir ist bewusst, dass Teeboys gnadenlos ausgenutzt werden. Sowohl über als auch unter der Bettdecke!

09:45 Nachricht an Ricky Brandstätter
Upps!

09:46 Nachricht an Ricky Brandstätter
… nee, das war mir neu!

09:46 Nachricht an Ricky Brandstätter
Bin auf dem Weg!!!

09:48 Nachricht von Priscilla
Oh, ein unerfahrener, unschuldiger Teeboy! Eine große Aufgabe für die Meisterin!

09:55 Nachricht von Priscilla
Wir haben den gleichen Schwachsinn im Kopf! Will nicht aufstehen, muss aber langsam.

09:59 Nachricht an Ricky Brandstätter
Ja. Sehr erschreckend. Warum musst Du? Was steht an?

10:00 Nachricht von Priscilla
Toilette und entsetzlicher Durst!

10:07: Nachricht an Ricky Brandstätter
Dramaqueen!

10:18 Nachricht von Priscilla
Findest Du, dass ich prätentiös bin?

10:21 Nachricht an Ricky Brandstätter
Nee, eigentlich ärger ich Dich nur gern.

10:25 Nachricht von Priscilla
Wäh! Du bist so niederträchtig!
10:30 Nachricht an Ricky Brandstätter
… als ob Du kleines Teufelchen besser bist!
10:35 Nachricht von Priscilla
Kennst den Spruch: Lieber Tiger für einen Tag als 1000 Jahre Schaf?
10:40 Nachricht an Ricky Brandstätter
Das kommt auf jeden Fall hin …
10:48 Nachricht von Priscilla
All charming people are spoiled. That's the secret of their attraction! So, Tee getrunken und Pipi gemacht! Was fang ich nun mit meinem Leben an?
10:51 Nachricht an Ricky Brandstätter
Du könntest Dir doch ein wenig positive Gedanken über mich machen … ommmmm … das schadet nie!
11:04 Nachricht an Ricky Brandstätter
Vielleicht hast Du die Sache mit den positiven Gedanken auch falsch verstanden … Schön die Hände auf die Bettdecke!
11:04 Nachricht an Ricky Brandstätter
Obwohl … wenn Du dabei wirklich an mich denkst, isses schon o. k.
11:04 Nachricht von Priscilla
Arg viel kannst ja nicht mitbekommen von dem Kurs!
11:04 Nachricht an Ricky Brandstätter
Ist gerade Pause.
11:05 Nachricht an Ricky Brandstätter
Und dem Typ heute fehlt etwas der Zug!
11:05 Nachricht an Ricky Brandstätter
Lässt aber Haare an den Händen wachsen, wenn man meiner Oma glauben darf.
11:05 Nachricht von Priscilla
Ich hab mal Yoga gemacht. Kann mich in 'nen Orgasmus reinatmen!

Ganz ohne Hände!

11:06 Nachricht von Priscilla
Gibt doch Enthaarungscreme extra strong!

11:06 Nachricht an Ricky Brandstätter
Wie, reinatmen?!?

11:06 Nachricht an Ricky Brandstätter
Und das war ein Yogakurs???

11:06 Nachricht von Priscilla
Macht aber null Spaß!

11:07 Nachricht an Ricky Brandstätter
Gott sei Dank, dachte schon, wir werden überflüssig!
Dann mal ran mit der Creme an die haarigen Beinchen!

11:08 Nachricht von Priscilla
… bin beim Atemtechnik üben selbst drauf gekommen.

11:10 Nachricht an Ricky Brandstätter
Vieeeel besser, als die Männer mit Atmung einfach mal überflüssig zu machen.

11:10 Nachricht an Ricky Brandstätter
Da bekomme ich ja Existenzängste … Die Rolle des Mannes wird heutzutage einfach immer schwieriger!

11:12 Nachricht an Ricky Brandstätter
Wohin mit den überschießenden Hormonen? Wieviel Metrosexualität darf sein?

11:12 Nachricht an Ricky Brandstätter
Fragen über Fragen …

11:13 Nachricht von Priscilla
Ziemlich viel darf sein! Beim Augenbrauen zupfen hört es auf, das ist voll affig!

11:15 Nachricht von Priscilla
Bin eher altmodisch, was die Wollust angeht! Deswegen würde ich auch nie lesbisch werden. Da fehlt mir was Entscheidendes.

11:15 Nachricht von Priscilla mit Bilddatei
Ich brauche keine Enthaarungscreme! Minimalbehaart! Guckst Du!
11:16 Nachricht von Priscilla
Und jetzt ist eine Entschuldigung fällig.

Ich betrachtete das Foto, das Ricky mir geschickt hatte, mit Wohlgefallen. Ein Stück golden gebräunte Haut mit feinen, blonden Härchen, die in der Sonne glänzten.

11:17 Nachricht an Ricky Brandstätter
Hmmm, scharf …
11:18 Nachricht an Ricky Brandstätter
Asche auf mein Haupt … Bin ein reuiger Sünder!
11:18 Nachricht von Priscilla
Spontanerektion?
11:18 Nachricht an Ricky Brandstätter
Spontanejakulation!
11:19 Nachricht an Ricky Brandstätter
Jetzt schauen mich hier alle so komisch an …
11:20 Nachricht an Ricky Brandstätter
Spießer!
11:20 Nachricht von Priscilla
Hast gestöhnt? Upps! Sind wir so leicht erregbar? Das gibt mir als Frau mit Bedürfnissen, die über 5 min hinausgehen, doch zu denken!
11:20 Nachricht von Priscilla
Typisch Schuhverkäufer! Nenn Dich nur noch Al. Darfst auch Peggy zu mir sagen!
11:24 Nachricht an Ricky Brandstätter
Tja, Peggy, da musst du eben beruhigend Hand anlegen … dann geht's vielleicht auch mal 6 min.
11:30 Nachricht von Priscilla
Wie war das: Peggy, wollen wir nach oben gehen, ich hab 15 min Zeit! Antwort: Oh, Al, schaffst du das dreimal?

11:36 Nachricht von Priscilla
Was lernt ihr heute? Wie man einen Patienten schmerzfrei totquatscht?

11:37 Nachricht an Ricky Brandstätter
Pharmakotherapie von Verwirrtheit und Unruhe ... totquatschen kann ich schon!

11:38 Nachricht von Priscilla
Naturtalent?

11:40 Nachricht von Priscilla
Hey! Ich bin grad verwirrt und unruhig! Ich glaub, ich brauch 'nen fähigen Arzt!

11:51 Nachricht von Priscilla
Typisch, wenn man mal 'nen Arzt braucht, ist keiner da!

11:54 Nachricht an Ricky Brandstätter
Da fällt mir natürlich spontan eine entspannende Tätigkeit für zwei ein, die Unruhe sicher beseitigt.

11:55 Nachricht an Ricky Brandstätter
Ich bin schon unterwegs!!!

11:56 Nachricht von Priscilla
Hast Du eigentlich so ultrasensible Chirurgenpfötchen?

12:02 Nachricht an Ricky Brandstätter
Du kennst meine Stricknadel noch nicht ... Upps, das Niveau rutscht.

12:03 Nachricht an Ricky Brandstätter
Ich hab zärtliche Hände, die bei Bedarf auch zupacken können.

Nachdem eine Weile von Ricky nichts mehr kam, und der Dozent und das Thema mich immer mehr langweilten, verschränkte ich die Arme vor der Brust und fiel in ein entspannendes Nickerchen, aus dem ich erst erwachte, als wegen der angekündigten Mittagspause Unruhe um mich herum ausbrach. Ich streckte mich und las die letzten Nachrichten aus Malle:

12:16 Nachricht von Priscilla
Zärtliche Hände! Klingt wie der Titel eines Softpornos! Passt schon, bin heute zu müde für niveauvolle Konversation! Aber die Assoziation mit einer Stricknadel ist desillusionierend! Sollte mir ja positive Gedanken über Dich machen und da bin ich gerade in einer anderen Range: Bring mich mal wieder vorstellungstechnisch auf ein anderes Level! Please!

12:33 Nachricht an Ricky Brandstätter
Hab gerade ein Nickerchen gemacht … Ich empfehle spontan mal Element of Crime: Schwere See!

11:34 Nachricht von Priscilla
Gibt's net! Du kennst Element of Crime! Wirst mir langsam unheimlich.

Da bist du nicht alleine, werte Dame, mir wirst du auch von Minute zu Minute unheimlicher, dachte ich und fühlte mich ein wenig wie in dem Film *Die Truman Show*. Es war alles zu schön, um wahr zu sein. Ich wartete darauf, dass mir jeden Moment ein Scheinwerfer vor die Füße fallen würde.

12:36 Nachricht an Ricky Brandstätter
Ich liebe Sven Regener … Hab fast alle CDs.

12:40 Nachricht von Priscilla
Ich mag das mit und über mir der Mond! Ist aus dem Film Robert Zimmermann wundert sich über die Liebe!

12:41 Nachricht von Priscilla
Bei dem Film macht die Musik die ganze Stimmung! Schon geil!

12:42 Nachricht an Ricky Brandstätter
Hab nur das Buch gelesen …

Bei einem Pit-Stopp auf der Toilette hinterließ ich den Spruch des Tages:

Nüchtern betrachtet war es betrunken besser!

Dann holte ich mir in der Kantine eine Cola und ein Schnitzel Wiener Art mit Pommes sowie einen Nachtisch-Kaffee, der mich hoffentlich wach halten würde. Zurück auf meinem lauschigen Plätzchen sah ich meine Nachrichten durch.

12:52 Nachricht von Priscilla
Film ist gut, Musik ist besser, ist so stimmungsvoll, dass ich jedes Mal beim Hören das Bedürfnis verspüre, mein Zeugs zu packen und nach HH zu ziehen!

12:52 Nachricht von Priscilla
Ein Hotdog unten am Hafen ...

12:59 Nachricht von Priscilla
Ein geselliges Tier ist das Schwein, doch das Stachelschwein ist lieber allein! Mit Dir kann ich nicht, ohne Dich will ich nicht sein! Große Poesie! Alles Element of Crime.

13:30 Nachricht an Ricky Brandstätter
Aber wirklich! Mag nicht mehr! Zum Glück nur noch bis drei!

13:38 Nachricht von Priscilla
Schlaf halt noch ein bissle.

Der Dozent verabschiedete uns kurz nachdem die letzte Nachricht von Señorita Koch eingegangen war. Ich machte mich mit einem Umweg in den Supermarkt auf den Heimweg.

14:32 Nachricht an Ricky Brandstätter
Was machst Du? Langeweile?

14:34 Nachricht von Priscilla
Döse auf der Couch. War 'ne kurze Nacht und ich muss ja um 16 Uhr schon wieder los. Lust habe ich keine, aber Geschäft ist Geschäft.

Ricky ging sofort an den Apparat. »Hey, du! Schon zu Hause?«

»Ja, es war früher Schluss. Ich war noch schnell einkaufen und die Katze füttern und dann war mir nach hochgeistiger Konversation.«

»Das freut mich aber, dass die Wahl auf mich fiel, bei deinen zahlreichen Bekanntschaften.«

»Tja, die sind alle rein körperlich. Wenn's geistig etwas anspruchsvoller werden soll, dann muss ich schon mit dem Ausland telefonieren.«

Sie lachte leise und fragte: »Wie sieht es aus, hast du eine Themenvorgabe oder ist heute Free Style angesagt?«

»Nee, nee, du kannst reden, wie dir der Schnabel gewachsen ist.«

»Huch, ich dachte, es gäbe gewisse Verständigungsprobleme, wenn ich Dialekt spreche.«

»Hm, stimmt auch wieder. Erinnert mich immer an Patienten mit Aphasie.«

»Ah, der Herr Dr. Brandstätter beliebt wieder zu scherzen. Ich mag dich trotzdem.«

»Ich dich doch auch, trotz dieser schweren Sprachstörung. Höchstwahrscheinlich schieres Mitleid.«

»Wenn du mich weiter so aufziehst, ruf ich dich nie wieder an.«

»Machst du eigentlich auch nicht, meist rufe ich ja an.«

»Na, dann, wenn der Leidensdruck nicht allzu groß ist.«

»Ich habe mich ja auch schon ein wenig dran gewöhnt.«

»Du bist auch der Erste, der sich darüber beschwert hat. Wenn ich englisch oder spanisch spreche, ist mein Akzent so stark, dass selbst Muttersprachler nie deuten können, aus welchem Land ich komme.«

»Magst du mir nicht mal erzählen, wer der Unhold war, der dich aus deiner Heimat vertrieben hat?«

»Möchtest du wirklich die ganze tragische Geschichte der Vertreibung aus dem Paradies hören?«

»Ich habe Zeit, eine Tüte Chips aufgerissen und genügend Taschentücher parat.«

»Immer bestens vorbereitet, der Herr!« Ricky seufzte. »Womit soll ich anfangen?«

»Am Anfang schuf Gott Himmel und Erde?«, schlug ich vor.

»Also gut, auf deine Verantwortung. Am Anfang stand eine langjährige Beziehung mit meinem damaligen Chef, den ich eigentlich nie so recht wollte, weil er wesentlich älter war als ich und eben mein Chef.«

Ich unterbrach kurz: »Wie viel älter?«

»Rechnerisch fünfzehn Jahre, aber gefühlt irgendwas zwischen null und fünfzig Jahren.«

»Wie lange hast du es bei dem Oldie ausgehalten?«

»Sieben Jahre.«

»Gefühlt?«

»Nein, gefühlt wäre die Silberne Hochzeit am Schluss zu feiern gewesen. Das ist ihm wohl auch so gegangen, weswegen er mich schleichend gegen ein anderes Modell ersetzt hat. Ich habe es zwar geahnt, dass da was nicht stimmte, wollte es aber nicht wahrhaben. Kurz nachdem ich erfahren habe, dass er mit einem russischen Gartenzwerg aus seiner Niederlassung in Hamburg was laufen hatte und mir noch nicht schlüssig war, wie ich damit umgehen soll, habe ich beim Autokauf einen jüngeren Mann kennengelernt.«

»Wie viel jünger – also in echt, nicht gefühlt?«

»Fünf Jahre.«

»Aha, aha.«

»Ja, und der junge Mann hat mir in dieser beschissenen Zeit echt gut getan. Wir sind uns über den Zeitraum eines halben Jahres immer näher gekommen – er war gerade frisch getrennt –, und dann hat es Zoom gemacht.«

»War aber schon ein sozialer Abstieg, vom Chef zum Autoverkäufer.«

»Kann man so nicht sagen. War der Sohn vom Chef.«
»Ah, sehr schlau!«
»Gell!«
»Der war aus Stuttgart?«
»Jupp, die haben ein Autohaus für Luxuskarossen, *Van Damen Automotives,* und hatten gerade eine Dependance in Mannheim eröffnet, in der mein damaliger Nochfreund seinen Jaguar erstanden hat, und David war für den Laden verantwortlich. Er hatte dort ein Appartement, aber sein Lebensmittelpunkt war in Stuttgart.«
»Kann ich verstehen.«
»Ja, ich auch. Ich habe mich recht schnell an das Leben zwischen den zwei Städten gewöhnt. Ich bin bei meinem Chef aus der Vorstadtvilla ausgezogen und habe mir eine eigene Wohnung genommen. David hat dafür gesorgt, dass ich einen vernünftigen fahrbaren Untersatz hatte, und ich habe mich nach einer neuen Stelle umgesehen. Es war alles ganz wunderbar, ich schien meinen Seelenverwandten gefunden zu haben, trotz des Altersunterschiedes. Es war eine gemeinsame Zukunft geplant und dann war kurz nach meinem Geburtstag Schluss.«
»Warum?«
»Das ist sehr kompliziert. Erzähle ich dir mal nach zwei Flaschen Rotwein und wenn ich dir dabei in die Augen sehen kann.«
»Hm, wer hat Schluss gemacht? Darf ich das wenigstens erfahren?«
»Er.« Ricky atmete schwer aus und sagte dann: »Hase, ich muss mich hübsch machen für den Abend, das dauert in meinem Alter schon 'ne Weile.«
»Okay, dann viel Spaß mit deinem jetzigen Chef! Und nicht schon wieder schwach werden. Sieh dir erst noch mal mich an!«, scherzte ich.
»Ja, würde mich schon interessieren, wie du nüchtern, rasiert und ohne Verzierung überm Auge ausschaust.«

»Mich würde interessieren, wie du überhaupt ausschaust. Also in natura.«

»Habe ich doch schon erwähnt: toll!«

»Noch schlimmer, wenn es so ist. Diese Neugier bringt mich beinahe um«, gab ich zu.

»Bist nicht der Geduldigste?«

»Nein, Geduld wurde mir nicht in die Wiege gelegt.«

»Dann hast du ja jetzt eine wunderbare Gelegenheit, es zu lernen.«

»Ah! Danke fürs Gespräch«, jammerte ich.

»Rufst mich jetzt nie wieder an?«

»Nein!«

»Dann rufe ich dich an!«

»Versprochen?«

»Indianerehrenwort.«

21:27 Nachricht von Priscilla
Huhu!

21:38 Nachricht an Ricky Brandstätter
Hello! Was treibt die kleine Wilde?

21:29 Nachricht von Priscilla
Die Ruhe nach einem Abendessen mit dem Chef samt Gattin genießen!

21:30 Nachricht an Ricky Brandstätter
Sehr schön ... klingst etwas gestresst.

21:30 Nachricht von Priscilla
... war anstrengend ...

21:35 Nachricht von Priscilla
Hab mir grad einige Deiner aufgelaufenen Musiktipps angehört ... Also Bodo Wartkes Ja, Schatz ist ein bedenklicher Tipp für 'ne Frau, die man treffen möchte. Ich bin verwirrt ...

21:48 Nachricht von Priscilla
... ok, das Liebeslied in 85 Sprachen beruhigt mich wieder etwas

...

21:48 Nachricht von Priscilla
Was macht mein Lieblingsschwabe?
22:01 Nachricht an Ricky Brandstätter
Der sitzt hier auf der Wache und wartet drauf, dass was passiert! Würde lieber mit seiner Lieblingsfrau S unsicher machen.
22:11 Nachricht an Ricky Brandstätter
Haha ... du Nudel, darfst auch nicht alles als Message verstehen. Wollte damit nur verdeutlichen, dass ich gut behandelt werden sollte. Muss aber tatsächlich mal was schaffen. Schlägerei ... also nicht wundern, wenn erst mal keine Nachricht mehr kommt ...

Als ich mit den beiden Rettungsassistenten wenige Minuten später die unter Jugendlichen beliebte Kellerbar im Stuttgarter Westen betrat, lag ein junger Mann auf dem Boden vor der Theke. Er atmete schwer, war ansprechbar und klagte über stechende Schmerzen links im Brustkorb. Neben ihm saß heulend ein blondes Mädchen und jammerte, dass ihr alles leidtue. Einer der Polizisten erklärte mir, dass es wegen des Mädchens zu einer Rangelei mit ein paar alkoholisierten Jugendlichen gekommen sei. Der Siebzehnjährige war zu Boden gegangen und von einem aus der Gruppe der Kontrahenten in die Seite getreten worden. Eine Gruppe junger Schwaben mit Migrationshintergrund wurde von drei Polizisten in einer Ecke in Schach gehalten. Ein Einzelner saß, von der Meute getrennt, auf einem Stuhl in der Ecke und hielt sich ein Taschentuch ans Kinn.

Er sah zu mir herüber und rief: »Ey, isch bin hier das Opfer! Kümmert Eusch mal um misch!«

Das primäre Opfer lag auf dem Boden und wies bei der Untersuchung einen starken Druckschmerz zwischen der fünften und achten Rippe links auf. Die Atemgeräusche waren links deutlich schwächer als rechts und die linke Seite hing beim

Atmen sichtbar nach. Ich vermutete gebrochene Rippen sowie einen Pneumothorax, verursacht durch den Tritt. Ich legte dem Jungen eine Halskrause an und ließ ihn von den Rettungsassistenten in den Wagen bringen. Während er eingeladen wurde, widmete ich mich dem sekundären Opfer, das laut lamentierend auf einem Stuhl saß.

Ich sah mir die Wunde am Kinn oberflächlich an und erklärte dem Polizisten, der neben ihm stand: »Das muss genäht werden. Könnt ihr den in die Notaufnahme bringen? Ich fahr mit dem anderen im Wagen mit, der hat vermutlich einen Pneumothorax und braucht mich dringender.«

Ehe der Beamte antworten konnte, mischte sich das gefühlte wirkliche Opfer ein: »Ey, isch hab auch Schmerzen in Brust. Isch brauch auch Krankenwagen.«

»Dann mach mal dein Shirt hoch, damit ich dich abhören kann«, forderte ich ihn auf.

Er hob sein T-Shirt mit der linken Hand hoch, mit rechts hielt er immer noch das Tempo an sein Kinn: »Kennst du misch eigentlisch?«

»Nein, leider hatte ich das Vergnügen bislang noch nicht.«

»Isch bin der König von Stuttgart.«

»Aha, aha. Ich dachte, die Monarchie sei schon lange abgeschafft im Ländle.«

»Ey, was sagst du zu mir so mit moin Arsch und so? Disst du misch?«

Ich setzte das Stethoskop auf die königliche Hühnerbrust, die sich über einem weißen Babyspeckbauch wölbte, und forderte seine Majestät auf: »So, jetzt mal tief ein- und ausatmen!«

»Ey, isch bin hier der Chef! Isch sag, wann isch atme, ja?«

Leider hatte der kompetente Notarzt keine Zeit, sich länger mit diesem royalen Scherzkeks aufzuhalten und abzuwarten, ob und wann er den nächsten Atemzug zu nehmen geruhte, und wies den Polizisten an: »Okay, dann bringt mal seine Hoheit in die Notaufnahme. Vielleicht lässt er sich dort herab, für den behandelnden Arzt zu atmen.«

Anscheinend passte mein Vorschlag überhaupt nicht in den Plan seiner Majestät, der hinter mir herrief: »Ey, isch hab escht kein Zeit für Klinik, ja? Isch muss Bahnhof!«

Was der König Stuttgarts mitten in der Nacht am Bahnhof wollte, interessierte mich nicht weiter, denn im Rettungswagen lag ein Jugendlicher, dessen Lunge möglicherweise kollabiert war und der eventuell eine Thoraxdrainage brauchte.

00:49 Nachricht von Priscilla
War eingepennt! Habe von irren Ärzten mit Äxten geträumt. Du verschickst Nachrichten ohne Message? Behandle Männer, die es verdienen, extrem gut! Und füttere sie anständig!

00:49 Nachricht an Ricky Brandstätter
O. k. Finde, ich verdiene es und freue mich daher auf extrem gute Behandlung von Dir ... Füttern ist o. k., so lange Du mir keine Pillen unterjubelst ...

00:55 Nachricht von Priscilla
Aha! Ausgeprägtes Selbstvertrauen! Geb Dir höchstens Nahrungsergänzungsmittel für gesundes Haar und kräftige Fingernägel!

00:57 Nachricht an Ricky Brandstätter
Hab ich beides schon. Auch wenn die Haare irgendwie grauer werden ... also, wenn Du dagegen was hast, wäre es natürlich super.

01:01 Nachricht von Priscilla
Bekommt graue Schläfen! Haare färben bei Männern, wäh!

01:45 Nachricht an Ricky Brandstätter
Perfekt ... so sehe ich es auch. Kommt bei Männern gleich nach Beine rasieren.

01:57 Nachricht von Priscilla
Und Augenbrauen zupfen!

02:02 Nachricht von Priscilla

Hoffe, Du hast keine großflächigen Tattoos oder Intimpiercings!

02:20 Nachricht an Ricky Brandstätter

Na ja ... halt den üblichen Penisring, hatte in Tübingen aber jeder! Nee, Quatsch, bin clean, und bei Dir?

03:41 Nachricht von Priscilla

Frag nicht! Jedes Mal das Geschiss, wenn ich am Flughafen durch den Metalldetektor muss ... seufz.

03:46 Nachricht von Priscilla

Schläft es?

03:49 Nachricht von Priscilla

Keine Sorge, ich habe außer an meinen Ohrläppchen, die sehr intim sind, keinerlei überflüssigen Körperschmuck.

04:19 Nachricht an Ricky Brandstätter

Aha, intime Ohrläppchen! Verlockend! Verlockend! Es hat schon ein wenig geschlafen ... Leider eben von der Blase geweckt worden. War noch auf 'nen Absacker mit nem Freund was trinken nach dem Dienst. Sch... Bier! Geh jetzt zurück ins Koma. Träum süß. Freu mich auf morgen.

04:28 Nachricht an Ricky Brandstätter

Bin sehr stolz auf mich ... Tendenziell nicht mehr ganz promillefrei hab ich Dich heute Nacht immerhin nicht angerufen!

05:47 Nachricht von Priscilla

Ich bin auch stolz auf Dich! Wusste ich doch, dass unter der ungeschliffenen Oberfläche ein Rohdiamant versteckt ist! Kuss, bis später!

TAG 2
DIAMANTEN & DIARRHOE

11:55 Nachricht von Priscilla
Stundenlang keine Nachricht aus der Schwabenmetropole. Muss ich mir Sorgen machen?

12:39 Nachricht an Ricky Brandstätter
Nichts passiert – habe ganz profan gepennt. Der Rohdiamant ist mittlerweile aufgewacht und hat tatsächlich das Gefühl, als hätte heute Nacht schon jemand versucht, den Rohdiamantkopf zu bearbeiten!

12:39 Nachricht an Ricky Brandstätter
Erstmal Koffein und Pink Floyd …

12:42 Nachricht von Priscilla
Shine on, you crazy diamond!

12:51 Nachricht an Ricky Brandstätter
Du haust mich echt um!

12:52 Nachricht an Ricky Brandstätter
Ist Dir das echt spontan eingefallen?

12:54 Nachricht von Priscilla
Was sonst? Habe mich im ersten Moment gefragt, warum Du zum Frühstück schon Pink Floyd hörst, und dann hat es klick gemacht.

12:56 Nachricht an Ricky Brandstätter
Ehrlich gesagt höre ich zwar wirklich Pink Floyd, aber die Platte High Hopes … und auf die Assoziation hast erst Du mich gebracht … deswegen war ich gerade so baff!

12:57 Nachricht an Ricky Brandstätter
›Baff‹ habe ich glaub ich noch nie geschrieben … Sieht komisch aus.

13:02 Nachricht von Priscilla mit Bilddatei
Ja, sieht komisch aus. Habe ich mir mal aufm Flohmarkt gekauft, weil so schön bunt. Dürfte 'ne Rarität sein! Dein Musikgeschmack ist für Dein Alter aber auch ungewöhnlich! Aber wenn man sich mit Musik auskennt, muss man die Oldies lieben.

Ich öffnete die Mediendatei, die Ricky mir geschickt hatte, und war wirklich baff und platt. Ricky hatte das Plattencover von *Wish You Were Here* fotografiert, mit blauer Vinylplatte daneben. Ich holte meine eigene Vinylversion der Platte raus und schickte ebenfalls ein Foto an Ricky.

13:07 Nachricht an Ricky Brandstätter mit Bilddatei
Ich fange langsam an, mir ernsthaft Sorgen zu machen ...
13:07 Nachricht an Ricky Brandstätter
Auch wenn meine nicht ganz so schön blau ist ...
13:08 Nachricht von Priscilla
Tja, ist mir auch e bissele unheimlich! Und meine ist wirklich schöner! Ist aber eines der geilsten Plattencover ever!
13:11 Nachricht an Ricky Brandstätter
Eindeutig ... die Platte ist aber auch einfach der Hammer ...
13:13 Nachricht an Ricky Brandstätter
... und Oldies sind am Ende die wahre Musik.
13:15 Nachricht an Ricky Brandstätter
Aber Mädels in Deinem Alter mit dem Musikgeschmack und Wissen ... und 'nem Plattenspieler sind auch 'ne Rarität!
13:18 Nachricht von Priscilla
Tja ... ich hör mir die Vinylplatten aber nicht an! Finde sie nur grafisch toll! Weiß nicht, warum, aber in den 70ern war in der Musik der Teufel los. Lauter geniale Typen! In der Zeit waren auch deutsche Schlager porno!
13:24 Nachricht von Priscilla
CD ist einfach praktischer ...

13:24 Nachricht an Ricky Brandstätter
Hab mir erst zum letzten Umzug 'nen Plattenspieler gekauft. Höre Platten echt gerne ... Nur die kurze Laufzeit nervt.

13:26 Nachricht von Priscilla
In Heidelberg gibt's einen tollen Laden, wo man Vinylplatten kaufen kann ...

13:31 Nachricht von Priscilla
Google mal »Crazy Diamond« in HD.

13:32 Nachricht von Priscilla
Ein Zeichen?

13:35 Nachricht an Ricky Brandstätter
Sehr geil! Ist zumindest alles schon strange ...

13:37 Nachricht an Ricky Brandstätter
... und meine romantische Ader jubiliert natürlich!

13:38 Nachricht von Priscilla
Ah! Ein Mann mit einer jubilierenden, romantischen Ader! Ich bin begeistert. Wie äußert sich das? Singst Hosianna?

13:41 Nachricht an Ricky Brandstätter
Springe enthusiastisch im Adamskostüm durch die Wohnung, werfe hemmungslos Blumen durch die Gegend und male mit Fingerfarben Herzen auf die Fenster ...

13:41 Nachricht an Ricky Brandstätter
... werde die Aktion demnächst aufs Treppenhaus ausdehnen!!!

13:42 Nachricht von Priscilla
Doch ein Waldorfschüler? Zumindest im Herzen? Warte mit der Aktion im Treppenhaus, bis wir verheiratet sind, sonst lassen die mich Dich in der Anstalt nicht besuchen!

13:43 Nachricht von Priscilla
Du hast hemmungslose Blumen? Ist das nicht gefährlich?

13:46 Nachricht an Ricky Brandstätter
Ist ein Argument! Über die Blumen habe ich mir noch nicht

viele Gedanken gemacht ... Aber hast recht, die vermehren sich halt schon wie der Teufel. Und man wird in der Nachbarschaft schnell isoliert ...

13:47 Nachricht an Ricky Brandstätter
... könnte aber auch an den gelegentlichen Nackttänzen im Treppenhaus liegen.

13:49 Nachricht an Ricky Brandstätter
So ein bisschen Namentanzen hat noch niemandem geschadet ... auf den Treppen ist es auch echt anspruchsvoll, da vertanzt man sich flugs mal und dann heißt man Renny oder Benno!

14:02 Nachricht von Priscilla
Aus intellektueller Sicht bist schon mehr als ein Rohdiamant!

14:03 Nachricht von Priscilla
Seitdem ich Little Shop of Horror gesehen habe, trau ich Pflanzen nicht mehr über den Weg ... wie hieß die noch – Audrey?

14:04 Nachricht von Priscilla
Hier im Haus bin nur ich! Da kann man im Treppenhaus ALLES machen.

14:14 Nachricht an Ricky Brandstätter
Huch, da steigt mir ja leicht die Schamesröte ins Gesicht. Bei dem Film muss ich passen. Hab ihn eben mal gegoogelt, hört sich gut an. Als guter Schwabe hoffe ich, du machst weniger Blödsinn und zumindest die Kehrwoche, wenn Dir vertrauensvoll die Kontrolle über das Treppenhaus übergeben wird. Nackt putzen wäre natürlich auch eine Variante.

14:15 Nachricht an Ricky Brandstätter
Und denk daran, vorher die Webcam einzuschalten!

14:19 Nachricht an Ricky Brandstätter
Nachdem die Vorstellung mein Gemüt etwas überhitzt hat, werde ich meine Murmel an der frischen Luft etwas lüften gehen ...

14:33 Nachricht von Priscilla
Kehrwoche? Das ist hier zwar die deutscheste aller Mittelmeerinseln, mit mehr Putzfrauen pro Quadratmeter als in Bottrop, aber immer noch spanisches Hoheitsgebiet! Viva el rey!

14:34 Nachricht von Priscilla
Viel Spaß beim Runterkühlen. Werde die Couch nicht verlassen. Bin heute Nacht ständig wg. Kopfschmerzen aufgewacht, habe immer noch 'nen Brummschädel und seit einer Stunde üble Magenschmerzen. Wäh!

14:36 Nachricht von Priscilla
Nacktputzen mit Livestream! Denke, dafür könnte ich Geld verlangen!

15:01 Nachricht an Ricky Brandstätter
Hört sich ätzend an. Hast Du das häufiger? Hast ein Magenmittel gefuttert? Sorry, der Mediziner muss eben immer doof neugierig sein. Wär ein lukrativer Nebenjob … gibt sicher genug perverse Schwaben, die einen Fetisch für Nacktkehrwoche haben.

15:06 Nachricht von Priscilla
Nee, bin eher erkältet, wenn ich was habe. Deswegen habe ich auch nix für den Magen da. Warte mal ab, wie es sich entwickelt.

15:08 Nachricht von Priscilla
Kannst ja in den Baumärkten in Stuttgart mein Advertisement aushängen! Absolut das Zielpublikum.

15:16 Nachricht von Priscilla
Hab nur Vomex da, bringt das was?

15:18 Nachricht von Priscilla
Die Mädels und ich haben uns überlegt, ob wir uns nicht 'ne Stelle als Domina teilen sollen. Kann man um die 3000 pro Nacht verdienen. Wäre für jede von uns 4 Monate hard work und den Rest des Jahres frei! Mein Lieblingssklave dürfte dann bei mir putzen!

15:24 Nachricht an Ricky Brandstätter
Nee, Vomex bringt nur was bei Übelkeit und macht nebenher ordentlich müde. Kein Problem, entwerfe gerade Deinen Flyer. Die Dominageschichte ist sicher keine schlechte Idee … Kannst ja den Putzsklaven noch mit der Webcam online platzieren und doppelt verdienen … dann reichen drei Monate arbeiten im Jahr.

15:25 Nachricht von Priscilla
Du bist so klug! Wirklich echt!
15:26 Nachricht von Priscilla
Hilft Cognac?

15:26 Nachricht an Ricky Brandstätter
MCP, Gastrosil, Ranitidin oder Pantoprazol wären nicht schlecht.
15:26 Nachricht an Ricky Brandstätter
Warum nur fühle ich mich von Dir öfter mal verarscht?
15:26 Nachricht an Ricky Brandstätter
Wenn hier einer Cognac braucht, bin ich das.

15:27 Nachricht von Priscilla
Ah! Werde mal meine Reiseapotheke durchstöbern.
15:27 Nachricht von Priscilla
Was habe ich denn jetzt wieder falsch gemacht?

15:30 Nachricht an Ricky Brandstätter
Was heißt da wieder??? Für meinen Geschmack fällt es einem extrem schwer, bei Dir 'nen Fehler zu finden. Hab das »du bist so klug« eher ironisch verstanden … und bei einer öfter klugscheißernden Jungfrau sollte man Ironie auch häufiger gebrauchen, um mich zu ertragen.
15:31 Nachricht an Ricky Brandstätter
Bin immer noch etwas durch …
15:36 Nachricht an Ricky Brandstätter
… es wird der Tag kommen, an dem Du meine ausgeprägte ironisch/sarkastische Ader nervig finden wirst. Wetten?!?

15:39 Nachricht an Ricky Brandstätter
Da schlag ich doch spontan mal ein!
15:41 Nachricht an Ricky Brandstätter
Was ist der Einsatz? Nackt putzen is nicht!
15:48 Nachricht von Priscilla
Der Verlierer muss sich eine CD vom ›Erlöser aus Mannheim‹, wie Du ihn liebevoll zu nennen pflegst, kaufen und ganz anhören. Ohne Alkohol und sonstige betäubende Mittel ... Vomex erlaubt!
15:50 Nachricht an Ricky Brandstätter
Boah, Du weißt, was weh tut. Ich setze noch einen drauf: Eine DVD ansehen und die Augenlider werden hochgetackert!
15:54 Nachricht an Ricky Brandstätter
... mach dir mal besser noch 'nen Kaffee.
15:55 Nachricht an Ricky Brandstätter
Tipp: Kaffee macht übrigens viel wacher, wenn man ihn anstatt zu trinken über die Tastatur kippt!
16:01 Nachricht von Priscilla
Lidspreizer tun es auch! O. k.! Die Wette gilt! Und wer in Ohnmacht fällt, muss sich noch 'ne Unplugged von einer russlanddeutschen Schlagersängerin seiner Wahl anhören!
16:03 Nachricht von Priscilla
Dann habe ich nix da, muss ich halt leiden!
16:04 Nachricht an Ricky Brandstätter
... und ein Jahr lang ein Fanshirt von einem der beiden tragen ... als Pendant zu Barneys Entenkrawatte.
16:05 Nachricht von Priscilla
Ich muss mich wiederholen, Du bist gut Brandstätter, verdammt gut!
16:07 Nachricht an Ricky Brandstätter
... du stimulierst irgendwie auch meine fiesen Seiten ... Wir sind wohl eine üble Kombi.

16:08 Nachricht an Ricky Brandstätter
Sag mal ehrlich, wie schlimm geht's Deinem Bäuchlein? In Deutschland könnte ich Dir ein Rezept an eine Dienstapotheke in Deiner Nähe mailen, aber ob das auf Malle funktioniert …

16:10 Nachricht von Priscilla
Geht so, ist noch zu ertragen. Zwickt halt! Das ist lieb, aber in Petra wohnt eine Freundin von mir, ist auch Ärztin …

16:10 Nachricht von Priscilla
Genau, zusammen machen wir uns die Welt untertan.

16:18 Nachricht an Ricky Brandstätter
Na dann. Guter Plan … Pinky and the Brain? Über die Rollenverteilung können wir uns ja noch unterhalten.

16:21 Nachricht von Priscilla
Ich dachte an so Kaliber wie Bonnie & Clyde. Oder das Paar in the Getaway! Butch Cassidy und Sundance Kid.

16:27 Nachricht von Priscilla
Mein Nachbar hat Omeprazol. Geht das auch?

16:31 Nachricht an Ricky Brandstätter
Prima. Nimm's!

16:33 Nachricht an Ricky Brandstätter
A la Honey Bunny und Pumpkin aus Pulp Fiction?

16:38 Nachricht von Priscilla
Genau! Wie findest Du eigentlich Kill Bill?

16:41 Nachricht an Ricky Brandstätter
Super! Soundtrack finde ich Spitze … z.B. Nancy Sinatra … und Du?

Als Antwort kam um 16.47 Uhr ein kurzes Video. Eine Gummiquietscheente in Piratenkluft, die an einem Strick baumelte, im Hintergrund eine kleine, blaue Gummiente und als Filmmusik das angesprochene Stück *Bang Bang* von Nancy. Benny Brandstätter war mal wieder geflasht von seiner neuen Bekannten. Wo waren die verdammten Kameras, die mich beobachteten?

16:47 Nachricht von Priscilla
Habe DVD und Soundtrack. Bang Bang mal für ein eigenes Video als Filmmusik verwendet! Guckst Du!

16:49 Nachricht von Priscilla
Die Kampfszene im Schnee ist legendär!

16:58 Nachricht an Ricky Brandstätter
Ätsch! Hab ich auch! Wie sollte es auch anders sein bei unserem ähnlichen Geschmack. Sehr schön Deine Entchen ... aber wenn das deine Fantasien sind ... dann ist Bodo Wartke und Ja Schatz, ja wohl Ponyhof.

17:01 Nachricht von Priscilla
Nee, keine Fantasie – ist Teil einer Trilogie über Jack Sparrow und die blaue Hotelerbinnenschlampe! Darfst Du nicht persönlich nehmen. Obwohl: Hab Kill Bill im Kino mit 'ner Freundin gesehen und danach war klar, wenn jetzt einer versucht, uns an die Wäsche zu gehen, ist er fällig!

Ricky schickte den ersten Teil der Trilogie. Die gelbe Piratenente und die blaue Ente mit dem weißen Aufdruck einer bekannten Hotelkette dümpelten noch friedlich nebeneinander in einer Badewanne zwischen ganz viel Schaum. Als Filmmusik lief: *Wir wollen niemals auseinandergehn, wir wollen immer zueinander stehn. Mag auf der großen Welt auch noch so viel geschehn, wir wollen niemals auseinandergehn.* Ein alter Schlager, dessen Interpretin mir nicht bekannt war.

17:03 Nachricht von Priscilla
Kann auch romantisch ...

17:08 Nachricht an Ricky Brandstätter
Ein schönes Paar. Du hast echt herrlich eine Schraube locker! Den dritten Teil würde ich natürlich auch noch gerne sehen.

17:08 Nachricht an Ricky Brandstätter
Die romantische Seite krieg ich ja hoffentlich auch noch

irgendwann zu sehen.

17:29 Nachricht von Priscilla mit Bilddatei
Vom dritten Teil kann ich Dir nur ein Standfoto schicken, weil er a) nicht jugendfrei ist und b) ich kein Copyright drauf habe!

Das gesendete Foto zeigte die Hotelerbinnenschlampe mit Brilli im Ohr und fetter, ebenfalls brillantenbesetzter Kette um den nicht vorhandenen Hals. Die Frau war eindeutig völlig bekloppt, aber ich fand es herrlich.

17:30 Nachricht von Priscilla
Meine romantische Ader kann man wohl eher fühlen als sehen!

17:30 Nachricht an Ricky Brandstätter
Wow! Wat 'ne heiße Braut!

17:31 Nachricht von Priscilla
Hotelerbinnenschlampe halt!

17:32 Nachricht an Ricky Brandstätter
Die Ferkelei gibt es sicher bald zu kaufen ... Will wissen, wie es weitergeht. Schlaues Marketing!

17:33 Nachricht von Priscilla
Das nennt man Cliffhanger ...

17:33 Nachricht an Ricky Brandstätter
Mit Feeling bin ich natürlich auch ganz groß!

17:33 Nachricht von Priscilla
Benny gefühlsecht?

17:36 Nachricht von Priscilla
Äh, dein Satz ist dann doch e bissele zweideutig ... grins!

17:37 Nachricht an Ricky Brandstätter
Unerträglich gefühlsecht. Und leider auch nah am Wasser gebaut ... muss nur an Bambi denken und hab schon Pipi in den Augen.

17:38 Nachricht an Ricky Brandstätter
Ha, tatsächlich ... Du Fuchs, was Dir nicht alles auffällt.

Mach mir gleich was zu essen ... über Gefühle schreiben macht hungrig.

17:42 Nachricht von Priscilla

Ich muss immer bei Forrest Gump weinen. Und wer bei Bambi nicht heult, den kannst vergessen! Was gibt's? Nimm keine Rücksicht auf eine hungrige Frau, die Zwieback lutscht.

17:45 Nachricht an Ricky Brandstätter

Die Szene, in der sie stirbt, ist aber auch fies. Bist ein armes Mädel. Gibt unspektakulär ein paar Datteln im Speckmantel und 'ne Fertigpizza. Verpasst also nicht zu viel. Geht's dem Bäuchlein besser?

17:51 Nachricht von Priscilla

Die Kapsel wirkt, aber Allgemeinzustand ist nach wie vor bedenklich. Datteln im Speckmantel ist ein geiler Stoff!

17:54 Nachricht von Priscilla

Geh mich aber schnell duschen und rasieren, damit ich gepflegt bin, wenn ich heute Nacht doch 'nen Notarzt bräuchte.

18:10 Nachricht an Ricky Brandstätter

Bist Du denn noch fit für ein Telefonat mit einem netten jungen Gentleman?

18:12 Nachricht an Ricky Brandstätter

Und ich bin schwer dagegen, dass fremde Notärzte Hand an Dich legen.

18:42 Nachricht von Priscilla

Dann wird mir wohl nix anderes übrig bleiben, als 'ne telefonische Fernbehandlung in Anspruch zu nehmen. Die 10,72 Euro plus Sonntagszuschlag überweise ich!

18:45 Nachricht an Ricky Brandstätter

Dann komme ich so grob auf 147,46 ... Einfach mit PayPal ... und bitte erst nach Geldeingang anrufen!

18:46 Nachricht an Ricky Brandstätter
Na gut, ausnahmsweise kannste auch nachzahlen ...
18:46 Nachricht an Ricky Brandstätter
RUF MICH AN!!!
18:46 Nachricht an Ricky Brandstätter
Apropos Domina ...
18:47 Nachricht von Priscilla
Brauch noch 10 min! Muss meinen Kontostand prüfen.
18:48 Nachricht von Priscilla
Oder wir machen Telefonsex im Anschluss. Da muss ich allerdings pro Minute 2,36 berechnen und bräuchte deine Kreditkartennummer.
18:49 Nachricht an Ricky Brandstätter
Klingt fair ... hab ja auch schon einen halben Entenporno gucken dürfen ...
18:53 Nachricht von Priscilla
Der war als Teaser gedacht und ist gratis!
18:55 Nachricht an Ricky Brandstätter
Puh, zum Glück! Dachte, da kommt noch 'ne Rechnung.
18:56 Nachricht an Ricky Brandstätter
Alles schön rasiert?
18:58 Nachricht von Priscilla
Ach so, wenn ALLES weg soll, muss ich noch einen einmaligen Aufschlag von 34,56 verlangen und brauch noch mal 5 min.
19:01 Nachricht an Ricky Brandstätter
Nee, ist schon ok, wenn da zwischendurch noch 'ne Insel stehen bleibt.

Dann klingelte endlich das Telefon und Ricky und ich vertieften die Themen des Tages in den nächsten beiden Stunden.

TAG 3
STIMULATION & SPÄTZLE

06:37 Nachricht von Priscilla
Huhu! Guten Morgen! Und viel Spaß beim die Menschen vom Siechtum erlösen!

06:39 Nachricht an Ricky Brandstätter
Hey. Wunderschönen Guten Morgen! Auch schon ganz früh unterwegs, die Kleene …

06:39 Nachricht von Priscilla
Jupp, leider in Richtung Toilette.

06:40 Nachricht an Ricky Brandstätter
Bin leicht gaga … hab sehr wirres Zeug geträumt.

06:40 Nachricht von Priscilla
Echt?

06:40 Nachricht an Ricky Brandstätter
Du wirbelst mein Inneres ziemlich durcheinander!

06:41 Nachricht von Priscilla
I hope in quite a positive way, my dear!

06:41 Nachricht an Ricky Brandstätter
Du Hexe darfst Dich auch gleich wieder hinlegen. Unverschämt!

06:41 Nachricht von Priscilla
Du möchtest nicht wirklich haben, was ich habe!

06:41 Nachricht an Ricky Brandstätter
For sure!

06:42 Nachricht von Priscilla
Ich leide, menno!

06:43 Nachricht an Ricky Brandstätter
… oh je. In welcher Ecke klemmt's? Bzw. wo kommt es raus?

06:44 Nachricht von Priscilla
Da, wo es rauskommen soll, aber anders eben! Kopf tut auch wieder weh!
06:45 Nachricht von Priscilla
Du hast mich gestern abgelenkt vom Elend! Guter Arzt und Mensch, echt!
06:45 Nachricht an Ricky Brandstätter
Shit.. also wirklich! Hast Fieber?
06:46 Nachricht an Ricky Brandstätter
So hattest Du wenigstens noch einige lustige Stunden, falls es schnell zu Ende gehen sollte.
06:47 Nachricht von Priscilla
Ich krieg nie Fieber … bin ein unterkühltes Weib. Du kannst so früh schon soooo witzig sein!
06:49 Nachricht an Ricky Brandstätter
Wenn ich schon nicht persönlich Deine Pein lindern kann, versuche ich es wenigstens mit meiner empathischen Art …
06:50 Nachricht von Priscilla
Ich merk's! Dabei hätte ich so verdammt gerne ein einziges Mal noch Dein Lächeln gesehen …
06:51 Nachricht von Priscilla
Aber die kurze Zeit mit Dir war schön!
06:56 Nachricht an Ricky Brandstätter
Vergiss es! So leicht kommst Du mir nicht davon … Tod vortäuschen ist keine adäquate Fluchtmöglichkeit!
06:58 Nachricht von Priscilla
Verdammt, Du merkst auch alles!
06:58 Nachricht an Ricky Brandstätter
Werd jetzt arbeiten müssen … einer muss ja das Geld ranschaffen, wenn Du krankheitsbedingt in Frührente gehst.

06:59 Nachricht von Priscilla
Sehr gesunde Einstellung!
07:22 Nachricht von Priscilla
Und für den Fall, dass es doch mit mir zu Ende gehen sollte, würdest Du bei der Beerdigung das Gedicht aus »Vier Hochzeiten ...« vorlesen, mit spanischem Akzent? Gracias!
07:53 Nachricht an Ricky Brandstätter
Für Dich würde ich dabei sogar das Katerkostüm tragen ... speziell die Overknees stünden mir sicher ausgezeichnet.
07:54 Nachricht an Ricky Brandstätter
Gute Besserung!

Ich löste mich kurzfristig von meiner Traumfrau und rief den nächsten Patienten auf. Hagen Tillmann, 24, mit Herzbeschwerden der besonderen Art. Hagen hatte heute früh noch keine Vorlesung besucht, sondern Hand an sich gelegt. Dank seiner medizinischen Vorbildung – er war Medizinstudent im siebten Semester – war ihm doch glatt aufgefallen, dass beim Masturbieren jeder vierte Herzschlag aussetzte. Ich hörte mir die Schilderung seiner Beschwerden an, ohne mit der Wimper zu zucken. Solche Typen kannte ich aus meiner eigenen Studienzeit. Wieder einer dieser weltfremden Einser-Abiturienten, die nichts Besseres mit ihrem Leben anzufangen wussten, als es mit einem Medizinstudium zu verkomplizieren.

Dieser Auftritt in einer Notaufnahme war für einen angehenden Mediziner unglaublich und musste eigentlich bestraft werden. Ich hatte erst neulich etwas über den Bulbocavernosusreflex gelesen. Hagen erschien mir der geeignete Kandidat, um mein theoretisches Wissen in die Praxis umsetzen zu können. Blöderweise testete man den Reflex bei Bandscheibenvorfällen und nicht bei Herzrhythmusstörungen. Es gab da ein klitzekleines Hintertürchen, um eventuell doch noch diese Untersuchung der besonderen Art an dem Nachwuchsquacksalber ausprobieren zu können. Ein Bandscheibenvorfall konnte manchmal zu Störungen der sexuellen Performance bei Vertretern des männlichen Geschlechts führen.

Ich probierte mein Glück: »Erektionsstörungen haben Sie keine?«

»Nein, also das geht immer!« Hagens Ohren liefen tatsächlich himbeerrot an und begannen, von innen zu leuchten.

»Aha, aha«, bemerkte ich und fluchte innerlich. Damit war mein teuflischer Plan vereitelt. Selbst diesem totalen Opfer der Medizinstudentenlandschaft müsste ein Warnlämpchen angehen, wenn ich ihn bei seiner Art von Beschwerden bitten würde, sich untenrum frei zu machen, um dann gleichzeitig an seinem Penis zu ziehen und zu drücken, während ich mit der anderen Hand parallel eine rektale Untersuchung durchführte, um zu prüfen, ob sich der Analschließmuskel reflexartig zusammenzog. Schweren Herzens verzichtete ich darauf und rief nach einer Schwester. Woraufhin Klaus, ein altgedienter Pfleger, zur Kabine hereinkam.

Ich komplementierte ihn mit den Worten: »Sorry, das passt jetzt überhaupt nicht. Ich brauche unbedingt eine weibliche Schwester für ein Spezial-EKG«, gleich wieder hinaus.

Klaus rümpfte die Nase, zog aber anstandslos von dannen. Man hatte sich in der Notaufnahme mittlerweile an meine etwas andere Art gewöhnt und jeder wusste, dass alles schlimmer klang, als es im Endeffekt war, und kein Patient dabei wirklich jemals geschädigt wurde. Kurz darauf kam Dörte Huber, meine Lieblingsschwester, in die Kabine.

»Schwester Dörte«, begann ich mit der unüblichen Anrede, damit diese sich schon mal seelisch drauf vorbereiten konnte, dass der behandelnde Arzt den vorliegenden Fall nicht gerade sonderlich ernst nahm, sondern mal wieder einen speziellen Plan im Kopf hatte. »Der Herr Tillmann hier hat heute früh bei der autoerotischen Stimulation feststellen müssen, dass sein Herz bei jedem vierten Schlag aussetzt. Das ist doch richtig?«, vergewisserte ich mich, um dem Schauspiel mehr Raum zu geben und einen Spannungsbogen aufzubauen.

»Das ist richtig«, kam es bestimmt aus dem schmallippigen Mund von Hagen Tillmann, dessen Ohren nun mit mindestens hundert Watt strahlten.

»Ebbe. Deshalb wird unsere erfahrene Schwester Dörte mit Ihnen ein sogenanntes *Belastungs*-EKG machen.«

Hagens Blick von unten zu mir hoch war mir Lohn und Brot. Dörte, die meinen skurrilen Humor mittlerweile kannte und schätzte und für jede Abwechslung im tristen Klinikalltag dankbar war, grinste hinter ihm in freudiger Erwartung. Auch ich setzte mein offenstes Grinsen mit geschlossenen Lippen auf.

»Äh, ja, wie jetzt Belastungs-EKG?«, kam die Frage.

»Oh, Entschuldigung, ich dachte, ich müsste das einem Medizinstudenten nicht weiter erklären. Sehen Sie, Ihre Herzrhythmusstörungen sind ja nicht im Ruhezustand aufgetreten, sondern bei Belastung, und das versuchen wir nachzustellen.«

In Hagen lief sichtlich ein Kopfkino der besonderen Art ab und er fragte: »Ähm, soll das heißen, dass die Schwester mit mir …?« Anscheinend konnte Hagen seine schlimmsten Befürchtungen nicht aussprechen.

Dörtes Grinsen ging mittlerweile von einem Ohr zum anderen.

Ich sah meinen Patienten fragend an: »Mit Ihnen …?«

»Das ist doch jetzt …«, begann er. »Ich meine, das ist doch ungewöhnlich!«

»Was heißt hier ungewöhnlich? Das allererste Elektrokardiogram war auch etwas Ungewöhnliches und heute ist es Praxisalltag. Schwester Dörte wird Ihnen dabei behilflich sein, die Belastungssituation zu stimulieren, äh, ich meinte natürlich zu simulieren.« Ich sah über seinen Kopf hinweg Dörte an, die offensichtlich genau so viel Spaß hatte wie der amüsierte Arzt.

»Nicht wahr, Schwester Dörte, immer möglichst nah am Patienten. Hands-On-Philosophie!«

»Aber sehr gerne doch, Herr Dr. Brandstätter.«

»Dann nehmen Sie meinen zukünftigen Kollegen mal mit rüber in den EKG-Raum. Dort sind Sie beide ungestört.« Ich zwinkerte Hagen Tillmann zu: »Viel Spaß dabei. Es ist auch gleich ein wenig praktischer Anschauungsunterricht, den Sie mitnehmen können. Danach sehen wir uns wieder und dann beantworte ich auch gerne noch offene Fragen.«

»Kommen Sie, junger Mann«, forderte Dörte den Patienten auf. Ihr Astigmatismus verlieh ihr einen leicht lasziven Blick, der wunderbar ins Konzept passte. Hagen folgte ihr schließlich, bepackt mit seiner Laptoptasche. Ich schüttelte lachend den Kopf, beglückwünschte mich mal wieder zu meiner Berufswahl und hoffte, Hagen Tillmanns Herz würde beim Radeln auf dem Heimtrainer im EKG-Raum nicht tatsächlich bei jedem vierten Schlag aussetzen, sonst hätte ich mich doch noch ernsthaft mit seinem Fall beschäftigen müssen.

Mit noch mehr Vergnügen las ich die in der Zwischenzeit eingegangenen Nachrichten von Señorita Koch, die mit dem gleichen Humor wie ich gesegnet schien. Dafür konnte ein Mann wirklich nicht dankbar genug sein.

09:11 Nachricht von Priscilla
Die Vorstellung Du in Strumpfhosen und Overknees macht mich schon a weng wuschig!

10:19 Nachricht an Ricky Brandstätter
Kann ich verstehen. Werd ich autoerotisch auch leicht rollig.

10:26 Nachricht von Priscilla
Du kleines, selbstverliebtes Scheißerchen!

10:42 Nachricht an Ricky Brandstätter
Sag mal, wie sprichst Du denn mit mir? Wo ist bei Euch jungen Dingern nur der Respekt fürs Alter geblieben? Rea-

listisch gesehen sehe ich meine Beine nicht als Premiumklasse unter den Männerbeinen … Aber nachdem ich gestern ja viel über meine Fehler gesprochen habe, muss ich ja auch mal wieder versuchen, mich positiv rüberzubringen …
10:44 Nachricht an Ricky Brandstätter
Macht das Hinterteil noch Ärger?
10:44 Nachricht von Priscilla
Mein kompletter Unterleib macht sich grad unbeliebt!
10:51 Nachricht von Priscilla
… leichte O-Beine, wie süß! Ich sag nur Kindchenschema. Mach Dir mal keine Sorgen um deine positive Wirkung auf mich! Du bist dabei, mir leicht bis mittelschwer den Verstand zu rauben.
10:52 Nachricht von Priscilla
PS: Respekt kann man nicht verlangen, den muss man sich verdienen!
11:16 Nachricht an Ricky Brandstätter
Also leichte O-Beine habe ich tatsächlich … Endlich wieder im Kindchenschema!!! Verstand rauben geht runter wie Öl … Es ist auch sehr beruhigend, zu wissen, dass es einem nicht alleine so geht. Der ganze Unterleib? Käsig, flockig? Geruchssensationen?
11:16 Nachricht von Priscilla
Hallo!?! Woher kommt diese Genitalpilzfixierung? Seltsamer Fetisch! Tz! Ich kann Dich beruhigen, dieser Teil meines Unterleibes ist völlig intakt, aber umständehalber etwas pelzig zurzeit!
11:18 Nachricht von Priscilla
Ja, versteh nicht so recht, was grad mit mir passiert, so mental … vielleicht bin ich nur extrem dehydriert und deswegen …
11:37 Nachricht an Ricky Brandstätter
Hab mir nur Sorgen gemacht … hoffe ja nur, dass dieser Teil irgendwann auch interessant werden darf. Soso, der kleine Biber ist etwas pelzig … ist ja auch Winter.

Von wegen mental dehydriert ... wo bleibt denn da die romantische Einstellung??? Große Gefühle sind das!!!

11:42 Nachricht von Priscilla
Das pelzig meine ich im übertragenen Sinn! Muss ich Dir als Anästhesist wohl nicht erklären! Große, verwirrende Gefühle. Ich sing den ganzen Morgen schon: You light up my life, You give me hope to carry on ... seufz!

12:06 Nachricht an Ricky Brandstätter
Fand aber die andere Vorstellung deutlich lustiger ... Der winterliche, pelzige Biber. Die andere Pelzigkeit ist natürlich ein komplexes Problem, das intensive anästhologische Betreuung notwendig macht! You are a fairytale ... hier wundern sich schon alle über meine leicht manische Stimmungslage.

12:10 Nachricht von Priscilla
O. k., dann lass ich es halt wachsen, bis die Bikinisaison anfängt! Intensivbetreuung ist wahrscheinlich die einzige Chance, dass sich an dem Zustand etwas ändert!

12:11 Nachricht von Priscilla
Bist verhaltensauffällig? Singst auch? Tanzt wieder im Treppenhaus?

12:47 Nachricht an Ricky Brandstätter
Sagen wir mal noch verhaltensauffälliger als sonst ... Gesungen habe ich wirklich auch schon: Brandenburg vom guten Reinald: Lassen sie mich durch, ich bin Chirurg!

13:04 Nachricht von Priscilla
Du hast so 'nen strangen, goldischen Humor, Hase.

13:04 Nachricht von Priscilla
Vollbär mit Zöpfchen und Troddeln dran!

Ich las die beiden Nachrichten von Ricky, nachdem ich meinen letzten Patienten, einen Siebenundvierzigjährigen, der beim

Häuslebauen in eine Schaltafel getreten war, aus der ein langer Zimmermannsnagel ragte, zum Röntgen geschickt hatte. Zeit zum Antworten blieb mir leider keine, denn die Notaufnahme war an diesem Nachmittag zum Bersten voll – zur Abwechslung mal fast nur mit richtigen Notfällen und wenigen der üblichen Gestörten, die eigentlich eher auf die Couch eines Psychologen gehörten als auf meine Untersuchungsliege.

Fatima überreichte mir den Anmeldungsbogen des nächsten Patienten: »Kopfplatzwunde. Direkt eingeflogen aus Malle samt Kumpels. Die sind immer noch im Animationsfieber, die Jungs«, kündigte sie Steffen Sommerfeld, 34, Privatpatient, an.

Ein Blick durch die Scheibe ließ keinen Zweifel daran, wer gemeint war. Mein Patient saß mit einem imposanten, laienhaften Kopfverband in einer Gruppe gleichaltriger Männer, die alberne Strohhüte mit rotem Schweißband aufhatten und weiße T-Shirts trugen mit der Aufschrift: *Spätzle-Schaber*. Ich verstand den Gag nicht und wollte auch nicht fragen.

Die Stimmungslage war trotz des Verletzten in ihrer Mitte euphorisch. Nachdem ich ihn aufgerufen hatte, verabschiedete Steffen Sommerfeld sich von seinen Kumpels wie ein Boxer, der in den Ring steigt, mit siegessicher erhobenen Armen und breitem Dauergrinsen. Es fehlte nur noch die Titelmelodie von *Rocky* im Hintergrund. Jetzt sah ich, dass nicht nur seine Stirn verletzt war, auch sein enormes Riechorgan war an der Spitze aufgeschürft, sein T-Shirt auf der Brust voll eingetrockneter, großer Blutflecken.

Fröhlich grinsend nahm der Patient auf der Liege Platz und erklärte mir: »Ich hab mir die Stirn aufgeschlagen.« Sein Atem roch deutlich nach Bier und Zigaretten.

»Aha, aha. Und bei welcher Gelegenheit ist das passiert?«

»Meine Kumpels haben für mich einen Junggesellenabschied organisiert. Vierundzwanzig Stunden aufm Ballermann. War echt lustig. Wir hatten eine Stripperin, die hat so getan, als wär sie von der Guardia Civil und wolle mich verhaften. Die sah so scharf aus in der Uniform und mit den Stiefeln.« Er grinste zufrieden in sich hinein.

»Und die hat Sie so zugerichtet?«

»Nein, nein. Die war ganz zärtlich zu mir. Hat mir am Ohr und Hals geknabbert.« Dann dachte er kurz nach und drehte mir seine linke Halsseite hin. »Ich hoffe, da ist kein Knutschfleck?«

Ich betrachte den Hals: »Nein, da ist nichts Verdächtiges zu sehen.«

»Puh, Glück gehabt! Das mit dem Kopf ist heute früh passiert. Wir haben die Nacht durchgemacht und sind direkt von der Schinkenstraße ins Taxi und an den Flughafen nach Palma. Leider waren wir etwas spät dran und beim Rolltreppe raufrennen bin ich gestolpert und hab die Stufen geküsst.«

Die Erinnerung zauberte wieder ein seliges Lächeln auf sein Gesicht. Alkohol kann ja so glücklich machen, vorübergehend. Mir fiel spontan mein Toilettenspruch für später ein.

**Realität ist die Illusion,
die durch Mangel an Alkohol entsteht!**

Mein Patient fuhr fort. »Das hat übelst geblutet, und der Karsten hat sein T-Shirt ausgezogen und mir gegeben. Das hab ich mir dann drauf gedrückt und wir sind weitergerannt. Die wollten uns erst nicht in den Flieger lassen, aber nicht wegen der Wunde, sondern weil Karsten nix anhatte. Diese Spießer! Dann hat er halt das blutige T-Shirt wieder angezogen und eine von den Saftschubsen hat mir später den Verband drum gemacht. Und jetzt bin ich hier.« Er beäugte kritisch meine frisch verheilte Wunde über der Braue. »Könnten Sie das genauso unauffällig hinbekommen wie ihre eigene?«

»Na ja, die ist immerhin schon gute drei Wochen alt. Wann ist denn der große Tag?«

»Das wäre toll. Die Hochzeit ist morgen. Mein Schwiegervater macht in Spätzle. Der ist auch ziemlich bekannt. Vielleicht haben Sie die Werbung schon mal im Radio gehört.« Dann hob er an, den seit Jahrzehnten unveränderten Werbeslogan, den sein zukünftiger Schwiegervater in breitestem Schwäbisch und ziemlich dissonant im Radio sang und dessen jeder Baden-Württemberger mehr als überdrüssig war, zu singen.

»Bitte nicht«, unterbrach ich ihn. »Sonst fangen meine Hände an unkontrolliert zu zittern und das wäre überhaupt nicht gut fürs Nähen.«

»Ich weiß, ich weiß. Jeder kennt's, aber keiner kann's mehr hören.« Er seufzte. »Auf jeden Fall wird die Hochzeit ganz groß gefeiert in Nudelkreisen, mit lokaler Presse und so. Deshalb sollte die Wunde nicht zu sehen sein auf den Fotos. Da muss man zur Not halt mit Schminke ran.«

»Ich verstehe, ein Fall für Ziernähte! Schau'n wir mal.« Ich schnitt den laienhaft gemachten Verband an der Seite auf und legte die Wunde frei. »Holla, die Waldfee! Das nenn ich mal ein interessantes Schnittmuster!«

»Was heißt Muster?«

»Sie haben die Wunde noch nicht gesehen?«

Er schüttelte mit dem Kopf. Ich machte ein Foto mit meinem Handy, das ich ihm zeigte. Worauf seine Gesichtszüge entgleisten. Das Dauergrinsen verschwand spurlos.

»Meine Verlobte bringt mich um!«

Während der Bräutigam sein verunstaltetes Abbild auf meinem Handy fassungslos bestaunte, betrachtete ich mir das Original und überlegte, wie ich die tiefe Platzwunde nähen würde, die sich wie meine eigene parallel zur Braue erstreckte, aber bei ihm erst in der Mitte der Nasenwurzel endete. Über der großen horizontalen Wunde waren fünf kleinere, nicht ganz so tiefe

Schnitte, die sich ausgehend von der quer liegenden Wunde vertikal in gleichmäßigem Abstand über die halbe Stirn erstreckten. Eindeutig das Streifenmuster einer Rolltreppenstufe.

»Sorry, Meister, ich bin zwar gut, aber mit unauffällig wird das nichts.«

Steffen Sommerfelds Ballermannlaune war in tiefe Besorgnis umgeschlagen. Er reichte mir kleinlaut mein Handy zurück. Ich begann mit der Wundversorgung. Fast eine Stunde später erinnerte die Stirn meines Patienten eher an einen Rollbraten als an eine männliche Stirn. Ich machte einen Sprühverband und entließ Steffen Sommerfeld, dessen erste Tage als Ehemann sicher anders verlaufen würden, als er das in seinen übelsten Albträumen hätte ahnen können. Meinen Kommentar, dass die verwundete Stirn auf allen Hochzeitsfotos eine optimale Ablenkung von seiner riesigen Nase sein würde, behielt ich für mich. *Always look on the bright side of life* kam nicht immer so gut bei meinen Patienten.

15:20 Nachricht von Priscilla
Oh mein Gott, die Vorstellung hat ihn umgehauen! Spielst jetzt Titanic und bist im Eismeer versunken? Er ist unrettbar verloren, taucht nie wieder auf! Heul!

16:52 Nachricht an Ricky Brandstätter
Nee, nix Eismeer! War nur kurz in der Schockstarre … Sonst ist leider ekelhaft viel los. Komm nicht Mal zum Pinkeln und mir steht schon Pipi in den Augen.

16:52 Nachricht an Ricky Brandstätter
Melde mich später … Gehe jetzt in Sport.

17:12 Nachricht von Priscilla
Armer, kleiner Hase!

17:18 Nachricht von Priscilla
Mir geht langsam das Klopapier aus!

17:24 Nachricht von Priscilla
Ich sehe mir Grey's Anatomy an, dann fühl ich mich Dir näher!

17:29 Nachricht von Priscilla
Die Ärzte müssen übrigens nie aufs Klo, haben aber ständig Sex!
17:34 Nachricht von Priscilla
Und betreiben nebenher nobelpreisverdächtige Studien! Was läuft schief bei Dir?
17:40 Nachricht von Priscilla
Und haben Zeit, mit den Kindern der Patienten ein Eis zu essen.
18:55 Nachricht von Priscilla
Wenn es Dich interessiert: Meine letzte Beziehung ist aus religiösen Gründen gescheitert: Er weigerte sich, mich als Göttin anzuerkennen.
19:02 Nachricht an Ricky Brandstätter
Wie war das mit dem kleinen, selbstverliebten Scheißerchen?
19:03 Nachricht von Priscilla
Wie sprichst Du mit 'ner Göttin? Tz!
19:09 Nachricht an Ricky Brandstätter
… eine richtige Göttin hätte ihren Darm im Griff!
19:10 Nachricht von Priscilla
Die Göttin hat auch nicht Durchfall, sondern macht gerade eine spirituelle Selbstreinigung!
19:11 Nachricht von Priscilla
To love oneself is the beginning of a lifelong romance. Mein Lieblingsspruch!
19:11 Nachricht an Ricky Brandstätter
Deine Schlagfertigkeit macht mich schon ein wenig fertig.
19:12 Nachricht von Priscilla
Tja, dann gewöhn Dich dran oder geh unter!
19:14 Nachricht an Ricky Brandstätter
Große Worte für eine pelzige Frau!
19:14 Nachricht von Priscilla
Kleine Worte für eine Göttin!

19:19 Nachricht von Priscilla
Was für einen Sport machst Du eigentlich? Handylifting?
19:22 Nachricht an Ricky Brandstätter
Lass mich einfach zu gern von Dir ablenken ... Also Deine Schuld, wenn ich nicht groß und stark werde ...
19:23 Nachricht von Priscilla
Vielleicht mag ich Dich klein und schwach lieber, Hase!
19:32 Nachricht an Ricky Brandstätter
Das würde sich natürlich hervorragend treffen!
19:38 Nachricht von Priscilla
Lege mehr Wert auf große Klappe und starkes Selbstbewusstsein!
19:39 Nachricht an Ricky Brandstätter
Na, dann, BINGO!
19:41 Nachricht von Priscilla
Das Gefühl habe ich irgendwie auch! Fühl mich e bissele out of space and out of time!
19:52 Nachricht an Ricky Brandstätter
Kommt mir sehr bekannt vor ... Bin etwas geflasht, wie unwichtig plötzlich der Inhalt meines Alltags geworden ist.
20:01 Nachricht von Priscilla
Weil Dein Alltag voller Puten ist und Du plötzlich mit 'nem Adler in die Lüfte steigen kannst?
20:06 Nachricht an Ricky Brandstätter
... oder mit 'ner durchgeknallten Flugente ... Bin mir da noch nicht so sicher ...
20:09 Nachricht von Priscilla
Falsche Antwort! Das System blockiert aus Sicherheitsgründen diesen Kontakt!
20:29 Nachricht an Ricky Brandstätter
NEIN ... liebes System, überleg es Dir noch mal! Eigentlich ist es für den Adler schwer vorstellbar, einen feu-

rigen, blendenden Phönix gefunden zu haben!!! Aber durchgeknallt ist er glücklicherweise trotzdem!

20:30 Nachricht von Priscilla
Too little, too late! Dieses Handy zerstört sich in 30 sec selbst!

20:32 Nachricht an Ricky Brandstätter
Immerhin ist es nur ein iPhone …

20:36 Nachricht von Priscilla
Hiermit ist unsere Appfäre beendet!

20:50 Nachricht an Ricky Brandstätter
Oh!

20:50 Nachricht an Ricky Brandstätter
Heul!

20:50 Nachricht an Ricky Brandstätter
Schluchz!

20:50 Nachricht an Ricky Brandstätter
Neiiiiiiin!!!!

20:50 Nachricht an Ricky Brandstätter
Aber sie war doch so jung!

20:51 Nachricht an Ricky Brandstätter
Äh, falls Du von mir gleich nichts mehr hörst, könnte es daran liegen, dass von meinem tollen Handy der Akku abkackt … der Handyspruch war wohl ein Eigentor!

20:51 Nachricht an Ricky Brandstätter
Können wir uns nicht wieder lieb haben?

21:07 Nachricht von Priscilla
O. k., sind wir wieder gut!

21:08 Nachricht von Priscilla
Aber nur auf Probe!

21:46 Nachricht an Ricky Brandstätter
Puh … immerhin …

21:49 Nachricht an Ricky Brandstätter
Nur eine Woche, da würd mein Herzl entzweibrechen!

21:56 Nachricht von Priscilla
Will ja nicht schuld sein, wenn dein unschuldiges Herzerl bricht!
22:07 Nachricht von Priscilla
Und, hast erfolgreich an Deinem Sixpack gearbeitet?
22:11 Nachricht an Ricky Brandstätter
Der Adler ist daheim gelandet und die leckere Spaghetti Bolognese, auf die ich mich den ganzen Tag gefreut habe, droht alle verlorenen Kalorien wieder wettzumachen!
22:11 Nachricht an Ricky Brandstätter
Hat sich Dein Auspuff beruhigt?
22:17 Nachricht von Priscilla
Um die Zeit Kohlehydrate! Sauber!
22:18 Nachricht von Priscilla
Nee, der ist völlig leer und dazu übergegangen, Gas zu produzieren.
22:20 Nachricht von Priscilla
Mir fällt die Decke auf den Kopf. Tag 2 in Isolationshaft! Aus Verzweiflung dann doch noch 'ne Folge Grey's Anatomy geguckt.
22:22 Nachricht von Priscilla
Du bist der Einzige, der mir treu ist! Alle anderen ignorieren meine Nachrichten! Besch… Freunde sind das! Habe im Internet recherchiert und festgestellt, dass Du ein guter Arzt und Mensch bist! Fühle mich plötzlich minderwertig! Muss ich noch mehr Rentnern über die Straße helfen, seufz!
22:25 Nachricht an Ricky Brandstätter
Oh je, der könnte sich aber wirklich mal beruhigen. Zu viel Grey's Anatomy macht sicher bleibende Schäden. Morgen wird's bestimmt besser. Nicht dass Du noch anfängst, dem Volleyball Namen zu geben und mit Wilson zu sprechen.
22:27 Nachricht von Priscilla
Habe keinen Volleyball! Noch nicht mal das habe ich! Bin traurig, sehr, sehr traurig!

22:28 Nachricht an Ricky Brandstätter
He, googeln ist unfair ... und über den Menschen sagt das, was ich gemacht habe, leider auch nichts aus. Habe da auch viele böse Helfer getroffen ...

22:28 Nachricht an Ricky Brandstätter
Ich schick Dir einen Ball und Pampers ...

22:33 Nachricht von Priscilla
Du bist/warst ein guter Helfer, da bin ich mir sicher. Von der Zeit in Afrika musst mir aber erzählen, interessiert mich.

22:34 Nachricht von Priscilla
Werde meinen Volleyball Wilfried nennen.

22:43 Nachricht an Ricky Brandstätter
Erzähl Dir gerne mal von Afrika ... war schon 'ne spannende Zeit und ich hätte glatt ein Mädel adoptiert ... Nee, quatsch, aber eine der kleinen Töchter von dem Typ, bei dem ich gewohnt hab, war absolut Zucker und rotzfrech. Schick Dir gleich mal ein Foto, damit du weißt, was für ein Töchterchen ich mir so vorstelle.

22:43 Nachricht von Priscilla
Immer dieser Leistungsdruck!

22:47 Nachricht von Priscilla
Stehst auf freches Weibsvolk und durchgeknallte Flugenten!?!? Dich mag ich!

22:49 Nachricht an Ricky Brandstätter
Hm, das tut gut! Meeeehhhr!

22:51 Nachricht von Priscilla
Ähm, ja, also, entweder willst Du, dass ich mich fremdbefruchten lasse oder dass ich das arme Kind jeden Morgen dunkel schminke.

22:52 Nachricht an Ricky Brandstätter
Na gut ... dann geht's zur Not auch hell. Muss aber deine Augen haben!

22:57 Nachricht von Priscilla
Ich geh jetzt in die Heia! Danke fürs Versüßen des Siechtumtages!

22:58 Nachricht von Priscilla
Morgen lese ich deine Doktorarbeit auf Fehler durch!
23:03 Nachricht an Ricky Brandstätter
Oh, oh … weiß nicht, ob sie dem standhält … Da wurde mit Sicherheit nicht viel Mühe reingesteckt! War mir wieder eine wahre Freude und Du hast es erneut geschafft, mir viele schöne Momente mit Schmunzeln in den Tag zu zaubern. Träum süß! Und Morgen wieder gesund sein, gell?!
23:09 Nachricht von Priscilla
Kannst überhaupt schon schlafen, oder bist noch zu aufgekratzt?
23:09 Nachricht an Ricky Brandstätter
Mal sehen, bin ordentlich k.o. Werd noch ein wenig lesen … das klappt meist. Sonst nutz ich die Zeit und mach mir noch ein paar heiße Gedanken über Dich!
23:10 Nachricht an Ricky Brandstätter
… aber mit Hände auf der Bettdecke …
23:11 Nachricht von Priscilla
Musst Dich nicht kasteien! Habe Verständnis für menschliche Bedürfnisse!
23:12 Nachricht an Ricky Brandstätter
Zum Glück … dachte schon, ich muss es illegal tun.
23:12 Nachricht von Priscilla
Du schuldest mir übrigens noch 792 Euro vom Telefonsex neulich abzügl. deiner 170 Euro und quetsch!
23:15 Nachricht an Ricky Brandstätter
Darm leer und Geldbeutel voll … Was für eine Frau!
23:17 Nachricht von Priscilla
Schlaf schön … bis morgen!
23:17 Nachricht an Ricky Brandstätter
Du auch … Gute Besserung!
23:20 Nachricht von Priscilla
Wenn wir das nächste Mal telefonieren, würde ich gerne Palliativmedizin mit spanischem Akzent hören!

Ohne lange zu überlegen, nahm ich für meine Herzdame eine Sprachnotiz auf und schickte sie ab: »*Señora meint, ich soll sagen: Palliativmedizin!*«

23:23 Nachricht an Ricky Brandstätter
Gut, oder?

23:23 Nachricht von Priscilla
Du bist so süß!!! Kuss!

23:24 Nachricht von Priscilla
Sauber, jetzt kann ich nicht schlafen, bin erregt!

23:25 Nachricht an Ricky Brandstätter
Du bist echt ein kleiner Wahnsinn! Zum Glück bin ich nicht alleine … Auch du darfst gerne die Hände unter die Decke!

23:26 Nachricht von Priscilla
Funktioniert krankheitsbedingt nicht! Erogene Zone und Aua liegen zu dicht beisammen. Verdammt!

23:27 Nachricht von Priscilla
Hätte Angst, beim Höhepunkt zu platzen!

23:27 Nachricht an Ricky Brandstätter
Weißt Du, was ich eigentlich für eines der schönsten Dinge bei uns halte? Ich mag mich, wie ich mit Dir bin! Und ich mag es, wie Du mich inspirierst, das Beste aus mir herauszuholen!

23:28 Nachricht an Ricky Brandstätter
… ein bisschen schmalzig … Aber wahr!

23:38 Nachricht an Ricky Brandstätter
Aber bitte nicht platzen, auch wenn die Vorstellung echt witzig ist!

23:29 Nachricht von Priscilla
Nicht schmalzig, habe schon lange kein so schönes Kompliment erhalten. Danke!

23:30 Nachricht von Priscilla
Nee, nee würde eine Riesensauerei geben! Überall die Fettflecken, wäh!

23:32 Nachricht von Priscilla
Bist mir im Gegenzug auch eine große Inspiration! Großes Kino, was wir zwei da hinlegen! Macht echt viel Freude! Ich finde es besonders!

23:32 Nachricht an Ricky Brandstätter
Ich bleib lieber bei der Vorstellung: Du lasziv im Bett … ohne Fettflecken und Gase!

23:33 Nachricht an Ricky Brandstätter
Das finde ich aber auch … so, dringend Zeit für die Federn. Schlaf gut!

23:33 Nachricht von Priscilla
Ist mir auch lieber! Nighty night and kiss you!

23:34 Nachricht an Ricky Brandstätter
Kuss zurück.

TAG 4
NASENBOHREN & NACHTGEFLÜSTER

Als ich mich um kurz nach sieben in der Früh an der Zentralen Notaufnahme einsatzbereit melden wollte, saß Fatima, meine aufmüpfige türkische Schönheitskönigin, auf ihrem Stuhl, ihr volles, glänzendes Haar unter einem schwarzgrundigen Kopftuch verborgen, das mit riesigen Blüten in psychedelischen Farben verziert war.

Wir begrüßten uns mit einem mürrisch geknurrten »Morgen!«, wie es unter Schwaben weit verbreitet war, auch wenn sie Migrationshintergrund hatten.

»Was liegt an?«, fragte ich in geschäftsmäßigem Ton.

»Fünfzehnjährige mit abgebrochenem künstlichem Fingernagel.«

»Gelnagel?«

»Das habe ich nicht gefragt.«

»Dann gib mal her, ich werd's schon rausfinden.«

Ich rief die junge Dame, die von einer Freundin begleitet wurde, auf. Beide Mädchen trugen trotz der eisigen Februarkälte extrem knappe Jeansshorts, die so kurz abgeschnitten waren, dass die eingenähten Hosentaschen vorne herausschauten. Die babyspeckigen Beinchen, mit viel zu viel Dellen im Bindegewebe, als dass man sie so offen zeigen sollte, waren in fleischfarbene Nylons gepresst und steckten in wadenhohen, identischen Wildlederstiefeln. Die erstaunlich großen Brüste, von deren wahren Dimensionen man dank flauschigem Strickschal nur eine ungefähre Vorstellung bekam, ließen nicht zu, dass die Reißverschlüsse der knappen, kurzen Jacken aus Lederimitat ganz zugingen.

Ich fragte mich, womit man die jungen Mädchen dieser Tage fütterte, damit sie mit fünfzehn schon solche Oberweiten hatten. Waren das die Folgen der Östrogene, die im Trinkwasser und tierischen Nahrungsmitteln vorkamen? Die blondierten Haare waren in kunstvollen Locken um den Kopf drapiert. Trotz der frühen Morgenstunde sahen die beiden aus, als würden sie aus einem Nachtklub kommen. Angesichts ihres zarten Alters nahm ich aber eher an, dass sie gerade auf dem Weg zur Schule waren.

Kichernd nahmen beide Mädchen auf der Untersuchungsliege nebeneinander Platz. Melanie Föhrenbach, meine Patientin, stieß ihre Freundin mit dem Ellbogen in die Seite, woraufhin diese einen regelrechten Kicheranfall bekam, den sie hinter der Hand zu verbergen suchte.

Ich setzte mich auf den Rollhocker vor die Liege und sah Melanie an. »Na, so schlecht scheint es dir ja nicht zu gehen, wenn du so gut drauf bist.«

Ein kurzer Blick in meine Richtung und wieder prustete sie los und hielt ebenfalls die Hand vor den Mund. Warum versteckten Menschen mit Menstruationshintergrund so oft ihr Lachen hinter einer Hand?

»Möchtest du mir mal erzählen, warum du hier bist?«, forderte ich sie auf.

Bevor die Patientin antwortete, streckte sie mir ihr rechtes Patschhändchen entgegen. »Mir ist ein Nagel abgebrochen.«

Ich nahm die dargebotene Hand in meine. Tatsächlich fehlte am Ringfinger der künstliche magentafarbene Nagel, der sonst auf allen anderen Fingern klebte und die Fingerspitze um einen guten Zentimeter überragte. Übrig war nur ein bis auf den Ansatz abgeknabberter, farbloser Naturnagel. Obwohl ich mehrfach die Hand drehte und wendete, konnte ich keine Verletzung feststellen.

»Aha, aha. Aber das scheint ja noch mal gutgegangen zu sein. Der kann doch von einem Spezialisten bestimmt wieder angeklebt werden, nicht?« Mir war immer noch schleierhaft, warum Melanie in der Notaufnahme gelandet war.

Jetzt prusteten beide im Duett. Melanie lief langsam rosarot an und stupste ihre Freundin wieder in die Seite. »Erzähl du, Pamela.«

Worauf die Angestupste meinte: »Oh Mann, Melanie, das ist voll peinlich. Echt! Erzähl doch selber.«

Ich fand beide peinlich, hielt mit meiner Meinung aber mal wieder hinter dem Berg. Langsam hatte ich keine Lust mehr auf kichernde Teenies. »Gut, dann wäre das erledigt. Du bist nicht verletzt und ihr könnt gehen und pünktlich zur ersten Stunde in der Schule sein.«

»Nee, der steckt doch noch fest«, meldete meine Patientin sich.

Pamela sagte endlich auch etwas Sachdienliches: »Ja, stimmt. Ich habe versucht, ihn mit meinen eigenen Nägeln herauszuholen, aber das ging nicht.«

Sie zeigte mir ihre Hände, auf der die gleichen Schaufeln klebten wie auf den Händen ihrer Freundin, nur in einem satten Königsblau mit kleinen schwarzen Totenköpfen, die Augenhöhlen mit zwei winzigen Strasssteinchen markiert.

»War voll eklig.« Sie schüttelte sich theatralisch.

»Wo steckt er denn genau fest?« Ich betete, dass Melanie ihn nicht gegen Juckreiz oder zur Stimulation in den unteren Regionen ihres Körpers eingesetzt hatte. Mir war nicht danach, Melanies intimste Körperöffnungen nach künstlichen Nägeln abzusuchen.

Melanie deutete mit dem nagelbestückten Zeigefinger ihrer

linken Hand auf ihr Stupsnäschen und grinste verlegen.

Na toll, machen voll auf megaschick und bohren heimlich in der Nase, die Mädels. Bei der Untersuchung stellte sich heraus, dass der Nagel nicht besonders tief steckte. Nachdem ich ihn mit einer Nasenpinzette herausgeholt hatte, überreichte ich ihn Melanie, die ihn in ihrer Hosentasche verschwinden ließ. Kichernd, wie sie gekommen waren, verschwanden die Teenager.

Fatima, die unter ihrem unförmigen Kopftuch trügerisch keusch und sittsam wirkte, hörte sich die Geschichte ohne jeglichen sarkastischen Kommentar an.

»Alles klar mit dir?«, fragte ich fürsorglich. »Du bist so schweigsam heute.«

»Ja, natürlich. Was soll sein?« Sie sah mir direkt in die Augen. »Alles wie sonst.«

Ich hielt ihrem durchdringenden Blick stand. »Stimmt. Was soll sein? Alles völlig normal. Gut, dann her mit dem nächsten Fall.«

Der Patient war ein österreichischer Zechpreller, der seine Hotelrechnung nicht bezahlt hatte und von der Polizei gebracht worden war, weil die ihm angelegten Handschellen angeblich die Handgelenke verletzt hatten. Nach anderthalb unproduktiven Stunden, in denen der Herr aus Wien abwechselnd mich, die Klinik oder gleich den deutschen Staat verklagen wollte, hatte ich endlich Zeit für eine Tasse Kaffee und ein wenig Konversation mit meiner Liebsten im Exil.

08:54 Nachricht von Priscilla
Guten Morgen, bist schon am Schuften? Ich hatte heute Nacht nur ein Intermezzo und sonst ganz gut geschlafen.

09:33 Nachricht an Ricky Brandstätter
Ja ... mal wieder im Puff! Motivation ist eher mau. Klingt doch gut. Heute noch fünf Folgen Grey's Anatomy und 61 Tee und schon bist Du wie neu!

09:47 Nachricht von Priscilla
Muss eben den Waffenstillstand mit meinem Darm nutzen, um je eine XXL-Packung Toilettenpapier, Zwieback und eine Flasche Veterano bunkern zu gehen! Drück mir die Daumen. Ist schon ein Stück bis zum nächsten Mercado.

10:54 Nachricht an Ricky Brandstätter
Hoffe mal, dass Deine Verhandlungen weiterhin erfolgreich sind und aus dem Waffenstillstand ein bleibender Friede wird … gab es unterwegs Zwischenfälle? Falls ja und Du aus Schamgründen den Wohnort wechseln musst, hätte ich da eine schöne Großstadt in Süddeutschland anzubieten.

11:01 Nachricht von Priscilla
Waffenstillstand wurde einseitig gebrochen! Hätte gut Lust, zum nächsten McDoof zu fahren und mir ein Super-Size-Menü mit Pommes und allem zu gönnen! So geht man nicht mit mir um!

11:02 Nachricht von Priscilla
Habe es gerade so völlig verschwitzt und abgekämpft nach Hause geschafft. Aber lieb, dass Du einer Verstoßenen Heimstatt geben möchtest! Bin e bissele gerührt.

12:31 Nachricht an Ricky Brandstätter
Da sieht man es wieder: Trau keinem Arsch über 30! So kannst Dich auf keinen Fall behandeln lassen … wenn das Verhalten erst mal einreißt, könnte es im Kanal tatsächlich einreißen. Komm einfach zum Asyl in die alte Heimat! Hier ist alles besser und alle haben einmal pro Tag weichen, geruchlosen Stuhlgang.

12:49 Nachricht von Priscilla
Holst mich und entführst mich in dieses verheißungsvolle Eldorado? Muss immer bei der Schlussszene von Ein Offizier und Gentleman heulen, wenn er in der weißen Uniform seine Angebetete aus der Fabrik trägt! Im weißen Arztkittel müsste das genauso gut wirken! Seufz …

12:54 Nachricht von Priscilla
Oder bei Pretty Woman der Schluss. Same but different. Ich finde, Du bist ein verdammt guter Richard-Gere-Ersatz!

Nach einem Patienten, dem einige Nierensteine schmerzhaft abgingen und den ich deswegen nach allen Regeln der Kunst mit Schmerzmitteln zugedröhnt hatte, wollte ich mich gleich in einen internen Fortbildungskurs verdrücken und ein wenig schlafen. Ich ging zur ZA, um mich für den Rest des Tages abzumelden und mich von Fatima zu verabschieden.

Diese, immer noch unterm Kopftuch, informierte mich: »Benny, da sind die beiden Mädels von heute früh wieder. Mit Verstärkung.« Sie deutete durch die Glasscheibe in den voll besetzten Warteraum, in dem Melanie und Pamela mit zwei ebenfalls blond gefärbten Klonen saßen. Alle vier blickten hoffnungsvoll in meine Richtung und wandten sich kichernd ab, als ich hinübersah.

»Was ist denn passiert? Gibt's Komplikationen mit dem abgebrochenen Nagel? Nasenbluten?«, fragte ich Fatima.

»Dieses Mal hat die Freundin ein Problem. Starke, stechende Unterleibsbeschwerden.«

»Dann gib das mal schön der lieben Simone, die ist doch Spezialistin für alles unter der Gürtellinie.«

»Die haben aber extra nach dir verlangt.« Fatima sah mich frech mit zusammengekniffenen Augen an. »Du hast wieder Eindruck gemacht beim weiblichen Geschlecht. Die werden immer jünger, die Mädels.«

Ich sah mit dem gleichen Ausdruck zurück. »Das würde denen so passen! Ich drück doch nicht zu deren Vergnügen auf ihrem Babyspeck herum. Wetten wir, dass der überhaupt nichts weh tut? Das nenn ich Erschleichung ärztlicher Leistungen.«

»Da wette ich nicht dagegen.«

»Ah ja, mit Wetten hast es eh nicht so, Schätzchen.« Dann

tätschelte ich Fatima liebevoll auf den Kopf, den immer noch dieses alberne Tuch zierte. »Ich geh jetzt in meinen Orthopädiekurs, Mittagsschlaf halten. Wir sehen uns morgen.«

Fatima zischte: »Du Idiot hast mich gerade fünfzig Euro gekostet und wegen dir hocke ich den ganzen Tag wie ein Vollpfosten hier mit Kopftuch rum. Du hast das vorher gewusst, oder? Gib's zu, Frank hat geredet.«

»Was sind denn das für gemeine Unterstellungen?«, fragte ich scheinheilig. Ich hatte mich sehr wohl mit Frank abgesprochen. »Woher hätte ich wissen können, dass dich dein Anabolikagspusi plötzlich zwingt, ein Kopftuch zu tragen? Ich wollte dich auf diese Schande nicht auch noch mit Gewalt hinweisen. Einfühlsam, wie ich bin, habe ich deinen textilen Kopfschmuck mit keinem Wort erwähnt. Wieso überhaupt fünfzig Euro? Das Teil sieht aus wie aus den Kriegsbeständen deiner Oma.«

»Wenn du nur einen Ton darüber verloren hättest, hätte ich das Geld gewonnen. Ich war mir so verdammt sicher, dass du das nicht kommentarlos den ganzen Tag mit ansehen kannst. Du kannst doch sonst auch nie deine große Klappe halten.«

»Du musst noch so viel lernen, Türkenmädchen«, grinste ich, winkte den vier blondierten Fräuleinwundern durch die Scheibe zu und verewigte mich auf der Toilette.

Mein Zustand ist nicht tanzbar!

Anschließend machte ich es mir mit einer Tasse Kaffee aus der Wundermaschine des Ärztlichen Direktors im Fortbildungskurs gemütlich.

15:45 Nachricht an Strunzium mit Bilddatei
Da schau, wie von mir prophezeit, Fatima mit Kopftuch! Endlich! Meine 25 Öre kannst mir morgen geben. Aber bitte unauffällig, sonst haben wir ein Problem!

15:50 Nachricht an Ricky Brandstätter
Würde mir auch extra für Dich wieder mal einen anziehen (tragen hier eigentlich keine) und im Porsche-Notarztwagen vorfahren und weiße Rosenblüten werfen. Werde mal versuchen, wie Mr. Gere zu laufen ...

15:51 Nachricht von Priscilla
Pass aber auf deine Eierchen auf!

15:51 Nachricht an Ricky Brandstätter
... heute kommen wieder Bekloppte, Du machst Dir keine Vorstellung! Eine 47-jährige hat seit 7 Monaten keine Tage und spürt heute Bewegung um den Bauchnabel und will jetzt schwanger sein ... Aber auf die Idee, zum Gynäkologen zu gehen, und vielleicht 6 Monate früher, kommt man nicht ... Dann stellen mir auch noch nasebohrende Teenies nach ... und Fatima versucht, sich an mir zu bereichern! Tz!

15:52 Nachricht von Priscilla
Oh, Scheiße, mit so was musst Du Deine Zeit totschlagen?

15:54 Nachricht von Priscilla
Porsche-Notarztwagen wäre sensationell!

16:00 Nachricht von Priscilla
Ist schon toll, dass ich Dir nie was erklären muss und Du sofort in der Materie steckst.

15:59 Nachricht von Frank S.
Sehr sexy!!! Erstaunlich, wie gut deine fiesen Pläne immer hinhauen!

16:20 Nachricht an Strunzium
Hach, ich bin selbst so stolz auf mich!

16:23 Nachricht an Ricky Brandstätter
Das finde ich auch sehr genial. Ist sehr selten, dass jemand sofort mit meinem doofen Geschwätz was anfangen kann ... noch ein wenig Fortbildung und dann wäre der Arbeitstag auch gelaufen ...

Was macht die große Darmattacke?

16:29 Nachricht von Priscilla
Nahrung löst in mir jedes Mal eine mittelschwere Katastrophe aus. Außerdem friere und schwitze ich abwechselnd und ich habe Augen wie ein todkrankes Karnickel. Machst wieder Palliativmedizin?

17:33 Nachricht an Ricky Brandstätter
Hört sich ja nicht so dolle an … Nee, heute gab's Orthopädie. Jetzt werde ich daheim noch kurz was mampfen und dann geht's in den Segelkurs. Schifffahrtsrecht. Total interessant! ;-) Hast Du schon viereckige Äuglein?

17:43 Nachricht von Priscilla
Machma lieber einen Kurs über Fernheilung. Amelie ist grad da und kocht Ingwertee (igitt) und Hühnersuppe. Bleibt eh nix drin!

17:52 Nachricht an Ricky Brandstätter
Na, wenn das nicht hilft!?! Hab Dir gestern schon total begeistert kosmische Strahlen und linksdrehende Erdwärme geschickt, aber Du warst wohl nicht open minded genug. Schick mir doch mal ein aktuelles Foto von Dir … so ein richtig ehrliches …

18:10 Nachricht von Priscilla
Lernt ihr das im Studium, bei Versagen die Schuld auf den armen Patienten zu schieben? Pfui! Außerdem reagiere ich nur auf rechtsdrehende Dinge! Amelie hat das mit dem Foto probiert. Zu mehr kann ich mich nicht durchringen! Bin ein eitles Schweinderl!

Das Foto, das daraufhin kam, zeigte viel Haar und ein Auge, das durch zwei Hände vorm Gesicht durchblinzelte.

18:21 Nachricht an Ricky Brandstätter
Also ehrlich gesagt ist das genau mein Motto, wenn wieder mal einer stirbt: Der Patient hat angefangen! Finden

die Hinterbliebenen nicht immer ganz schlüssig … Aber ich werde häufiger missverstanden … Na, bei dem Bild warst du ja nicht so mutig … Wann bist du so schüchtern geworden?

18:35 Nachricht von Priscilla
Seitdem ich 4 Tage keine Haare gewaschen habe und zugeschwollene Äuglein plus aufgesprungene Lippen kriegte!

18:36 Nachricht von Priscilla
Muss ich Dich eigentlich irgendwann Käpt'n nennen? Und trägst Du dann Uniform?

18:42 Nachricht an Ricky Brandstätter
Kapitän ist ja wohl das Mindeste … Du bist ja schließlich auch die Göttin der Wollust.

18:43 Nachricht an Ricky Brandstätter
Und ich hab von früher noch 'nen Matrosenanzug, der müsste noch passen!

18:44 Nachricht von Priscilla
Wenn du 'ne weiße, knapp sitzende Uniform trägst, nenn ich Dich, wie immer Du möchtest!

18:45 Nachricht von Priscilla
Wenn Du im Matrosenanzug auftauchst, bekommst 'nen Lolli und wirst wieder heimgeschickt.

19:05 Nachricht an Ricky Brandstätter
Die leibreizende Göttin kämpft mit ganz schön harten Bandagen.

19:07 Nachricht an Ricky Brandstätter
Die Darmreinigung hat Dich wohl eher gnadenloser gemacht.

19:09 Nachricht von Priscilla
Göttinnen in der Darmreinigung sind schlimmer und unberechenbarer als menstruierende Frauen!

19:11 Nachricht an Ricky Brandstätter
Oha ... dann bring die mal schnell zu Ende ... Oder geht's im Anschluss gleich in die Menstruation über?

19:18 Nachricht von Priscilla
Typisch Mann! Ich weiß noch nicht mal, ob ich die Nacht überlebe, und Du denkst nur an Dein billiges Vergnügen!

19:20 Nachricht an Ricky Brandstätter
Wie Vergnügen? Hatte eigentlich mehr an deine Stimmung gedacht ...

19:21 Nachricht an Ricky Brandstätter
Wäre auch schon sehr glücklich, Dich ein wenig pflegen zu können ... würde sofort mit Amelie tauschen ...

19:23 Nachricht von Priscilla
Weiß nicht, ob Du auch so eine geniale Hühnerbrühe draufhast, aber die will nicht mit mir kuscheln!

19:25 Nachricht von Priscilla
Pft! Als ob ich einen fadenscheinigen Vorwand für Stimmungsschwankungen bräuchte. Kann das auch ohne Blutverlust meinerseits!

19:26 Nachricht an Ricky Brandstätter
Daran erkennt man die Profis!

19:27 Nachricht an Ricky Brandstätter
Ich würde auch was von ihrer Hühnersuppe nehmen und, während Amelie die zubereitet, mit Dir kuscheln ... Wow, wat 'ne Arbeitsteilung!

19:33 Nachricht von Priscilla
Jetzt ist sie weg und nur der Duft ihrer Suppe bleibt zurück! Siehst, ich neige eher zu melancholisch/romantisch/poetisch!

19:54 Nachricht an Ricky Brandstätter
Ist mir auch viel lieber so ... Hab schon das erste Nickerchen hinter mir ... Kacke, da hätte ich auch daheim bleiben können. So ein langweiliges Thema ...

20:03 Nachricht von Priscilla mit Bilddatei
Schlafmütze! Da, bitte, zum Wachbleiben!

Ricky hatte mir ein Foto geschickt von einer Frau im Bikini und weißer Mütze an einem weißen, endlosen Strand sitzend mit einem Segelboot im Hintergrund.

20:11 Nachricht an Ricky Brandstätter
Das bist Du?

20:11 Nachricht von Priscilla
Jupp!

20:12 Nachricht an Ricky Brandstätter
Wann war das?

20:12 Nachricht an Ricky Brandstätter
Heiß! Da bin ich sofort wieder wach!

20:12 Nachricht an Ricky Brandstätter
… und geile Kappe …

20:13 Nachricht von Priscilla
Mit 23 in Kenia! Mein Lieblingsstrandbild. Mütze ist optisch auf das Boot im Hintergrund abgestimmt.

20:14 Nachricht von Priscilla
Kennst ja den Witz mit Mütze holen …

Sicher kannte ich den Witz über den in die Jahre gekommenen Jungbauern, den seine Eltern mit der stockhässlichen Tochter vom Nachbarhof verheirateten, und weil diese gar so hässlich ist, kann er ihr nur beiwohnen, wenn sie eine Mütze trägt. Da sie nicht nur unansehnlich ist, sondern auch etwas einfältig, muss sie jeden Auftrag, den er ihr gibt, wie ein Mantra wiederholen. Als er sie einen Hammer holen schickt, klingt das so: »Hammer holen. Hammer holen. Hammer holen.« Trotzdem bringt sie statt eines Hammers eine Zange. Ihr Gatte meint daraufhin: »Mein Gott, du bist sogar zu blöd zum Bumsen.« Und sie läuft fröhlich von dannen: »Mütze holen, Mütze holen.« Niedrigstes Niveau, aber ab 1,2 Promille zum Kringeln. Wie wunderbar, dass dieses gebildete, zarte Wesen solche Dinge wusste und wohl auch noch komisch fand. War ich am Ende mit meiner Suche und hatte ich in Ricky meine Traumfrau gefunden? Vieles sprach dafür.

20:17 Nachricht an Ricky Brandstätter
Du kennst echt schlimme Dinge für ein keusches Strandmodel!

20:19 Nachricht von Priscilla
Schlechter Umgang! War der irrigen Hoffnung, mit 'nem Dr. med. mein Niveau zu heben, aber war wohl nix!

20:21 Nachricht an Ricky Brandstätter
Tja … reingefallen!

20:22 Nachricht von Priscilla
Dieses Schwiegersohnlächeln hat mich getäuscht!

20:22 Nachricht an Ricky Brandstätter
Ich glaub, ich kann von Dir noch viele wertvolle, anrüchige Dinge lernen …

20:22 Nachricht an Ricky Brandstätter
Tarnung ist alles …

20:23 Nachricht an Ricky Brandstätter
… so wichtig wie Kompetenz vortäuschen im Beruf!

20:23 Nachricht von Priscilla
Oh ja, von der Göttin kannst noch viel lernen.

20:24 Nachricht von Priscilla
Ich weiß schon, warum ich mich lieber selbst behandle, statt zum Arzt zu gehen.

20:25 Nachricht an Ricky Brandstätter
Hey, Du hast jetzt gefälligst einen neuen Arzt Deines Vertrauens!

20:25 Nachricht an Ricky Brandstätter
Sonst wäre ich tatsächlich in meiner Ehre gekränkt!

20:25 Nachricht von Priscilla
Und? Kenn Dich seit einer Woche und bin kra-hank!!!

20:26 Nachricht von Priscilla
Frag mich gerade, was ich bis letzten Mittwoch in meiner Freizeit gemacht habe.
20:27 Nachricht von Priscilla
Bis zu diesem versoffenen nächtlichen Überfallanruf!
20:27 Nachricht an Ricky Brandstätter
Was für ein romantischer Beginn ...
20:28 Nachricht von Priscilla
Ich könnte mir keinen schöneren vorstellen! Unvergesslich! Unnachahmlich!
20:28 Nachricht an Ricky Brandstätter
Passt aber zu zwei Vögeln wie uns!
20:29 Nachricht von Priscilla
Adler und Flugente!
20:30 Nachricht an Ricky Brandstätter
Genial!
20:30 Nachricht von Priscilla
Gell!
20:31 Nachricht an Ricky Brandstätter
Was macht eigentlich Dein Wohlbefinden? Hört sich ja alles echt fies an ...
20:32 Nachricht von Priscilla
Sieht nicht so gut aus! Die Hühnersuppe explodiert gerade in mir! Ich will aber nicht mehr aufs Klo, das tut weh!
20:33 Nachricht an Ricky Brandstätter
Klingt ehrlich gesagt wie Norovirus, fieses Zeug!
20:34 Nachricht an Ricky Brandstätter
Legt regelmäßig ganze Altenheime und Krankenhäuser lahm!
20:34 Nachricht an Ricky Brandstätter
Hält im Schnitt 3 Tage ...
20:35 Nachricht von Priscilla
O. k., dann hätte ich das Schlimmste hinter mir.

20:41 Nachricht von Priscilla
Irgendwie kann ich gar nicht glauben, dass ich Dich erst seit einer Woche etwas näher kenne. Strange days indeed.
20:42 Nachricht an Ricky Brandstätter
Habe eben auch mal nachgerechnet ... Echt alles schwer zu glauben und immer noch sehr verwirrend.
20:48 Nachricht von Priscilla
Sollten wir kürzer treten, Pause machen, Gedanken sortieren?
20:49 Nachricht an Ricky Brandstätter
Ist Dir denn danach?
20:49 Nachricht von Priscilla
Würde nix bringen! Da müssen wir wohl durch!
20:50 Nachricht an Ricky Brandstätter
Bin auch schwer dagegen!
20:50 Nachricht an Ricky Brandstätter
Dann sind wir wieder mal einer Meinung. Nicht, dass uns langweilig wird ...
20:56 Nachricht an Ricky Brandstätter
Bin gerade einfach ziemlich romantisch, euphorisch gestimmt ... ist fast wie wieder Teenie ... Wusste gar nicht, dass ich noch so sein kann ...
21:02 Nachricht von Priscilla
Bist sonst rationaler?
21:15 Nachricht an Ricky Brandstätter
Im Alltag wohl schon ... und in manchen Beziehungen war ich es wohl auch. Ich hab in der Vergangenheit jedenfalls sehr selten Menschen getroffen, die so eine Wirkung auf mich hatten ...
21:16 Nachricht an Ricky Brandstätter
Aber noch nie habe ich die dann erst später getroffen ...
21:20 Nachricht an Ricky Brandstätter
Wie ist es denn bei Dir?

21:28 Nachricht von Priscilla
Tja, bin sonst auch ziemlich rational und kopfgesteuert und meist schnell gelangweilt oder genervt. Aber diese Startschwierigkeiten gab es bei Dir überhaupt nicht. Bin von Deiner Art und Deinem Humor ziemlich hingerissen und hätte gerne, dass der Rest auch passt und ich nicht zu viel in Dich hineinprojiziere, aber was soll ich tun? Passiert halt nur alle Schaltjahre, jemanden zu treffen, der menschlich, intellektuell und mental so gut passt.
21:32 Nachricht von Priscilla
Ich weiß nur, ich würd Dich jetzt schon wie blöd vermissen, wenn es Dich nicht mehr gäbe, und das finde ich erschreckend!
21:42 Nachricht an Ricky Brandstätter
… es ist erschreckend und ich hirne zwischendurch, ob ich mir eine Seifenblase bastel … Aber dann kommt wieder eine durchgeknallte, schlaue oder hinreißende Nachricht von Dir und ich bin mir wieder sicher, dass es nicht so ist.
21:43 Nachricht an Ricky Brandstätter
Fände es schön, wenn wir den Rest demnächst herausfinden könnten …
21:44 Nachricht von Priscilla
Wird schon … zumindest ich hab Dich schon gesehen und trotz der widrigen Umstände war nicht alles schlecht, was ich gesehen habe, und bestimmt erinnert sich Dein Unterbewusstsein an mich! Das erklärt dann auch einiges …

Noch nie in meinem Leben habe ich mich so über das *Anonym* im Display meines Telefons gefreut wie seit einer Woche, war es doch inzwischen gleichbedeutend mit einem Anruf aus dem fernen Mallorca.

Señorita Koch eröffnete das Gespräch geschickt mit der Frage: »Sag mal, wirst du auch so oft gefragt, warum so ein Typ wie du keinen Partner hat?«

»Mh, kommt schon öfter mal vor.«

»Also, warum hat so ein Typ wie du keinen Partner?«, kam unvermittelt die Frage.

»Das hat viele Gründe. Ich bin wohl schwer vermittelbar, anspruchsvoll, vorgeschädigt, und Zeit habe ich sowieso keine.«

»Oh, das ist nicht gerade die beste Eigenwerbung.«

»Ich wollte nur ehrlich sein.«

»Das ist schön. Erzählst du von deinen letzten Beziehungen?«

Also berichtete ich fast eine Stunde von Yvonne, der Psychologin, acht Jahre jünger als ich, die mich sprichwörtlich am ausgestreckten Arm verhungern ließ. Die bei jedem kleinen Streit tagelang nicht mehr mit mir gesprochen und wochenlang mit Liebes- und Sexentzug reagiert hatte. Wenn wir miteinander geschlafen hatten, dann nur nach ihrem genauen Plan und mit ihrem Drehbuch. Yvonne hatte mich nicht gerne geküsst, nicht gerne Händchen mit mir gehalten, nicht gerne geschmust und war nicht gerne mit mir ausgegangen. Yvonne hatte eigentlich nur jemanden gebraucht, der neben ihr auf der Couch saß, wenn sie ihre Serien und Filme im Fernsehen anguckte, und den sie mit auf Partys schleifen konnte, wo ich wiederum auch nur mehr Verzierung und Fahrer denn Partner war. Mit mir hatte sie jemanden, der mit ihr das Doppelzimmer im All-Inclusive-Hotel in ihrem geliebten Gran Canaria geteilt und die Hälfte der Kosten übernommen hatte.

Das ging so lange gut, bis Yvonne endlich jemanden gefunden hatte, der besser zu ihrem Lebensplan zu passen schien. Daraufhin war sie recht schnell bei mir ausgezogen und nach einem halben Jahr, als auch diese Beziehung gescheitert war, wieder zurückgekommen. Ich nahm sie voller Hoffnung auf eine Besserung der Verhältnisse wieder auf, nur um zuzusehen, wie sie nach nur sechs Wochen zum zweiten Mal ihre Koffer packte, weil sie erneut den ultimativen Mann gefunden hatte.

»Wie lange hast du das mitgemacht?« fragte Ricky.
»Insgesamt sieben Jahre.«
»So lange wie meine Beziehung.«
»Tja, da hätten wir wieder was Gemeinsames.«
»Warum hast du so lange eine so lieblose Beziehung erduldet?«
»Nenn es Liebe, nenn es Dummheit. Oder war es einfach Gewohnheit. Ich weiß die Antwort nicht. Ich weiß nur, dass mir so was nicht mehr passieren wird. Ich will Liebe in meinem Leben und Abenteuer und Poesie und Zärtlichkeit und Achtung, Respekt und Verlangen nacheinander und, und, und.«
»Das ist einiges, was du möchtest.«
»Stimmt, aber ich wäre schon sehr froh, wenn ich wenigstens mal einen Teil davon bekäme.«
»Was kam danach?«
»So diese und jene Affäre, nie wieder was Festes. Seitdem gehe ich lieber auf Nummer sicher und halte mir die Frauen auf Distanz.«
»Ich habe nicht das Gefühl, dass du mich auf Distanz hältst.«
»Nee, ausgerechnet bei dir, die du so weit weg bist, hätte ich gerne viel mehr Nähe, zumindest räumliche.«
»Vielleicht ist es gerade das, was du so gut findest, dass ich so weit weg bin und du keine richtige Nähe aufbauen kannst? Dann kannst du auch nicht zurückgewiesen werden.«
»Das weiß ich nicht, aber ich glaube nicht, dass es so ist.«
»Hey Benny?«
»Hm?«
»Ich habe dich sehr lieb gewonnen in der kurzen Zeit.«
»Mir geht es doch genauso. Ich hätte so gerne, dass wir uns bald von Angesicht zu Angesicht sehen.«
Am anderen Ende der Leitung lachte es leise: »Du und deine altmodischen Begriffe.«
»Schlimm?«

»Nein, nichts an dir ist schlimm, alles an dir ist gut und schreit nach mehr.«

Als wir eine Stunde später auflegten, weil ich dringend schlafen musste, brauchten wir beinahe fünf Minuten, um uns zu verabschieden. Señorita Koch und Herr Brandstätter klebten aneinander wie Brief und Marke.

23:45 Nachricht an Ricky Brandstätter
Träum schön!

                                            00:00 Nachricht von Priscilla
                                                   Danke, Du auch!

TAG 5
POESIE & PNEUMONIE

03:47 Nachricht von Priscilla
Mit Deiner Fernheilung musst noch gaaaanz viel üben!
04:26 Nachricht von Priscilla
Alles schläft, einsam wacht …
04:43 Nachricht von Priscilla
Man ruft nur Lassie, Lassie! Bald wird er kommen. Jeder kennt ihn, den klugen Delfin!
05:03 Nachricht von Priscilla
Work like you don't need the money.
05:12 Nachricht von Priscilla
Love like you've never been hurt.
05:23 Nachricht von Priscilla
Dance like nobody's watching.
06:24 Nachricht an Ricky Brandstätter
Ach herrje. Richtig poetisch wirst ja erst nachts. Sieht nicht so aus, als wärst Du heute Nacht open minded gewesen. Da haben sich wohl eher woanders wieder die Schleusen aufgetan. War wohl 'ne bescheidene Nacht! Hast wieder aussterben gespielt. Armes Mädel!
06:24 Nachricht an Ricky Brandstätter
Wenn Du heute Morgen aufwachst, ist bestimmt alles besser.
06:25 Nachricht an Ricky Brandstätter
Also heute …
06:25 Nachricht von Priscilla
Nix besser! Bin noch wach!
06:25 Nachricht an Ricky Brandstätter
Shit, Du bist ja wach!

06:25 Nachricht von Priscilla
Damn right!
06:26 Nachricht von Priscilla
Völlig übernächtigt!
06:26 Nachricht an Ricky Brandstätter
Wie konntest Du den Gott der Winde so erzürnen?
06:27 Nachricht von Priscilla
Der war neidisch, weil die Göttin der Wollust Wind gesät und Sturm geerntet hat!
06:32 Nachricht an Ricky Brandstätter
Der Arsch … und jetzt lässt er Dich dafür Winde blähen …
06:32 Nachricht an Ricky Brandstätter
Scheiße, ist das kalt heute Morgen!
06:33 Nachricht von Priscilla
Hier ist warm!
06:33 Nachricht von Priscilla
Schick Dir warme Gedanken!
06:37 Nachricht an Ricky Brandstätter
Aber da lässt mich ja noch nicht hin! Heul!
06:40 Nachricht an Ricky Brandstätter
Lassie war übrigens ein Hund …
06:41 Nachricht von Priscilla
Erbsenzähler, elender! Fährst Du Auto oder Bus?
06:44 Nachricht an Ricky Brandstätter
Bus. Wenn es wärmer ist, fahre ich lieber mit dem Rad in die Klinik!
06:45 Nachricht von Priscilla
Macht Sinn und schöne Beine!
06:45 Nachricht an Ricky Brandstätter
Hast meine Beinchen ja schon bewundern können …
06:52 Nachricht von Priscilla
Na ja, bewundern wäre zu viel gesagt.

06:58 Nachricht an Ricky Brandstätter
Hab schon wieder einen dicken Hals, gibt Stress wegen meinem Urlaub im September ... kein Wunder, dass ich hier graue Haare bekomme.

07:00 Nachricht von Priscilla
Oh je, so früh schon Stress? Komm da weg!

07:02 Nachricht an Ricky Brandstätter
Aber wirklich!

07:03 Nachricht von Priscilla
... bin extrem müde und therefore quite poetisch.

07:03 Nachricht von Priscilla
Soll ich kommen und sie hauen?

07:38 Nachricht an Ricky Brandstätter
Deine diplomatische Ader wäre vielleicht besser ... in so Situationen geht mal gerne meine Diplomatie flöten ...

Fatima saß an der Zentralen Annahme. Sie fischte gerade aus einer Packung Lakritzkonfekt, die ich früher am Morgen hingelegt hatte, die ganzen bunten Bonbons heraus und stapelte sie auf ihrer Schreibtischunterlage. Als sie mich kommen sah, reagierte sie blitzschnell und versuchte den Haufen mit ihrem Oberkörper zu schützen, aber ich war schneller und schnappte die gesammelten Köstlichkeiten.

»Danke, das nimmt mir die Arbeit.« Ich wählte ein weißes Teil aus, das nach Kokosnuss schmeckte, und zerbiss es demonstrativ mit den Schneidezähnen.

»Gib die sofort wieder her! Die waren reserviert.«

»Tja, Habibi, wärst du etwas netter gewesen, hätte ich dir welche abgegeben, aber so gibt's nix.« Ich entschied mich als Nächstes für ein Lakritz mit schokobrauner Umhüllung. »Außerdem geht das bei euch anatolischen Schönheiten mit eurem Hang zu ausgeprägten weiblichen Formen immer direkt auf Hüfte und Popöchen. Also sei lieber dankbar, dass ich dir das Zeug wegesse.«

»Sorg du lieber dafür, dass dir jemand öfter deine schwäbischen Kässpätzle wegfuttert. Diese Pausbäckchen stehen dir nicht.«

»Tz, tz, tz! Du kannst es nicht wissen, weil dein Volk die Kunst der Käseherstellung nie erlernt hat: Beim Überbacken mit Käse werden Kalorien abgetötet.«

Fatima streichelte über mein Bäuchlein, das diesen Winter eine dezente Speckschicht zierte. Dabei hatte sie diesen verschlagenen Blick, der sie unter anderem für mich so anziehend machte: »Dann mal viel Spaß beim Bauch einziehen. Diese nervtötende, wasserstoffblonde Polizistendarstellerin wartet in Kabine 3 mit einer Haftprüfung. Verdacht auf C2 Intox.«

Fatima sprach von Annika Bender, meiner Lieblingspolizistin, auf die ich körperlich unglaublich abfuhr, die mich aber auf anderer Ebene eher weniger ansprach. Unsere gelegentlichen Flirtversuche ebbten meist nach einigen verheißungsvollen Blicken und uninspirierten Sätzen ab. Das Gezicke zwischen ihr und Fatima war jedes Mal aufs Neue ein filmreifes Erlebnis.

»Das sind ja gute Neuigkeiten«, rief ich erfreut und legte ein zitronengelbes Konfekt vor Fatima auf den Schreibtisch. »Das hast du dir redlich verdient.« Ehe sie es greifen konnte, tauschte ich es gegen ein rosafarbenes aus: »Da, das passt doch besser zu einem Mädchen.« Ich schob das Gelbe in meinen eigenen Mund und die restlichen Bonbons in eine der unteren Taschen meines Kittels.

In Kabine 3 wartete zu meiner Überraschung nicht nur die hübscheste Polizistin in ganz Stuttgart, sondern ein weiteres bekanntes Gesicht, dessen unrasiertes Kinn eine frisch vernähte Wunde zierte.

»Ja, hallo, wenn das nicht der König von Stuttgart ist. Haben wir heute wieder Polizeischutz?«

Ich nahm auf dem Rollhocker Platz und fragte in die Runde: »Was verschafft mir denn die Ehre des hohen Besuches?«

Während mir Annika Bender erklärte, warum König Ercan der Erste am frühen Morgen von der Polizei angeschleppt worden war, überlegte der sexuell unterforderte Facharzt, ob er nicht doch gelegentlich mit der Frau Wachtmeister eine Nachtwache einlegen sollte. Auf jeden Fall würde er sehr, sehr nett zu ihr sein an diesem Morgen.

»Aha, aha. Eure Majestät hat also die Queen Mum zum Frühstück im Drogenrausch verprügelt. Das ist aber gar nicht königlich.«

Ercan, der wenige Tage zuvor in der Kellerbar so eine große Klappe gehabt hatte, brachte an diesem Morgen kein Wort heraus, sondern saß schweigend auf der Untersuchungsliege, die Hände in Handschellen. Er hatte sich der Verhaftung heftig widersetzt und anscheinend waren Annika und ihre Kollegen bei der Festnahme nicht sonderlich zimperlich mit ihm umgegangen. Was immer er an illegalen Drogen konsumiert hatte, die Wirkung war mittlerweile völlig verpufft. Er hatte im Polizeiwagen über Übelkeit und Schmerzen in den Handgelenken geklagt und somit musste seine Haftfähigkeit geprüft werden.

»Aha, aha, dann wollen wir mal schauen, ob der Herr Yildirim fit für den Jugendknast ist.« Ich sah ihm tief in die Augen und zeigte ihm mein Stethoskop: »Bereit zu atmen?«

Ercan erwiderte meinen Blick trotzig, enthielt sich aber jeglichen Kommentars.

»Weißt du, was ich an deiner Stelle nicht gemacht hätte, wenn ich in den Bau müsste?«, fragte ich ihn.

Er zuckte nur mit den Schultern.

»Ich hätte mir niemals die Augenbrauen gezupft. Das könnte so manchen Mithäftling auf falsche Gedanken bringen. Frag mal die Frau Polizeihauptmeisterin, die kann das doch sicher bestätigen.« Ich sah zu Annika und schenkte ihr ein vertrauensvolles Lächeln, das sie mit einem gekonnten Augenaufschlag erwiderte.

»Auf jeden Fall! Jungfrauen sind besonders begehrt. Aber alle, die es wissen müssen, sagen, dass das mit dem Sex nur die ersten paar Male nach der Entjungferung weh tut, dann ist es ganz normal.«

Humor hatte sie, mit etwas Mühe und Geduld müsste sich doch auch noch das eine oder andere Gesprächsthema finden lassen, bis die Körper die Konversation übernehmen konnten.

»Stimmt. Und gegen Analfissuren, das sind so kleine, fiese Haarrisse am After, die übel brennen können, gibt es hervorragende Salben«, fügte ich erklärend hinzu.

Ercan schien langsam die Aussichtslosigkeit seiner Lage begriffen zu haben und sank immer mehr in sich zusammen. Ich begann mit meiner Untersuchung; nicht die letzten, aber wohl die zärtlichsten Männerhände, die der König von Stuttgart in seinem Leben zu spüren bekommen würde, wenn er nicht zu Sinnen kam und zügig eine neue Karriere anstrebte.

Ich verabschiedete Annika und ihren Delinquenten in der festen Absicht, ihr demnächst doch eine Chance zu geben, mein Interesse etwas nachhaltiger zu wecken. Die Frau, der mein nachhaltigstes Interesse derzeit galt, hatte mir in der Zwischenzeit wieder geschrieben.

09:01 Nachricht von Priscilla
Upps, bin dann doch noch eingeschlafen … Was habe ich im nächtlichen Delirium getan … Unschuldige Männer zugeschmalzt … Eben ist aber gut … bin wieder die Alte!

09:59 Nachricht an Ricky Brandstätter
Wie geht es Dir denn inzwischen … sind meine magic waves angekommen?

10:03 Nachricht von Priscilla
Deine magic waves sind die Oberloser! Da hast mich echt enttäuscht!

10:03 Nachricht an Ricky Brandstätter
Musiktipp: Jim Croce, Time in a bottle … Zum Schmachten!
10:03 Nachricht von Priscilla
Wechselbad der Gefühle unsere junge Appfäre.
10:05 Nachricht von Priscilla
Hm, das stimmt!
10:06 Nachricht von Priscilla
There never seems to be enough time to do the things I want to do … große Poesie!

Als ich bei Fatima vorbeiging, um die Toilette aufzusuchen, traf mich eine Weingummifledermaus an der Wange.

Ich hielt kurz an und sah zu ihr hinüber: »Sag mal, bist du dir sicher, dass du ein Mädchen bist?«

»Es gibt ein paar eindeutige Hinweise darauf«, kam die prompte Antwort. »Ich trage zum Beispiel einen rosafarbenen Schlüpfer heute. Warum fragst du?«

»Weil du so zielsicher wirfst. Das können Mädchen doch sonst nicht.«

Als Antwort kam ein Weingummifrosch geflogen, den ich in der Luft auffing und dem ich im Weitergehen den Kopf abbiss.

Warum war Fatima verlobt, Ricky im Mittelmeer gestrandet und Annika Benders Luxuskörper ausgestattet mit dem Kopf einer Polizistin? Das Leben war nicht fair.

In der Toilette schrieb ich:

> Es gibt nichts Gutes,
> außer man delegiert es!

10:25 Nachricht an Ricky Brandstätter
Oh nein! Fängt unsere Appfäre auch noch damit an, dass ich Dich enttäusche. Werde fleißig an meinen waves üben

... Wieso Wechselbad? Ich erwarte eine überwiegend positive, euphorische und überschwängliche Stimmung ... falls nicht, kann ich Dir Medikamente dafür geben!

10:28 Nachricht von Priscilla
Werter Herr Dr. Brandstätter, da mir Ihre Wellenbehandlung null Komma nix geholfen hat und mir immer noch elend ist, habe ich beschlossen, einen richtigen Arzt, d.h. eine Ärztin (weiblich!) aufzusuchen.

10:29 Nachricht von Priscilla
Ich habe weiterhin spontan beschlossen, bei Dir mal nix zu trinken bzw. zu essen ... bring mir alles selber mit ... am Schluss gaukelst mir wieder vor, Du wärst doch der Messias!

10:33 Nachricht an Ricky Brandstätter
Es schmerzt natürlich immer, wenn Quacksalber in meine Strahlentherapie reinpfuschen. Aber nach drei Tagen Leiden ist das schon o. k.
Nee, so billige Tricks hätte ich natürlich never nötig ... jetzt müssen wir uns erst wieder treffen ... Denke, dass meine manuellen Therapiekünste wesentlich ausgereifter sind als meine Strahlentherapie ... .

10:45 Nachricht von Priscilla
Kann ja die Konsultation beim Quacksalber per Livestream übertragen, dann kannst Deinen Senf dazugeben!

11:15 Nachricht an Ricky Brandstätter
O. k., bei der Sprechstunde bin ich natürlich gerne dabei und möchte bitte als Dein Schamane vorgestellt werden ... wird sich Deine Ärztin sicher freuen, wenn sie endlich etwas kompetente Hilfe bekommt.

11:40 Nachricht von Priscilla
Braucht sie wohl auch. Hat mir Perenterol verschrieben und gemeint, ich solle mich freuen, dass ich nur Durchfall habe, es gäbe derzeit auch die Version plus übergeben. Jetzt jubiliere ich: Hal-

lelujah! Ich bin nur halbkrank!
11:40 Nachricht von Priscilla
Hab mir vorhin Babypuder mitgenommen …

Nachdem ich Rickys Nachrichten gelesen hatte, verabschiedete ich mich von Fatima, die mittlerweile alles, was bunt war, aus der Packung selbst gefuttert oder mir nachgeworfen hatte. Die schwarzen Lakritz hatte sie der Allgemeinheit überlassen und in eine Schale auf ihrem Schreibtisch getan. Die leere Packung lag im Papierkorb.

»Ist dir die Munition ausgegangen?«, fragte ich.

»Zu deinem Glück! Bring nächstes Mal was Härteres mit«, forderte sie mich auf.

»Wie wäre es, wenn du mich zur Abwechslung mal mit Respekt behandelst und zärtlich zu mir bist oder mich zumindest mit *weichen* Dingen bewirfst?«

»Respekt kann man nicht verlangen. Den muss man sich verdienen, und das tut man nicht, indem man blond gefärbten Polizistinnen hinterhersabbert.«

»Was du nicht sagst.«

»Warum gehst du überhaupt schon? Sind wir müde und ausgelaugt vom vielen Hecheln heute früh?«

»Wir gehen, weil wir unseren freien Nachmittag damit verbringen werden, ohne Bezahlung auf dem *DocMobil* bedürftige, mittellose Mitmenschen zu behandeln.«

»Respekt!«

»Na also, geht doch.«

Ich lief ein paar Schritte Richtung Flur, als mich Fatima rief: »Hey, Dr. Goodwill!«

Ich drehte mich um: »Was noch?«

»Fang!«

Instinktiv fing ich mit beiden Händen auf, was Fatima in

meine Richtung geworfen hatte, und betrachtete die Schweinerei, die das zerquetschte Wurfgeschoss hinterlassen hatte.

Fatima lachte triumphierend und meinte: »Du wolltest doch etwas Weicheres.«

Ich zog verächtlich meine Oberlippe hoch und maulte: »Politisch absolut unkorrektes Wurfgeschoss!« Ich leckte mir auf dem Weg zur Umkleide den völlig zerstörten Mohrenkopf – oder, auf Neudeutsch, den *Maximal-Pigmentierten-Schaumkuss* – von den Fingern und den Handflächen. Selbst der Waffelboden war zerkrümelt.

Ehe ich das Klinikum verließ, machte ich noch einen kurzen Abstecher in die kleine Kleiderkammer, in der allerlei vom Klinikpersonal gespendete Klamotten für bedürftige Patienten gelagert waren. Ich suchte mir etwas Passendes heraus und verstaute es in einer mitgebrachten Plastiktüte.

12:22 Nachricht an Ricky Brandstätter
Ich schicke Dir heute per Kurierdienst Antibiose. O. k.?
Die Chancen sind groß, dass es was Bakterielles ist …
Oh, soll ich Dir helfen, den Hintern pudern? Hihi!

12:30 Nachricht von Priscilla
Du bist der Schamane! Selbst ich bin bereit, nach 4 Tagen auf Ärzte zu hören, widerspruchslos.
Hase, hast Du 'ne Ahnung, wie schwer es ist, sich selbst den Hintern zu pudern? Musst aber die Augen dabei zu lassen!

Das *DocMobil*, ein mobiles Ambulanzfahrzeug für Wohnsitzlose und Menschen in schwierigen Lebensverhältnissen, war eine Einrichtung eines freien Trägervereins, den ein paar Ärzte aus der Margarinenklinik vor einigen Jahren gegründet hatten und der sich alleine aus Spenden und Mitgliedsbeiträgen finanzierte. Der kleine Transporter war mit dem Nötigsten für ambulante Versorgungen ausgestattet und stand an den Wochentagen zu festen Zeiten an bestimmten Plätzen. Immer waren ein Arzt, ein Krankenpfleger oder ein Sozialarbeiter zur Stelle, um Patienten vor Ort unbürokratisch und kostenlos zu behandeln. Ich arbeitete ein- bis zweimal pro Monat nachmittags mit, wenn der Wagen vor einer Wärmestube in Stuttgarts Westen stand.

13:34 Nachricht an Ricky Brandstätter
O. k., Hintern pudern wird dann wohl zu meiner neuen Passion … werd wechselseitig auch immer ein Auge zudrücken!
Bräuchte deine Adresse für das Packerl … werd mein Bestes tun, sie nicht zu missbrauchen …

13:43 Nachricht von Priscilla
Echt? Du bist ein Schatz. Dann also hier meine Adresse! Nächtliche, besoffene Hausbesuche sind vorher anzukündigen.

Weil so viel zu tun war, stockte meine Konversation mit Ricky. Um vier machte ich eine kurze Pause, um mir eine Tasse Kaffee in der Wärmestube zu holen und Rickys aufgelaufene Nachrichten zu lesen.

14:07 Nachricht von Priscilla
Wie, abwechselnd ein Auge zudrücken? Du hast irgendwie was Verschlagenes an Dir. Waren Deine Vorfahren Freibeuter oder Wegelagerer?

15:20 Nachricht von Priscilla
Oh, habe ich Deine Tarnung aufgedeckt?

16:00 Nachricht an Ricky Brandstätter
Alles Sittenstrolche! Dein Vorteil wird sein, dass ich Deine einsame Finca nicht finden werde.

Mit dem Kaffee in der Hand ging ich zum Ambulanzwagen zurück und fand darin eine alte Bekannte vor. Christel Frank, 85, war extrem mager und trotz der Kälte nur mit einer Strickjacke bekleidet. Neben ihr saß ihr Cockermischling Franzl.

Frau Frank gab jeden Cent, den sie erübrigen konnte, für ihren Liebling aus. Deswegen hatte Franzl im Gegensatz zu seinem Frauchen deutliches Übergewicht. Frau Frank hätte sehr gut ein paar Kilo mehr auf den Rippen vertragen können. Eigentlich durften Hunde nicht mit ins *DocMobil*, selbst den Wohnsitzlosen erlaubten wir das nicht, aber Frau Frank weigerte sich, den Wagen zu betreten, wenn ihr Franzl draußen frieren musste, also gaben wir in ihrem Fall klein bei.

Ich begrüßte meine Patientin und erkundigte mich, was die Erkältung mache, derentwegen ich sie vor zwei Wochen das letzte Mal behandelt hatte.

»Besser, viel, viel besser«, bekam ich zur Antwort. Danach hustete sie erst mal ausgiebig.

»Aha, aha.« Ich begann mit der Untersuchung. Auf der linken Lunge waren grobe Rasselgeräusche zu hören, die beim letzten Mal noch nicht da gewesen waren. Die Herzfrequenz war besorgniserregend schnell und das Fieberthermometer zeigte einen Wert von 38,8 Grad.

»Das sieht aber eher alles viel, viel schlechter aus«, meinte ich. »Sie müssten eigentlich ins Krankenhaus für ein paar Tage.«

Frau Frank zog sich die Strickjacke fest um die Brust und unterdrückte mühsam den nächsten Hustenanfall. »Das geht auf gar keinen Fall. Wo soll ich denn mit Franzl hin?«

»Wenn Sie so weitermachen und nicht mehr auf sich achten, dann können Sie sich irgendwann gar nicht mehr um ihn kümmern.« Manchmal war es einfach unumgänglich, die harten Fakten auszusprechen.

»Können Sie mir nicht bessere Tabletten geben?«, fragte mich Frau Frank bekümmert.

Ich zog automatisch einen Vergleich mit meiner Vermieterin, Käthe Winterberg, die rein optisch die zehn Jahre jüngere Ausgabe von Christel Frank war. Frau Frank hatte ihr Leben lang Flure in Mietshäusern und Arztpraxen geputzt, *freischaf-*

fend, wie sie betonte. Was bedeutete, dass sie immer privat krankenversichert gewesen war und die hohen Beiträge heute von dem bisschen Rente, das sie bekam, nicht mehr zahlen konnte. Frau Winterberg hatte ihr Leben lang Männer mit Mietshäusern gesammelt, war immer brav mit ihrem jeweiligen Gatten bei der AOK mitversichert gewesen und hätte deswegen gar keine Renteneinkünfte gebraucht, bekam sie aber trotzdem. Beide Frauen waren mit der gleichen, blinden Tierliebe gesegnet. Nur konnte sich meine Vermieterin diese Liebe leisten. Sie fütterte Clapton mit Gehacktem aus Rinderfilet, weil der mit seinen wenigen Zähnen, die ihm nach dem ominösen Unfall geblieben waren, nicht mehr richtig kauen konnte, zumindest ihrer Meinung nach. Bei mir knackte er Trockenfutter ohne Mühe. Ich fragte mich, wann Frau Frank das letzte Mal Rinderfilet gegessen hatte.

»Ich gebe Ihnen auf jeden Fall ein Antibiotikum, das Sie zweimal täglich bis zum Ende nehmen müssen. Sie müssen übermorgen unbedingt noch mal zur Kontrolle kommen. Hier ist eine Karte, auf der Sie sehen können, wann der Wagen an welchem Platz steht. Wenn es vorher schlimmer wird, kommen Sie zu mir ins Margarethen-Krankenhaus. Denken Sie dran, Sie müssen für Franzl gesund bleiben.«

»Ja, so ein Tier ist schon eine Verantwortung, aber er ist doch das Einzige, was ich noch im Leben habe.«

Die Patientin stand auf und ich holte die Plastiktüte, die ich aus der Klinik mitgebracht hatte, unter der Untersuchungsliege hervor, zog einen dunkelblauen Daunenmantel heraus und hielt ihn Frau Frank hin. »Den ziehen Sie bitte über, und wehe, ich erwische Sie vor Ende März einmal ohne damit auf der Straße!«, drohte ich ihr scherzhaft.

»Das kann ich doch nicht annehmen.«

»Doch, das müssen Sie sogar, sonst bin ich tödlich beleidigt.«

Ich half ihr in den federleichten, aber warmen Mantel, der

ihr fast bis zu den Knöcheln reichte und ihren schmalen Kopf noch kleiner wirken ließ.

»Da ist ja noch was in der Tasche«, meinte Frau Frank und hielt mir eine Packung Schokoriegel vor die Nase. »Meine Lieblingssorte, mit Erdnüssen.«

»Na, so ein Zufall, die hat dann wohl der Vorbesitzer des Mantels drin vergessen«, konstatierte ich und zwinkerte Frau Frank zu.

»Sie sind schon ein rechter Mensch«, meinte sie und verließ verlegen mit Franzl an der Leine den Wagen.

Gert Hofmann, der Krankenpfleger, der an diesem Nachmittag mit mir im Einsatz war, meinte lapidar: »Man kann nicht allen helfen.«

»Stimmt, aber das ist noch lange kein Grund, keinem mehr zu helfen.«

16:31 Nachricht von Priscilla
Na ja, wenn ich schon einem Sittenstrolch zum Opfer fallen muss, dann wenigstens einem, in dessen Familie das Tradition hat. Nix schlimmeres als mit Anfängern zu arbeiten! Die Finca ist einfach zu finden. Der Straße nach Inca folgen und kurz hinter Sineu abbiegen, da wo das Werbeschild mit dem Veteranostier steht, und am Feldweg an der Eselkacke rechts abbiegen.

17:03 Nachricht an Ricky Brandstätter
Anfänger sind ein Graus ... man will ja auch schließlich keine Jungfrau mehr! Antibiotikum ist unterwegs. Hätte aber nicht gedacht, dass Du so hartnäckig an den Keimen klebst.

17:08 Nachricht von Priscilla
Ich dachte, alle Männer träumen davon, eine Jungfrau zur Frau zu machen?!?
Ist eher so, dass die Keime an mir kleben. Haben Geschmack, die kleinen Kerlchen.

17:09 Nachricht von Priscilla
Bist ab sofort mein Lieblingsschamane! Echt! Werde keine anderen Schamanen mehr haben neben Dir!
17:18 Nachricht an Ricky Brandstätter
Nee, danke, das hat mir in der Vergangenheit gereicht.
Ist der Vorteil, wenn man älter wird: Die Zahl der zu entjungfernden Mädels geht gegen null.
Ich kann's ja nicht verdenken … wenn man als Keim schon mal ein lecker Häppchen gefunden hat. Hoffe, das trifft nicht auf alle Arten von Parasiten zu!
Durch deine schmackhaft einfache Beschreibung riskierst Du zunehmend, dass ich den Weg zu Dir aus einer Laune heraus finde. Das sollte Dir bewusst sein!
Endlich, einziger Hof- und Hausschamane im Reiche der wunderschönen Hexenmeisterin! Ich bin an der Spitze meiner steilen Karriere!
17:21 Nachricht von Priscilla
Ja, siehst, all die Zweifel der vergangenen Jahre, ob Du nicht besser was anderes als Arzt geworden wärst, sind jetzt zu Staub zerfallen! Du hast Deine Bestimmung gefunden!
Nachfrage: Steile Karriere? Aha!
17:22 Nachricht von Priscilla
Nach der Eselskacke wird's dann etwas verzwickt!
17:23 Nachricht von Priscilla
Keime umschwirrn mich wie Mottääään das Licht!
17:23 Nachricht von Priscilla
Ich glaub, ich fantasiere langsam …
17:29 Nachricht von Priscilla
He, sag mal, Du Ferkel, hab es wegen meines dehydrierten Zustandes jetzt erst gemerkt: Du hast das vorhin mit dem Hintern pudern zweideutig gemeint! Pfui Spinne!
17:31 Nachricht an Ricky Brandstätter
Äh, ehrlich gesagt, habe ich es mal ausnahmsweise nicht

zweideutig gemeint … also, wer ist hier das Ferkel? Tz, tz, tz, was für eine schmutzige Fantasie …
17:32 Nachricht an Ricky Brandstätter
… oder wie Fliegen die Sch …
17:33 Nachricht an Ricky Brandstätter
Na gut, so steil war sie nicht … Aber ich versuche wenigstens, die Illusion aufzubauen!
                                       17:35 Nachricht von Priscilla
                                        Der Copperfield der Notaufnahme!
17:43 Nachricht an Ricky Brandstätter
Eher der Houdini der Hypochonder!
                                       17:43 Nachricht von Priscilla
                                                    Klingt echt nach Karriere.

Von Ricky kam eine Mediendatei mit Problemlösungsvarianten verschiedener Nationen grafisch dargestellt.

    Deutschland ---------------------------------------
    Lösung!

    England ------------ 5 o'clock tea ----------------
    Lösung!

    Spanien ----- vino tinto ---- siesta ---------------
    Lösung!

    USA ------------------- Pistolenschuss -----------
    Lösung!

    Italien -- wirre Linie -- Espresso -- grübel -----
    Lösung!

17:44 Nachricht von Priscilla
Hat mir 'ne Freundin aus Rom geschickt!
17:45 Nachricht an Ricky Brandstätter
Sehr schön, ich nehm' die spanische Variante.
17:48 Nachricht von Priscilla
Passt auch am besten zu Dir. Bist bestimmt die Wiedergeburt eines spanischen Grande aus dem 17. Jahrhundert oder so! Deine Stimme klingt auch völlig verändert, wenn Du spanisch oder mit Akzent sprichst. Guckst Du dann auch anders?
18:05 Nachricht an Ricky Brandstätter
Por supuesto, mi amor! Lege dann einen heißblütigen Blick auf und ziehe ein wenig arrogant die Oberlippe hoch.
18:26 Nachricht an Ricky Brandstätter
Wiedergeburt eines Grande gefällt mir! Würde dann in meinem Weingut residieren und holde Mädels aus Sineu empfangen … Wie in meinem Traum …
18:48 Nachricht von Priscilla mit Bilddatei
Wundervolle Aussichten, aber derzeit hab ich nur Edwina und Lars und 'ne Flasche Veterano. Lese denen aus Robinson Crusoe vor, damit ich das Sprechen nicht verlerne. Heul!

Ricky schickte ein Foto von einem Stillleben mit Brandyflasche, einem Stofftier und einem Apfel, auf dem mit schwarzem Stift ein Gesicht gemalt war.

18:53 Nachricht von Priscilla
Und träum von arroganten, selbstverliebten Scheißerchen in Strumpfhosen, Overknees und mit verächtlich hochgezogener Oberlippe … bzw. nur von einem … seufz …
19:07 Nachricht an Ricky Brandstätter
Da bekommt man ja fast Mitleid … wobei das Gesicht von Edwina ja noch echt fröhlich dreinschaut. Ich kann immer noch kurzfristig einen Flug nehmen und dann an

der Kacke rechts abbiegen ...

19:12 Nachricht von Priscilla
Klar, wollt ich schon immer mal, ein erstes Date mit Durchfall, gesprungenen Lippen und fettigem Haar! Sehr vielversprechend! Will funkelnde Augen und glänzendes Haar haben und voller Charme und Esprit sein, wenn wir uns wiedersehen. Poetry in motion sozusagen. Nicht schlapp und Kampfgas produzierend.

19:14 Nachricht von Priscilla
Warum soll Edwina nicht fröhlich gucken? Die hat es gut bei mir.

19:22 Nachricht an Ricky Brandstätter
Na ja, Edwina ist dem Giftgas ja auch schon einige Zeit ausgesetzt, was man an dem grenzdebilen Blick schon erkennen kann ...

19:25 Nachricht an Ricky Brandstätter
Poetry in motion ... na, da werd ich ja immer neugieriger. Mach mich mal auf den Weg ... gibt heute Navigationsabend. Da hocken Trottel wie ich über riesigen Karten, malen Kurse drauf und berechnen Gezeiten ...

19:27 Nachricht von Priscilla
Mal halt ein paar Herzchen und Blümchen, dann hebst Dich wohltuend von den anderen Trotteln ab.

19:37 Nachricht an Ricky Brandstätter
Werd mal Neptun mit Meerjungfrau probieren.

19:39 Nachricht an Ricky Brandstätter
Lass mich von der Silhouette meiner Göttin auf dem Steg inspirieren.

Nach dem Segelkurs machte ich mir gefrorene Chickenwings im Backofen warm und tippte, nachdem ich mir die fettigen Finger der Einfachheit halber abgeleckt hatte.

23:02 Nachricht an Ricky Brandstätter
Bin etwas müde.

23:03 Nachricht von Priscilla
War der Kurs anstrengend?

23:06 Nachricht an Ricky Brandstätter
Kurs war schon anstrengend und über die letzten Tage hat sich doch ein wenig Stress angesammelt ... Hätte dringend Lust auf etwas Kuscheln mit meinem Feuervogel ...

23:08 Nachricht von Priscilla
Ich dachte, ich sei 'ne Flugente ... Aber kuscheln wäre echt schön.

23:15 Nachricht von Priscilla
Kannst du Spanisch oder tust Du nur so???

23:16 Nachricht an Ricky Brandstätter
Kann einige Brocken ... Essen bestellen ... Nach dem Weg fragen ...

23:16 Nachricht von Priscilla
Hauptsache, es reicht, um mich wuschig zu machen.

23:16 Nachricht an Ricky Brandstätter
Hab zwar irgendwann Kurse gemacht, aber davon ist nicht mehr viel da.

23:16 Nachricht an Ricky Brandstätter
Das reicht mir vorerst auch vollkommen ...

23:17 Nachricht an Ricky Brandstätter
... muss irgendwann dabei nur noch in Deiner Nähe sein.

23:18 Nachricht von Priscilla
Fall ich in Ohnmacht, Señor.

23:18 Nachricht an Ricky Brandstätter
Wuschig machst Du mich übrigens auch ...

23:19 Nachricht von Priscilla
Ich mach doch nix.

23:19 Nachricht an Ricky Brandstätter
Großes Kino, dafür, dass ich Dich noch nicht bewusst vor die Linse bekommen hab!
23:19 Nachricht an Ricky Brandstätter
Weiß auch nicht so recht, wie … Aber Du schaffst es!
23:20 Nachricht von Priscilla
Dabei hab ich Dich noch nicht mal mit Zungenspitze zwischen den Zähnen angelächelt! Standardtrick!
23:22 Nachricht von Priscilla
Das sind meine Vibrations, die Du spürst!
23:25 Nachricht an Ricky Brandstätter
Soso … Vibrations?!? Kein Wunder, dass meine nicht ankommen, wenn Du dauernd auf Senden statt auf Empfangen gestellt hast!
23:25 Nachricht an Ricky Brandstätter
Wie will man da nur gesund werden!
23:26 Nachricht von Priscilla
So, stelle jetzt auf Empfang! Mach mal! Bin ganz offen!
23:26 Nachricht von Priscilla
Ich spür nix!
23:27 Nachricht an Ricky Brandstätter
Bist wohl schwer stimulierbar?
23:27 Nachricht von Priscilla
Au contraire, mon cher!
23:28 Nachricht von Priscilla
Bin empfindsam wie Sau!
23:29 Nachricht von Priscilla
Eine einzige erogene Zone, bis auf die Knie!
23:29 Nachricht an Ricky Brandstätter
Da kann man ja Schützer drüberziehen …
23:29 Nachricht an Ricky Brandstätter
… das wäre doch ein Strickprojekt für Dich!

23:30 Nachricht von Priscilla
Kann mir ja Deine Mama stricken. Ich dachte, die wäre vom Fach.

23:30 Nachricht an Ricky Brandstätter
Ich lach mich kaputt …

23:30 Nachricht an Ricky Brandstätter
Ist doch herrlich, über die eigenen Witze zu lachen …

23:31 Nachricht von Priscilla
Wenn es sonst keiner tut!

23:31 Nachricht an Ricky Brandstätter
Selber gestrickt ist doch viel erotischer!

23:32 Nachricht von Priscilla
Bei meinem Tempo wird's aber Pfingsten oder so.

23:32 Nachricht an Ricky Brandstätter
Müssen wir halt Deine Aerobic-Stulpen höher ziehen!

23:32 Nachricht von Priscilla
So einfach deine Pfoten weglassen geht nicht?

23:33 Nachricht von Priscilla
Hast Dich nicht im Griff?

23:33 Nachricht an Ricky Brandstätter
Mein Handy stirbt gleich wieder …

23:34 Nachricht von Priscilla
Aerobicstulpen??? Bin ich Nena? Haben wir die 80er? Soll ich mir die Achselhaare wachsen lassen?

23:34 Nachricht an Ricky Brandstätter
… im Eifer des Gefechts vergreift man sich leicht mal.

23:35 Nachricht an Ricky Brandstätter
Will ja nicht, dass durch eine kleine falsche Berührung die Nacht rüde endet.

23:35 Nachricht von Priscilla
Sehr rücksichtsvoll!

23:36 Nachricht von Priscilla
Bist Du leidenschaftlich?

23:36 Nachricht von Priscilla
Sprichst Du beim Sex?
23:36 Nachricht an Ricky Brandstätter
Reiner Eigennutz.
23:36 Nachricht von Priscilla
Rüde, gutes Wort! Long time no hear!
23:36 Nachricht an Ricky Brandstätter
Leidenschaftlich, glaub schon ... Sprechen: ein wenig find ich schön.
23:37 Nachricht an Ricky Brandstätter
Wie isses bei Dir?
23:37 Nachricht von Priscilla
Klingt gut. Völliges Schweigen nervt!
23:38 Nachricht von Priscilla
Bin ja nicht taubstumm!
23:38 Nachricht an Ricky Brandstätter
Ist mir schon aufgefallen ...
23:39 Nachricht von Priscilla
Hahaha! Du bist lustig! Dich töte ich zuletzt!
23:39 Nachricht an Ricky Brandstätter
... do muas ma d'Gosch ekschtra heschlaga.
23:39 Nachricht an Ricky Brandstätter
Bin mehr der Taktile.
23:40 Nachricht von Priscilla
Hat Dir schon mal jemand gesagt, dass du sehr unterhaltsam und witzig bist? Hä?
23:41 Nachricht von Priscilla
Bin ein taktiler Traum! Super Haptik!
23:41 Nachricht an Ricky Brandstätter
Gab es hin und wieder ... höre es aber von Dir immer wieder gern. Schlimm, wie sehr ich mich nach Dir sehne!
23:42 Nachricht von Priscilla
Alle wollen nur meinen Körper, seufz ...

23:43 Nachricht an Ricky Brandstätter
Mit freuen meinte ich eher das Komplettpaket … Finde mich immer seltsamer.

23:43 Nachricht von Priscilla
Inwiefern? Willst Du reden?

23:44 Nachricht an Ricky Brandstätter
Hab noch nie jemanden so vermisst, ohne ihn je gesehen zu haben … schwer zu begreifen.

23:45 Nachricht an Ricky Brandstätter
Mit Dir reden? Immer! Stundenlang … nächtelang!

23:45 Nachricht an Ricky Brandstätter
Oh je, sollte ins Bett. Komm immer mehr ins Schwärmen.

23:45 Nachricht von Priscilla
Geht mir ähnlich. Hatte gestern Abend große Probleme, das Telefonat zu beenden.

23:46 Nachricht von Priscilla
Konnte mich nicht von Dir trennen, bin grad ziemlich unzurechnungsfähig.

23:47 Nachricht an Ricky Brandstätter
Na, dann bleib das bitte noch ein wenig … So 50 Jahre.

23:48 Nachricht an Ricky Brandstätter
Musste mich vorhin zurückhalten, um nicht bei Dir anzurufen, aber so lange wie wir schon wieder rumschreiben, hätten wir auch telefonieren können.

23:50 Nachricht von Priscilla
Stimmt! Kannst ruhig anrufen, wenn Dir danach ist! Aber jetzt sollten wir in die Heia gehen, d.h. ich bin schon!

23:50 Nachricht von Priscilla
Zurückhaltung ist unangebracht in unserer Situation! Schlaf gut!

23:53 Nachricht an Ricky Brandstätter
Schlaf gut, Du verrückte Henne. Und morgen früh schön heile sein! Wird langsam Zeit! Und keine Zurückhaltung mehr …

23:54 Nachricht von Priscilla
Ruf Dich um halb zwei an, da haben wir Einwöchiges!
23:54 Nachricht von Priscilla
Auf uns mit Gebrüll!
23:55 Nachricht an Ricky Brandstätter
Haha. Supergeil! Dann isses doch aus alter Tradition eher an mir, mich zu melden.
23:56 Nachricht von Priscilla
Stimmt, kriegst bis dahin den Promillepegel hin?
23:58 Nachricht an Ricky Brandstätter
Hab gerade noch 'ne Pulle Wein ans Bett gestellt!
23:58 Nachricht an Ricky Brandstätter
He, hab auch meine Talente!
23:59 Nachricht von Priscilla
Das durchgeknallteste erste Telefonat in meiner Laufbahn! Filmreif! Bis später!
00:04 Nachricht an Ricky Brandstätter
Tja, da kann ich ja schon mal auf was stolz sein! Bis nachher.

TAG 6
SUIZID & SUCHTPOTENTIAL

05:25 Nachricht von Priscilla
Oh weh, haben wir unser Jubiläum verpennt!

06:22 Nachricht an Ricky Brandstätter
Das Schöne ist, dass wir jede Woche aufs Neue die Chance haben, uns mit betrunkenen Anrufen zu beglücken.

06:24 Nachricht an Ricky Brandstätter
Solltest Du nicht schlafen? Was macht Dein Darmgedöns?

06:26 Nachricht von Priscilla
Ist ein bissele besser, heißt, ich produzier nicht mehr so viel Gas, aber eher weil ich nix gegessen habe. Ich schlaf gleich weiter.

06:26 Nachricht von Priscilla
Gehst arbeiten?

06:36 Nachricht an Ricky Brandstätter
Jupp. Bin froh, dass ich morgen Spätdienst hab und etwas länger pennen kann. Hab da doch Nachholbedarf … dann träum mal schön weiter. Wirst sehen, es geht heute rasant aufwärts.

06:37 Nachricht an Ricky Brandstätter
Winter ist Scheiße …

06:38 Nachricht von Priscilla
Danke, Dir viel Spaß im Hospital des Grauens! Ich hab noch zwei Folgen Grey's Anatomy. Hast recht, war gestern nach so vielen Tagen im Bett und auf der Couch unter dicken Decken ganz erstaunt, wie kalt die Welt selbst hier sein kann! Brrrrr!

06:39 Nachricht von Priscilla
Wir sollten auswandern …

06:40 Nachricht an Ricky Brandstätter
Bin dabei! Mach doch heute mal einen Plan für unsere

Flucht und die Weltherrschaft und so …

06:42 Nachricht von Priscilla
Ich such uns 'nen Platz, an dem wir unseren Thron aufstellen können, vorzugsweise unter Palmen! Habe Sehnsucht nach einer tropischen, samtschwarzen Nacht und den Sternen und den Geräuschen und nach barfuß laufen am Strand …

06:43 Nachricht von Priscilla
Bin zwar Schuhfreak, aber immer heilfroh, wochenlang in Flipflops rumlaufen zu können!

06:45 Nachricht von Priscilla
In Australien suchen die doch immer Ärzte, da ist alles so lässig.

06:48 Nachricht an Ricky Brandstätter
Wochenlang Havaianas tragen ist das Ziel! Mir fehlt der salzige Geschmack am Meer und das Plätschern der Wellen … buhuuuu!

06:49 Nachricht an Ricky Brandstätter
Australien wäre chillig! BUCHE!

06:51 Nachricht von Priscilla
Quantas fliegt jeden Abend ab Frankfurt nach Sydney. Geniale Stadt! Und dann im Auto Richtung Cairns mit Umweg über die Blue Mountains … seufz!

06:53 Nachricht von Priscilla
Kuba dürfte dir auch gefallen … Die ganze Insel ist Musik unterlegt mit Rumgeschmack.

06:56 Nachricht an Ricky Brandstätter
War bisher ja leider nur in Melbourne und Sydney … Kuba fand ich auch gut. Havanna ist eine faszinierende Stadt.

06:56 Nachricht an Ricky Brandstätter
Und als Hemingway-Fan natürlich Eldorado …

07:00 Nachricht von Priscilla
Na, wenn das so ist, ist Key West Pflicht. Der Typ wusste, wo es schön ist.

07:05 Nachricht an Ricky Brandstätter

Da gehen wir auch hin … bei Reisen musst mich nicht lange fragen … oh, je, da werden wir uns gegenseitig ganz schön hochschaukeln.

07:06 Nachricht von Priscilla

Die Welt ist unser!

09:15 Nachricht von Priscilla

Hab tatsächlich von Dir geträumt. Seltsam, oder?

09:23 Nachricht an Ricky Brandstätter

Nee, toll! Mach 'ne Gewohnheit draus … Oder war es was Gruseliges?

09:29 Nachricht von Priscilla

War mehr so 'ne Momentaufnahme, und Du warst Standbild mit Stimme. Habe den Trauminhalt vergessen, Dich nicht!

10:18 Nachricht an Ricky Brandstätter

Sehr gut, ist ja noch ausbaufähig.

10:38 Nachricht von Priscilla

Das nächste Mal lasse ich Dich ein Stück laufen!

10:39 Nachricht von Priscilla

Habe gerade Deine Buchtipps von neulich bestellt. Der Versender ist in UK und schreibt mir: ›Wir schiffen auch am Wochenende‹ – ist wohl besser für die Blase!

11:33 Nachricht an Ricky Brandstätter

Ich find auch, ein wenig Bewegung könntest Du mir schon gönnen … Aber nicht, dass es dann ein Stummfilm wird.

Die sind schon etwas komisch da drüben. Vielleicht ist es vornehmer immer nur nach der Teatime am WE.

11:37 Nachricht von Priscilla

Das kommt, weil die schon zum Frühstück so komische Sachen essen. Das muss einen Menschen doch negativ beeinflussen. Hab grad im Garten in der Sonne gesessen mit Wolldecke über den Beinen! Bin rekonvaleszent!

11:38 Nachricht von Priscilla
Stummfilm? Ich kann ja ab und zu: Oh mein Gott! stöhnen.
11:40 Nachricht von Priscilla
Fühl mich wie die Titelheldin einer Puccini-Oper. Blutleer und immer kurz vor dem letzten Atemzug!
12:11 Nachricht an Ricky Brandstätter
Du bist echt ein Scherzkeks ... als Tosca würdest Du Dich bestimmt gut machen. Aber gut, dass es langsam aufwärts geht. Und gegen so ein paar laszive Seufzer ist nichts einzuwenden.
12:16 Nachricht von Priscilla
Benny kann man erstklassig stöhnen! Kein ›r‹ drin aber zwei geile Vokale! Ich übe schon mal!
12:51 Nachricht an Ricky Brandstätter
Zum Glück heiß ich nicht Hans-Dieter.
13:06 Nachricht von Priscilla
Kenne tatsächlich einen Hans-Dieter, der war schon mal in einem Hanuta als Klebebild drin.

Ich las die letzte Nachricht von Ricky auf dem Beifahrersitz des Notarztwagens, den Günter ohne H durch den mittäglichen Verkehr nach Bad Canstatt lenkte. Eine Frau war aus dem vierten Stock vom Balkon eines Mehrfamilienhauses gesprungen.

Wie so oft zeigte eine Menge Neugieriger an, wo genau sich die Verletzte befand. Günter hielt direkt hinter der Meute, die sich daraufhin wie das rote Meer teilte. Als wir ausstiegen, kam auch schon der Rettungswagen gefahren.

Die Frau lag direkt vor dem sechsstöckigen Haus auf dem Boden, der Oberkörper war in einem Blumenbeet mit Erde und dichter Bepflanzung gelandet, der Unterkörper auf dem gepflasterten Weg vor dem Beet. Sie hatte die Augen geschlossen und war nicht ansprechbar. Jemand hatte eine Thermodecke aus einem Autoverbandskasten über sie gebreitet.

Der Mann, der neben ihr auf dem Boden saß und ihren Oberkörper auf seinen angewinkelten Beinen hielt, sah kurz zu mir hoch, als ich mich auf die andere Seite kniete, und erklärte mir kopfschüttelnd: »Meine Frau. Sie ist einfach so gesprungen. Sie ist im Streit vom Essen aufgestanden, wollte eine Zigarette auf dem Balkon rauchen, und als ich mich dazu gestellt habe, um mit ihr zu reden, ist sie gesprungen. Ohne Vorwarnung.« Dann begann er, schluchzend zu weinen. »Das ging alles so schnell.«

»Sie können Ihre Frau loslassen, ich kümmere mich um sie.«

Vorsichtig legte er den Oberkörper der Frau auf dem Boden ab. Ich bat Günter ohne H, sich des Ehemanns anzunehmen, weil ich beide Rettungssanitäter brauchen würde, um die Schwerverletzte zu versorgen. Ihre Atmung war flach, mit hoher Frequenz. Mit Halskrause versehen und auf eine Vakuummatratze gebettet, brachten wir sie in den Rettungswagen. Ich intubierte und legte beidseitig Thoraxdrainagen an, ehe wir losfuhren. Eine Viertelstunde später übergab ich meine Patientin in der Notaufnahme an das Schockraumteam.

Im Schockraum stießen mehrere Kollegen hinzu. Nach und nach zeigte sich das ganze Ausmaß der Verletzungen. Dank der Tatsache, dass sie mit dem Oberkörper in dem relativ weichen Blumenbeet aufgekommen war, hatte sie trotz der Höhe des Sturzes nur einen Halswirbelkörper und den linken Ellbogen gebrochen sowie eine beidseitige Rippenserienfraktur. Der Unterkörper, mit dem sie wohl zuerst aufgeschlagen war, und dann auch noch auf das harte Betonpflaster, sah viel übler aus. Die Frau hatte eine Milz- und Leberruptur, eine Fraktur des linken Oberschenkels und multiple Beckenfrakturen.

Kurz vor 16 Uhr wurde die Patientin in den OP gebracht, wo versucht würde, mit Notoperationen den Körper zu stabilisieren. Ich hatte kein gutes Gefühl hinsichtlich des Erfolgs der

Maßnahmen. Mit so massiven Verletzungen zu überleben, war für einen menschlichen Körper auch mit Hilfe der modernen Intensivmedizin ein ziemlich schwieriges Unterfangen.

Auf dem Weg zurück zur Leitstelle machte ich mir Gedanken darüber, wie ein Streit zwischen Eheleuten am Mittagstisch so eskalieren konnte, dass ein Partner beschloss, vom Balkon zu springen, um dem Ganzen ein Ende zu bereiten. Was musste da im Vorfeld alles schiefgelaufen sein, dass sie keinen anderen Ausweg mehr sah?

Schließlich brachte ich mich mit einer Reihe wunderbar trivialer Nachrichten an meine Lieblingsfrau, die zu meiner Freude auch gleich antwortete, auf andere Gedanken. Nach nur wenigen Tagen war Señorita Koch eine absolute Bereicherung meines Lebens geworden, auf die ich bereits gezielt zurückgreifen konnte, wenn mir danach war. Die Kommunikation mit Ricky war wie Tagebuch schreiben, nur mit der Option auf kluge, witzige, unterhaltsame und berührende Antworten.

16:12 Nachricht an Ricky Brandstätter
Im Hanuta sein ist schon noch eines meiner Lebensziele ...

16:17 Nachricht von Priscilla
Nee, nee, Hase! Nix Klebebild, da endest Du doch nur auf einem Schulranzen oder an einem Laternenpfosten! Unterm Nobelpreis brauchst mir nix heimbringen!

16:21 Nachricht an Ricky Brandstätter
Bravo! Jetzt hast Du einen meiner Lebensträume wie eine Seifenblase platzen lassen ...

16:22 Nachricht an Ricky Brandstätter
Ja, hast Du noch nicht meine Qualitäts-Doktorarbeit gelesen? Wenn da in Stockholm nicht die Vetternwirtschaft herrschen würde, wäre es schon längst so weit ... immer dieser Druck.

16:29 Nachricht von Priscilla
Heul nicht! Schreib lieber schon mal Deine Rede und überleg Dir, was Du mit der Kohle machen willst. Haus oder Segelboot?
16:41 Nachricht an Ricky Brandstätter
Ja, hallo! Beides natürlich! Wohin sollen wir das Haus stellen?, ist eher die Frage. Wie viele Bäder? Wie viel Fuß soll die Jacht lang sein … mit Koch oder ohne? Verdammt, tun sich da auf einmal viele Fragen auf!
Die Rede habe ich schon lange in der Schublade und oft schon vor dem Spiegel geübt … lasst mich also zu meinem Volk sprechen.

16:44 Nachricht von Priscilla
Ich hätte gern a house with a view. Am besten am Wasser. Mind. 2 Bäder und ein getrennter Gästeflügel für Besucher!
16:45 Nachricht von Priscilla
Beim Boot habe ich keine Präferenzen. Kein Koch! Ich will mit dem Käpt'n ungestört Sex in der Kombüse machen können!
16:45 Nachricht an Ricky Brandstätter
Ja, view ist mir das Wichtigste … Und ein Whirlpool. Und ein Angestelltenhaus.
16:45 Nachricht an Ricky Brandstätter
Jetzt mach ich mal ein kleenes Nickerchen. Mache Notarzt und hatte gerade einen schwierigen Einsatz. Es ist grad nix los. Und um sieben ist Feierabend.
16:46 Nachricht von Priscilla
Schlaf Dich aus! Hast es verdient!
16:46 Nachricht von Priscilla
Ich sehe, wir verstehen uns!
16:46 Nachricht an Ricky Brandstätter
… werd gleich noch mal den Sex in der Kombüse Revue passieren lassen …
16:47 Nachricht von Priscilla
Süße Träume, Dein Smutje. Kuss!

16:47 Nachricht an Ricky Brandstätter
Wird ein Traum mit Bewegung!!!
16:47 Nachricht von Priscilla
Hihi!

Anschließend musste ich meine geschrumpften Vorräte an Tiefkühlpizza, Chicken Wings und Claptonfutter auffüllen.

19:18 Nachricht an Ricky Brandstätter
Lust auf ein gediegenes Telefonat über Weltfrieden?

Wenige Sekunden nachdem ich diese Nachricht gesendet hatte, klingelte mein Festnetzanschluss. Auf Ricky war Verlass.

20:21 Nachricht an Ricky Brandstätter
War mal wieder die helle Freude, mit Dir zu quatschen … könnte ich mich seeehr daran gewöhnen …
20:22 Nachricht von Priscilla
Hab ich schon, mich dran gewöhnt. Du hast Suchtpotenzial.
20:25 Nachricht an Ricky Brandstätter
Schön weiter an Deiner Gesundheit arbeiten! Freu mich so tierisch drauf, Dich endlich mal zu treffen! Craving! Sucht!
20:26 Nachricht an Ricky Brandstätter
Treff mich mit dem Brüderchen auf ein Bierchen …

Ich war mit meinem Bruder Björn um 21 Uhr im *Bier&Bühne*, einer kleinen Hausbrauerei im Stuttgarter Westen, verabredet. Im *Bier&Bühne* gab es nicht nur ausgezeichnetes selbst gebrautes, naturtrübes Bier, sondern auch ausgezeichnete hausgemachte Musik. Für das gute Bier war der Chef des Etablissements, Hans Wenzel, zuständig, für die gute Musik seine Frau Carlotta, die dafür sorgte, dass auf der kleinen, aber feinen Bühne regelmäßig gute Livemusiker auftraten. Am heutigen Abend war eine Unplugged Session mit Akustikgitarren und

Mundharmonika geplant, bei der Dobro mit seinen Kumpels spielen wollte und zu der er mich eingeladen hatte. Unplugged brauchte immer gute Sänger. Ich hatte eingewilligt, mal vorbeizuschauen und Dobro vorige Woche meine Playlist geschickt, damit er und die Jungs sich vorbereiten konnten.

Sein Kommentar zu der Liste war typisch: »Ey, Alter, willst mal wieder die Weiber zum Heulen bringen?«

Das wollte ich nicht. Mir war nur an dem Tag, an dem ich die Lieder zusammengestellt hatte, selbst zum Heulen gewesen. Es war einer dieser depressiven Wintertage, an denen den ganzen Tag kein Sonnenstrahl zu sehen gewesen war. Zudem war die Schicht in der Klinik übel stressig gewesen und nach Feierabend wartete mal wieder niemand auf mich, der mich trösten und mit mir kuscheln wollte. Auf Clapton war auch nicht immer hundertprozentig Verlass, seit er Frau Winterberg in die Fänge geraten war. Nicht mal meine Katze war mir treu! Der Weltschmerz hatte mich wieder einmal voll im Griff gehabt, und ich hatte mich gefragt, ob man mit Ende dreißig und einem Doktortitel in Medizin tiefer fallen konnte.

Björn hatte ein wenig gemault, als ich ihm den Treffpunkt vorgeschlagen hatte: »Oh, nee! Gibt das wieder so ein schmalziges Rumgesinge?«

Obwohl er mit meinem Gesang nicht wirklich etwas anfangen konnte (Musik war eine Leidenschaft, die mein kleiner Bruder nicht kannte), hatte er eingewilligt, mich im *Bier&Bühne* zu treffen. Er wusste aus Erfahrung, dass mein *schmalziges* Gesinge das eine oder andere Frauenherz zum Schmelzen brachte, wovon er in seinem Leben auch schon gelegentlich profitiert hatte. Seine derzeitige Freundin Pia war das Überbleibsel einer solchen Nacht. Ursprünglich war Pia auf mich scharf gewesen. Es stimmte theoretisch schon, dass der Leadsänger die Mädels abbekam, aber Pia war weder optisch noch intellektuell mein Typ, also hatte ich sie Björn überlassen, der begeistert zugegriffen hatte.

Ich kam wie üblich zu spät, was nicht schlimm war, weil mein Bruder ebenfalls noch nicht da war. Pünktlich und Brandstätter passte nicht wirklich zusammen; ein Oxymoron sozusagen. Ricky war pünktlich, hatte sie erwähnt. Warum fiel mir eigentlich ständig und zu allem Ricky ein? Ich fand mich von Tag zu Tag merkwürdiger.

Ich setzte mich an die Bar, bestellte mir ein *Helles* und hörte Chako Müller, einem ausgezeichneten Sänger und Gitarristen, zu, der mit knallroter Bandana und Lederweste über einem runden Bierbauch aussah wie aus einem Nest der *Hells Angels* gefallen, wäre da nicht die alternativ angehauchte John-Lennon-Gedächtnisbrille gewesen. Dobro, wie üblich in T-Shirt und Cargohose in Konträrfarben, begleitete ihn auf seiner neuen Konzertgitarre, einem richtigen High-End-Instrument mit wunderschönem, vollem Klang. An diesem Abend, ganz ohne elektronische Instrumente, spielte Alexander Jung, ein recht guter Bassist, Mundharmonika. Er sah in seinem hellblauen Hemd aus wie ein Bankangestellter in mittleren Jahren und genau das war er auch.

Die kunterbunte Musikermischung spielte gerade *Nothing Ever Happens* von Manfred Mann, in dem es um die Vereinsamung und Dekadenz in unserer Gesellschaft ging. Den Anfang des Refrains sang ein Teil der Gäste mit. Ich mochte es generell nicht, wenn das Publikum mitmischte.

Bei meiner Lieblingszeile »*While American businessmen snap up Van Goghs for the price of a hospital wing*« war mein Bruder zu mir gestoßen.

»Habe ich deinen großen Auftritt verpasst, Bruderherz?«, fragte er und bestellte sich ebenfalls ein Bier.

»Nope, ich bin auch eben erst gekommen.«

»O. k., dann halte ich wohl besser die Klappe.«

Björn wusste, dass ich vor meinen musikalischen Darbietungen nicht gerne redete. Ich war nervös, egal wie groß oder klein das Publikum war. In dem großen Speisesaal der Hausbrauerei fanden sicher an die hundertfünfzig Personen Platz. Ich musste mich auch auf meinen Auftritt konzentrieren, innerlich abschalten, um auf der Bühne dann voll da sein zu können. Wir stießen schweigend unsere Gläser aneinander und tranken einen Schluck, als das Lied auch schon zu Ende war und Chako sich für den Applaus bedankte.

»Danke, danke. Vielen Dank, dass ihr die letzte Stunde so brav zugehört und mitgesungen habt. Wie zu Anfang angekündigt, haben wir noch eine kleine Überraschung für euch. Sozusagen einen Special Guest. Es ist uns nämlich gelungen, den schönsten Sänger Stuttgarts zu überreden, heute Abend ein kleines Gastspiel bei uns zu geben. Ladys, holt die Taschentücher raus, putzt damit erst die Brillen und trocknet später eure Tränen, denn der Mann sieht nicht nur unglaublich sexy aus, nein, er hat auch eine Stimme wie Samt und Seide mit einem Schuss Single Malt im Abgang. Noch einen Hinweis an die Damen: Er trinkt nicht nur Single, er ist es auch!«

Allgemeines Gelächter folgte und ich hatte das dringende Bedürfnis, Chako seine Gitarre über den Schädel zu ziehen. Den Vogel in der Beziehung *Öffentliche Peinlichkeiten* hatte meine Mutter abgeschossen, die ich mal zu einem Musikabend, bei dem ich sang, mitgenommen hatte. Sie saß voller Stolz auf ihren Filius im Publikum und hatte den Applaus und die Zustimmung des Publikums mit einem lauten, für alle deutlich hörbaren »Den habe ich gestillt!« kommentiert.

An Chakos Brust hatte ich noch nie gelegen, aber auch er wusste, was mich peinlich berührte: »Begrüßungsapplaus für die singende Koryphäe, Benny *The Medicus* Brandstätter!«

Meine fünfzehn Minuten Ruhm waren gekommen. Björn klopfte mir aufmunternd auf die Schulter. Ich liebte es, vor Publikum zu singen und die Reaktion auf meinen Gesang direkt von den Gesichtern ablesen zu können. Trotzdem war mir das Herz gerade in die Hose gerutscht. Mit weichen Knien betrat ich die kleine Bühne, setzte mich unter Applaus auf den Barhocker, den mir Chako freigemacht hatte, und richtete mein Mikrophon. Eigentlich war es perfekt, aber ich brauchte diese Übersprungshandlung. Chako war einer der Musiker, die mit dem Publikum sprachen, ehe sie loslegten. Ich setzte mich hin und wollte singen, mehr nicht.

Ich drehte mich zu den anderen Musikern um: »Ready when you are!«

Dobro begann den allseits bekannten Anfangsriff von *Smoke on The Water* zu spielen, diesen unsterblichen Klassiker von *Deep Purple*, den man in vielen Instrumentenshops ausdrücklich nicht mehr spielen durfte, wenn man eine Gitarre ausprobierte – nicht, weil es nicht gut war, sondern weil das Personal es schlichtweg nicht mehr hören konnte. Das Publikum im Saal pfiff und grölte in freudiger Erwartung des Rockoldies.

Ich grinste vor mich hin und wartete, bis der Scherzkeks an der Gitarre nach der fünften Wiederholung nicht mehr rockig in die Seiten klampfte, sondern plötzlich ganz sanft und leise einen G-Dur-Akkord spielte. *Starry, Starry Night*, ein Klassiker aus den *70ern* von Don McLean mit wunderschöner Melodie und melancholischem Text über das verkorkste Leben von Vincent Van Gogh. Für das gemeine Publikum gewöhnlich zu kompliziert und leise, um mitzugrölen. Ich begann zu singen. Chako sang zwei Refrains dezent im Background mit, den letzten überließ er wieder mir: »*They would not listen, they're not listening still, perhaps they never will*«. Ich ließ das letzte ›will‹ lange ausklingen.

Als der Applaus aufhörte, musste Chako doch kurz seinen Senf dazugeben. »Und jetzt werden seine Bilder zum Preis eines Klinikflügels gehandelt, Leute.«

Ich nickte zustimmend und mir war klar, dass die Jungs bewusst als letztes Lied vor meinem Auftritt *Nothing ever hap-*

pens gespielt hatten. Clever, clever.

Dobro spielte den ersten Akkord des nächsten Titels. Seine neue Gitarre war akustisch wirklich ein Traum und ein halber. *C'est la vie* von Emerson, Lake and Palmer, das man leider nicht mehr oft hörte. Auch hier waren Text und Melodie zum Schmachten schön. *Like a song out of tune and out of time. All I needed was a rhyme for you. C'est la vie!*

Ich gab alles, bis Alexander auf der Mundharmonika mit dem Zwischenspiel begann, dessen Melodie einen gedanklich in die Gassen von Paris versetzte, wenn man die Augen schloss. Mein Ziel, das Publikum so zu fesseln, dass sie die Klappe hielten und nicht wie oft üblich bei Gigs in Lokalen mit Bewirtung weiter erzählten, aßen und mit Besteck klapperten, war mittlerweile erreicht. Alles lauschte andächtig meinem Gesang.

Chako schien die Stimmung nicht verderben zu wollen und enthielt sich jeglichen Kommentars. Der nächste Song war zur Abwechslung mal was aus diesem Jahrtausend. *Say Something* von einer amerikanischen Zwei-Mann-Gruppe namens *A Great Big World*. Im Original war das Intro sehr sparsam instrumentiert. Ich begann *a capella* und dann, in Ermangelung von Christina Aguilera und einem ganzen Geigengeschwader, unterstützten mich die Jungs mit ihren Instrumenten. Chako übernahm die zweite Stimme, nicht ganz so gekonnt wie die gute Christina, aber er packte die hohen Töne sauber.

Als letztes Lied hatte ich *Hallelujah,* den Song von Leonard Cohen, gewählt, den ich allerdings haargenau wie Jeff Buckley sang und mit dem gleichen Stöhnen wie er begann. Chako und Dobro stöhnten ebenfalls kurz in ihre Mikrofone. Ich nickte lächelnd als Zustimmung. Dann begannen die einleitenden Gitarrenakkorde und ich sang mit einem Lächeln auf den Lippen, das im Laufe des Lieds verschwand, denn: *Love is not a victory march, it's a cold and broken Hallelujah!*

Chako, der im Gegensatz zu uns anderen mit seiner Musik auch Geld verdiente, hatte sich neulich gewundert, warum er ausgerechnet dieses Lied, das von den grausamen Seiten der Liebe handelte, so oft auf Hochzeiten vortragen musste. Wir wussten es uns auch nicht zu erklären.

Nach dem letzten langen *Hallelujah* setzte der Applaus ein und Chako kündigte eine kleine Pause an. Ich würde nach der Pause verschwunden sein und den Jungs die Bühne wieder überlassen. Ich war nicht der Typ für frenetischen Schlussapplaus und Zugaberufe.

Ich ging zu meinem Bruder an die Bar zurück und stürzte durstig mein Bier runter: Björn fragte: »Sag mal, bist du unglücklich verliebt? Das war ja eine Horrorsongauswahl. Da musst du ja trübsinnig werden, großer Bruder.«

»Nee, im Moment bin ich eher das Gegenteil«, erwiderte ich und lächelte, wie so oft in meinem Leben, Kränkungen und Ärger weg. Björn hatte kein Wort des Lobes über meinen Auftritt verloren, aber seinen Unwillen über die von mir ausgesuchten Lieder musste er mir direkt stecken.

Ehe der Ärger dann doch überhandnahm oder mein Bruder nachfragte, warum ich das Gegenteil von unglücklich verliebt sei, stießen Dobro, Chako und Carlotta, die Besitzerin des *Bier&Bühne*, zu uns und übernahmen das Gespräch. Wie hätte ich meinem kleinen Bruder auch erklären können, was gerade mit und in mir vorging, wenn ich es noch nicht einmal selbst verstand. Selbst das Singen dieser vier tief melancholischen Melodien konnte mich heute nicht runterbringen oder das breite Dauergrinsen für länger als die Dauer der Stücke aus meinem Gesicht vertreiben. Der ältere der Brandstätter Brothers war auf seltsame Weise gerade glücklich und voller Zuversicht! *Hallelujah!*

21:43 Nachricht von Priscilla
Dann kümmere Dich mal um dein Brüderlein! Ich schreib nix mehr!

22:12 Nachricht an Ricky Brandstätter
Na gut, werd mal versuchen, ein paar Stunden ohne Deine Nachrichten auszuhalten … wird schwer!

22:31 Nachricht von Priscilla
Stunden? Um elf bist gefälligst zu Hause, Hase!

22:53 Nachricht an Ricky Brandstätter
Huch … Scheiße … das wird knapp! Ist doch 'ne Ausnahme!

22:53 Nachricht an Ricky Brandstätter
Morgen bin ich wieder brav daheim!

22:54 Nachricht an Ricky Brandstätter
Müsste mein kranker Vamp nicht längst im Bett sein und gesund werden … by the way?

22:56 Nachricht von Priscilla
Bin im Bett, by the way!

22:57 Nachricht von Priscilla
Dann amüsier Dich noch! Und ruf an, wenn es nicht später als halb zwei und 1,6 Promille wird.

23:08 Nachricht an Ricky Brandstätter
O. k., bin erst bei 0,7 … träum süß!

23:09 Nachricht von Priscilla
Dann trink härtere Sachen!

23:10 Nachricht von Priscilla
Ein wenig Einsatz kann ich wohl erwarten! Tz!

23:23 Nachricht an Ricky Brandstätter
Oh, Schande, ich spreche ja mit einem Profi … Hab ich fast vergessen. Werde mich wieder voll bemühen.

23:24 Nachricht von Priscilla
Partners in crime … fällt mir da nur ein!

23:25 Nachricht an Ricky Brandstätter
Bist und bleibst ein kleines Miststück!

23:26 Nachricht von Priscilla
Ah, Brandstätter, gib es zu, das magst Du doch!

23:59 Nachricht an Ricky Brandstätter
Klar mag ich Dich, weil Du oft ein Miststück bist …
eigentlich genau deswegen … Böser Alkohol … löst
immer so die Zunge. Aber jut, das weißt Du ja schon alles
… Bin ziemlich verknallt in Dich!

00:01 Nachricht von Priscilla
Kenne keinen Mann, der so süß ist, wenn er besoffen ist. Unwiderstehlich!

00:02 Nachricht von Priscilla
Aber in dem Zustand habe ich Dich ja kennengelernt.

00:18 Nachricht an Ricky Brandstätter
Ich sag ja, wir können nur eine große Zukunft haben …
bin ich ehrlich gesagt fest von überzeugt.

00:21 Nachricht von Priscilla
Würde ich mir wünschen, dass wir das haben, wie auch immer!
Du bist so eine Bereicherung für mein Leben in der kurzen Zeit
geworden! Unfassbar schön!

00:25 Nachricht von Priscilla
Schöner Musicaltitel: Der Arzt und das Miststück.

00:36 Nachricht an Ricky Brandstätter
Du kannst es erkennen … in allen Lebenslagen sind wir
einfach ein Erfolg … Werden uns ein bisschen gegen
billige Angebote wehren müssen. Aber das Musical wird
'ne Riesennummer!
Aktueller Stand: 1,3 Promille.

00:46 Nachricht von Priscilla
Trink tapfer weiter, mein Held! Du tust das für einen guten
Zweck.

00:49 Nachricht von Priscilla
Kennst Du die Szene aus einem Wernerfilm, wo einer in der
Kneipe Saft bestellt und der Wirt fragt, was für einen? Und der
Typ sagt: ›Ananas!‹ Und der Rocker nebenan packt ihn und
brüllt: ›Wenn einer Anna nass macht, bin ich das!‹ Urkomisch!

Frag mich nicht, warum mir das jetzt einfällt.
00:58 Nachricht an Ricky Brandstätter
Klar, kenn ich Wenä ... der Held meiner Jugend! Die Szene ist legendär. Fuck, bin eindeutig nicht nur deeply impressed von Dir, sondern einfach übel verliebt ...
02:54 Nachricht von Priscilla
Du bist und bleibst mein Held! Ich hoffe, Du liegst mittlerweile safe and sound in Deinem Bettchen und irrst nicht mehr durch Stuttgart! Schöne Träume!
03:59 Nachricht an Ricky Brandstätter
Jep, bin locker daheim gelandet und musste feststellen, dass ich mich wieder weit aus dem Fenster gelehnt hab ... aber so ist es jetzt halt. Entspricht überhaupt nicht meinem Naturell, aber bei dir setzt dieses wohl gerne mal aus.
04:00 Nachricht an Ricky Brandstätter
Jetzt hätte ich auch die nötigen Promille für 'nen Anruf ... Hab aber leider das Zeitfenster verpasst! Heul!
04:00 Nachricht von Priscilla
Blöd!
04:00 Nachricht an Ricky Brandstätter
Nein ... Was machst Du denn noch wach?
04:01 Nachricht von Priscilla
Keine Ahnung. Bin aufgewacht. Deine Vibrations.

Als Nächstes klingelte mein Festnetztelefon. Wir unterhielten uns über Vibrations und flüsterten uns, trunken von Alkohol und gegenseitigem Verlangen nach dem anderen, Zärtlichkeiten ins Ohr.

TAG 7
ARNIKA & ANTIBIOSE

09:29 Nachricht von Priscilla
You don't love somebody for their looks, or their clothes, or their fancy car, but because they sing a song only you can hear … Bei Dir höre ich eine ganze Symphonie … Auch nachts um vier …

12:35 Nachricht an Ricky Brandstätter
Moin. Ui, geht's mir dreckisch … Aber ein sehr schöner Spruch. Ich hoffe sehr, ich kann auch in echt halten, was dein Gefühl zu Dir spricht. Kuss!

12:39 Nachricht von Priscilla
Du Armer! Hattest so viel getrunken?

12:46 Nachricht an Ricky Brandstätter
Hatte vor allen Dingen schlauerweise nicht viel gegessen … außer mein Restobst und 'nen Joghurt. Schlechte Grundlage …

12:47 Nachricht an Ricky Brandstätter
Und eben wieder nur 6 h gepennt.

12:49 Nachricht an Ricky Brandstätter
Geht's bei Dir weiter aufwärts?

12:55 Nachricht von Priscilla
Ja, sieht schon besser aus. Bin aber immer noch wie durch den Wind. Lustigerweise sind mir meine Stiefel zu groß.

12:56 Nachricht von Priscilla
Iss noch was, ehe Du arbeiten gehst, oder kriegst nix runter?

12:56 Nachricht an Ricky Brandstätter
Wasser aus den Beinen ausgeschwemmt?

12:58 Nachricht an Ricky Brandstätter
Werde mir unterwegs noch was holen. Ganz so schlimm

isses nicht. Der Kopp hängt dem Präsens halt noch einige Stunden hinterher.

12:59 Nachricht von Priscilla
So schlecht kann es Dir wohl nie gehen, als dass Du mich nicht ärgern willst!

12:59 Nachricht von Priscilla
Wasser in den Beinen! Frechheit!

13:00 Nachricht von Priscilla
Und iss bitte was! Muss wohl in Zukunft besser auf Dich aufpassen!

13:03 Nachricht an Ricky Brandstätter
Au ja! Ich bitte darum … So schön, wie ein paar Nachrichten von Dir ausreichen, um mir sogar auf den heutigen Tag Lust zu machen. Kuss! Bis später

13:05 Nachricht von Priscilla
So soll es sein.

13:09 Nachricht von Priscilla
So soll es bleiben.

13:09 Nachricht von Priscilla
So hab ich es mir gewünscht.

13:37 Nachricht an Ricky Brandstätter
Ich mir auch. Bin mit dem Fahrrad gefahren und hab die Rübe schön in die frische Luft gehalten. Und los geht der Spaß. Freitagsspätdienste sind im Schnitt Hölle. Genieß den Tag und guten Appetit … falls Du wieder richtig zulangen kannst.

13:42 Nachricht von Priscilla
Oh weh … klingt nach schweren Stunden! Ich denk an Dich beim extreme couching!

13:44 Nachricht an Ricky Brandstätter
Danke für die Anteilnahme. Jepp, Hammerwetter mit herrlich Sonne …

13:45 Nachricht an Ricky Brandstätter
Extreme couching wäre jetzt auch mein Ding ... Gibt's noch Platz bei Dir?

13:48 Nachricht von Priscilla
Ist keine Couch, eher 'ne Wohnlandschaft. Luxusimmobilie, da ist alles etwas größer ausgefallen. Falls Dir kalt sein sollte, könntest Du unter meine Decke kuscheln kommen! Löffelchen spielen!

13:57 Nachricht an Ricky Brandstätter
Oh, Mann! Hör auf mit der Folter!

13:57 Nachricht an Ricky Brandstätter
Ich will das große Löffelchen sein!

14:04 Nachricht von Priscilla
Zwangscouching macht soooo viel Spaß auch wieder nicht. Bin gerne das kleine Löffelchen!

14:06 Nachricht an Ricky Brandstätter
Glaub ich ... vor allem ist man nach einigen Tagen auch irgendwann durchgelegen ...

14:17 Nachricht von Priscilla
Ist auch sehr einsam. Trauriges Singlelöffelchendasein. Bin verdammt dazu, überdrehte US-Arztserien zu gucken! Dabei würde ich lieber überdrehten schwäbischen Arzt sehen.

14:51 Nachricht von Priscilla mit Bilddatei
Dankeschööööööön.

Ricky hatte offensichtlich mein Carepaket bekommen. Ich hatte ihr außer dem Antibiotikum noch Stuttgarter Rossäpfel aus Schokolade, ein Taschenbuch und ein T-Shirt mit Aufdruck, das ich extra in einem Laden hatte bedrucken lassen, geschickt. Dazu hatte ich eine passende Postkarte ausgesucht mit dem Foto einer Sportgruppe, in der einer hinter dem anderen her kriecht, jeweils den Kopf des Hintermannes im Hintern des Vordermannes. Motto: *Keine Leistung ohne Leidenschaft.*

Liebe Ricky,

das Päckchen steht so ein wenig unter dem Motto ›Darm‹. Das Bild auf der Karte hat mir gefallen, weil von den Teilnehmern keiner fiese Diarrhoe haben sollte. Die Rossäpfel sollen Dir die Hoffnung geben, auch bald mal wieder schön geformte ›Du weißt schon was‹, zu fabrizieren (siehe auch beil. T-Shirt mit der Bristol Stool Chart).

Falls nicht, dann nimm 2 x täglich eine Tablette Amoxiclav … Hilft übrigens auch bei Sinusitis, Harnwegsinfekt, Lungenentzündung, Bronchitis. Nur falls Du sie nicht gleich brauchst. Das Buch habe ich neulich gelesen und fand es klasse – hoffe, Du magst es auch. So, hoffentlich bis sehr bald.

Liebste Grüße, der Grande

P.S. Jetzt kennst Du leider auch meine schlimme Schrift.

Dicker Kuss!!!

Als Anhang erhielt ich ein Foto eines handgeschriebenen Briefes von Ricky:

Herzlichen Dank für das Carepaket und die liebevollen Gedanken, die drin stecken. Die Schokokackerlis sehe ich mir vorerst mal nur an. Wie Du siehst, ist meine Schrift wesentlich übler als Deine!

Wieder mal gewonnen! Ätsch!

Fetter Kuss, Dein Miststück!
17:24 Nachricht an Ricky Brandstätter
Gern geschehen ... und bei der Schrift bist Du tatsächlich unangefochten der Sieger, aber sonst wüsste ich nicht, woher ›wieder mal‹ kommen soll.
17:39 Nachricht von Priscilla
›Wieder mal‹ kommt von meiner naturgegebenen Überlegenheit als Frau und Göttin.
18:00 Nachricht an Ricky Brandstätter
Soso, Überlegenheit ...

Der Rettungswagen hatte ein älteres Ehepaar in die Notaufnahme gebracht, welches mit allen Fasern seiner Kleidung aus Schurwolle in allen Verarbeitungsvarianten von grauen Lodenmänteln im Partnerlook bis zum selbstgestrickten Schal, den sich die Frau um den Hals gewickelt hatte, *Lehrpersonal im Ruhestand* schrie. Den Hals des Gatten zierte kein Grobstrickschal, sondern eine Cervicalstütze.

Der Patient war erstaunlich ruhig. Seine Frau dagegen rannte herum wie ein aufgescheuchtes Riesenmeerschweinchen. Herr Theodor Noelle-Traunstein, 77, mindestens eins neunzig, schlank und mit sehr üppiger Haarpracht für sein Alter, war im Einfamilienhaus in Plieningen die steile Kellertreppe heruntergestürzt. Wie und warum das passiert war, konnte er nicht mehr nachvollziehen. Frau Noelle-Traunstein, etwa im gleichen Alter wie ihr Angetrauter und nicht wesentlich kleiner als dieser, hatte den Sturz auch nicht beobachtet. Sie hatte den

Unfall nur deswegen gleich bemerkt, weil ihr Mann zuvor den Kamin gereinigt hatte und der Metallascheneimer beim Fallen ziemlichen Lärm gemacht hatte. Sie hörte nämlich nicht mehr besonders gut, erklärte sie mir, und ein Hörgerät lehne sie wegen der Strahlenbelastung fürs Hirn grundsätzlich ab. Interessante These, die ich so auch noch nicht gehört hatte, die aber das seltsame Verhalten so manch schwerhörigen Rentners in der Notaufname erklärte.

Herr Noelle-Traunstein hörte ausgezeichnet und war zeitlich, örtlich und zur Person orientiert. Seine Pupillenfunktion war regelrecht. Er hatte eine mehrere Zentimeter lange Platzwunde am Hinterkopf und klagte über Druckschmerz an der Halswirbelsäule.

»Die Wunde an Ihrem Kopf muss genäht werden und von Kopf und Halswirbelsäule benötige ich eine Computertomografie«, verkündete ich den beiden. »Außerdem sollte man bei der Verletzung den Tetanusimpfschutz auffrischen.«

Frau Noelle-Traunstein schrie mich an: »Sie müssen mit mir schon etwas lauter sprechen, damit ich Sie verstehen kann!« Sie hatte wohl doch so viel verstanden, dass sie fortfuhr: »Röntgen geht bei meinem Mann auf gar keinen Fall. Er reagiert extrem empfindlich auf Strahlung jeglicher Art. Er bekommt selbst nach fünfzehn Minuten im Internet immer entsetzliche Kopfschmerzen. Nicht wahr, Theodor?«

»Das ist wohl wahr, Annette.«

Annette erklärte resolut: »Sie müssen mit den Medikamenten aufpassen bei Theodor. Mein Mann reagiert nämlich auf viele Stoffe hochallergisch. Aus diesem Grunde lehnen wir auch Schutzimpfungen ab. Weder unsere Kinder noch unsere Katzen sind geimpft.«

Dann folgte eine lange Erklärung, wogegen Herr Noelle-Traunstein alles allergisch sei, wobei es wahrscheinlich schneller gegangen wäre, wenn seine Frau aufgezählt hätte, was er denn vertrug. Die Erzählung gipfelte in der drehbuchreifen

Begründung, warum der Gatte so besonders anfällig war. Die Familie Noelle-Traunstein hatte nämlich in den Siebzigern für lange Zeit in York gelebt, also dem *Alten* in England, nicht dem *Neuen* in den USA, wo Theodor Deutsch und Altgriechisch unterrichtete, während Annette die beiden Söhne, Timon und Jason, großzog. Dort hatte auch das ganze Elend seinen Anfang genommen. Schuld war der britische Geheimdienst, der MI6, der damals alle Immigranten überwacht hatte. Das ganze Haus sei verkabelt und verwanzt gewesen und auf der Straße davor hätte ständig ein getarnter Lieferwagen geparkt. Diese permanente Überwachung hätte ihren Mann sowohl psychisch als auch physisch fertig gemacht. Deshalb seien sie letztendlich auch wieder zurück nach Deutschland gezogen. Aber auch hier sei das mit dem Elektrosmog so eine Sache, vor allen Dingen, wenn man vorgeschädigt war. Dank Strahlenschutzmatten unterm Bett und einer Schutzmatte, die an einer von einem Geobiologen errechneten Stelle im Garten verbuddelt war, konnte die Familie wenigstens auf ihrem eigenen Grundstück geschützt leben.

Ich hatte bereits viele wilde Stories während meiner Laufbahn als Arzt gehört, aber der Oscar ging eindeutig an Frau Noelle-Traunstein. Meiner Meinung nach war Elektrosmog das kleinste Problem, welches das Ehepaar hatte. Der Mann war verletzt und ich brauchte unbedingt eine craniale CT sowie eine der Halswirbelsäule, um mir ein Bild machen zu können, wie schwer die Verletzungen waren. Also redete ich mit Engelszungen auf die beiden ein, anstatt sarkastische Kommentare abzugeben, die mir haufenweise zum Thema einfielen. Erst nach meiner Versicherung, dass wir hier mit der allerneuesten Technologie arbeiten, die praktisch ohne Strahlung auskam (warum sollte ich mich an die Tatsachen halten, wenn Frau Noelle-Traunstein angefangen hatte, mich ins Reich der Fantasie zu entführen?), willigte das Paar endlich zu den Aufnahmen ein.

»Nun, Theodor, dann ist es wohl unumgänglich«, kam es in einem Ton, als hätte ich vorgeschlagen, Herrn Noelle-Traunstein einzuschläfern.

»Annette, Liebes, wenn es denn sein muss.«

»Würden Sie bitte einen Vermerk in die Patientenakte machen, dass mein Mann das Ganze nur widerstrebend erduldet?«

»Für persönliche Anmerkungen des Patienten ist in der elektronischen Datei kein Feld vorgesehen.«

Frau Noelle-Traunstein bedachte mich mit einem angewidert-pikierten Blick, der an mir abperlte wie an Teflon: »Dann möchte ich, dass Sie das irgendwo anders schriftlich festhalten.«

»An der Anmeldung gibt es Feedback-Karten. Da können Sie ja eine ausfüllen und in den Briefkasten einwerfen«, schlug ich vor.

Während Herr Noelle-Traunstein von einem Pfleger und seiner Frau zum CT begleitet wurde, widmete ich mich dem zweiten Treppensturz des Tages. Noch ganz im Geiste der Geheimdienststory der Noelle-Traunsteins gefangen, stellte ich mich vor: »Mein Name ist Brandstätter, Benny Brandstätter.« Im Geiste fügte ich hinzu: *Doppel-Null-Anästhesist mit der Lizenz zum Töten.*

Vincenz Meier, 73, war bereits vor zwei Tagen die Treppe runtergestürzt, aber erst heute hatte ihn sein Sohn in die Notaufnahme schleppen können. Herr Meier klagte über Atemnot und Schmerzen in der Brust. Er mochte keine Krankenhäuser und wollte ebenfalls nicht geröntgt werden, sondern nur schnell was zum Einreiben, damit er wieder besser Luft bekäme, sowie Tabletten gegen die Schmerzen, und dann wieder ab nach Hause. Der beharrliche Doktor bekam jedoch meist seinen Willen und Herr Meier landete ebenfalls in der Radiologie.

Urplötzlich überfiel mich eine tiefe, bleierne Müdigkeit. Ich hatte keine Lust mehr auf all die Bekloppten und autodidaktischen Hobbymediziner, denen ich hilflos ausgeliefert war. Ich wollte nach Hause oder ersatzweise nach Mallorca in die Arme einer Frau, die mich verstand, mich amüsierte und die ich mit jeder Stunde, die ich sie länger kannte, immer mehr begehrte. Ich las ihre aufgelaufenen Nachrichten und war hin und weg.

19:02 Nachricht von Priscilla
Wenn wir schon bei Literatur sind: Kennst Du was von Don Winslow?

19:03 Nachricht von Priscilla
Ja, ja Überlegenheit …

Ricky kannte und schätzte einen meiner Lieblingsautoren und hatte ihn selbst ins Spiel gebracht. Sie hatte mir also nicht nur nachgeplappert und im Internet recherchiert, um mich zu begeistern, was manche Frauen taten, um einem zu imponieren. Das hatte ich in den letzten Tagen Ricky auch ab und zu unterstellt, weil sie so verdächtig viel wusste. Aber so schnell, wie ihre Antworten meist kamen, konnte kein Mensch googeln. Entweder war ich wirklich in der *Truman Show* gelandet oder diese Frau war ein Phänomen. Mir blieben kurzfristig die Worte weg und ich raufte mir die Haare, ehe ich mein Handy nahm und antwortete.

19:33 Nachricht an Ricky Brandstätter
Ich werd verrückt … von Winslow habe ich alles. Der ist genial! Hab seine Bücher gefressen! Boone Daniels ist mein Held. So ein Haus wäre was für uns … Und morgens zur Gentleman's Hour surfen gehen.

19:37 Nachricht von Priscilla
Mach keinen Scheiß! Jetzt wird's echt unheimlich! Stimmt, das wär's! Mein Lieblingsbuch: The Winter of Frankie Machine.

Die Noelle-Traunsteins kamen gerade von der Radiologie zurück. Ich steckte mein Handy weg, ohne zu antworten.

Herr Noelle-Traunstein klagte mittlerweile über starke Kopfschmerzen. Seine Frau machte mir daraufhin den Vorwurf, der bei ihrer Lautstärke sicher in allen weiteren Kabinen zu hören war: »Sehen Sie, ich habe es Ihnen gesagt, dass mein Mann das nicht vertragen wird.«

Sie sah mich an mit einem Blick, der besagte: *Du Kreatur bist schuld an allem Übel dieser Welt!*

»Ihr Mann hat vermutlich eine Gehirnerschütterung, weil er gestürzt und dabei mit dem Kopf aufgeschlagen ist, daher die Kopfschmerzen. Eine CCT verursacht keine Kopfschmerzen.«

»Ach was!«, kam es harsch zurück. »Woher wollen Sie wissen, dass mein Mann auf den Kopf gefallen ist? Waren Sie etwa dabei?«

Die Kopfplatzwunde sprach Bände, und ich hatte die Faxen jetzt wirklich dick, verstieg mich in professionelles Schweigen, sah mir schweigend die Aufnahmen an und informierte den Patienten über den Befund.

»Die radiologische Aufnahme zeigt eine Densfraktur, das heißt, der Zapfen des zweiten Halswirbels, um den der erste Halswirbel rotiert, ist gebrochen. So eine Verletzung muss operiert werden, sonst kann der Zapfen ins Rückenmark spießen und eine Querschnittslähmung verursachen«, erklärte ich sachlich.

»Eine Operation kommt überhaupt nicht infrage«, entgegnete Frau Noelle-Traunstein. »Da wird doch mehr kaputt gemacht als heil.«

»Was meinen Sie dazu?«, sprach ich meinen Patienten erneut direkt an.

»Meine Frau weiß schon, was gut für mich ist. Sie versteht auch was von Medizin. Schließlich hat sie zwei Semester Pharmakologie studiert und unsere beiden Söhne großgezogen. Timon und Jason waren beide sehr kränklich als Kinder und benötigten viel Pflege und Aufmerksamkeit. Annette hat sie immer wieder gesund bekommen.«

Warum wunderte es mich nicht, dass die beiden Sprösslinge mit den Namen griechischer Sagenhelden empfindliche Pflänzchen waren?

»Ihre Verletzung muss man aber operieren, sonst laufen Sie Gefahr, im Rollstuhl zu landen. Was Sie haben, nennt man landläufig einen Genickbruch, wenn Sie mit dem Begriff eher etwas anfangen können.« Langsam war Schluss mit meinem Verständnis für die multiplen Strahlenopfer.

»Versuchen Sie, uns etwa Angst zu machen?«, fragte mich Frau Noelle-Traunstein, deren Gesichtsausdruck immer verbissener wurde. Ihr Unterkiefer schob sich von Satz zu Satz weiter nach vorne, wie bei einer überzüchteten Bulldogge.

»Nein, das versuche ich nicht. Ich versuche, Ihnen nur klarzumachen, dass es sich bei der Verletzung Ihres Mannes um eine sehr ernst zu nehmende Sache handelt, die unbedingt operiert werden muss, damit er nicht noch weitere, irreparable Schäden davonträgt.«

»Ich möchte erst mal die Meinung unseres Heilpraktikers dazu hören. Der kennt und betreut uns schon seit vielen Jahren und hat immer eine passende Salbe parat. Es muss doch nicht immer gleich mit Kanonen auf Spatzen geschossen werden. Bisweilen kann doch etwas weniger mehr sein.«

Heilpraktiker! Sauber! Was würde als Nächstes kommen? Homöopathische Arnikaglobuli? Homöopathie war in meinen Augen so, wie wenn ein Bauer auf dem Feld pupst und dann behauptet, er hätte gedüngt.

»Einen gebrochenen Halswirbel kann man nicht mit Salben heilen.« Ich zählte im Geiste bis zehn und fuhr fort: »*Bisweilen*«, imitierte ich Annettes akzentuierte Sprechweise, »kommt man um die gute, alte Schulmedizin nicht herum.«

Frau Noelle-Traunstein bekam plötzlich einen sehr weichen, mütterlichen Zug um den Mund, wahrscheinlich waren ihre beiden Söhne in meinem Alter.

Sie tätschelte meine Arme, die ich vor dem Oberkörper verschränkt hatte, und sprach die weisen Worte: »Das kann man doch nicht wissen, ehe man es nicht probiert hat, oder? Arnikasalbe tut oft Wunder.«

Arnikasalbe! Lag ich doch gar nicht so verkehrt mit meiner Einschätzung. Beim Anblick von Annette Noelle-Traunstein fiel mir spontan der altmodische Begriff *Heimsuchung* ein.

»Doch, das kann man allerdings wissen, wenn man ein Medizinstudium hinter sich und viele Jahre in seinem Beruf und als Notarzt gearbeitet hat. Dann weiß man, dass Densfrakturen entweder im Rollstuhl oder einen Meter achtzig unter der Erde enden, wenn man sie nicht operativ richtet. Aber ich mache Ihnen einen Vorschlag zur Güte. Während ich die Platzwunde Ihres Mannes nähe, können Sie Kontakt mit Ihrem Heilpraktiker aufnehmen und sich dessen Meinung einholen. Er kann ja gerne vor oder nach der OP mit seiner Salbe vorbeikommen und Ihren Mann von mir aus großflächig damit einreiben.«

Im Geiste zitierte ich den legendären Satz aus dem Film Das Schweigen der Lämmer: *Es reibt sich mit der Lotion ein!* Ich unterdrückte ein irres Kichern.

Sowohl Frau Noelle-Traunstein als auch ihr willenloser Gatte fanden meinen Vorschlag *höchst praktikabel* und nach einem langen Telefonat mit dem Wunderheiler, dessen Handynummer Frau Noelle-Traunstein für *Notfälle* hatte und der für diesen nächtlichen Anruf sicherlich eine ordentliche Rechnung schicken würde, willigten die beiden in den operativen Eingriff ein. Ich schob Herrn Noelle-Traunstein auf Nimmerwiedersehen auf Station ab und widmete mich meiner Fernpatientin.

21:08 Nachricht von Priscilla
Ich habe das Essen heute überhaupt nicht vertragen. In mir ist Krieg und leichten Durchfall habe ich auch wieder. Soll ich dann doch die Tabletten von Dir nehmen?

21:17 Nachricht an Ricky Brandstätter
Hau rein. 2 pro Tag. Ich würde es probieren, kaputt machst Du nix und so langsam ist auch Schluss!
21:17 Nachricht an Ricky Brandstätter
Nicht, dass Dir bald gar keine Schuhe mehr passen.
21:23 Nachricht von Priscilla
Nicht auszudenken, wenn ich mir alle neu kaufen müsste!
21:32 Nachricht an Ricky Brandstätter
Ein Albtraum!
21:35 Nachricht von Priscilla
Bräuchte ich die Hilfe eines erfahrenen Ex-Schuhverkäufers und 'nen Kredit von der Bank.

Herr Meier, der zweite Treppensturz, hatte eine Fraktur der vierten und fünften Rippe, dadurch einen Pneumothorax, und sein linker Lungenflügel war kollabiert. Ich legte eine Thoraxdrainage, die zweite innerhalb weniger Tage, und schickte ihn ebenfalls auf Station. Dann war ich für diesen Tag bedient und machte mich auf den Weg in Richtung Heimat, nicht ohne nochmals Kontakt mit Mallorca gehabt zu haben.

22:28 Nachricht an Ricky Brandstätter
Prima, kenn zufällig einen, der dafür zu haben wäre – beim vierten Paar steige ich dann halt aus.
22:30 Nachricht von Priscilla
Bist nicht sonderlich belastbar, wie?
22:57 Nachricht an Ricky Brandstätter
Lieber etwas tiefstapeln, wenn es um so was geht, dann freust Dich umso mehr, wenn ich bis zum fünften Paar durchhalte …
23:03 Nachricht an Ricky Brandstätter
Lust, einem scharfen Jüngling nette Dinge ins Ohr zu säuseln?

Unser nächtliches Telefonat war wie immer vielschichtig. Angefangen bei dem wahnsinnig tollen Schuh- und Taschenladen in Inca über die Verdauungsprobleme von Clapton, der immer furchtbar stinkende Blähungen hatte, wenn er bei Frau Winterberg zu viel von der fetten Leberwurst gefuttert hatte, über Kant zum Schutzengel aus Valdemossa, der in Rickys Auto am Spiegel hing und eigentlich ein kleiner Liebesengel war.

Ricky bemerkte bissig: »Mein Schutzengel ist ein Penner. Dafür ist mein Racheengel topfit.«

»Bislang kannte ich noch keine Frau, die einen Racheengel hatte«, kommentierte ich.

»Tja, Hase, kennst du den Film *Johnny Guitar. Wenn Frauen hassen*?«

Den Film kannte ich nicht, aber wir kannten beide Frauen, die was an der *Waffel* hatten, und tauschten uns über Frauen mit *Waffelproblemen* aus. Egal, welches Thema einer von uns anschlug, der andere schlug in dieselbe Kerbe und gab seinen Senf dazu. Weit nach Mitternacht legten wir aus Vernunftgründen mal wieder schweren Herzens auf.

TAG 8
SERENADE & SCHLAFMANGEL

06:33 Nachricht von Priscilla
Dank der Säuselung netter Dinge in scharfe, junge, leicht ferkelige Männerohren mit Feedback des betreffenden Herrn bis eben durchgeschlafen. Bennykoma. Thanks a lot. Kuss … Und jetzt schlaf ich weiter.

11:59 Nachricht an Ricky Brandstätter
Siehste, soll noch mal einer sagen, ich hätte keine Wirkung auf Damen … O. k., einschläfernd ist vielleicht nicht soooo erstrebenswert, aber ein Anfang. Hab ebenfalls geschlafen wie ein Stein: herrlich! Jetzt frühstücken und 'nen gemütlichen Liter Kaffee und der Tag kann kommen. Wie geht's Dir? Back to life?

12:09 Nachricht von Priscilla
Ich habe frohe Botschaft für Dich. Du bist voll auf Erfolgskurs. Erst bringst mich zum Einschlafen und dann machst mich gesund. Irgendwie fühlt sich heute alles viel ruhiger an in mir. Never change the winning team, kann ich da nur sagen!

12:18 Nachricht an Ricky Brandstätter
Na endlich … erste Erfolge der neuen Telefonkur. Werde gleich einen Case Report schreiben … Wir kommen ganz groß raus!!! Telefonetische Verbaltherapie! Klingt auch noch gut!

12:23 Nachricht von Priscilla
Yeah! Ich wusste es! Zusammen schaffen wir den Nobelpreis. Hinter jedem großen Mann steckt 'ne starke Frau!

12:36 Nachricht an Ricky Brandstätter
Mein Patenkind hat sein Geburtstagsgeschenk bekommen. Hab eben von den glücklichen Eltern des Nach-

wuchsschlagzeugers 'ne Nachricht mit vielen Messern, Bomben und Pistolen gekriegt.

12:39 Nachricht von Priscilla

Seltsam, sogar unsere Freunde legen ein ähnlich feindseliges Verhalten an den Tag!

12:58 Nachricht an Ricky Brandstätter

Sehr geil, dass Du auch so ein gemeines, treuloses Pack um Dich versammelt hast.

13:03 Nachricht von Priscilla

Sonst will mich ja niemand. Habe jahrelang versucht, mich bei normalen Menschen einzuschleimen. Ohne Erfolg.

13:04 Nachricht an Ricky Brandstätter

Willkommen im Klub der schwer Vermittelbaren.

13:06 Nachricht von Priscilla

Haben wir eine Resterampenromanze?

13:10 Nachricht von Priscilla

Ich sortiere meine Mediathek. Daran sieht man, wie deppert ich bin.
Kommt Hedonism von Skunk Anansie direkt vor Heidschi Bumbeidschi von Heintje.

13:25 Nachricht an Ricky Brandstätter

Hilfe, mir brennt die Sicherung durch ...

13:31 Nachricht von Priscilla

Wasnlos?

13:35 Nachricht an Ricky Brandstätter

Weiß gar nicht, ob ich es glauben kann ... is einfach zu irre! Hab vorhin Folgendes gedacht: Meine CDs wollte ich unbedingt noch ordnen ... wie am besten? Eine der großen Fragen des Lebens: Genre, chronologisch, alphabetisch??? High Fidelity von Nick Hornby ... Muss ich Ricky fragen, was sie von dem hält ... VERRÜCKT! Aber das Gute ist, ich könnte mein Hirn einfach auf Urlaub schicken und Dich für uns beide denken lassen ... Kommt ja wohl aufs Gleiche raus.

13:38 Nachricht an Ricky Brandstätter
Hab mich wieder gefangen ... Aber Du hast Heintje???

13:38 Nachricht an Ricky Brandstätter
Na gut, kleine, aber feine Unterschiede gibt's zum Glück doch.

13:40 Nachricht von Priscilla
Und das ist gut so. Ich schick Dir gleich mal 'ne Sprachnotiz von 'nem Lied, das ich in einem Film gehört habe. Weißt Du, wer das singt und wie das heißt?

13:41 Nachricht von Priscilla
Heidschi usw. war auf einem Sampler mit Weihnachtsliedern drauf!

13:50 Nachricht an Ricky Brandstätter
Das ist Feeling Good von Muse! Hammerlied!

13:51 Nachricht an Ricky Brandstätter
Kauf Deinem iPhone doch mal Shazam!

13:51 Nachricht von Priscilla
Brauch kein Shazam, das ist was für Autisten ... hab 'nen kleinen Schwaben!

13:51 Nachricht an Ricky Brandstätter
Stimmt, da geht nix drüber!

13:52 Nachricht von Priscilla
Echt, gar nichts? Kein Gummi oder so ...?

13:52 Nachricht an Ricky Brandstätter
Gummi, grins, doch ... aber wird ganz schön eng ... grins ... Du Ferkel!

13:52 Nachricht an Ricky Brandstätter
Ja ja, is klar ... ein Sampler! Oute Dich doch einfach als verquerer Heintje Fan ... Jeder kommt mal auf die schiefe Bahn.

13:55 Nachricht von Priscilla
Nee, meine dunkle Musikseite ist viel dunkler als Heintje! Abgrundtief! Du willst es nicht wissen!

13:56 Nachricht an Ricky Brandstätter
Lass es raus ... man muss auch mal drüber sprechen.

13:57 Nachricht von Priscilla
Ich will schriftlich, dass Du danach den Kontakt zu mir NICHT abbrichst!

14:01 Nachricht an Ricky Brandstätter
Ich schwöre hoch und heilig!

14:09 Nachricht an Ricky Brandstätter
Sprich, Du Feigling! Unsere Zweisamkeit ist zwar noch jung und unschuldig, aber man muss auch da mal was riskieren!

14:09 Nachricht an Ricky Brandstätter
Hm, vergiss das unschuldig.

14:14 Nachricht von Priscilla
Also gut. Ist DAS Lied meiner Kindheit. Uralte Single bei meiner Oma im Regal gefunden und so lange gespielt, bis sie seltsamerweise verschwand. Habe meine Mutter im Verdacht. YouTube: Günter Kallmann Chor – Elisabeth-Serenade. Dieses zarte Glockenspiel!

14:53 Nachricht an Ricky Brandstätter
Hab nach der Serenade verschreckt 'ne halbe Stunde in Embryohaltung unter dem Tisch verbracht und gezittert ... dann fing der Durchfall an. Weiß jetzt auch, woher Deiner kommt. Respekt vor Deiner Mutter, dass sie das überhaupt 'ne Zeit ertragen hat. Hat die Tochter mal nicht gezickt, kam dafür so was. Werd auch nie vergessen, wie mein Bruder und ich meine Eltern auf dem Weg in den Urlaub mit 'ner David-Hasselhoff-Kassette gequält haben ... I've been looking for freedom ... Werd nach dem Schock erst mal frustshoppen gehen und danach in den Sport.

14:54 Nachricht von Priscilla
Pft!
15:53 Nachricht von Priscilla
Und, wie viel Paar Schuhe hast Du kaufen müssen, um vergessen zu können? Gehe zu Amelie, die macht was Leichtes zum Abendessen für mich. Süß, ne?
17:18 Nachricht an Ricky Brandstätter
Hat nur für 'ne Jeans gereicht, meine Zeitplanung war mal wieder nicht so dolle. Mein Kumpel kommt gleich zum Vorglühen und er hätte gerne auch noch 'ne Berufsberatung. Coole Freundin ... Dann genieß den Essenservice ...

Ich versuchte, mit meinem Kumpel Alex einen Stadtwagen zum Laufen zu bringen, um damit zu einem Konzert der Fanta4 zu fahren, und sprach über Funk mit der Lady vom Service, weil wir das Kabel zum Aufladen nicht finden konnten. Normalerweise hätte ich in so einem Moment mein klingelndes Handy ignoriert, aber Anrufen von meiner kleinen Hexe konnte ich einfach nicht widerstehen. Also sprach ich simultan mit Ricky, *Gabi-Römer-Wie-kann-ich-Ihnen-helfen?* vom Stadtwagenverleih, und Alex mischte sich ab und zu auch noch ein. Da soll noch mal einer behaupten, Männer seien nicht multitaskingfähig.

Zwei Spaziergänger – anscheinend ein älteres Ehepaar –, die mit einem Dalmatiner vorbeiliefen, schüttelten lachend die Köpfe und meinten freundlich: »Was für ein Straßentheater führen Sie denn am frühen Abend auf? Damit können Sie auf die Bühne gehen und Eintritt verlangen.«

Ich antwortete: »Hätte ich noch eine Hand frei, würde ich einen Hut rumgehen lassen.« Und zu Alex: »Mach du mal eben.«

Alex war der eher unspontane Gemütsmensch aus einem kleinen Dorf im Allgäu und sprach nicht mit Fremden auf der

Straße, sondern durchsuchte zum wiederholten Male den Kofferraum des Kleinwagens.

»Ihr seid solche Chaoten«, bemerkte Ricky. »Ich überlass euch lieber mal eurem Schicksal.«

»Mag schon sein, aber wir sind voll lieb und zärtlich.«

»Wie kann ich mir das vorstellen? Streichelt ihr den Leihwagen gerade?«

»Nee, nee, wir versuchen, ihm gut zuzureden.«

»Geht doch nichts über Männer mit Gefühl.«

Als der Wagen endlich lief und wir losfuhren, fragte Alex verwundert: »Was war das eben für ein skurriles Gespräch?«

»Nichts Besonderes, der normale Umgangston zwischen Ricarda und mir.«

»Aber ihr mögt euch schon?«

»Sieht so aus.«

Während der Fahrt versuchte ich, Alex die Geschichte mit Ricky und mir einigermaßen plausibel zu machen, was mir nicht gelang. Das, was zwischen uns abging, war schwer zu begreifen und eigentlich unmöglich einer dritten Person zu vermitteln. Die Wege der Liebe sind dunkel und verschlungen.

18:00 Nachricht von Priscilla
Neuer Filmtitel: Zärtliche Chaoten ... bist jetzt meine Muse!
18:11 Nachricht an Ricky Brandstätter
Endlich mal ein Job, der mir gefällt ... Mein Kumpel hat sich totgelacht, wie wir uns am Telefon unterhalten.
18:13 Nachricht von Priscilla
Oha, dann wird's Zeit, Eintritt zu verlangen ... Dabei war das ja eben grad nix! Vielleicht sollten wir unsere High-End-Gespräche aufzeichnen und verkaufen. To be continued ... Kuss
18:45 Nachricht an Ricky Brandstätter
Ich glaub auch, wir müssen uns besser vermarkten! Der ist einfach nichts gewöhnt ... Vielleicht sind wir mittler-

weile aber auch nur abgebrüht. Bis später, Kuss …

18:59 Nachricht von Priscilla
Wir setzen Standards, my dearest friend.

20:40 Nachricht an Ricky Brandstätter
Ich lach mich krank … hab mich in der Getränkeschlange gerade mit 'nem Pärchen unterhalten … sehr lustig, v.a., weil sie original Deinen Dialekt hatten. Da fühl ich mich mittlerweile fast schon mit verbunden …

20:40 Nachricht von Priscilla
Ging aber schnell, Hase … Vielleicht war es aber auch nur Mitleid!

20:51 Nachricht an Ricky Brandstätter
Nein! Muss zugeben, ich hab mich wirklich darüber gefreut.

20:55 Nachricht von Priscilla
Ja, wenn das so ist … dann ist das süß!

21:06 Nachricht von Priscilla
Wir trinken selbst gemachten Eierlikör! Hicks! Riesenschweinerei!

21:09 Nachricht an Ricky Brandstätter
Ahhh … Balsam für mein Herz! Klingt ja böse. Wenn dein Darm das überlebt, isser wieder fit!

21:12 Nachricht von Priscilla
Ich nippe und lecke nur dran und schlucke nicht!

21:14 Nachricht an Ricky Brandstätter
Du Ferkel!

21:18 Nachricht von Priscilla
Bin kein Ferkel!

21:46 Nachricht an Ricky Brandstätter
Na gut, höchstens ein kleines.

21:46 Nachricht an Ricky Brandstätter
Lass es Dir schmecken …

21:48 Nachricht von Priscilla
Siehe oben. Nur dran nuckeln!

21:50 Nachricht an Ricky Brandstätter
Na ja, wenn man lange nuckelt, wird auch ein Glas draus.
21:51 Nachricht von Priscilla
Ich spuck's doch wieder aus!
21:54 Nachricht von Priscilla
Ich trink schon den ganzen Abend an einem Glas Rotwein. Trau mich nicht ...
21:55 Nachricht an Ricky Brandstätter
Klingt fies ... aber auch vernünftig, will Dich ja mal irgendwann demnächst sehen, daher find ich's gut.
21:56 Nachricht an Ricky Brandstätter
O. k., bin ein Egoist.
21:56 Nachricht von Priscilla
Hab Dich trotzdem lieb!
22:02 Nachricht an Ricky Brandstätter
Kuss!
22:56 Nachricht von Priscilla
Um mich herum sind alle blau!
22:32 Nachricht an Ricky Brandstätter
Wie, alle? Ist da etwa Mannsvolk unter euch?
22:34 Nachricht von Priscilla
Niemals! Würde kein Mann überleben!
22:57 Nachricht an Ricky Brandstätter
Was kennst Du eigentlich für Männer? Könnte übrigens sein, dass mein Handy mich demnächst wieder verlässt ... hab noch ganze 6 %.
23:00 Nachricht von Priscilla
Nur Weicheier! Würde gerne mal 'nen richtigen Mann kennenlernen ...
23:02 Nachricht von Priscilla
Dann mal ade ... bis bald!
23:39 Nachricht an Ricky Brandstätter
Wie jetzt? Wir kennen uns doch schon!!! Bis nachher ...

sagen die letzten beiden Prozent meines Handys.

Weil wir kein verfügbares Stadtauto in der Nähe finden konnten, nahmen Alex und ich nach dem Konzert den Bus nach Hause. Alex musste nach zwei Haltestellen umsteigen. Als ich allein war, richtete ich mich auf ein kurzes Nickerchen ein, das jäh gestört wurde, als beim nächsten Stopp drei jugendliche Eingeborene einstiegen, die wohl die Nacht auf dem Tarzanheft geschlafen hatten und sich lachend und grölend gegenseitig anrempelten und herumschubsten. Offensichtlich hatten alle den gleichen blöden Vornamen, nämlich *Opfer*.

Der Bus war, bis auf mich und eine sehr kleine, untersetzte Frau Anfang dreißig, bis dahin leer gewesen. Trotz der vielen freien Sitze blieb sie in der Wagenmitte stehen. Auf dem Kopf trug sie eine dicke, graue Strickmütze mit neckischem Wollbommel, die sie tief ins Gesicht gezogen hatte. Den Reißverschluss ihres ebenfalls grauen Parkas hatte sie so weit geschlossen, dass man ihren Mund kaum erkennen konnte. Die Nase war halb verdeckt von einer überdimensionalen Nerdbrille mit ziemlich dicken Gläsern. Auf den Rücken war ein Rucksack geschnallt, wie man ihn normalerweise mit sich nimmt, wenn man drei Wochen Trekking im Himalaja vor sich hat und sogar das Toilettenpapier selbst mitnehmen muss. Sie tippte die ganze Zeit nervös auf ihrem Handy herum und murmelte Unverständliches in ihren Jackenkragen. Ab und zu warf sie einen ängstlichen Blick in meine Richtung, wohl um jederzeit die Flucht ergreifen zu können, wenn Gefahr von mir drohen sollte.

Als die drei lärmenden Vollpfosten einstiegen und sich direkt neben sie stellten, umklammerte sie ihr Handy mit beiden Händen und begann, heftig zu zittern. Das fiel nicht nur mir auf, sondern auch den drei Opfern, die sich plötzlich wie nach Absprache auf das neue, wehrlose Opfer konzentrierten.

»Hey, guckt mal! Die hat Respekt vor uns!«, meinte der größte von den Dreien in diesem unter Jugendlichen verbreiteten furchtbaren Gestammel, das ich in der Notaufnahme so lange überhörte und vortäuschte, es nicht zu verstehen, bis der Patient halbwegs normales Deutsch mit mir sprach. Erst dann begann ich mit meiner Behandlung.

Die Bemerkung wurde mit allgemeinem Gelächter quittiert, nur das kleine Mäuschen lachte nicht, sondern begann, noch mehr zu zittern.

»Krass analoges Handy«, bemerkte der Kleinste. »Gib mal her! Will mal sehen, welche Apps du hast.«

Das Mädchen kniff fest Augen und Mund zusammen.

»Hey, sieh misch an, wenn isch mit dir schpresche!«, machte der Kleine sie an. »Gib her und mach wie Schiebetür! Du bist doch sowieso endbescheuert und kannst nicht damit umgehen. Das sieht doch jeder.«

Die drei lachten hämisch. Das Mädchen öffnete die Augen, rückte aber ihr Handy nicht heraus, sondern stopfte es samt Hand tief in die Tasche ihres Parkas.

»Gib mir das Handy, los!«, fuhr der Kleine sie an und rückte dem zitternden Mäuschen noch mehr auf die Pelle, woraufhin diese in Tränen ausbrach.

»Bist du behindert, oder was?«, fragte daraufhin der Mittlere.

Der Busfahrer beobachtete die Szene im Spiegel, machte aber keine Anstalten, einzuschreiten.

»Hey, lasst das Mädchen in Ruhe«, mischte ich mich von meinem Platz aus ein. Wie zu erwarten, lenkte das die Aufmerksamkeit der Idioten auf mich.

»Was willst du, Alter? Das ist eine Sache zwischen uns und dem Mongo da«, zischte der Mittlere in meine Richtung.

»Ist deine Mutter schwul oder was?«, fragte der Größte, der trotzdem ein Stück kleiner war als ich.

»Gute Frage. Ich werd sie bei Gelegenheit mal fragen.« Ich sah auf meine Armbanduhr. »Blöd, zum Anrufen ist es schon zu spät, sonst hätte ich das gleich geklärt. Ich denke, sie ist eher *oder was*. Aber mal echt, ich hätte nicht gedacht, dass du so empathisch bist und dich dafür interessierst. Du kennst meine Frau Mama ja noch nicht mal.« Ich war stinksauer und geladen. Der Abend war so schön gewesen und wurde im Nachhinein durch diese blöden Penner ruiniert. Die beste Taktik im Umgang mit solchen Hohlköpfen war, auf ihre Anmache ungewöhnlich zu reagieren und sie totzuquatschen. Damit konnten die nämlich nicht umgehen, hatten mich zahlreiche Einsätze als Notarzt nach Schlägereien gelehrt.

»Hey, laber nischt, du Spast! Zeig mal Respekt oder so, ja?«

Wann hatte eigentlich diese Unsitte angefangen, Sätze mit *oder was* beziehungsweise *oder so* zu beenden? Wann hatte der Nachwuchs verlernt, Entscheidungen zu treffen, und ließ stattdessen immer eine Variante zum eben Gesagten im Raum stehen? Ich hatte keine Ahnung oder so. In meiner Jugend waren klare Ansagen wie: ›*Ich hau dir gleich eine aufs Maul, wenn du nicht aufhörst*‹ im Trend gewesen, ohne jegliche Alternative im Nachsatz.

Im Gedenken an diese wilden Jahre unter entschlusskräftigen Gleichaltrigen fiel meine Antwort eindeutig aus: »Nein, ich hab keinen Respekt oder was vor Typen, die nur Schwächere anmachen und ansonsten zu blöd sind, eine leere Schublade aufzuräumen.« Ich stand von der Bank auf und stellte mich daneben. Zum millionsten Mal in meinem Leben wünschte ich, ich hätte die Einmeterachtzigmarke erreicht und etwas imposantere Schultern. »Du kannst ja dein Glück mal mit mir probieren. Meine vermeintlich schwule Mutter hat nämlich dafür gesorgt, dass ihr heterosexuell veranlagter Sohn eine Kampfsportausbildung macht. Deswegen sag ich's gleich, damit ihr in der Notaufnahme später nicht behauptet, ich hätte euch nicht gewarnt: Wenn ich tätlich werden muss, tut's richtig weh. Habt ihr diese einfache Botschaft verstanden?«

Die drei Gehirnamputierten brachen in idiotisches Gelächter aus und erinnerten mich an die Hyänen aus dem König der Löwen. »Ey, guck disch mal an Alter. Willst uns ficken, oder was?«, meinte der Mittlere.

»Nee, will ich nicht. Ich bin definitiv nicht schwul und wenn ich es wäre, hätte ich immer noch Geschmack«, konterte ich und forderte das zitternde Wesen auf: »Komm, setz dich neben mich.«

Bommelmütze kam die paar Schritte auf mich zugewankt und fiel, weil der Bus gerade in eine scharfe Kurve fuhr, ungeschickt in die Sitzbank. Ich ließ sie auf die Fensterseite rutschen und setzte mich auf den Gangplatz daneben. Als ich zu ihr hinüber sah, lächelte sie mich mit verheulten Augen an.

Ich zog ein Taschentuch aus meiner Jackentasche und gab es ihr. »Hier, putz dir mal die Nase.«

Sie nahm das Taschentuch dankbar an, schnäuzte sich geräuschvoll und gab mir dann schüchtern die Hand: »Ich bin die Sidonie Pfeiffer und bin dreiunddreißig Jahre alt.«

Ich seufzte. Sidonie schien schon so nicht die hellste Birne im Kronleuchter zu sein, und dann hatten ihre Eltern ihr auch noch einen Namen gegeben, der nur in Waldorfschulen gut kam.

Ich gab ihr ebenfalls die Hand: »Benny.«

Den Rest der Fahrt schwiegen wir. Ich behielt die Idioten im Auge, die sich nun über mich und mein bisheriges Sexualleben unter mehrfacher Erwähnung meiner Mutter, meines Hundes und meiner Schwester, die abwechselnd homo, schwul, schizo oder noch Schlimmeres waren, lautstark Gedanken machten und diese mit eindeutigen Gesten verdeutlichten, uns aber ansonsten in Ruhe ließen. Sidonie tippte wie besessen Nachrichten an irgendwen. Als sie schließlich aussteigen musste, ging ich mit und brachte sie die paar Schritte bis zu ihrer Haustür.

»Wohnst du auch bei mir im Haus?«

»Nee, das nicht, ich dachte mir nur, ich begleite dich. Eine solche Aufregung reicht ja für den Tag und die Nacht.«

Sidonie sah mich aus großen, dunkelbraunen Murmelaugen hinter den dicken Brillengläsern an und nuschelte in ihren Parkakragen: »Du bist aber wirklich nett.«

»Da ist sich die Frauenwelt nicht ganz einig drüber«, antwortete ich.

»Warum nicht?«, fragte Sidonie.

»Lange Geschichte.« Ich lächelte und zwinkerte ihr zu. »So, jetzt bist du sicher angekommen. Ich geh dann mal weiter. War ein langer Tag.«

»Hast du eine Freundin?«, wollte sie weiter wissen.

»Nee, nicht so richtig, momentan jedenfalls.«

Sidonie lächelte glücklich. »Kann ich dann deine Telefonnummer haben? Wir können uns ja mal treffen, zum Kaffee oder so. Ich habe nämlich auch keinen Freund«, kam es schüchtern und relativ undeutlich aus dem im Jackenkragen versteckten Mund.

»Ja, klar, können wir machen.«

»Wie heißt du mit ganzem Namen? Dann kann ich dich richtig eingeben in meinen Kontakten.« Der Blick, der mich traf, war herzzerreißend.

Sidonie tippte fleißig eine Nummer unter dem Namen *Benny Kramer* in ihr Handy und versprach, sich gleich morgen früh bei mir zu melden, damit wir was ausmachen könnten.

Benny Brandstätter war manchmal ein guter Mensch, wollte es aber nicht übertreiben mit dem gut sein. Ich nahm den nächsten Bus nach Hause und betrat um kurz nach zwei in der Nacht meine Wohnung, in der eine ausgehungerte Katze auf mich wartete, der ich den bekannten Song von Juliane Werding mit aktualisiertem Text vorsang: *Am Tag, als Benny Kramer starb und alle Mädchen weinten um ihn. Das war ein schwerer Tag, weil in ihnen eine Welt zerbrach.*

Nachdem das Handy wieder halbwegs aufgeladen war, checkte ich meine Nachrichten.

23:41 Nachricht von Priscilla
Habe die Nase voll von Männern, die nur reden wollen. Habe für mein Leben genug mit Männern geredet. Jetzt sollen Körper sprechen. Will keinen, der mit mir diskutiert, wenn ich heule, sondern einen, der fragt, wen er verhauen soll!

02:15 Nachricht an Ricky Brandstätter
Noch wach?

02:18 Nachricht von Priscilla
Jupp.

02:20 Nachricht an Ricky Brandstätter
Hast Du Lust auf ein kleines Gute-Nacht-Telefonat?

02:21 Nachricht an Ricky Brandstätter
Würde gerne angerufen werden!

Ricky tat mir den Gefallen. Ich erzählte ihr von meiner Heldentat im Bus und versprach ihr, jederzeit jeden und ohne große Fragen für sie zu verprügeln. Sie erzählte von ihrem Traum, am Fuße der Ngongberge von mir den Kopf gewaschen zu bekommen. Ich schlug vor, ihr danach eine Antilope fürs Abendessen schießen zu gehen, und sie wünschte sich einen treu ergebenen Diener mit Turban, der so tiefenphilosophische Sätze sagte wie: *Dieser Fluss lebt in Mombasa, Mem Sahib!,* und danach anstandslos den Abwasch erledigte.

Um halb vier machten der Großwildjäger und die Kaffeeplantagenbesitzerin in spe schlapp und beendeten das Gespräch, nur um es wenige Stunden später per Nachrichtenverkehr weiterzuführen.

TAG 9
TRACHEOTOMIE &
TIEFKÜHLPIZZA

08:22 Nachricht von Priscilla
Guten Morgen! Habe furchtbar schlechtes Gewissen, weil ich Dir wieder eine Stunde Schlaf geraubt habe, aber konnte der Versuchung nicht widerstehen, mit Dir zu telefonieren!

08:36 Nachricht an Ricky Brandstätter
Schönen Guten Morgen, Mem Sahib. Kämpfe aktuell auch noch etwas mit den Nachwirkungen der Nacht … Aber ein Großteil der Patienten, die ich übernommen habe, auch. Am lustigsten ist einer mit MDMA-Vergiftungen. Der schmatzt am laufenden Band! Und ich hab ja schließlich wieder mal Dich angeschrieben … bin also selbst schuld. Aber das Schöne ist ja, dass es die Augenringe jedes Mal mehr als wert sind.

08:42 Nachricht von Priscilla
Wenn wir so weitermachen, altern wir rapide und vorzeitig wegen Schlafmangel, dann will uns eh niemand anderer mehr! Schicksal! Was issn 'ne MDMA-Vergiftung?

08:50 Nachricht an Ricky Brandstätter
Amphetamine … z.B. Ecstasy kann MDMA enthalten. Am Ende wirst Du bestimmt mein Jungbrunnen sein … zumindest fühle ich mich mental 10 Jahre jünger und glücklicher, seit ich Dich kenne.

08:57 Nachricht von Priscilla
Sch…, Brandstätter, hör auf mir Sachen zu schreiben, die mir Pfützchen in den Augen machen! Laufe aber selber seit einigen Tagen mit Dauergrinsen durch die Gegend, unterbrochen von ungläubigem Kopfschütteln.

09:04 Nachricht von Priscilla
Und jetzt sag, was das für Drogen sind, die Du mir geschickt hast. Seitdem ich die nehme, ist mein mentaler Zustand objektiv betrachtet sehr kritisch! Frage mich, was gewesen wäre, hätte ich die Schoki auch verputzt!
09:24 Nachricht an Ricky Brandstätter
Nicht auszudenken! War überall das Gleiche drin ... Hätte nur die Wirkung verstärkt. Bunte Halluzinationen mache ich erst dazu, wenn wir uns etwas besser kennen! Was machst Du eigentlich schon wieder auf? Was würde ich dafür geben, mit Dir noch ein wenig zu kuscheln.
09:37 Nachricht von Priscilla
Bunte Halluzinationen hatte ich schon mal. Habe überall wunderschöne blaue Spiralen gesehen und am nächsten Tag stundenlang die Toilettenschüssel umarmt! Nie wieder! Bin ein empathischer Mensch. Mag nicht im Bett bleiben, wenn Du tapfer und unverdrossen durch zugige Krankenhausflure rennst im Dienst für die Menschheit!
10:14 Nachricht von Priscilla
Habe ein bissele Sehnsucht nach Dir ... Würd gerne mal normale Dinge mit Dir machen, wie essen gehen ... und Dich dabei anfassen, fühlen, riechen ...
11:04 Nachricht an Ricky Brandstätter
Na, ob das nicht zu viel Benny für Dich wird?
11:16 Nachricht von Priscilla
Tja, stimmt auch wieder! Reicht ja schon, dass Du Palliativmedizin mit dem richtigen Akzent sagst und ich schmelze! I am so fucking lost!
11:36 Nachricht von Priscilla
Finde es genial, wenn man sich z.B. im Restaurant schon so wuschig macht, dass man es grad so in die Wohnung schafft ...
11:51 Nachricht an Ricky Brandstätter
Au verdammt. Werde ja schon ohne Restaurant und ob-

wohl Du weit weg bist ganz wuschig auf Dich …
11:51 Nachricht an Ricky Brandstätter
Seeeehr geile Vorstellung …

11:59 Nachricht von Priscilla
Dabei halte ich mich ja soooo zurück! Deswegen.
12:00 Nachricht von Priscilla
Sind wir uns mal wieder einig! Verbalerotiker aller Länder vereinigt Euch!

Dann war ich mit dem Annähen des Teils eines Fingers beschäftigt und schickte Ricky Vorher-/Nachher-Fotos davon.
12:55 Nachricht an Ricky Brandstätter
Hübsch, oder? Manchmal macht der Job echt Laune!

12:59 Nachricht von Priscilla
Schön, dass Dir Dein Job Spaß macht … Hast Du sehr schön geflickt!
12:59 Nachricht von Priscilla
Bin stolz auf Dich!

13:05 Nachricht an Ricky Brandstätter
Nähen macht einfach Spaß! Zumindest bei der Arbeit …
13:05 Nachricht an Ricky Brandstätter
Da freue ich mich direkt auf die Zeit, in der Du Dich nicht mehr zurückhalten wirst.

13:11 Nachricht von Priscilla
Ich denke, dass wir beide derzeit mit angezogener Handbremse fahren … Dürfte rasant werden, wenn wir die endlich lösen!
13:45 Nachricht an Ricky Brandstätter
Vielleicht sollten wir ein paar Tage Urlaub nehmen, bevor wir die Bremse lösen.

13:55 Nachricht von Priscilla
Wir können ja große Pausen einlegen und Deine CDs und Platten sortieren! Hast Dich schon für ein System entschieden?

14:00 Nachricht an Ricky Brandstätter
... insgesamt wohl alphabetisch. Schwerwiegende Entscheidung! Perfekt, dass Du für die kleinen Probleme des Alltags ruckzuck 'ne Lösung parat hast. Hach, ich freu mich einfach auf Dich!

14:10 Nachricht von Priscilla
So bin ich halt, ziel- und ergebnisorientiert! Außerdem finde ich, dass ein Besuch bei Dir mich auch geistig weiterbringen sollte. Sonst wäre mir das zu oberflächlich. Grins ... Ich habe meine Hardcover-Bücher z.B. nach Farbe sortiert. Bin halt schon a weng ein optischer Mensch. Meine Blusen neuerdings auch. Und trotzdem brauche ich ein kreatives Chaos! Deine Freude kann ich soooo nachempfinden!

14:28 Nachricht an Ricky Brandstätter
Bücher sortieren können wir dann bei mir übrigens auch noch ... wo Du schon so gut in Übung bist.

14:48 Nachricht von Priscilla
Ich sehe schon, bei Dir ist viel zu tun, packen wir es an!

14:50 Nachricht von Priscilla
Aber bügeln tu ich nicht! Kennst den alten Schimanski-Spruch? Bügeln und gebügelt werden! Frauenschicksal!

Nach 15 Uhr war nicht mehr besonders viel los. Ich hinterließ den Spruch des Tages auf der Toilette:

Ein Hamsterrad sieht von Innen wie eine Karriereleiter aus!

Anschließend beschloss ich, einen Abstecher auf die Intensivstation zu machen, um mich nach dem Fenstersturz, den ich als Notarzt hereingebracht hatte, zu erkundigen. Menschlich hatte ich zu der mir fremden Frau, die aus Verzweiflung am Leben vom Balkon gesprungen war und im Koma auf der Station lag, keine Bindung aufbauen können, aber der medizinische Fall interessierte mich. Meine Motivation, Medizin zu studieren, waren von jeher der wissenschaftliche Aspekt und die Faszination für den Körper gewesen, für die Chemie, Physik, Biochemie sowie die Anatomie, die dahinter steckten. Deshalb habe ich mich auch auf die Anästhesie spezialisiert. Das ist gelebte Physiologie und Pharmakologie und man sieht sofort die Effekte seiner Therapie. So ein gespritztes Adrenalin wirkt sofort. Wenn ein Internist die orale Dosis des Diuretikums etwas erhöht, kann er eine gefühlte Ewigkeit auf das Ergebnis warten. Ganz meinem Naturell entsprechend war ich mehr an der *Krankheit* als an dem *Kranken* interessiert.

Intensivstationen hatten mit ihren unzähligen Apparaten und Monitoren, den meist sehr schweigsamen Patienten und den stillen und bedrückten Besuchern, die oft hilflos waren und nicht wussten, was sie mit ihren schwerstkranken Angehörigen anfangen sollten, ihre ganz eigene Atmosphäre und Gesetzmäßigkeiten. Die Zeit, in der ich selbst auf einer Intensivstation gearbeitet hatte, mit ihren endlos erscheinenden Nachtdiensten, war mir immer noch gut beziehungsweise *schlecht* im Gedächtnis. Nie wieder war ich in meinem Berufsleben so überlastet und überarbeitet gewesen wie auf der Intensivstation einer Uniklinik. Wenn alles optimal lief und man für nicht zu viele Patienten verantwortlich war, hatte man die Station im Griff. War zu viel los und zu wenig Pflegepersonal da, dann hatte einen die Station im Griff, und das war überhaupt nicht lustig.

Heute hatte ein Kollege, den ich nicht kannte, Dienst. Er erklärte mir auf meine Frage, wie es der Patientin ginge: »An der Dialyse hängt sie seit dem ersten Tag und heute früh hat auch die Lunge aufgegeben.«

»Hört sich ja nicht so toll an.«

»Nein, tut es nicht. Ich würde ihr jedenfalls keine Langspielplatte mehr schenken«, meinte der Kollege knochentrocken. »Tut mir leid, ich muss weiter. Wir sind unterbesetzt heute Mittag. Die Patientin liegt in Bett vier. Sie können sich ja gerne selbst ein Bild machen.«

Interessehalber las ich mir die Krankengeschichte durch. Alle Daten wiesen auf baldiges Multiorganversagen hin, an dem die Patientin sterben würde, wenn nicht eine Hirnschwellung diesen Job vorher erledigte.

»Brandstätter, du alte Bitch, was verschlägt dich denn in diese heiligen Hallen?«

Ich drehte mich um, um zu sehen, wer mich angesprochen hatte, und blickte in zwei ungeputzte Brillengläser, hinter denen sich mein Lieblingskollege, Rolf Gerber, verbarg. Rolf und ich hatten zusammen in Tübingen studiert. Er hatte nach dem Studium direkt in der Margarinenklinik als Anästhesist angefangen und mich damals so lange bequatscht, bis ich ihm gefolgt war.

Leider war unser persönlicher Umgang auf ein Minimum reduziert, seitdem Rolf nicht mehr Single war, sondern sich Bett und vor allem Tisch mit Julia Brokowski, der seltsamsten aller Unfallchirurginnen dieser Welt, teilte. Julia war militant vegan. Sie empfand jedes Stück Leder oder Schurwolle als pure Provokation und Anlass für Grundsatzdiskussionen. Nachdem ich einmal bei den beiden bei Tofufrikadellen, Kichererbsenpüree und Sojaeis mit ungezügelter Ironie und ein paar deftigen Witzen auf Julias Sendungsbewusstsein reagiert hatte, wurde ich ultimativ von der Gästeliste gestrichen. Auf eine Gegeneinladung hatte ich bislang verzichtet, weil es mir einfach unmöglich gewesen wäre, meine mit Tierhäuten gespickte Wohnung veganertauglich zu machen. Nachdem ich in die Notaufnahme gewechselt war, hatten wir auch beruflich kaum noch miteinander zu tun. Umso mehr freute ich mich, Rolf mal wieder zu sehen.

»Das ist aber eine Überraschung. Was macht die vegane Lebensgemeinschaft?«

»Ah, hör mir auf! Ich bin dieses Hasenfutter so leid. Was mich am meisten nervt, ist, dass dir bei allem, was du vorgesetzt bekommst, erklärt wird, dass es genau so lecker schmeckt wie Fleisch. Tut es eben nicht. Kann man dann nicht einfach die Klappe halten? Oder bastelst du dir ab und zu einen Blumenkohl aus Hackfleisch und sagst: ›Hm, schmeckt genau wie Gemüse‹?«

Rolfs Anblick nach zu urteilen machte vegane Ernährung alles andere als glücklich.

»Dann gönn dir doch gelegentlich heimlich ein Stück Fleisch in der Kantine, wenn Julia keinen Dienst hat«, schlug ich vor.

»Geht nicht. Die riecht es, wenn ich Fleisch gegessen habe. Sagt sie zumindest. Und sie weigert sich, einen Mann an sich ran zu lassen, der nach totem Tier riecht.«

»Tja, da habe ich dann auch keinen Plan.«

Rolf seufzte tief und fragte mich: »Hast du Lust, eine Tracheotomie bei der Patientin da zu machen?«

Seitdem ich als Kind MacGyver geguckt hatte, träumte ich davon, endlich meinen ersten eigenen Luftröhrenschnitt durchführen zu können. Leider kam dieser Eingriff seltener vor, als man im Allgemeinen dachte. Mein ganzes Medizinstudium und die Zeit danach hatte sich mir die Möglichkeit nie geboten, deshalb griff ich begeistert zu. »Klar.«

»Na, dann an die Waffen!«

Während Rolf die Bronchoskopie vorbereitete, packte ich das Tracheotomie-Set aus. Unter Rolfs Anleitung führte ich zuerst eine Punktionskanüle knapp oberhalb des Brustbeins in die Luftröhre ein. Durch diese schob ich anschließend einen Führungsdraht, der dazu diente, die Dilatatoren zum Dehnen des Gewebes zu platzieren. Zum Schluss kam die Beatmungskanüle selbst an die Reihe, an die das Beatmungsgerät angeschlossen wurde.

»Perfekt gemacht«, lobte mich Rolf.

»Danke fürs Assistieren. Ich lade dich auch mal wieder zu einem Bier ein. Das darfst du doch wohl noch trinken, oder?«

»Kein Bier, Benny. Du schuldest der Station einen selbst gebackenen Kuchen. Mit Ei, Industriezucker, Weizenmehl, Butter, Schokoglasur und allem, was so an ungesundem Zeugs reingehört.«

Ich versprach, den Kuchen am nächsten Tag mitzubringen, verabschiedete mich von Rolf am Bett der Patientin und machte mich auf den Weg zurück in die Notaufnahme.

16:05 Nachricht an Ricky Brandstätter
Deswegen bin ich u.a. so froh, dass du in mein Leben getreten bist ... so viele Baustellen. Geiler Spruch ... würde natürlich auch mal gerne drüber bügeln!

16:06 Nachricht an Ricky Brandstätter
So, jetzt keine Lust mehr!

16:07 Nachricht an Ricky Brandstätter
Die Beklopptenquote ist wieder eindeutig zu hoch heute!

16:10 Nachricht von Priscilla
Soll ich Dich abholen? Kann Dich zwar nicht raustragen, aber wenn ich mit quietschenden Reifen vor der Liegendzufahrt angebraust komme, springst einfach rein und ab dafür! Dann fahren wir gen Süden, wie in der Reifeprüfung!

16:16 Nachricht von Priscilla
Tja, was wir alles noch zu tun und zu besprechen haben ... Freu mich wie blöd aufs Telefonieren mit Dir! Hab Dir so viel zu sagen ... Never ending story!

18:14 Nachricht an Ricky Brandstätter
Süden ist die beste Idee überhaupt ... Ab in die Sonne! Kannst mir ja eine Entschuldigung schreiben ... oder ich benehme mich hier saumäßig daneben ... esse die Seramiskugeln aus den Baumkübeln und pinkel ins Bällepa-

radies und muss dann von Mama abgeholt werden. Freue mich auch schon, nachher Deine Stimme zu hören …

18:51 Nachricht von Priscilla
Ich würde Dich ja nachher gerne richtig verwöhnen! Nach so 'nem Tag hättest das wirklich mehr als verdient! Erst mal in der Wanne einweichen …

20:00 Nachricht an Ricky Brandstätter
Oh, danach wäre es mir jetzt auch … Verdammt verlockende Vorstellung. So eine schöne heiße Wanne mit der Badenixe meiner Träume.

21:12 Nachricht an Ricky Brandstätter
Ah, endlich auf dem Heimweg … Hast Du so in einer halben Stunde Zeit zum Quatschen?

21:13 Nachricht von Priscilla
Ruf an, wenn Du so weit bist! Freu mich!

Zu Hause angekommen, holte ich mir eine der üblichen Tiefkühlpizzen aus dem Gefrierfach, machte noch extra Knoblauch und etwas Olivenöl drüber, ehe ich sie in den Backofen schob. Die Waschmaschine wurde auch mal wieder eingeschaltet. Dann tat ich das, worauf ich mich den ganzen Tag gefreut hatte, Señorita Koch anrufen. Es dauerte wie üblich endlos lange, bis das Telefon in der Finca gefunden war und ich endlich die mittlerweile sehr vertraute Stimme hörte. Obwohl wir wie an einer Nabelschnur über das Handy und den Nachrichtenverkehr aneinander hingen, freuten wir uns auf das abendliche Telefonat in Ruhe. Unsere Gesprächsthemen waren trotz unserer völlig getrennten Welten schier unerschöpflich. Ich aß meine Pizza auf dem Sofa und trank dazu ein Glas Barbera. Ricky hatte schon gegessen und trank am anderen Ende der Leitung ein Glas Tempranillo mit.

»Häschen, ich muss ein wenig Krach machen«, verkündete ich, als mein Nachtmahl beendet war und ich mit dem leeren

Teller und meinem Glas Wein in die Küche zurückging.

»Was musst du denn um die Zeit noch erledigen? Steuererklärung?«

»Die müsste ich tatsächlich auch noch machen. Ich backe eine Donauwelle.«

»Das ist nicht dein Ernst!«

»Doch, leider. Ich muss die morgen mit auf die Intensivstation bringen. Alte Tradition.«

»Dass man am Ende eines langen Arbeitstages mitten in der Nacht noch komplizierte Kuchen backen muss?«

»Nein, ich habe heute meinen ersten Luftröhrenschnitt gemacht, und wenn man so was zum ersten Mal machen durfte, dann muss man etwas Essbares mitbringen für die Allgemeinheit. Der Kollege, der mich hat assistieren lassen, bestand auf einen völlig ungesunden Kuchen.«

»Das glaub ich nicht. Ihr feiert einen Luftröhrenschnitt mit Kaffee und Kuchen? Spießiger geht's ja kaum noch. Soll ich dir das Blümchenporzellanservice meiner Oma schenken? Das hat noch richtige Tassen mit Unterteller.«

»Mach du dich nur über mich lustig.« Ich verrührte nebenher in der Küchenmaschine die Backzutaten zu einem Teig und verließ, solange die Maschine lief, die Küche, um mit Ricky weiter telefonieren zu können. »Wenn ich mal berühmt bin, wird dir das im Nachhinein leidtun.«

»Wird es nicht. Weil du nie berühmt werden wirst. Womit denn? Bringst du demnächst dein eigenes Buch heraus? *Backen vor Mitternacht?*« Ricky lachte hämisch über diese schäbige Bemerkung.

»Nein, aber ich schreibe gerade vorausschauend an meiner Autobiografie. Willst du den Titel wissen?«

»Lass mich raten: *Kaffeeklatsch und Blutkonserven?*«

»Ha! Ha! Ha! Aber ganz, ganz falsch: *Hirn, Herz und Hormonstau.*«

»Da lache ich doch auch dreimal kurz.«
»Kein Grund zum Lachen. Das nennt man auch die Brandstättersche Dreifaltigkeit, der ist schon so manches weibliche Wesen willenlos erlegen.«
»Ja, wenn das so ist, würde ich doch eher vorschlagen: *Hoden, Herz und etwas Hirn.*«
»Ah, Häschen, was bist du manchmal vulgär.«
Bezaubernd vulgär, fügte ich im Geist dazu, bekam es aber nicht über die Lippen.

Kurz nach Mitternacht war die Donauwelle samt Schokoglasur fertig. Ich verabschiedete mich schweren Herzens für diesen Tag von Señorita Koch, weil ich die Wäsche nicht mit einer Hand aufgehängt bekommen und meine Nacht um kurz nach sechs zu Ende sein würde.

TAG 10
INDIGO & IN LOVE

02:32 Nachricht von Priscilla
Geh jetzt auch ins Bett! Wünsch Dir einen Tag.
02:32 Nachricht von Priscilla
Upps, ist ja schon spät … wunderschönen meinte ich!
02:50 Nachricht von Priscilla
Na ja, wenn ich schon am Denken an Dich bin, schicke ich Dir ein paar Hexenträume! Kann ja nix schaden!
03:02 Nachricht von Priscilla
Bin grad in quite a sentimental mood: Abends, wenn ich schlafen geh, sprech ich kniend ein Gebet für meinen Liebsten, auch wenn er mich nicht liebt, beschütz ihn doch allein für mich, so bete ich!
03:34 Nachricht von Priscilla
Kann nicht einschlafen und verzehr mich grad ziemlich vor Sehnsucht nach Dir!
03:43 Nachricht von Priscilla
Ich schicke schmalzige Nachrichten an einen Schlafenden! Oh mein Gott! Mich hat es echt übel erwischt!
03:51 Nachricht von Priscilla
Ich hab Dir übrigens auch einen altmodischen Brief geschrieben, müsste heute bei der Post sein.
06:27 Nachricht an Ricky Brandstätter
Du bist ja echt so süß … und wunderschönen guten Morgen erst mal. So würde ich gerne jeden Morgen mein Handy vorfinden. Und dass wir beide etwas neben der Spur laufen, wird uns auf jeden Fall viel Spaß einbringen … bin irgendwie überzeugt, dass wir gut zusammen passen. Cool, ein echter? Da bin ich ja gespannt.

06:34 Nachricht an Ricky Brandstätter
Und viel Spaß bei der Arbeit. Warst ja länger nicht mehr. Also, wenn es Fragen gibt, trau Dich einfach, ich helfe doch gerne.

06:57 Nachricht an Ricky Brandstätter
Hast Du eigentlich überhaupt noch geschlafen?

07:20 Nachricht von Priscilla
Hab ein bissele geschlafen. Bin nicht motiviert. Oh ja, wir beiden haben ja bereits extrem viel Spaß miteinander und irgendwie habe ich das Gefühl, da ist noch Stoff für 1001 Nacht.

09:14 Nachricht an Ricky Brandstätter
Und 1001 Tage! Bleib tapfer!

09:26 Nachricht von Priscilla
Bin tapfer, man nennt mich gelegentlich Braveheart2. Hast schon jemanden erledigt mit Deinem Knoblauchatem?

Ricky hatte mir um 9.37 Uhr einen Cartoon geschickt, in dem ein Steinzeitmann eine Frau an einem Bein hinter sich herzieht und der andere Steinzeitmann sagt: *Du musst sie an den Haaren ziehen, sonst füllen sie sich mit Sand.* Ich schickte die Fotodatei innerhalb der nächsten halben Stunde an meine sämtlichen Kontakte und wurde mit Dank überhäuft. Schön, wie die kleinen Freuden des Lebens immer noch Anklang fanden.

10:27 Nachricht an Ricky Brandstätter
… stimmt, da war was. Hab den Kaugummi vergessen. Kein Wunder, dass sich heute alle wegdrehen.

10:41 Nachricht von Priscilla
Sag doch, Deine Freundin sei ein Vampir und Du musst das Zeug zum Schutz essen. Ist doch im Trend, sich mit Vampiren zu paaren. Bis zum letzten Blutstropfen!

11:41 Nachricht an Ricky Brandstätter
Na ja, wer weiß! So gut kenne ich Dich ja auch noch nicht

… und Deine Beißerchen habe ich auch noch nie begutachtet.
11:45 Nachricht an Ricky Brandstätter
Dein Comic ist der Renner hier!
11:45 Nachricht von Priscilla
Tja, meine spitzen Eckzähnchen sind nicht nur Zierde. Meinen kuscheligen Sarg verlass ich erst, wenn sich der Vorhang der Nacht übers Land legt.
11:46 Nachricht von Priscilla
Freut mich, dass ich Farbe in den grauen Klinikalltag bringen konnte! Meine gute Tat für heute …

Die Notaufnahme war übervoll und Fatima kündigte mir in ihrer unnachahmlichen, politisch unkorrekten Art meine nächste Patientin an: »Berufsmutter, 26, sitzt mit blauen Händen bereits in Kabine 4.«

»Blaue Hände? Das gab es auch schon länger nicht mehr.«

»Das liegt an den Prewashed Jeans. Diese Saison ist wieder der Originalstoff gefragt.«

Die Patientin saß bereits auf der Untersuchungsliege, als ich die Kabine betrat. Ein auffallend hübscher, etwa zweijähriger Junge mit blonden Locken stand neben ihr, hatte sich an ihr linkes Bein geschmiegt und hielt sich daran fest. Mit der anderen Hand umklammerte er einen arg zerspielten braunen Teddy, an dessen linkem Ohr er nuckelte. Fatimas Einschätzung von wegen *Berufsmutter* stimmte voll und ganz. Alles an der jungen Frau, vom ausgewaschenen Pullover mit merkwürdigen Flecken über der rechten Brust bis zum achtlos mit einer Klammer im Nacken zusammengesteckten Haar, schrie: »*Ich bin Vollzeitmutter und kann mich nicht auch noch um Klamotten und Haare kümmern!*«

Ich setzte mich auf den Rollhocker vor die Patientin, stellte mich kurz vor und fragte, was denn so anliege.

»Ich bin Miriam Gieser und das ist Gustav, mein Sohn.«

Diese Worte wurden von einem stolzen, zärtlichen Seitenblick auf das erwähnte Kind begleitet.

»Aha, aha. Sehr schön.« Ich war eher weniger beeindruckt.

Dann erklärte Miriam, dass sie seit ein paar Tagen ständig blaue Hände bekäme. Mal wäre es fast weg, dann käme es wieder, bis die Hände dann so blau wären wie jetzt. Sie streckte mir ihre Handflächen, die bis dato locker auf den Oberschenkeln gelegen hatten, zur Begutachtung hin. Die Färbung kam mir sehr bekannt vor. Ich wollte gerade mit meiner Erklärung anfangen, als Gustav unvermittelt seinen Teddy auf den Boden fallen ließ, an meine Seite kam und sich an mein rechtes Bein klammerte. Den Kopf legte er zärtlich auf mein Knie und sah mich mit seinen riesigen meergrünen Augen an. Ich lächelte unverbindlich.

Meine Patientin lächelte erfreut: »Ich glaube, Gustav mag dich.«

»Tja, das könnte man meinen.«

»Sein Vater ist Schwede und war mal mein Dozent an der Uni. Seitdem er uns vor einem Jahr verlassen hat, fehlt Gustav eine männliche Bezugsperson.«

»Aha, aha.«

»Eigentlich macht er so was nicht bei Fremden.«

Eigentlich hätte mein Herz schmelzen müssen, aber ich kannte diesen Trick in abgewandelter Form bereits. Mein Kumpel Jonas hatte den Familiensetter *John Boy* so abgerichtet, dass er zu allen weiblichen Wesen unaufgefordert hintrottete und sein Köpfchen zwischen die Beine der Dame steckte, um sich hinter den Ohren kraulen zu lassen. Damit war die Bahn für Jonas zur Kontaktaufnahme geebnet. Es gab kaum ein Mädel, das John Boys distanzlosen Annäherungsversuchen widerstehen konnte.

»Sehr schön. Aber zurück zum Thema.« Ich begann weit auszuholen. »Ihre blauen Hände können verschiedene Ursachen haben. Da wäre zum Beispiel das Raynaudsyndrom, das sind Gefäßspasmen, die die Hände blau werden lassen. Auch ein angeborener Herzfehler kann dazu führen, dass sich Hände blau verfärben.«

Miriam hörte mir zwar zu, aber anstatt von meinen Differentialdiagnosen beeindruckt zu sein, betrachtete sie versonnen ihren Sprössling, der immer noch an meinem Knie hing.

Ich fuhr fort: »Es könnte sich auch um einen Schock nach einem Herzinfarkt handeln. Die Verfärbung verursacht durch Sauerstoffmangel in den Gefäßen« – und wie es ausschaut bei manchen auch im Hirn, fügte ich für mich hinzu.

Auch das genügte nicht, um das selige Lächeln aus dem Gesicht der blau angelaufenen Patientin zu vertreiben.

Ich legte noch eins drauf: »Oder eine Autoimmunerkrankung wie Sklerodermie. Ganz was Übles. Unheilbar.« Eigentlich wollte ich noch *tödlich* unterbringen, aber Gustav hatte begonnen, an meinem Knie zu nagen, und brachte mich damit völlig aus dem Konzept: »Kann es sein, dass er Hunger hat?«

»Ja, das ist schon möglich«, meinte die besorgte Mutter und packte aus der riesigen Juteumhängetasche, die an ihrer Seite auf der Liege stand, eine viereckige, flache Plastikschüssel aus. Sie reichte mit ihren blauen Händen Gustav einen der Apfelschnitze, die darin lagen. Ihre Hand wischte sie an den Jeans ab.

Meine Diagnose stand damit endgültig fest. Gustav schaffte es, das Apfelstück mit einer Hand zu nehmen, ohne die andere von meinem Unterschenkel und den Kopf von meinem Knie zu nehmen. Völlig in Gedanken versunken, knabberte er an dem Obst und speichelte dabei mein Knie ein. Wie uncool war es, ein Kleinkind von seinem Bein zu schütteln?

»Also, noch mal wegen Ihrer Hände. Es kann auch eine relativ harmlose Geschichte sein.«

»Gustav stört dich doch nicht?«

»Ähm, nein, nein. Ist schon in Ordnung. Die Hose muss eh in die Wäsche nach der Schicht.«

»Sonst hätte ich sie mitgenommen und für dich gewaschen.«

»Das ist wirklich nicht nötig«, wiegelte ich ab. »Apropos waschen. Haben Sie Gustav heute schon gewickelt?«

»Ja, klar. Er hat sogar ein ganz tolles Kacka gemacht. Nicht, Gustav?«

Gustav schien nicht so recht Lust zu haben, sich über seine Verdauung zu unterhalten. Stattdessen streckte er eine Hand zu seiner Mutter und bekam noch ein weiteres Apfelstück aus der Dose.

»Aha, aha. Und Sie haben heute auch schon das eine oder andere Mal die Toilette aufgesucht?«

»Selbstverständlich.« Versonnen betrachtete Miriam Klein-Gustav und seinen möglichen zukünftigen Stiefvater.

»Nach dem Windeln wechseln und Toilettengang haben Sie sicher Ihre Hände gewaschen?«

Der Blick auf den Boden, ehe das »Ähm, ja!« kam, sprach Bände. Sie griff entschlossen zu der Plastikdose und bot mir eines der bereits bräunlich oxidierten Apfelstücke an: »Unbehandelte Bioware aus dem Reformhaus.«

»Nein, danke. Ich esse nie im Dienst«, log ich.

»Das ist aber nicht gesund, so lange nichts zu essen.«

Ich seufzte mal wieder nur innerlich. »Mag sein, aber ich bin es so gewohnt. Da drüben ist ein Waschbecken. Wenn Sie sich mit der Flüssigseife bitte die Hände gründlich waschen würden, ehe ich mit der Untersuchung beginne.«

Während seine Mutter sich die Hände mit Wasser und Seife reinigte – wenn ich richtig vermutete, das erste Mal seit vielen Stunden –, nahmen Gustav und ich Blickkontakt auf. Sein linkes Auge hatte deutlich injizierte Blutgefäße, die Bindehaut war rot, es tränte leicht und die Wimpern waren verklebt.

»Hat Ihr Sohn öfter eine bakterielle Bindehautentzündung?«, fragte ich.

»Ja, sehr oft sogar. Er ist halt schon anfällig. Sein Kinderarzt und ich vermuten, dass ein Großteil seiner Anfälligkeit psychosomatischer Natur ist, dass er die Trennung vom Vater nie richtig überwunden hat. Ich habe nämlich Psychologie studiert, ehe ich schwanger wurde. Jetzt habe ich leider keine Zeit mehr dazu, aber wenn Gustav mal in den Kindergarten kann, dann werde ich auf jeden Fall mein Studium beenden. Ich möchte mich auf Kinder und Jugendliche spezialisieren.«

Der Mann, der ein paar Monate in Afrika gearbeitet hatte und wusste, was ein Mangel an Grundhygiene an Krankheiten verursachen konnte, schluckte den bösen Satz, der sich in seinem Hirn zusammengebraut hatte, herunter.

Ich ließ mir von der Patientin, die wieder auf der Liege saß, die frisch gereinigten Hände zeigen.

Als ich das Ergebnis sah, schluckte ich mein Triumphgeheul ebenfalls hinunter und sagte besonnen: »Sie haben das, was wir hier in der Klinik als *Manus Indigoniensis* bezeichnen. In den Siebzigerjahren des letzten Jahrhunderts bekannt als *Morbus Levi's* und im englischen Sprachraum als *No-Wash-Disease*.«

Miriam blinzelte mich ratlos an. »Und was hilft dagegen?«

»Neue Jeans vor dem ersten Tragen öfter waschen und die Hände mehrmals täglich.«

Miriams bis dahin verträumte Unschuldsmienenfassade bekam plötzlich Risse. »Du willst mir doch nicht wirklich erzählen, dass ich bloß schmutzige Hände von meinen Jeans hatte?«

»Das sind Ihre Worte. Ich habe es wissenschaftlicher auszudrücken versucht.«

Miriam stand erbost auf, packte ihre Tasche und riss ihr Kind grob vom Bein des Papa-Aspiranten weg.

»Komm, Gustav. So was müssen wir uns nicht sagen lassen.« Damit verließ sie meinen Zuständigkeitsbereich.

Nachdem ich meine eigenen Hände sehr sorgfältig gewaschen und desinfiziert hatte, fand ich, es wäre an der Zeit, mal wieder einen Spruch zu hinterlassen:

Wer loslässt, hat die Hände frei!

Im Anschluss ging ich zu Fatima hinüber, um den nächsten Patienten abzuholen.

»Ich sag's ungern, aber du hattest recht mit deiner Doppeldiagnose. War sowohl Berufsmutter als auch an *Manus Indigoniensis* erkrankt. Schlaues Mädchen. Warum hat so jemand wie du nicht selbst Psychologie oder Medizin studiert?«

»Ich habe in den letzten Jahren mit genug Losern mit einem Doktortitel zu tun gehabt und weiß, dass das kein Gütesiegel ist«, lautete die Antwort meiner klugen Lieblingsmitarbeiterin, die, auch vom hygienischen Standpunkt betrachtet, absolut porno war.

15:17 Nachricht an Ricky Brandstätter
Hoffentlich bald Feierabend, dann geht's in die Markthalle, lecker Zeug fürs Abendessen besorgen.

15:21 Nachricht von Priscilla
Oh, da würde ich gerne mitgehen! Kauf bitte ein paar von diesen ultrafetten Datteln. Ich geh gleich zu ner Kollegin, Geburtstagstorte essen. Dürfte aber gegen 21 h zurück sein.

16:10 Nachricht an Ricky Brandstätter
Fette Datteln. Is gebongt. Torte wäre aber auch nicht schlecht.

16:40 Nachricht von Priscilla
Achte aber ein wenig auf Deine Taille, wenn Du einkaufen gehst!

16:42 Nachricht an Ricky Brandstätter
Zu spät!

16:45 Nachricht an Ricky Brandstätter
Hab mir was einigermaßen Leichtes überlegt.

> **16:49 Nachricht von Priscilla**
> Triebtäter!

17:00 Nachricht an Ricky Brandstätter
Hähähä!

> **17:09 Nachricht von Priscilla**
> Mir graut ein wenig vor Dir, Brandstätter!

> **17:30 Nachricht von Priscilla**
> Männer: Früher Jäger und Sammler, heute Stecher und Rammler!

17:34 Nachricht an Ricky Brandstätter
Spätestens nach dem Spruch graut es mir auch ein bissel vor Dir!

17:34 Nachricht an Ricky Brandstätter
… Du bist keine nette Frau!

> **17:38 Nachricht von Priscilla**
> Will ich auch gar nicht sein …

In meiner Wohnung angekommen, öffnete ich einen Brief mit spanischer Briefmarke und musste feststellen, dass Señorita Koch keine nette Frau war. Vielmehr war die zukünftige Frau Brandstätter eine ganz bezaubernde, warmherzige Frau.

> Mein lieber Benny,
>
> Du hast mich vorhin gebeten, Dir doch mal einen Brief zu schreiben.
>
> Tue ich doch gerne. Aber ich muss Dich warnen, ich bin gerade in einer tiefst wehmütigen, melancholischen Stimmung, wenn Du das nicht verträgst, dann lies nicht weiter!

Schmeiß den Brief einfach weg, oder verbrenne ihn, das hat was Romantisches!

Aha, war ja klar, dass Dich das nicht abschreckt.

Sollte ich elendes, durchgeknalltes Miststück Deinen Ansprüchen nicht genügen und ich Dein Smashing Smile nie wieder in Farbe und live zu sehen bekommen, dann täte mir das sehr leid.

Egal, wie das mit uns weitergehen wird, ich danke Dir für die schöne Zeit; bislang nur knappe zwei Wochen.

Aber voller Lachen und Inspiration, magischen Momenten und wunderbaren Telefonaten, die ich never ever missen möchte.

Vor allen Dingen nicht das herrlich schräge allererste.

So was erlebt man nur einmal im Leben.

Du hast mich von Anfang an, als ich Dich besoffen und verletzt auf der Straße aufgelesen hatte und Du Dich tapfer selbst verarztet hast, regelrecht fasziniert.

Neugierig, wie ich nun mal bin, hätte es

mich umgebracht, nicht den Menschen kennenzulernen, der hinter dem versoffenen Arzt steckte. Und ich wurde von Tag zu Tag angenehmer überrascht, was für eine Persönlichkeit sich mir da offenbarte.

Wie oft passiert es einem im Leben, einen Menschen kennenzulernen, mit dem man auf Anhieb so kann wie ich mit Dir?

Es gab Momente, in denen ich mich regelrecht in Dir verloren und gleichzeitig wiedergefunden habe.

Also, mein Lieber, egal ob und wie es mit uns beiden weitergeht, hab vielen lieben Dank für zwei wirklich wundervolle, unvergessliche Wochen.

Wish you were here,

Dein Miststück

P. S We are two lost diamonds. Let's shine on and brighten up the dark side of the moon!
17:51 Nachricht an Ricky Brandstätter
Egal! Hab eben Deinen Brief gelesen und bin hin und weg ... hab schon so ewig keinen mehr bekommen! Lieben Dank! Bin echt gerührt!
17:52 Nachricht an Ricky Brandstätter
Freu mich so auf mein Miststück!

17:54 Nachricht von Priscilla
War mir ein Bedürfnis.
17:57 Nachricht an Ricky Brandstätter
Hoffe sehr, dass ich mich in Zukunft um viele Bedürfnisse von Dir kümmern darf. Bist eindeutig meine Königin unter den kleenen Hexchen.
18:01 Nachricht von Priscilla
Wie, Du hast noch andere kleine Hexen???
18:04 Nachricht an Ricky Brandstätter
Nee, hab ja nicht geschrieben »unter meinen Hexen«! Eine macht schon genug Wirbel in meinem Leben und in mir!
18:08 Nachricht an Ricky Brandstätter
Für die Bändigung dieses wilden Exemplars unter den Hexen brauch ich ja schon meine volle Energie. Außerdem will ich doch gar keine Hexen neben Dir haben.
18:09 Nachricht an Ricky Brandstätter
Verbietet auch meine Religion!
18:10 Nachricht von Priscilla
Ich hoffe, ich überfordere Dich nicht! Hast ja noch 'nen anstrengenden Job.
18:11 Nachricht von Priscilla
Bin aber immer noch ziemlich ausgebremst, da sind noch Reserven drin.
18:15 Nachricht an Ricky Brandstätter
I wo! Fühle mich eher mitten ins pralle Leben geworfen.
Dann lass ich mich von den Reserven doch mal überraschen!
18:23 Nachricht von Priscilla
Dauert noch e bissele! Kannst Dich in Ruhe drauf vorbereiten.
18:24 Nachricht von Priscilla
Ich hätte jetzt Hunger.
18:26 Nachricht an Ricky Brandstätter
Dann lass uns doch zusammen kochen! Auf was hast Lust?

18:26 Nachricht von Priscilla
Spaghetti Frutti di Mare?
18:27 Nachricht an Ricky Brandstätter
Die Zutaten hätte ich da ... dann mal an den Herd, junge Frau, wo Sie hingehören!!!
18:27 Nachricht von Priscilla
Wer sich nicht wehrt, landet am Herd!
18:29 Nachricht von Priscilla
Einsatzbereit! Mit oder ohne Knoblauch?
18:29 Nachricht an Ricky Brandstätter
Das fragst doch nicht im Ernst!!! Oder???
18:30 Nachricht von Priscilla
Nee, war ein Scherz!
18:30 Nachricht von Priscilla
Parmesan?
18:31 Nachricht an Ricky Brandstätter
Ricky!!!

Das Telefon klingelte.

»War nur ein Test«, teilte mir Señorita Koch persönlich mit.

»Gut! Menschen, die Parmesan an Frutti di Mare machen, machen auch Butter unter Leberwurst oder Eiswürfel in den Prosecco.«

»Weiß oder Rot?«, kam die nächste Frage.

»Da wird's schon schwieriger. Wie wäre es mit einem leichten Roten, etwas gekühlt?«

»Very well, my dear.«

Die Spaghetti wurden sowohl in der schwäbischen Metropole, als auch im Herzen der Baleareninsel gleichzeitig fertig und am Telefon miteinander verspeist. Zum Nachtisch machte ich mir einen Espresso, Ricky genehmigte sich einen Lepanto. Jeder verdaute auf seiner Couch vor sich hin, den Telefonhörer ans Ohr gepresst.

»Ich habe eine Überraschung für dich«, meinte ich nach einem kleinen, erfrischenden Bäuerchen.

»Hm, da bin ich aber mal gespannt. Ich mag an sich keine Überraschungen«, warnte die Señorita mich.

Ich hörte nicht auf ihre Worte, wahrscheinlich, weil ich zu viel gegessen hatte und kein Blut mehr fürs Hirn übrig war. Unbeirrt schlug ich Ricky vor, sie die nächste Woche, in der ich fünf Tage frei hatte, zu besuchen. Sie lehnte das kategorisch ab. Sie erklärte, sie sei fast zwei Wochen krank gewesen und es sei viel Arbeit nachzuholen. Sie hätte nicht wirklich Zeit für mich. Ihre Erwiderung auf mein Angebot, mich ganz klein zu machen und nicht zu stören, dass ich sie nicht unter Druck setzen solle, war zwar sehr lieb gesagt, tat aber trotzdem weh. Nach zwei Wochen, in denen ich mich nach ihr verzehrt und mich täglich mehr in dieser Geschichte verloren hatte und mit fast einer Flasche Rotwein im Blut, kam der sensible kleine Benny, der immer dicht unter der ruppigen Schale lauerte, zutage. Er warf der störrischen Ricky vor, sie würde ihn als Pausenclown sehen und es nicht ernst meinen.

Nach diesem Telefonat legten wir beide wohl zum ersten Mal den Hörer ohne dämliches Grinsen im Gesicht auf. Wir hatten nach zwei Wochen, in denen wir uns immer mehr in den Himmel geschraubt hatten, bis wir auf Wolke sieben saßen, die erste Meinungsverschiedenheit gehabt.

23:45 Nachricht von Priscilla
Hatten wir gerade unseren ersten Streit?
23:50 Nachricht an Ricky Brandstätter
Schlaf gut! Ich schalte jetzt mein Handy lautlos!
00:25 Nachricht von Priscilla
Kann erwartungsgemäß nicht schlafen. Fühl mich nicht so gut.
04:59 Nachricht von Priscilla
Ich hoffe, Du schläfst besser.

05:42 Nachricht von Priscilla
Nicht falsch verstehen, ich will Dich schon wahnsinnig gerne sehen und anfassen und richtig kennenlernen, weil ich einfach von Deiner Persönlichkeit fasziniert bin und es mir so viel Spaß macht, mich mit Dir auszutauschen!
06:02 Nachricht von Priscilla
Will Dich nicht verlieren … Auf keinen Fall!

TAG 11
OVER & OUT

Die Nacht war kurz und unruhig gewesen. Ich war lange vor dem Weckerläuten wach, duschte ausgiebig und machte mich auf den Weg nach Tübingen, wo ich wieder mal in der Praxis meines Kumpels Stefan Anästhesie machte. Heute waren den ganzen Tag Kinder meine Patienten. Narkosen bei Kindern waren riskanter als bei Erwachsenen. Man hatte als Arzt bei einem Erwachsenen relativ lange Zeit, auf Unregelmäßigkeiten während der Narkose zu reagieren, bei Kindern ist diese Reaktionszeit ungleich kürzer. Ehe ich bei dem ersten Kind die Narkose einleitete, schrieb ich kurz an Ricky.

06:40 Nachricht an Ricky Brandstätter
Keine Sorge, so schnell wirst mich nicht los! Habe ab vier auch nicht mehr richtig gepennt. Gibt eben viel Kaffee … bis später.

07:05 Nachricht von Priscilla
Oh weh, halt die Ohren steif …

13:21 Nachricht an Ricky Brandstätter
Bin ehrlich gesagt total durch … hab das erste Kind heute Morgen schon wegen Asthmaanfall während der Narkose beatmet auf die Kinderintensiv verlegen müssen, was den Tag heute ca. 2 h länger werden lässt und meine Nerven arg strapaziert.

13:25 Nachricht von Priscilla
Benny, lass gut sein! Mach Dir meinetwegen keinen zusätzlichen Stress! Ich lauf Dir nicht weg. Lass uns später telefonieren, wenn Du möchtest.

14:06 Nachricht an Ricky Brandstätter
O. k. Wird hier auch noch ein längerer Tag werden …
Melde mich heute Abend mal. Sorry!

14:10 Nachricht von Priscilla
Kein Problem. Ich schau nachher noch schnell bei Amelie vorbei, die hat sich wohl bei mir angesteckt, und kümmere mich. Dann bin ich zu Hause!

19:38 Nachricht an Ricky Brandstätter
Hey. Höre mir gerade was zur Wetterkunde beim Segeln an und bin schon wieder eingepennt. Werde mir das hier wahrscheinlich nicht bis zum Schluss antun … Bin einfach alle. Nicht böse sein, aber telefonieren wird mir heute etwas viel … bin auch ein bissel depri. Würd aber gerne morgen mit dir quatschen! Passt das? Arme Amelie … hoffe, Du hast Dich für Deinen weitergereichten Darmangriff mit guter Pflege revanchiert.

19:45 Nachricht von Priscilla
Klingt auch langweilig. Du musst Dich nicht entschuldigen, wenn Du keine Lust hast, mit mir zu telefonieren. Soll ja keine Pflicht sein, sondern Spaß machen … War heute auch für mich ein Sch… tag. Mir rumort es wieder im Bauch, Amelie kotzt, meine Mutter hat am Telefon geheult und ich heule auch gleich!

20:02 Nachricht von Priscilla
Wann willst Du denn morgen anrufen?

20:11 Nachricht an Ricky Brandstätter
Klingt auch echt nicht bombastisch … Werd von halb sechs bis acht abends im Sport sein und ab halb zehn bei der Arbeit … also entweder vor Sport oder zwischen Sport und Arbeit … Wann könntest Du denn?

20:22 Nachricht von Priscilla
Kommt drauf an. Wird das eher ein kurzes Gespräch oder willst Du mit mir quatschen?

20:23 Nachricht an Ricky Brandstätter
Nein, kann gerne länger werden, die Unterhaltung.

20:24 Nachricht von Priscilla
Dann kann ich ab Mittag zu Hause arbeiten. So ab 15 Uhr.

20:30 Nachricht von Priscilla
When I am getting sad, I stop being sad and be awesome instead.
Weise Worte des großen Barney Stinson.

20:33 Nachricht an Ricky Brandstätter
Ist schon ein großer Erleuchter! Dann bis morgen Nachmittag.

20:55 Nachricht von Priscilla
Wünsch mir manchmal, ich wäre blond und blöd, bin aber beides definitiv nicht!

21:27 Nachricht von Priscilla
Egal, irgendwie ist mir heute danach, mich mit mir selbst zu besaufen, und da ich nix gegessen habe außer zwei Mohrenköpfen, wird das sehr einfach!

22:08 Nachricht an Ricky Brandstätter
Das mit dem blöd wäre mir auch manchmal lieber. Werde auch noch ein Glas Wein süffeln und dann hoffentlich schlafen wie ein Baby ...

22:13 Nachricht von Priscilla
Soll ich Dir ein wenig Sand in die Augen streuen? Bin ein Sandmädchen!

22:18 Nachricht an Ricky Brandstätter
Keine schlechte Idee. Zum Wohl, schlaf gut und bis morgen ...

22:24 Nachricht von Priscilla
Schlaf Du auch gut ... Bis morgen ...

Ich schenkte mir einen doppelten Talisker ein, nahm das Glas mit ans Bett, zog Jeans und Socken aus und ließ alles an der Stelle liegen, an der es hingefallen war. Ich zog mir die Decke bis unters Kinn, stopfte mir Ohropax in die Ohren, spülte mit dem Whisky eine Schlaftablette hinunter und knipste die Nachttischlampe aus. Als ich das nächste Mal auf die Digitalanzeige des Weckers sah, war »14:10« darauf zu lesen. Mehr als fünfzehn Stunden Schlaf. Das hatte es seit meinen Studententagen nicht mehr gegeben.

Ein Blick aufs Handy zeigte einen höflichen, sehr formellen Guten-Morgen-Gruß von Priscilla um 8.23 Uhr. Als ich meine erste Tasse Kaffee des Tages trank, antwortete ich mit einem ebenso förmlichen Guten-Tag-Gruß. Danach folgte ein belangloser Nachrichtenaustausch übers Wetter. Um 22 Uhr trat ich mürrisch und deprimiert meinen Nachtdienst an und verwirrte meine Kollegen durch demonstratives Schweigen. Ricky verabschiedete sich um 23.56 Uhr für die Nacht und ich legte mich um 3.02 Uhr zum Schlafen hin.

Um 3.23 Uhr weckte mich Dörte wegen eines Patienten, der wegen unklarer Beschwerden im Brustraum, die bis in den linken Arm strahlten, von seiner Frau in die Notaufnahme gefahren worden war. Nach dem kurzen Nickerchen fühlte ich mich wie gerädert und schleppte mich völlig unmotiviert in den Behandlungsraum.

Auf der Untersuchungsliege saß ein gut gelauntes Paar, beide Ende vierzig, die massigen Körper in identische feuerwehrrote Jogginganzüge gehüllt, die Füße in Billig-Sneakers vom Discounter. Neben jedem stand ein XXL-Getränkebecher aus Pappe. Die Papierauflage der Liege war mit kleinen Teigkrümeln übersät. Eine zusammengeknüllte Papiertüte lag auf dem Boden.

Ich holte tief Luft und stellte mich vor. Dann erzählte mir die Frau des Patienten lang und ausschweifend, dass ihr Gatte, der hier anwesende, aber eher schweigsame Gert Zimmermann, mitten in der Nacht mit starken Schmerzen in der Brust aufgewacht war. Sie waren daraufhin mit einem kurzen Abstecher in ein Stehcafé, das rund um die Uhr *Kaffee to go* und Gebäck verkaufte, direkt in die Notaufnahme gefahren. Sie hätten sich auf eine längere Wartezeit eingestellt und während sie auf den behandelnden Arzt, also mich, hätten warten müssen, ein kleines Frühstück zu sich genommen, damit Herr Zimmermann nicht auch noch wegen Unterzuckerung aus den Latschen kippte. Deswegen sei es auch nicht schlimm, dass ich doch so lange gebraucht hätte, meinte Frau Zimmermann abschließend versöhnlich.

Ich empfand tiefe Dankbarkeit für so viel Verständnis für meine Bummelei. Das Problem war nur, dass der Patient nach all der Zeit beschwerdefrei sei, erklärte seine Frau weiterhin. Herr Zimmermann lächelte nur und nickte jeweils, wenn seine Frau etwas sagte, oder nippte wahlweise an seinem Kaffeebecher.

»Wissen Sie, mein Mann ist beruflich sehr angespannt und arbeitet im Schichtdienst. Drei Schichten, das müssen Sie sich mal vorstellen! Das heißt, er muss auch regelmäßig nachts arbeiten. Das muss ein Mensch erst mal verkraften. Deswegen schläft er auch nie richtig. Das macht ihn krank.« Frau Zimmermann tätschelte liebevoll die Hand ihres Angetrauten, der zustimmend nickte.

Ich fragte mich, warum so viele Frauen für ihre Männer redeten, es aber den umgekehrten Fall nicht sonderlich oft gab, zumindest nicht in der Notaufnahme.

»Aha, aha.« Jetzt nickte auch ich verständnisvoll.

Dörte, die hinter dem Pärchen stand, verdrehte die Augen.

»Wie spät ist es eigentlich?«, fragte ich in ihre Richtung.

Sie sah kurz auf ihre Armbanduhr und verkündete: »Exakt 3.38 Uhr mitten in der Nacht.«

»Aha, aha. Seit wie viel Uhr genau sind wir schon hier?«

»Seit gestern Abend um zehn.«

Ich wiegte meinen Kopf: »Genau! Und wie lange werden wir noch hier weilen?«

»Bis um sieben Uhr«, meinte Dörte und fügte noch hinzu: »Wenn wir pünktlich rauskommen.«

»Richtig! Wenn wir pünktlich herauskommen«, wiederholte ich und sah dabei Frau Zimmermann tief in ihre wimpernlosen, bernsteinfarbenen Augen.

Die vertikale Sorgenfalte zwischen Frau Zimmermanns Augenbrauen vertiefte sich, als sie mir voller Entrüstung entgegenschmetterte: »Ja, aber für Sie ist das doch normal!«

Dörte zuckte mit den Schultern und hob die Augenbrauen. Ich seufzte leise.

Nachdem ich den Patienten eingehend untersucht, ein EKG angeordnet und ihn ohne Befund verabschiedet hatte, zog ich mich wieder in mein Bett zurück. Noch gestern hätte ich Ricky von dem Vorfall geschrieben und mich auf eine schlaue, witzige Antwort gefreut. Heute konnte ich mich nicht dazu aufraffen. Ehe ich einschlief, leuchtete das Display meines Handys auf.

04:45 Nachricht von Priscilla

Eben aufgewacht. Hätte Dir normalerweise einen lieben Gruß samt fettem Kuss geschickt, weil Du arbeiten musst, bin aber nach wie vor ein bissele unsicher, was richtig und was falsch ist, also schicke ich Dir halt nix, sondern labere dumm rum!

Ich musste lächeln. Das erste Mal in den letzten vierundzwanzig Stunden. Ricky hatte es zum ungezählten Mal wieder geschafft, ein Lächeln auf meine müden Lippen zu zaubern. Wie sollte ich darauf jemals wieder verzichten können?

05:05 Nachricht an Ricky Brandstätter

Na, dann labere ich mal nicht dumm zurück, sondern schick Dir 'nen lieben Gruß samt Kuss!

Danach wechselten Señorita Koch und ich das Raum- und Zeitkontinuum und das normale Leben begann wieder. Auf der Toilette schrieb ich:

Das Ziel ist im Weg!

März

Coitus & Cohiba

Der Charterflug aus Mallorca war auf der Anzeigetafel als *gelandet* gekennzeichnet, als Ricky durch die automatische Schiebetür in die Ankunftshalle kam. Sie sah müde und übernächtigt aus; ihr Haar war wesentlich kürzer, als ich es erwartet hatte. Sie hatte kein Gepäck dabei und trug lediglich einen Burberry-Regenmantel mit passenden Gummistiefeln. Als sie mich sah, hellte sich ihr Gesichtsausdruck auf, sie nahm die Hände aus den Manteltaschen und kam auf mich zu gerannt. Ich lief ihr entgegen. Wir fielen uns lachend in die Arme und ich schwenkte sie überglücklich im Kreis. Sie war federleicht und hatte außer dem dünnen Mantel tatsächlich nichts an. Ich setzte sie wieder auf den Boden, küsste sie und löste den Gürtel des Mantels, fuhr mit beiden Händen darunter und fühlte Rickys warme, leicht verschwitzte Haut unter meinen Fingern, die neugierig Richtung Po wanderten. Ricky drückte ihren nackten Unterkörper fest gegen meine Jeans und die darin nur schwer zu verbergende Erektion. Ihre weichen Hände schoben sich unter mein T-Shirt und streichelten zärtlich meine Rückenmuskulatur.

Ricky stöhnte immer wieder meinen Namen mit seltsam tiefer Stimme: »Benny!«, dann schrie sie plötzlich sehr laut ihren offensichtlichen Orgasmus heraus: »Dr. BRANDSTÄTTER!« Das war aber jetzt sehr schnell gegangen und ließ mich vor Stolz und Freude aufwachen.

Die wässrigen, blauen Augen unseres Pflegedienstleiters Florian Schneider betrachteten mich neugierig. Ich schloss meine Augen wieder, um Ricky fühlen und sehen zu können. Den Trick hatte ich schon öfter vergeblich versucht.

Erneut hörte ich die tiefe Stimme: »Du musst aufstehen, wir haben eine Sechzehnjährige mit starken Bauchschmerzen. Ich habe sie schon in eine Kabine gelegt, weil sie sich windet und stöhnt wie eine Darstellerin in einem billigen Porno.«

»Wie spät ist es?«, wollte ich wissen.

»Kurz nach halb sechs.«

Ich hatte gerade zwei Stunden geschlafen und war völlig kaputt.

»Mist. Ich hab geträumt. Gib mir noch einen Moment, ich komme gleich nach.«

Als ich mich aus dem Bett rollte, fühlte ich mich uralt und fror erbärmlich. Ich musste dringend auf die Toilette. Am Waschbecken spritzte ich mir etwas kaltes Wasser ins Gesicht und brachte meine in alle Richtungen abstehenden Haare mit den Fingern und etwas Wasser nach hinten in Form. Friseurbesuch würde diese Woche oberste Priorität auf der To-do-Liste haben.

Ich hatte vergessen, zu fragen, in welchem Untersuchungsraum Florian den Teenager untergebracht hatte, was sich aber als unnötig herausstellte. Das unterdrückte animalische Stöhnen war schon von Weitem zu hören. Das junge Mädchen lag gekrümmt auf der Seite. Eine unter der künstlichen Sonnenbräune blasse, ältere Frau mit verheulten Augen stand hilflos daneben.

Ich stellte mich kurz vor und fragte mitfühlend: »Ist es so schlimm?«

Das Mädchen, sehr dünn, fast ausgemergelt, mit deutlich abgebildeten Wangenknochen und gar nicht so knuffig babyspeckig wie sonst viele Teenies in ihrem Alter, nickte und stöhnte begleitend. Gut, solch authentische Geräusche machten Simulanten in der Regel weniger. War ich wenigstens nicht umsonst aus diesem wunderbaren Traum geholt worden.

»Wie lange geht das schon so?«

Die Mutter antwortete: »Chantal-Jeanette hat mich um vier geweckt. Ich habe ihr einen Kamillentee gemacht, dann haben wir etwas abgewartet, weil es besser wurde, aber die Schmerzen kamen noch schlimmer zurück. Das ist bestimmt der Blinddarm.« Chantal-Jeanettes völlig verschwitzte Haare klebten an ihren Schläfen. Sie hatte Schweißperlen auf der Oberlippe, entspannte sich aber im Moment merklich.

»Gerade ist es wieder besser.« Die Patientin holte tief Luft und atmete schwer aus.

»Aha, aha. Dann leg dich mal auf den Rücken und mach den Unterkörper frei.«

Als Chantal-Jeanette ihr weites T-Shirt mit dem Aufdruck *Life's a bitch* hochschob und ich den prallen Bauch über der tief sitzenden Hüfthose sah, war für mich die Theorie von der Blinddarmentzündung gleich vom Tisch. Ich tastete ihn vorsichtig ab.

Ihre Mama meinte: »Ist das normal bei Blinddarm, dass der Bauch so aufgedunsen ist?«

»Wie lange ist dein Bauch denn so?«

»Seit zwei, drei Wochen vielleicht.«

»Das Kind hat in den vergangenen Wochen ständig über Bauchschmerzen geklagt. Sie hat schon immer so eine schlechte

Verdauung, weil sie so wenig isst«, erklärte die Mutter von der Sorte *Hotter than my daughter*.

»Mama, ich esse genug!«, fiel ihr Chantal gar nicht nett ins Wort. »Schau doch selbst, wie fett ich geworden bin.« Sie schlug mit den Händenflächen auf ihren gewölbten Unterleib.

Der Tastbefund ließ eigentlich keine Zweifel zu und Fett konnte ich weder sehen noch fühlen. Ich wandte mich an Dörte, die von Florian in die Kabine geschickt worden war: »Rufst du bitte mal in der Gynäkologischen an? Die sollen jemanden schicken, aber heute noch.«

Während Dörte mit der Abteilung telefonierte, fragte ich Chantal-Jeanette: »Hast du einen Freund?«

»Nö, schon 'ne Weile nicht mehr.«

»Eigentlich hatte unsere Chantal-Jeanette noch nie einen richtigen Freund«, klärte mich die Mutter auf.

Träum weiter, dachte der übermüdete Notarzt, der aus einem wunderschönen Traum geweckt worden war, der mit Leichtigkeit hätte ein feuchter werden können.

»Hattest du ungeschützten Verkehr?«, fragte ich.

»Ungeschützt?«, fragte Chantal-Jeanette treudoof zurück, um nicht mit *ja* antworten zu müssen.

»Nimmst du die Pille oder verhütest du sonst wie? Kondome?«

»Hören Sie mal, unsere Chantal-Jeanette muss doch nicht verhüten, die macht doch nichts«, dröhnte ein tiefer Bass aus einem klapperdürren Mann direkt hinter mir. Rein optisch sehr nah mit Chantal-Jeanette verwandt.

Klar, Chantal-Jeanette tut nix, die will nur spielen.

»Das ist mein Mann, der hat nur eben das Auto geparkt«, erklärte die Mama.

»Was hat das Kind denn nun?«, fragte der Papa.

Tja, dachte ich für mich: *Das Kind trägt ein Kind unter dem Herzen*, aber die Formulierung schien mir dann doch zu poetisch für diese frühe Stunde und das eher schlichte Publikum. Lieber schön wachsweich antworten: »Das werden wir gleich sehen. Ich habe jemanden aus der Abteilung angefordert, die müssten gleich kommen.« Der smarte Notarzt würde sich hüten, diesen Herrschaften persönlich mitzuteilen, dass ihre Chantal-Jeanette mit ziemlicher Sicherheit kurz vor der Geburt ihres Enkels stand.

»Hast du ein Handy?«, fragte ich das Mädchen.

»Klar!«

»Hast du auch eine Schutzhülle dafür?«

»Eine ganz geile sogar.« Sie zog das Handy aus der Tasche ihrer Jeans und zeigte mir das trendy Handy, die pinkfarbene Plastikhülle von einem Totenkopf aus Strasssteinen verziert.

»Porno!«, stimmte ich zu. »Sieht nicht nur gut aus, schützt super vor Unfällen.«

»Hm, stimmt. Da kann nix passieren. Ist mir schon oft runtergefallen.«

»Kann ich mal ein Foto davon machen? Ich möchte meiner Freundin auch so eines besorgen«, log ich.

»Klar, ich hab's im Internet bestellt. Nur 7,90 Euro.«

Nachdem ich mein Foto geschossen hatte, steckte sie das edle Teil, das sie besser schützte als ihren eigenen Körper, wieder zurück in die Hose. Wieder ein Punkt für mich. Ich hatte seit dem ersten Januar eine Wette mit meinem Kumpel Stefan laufen, dass alle ungewollt schwangeren Teenie-Mütter immer eine Schutzhülle für ihr Handy hatten. Derzeit stand es drei zu null für mich. Am letzten Tag des Jahres wollten wir abrechnen. Ich würde meine Kiste spanischen Reserva lässig in Empfang nehmen und auf das Wohl aller jungen Mütter trinken.

Melina Marberg, eine junge Gynäkologin, kam zur Tür herein. Melinas äußerst kräftige Beinmuskulatur vom jahrelangen Reiten war mir von unserer kurzen Affäre im vergangenen Jahr noch in bester Erinnerung. Als sie mich sah, stockte sie kurz, dann überwog die Professionalität und sie erkundigte sich, was los sei. Chantal-Jeanette wand sich gerade wieder vor Schmerzen, ihre Mutter hielt verzweifelt ihre Hand.

Der Herr Papa herrschte uns an: »So tun Sie doch endlich was gegen die Schmerzen!«

»Tja, das wird nicht ganz so einfach sein«, meinte ich und an Melina gewandt: »Die junge Dame scheint mir ein Fall für euch da oben zu sein. Chantal-Jeanette Übele, 16, mit unklaren, starken Abdominalschmerzen. Meines Erachtens weit fortgeschrittene Gravidität.«

»Hast du sie schon untersucht?«

»Nur Tastbefund, aber der schien mir sehr eindeutig.«

Melina übernahm die weitere Untersuchung. Ich konnte zwar nicht viel helfen, fand es aber angebracht, sie mit den überraschten Großeltern in spe nicht alleine zu lassen. Außerdem interessierte mich die Reaktion der beiden auf die frohe Botschaft brennend. Mit über der Brust verschränkten Armen beobachtete ich die Szene und half später, Chantals Bett in Richtung Kreißsaal zu schieben.

»Melde dich mal wieder«, meinte Melina, als ich ging, und irgendwie erschien es mir in dem Moment auch eine gute Idee, von festen, prallen Schenkeln umschlungen und festgehalten zu werden.

»Mach ich doch glatt«, versprach ich.

Chantals Mama war mit in den Kreißsaal gegangen, der Papa saß noch völlig aufgelöst im Wartebereich der Notaufnahme, also meinem Zuständigkeitsbereich. Melina hatte den männlichen Teil der Familie vor die Tür komplimentiert, als sie mit der Untersuchung des Unterleibs der Tochter angefangen hatte. Im Eifer des Gefechts hatten wir den Herrn Übele vergessen, und so wusste der zukünftige Großvater noch nichts von seinem Glück. Er sprang auf wie eine gespannte Feder, als er mich auf sich zukommen sah.

»Wir haben Ihre Tochter in die Gynäkologische Abteilung, genauer gesagt in den Kreißsaal, gebracht. Dort ist sie in den besten Händen. Ihre Frau ist ebenfalls dabei. Wenn Sie möchten, können Sie auch oben warten. Vierte Etage.« Geschickt getarnte Abschiebung hatte oberste Priorität in dieser Abteilung.

»Wird unsere Chantal jetzt operiert?« Der Mann schien immer noch keine Ahnung zu haben, was mit seinem Töchterchen los war.

»Erst mal wird probiert, das auf natürlichem Weg in den Griff zu bekommen.« Ich ließ mich erschöpft auf einen der Stühle fallen und bat Herrn Übele, sich doch auch zu setzen: »Hören Sie, Ihre Tochter hat nichts mit dem Blinddarm. Eigentlich ist sie überhaupt nicht krank.«

»Aber woher kommen dann diese furchtbaren Schmerzen? Sie hat ja geschrien wie am Spieß«, unterbrach er mich.

Ich schloss für einen Moment die Augen und antwortete im Geiste: *Das kommt davon, dass Dummheit weh tut.* Stattdessen sagte ich mit fester Stimme: »Ihre Tochter bekommt ein Kind; das ist zwar ein schmerzhafter, aber dennoch sehr natürlicher Vorgang.«

»Wie kann das sein?«, brüllte er viel zu laut für diesen frühen Morgen und den fast leeren Warteraum.

Huggie, ein Obdachloser, der beim Warten eingeschlafen war, schreckte hoch und begrüßte mich freudig: »Hey, mein Lieblingsdoktor! Gibt's Probleme?«

»Ah, Huggie, *long time no see.* Ich habe alles im Griff, du kannst ruhig weiterschlafen.«

»Nix da mit *Sie*, Dr. Benny. Sag weiter du und Huggie zu mir, Mensch.«

»Mach ich!« Dann wandte ich mich wieder dem aufgelösten Herrn Übele zu. »Wie das sein kann, kann ich ihnen nur theoretisch erklären; was den praktischen Teil anbelangt, müssen Sie Ihre Tochter direkt befragen.« Ich verabschiedete mich und ließ den ratlosen Opa in spe zurück.

Huggie ergriff die Chance, wieder einmal was Gutes für die Menschheit zu tun. Er rutschte auf den Stuhl neben Herrn Übele, nahm ihn in den Arm und sprach: »Wenn ich was helfen kann, ich kenn mich hier aus. Kenne auch den Großteil der Ärzte persönlich. Ich kann jederzeit ein gutes Wort für Sie einlegen. Wobei ... der Dr. Benny ist der Beste, echt.«

Ich schloss die Tür zur Zentralen Annahme hinter mir und hörte nicht, was aus dieser neuen Freundschaft wurde, freute mich aber insgeheim darüber, dass die Stammkundschaft mich per Mundpropaganda weiterempfahl.

Ich meldete mich bei Florian ab, ging mich umziehen und hinterließ die Weisheit des Tages auf der Toilette, ehe ich den Laden verließ.

> ### Eltern sind die Letzten, die Kinder haben sollten!
> **07:02 Nachricht an Ricky Brandstätter**
> Ich kann nicht mehr. Bin seit 12 Stunden hier ... habe sooo schön geträumt von Dir ... Aber ohne Happy End ... Dafür Teenie untersucht, die keinen blassen Schimmer davon hatte, dass sie kurz davor steht, einen kleinen Menschen in diese vertrackte Welt zu setzen. Ich fahr jetzt heim und verkrieche mich in mein Bett! Für immer!
>
> **07:05 Nachricht von Priscilla**
> Hab Dich lieb ...
>
> **07:05 Nachricht an Ricky Brandstätter**
> Warum???
>
> **07:06 Nachricht von Priscilla**
> Weil Du eben Du bist!

07:06 Nachricht an Ricky Brandstätter
Was bin ich denn?
07:07 Nachricht an Ricky Brandstätter
Dumm, naiv …?
07:08 Nachricht an Ricky Brandstätter
… buhuuuuu!!!
07:10 Nachricht von Priscilla
Du bist intelligent und eloquent, wollte ich schreiben, Du Arsch! Dann lese ich als Deutung dumm und naiv!
07:11 Nachricht von Priscilla
Wäh!
07:12 Nachricht an Ricky Brandstätter
Hihihi!
07:14 Nachricht an Ricky Brandstätter
Nimmst den Arsch eventuell zurück?
07:20 Nachricht von Priscilla
Wenn Du der Arsch bist, nehme ich Dich jederzeit wieder mit Kusshand zurück!

Wieder hatte Ricky es geschafft, mich mit wenigen Sätzen aufzuheitern. Ich war nach wie vor müde wie ein Hund, als ich zu Hause ankam. Clapton war nicht zu sehen, so fiel ich wie ein Stein ins Bett und schlief vier Stunden traumlos und ungestört. Als ich kurz nach zwölf aufwachte, fanden sich einige Nachrichten von Ricky auf dem Handy sowie eine von der Gynäkologin.

11:16 Nachricht von Priscilla
Beeeennnnnyyyyy!!!
11:39 Nachricht von Priscilla
Was ist eigentlich aus dem Baby geworden?
11:40 Nachricht von Priscilla
Herr Dr. Brandstätter, bitte melden Sie sich doch!
11:57 Nachricht von Melina Marberg
Hi, Benny! Es ist ein Junge! Alles dran! War schön, Dich mal wie-

der zu sehen! Wollen wir mal wieder was zusammen unternehmen? Würd mich freuen! LG Melina

12:10 Nachricht an Ricky Brandstätter
Tataaaaaaa!!!

12:11 Nachricht von Priscilla
Aaaahhhh!

12:12 Nachricht von Priscilla
Da isser endlich!

12:14 Nachricht an Ricky Brandstätter
There he is! The most wanted and sexiest man alive!

12:15 Nachricht von Priscilla
Schön! Dachte schon, ich muss fortan ohne Dich zurechtkommen!

12:16 Nachricht an Ricky Brandstätter
Nein, Häschen, wenn Du möchtest, musst Du nichts mehr ohne Deinen Hasen tun!

12:17 Nachricht an Ricky Brandstätter
Das Baby ist ein Junge und gesund …

12:17 Nachricht von Priscilla
Schön! Weißt, warum Babys schreien, wenn sie auf die Welt kommen? Ihre Seele weint, weil sie aus dem Paradies vertrieben und wiedergeboren wurde.

12:18 Nachricht von Priscilla
Bist ein Schatz! Aber muss jetzt was arbeiten. Der Job ruft. Telefonieren wir später?

Ricky brachte aus der Ferne so viel Abwechslung in mein Leben, und ich fragte mich wieder einmal mehr, wie viel intensiver alles werden würde, wenn wir nicht mehr das Handicap der permanenten räumlichen Trennung zwischen uns hätten.

12:19 Nachricht an Ricky Brandstätter
Telefonieren mit Dir? Jederzeit! Ich mach blöden Haus-

putz, ist längst überfällig. Man sieht vor lauter Staub den Dreck nicht mehr!
12:20 Nachricht an Melina Gyn
Hi, freut mich mit dem Kind! Bin grad in 'ner Beziehung, möchte nicht zweigleisig fahren ... verstehst Du sicher ... Mach's gut, Benny

Die viele überschüssige Energie musste dringend abgebaut werden, was in diesem Fall ausnahmsweise mal meiner Wohnung zugute kam. Ich putzte und wienerte an Stellen, die ich sonst sträflich vernachlässigte. Das wurde mir immer dann bewusst, wenn Clapton aus so einer Ecke auftauchte, die Schnurrhaare voller Spinnweben und Staubmäuse. Clapton, mein Staubindikator, reagierte auf meinen ungewohnten Aktionismus mit Auszug. Ricky hatte einen Kundentermin. In der Regel hörte ich dann mehrere Stunden nichts von ihr. Trotzdem checkte ich hin und wieder mein Handy, um zu sehen, ob sie nicht doch zwischendrin mal Zeit gefunden hatte, mir was Erbauliches zu schreiben oder ein Foto zu schicken. Sogar das Sofa räumte ich ab und saugte Claptons schwarze Haare, die man auf dem dunkelbraunen Veloursleder sehr gut sehen konnte, ab. Als ich alle Kissen und die flauschige Alpakadecke von meiner Mutter wieder zurückräumte, mussten mich irgendwelche Erdstrahlen heimtückisch aus dem Hinterhalt getroffen haben.

Schließlich hüpfte ich mit Ricky zusammen von Bord meiner Jacht in das karibikblaue Wasser. Wir waren beide nackt, küssten uns mit salzig schmeckenden Lippen und schwammen dann die wenigen Meter bis zu dem weißen Strand. Wir legten uns nebeneinander keuchend auf den pudrigen Sand und ließen uns von der Sonne trocknen. Ricky konnte der Versuchung nicht widerstehen und umschloss mit ihren warmen, weichen

Lippen meinen vom Wasser kalten Penis und begann, daran zu saugen und zu lecken, bis er groß und prall war. Ich stöhnte und zog sie zu mir hoch, woraufhin sie mir mit ihrer sehr rauen Zunge die Nase zu lecken begann. Das fand ich nicht mehr ganz so erotisch und drehte meinen Kopf weg. Daraufhin leckte sie mir das Ohr und begann, dabei laut zu schnurren. Meine Ohren waren definitiv erogene Zonen, aber hier stimmte etwas nicht. Rickys Zunge war viel zu trocken und rau. Ich öffnete die Augen. Sofort hörte das einlullende Schwappen der auslaufenden Wellen am Strand auf, die Sonnenstrahlen wärmten nicht mehr, dafür klopfte mir Clapton mit seiner kühlen Pfote auf die Stirn.

»Mann, Clapton, wenn du so was noch einmal machst, nagle ich die Katzenklappe zu. Ich hatte gerade Sex on the Beach with Priscilla. Verschwinde.«

Was er auch bereitwillig tat und munter Richtung Küche lief, um mir neben dem Kühlschrank aufzulauern. Clapton hatte Hunger und ich ein anderes, hartnäckiges Problem, das ich kurzerhand behob. Erst danach fütterte ich Clapton. Strafe musste sein.

Ich hatte eine Nachricht mit Anhang von Ricky verschlafen.

17:29 Nachricht von Priscilla mit Bilddatei
Gut zu wissen, dass es noch Männer gibt, die Blumen ohne Hintergedanken schenken!

Das Foto zeigte ein Laufband an einer Supermarktkasse, auf dem eine einzelne, in Zellophan verpackte Rose lag und daneben eine XXL-Packung Kondome, sonst nichts.

18:57 Nachricht an Ricky Brandstätter
Muss ein Schwabe sein: Das, was er an der Rose gespart hat, hat er in Kondome investiert.

Kurz vor Mitternacht hatte ich mich zum Schlafen in den Bereitschaftsraum zurückgezogen, nachdem ich die zwei Stunden davor um das Leben einer zweiundfünfzigjährigen Hausfrau mit einem Herzstillstand gekämpft und verloren hatte. Da ich der Arzt war, der als erstes Hand an die Patientin gelegt hatte, war es auch an mir, der Familie der Verstorbenen die unfrohe Botschaft zu überbringen und die anstehenden Fragen zu beantworten. Mein Mitgefühl für Patienten, die ich so kurz in Behandlung hatte, war praktisch null. Sobald Angehörige ins Spiel kamen, war das etwas ganz anderes. Aber auch das gehörte zu den Aufgaben eines Arztes. Ich brauchte dringend Ablenkung, um die betroffenen Gesichter zweier Teenagersöhne und eines weinenden Ehemannes zu vergessen.

00:05 Nachricht an Ricky Brandstätter
Hola Häschen! Bist noch wach? Wenn ja, was hast Du an?

00:06 Nachricht von Priscilla
Nix, außer Chanel No. 5

00:07 Nachricht von Priscilla mit Bilddatei
Nee, Scherz! Hab ein züchtiges T-Shirt an.

Das gesendete Selfie zeigte den Oberkörper einer Frau, ohne BH, deren straffe Brüste deutlich unter einem weißen T-Shirt abgebildet waren, auf dem *Love Me* strategisch günstig gedruckt war. Ein Kopf war nicht zu sehen.

00:09 Nachricht an Ricky Brandstätter
Hoppla! Ja, sehr geil, wenn es denn Deine sind …

Als Antwort kam kurz darauf das gleiche Foto, nur klebte auf dem T-Shirt über dem verlockenden Busen ein gelber Post-it, auf dem stand: *Meine & Echt!*

00:14 Nachricht an Ricky Brandstätter
Na, denn will ich mal nichts sagen. Werde mir morgen
das Foto als Poster ausdrucken und über mein Bett hän-

gen, bis ich das Original endlich zu sehen bekomme ...

Ricky schickte erneut ein Foto – das *Meine* war auf dem Klebezettel durchgestrichen und durch *Deine* ersetzt.

00:16 Nachricht an Ricky Brandstätter
Ah, endlich! Kann ich nicht ein Foto ohne dieses, zugegeben sehr aparte, Shirt haben? Bitte!

Auf dem nächsten Selfie stand vor *Deine* nun *fast*.

00:18 Nachricht an Ricky Brandstätter
Was habe ich denn jetzt wieder falsch gemacht?

00:19 Nachricht von Priscilla
Mag keine bettelnden, winselnden Männer! Wäh!

00:20 Nachricht an Ricky Brandstätter
Hab nicht gebettelt, nur lieb gefragt! Menno!

00:21 Nachricht von Priscilla
Schon verziehen!

00:21 Nachricht an Ricky Brandstätter
Guuuuut! Was hast gemacht heute? Ich habe gerade jemanden umgebracht ...

00:22 Nachricht von Priscilla
Nee, echt, absichtlich? Willst reden?

00:22 Nachricht an Ricky Brandstätter
Nein, war keine Absicht, ging nicht anders, Herzstillstand, bei dem die Rea zu spät angefangen wurde ... Gibt nicht viel zu reden darüber ... Bring mich auf andere Gedanken ... bitte!!!

00:24 Nachricht von Priscilla
Habe ich versucht mit dem Foto ... Hat nix gebracht, oder?

00:25 Nachricht an Ricky Brandstätter
Doch, hat sehr viel gebracht ... Hat die Durchblutung in einigen Regionen deutlich verbessert ... Mach weiter ...

00:25 Nachricht von Priscilla
Habe heute ganz viele Bücher gekauft ... Bin die ungekrönte Königin der Ersatzbefriedigung! Jedes Buch ein stummer Schrei nach Liebe! Meine Eltern hatten niemals für mich Zeit! Na ja, so habe ich wenigstens gelernt, mich artizukulieren, aber meine Lederstiefel sehnen sich nach Zärtlichkeit ...

Es folgte ein Foto mit einem ganzen Stapel Taschenbücher und daneben ein paar Wildlederstiefel in Rehbraun mit Lochverzierungen im Schaft. Señorita Koch hatte den Tag über offensichtlich Geld ausgegeben.

00:27 Nachricht an Ricky Brandstätter
Ach je, da brauchst ja Urlaub, wenn Du die alle lesen willst.

00:27 Nachricht von Priscilla
Von wegen Farin Urlaub ... Bin ja mal gespannt, ob Du das intellektuell alles nachverfolgen kannst! Großes, buntes Wortspielkino – für die Uhrzeit! Musste mich mal eben verdienterweise selbst loben!

00:28 Nachricht von Priscilla
N8 und schlaf gut ...

00:32 Nachricht an Ricky Brandstätter
Also, das war ja Kindergarten! Damit bin ich aufgewachsen, Schätzchen!

00:33 Nachricht an Ricky Brandstätter
Das habe ich schon gehört, als Klein-Ricky noch ins Windelchen gemacht hat ...

00:34 Nachricht an Ricky Brandstätter
... obwohl Du ja nicht mehr die Jüngste bist und es bald wieder so weit sein könnte ...

00:37 Nachricht von Priscilla
Ich find trotzdem, ich hab's schön umgesetzt. Könntest mich ruhig mal loben.

00:38 Nachricht an Ricky Brandstätter
Na gut, subber Bebbe ... Bin ja auf die Liebe greiser Frauen versessen! Knack mal die beiden!
00:38 Nachricht an Ricky Brandstätter
Und ohne Google ...
00:38 Nachricht an Ricky Brandstätter
Musst ja auch mal verlieren können.
00:40 Nachricht von Priscilla
Ich mach das ja alles nur, weil ich Dich liebe und nicht weiß, wie ich's beweisen soll! Schluchz!
00:42 Nachricht von Priscilla
Ich kann und will nicht verlieren!!!
00:42 Nachricht an Ricky Brandstätter
Dann her mit dem Titel!
00:42 Nachricht von Priscilla
... können greise Frauen nie, verlieren ...
00:43 Nachricht von Priscilla
Bin eingeschlafen!
00:44 Nachricht an Ricky Brandstätter
Rumgeeiere und Zeitschinderei!
00:45 Nachricht von Priscilla
The messages you have sent are incomplete! Please send again!
00:46 Nachricht von Priscilla
Scheiße! Ich weiß es nicht! Na gut, dann nenn ich Dich ab sofort Meister! Zufrieden?
00:47 Nachricht an Ricky Brandstätter
Endlich ... wurde ja auch Zeit! Omaboy von den Ärzten und Arnie-Schwarzenegger-Imitation vom SWR3-Müller ...
00:47 Nachricht an Ricky Brandstätter
Wobei Dir verziehen sei!
00:48 Nachricht an Ricky Brandstätter
Ich kümmere mich ja auch um die Bildung von Ausländern.

00:48 Nachricht an Ricky Brandstätter
Quasi ehrenamtlich.

00:50 Nachricht von Priscilla
Ich bin echt so dankbar, dass ich Dir begegnen durfte und an Deiner Güte und Weisheit partizipieren darf! Und das alles kostenlos!

00:51 Nachricht an Ricky Brandstätter
Ganz so hätte ich es vielleicht nicht gesagt: Aber JA! … und GERN GESCHEHEN! Genug von mir gelernt für heute! Schlaf gut, Häschen!

00:52 Nachricht von Priscilla
Ich hoffe, es hat für eine kleine Spontanerektion gereicht! Guts Nächtle, Hase!

00:52 Nachricht an Ricky Brandstätter
Ejakulation!

00:53 Nachricht von Priscilla
So genau wollt ich's gar nicht wissen …

00:54 Nachricht von Priscilla
Bin aber froh, dass Du nicht der Typ Mann bist, der von so was Videos macht und verschickt!

00:55 Nachricht an Ricky Brandstätter
… muss jetzt Bubu machen!

Ich legte das Handy zur Seite und schloss meine Augen nur für einen kurzen Moment, bis ich plötzlich Stimmen neben meinem Bett hörte. Sehen konnte ich merkwürdigerweise nichts. Überhaupt nichts! Es durchfuhr mich wie ein Blitz: Ich musste in der Nacht blind geworden sein. Waren das die Folgen jahrzehntelangen Drogenkonsums, Schlafmangels und von Überarbeitung? Vor Schreck öffnete ich die Augen und sah Dörte Huber neben meinem Bett stehen, die mit ihrem Handy über Lautsprecher telefonierte.

Als sie bemerkte, dass ich zu ihr hochsah, verabschiedete

sie ihren Gesprächspartner und meldete: »Guten Morgen, der Herr. Wir haben 5.45 Uhr und ich hätte was zum Nähen für dich. Das machst du doch so gerne.«

»Stimmt.« Ich setzte mich auf und rieb mir den Schlaf aus den Augen. »Habe ja lang genug geschlafen.«

»Das sehe ich ähnlich. Auf, auf, auf. Wir warten in Kabine 2 auf dich, die junge Dame und ich.«

»Aha, aha! Junges, zartes Fleisch näht sich besonders leicht! Ich bin in wenigen Sekunden bei euch.«

Dörte hatte nicht zu viel versprochen. Auf der Liege in Kabine 2 saß eine selbst um diese Uhrzeit, ungeschminkt und im Jogginganzug, äußerst anziehende Endzwanzigerin, das honigblonde Haar lässig zum Pferdeschwanz zurückgebunden, große, runde Rehaugen unter einem frechen Pony. *Ready to ride*, dachte das kleine Schwein in mir. Weit und breit war keine störende männliche Begleitperson, die Besitzansprüche stellte, zu sehen.

Constanze Lamberti war siebenundzwanzig und hatte sich eine tiefe Schnittwunde beim Spülen eines Glases über dem Grundknöchel des rechten Zeigefingers zugezogen. Die Blutung hatte aufgehört.

»Das müssen wir nähen«, verkündete der interessierte Notarzt.

Sie zog erschrocken die Hand zurück und meinte: »Oh, nein, bloß das nicht!«

Ich sah in ihre großen, braunen Augen, die mich angsterfüllt ansahen und den uralten Jagdinstinkt des Steinzeitmannes in mir wachriefen. Wunderschöne Haare, um sie dran zu ziehen, fiel mir der Cartoon von letzter Woche ein.

»Ich sehe sonst keine Möglichkeit, wie das einigermaßen ordentlich verheilen sollte.«

»Ich habe aber eine Scheißangst davor.«

»Müssen Sie nicht, ich kann das sehr gut. Sie spüren nur

kurz die Stiche der Spritze und dann nichts mehr. Ich bin Profi.«
Ich hielt wieder ihr Pfötchen und zeigte ihr mit der anderen Hand, wo ich gedachte, die Stiche zu setzen. Sehr schönes, zierliches Händchen, das hielt der smarte Arzt doch gerne. Ich blickte wieder in diese tiefen, feuchten Augenseen.

»Versprochen?«, kam es sehr leise aus dem Mund mit den wunderbar vollen Lippen.

»Versprochen!« Nun setzte der Herr Dr. Brandstätter gezielt sein wunderbares Lächeln ein, als er der Patientin erneut tief in die Augen sah. Dörte stöhnte leise neben mir auf.

Ich sah kurz zu ihr hoch. »Ich denke, wir beide schaffen das auch ohne dich!«

»Dann geh ich mal weiter«, maulte sie. »Man will ja nicht stören.«

»Besser ist das«, bemerkte ich, und zu Constanze gewandt: »Immer diese Nacktschwestern, äh, Nachtschwestern.«

Constanze lachte dankbar über meinen billigen Scherz.

»So, und jetzt bitte nicht verkrampfen«, warnte ich, als ich die Spritze mit dem Lokalanästhetikum aufzog. »Das brennt ein klein wenig, aber das geht ganz schnell wieder vorbei.«

»Ich kann da nicht hinsehen«, bemerkte meine Patientin, als ich mit dem Nadelhalter die Nadel aufnahm.

»Das müssen Sie auch nicht. Schließen Sie die Augen und denken Sie an was Schönes«, schlug ich vor.

Constanze ging auf meinen Vorschlag ein und meinte: »Mir fällt nichts Schönes ein.« Sie lächelte trotzdem seltsam verzückt.

»Ach, das gibt es doch nicht. Denken Sie einfach an mich, dann passt das schon«, neckte ich sie. »Erzählen Sie mal, wie das passiert ist, mitten in der Nacht.«

Woraufhin Constanze lossprudelte wie ein Staudamm, dessen Mauer gebrochen war. Fete mit einigen Freunden bei ihr zu Hause bis kurz vor vier und dass sie zu den Personen gehöre, die noch in der Nacht alles aufräumen und saubermachen müssen und beim Gläserspülen sei es dann passiert. Ich ließ mir sehr viel Zeit, die Wunde mit drei Stichen zu nähen, schließlich sollte es ja besonders schön werden.

»So, das wär's!« Ich betrachtete mein Werk stolz, ehe ich einen schützenden Verband drum machte.

Ich verschrieb Constanze noch etwas gegen die Schmerzen und empfahl ihr, die Wunde in zwei, drei Tagen von ihrem Hausarzt nachsehen zu lassen.

»Ach so, ich dachte, ich müsste noch mal bei Ihnen vorbeischauen.«

Constanze gehörte zu den Frauen, deren Lippen immer einen Spalt offen waren, was mich in der Regel extrem anmachte.

»Tut mir leid, das Vergnügen kann ich Ihnen nicht machen. Ich bin nur für die Erstversorgung zuständig.« Ich zeigte erneut mein gewinnendstes Lächeln und die perfekten Zahnreihen, die meine Eltern so viel Geld gekostet hatten.

»Das ist aber schade.« Sie stand auf. »Dann bedanke ich mich mal ganz lieb«, flötete sie und legte das Köpfchen neckisch zur Seite.

»War mir ein besonderes Vergnügen.«

Das Objekt meiner Begierde machte keine Anstalten zu gehen und fragte: »Wie lange müssen Sie noch arbeiten?«

Ich warf einen Blick auf meine Armbanduhr: »Bis sieben.«

»Dann bin ich sozusagen Ihr letzter Fall für diesen Tag?«

»So sieht es aus! Save the best for last.«

»Sie hätten nicht Lust auf ein gemeinsames Frühstück? Ich lade Sie als kleines Dankeschön ein. Ich bin nämlich so hungrig«, kam es äußerst zweideutig aus ihrem hübschen Mund.

Das war plumpe Anmache, sehr direkt – und unwiderstehlich für mein schwaches Fleisch, das nach so vielen Wochen Abstinenz mehr als willig war.

»Warum nicht?«

»Dann warte ich wo auf dich?«

»Bleib einfach noch einen Moment hier. Ich hole dich ab, wenn ich fertig bin.«

Genau das tat ich dann auch und fuhr mit Constanze in ihrem Wagen ins Heusteigviertel. Ihre Zweizimmerwohnung unterm Dach war ganz in Weiß und Gold eingerichtet, was mir ziemlich egal war, weil wir noch vor dem Frühstück übereinander herfielen und ich eh nur Augen für ihren perfekten Körper hatte. Sie war etwas eingeschränkt durch ihren Verband, ich ständig kurz vorm Einschlafen, aber ein Mann muss tun, was ein Mann tun muss. Schließlich nickte ich doch erschöpft in ihrem Bett ein, um wenig später vom Duft frisch gebrauten Kaffees aufzuwachen.

Constanze, nur in einem langen T-Shirt und nichts darunter, hatte in der Küche Frühstück gerichtet und machte erst mal Fotos vom gedeckten Tisch, ehe wir mit Essen begannen. Während des Frühstücks laberte sie mich mit allerlei nutzlosen Informationen über ihren Beruf voll – sie war Erzieherin in einem Kindergarten.

Ich hörte mit einem Ohr zu, konnte mich nicht wirklich für die Vorteile von tropffreiem Klebstoff beim Basteln begeistern, bemerkte aber ab und zu: »Aha, aha!«

Auch ihr Hobby – sie war begeisterte Lifestyle- und Fashionbloggerin – konnte in mir keine Begeisterungsstürme auslösen. Constanze störte meine Einsilbigkeit nicht besonders. Sie verbreitete die Fotos vom Frühstückstisch über Instagram. Ich konnte sie nur mit Mühe und Not davon abhalten, ein Selfie von uns zu machen und ebenfalls ihren Followern zur Verfügung zu stellen. Was sie als sehr schade empfand, weil sie sich schon so einen geilen Hashtag überlegt hatte: #mydocandme.

Ricky hätte sich beim Anblick der Szene schiefgelacht und mich wahrscheinlich hinterher zur Schnecke gemacht.

Konnte man eine Frau, mit der man noch nie geschlafen hatte, betrügen? Warum ging sie mir selbst hier am Frühstückstisch eines Geschosses wie Constanze, die mit ihrem Mund unglaubliche Dinge anstellen konnte, solange sie nichts sagte, nicht aus dem Sinn? Ich wusste keine Antwort, aber da das Kind eh in den Brunnen gefallen war und ich gefehlt hatte, packte ich Constanze mitten in einem Satz, hob sie auf die Arbeitsplatte und brachte sie zum Schweigen und dann: #scream! Beim Abschied eine Stunde später tauschten wir unsere Telefonnummern aus, verabredeten aber nichts Festes.

Gegen halb zwölf kam ich endlich zur Wohnungstür herein. Ricky hatte mir ein kurzes *Guten Morgen* geschickt, das ich bei Constanze auf dem Klo mit einem Anflug von schlechtem Gewissen ebenso knapp beantwortet hatte. Clapton lag in unserem Bett und öffnete nur kurz sein Auge zur Begrüßung. Der Sünder wurde abgestraft und ignoriert.

11:45 Nachricht an Ricky Brandstätter
Riiiiiickyyyyy?????

Anschließend legte ich mich zu Clapton ins Bett und schlief bis zum Nachmittag. Postkoitaler Schlaf war unbestritten der beste der Welt. Um kurz nach sechs machte ich mir ein paar belegte Brote zum Abendessen und wunderte mich, dass ich noch immer nichts aus Mallorca gehört hatte.

18:17 Nachricht an Ricky Brandstätter
Elvis an Priscilla: Wo bist Du???

19:06 Nachricht von Priscilla
Da bin ich wieder! Deine Priscilla war heute richtig fleißig und erfolgreich!

19:07 Nachricht von Priscilla
Retrospektiv und nicht kurz vorm Einpennen weiß ich gar nicht

mehr so recht, was ich Weltbewegendes von Dir heute Nacht gelernt haben sollte!? Eine Liedzeile hingeschmissen! PLEASE!!!
19:09 Nachricht an Ricky Brandstätter
He, eine Zeile und ein Zitat! Außerdem lernst Du unbewusst zwischen den Zeilen so viel von mir, ohne es zu merken.
19:10 Nachricht von #FashionLamb
Hallo! Sehe, dass Du online bist! Geht es dem notgeilen Arzt gut? Oh, sorry, ich meinte dem geilen Notarzt. Wie war dein Tag nach dem ausgedehnten Frühfick … upps, verschrieben, ich meinte Frühstück!!! Hihihi! Wie wäre es mit einer Wiederholung??? Außerdem tut mein Finger ganz arg weh! #autschie

Beim Lesen dieser Nachricht raufte ich mir im Geiste die Haare. Dieses niedliche Kindchengetue hatte #FashionLamb alias Constanze Lamberti am Morgen im Bett schon an den Tage gelegt. Durch die bleierne Müdigkeit einer Nachtschicht gedämpft, war das nicht richtig bis in mein Bewusstsein vorgedrungen. Mittlerweile war ich ausgeschlafen, geistig einigermaßen wieder auf der Höhe und leicht genervt davon.
19:10 Nachricht von Priscilla
Subber Bebbe als Zitat zu bezeichnen ist schon grenzwertig größenwahnsinnig … Soso, ich kann von Dir auch zwischen den Zeilen lernen. Dazu fällt mir folgendes ein: I better read between the lines in case I need it when I'm older. – Kriegst das raus ohne Google? Wenn ja, nenn ich Dich eine Woche wirklich Meister und spreche nur, wenn ich gefragt werde.
19:15 Nachricht von Priscilla
Ah! Wir wissen es nicht! Was täuschen wir grad vor, um nicht antworten zu müssen? Schlaf oder Arbeit?
19:20 Nachricht an Ricky Brandstätter
Arbeit … Sitze gerade an einem Vortrag … Weiß es aber

tatsächlich nicht, bzw. habe es gerade gegoogelt ...
19:25 Nachricht von Priscilla
... dann will ich nicht weiter stören ...

Ich ging *offline*, nahm das Telefon zur Hand und drückte auf *Wahlwiederholung*.

»Hey, du, ich dachte, du bist schwer beschäftigt«, meldete Ricky sich nach dem ersten Klingeln.

»Egal, ich habe deine Stimme schon so lange nicht mehr gehört. Ein paar Minuten gehen schon.«

»Das ist lieb von dir. Was hast du gemacht heute?«

Ich habe was gegen meinen Hormonüberschuss getan. *Der frühe Arzt vögelt das Lämmchen.* »Ich hab nichts Besonderes gemacht. Und du?«, sagte ich, und das war noch nicht mal gelogen. Es war nichts Besonderes gewesen, einfach Sex.

Dann erzählte Ricky mir etwas von einer Wohnung, die sie verkauft habe, dass sich der Verkauf richtig gelohnt habe und dass sie der Käufer zum Abendessen einladen wollte, sie aber abgesagt habe, weil sie lieber mit mir telefonieren wollte.

Das kleine Schwein am anderen Ende der Leitung meinte »aha, aha« und löschte nebenbei die Nummer von Constanze Lamberti aus seinen Kontakten: #fertig.

»Häschen, ich muss noch was arbeiten. Ich melde mich nachher noch mal bei dir.«

»Ja, mach das. Ich geh eine Runde im Pool schwimmen, muss runterkommen von dem Erfolg.«

»Schwimm nicht so weit raus und zieh brav deine Flügelchen an.«

»Mach ich!«

»Und Ricky?«

»Hm?«

»Pass auf die Haie auf.« Ich lachte: »Nein, Gratulation zu

deinem Geschäftsabschluss heute. Du bist wirklich eine echte Bereicherung für mein Leben, auch wenn ich es dir nicht immer so ganz deutlich sagen oder zeigen kann.«

»Ist schon in Ordnung, Benny. Ich hab gelernt, zwischen den Zeilen zu lesen.« Dann legte sie auf und hinterließ wie immer ein Lächeln auf meinen Lippen und ein warmes Gefühl ums Herz.

Nachdem ich meinen Vortrag fertig hatte, probierte ich mein Glück bei Ricky.

23:38 Nachricht an Ricky Brandstätter
Schläfst Du?
23:39 Nachricht an Ricky Brandstätter
Riiiiickyyyy!!!
23:41 Nachricht von #FashionLamb
Oh, da bist Du ja wieder! Laaaanger Kuss! Mein Finger tut immer noch weh! Müsste mal jemand danach schauen. Das pocht so! Klopf, klopf! #autschie
23:50 Nachricht an Ricky Brandstätter
Oh, sie schläft ...
00:03 Nachricht an Ricky Brandstätter
Und schläft ...
00:05 Nachricht an Ricky Brandstätter
Geh ich halt auch schlafen!
00:06 Nachricht an Lämmchen
Ja, hat mir auch gefallen. Nimm das Schmerzmittel, das ich Dir verschrieben habe. Schlaf gut!

Dann stellte ich mein Handy auf lautlos, kuschelte mich an Clapton, der sofort in ein sonores Schnurren ausbrach, und überlegte es mir anders.

00:10 Nachricht an Lämmchen
Freitagabend hätte ich alle Zeit der Welt für Fortsetzung.

00:10 Nachricht von #FashionLamb
#vorfreude – Allersüßeste Träume von deinem Lämmchen!
Lämmchen zählen hilft übrigens beim Einschlafen.

Meine Schicht begann um 14 Uhr mit einem sechzigjährigen Metzger, der am Morgen sein Frühstück mit etwas Glaubersalz abgerundet hatte und jetzt, oh Wunder, über Durchfall klagte. Darauf folgte ein achtundvierzigjähriger Kriminalbeamter, der seit Tagen keinen Stuhlgang hatte, dem empfahl ich Glaubersalz. Die nächste Patientin, eine einundsiebzigjährige Heilpraktikerin, hatte Blut im Stuhl, das durch eine geplatzte Hämorrhoide verursacht worden war. Inspiriert durch so viele Enddarmprobleme, verschaffte ich meinem eigenen Darm Erleichterung und verewigte mich bei der Gelegenheit an der Kabinenwand:

> **Was Dich nicht umbringt, dosiere einfach höher!**

Inzwischen hatte meine Fatima die Zentrale Aufnahme übernommen und ich begrüßte sie mit den Worten: »Das ist heute ein absoluter Scheißtag!«

»Dir auch einen schönen Tag, Benny. Warum bist du angepisst, um in deinem Sprachgebrauch zu bleiben?«

»Nee, nicht angepisst, angeschissen bin ich. Heute früh nur Patienten mit Kackproblemen.« Ich trank einen Schluck von ihrem Kaffee, der wie immer fast nur aus Milch und Zucker bestand. »Brrr, lauwarme Milch mit einem Schuss Kaffee.«

»Lass doch die Pfoten weg, wenn er dir nicht schmeckt«, maulte Fatima. »Dann wollen wir deine Serie nicht unterbrechen: Huggie hat einen Kumpel mit Durchfall angeschleppt, musste aber selbst wegen dringender Geschäfte weiter.«

»Ja, dann mal her mit dem Mist.«

Jens Köllner war ein Obdachloser Mitte dreißig, dem man es noch nicht ansah, dass er auf der Straße lebte. Er sprach mit heiserer, kratziger Stimme.

Als ich ihn fragte, ob er zusätzlich noch erkältet sei, bekam ich zur Antwort: »Bin ich nicht, ich habe mir nur den Kehlkopf verletzt.«

»Bei welcher Gelegenheit ist das denn passiert?«

»Ich hab letzten Monat versucht, mich aufzuhängen«, bekannte er mit stolzem Unterton.

»Aha, aha.«

»Da habe ich noch in Erlangen bei meiner Freundin gewohnt. Die hat mich aber rausgeschmissen und dann habe ich mich in der Garage versucht aufzuhängen, aber der Strick war mürbe und ist gerissen.«

Es gibt so viel Wissenswertes über Erlangen, dachte ich und fragte nach: »Wurde das behandelt?«

»Ja, ich war eine Weile in der Psychiatrie, die haben sich darum gekümmert. Ist auch alles so weit wieder in Ordnung, aber die Heiserkeit geht nicht weg. Jetzt habe ich bereits seit mehreren Tagen üblen Dünnschiss. Ist etwas unpraktisch, wenn man auf öffentliche Toiletten angewiesen ist.«

Jens Köllner kam mir völlig dehydriert vor, weshalb ich ihm Vollelektrolytlösung zuführte.

Fatima schien ernsthaft bemüht, die Serie aufrechtzuerhalten, und präsentierte mir eine dreiundfünfzigjährige mit starkem Druckschmerz im Enddarm. Die Patientin kam mit auffallend steifem Gang auf mich zu und teilte mir in der Untersuchungskabine im Stehen flüsternd mit, dass sie mit ihrem Chef in der Mittagspause *rumgemacht habe*. Ihr Chef wollte ein wenig auf Bill Clinton machen und benutzte zur Luststeigerung eine kubanische Zigarre samt Aluhülle.

Tom, unser jüngster Pfleger in der Ausbildung, der mit

mir in der Kabine war, bekam einen Hustenanfall und entschuldigte sich kurzfristig, verpasste aber das Beste, denn Loredana erklärte weiter, dass sich der Chef im Übereifer und Hormonrausch den *falschen Eingang* ausgesucht und sich keinerlei Gedanken über das Ende des Liebesspiels gemacht hatte, denn die Hülle stecke jetzt ganz in ihr und kam nicht mehr von alleine heraus.

Ich holte Tom, der mit rotem Gesicht vom unterdrückten Lachen im Flur rumstand und um Fassung rang, und schickte ihn mit Loredana Otranto zum Röntgen. Zum einen musste ich wissen, wie weit die Aluhülle reingerutscht war, und zum anderen wollte ich unbedingt eine Röntgenaufnahme für die Annalen (*Brüller!*) dieses Krankenhauses.

Jens Köllner war eingeschlafen, die Infusionslösung zur Hälfte in ihm drin. Deshalb gönnte ich mir eine kleine Kaffeepause. Mein Kollege Ralf Richter stand ebenfalls im Bereitschaftsraum, mit einer Tasse Kaffee in der einen und einem Plunderteil in der anderen Hand, und las kauend eine Mitteilung am schwarzen Brett.

Ich stellte mich mit meiner Tasse daneben und fragte interessiert: »Was gibt's Neues?«

»Mitteilung vom Insektizid, der möchte den WC-Schmierfink vernichten.«

Meine neue Bezeichnung für unseren geschätzten Leitenden Oberarzt hatte sich, weil wohl mehr als zutreffend, überraschend schnell in der Notaufnahme eingebürgert. Copyright Dr. med. Benny Brandstätter. Irgendwas muss der Mensch ja im Laufe seines Lebens erfinden.

»Aha, aha.«

»Der Teichmann sammelt jetzt Handschriftproben. Runde eins im Kampf ›Insektizid versus Schmierfink‹.«

»Echt?«

»Ja, er verlangt bis zum Ende der Woche von jedem Mitarbeiter auf Klinikpapier mit Datum und Unterschrift eigenhändig geschrieben: *Allein der Satz ›Denk mal drüber nach!‹ überfordert heutzutage schon viele Leute.* Das war wohl der Toilettenspruch der Woche. Den Wisch soll man bei seiner Sekretärin persönlich abgeben.«

Ich trank meine Tasse leer und verabschiedete mich: »Ich muss weiter, habe eine Cohiba im Rektum.«

Ralfs Seitenblick auf mich war unbezahlbar. »Dafür siehst du aber total entspannt aus.«

»Nicht ich, meine Patientin.«

»Mann, du hast aber immer ein Glück. Du hast hoffentlich Röntgenaufnahmen machen lassen.«

»Aber ja doch. Bis später.«

Ich ging kurz bei Fatima vorbei und küsste sie aufs glänzende Haar.

»Womit habe ich das verdient?«

»Beste Zuweisung des Jahres. Wenn nicht gar des Jahrzehnts! Die Zigarre im Arsch.«

»Muss ich das verstehen?«

»Erkläre ich dir später. Gib mir mal einen Briefbogen.«

Sie holte aus ihrer Schublade ein Blatt mit dem Briefkopf des Klinikums und reichte es mir.

Jens Köllner lag wach auf seiner Liege. Tom hatte die Infusionsflasche schon abgemacht, der Zugang lag noch. Der Patient meinte, es ginge ihm jetzt besser und er würde gerne gehen.

»Ich muss erst mal prüfen, wie weit ihre Dehydrierung sich auf ihr Wahrnehmungsvermögen ausgewirkt hat.« Ich legte den Bogen Briefpapier vor ihn hin, drückte ihm meinen teuren Parker-Kugelschreiber, den ich von meiner Mutter zum bestandenen Abitur geschenkt bekommen hatte und hütete wie meinen

Augapfel, in die Hand und forderte ihn auf: »Jetzt schreiben Sie mal, was ich Ihnen diktiere.« Ich wartete einen Moment, bis er so weit war, und sprach ganz langsam zum Mitschreiben: »*Allein-der-Satz-Komma-Doppelpunkt-Und-jetzt-groß-Denkmal-drüber-nach-Ausrufezeichen-überfordert-heutzutage-schon-viele-Leute-Punkt.*«

Ich nahm das Blatt und den Stift wieder an mich und überflog das Geschriebene. Mein Patient hatte erfreulicherweise eine Handschrift, die meinem eigenen Gekrakel gar nicht so unähnlich war. Dann setzte ich Datum und meine Unterschrift darunter. »Wunderbar. Keinerlei zerebrale Einschränkungen. Ich gebe Ihnen noch was mit gegen den Durchfall. Wenn es nicht besser wird, kommen Sie in drei Tagen spätestens wieder«, sagte ich zu Jens Köllner, während ich den Zugang entfernte.

»Ich will morgen früh nach Konstanz weiter, da habe ich einen Cousin, bei dem ich wohnen kann.«

»Umso besser, dann gehen Sie dort zum Arzt. Ich sag mal nicht auf Wiedersehen, sondern machen Sie es gut.«

»Mach ich – und danke.«

Ich nickte: »Ich habe zu danken.«

Die Tür zum Sekretariat des Insektizids stand weit offen. Frau Fackert ordnete irgendwelche Papiere auf ihrem mit Nippes aus Überraschungseiern zugemüllten Schreibtisch.

Ich sagte »Klopf, klopf. Darf ich?«

Andrea Fackert, von ihrem Chef wohl gegen mich aufgehetzt, beäugte mich wie immer voller Misstrauen.

»Ich habe eben die Mitteilung wegen dem Klobeschmutzer gelesen und wollte meine Schriftprobe abgeben.«

Ich reichte ihr das Papier über den Schreibtisch. Sie nahm es mit einigem Zögern entgegen, warf einen Blick darauf und meinte ungläubig: »Sie sind der erste Freiwillige.«

»Tja, wenn es um Erfüllung meiner Bürger- und Dienstpflichten geht, kenne ich nichts. Schönen Tag noch, die Dame.«

Die Dame mit der Zigarre war mittlerweile vom Röntgen zurück und stand wartend im Flur. Sitzen war im Moment nicht das Mittel der Wahl, dachte ich amüsiert und nahm sie mit in eine freie Untersuchungskabine. Die Zigarre steckte so, dass ich sie händisch herausholen konnte.

Ich hob das Corpus Delicti hoch: »Möchten Sie die als Andenken mitnehmen oder kann ich sie entsorgen?«

Es war eine original kubanische Zigarre der Marke *Romeo y Juliet*. Ich bezweifelte schwer, dass Shakespeare damit einverstanden gewesen wäre, dass nach seinem legendären Liebespaar eine Zigarrensorte auf einer großen Insel in der Karibik benannt werden würde. Für mich würde auf jeden Fall bis ans Ende meiner Tage die traurige Liebesgeschichte von Romeo und Julia mit einer Assoziation der besonderen Art verbunden sein.

Frau Otranto, noch auf der Seite liegend und nach all den Strapazen schwer atmend, drehte den Oberkörper zu mir um und sagte entschuldigend: »Der Harald hat gemeint, die wären sehr teuer und schwer zu bekommen ...«

»Gut, dann tüte ich sie ein.« Ich steckte die Zigarre in einen Plastikbeutel und überreichte diese Frau Otranto, die sich gerade wieder anzog und das Corpus Delicti verschämt in ihre Handtasche steckte.

»Muss ich noch auf was achten?«, fragte sie, als ich mich von ihr verabschiedete.

»Sie sollten vielleicht in den nächsten Tagen Ihre Ernährung so wählen, dass Sie keinen harten Stuhlgang haben. Viel Obst.«

»Ja, das mache ich dann halt.«

Und weil ich nun mal ich war und nicht anders konnte, legte ich nach: »Und Augen auf bei der Partnerwahl.«

Ich folgte meiner Patientin zur Zentralen Aufnahme und sah durch die Glasscheibe, wie im Wartebereich ein ältlicher Herr mit schütterem Haar und abstehendem Spitzbauch über einem tief liegenden Gürtel auf Loredana Otranto zueilte und auf sie einzureden begann. Sie klopfte zur Antwort auf ihre Handtasche, woraufhin der Mann sie am Ellbogen nahm und hinausführte.

Fatima sprach mich an: »Willst du noch mehr Fäkales oder hast du genug für heute?«

»Hast du noch mehr im Angebot?«

»Wenn es was in unserem Metier zuverlässig immer gibt, ist es wohl Scheiße, oder?«

»Ah, Fatima, du kluges Mädchen aus Tausendundeiner Nacht. Dann mal her damit.«

»Erich Fellhauer. Seit Stunden sehr starke Schmerzen im Bauchraum.«

Danach war Schluss mit lustig für diesen Tag, denn Herr Fellhauer hatte einen akuten Darmverschluss.

22:56 Nachricht von Priscilla
Und, wie ist Dein Vortrag gelaufen? Hast stehende Ovulationen bekommen?

23:06 Nachricht an Ricky Brandstätter
Musste ihn heute nur abgeben … Ist der Theorieteil unserer REA-Schulung, die nächste Woche startet, und die anderen Instruktoren sollten sich ja noch etwas einlesen …

23:06 Nachricht an Ricky Brandstätter
Also heute mal kein Eisprung!

23:15 Nachricht von Priscilla
Schade, sah Dich schon im begeisterten Applaus spontan ovulierenden Weibvolks suhlen.

23:26 Nachricht an Ricky Brandstätter
Tja, so hatte ich mir das eigentlich auch vorgestellt …

schöner Scheiß. Außer einigen Hormonschüben tut sich da nix.

23:30 Nachricht an Ricky Brandstätter
Was gibt's Neues auf der Trauminsel der Deutschen?

23:31 Nachricht von Priscilla
Tja, Hase, die Frauenwelt scheint noch nicht reif für Dich zu sein.

23:31 Nachricht von Priscilla
Vorhin mit Triple H (=Highest High Heels) zum Kundentermin in Palma gestolpert! Kommentar eines deutschen Touristen: »Hola Señora, um die Zeit schon 2,0 Promille?« – Scheiß Palma und sein altes Pflaster … Gar nicht romantisch.

23:32 Nachricht von Priscilla
Dann auch noch von 80-Jährigem im Café angebaggert worden … Frage ganz harmlos, ob ich den Zucker haben kann, antwortet der mir: »Sie können alles von mir haben!« Tz!

23:35 Nachricht an Ricky Brandstätter
Also, warum trägt man solche Waffen, wenn man überhaupt nicht damit umgehen kann?

23:35 Nachricht von Priscilla
… ist halt nix, wenn man mit High End Schuhwerk im Mittelalter landet … Ein Ferrari braucht auch Asphalt unterm Gummi für perfekte Performance.

23:37 Nachricht an Ricky Brandstätter
Aha, Ferrari?!?! War wohl eher so, dass sich ein Ford Fiesta Formel-I-Reifen aufgezogen hat!

23:42 Nachricht von Priscilla
Mei, was bist heute wieder garstig! Bin jetzt müde! Mach schön Bubu, Honigbärchen!

23:42 Nachricht an Ricky Brandstätter
Schlaf gut!

23:50 Nachricht von Priscilla
Manchmal ist das Nord-Süd-Gefälle schon recht steil … Oder:

Niedlicher, mutmaßlich bekiffter Schwabe erwidert im Rahmen seiner ethnisch/kulturell vorgegebenen Möglichkeiten den überschwänglichen, aber für einheimische Verhältnisse eher zurückhaltend abgefassten Gutenachtgruß eines alkoholisierten kurpfälzischen Landeskindes im mallorquinischen Exil!
23:52 Nachricht an Ricky Brandstätter
Ich geb Dir gleich Gefälle ... zumindest ist es nicht so steil wie das Altersgefälle von Deinen Verehrern zu Dir! Hach, war der wieder gut ... bin so stolz auf mich!
23:53 Nachricht von Priscilla
Gib es zu, Brandstätter, an den zwei Zeilen hast doch den ganzen Tag gebastelt!

Dr. med. Benny E. Brandstätter dachte nicht im Traum daran, das zuzugeben, und wurde auch in dieser Nacht wieder ausgiebig von der Dame seiner Träume heimgesucht.

Ich hatte mich gleich nach Dienstbeginn um halb acht mit den Instruktoren für eine REA-Schulung getroffen und war mit ihnen die Texte und den Ablauf durchgegangen, sodass ich mich erst gegen elf in der Zentralen Aufnahme einfand. Mein üblicher Blick durch die Scheibe zeigte, dass nicht viel los war. Fatima hackte auf ihrem Handy herum und würdigte mich keines Blickes. Ich holte mein eigenes Handy heraus, setzte mich auf einen Stuhl neben sie und schrieb.
11:02 Nachricht an Wönderwümän
Warum verschwendest Du Dich an diesen Hönk, wenn Du einen anständigen deutschen Arzt haben könntest?
11:03 Nachricht von Fatima Yüksel
Weil den anständigen (guter Witz übrigens, hahaha) deutschen Arzt jede haben kann. D.h. hatte! Hönk?

11:04 Nachricht an Wönderwümän
Hönk=türkisch für Honk. Sagt wer?

11:04 Nachricht von Fatima Yüksel
Sagt JEDE!

11:05 Nachricht an Wönderwümän
Fällt der eigentlich oft um?

11:05 Nachricht von Fatima Yüksel
Warum soll er denn umfallen?

11:05 Nachricht an Wönderwümän
Weil so aufgeblasene Muskelprotze keinen Gleichgewichtssinn haben wegen der vielen Luft im Hirn!

11:06 Nachricht an Wönderwümän
Da fällt Dir nix drauf ein? Hä?

11:06 Nachricht von Fatima Yüksel
Was ist eigentlich in Deiner Kindheit schiefgelaufen? Du gehörst einfach mal richtig verprügelt! Haben deine Eltern versäumt!

11:06 Nachricht an Wönderwümän
Scheidungskind! Buhu! Du kannst mich nicht verprügeln, bist so winzig, kommst mit Deinen kurzen Ärmchen nicht an mich ran!!!

11:06 Nachricht von Fatima Yüksel
Bin ein Sitzriese! Umschlonge Deine Beine und schmeiß Dich mitsamt Stuhl um!

11:07 Nachricht an Wönderwümän
Wie umschlongt man denn jemanden???

11:07 Nachricht von Fatima Yüksel
Wirst schon sehen, Du promiskuitiver Miniarzt, Du!

Mittlerweile stand ein kleiner, knubbeliger, weißhaariger Mann mit ihn um einen Kopf überragender Walkürenfrau vor der Scheibe und sah uns erwartungsvoll an. Fatima und ich beendeten unsere Konversation vorerst. Karl Bauer, 64, klagte über Unwohlsein und hatte in den letzten Tagen kaum Wasser lassen können. Seine Hausärztin hatte mal eben locker eine Nierenbeckenentzündung diagnostiziert und ihm ein Antibiotikum verschrieben, das er seit drei Tagen nahm, sich aber von Tag zu Tag schlechter fühlte. Daraufhin hatte ihn seine Frau kurzerhand ins Auto gepackt und zu uns geschleift.

Dieses Durchsetzungsvermögen stellte sich als äußerst klug heraus, denn ich ließ erst mal zweieinhalb Liter Urin aus Herrn Bauers Blase über einen Katheter ab. Die weitere Untersuchung ergab eine stark angeschwollene Prostata. Das EKG zeigte zudem erhebliche Herzrhythmusstörungen. Der Patient blieb erst mal bei uns. Beide Nierenbecken waren völlig gesund. Ich schüttelte den Kopf, wie man so ins Blaue hinein behandeln konnte.

Nach diesem medizinischen Erfolg gönnte ich mir ein anständiges Mittagessen, das aus einer extra großen Portion Tagliatelle in Lachssahnesauce bestand. Die Mädels an der Essensausgabe meinten es immer gut mit mir. Steffi, die mich begleitete, genehmigte sich einen Salat der Saison mit Putenstreifen. Am Tisch tauschte ich unsere Teller aus, machte ein Foto und schob Steffi wieder ihr Salätchen zu.

Auf Steffis Frage, wozu das gut sein sollte, antwortete ich: »Taktik – sonst macht mir meine Freundin die Hölle heiß. Sie möchte, dass ich mich gesund ernähre.«

Woraufhin Steffi enttäuscht, weil ich jetzt fest gebunden war, ihren Salat mit der Gabel quälte und mir von ihren Misserfolgen bei der Partnersuche über eine Internetplattform berichtete. Ich hörte nur mit halbem Ohr zu, aß und verfasste nebenbei eine Nachricht samt Foto an meine Geliebte in der Ferne. Steffi wurde zu einem Patienten gerufen, den sie betreute, und musste aufbrechen. Ich gönnte mir noch einen Nachtisch und etwas anregende Konversation mit Señorita Priscilla.

12:57 Nachricht an Ricky Brandstätter
Da, schau, Häschen, dein Hase futtert brav nur noch Ge-

müse und Gesundes! Nix Low Carb: No Carb actually!!!
12:58 Nachricht von Priscilla
Ich bin so stolz auf Dich, Hase – wenn das denn Dein Teller ist!
12:58 Nachricht an Ricky Brandstätter
Hallo!?! Was ist das denn für eine Einschränkung? Klar ist das mein Teller!
12:59 Nachricht an Ricky Brandstätter
Warum könnte das nicht mein Teller sein ... hä?
13:01 Nachricht von Priscilla
Das könnte theoretisch und praktisch jedermanns Teller sein.
13:02 Nachricht an Ricky Brandstätter
Wenn Du wüsstest, wie unrecht Du mir tust! Schluchz!

Insgeheim freute ich mich, dass Ricky mich so gut kannte und so schlau war, dass sie meinen Trick durchschaut hatte, aber zugeben hätte ich das nie im Leben.

13:03 Nachricht von Priscilla
Ach, komm, ich kenn Dich doch! So ein Luxuskörper will gepflegt sein! Schön mit Sahnesoße und Pasta füttern!
13:03 Nachricht an Ricky Brandstätter
Höre ich da einen Tick Ironie heraus, Señorita Koch?
13:03 Nachricht von Priscilla
Melde mich gleich wieder, muss mal eben googeln, was Ironie bedeutet!
13:03 Nachricht an Ricky Brandstätter
Miststück!

Fatimas Schicht war zu Ende und ich übernahm den nächsten Fall von Angelika, aber nicht ohne Fatima eine Abschiedsnachricht zu schicken:
13:11 Nachricht an Wönderwümän
Na, bist geflohen? Traust Dich wohl doch nicht, mich zu

umschlongen?

Elvira Weingartner war Anfang zwanzig und wasserstoffblond mit dunklem Haaransatz. Ihr üppiger, draller Körper steckte in kurzen Shorts und einem sehr knappen Oberteil. Elviras Haut hatte offensichtlich noch nie einen Sonnenstrahl abbekommen. Sie erinnerte mich an eine Haifischmade, kannte aber auf Nachfrage Volzotan Smeik nicht. Ich vernähte die sieben Zentimeter lange Schnittwunde, die sie sich beim Rasieren am Bein zugezogen hatte, weil sie nicht nur rasiert, sondern gleichzeitig auch noch telefoniert hatte. Ich machte ein Foto und schickte es Ricky.

14:39 Nachricht an Ricky Brandstätter
Da, so was kommt von Eurem ewigen Multitasking!

14:39 Nachricht von Fatima Yüksel
Nix leichter, als Dich zu umschlongen, Zwergendoktor!

14:58 Nachricht von Priscilla
Blutige Anfängerin, im wahrsten Sinne des Wortes! Ha! Ich kann »Tears in Heaven« einüben, telefonieren, nebenbei Bolognese kochen, Katzen füttern und für meine Freunde per WhatsApp allwissende Müllhalde spielen.

15:07 Nachricht an Ricky Brandstätter
Klar, und nebenbei hat die allwissende Müllhalde noch 'nen Schal gestrickt, die Haare frisiert und das Kennedy-Attentat aufgeklärt …

15:08 Nachricht an Wönderwümän
Klein aber sehr fein!!! Praktisch vom Feinsten.

15:09 Nachricht von Priscilla
Ich wollt's ja nicht erwähnen, könnte leicht als angeberisch gewertet werden. Ich klöppele oft Spitzen nebenher. Stricken ist so simpel! Hinter JFKs und Marilyns Ermordung steckt meiner Meinung nach Forrest Gump. Ich kann's auch bald beweisen.

15:12 Nachricht von Priscilla
Bin mit dem Auto in der Werkstatt. Warte auf den Servicetechniker oder, wie ich ihn neckisch nenne, den Hauptschüler meines Vertrauens …

15:19 Nachricht an Ricky Brandstätter
Nee, was bist Du ein garstiges Weib!

Dann schenkte mir das Schicksal zwei junge Menschen, von denen ich was lernen konnte, nämlich, dass man besser auf Oralsex verzichtet, wenn die Freundin eine Zahnspange trägt und man an seiner Vorhaut hängt. Später am Abend berichtete ich der allwissenden Müllhalde davon im Zuge eines zweistündigen Telefonats, das ich gegen halb elf beendete, weil ich duschen wollte.

23:05 Nachricht von Priscilla
Fertig geduscht?

23:12 Nachricht an Ricky Brandstätter
War auch am kleinen Elvis dran, wie befohlen!

23:12 Nachricht von Priscilla
SB oder nur Reinigung?

23:13 Nachricht an Ricky Brandstätter
SB???

23:13 Nachricht von Priscilla
Selbstbefriedigung!

23:14 Nachricht an Ricky Brandstätter
Nee, nur Reinigung. SB ist manchmal öde …

23:14 Nachricht von Priscilla
Warte, ich ruf Dich an, dann geht's vielleicht.

Noch ehe ich *Triebtäterin* hatte fertig tippen können, klingelte mein Telefon. Ich besprach mit Priscilla ausgiebig das Thema SB, seine Unterarten und praktischen Anwendungsmöglichkeiten.

Ich saß gelangweilt auf der Wache und vertrieb mir die Zeit damit, meine Restfreunde, die seit Rickys Auftauchen alle etwas zu kurz gekommen waren, mit Nachrichten zu beglücken, als eine Message von der heiß Ersehnten ankam.

11:33 Nachricht von Priscilla
Was Erbauliches auf einer Internetseite gelesen: ›Wir haben in einer Sweet gewohnt und Schampagner und Schokolade gekauft ...‹ Da kann ich nur sagen: Es geht doch nix über Menschen mit Stiel!

14:52 Nachricht an Ricky Brandstätter
So seltsam durch die Nacht von Gisbert zu Knyphausen fällt mir dabei nur ein.

16:41 Nachricht von Priscilla
Perfekte Einstimmung für meine erste Night on Town seit Langem. Erwartungsgemäß wieder nur jede Menge Hirnies zwischen 20 und scheintot treffen und frustriert mit den Mädels im Morgengrauen heimwanken – aber mit ganz viel Stil und auf Stilettos!

18:54 Nachricht an Ricky Brandstätter
Klingt doch nach 'nem Plan! Schau halt, dass es Dich auf dem Heimweg auch auf den Stilettos hält ... gibt's an jedem WE Leute in der Notaufnahme, die besoffen umgeknackst sind. Aber vermutlich bist Du ja ein echter Profi. ›Zum Wohl‹ sag ich da mal und viel Spaß!

20:52 Nachricht von Priscilla
In case of Emergency würde ich mich selbstverständlich nach S fliegen lassen! Sag an der Aufnahme Bescheid, dass alle Frauen mit Aphasie von Dir behandelt werden!

22:39 Nachricht an Ricky Brandstätter
Tja, hab heute Notarzt ... müsste also weit fahren, um Dich abzuholen ... würde ich natürlich sofort machen!!!

23:11 Nachricht von Priscilla
Hier gibt es nur Männer, die Geschirrtücher als Hemden tragen.

Wir machen auf Coyote Ugly in der Lederhose und bauchfrei!
Habe versucht, Dir einen Videomitschnitt zu machen, aber der
Zwerg im Vordergrund hat sich reingedrängt!
00:02 Nachricht von Priscilla
Wir sind lässige Lästerschwestern, und eine hat einen Tanzstil,
wie man ihn sonst nur bei Naturvölkern sieht, die ihre Kinder
beim Ziegenmelken so nebenbei gebären!
00:29 Nachricht von Priscilla
Hüfthosen verschieben bei unproportionierten Männern die
Proportionen überproportional!
01:22 Nachricht von Priscilla
Unbeschadet zu Hause angekommen. Was Erbauliches für
die Nacht, wenn Du mal im Regen stehst: Just make sure
you are the one who feels the rain and not the one who merely gets wet!

01:45 Nachricht an Ricky Brandstätter
Also die Filmerei üben wir nochmal. Schlaf jetzt noch ein
wenig … Aphasie ist schon 'ne schlimme Sache! Morgen
früh ist wieder Palliativmedizin angesagt, um mal wieder
einen Deiner Lieblingsbegriffe zu verwenden.
09:56 Nachricht von Priscilla
Stellungnahme:
1. Kann nix dafür, wenn sich innocent bystander (warte seit Jahren darauf, den Begriff endlich verwenden zu können) ins Bild
drängt und die Kamerafrau belästigt.
2. Aphasie tut nicht weh.
3. Palliativmedizin war ein harmloser Begriff, ehe Du ihn in den
Mund genommen hast. Grins.
4. Heute Abend für Ausrichtung eines Kundenevents (alles High
Roller) zuständig. Werde blutjunge Aushilfskräfte ausbeuten und
evtl. sexuell belästigen!
Frohes Lernen und imma schee uffbasse!

10:56 Nachricht an Ricky Brandstätter
Zu spät, hab schon wieder ein längeres Nickerchen gemacht.
10:58 Nachricht an Ricky Brandstätter
Arme Hiwis!
10:59 Nachricht an Ricky Brandstätter
Sei wenigstens zärtlich!
11:02 Nachricht von Priscilla
Kann ich nicht versprechen, ich hab's so gern, wenn die winseln.
13:46 Nachricht an Ricky Brandstätter
Soso, winselnde und weinende Jungs gefallen Dir? Komisch, dass Du in der Firma nicht die beliebteste Mitarbeiterin des Monats bist. Schau wenigstens, dass keine Striemen vom Peitschen zurückbleiben! Arbeite mit Elektroschocks, hinterlässt keine Spuren.
15:21 Nachricht von Priscilla
Wird hier ein Megaevent für ältere, betuchte Klientel. Mit Bingo und gemeinsamem Insulin spritzen kurz vor Mitternacht. Was ich heute nicht mehr hören kann:
- Das war schon immer so.
- Das haben wir noch nie so gemacht.
- Das geht aus Sicherheitsgründen nicht.
- Warum liegen da hinten zwei Ballen Stroh?
- Warum gibt's keinen Moët?

15:22 Nachricht von Priscilla
Danke für den Tipp, aber ich nehme immer ein nasses Handtuch, braucht keine Batterie! Wegen der Umwelt besser!
15:24 Nachricht von Priscilla
Vorhin in der Schlange im Fast-Food-Laden in Palma hinter einem Schwaben gestanden. Ihr seid so ein verschlossenes und unkommunikatives Volk! Warum nur?
15:35 Nachricht an Ricky Brandstätter
Wir reden einfach nur nicht mit jedem! Außerdem haben

wir Angst, dass Aphasie ansteckend ist.

15:36 Nachricht von Priscilla
Ah wah! Ihr seid alle grenzautistisch!

15:42 Nachricht an Ricky Brandstätter
Also, wenn manchmal so Deine Mundart durchbricht, kommt es mir eigentlich wie der pure, vernünftige Menschenverstand vor. Bist jetzt unter die Hostessen gegangen?

20:33 Nachricht von Priscilla
Du würdest ausflippen! Hier tritt gerade der mieseste Comedian aller Zeiten auf! Kein Schwein lacht. Gott sei Dank wollte mein Chef den selbst haben. Ich hätte den nie gebucht. Furchtbar!

20:36 Nachricht von Priscilla
Ich nix Hostess! Ich Chef de Bagage!

20:39 Nachricht an Ricky Brandstätter
Die Hostess-Reklamation hat jetzt aber lange gedauert ... wirst alt, Mädle.

20:40 Nachricht an Ricky Brandstätter
Kenn das! Hatten einen super Zauberer auf der Verabschiedung von 'nem Oberarzt ... da hat Fremdschämen 'ne ganz neue Dimension erreicht.

20:40 Nachricht von Priscilla
Hase, ich sitz mit den Barleuten hier und unterhalte mich simultan. Deswegen dauert's e bissele länger als gewöhnlich.

22:13 Nachricht an Ricky Brandstätter
Aber Barleute bezirzen machst du ja wohl locker nebenher.

23:39 Nachricht von Priscilla
Bin am katholischen Pfarrer dran! Der säuft was weg!

23:42 Nachricht an Ricky Brandstätter
Also komm, den alten Pfaffen wirst du ja wohl packen!

23:44 Nachricht an Ricky Brandstätter
… was macht denn Don Camillo da?
23:45 Nachricht an Ricky Brandstätter
… übrigens auch ein Held meiner Jugend.
23:47 Nachricht an Ricky Brandstätter
Wo ist eigentlich das schon vor Tagen versprochene Foto von Deiner Linea Alba? Immer diese hohlen Worte!
23:53 Nachricht an Ricky Brandstätter mit Bilddatei
Hier, Supermanbein! Mit Mega-Quadrotrizeps!

Ich schickte im leicht alkoholisierten Unverstand ein Foto meines nackten Beines, schlecht ausgeleuchtet, blass und haarig, an Ricky.

23:54 Nachricht an Ricky Brandstätter
Wäre an der Zeit für einen neckischen Schnappschuss auf dem Damenklo!

Ich starrte auf mein Handy, gespannt, ob eine Bilddatei folgte, und nahm es sogar mit auf die Toilette. Es kam weder ein Bild noch gingen sonstige Nachrichten ein. Dafür rief Punkt Mitternacht die Dame von ihrem Megaevent an.

»Benny, du bist ja schon wieder besoffen!«
»Was du nicht alles merkst. Was hat mich verraten?«
»Dieses ungewohnte Vertrauen in meine Fähigkeiten.«
»Stimmt doch gar nicht. Ich halte auch nüchtern große Stücke auf dich, Häschen.«
»Liegst du schon im Bett?«
»Nee, nee, ich sitz grade auf dem Töpfchen.«
»Benny, du weißt, dass ich das furchtbar finde.«
»Weiß ich. Wenn ich jetzt aufstehe, dann muss ich allerdings hinterher duschen und das ganze Bad putzen. Willst du das?«
»Nein, aber grundsätzlich.«
»Ich dachte, sitzpinkeln wäre in Ordnung. Irgendwie hörst

du dich heute an, als wären wir schon ewig verheiratet, Häschen.«

»Das liegt wohl daran, dass ich den ganzen Tag schon mit Silber- und Goldhochzeitspärchen zusammen bin.«

»He, weißt du was?«

»Nee, was denn?«

»Auf deutschen Klopapierpackungen stehen die Maße des einzelnen Klopapierblattes drauf. Krass, ne?«

»Benny, ich rufe dich aus Mallorca mitten in der Nacht von einer Veranstaltung an, damit du mir das mitteilst?«

»Ja. Erstaunlich, dass dich so was interessiert.«

»Tut es eben nicht.«

»Ich wollte es ja nur erwähnt haben. Du bist echt auf Krawall gebürstet, Häschen.«

»Ich muss mich schon den ganzen Abend gegen Übergriffe wohlhabender Deutscher im allerbesten Alter wehren. Plus Don Miguel. Was soll der liebe Gott von mir denken? Vorhin hat mir einer an der Bar sogar zweihundert Euro für einen Kuss angeboten. Ein Teil der Leute hier hat wohl zu viel Kohle.«

»Warum bietet eigentlich mir kein Schwein Geld dafür, dass ich es küsse?« Ich stand vom Toilettensitz auf und zog mit einer Hand mühsam die Unterhose hoch.

Aufs Händewaschen hätte ich beinahe verzichtet, doch Señorita Koch reklamierte sofort: »Hast du dir wenigstens die Hände gewaschen?«

Ich drehte den Wasserhahn auf und hielt meine freie Hand unter den Strahl: »Da, so, plätscher, plätscher! Zufrieden?«

»Brandstätter, hast du jetzt Hände waschen gefakt? Unglaublich!«

»Geh, Häschen, ihr Frauen fakt doch auch alles Mögliche!« Dieser Frau konnte man doch wirklich nichts vormachen, dachte ich amüsiert.

»Weißt du, was mir heute in der Altstadt von Palma passiert

ist?«, unterbrach Ricky meinen Anflug von Stolz.

»Nee, keinen Schimmer. Bist du wieder von greisen Touristen belästigt worden?«

»Nein, mich hat ein Bettler um einen Euro angehauen für eine Tasse Kaffee. Ich habe ihm dann zwei gegeben. Worauf er mich doch frech gefragt hat, ob er mich auf eine Tasse Kaffee einladen darf.«

»Was hast du darauf geantwortet?«

»Ich habe abgelehnt und gesagt, dass mir das zu teuer würde. Hat er mit Humor genommen und sich verdrückt.«

Ich drückte die Spülung und wechselte in mein Bett.

»Das war eine Falle, Häschen. Das war bestimmt ein verkleideter Millionär, der eine Frau gesucht hat, die ihn und nicht nur sein Geld möchte.«

»Meinst du wirklich?«

»Aber hallo!«

»Mist!«

»Tja, das war wahrscheinlich *die* Chance deines Lebens! Vorbei, verweht, nie wieder!«

»Danke für den Zuspruch. Hilft mir wirklich.«

»Gern geschehen, Häschen. Aber verzage nicht, du hast ja immer noch mich!«

»Benny?«

»Jupp?«

»Ich hab dich lieb, muss aber weitermachen.«

»Ich habe dich auch sehr, sehr, sehr, sehr lieb sogar, du von allen Gesellschaftsschichten heiß begehrtes, multitaskingfähiges Vollblutweib, du! Ich hege ja nach wie vor die Hoffnung, dass du dich endlich herablässt, einem attraktiven zukünftigen Nobelpreisträger eine Audienz bei dir zu gewähren.«

»Mal sehen, wenn das mit Don Miguel nichts wird, brauche ich schnellstmöglichst Ersatz.«

»Miststück!«

»Kein Mensch außer dir kann das so sagen, dass es wie ein Kompliment klingt.«

»Jahrelange Übung, Señorita Priscilla.«

»Üb noch ein wenig. Ich geh mir jetzt meine zweihundert Euro holen.«

»Igitt, du schmeißt dich weg für ein paar Cent!«

»Tja, ich bin jung und brauche das Geld.«

»Soooo jung auch wieder nicht.«

»Benny, bitte leg jetzt auf, ich muss weiterarbeiten.«

Aber der gute Benny dachte nicht dran, das Gespräch zu beenden: »Weißt du, was Scheiße ist, Häschen?«

»Dass es dieses Jahr keine neue CD von den Zillertaler Schürzenjägern gibt?«

»Echt? Jetzt hast mir den Abend komplett ruiniert! Vielen Dank! Als würde es nicht reichen, dass dein Elfenbeinturm von jeder Menge nutzlosem Gesindel mit Penis umlagert wird.«

»Heul doch!«

»Ist doch wahr. Wenn dich jetzt selbst Greise, Obdachlose und katholische Pfarrer anbaggern, dann kann der kleine Benny gleich einpacken. Klein-Benny ist doch nichts anderes als ein Frosch, der im Burggraben unter vielen vor sich hin dümpelt.«

»Tja, wenn der kleine Benny noch nicht gemerkt hat, dass er längst drin ist im Turm, und dafür sorgt, dass kein anderer reinkommt, dann kann ich ihm auch nicht helfen. Er muss nur noch die Treppe raufklettern und die Prinzessin küssen, damit sie erlöst ist.«

»Echt?«

»Nee, war gelogen!«

»Aber eine schöne Lüge. Jetzt kann ich beruhigt schlafen«, meinte ich.

»DANN LEG JETZT ENDLICH AUF!!!«, kam es recht deutlich aus dem Hörer.

»Zu Befehl!« Ich tat, wie mir geheißen, trank den letzten

Rest meines köstlichen Bunnahabhain, richtete Clapton einen kleinen Snack, damit er mich nicht mitten in der Nacht wegen Hungers weckte, und schlief dann friedlich ein.

02:57 Nachricht von Priscilla
Feiger Katholikenhirte war einfach verschwunden, als ich vom Telefonieren kam. Atheistische Frauen anbaggern und dann klerikalen Schwanz einziehen! Wäh!

02:59 Nachricht von Priscilla
Meine Beine sind eindeutig schöner! Punkt für mich!

03:00 Nachricht von Priscilla mit Fotodatei
Linea Alba im diffusen Badlicht nur schwer darstellbar. Guckst Du!

03:02 Nachricht von Priscilla
Und ich kann mich nicht erinnern, Dir ein Foto davon versprochen zu haben.

03:03 Nachricht von Priscilla
Und schon gar keinen neckischen Damenkloschnappschuß! Tz, tz, tz!

03:04 Nachricht von Priscilla
Der Typ mit den 200 Euro ist auch nicht mehr aufgetaucht! Männer sind Schweine!

03:09 Nachricht von Priscilla
Ich hätte das Geld gut gebrauchen können.

03:12 Nachricht von Priscilla
Und von den Hiwibedienungen war auch keiner belästigenswert! Männertechnisch war der Abend ein Flop!

10:10 Nachricht von Priscilla
Guten Morgen! Was war das wieder für eine schräge Konversation mitten in der Nacht ...

10:53 Nachricht an Ricky Brandstätter
Moin. Stimmt ... mal wieder schräg! Schicke psychedelische Hose!

10:54 Nachricht an Ricky Brandstätter
So, jetzt noch eine Kanne Kaffee und etwas lesen im Bett. Schade nur, dass die Nachtschichten meinen Rhythmus wieder verhageln werden. Aber ich wollte es ja so.

12:21 Nachricht von Priscilla
Sind Hasch-Muffins drauf!

13:40 Nachricht von Priscilla
Bin mit 'ner Freundin im Cabrio auf der Insel unterwegs. Derzeitiger Standort: Port d'Andratx.

16:45 Nachricht an Ricky Brandstätter
Komme gerade herrlich hormongeflasht vom Joggen und geh jetzt mal in die Innenstadt ... Werde mal nach ungezügelt lasziven Damen in Cabrios Ausschau halten, die bauchfrei ihre Linea Alba zur Schau tragen!

17:01 Nachricht von Priscilla
Wir brauchen keine Linea Alba! Haben ein schnittiges Cabrio mit genialer Soundanlage! Damit kriegst jeden ... Werden gleich mal die Ruhe im Tramontana- Gebirge nachhaltig stören ...

17:20 Nachricht an Ricky Brandstätter
... und du bist tatsächlich prollig unterwegs auf der Insel?

18:03 Nachricht von Priscilla
Jupp! Im 6er-Poserschlitten Marke BringMichWerkstatt mit 450 PS und 320 Dezibel ... Stuttgart und prollig hatte ich letztes Jahr um die Zeit ... tja ...

18:34 Nachricht von Priscilla
Tage wie diese ... jetzt bin ich grad e bissele sentimental ... schlichz, äh schlichz, verdammt schluchz – Verdammte Typos!!!

18:34 Nachricht an Ricky Brandstätter
Schlitz?

18:34 Nachricht an Ricky Brandstätter
Du und 450 PS zur freien Verfügung, das macht mir Angst!

18:35 Nachricht von Priscilla

Hallo! Ich beherrsche die Technik! Nee, falsch: Ich befraue die Technik! Sch… Maskulizismen!

18:38 Nachricht von Priscilla

Was macht der Bewacher meines Elfenbeinturms, formerly known as Dümpelfrosch?

18:40 Nachricht an Ricky Brandstätter

Ich bügle gerade. Nackt und mit Rotweinflasche … grins …

18:40 Nachricht von Priscilla

Ist das nicht saugefährlich für den kleinen Elvis? Wehe, der kommt dazwischen … zisch!

18:41 Nachricht an Ricky Brandstätter

Der ist aus Teflon … mach Dir keine Sorgen …

18:42 Nachricht von Priscilla

Ist doch aber nichts, so zu bügeln … Hast doch gleich wieder Rotwein- und Spermaflecken auf der Wäsche!

18:43 Nachricht an Ricky Brandstätter

Ah, das Nivea ist mal wieder auf Ebbe …

18:44 Nachricht von Priscilla

So what? Stell mir Dich gerade vor … Habe Hauthunger … Würde auch gerne nackt von Dir gebügelt werden! Grins!

18:45 Nachricht an Ricky Brandstätter

Hauthunger! Schönes Wort! Kannte ich noch nicht.

18:46 Nachricht von Priscilla

Habe ich gerade geschöpft!

18:46 Nachricht an Ricky Brandstätter

Verbales Fräuleinwunder!

18:47 Nachricht von Priscilla

Kommen gleich in eine Gegend, wo ich keinen Empfang mehr habe. Adios und schönen Abend!

Ich war zwar ein Schwein, aber das Hemd, das ich gebügelt hatte, als ich mit Ricky über Hauthunger debattiert hatte, konnte ich unmöglich zu meiner Verabredung mit Constanze anziehen, so viel Ehre hatte ich dann doch. Ich zog stattdessen ein ungebügeltes T-Shirt an.

Ende März fand ich endlich mal wieder Zeit, mich mit meinem alten Kumpel und Studienkollegen Benedict zu treffen. Benedict hatte sich für eine Fachrichtung entschieden, mit der richtig Geld zu machen war. Er hatte im Januar eine Stelle als Augenarzt in einer Karlsruher Klinik angetreten, wohin er von Tübingen direkt gezogen war. Das machte es nicht mehr so einfach, sich spontan auf ein Bier zu treffen. Wir gingen ins *Zulu*, eine Cocktailbar, in der wir nicht unbedingt zu den ältesten Klienten gehörten.

»Was ist eigentlich aus deiner Flamme auf Mallorca geworden? Schreibst du ihr noch?«, fragte Benedict, als wir unsere Pils vor uns stehen und die Bar auf ihren weiblichen Inhalt gecheckt hatten, welcher nicht sonderlich erwähnenswert war.

»Klar.«

»Na ja, so klar ist das auch wieder nicht. Das sind jetzt immerhin schon zwei Monate, die du der treu bist.«

»Stimmt so auch wieder nicht«, gab ich zu, weil man seinen besten Kumpel einfach nicht belog, wenn es nicht unbedingt sein musste.

»Erzähl, hast du noch was anderes am Laufen?«

»Mh, eigentlich nur eine Affäre. Sex halt.«

»Klingt nicht sonderlich begeistert. Passt's nicht mit dem Sex?«

»Nein, die ist schon klasse. Aber ich teile mich gerade zwischen zwei Frauen auf. Eine für den Kopf und die andere für den Restkörper.«

»Wenn es läuft, dann ist es doch okay.«

»Na ja, der Restkörper hat sich irgendwie mit dem Kopf

kurzgeschlossen und stellt mittlerweile auch Ansprüche.«

»Ich dachte immer, dumm bumst gut. Was macht die beruflich?«

»Sie ist Erzieherin in einem Kindergarten und bastelt gerne Sachen. Schenkt mir ständig Karten mit so Schaumgummidingern draufgeklebt und ganz viel Glitter und Zeugs und schreibt Kalendersprüche rein mit Herzchen statt Punkt über dem kleinen ›i‹. Nur mit dem Herzen sieht man gut! Auf dem Niveau halt.«

»Das sage ich meinen Patienten auch immer, wenn sie mir vorjammern, sie würden immer schlechter sehen.« Auch Benedict konnte über seine eigenen Witze am meisten lachen. »Wenn ich mir vorstelle, dass ich den Spruch noch gute dreißig Jahre bringen werde.«

Wir tranken unser Bier aus und bestellten gleich eines nach.

»Außerdem ist sie Bloggerin. Fashion und Lifestyle.«

»Und das wirkt sich negativ auf euer Liebesleben aus?«

»Eher auf die allgemeine Beziehung. Als ich das erste Mal im Schlafzimmer war, fand ich die Kamera auf dem Stativ neben dem Bett ja ganz amüsant. Da rechnest du mit heißen, selbst gedrehten Videos vom Geschlechtsverkehr. Es hätte mir aber zu denken geben sollen, dass die Kamera auf den Schminktisch gerichtet war und nicht auf das Bett. Auf jeden Fall filmt sie sich beim Schminken und in ihren Klamotten und stellt das in ihren Blog. Kannst du bei YouTube finden. Irgendwas mit *Fashion Lamb* und jede Menge Hashtags.«

»So hast du wenigstens immer eine perfekt gestylte Tussi an deiner Seite. Ist doch nichts Schlechtes für einen aufstrebenden Arzt.«

»Du hast keine Ahnung, wie anstrengend das sein kann, wenn jemand einen hysterischen Anfall kriegt und das Haus nicht verlassen will, nur weil die passende Uhr zum OOTD nicht auffindbar ist.«

»Was um Himmelswillen ist ein Ououtidi?«

»Outfit of the Day. Und das ist wichtiger als der MOTD.«

»Und was bedeutet das wieder?«

»Man of the Day! Das bin im Moment gerade ich. Gott sei Dank sind wir beide *filterkompatibel*.«

»Auch das musst du mir erklären. Andere Welt, Benny.«

»Nein, eher schon eine andere Generation. Filterkompatibilität ist sehr wichtig wegen der Selfies. Die macht man als Blogger mit Instagram und bearbeitet sie mit Filtern, weil sie sonst, wie der Rest der Welt, auf Selfies scheiße aussehen. Wenn du einen Freund hast, der nicht mit dem gleichen Filter optimiert werden kann, dann ist das eine Instagram-Krise.«

»Oh Mann! Das klingt schon verschärft.«

»Außerdem hat sie eine komplette Wand im Wohnzimmer in ein offenes Schuhregal verwandelt. Es war schon immer mein Traum, in einem Second-Hand-Schuhladen zu wohnen und in einem Puppenstubenschlafzimmer zu pimpern.«

»Voll krass analog schwul«, sagte Benedict in simuliertem Immigrationshintergrundsdeutsch, das er perfekt beherrschte, obwohl sein Vater Professor der Molekularbiologie war und seine Mutter sämtliche Rostropowitsch-Symphonien auf dem Cello auswendig spielen konnte.

»*Ebbe*«, schwäbelte ich. »So metrosexuell kannst du doch nie im Leben werden, um das nur annähernd gut zu finden.«

»Aber um zu den gebastelten Karten zurückzukommen: Das ist doch ein netter Zug. Mir bastelt niemand nichts.«

»Die bastelt die ja nicht nur. Die filmt sich dabei, wenn sie das tut, und stellt die Videos dann in ihren Blog. Ich will aber nicht im Mittelpunkt einer Bastelanleitung stehen oder modisches Accessoire sein. Ich bin keine vier mehr, oder vierzehn, sondern werde bald vierzig. Alles wird gehashtagt. Ich bin #docbennylove.«

»Ah, Benny, du bist so kompliziert. Was willst du denn?«

»Gute Frage, wenn schon, dann will ich #grunge sein.« Ich dachte kurz nach: »Warte, ich zeige es dir.«

Ich holte mein Handy heraus, machte den Chat mit Ricky auf und blätterte ein paar Tage zurück. »Zur Erklärung: Das mit dem Punkt war ein Versehen, ich wollte eigentlich schreiben, bin dann aber von Clapton gestört worden, habe aber den Punkt geschickt.«

00:00 Nachricht an Ricky Brandstätter
.

00:05 Nachricht von Priscilla
»

00:06 Nachricht an Ricky Brandstätter
!

00:07 Nachricht von Priscilla
#

00:08 Nachricht an Ricky Brandstätter
#*

00:09 Nachricht an Ricky Brandstätter
Leider kann ich diesen Meilenstein unserer geistreichen Unterhaltungen nicht weiterführen, sondern werde etwas schlafen. Aber morgen lässt sich da sicher problemlos anknüpfen.

00:10 Nachricht von Priscilla
+/%?«

00:10 Nachricht an Ricky Brandstätter
Macht sicher mehr Sinn als vieles, was Du schon von Dir gegeben hast!

00:11 Nachricht von Priscilla
Lese zwischen den Zeilen und antworte: Hab Dich auch lieb und Gute Nacht!

»Humormäßig scheint ihr beiden ja auf einer Wellenlänge zu liegen«, meinte Benedict.

»Genau. Und das Gleiche habe ich dann mit der bloggenden Erzieherin mit dem heißen Körper und unstillbaren Verlangen nach meinem Luxuskörper probiert. Lies.« Ich wechselte den Chat und präsentierte Benedict die Konversation mit Constanze.

18:20 Nachricht an Lämmchen
.

18:30 Nachricht von #FashionLamb
Hi, Schatz, Du hast mir eine Nachricht mit nur einem Punkt geschickt???

18:35 Nachricht an Lämmchen
!

18:36 Nachricht von #FashionLamb
Hm, ist dein Display irgendwie kaputt??? Weiß jetzt nicht …

18:36 Nachricht an Lämmchen
#

18:37 Nachricht von #FashionLamb
Du hast die Bezeichnung hinterm # vergessen, Schatz! Warte, ich ruf dich gleich an!

18:37 Nachricht an Lämmchen
Nee, musst Du nicht. Ich habe nur was ausprobiert …

18:37 Nachricht von #FashionLamb
Was denn???

18:38 Nachricht an Lämmchen
Ob Du zwischen den Zeilen lesen kannst!

18:38 Nachricht von #FashionLamb
Aber du hast doch gar keine ganzen Zeilen geschrieben!

»Sicher, da ist schon ein Unterschied. Aber Lämmchen vögeln ist besser als von Priscilla träumen«, bemerkte Benedict.

»Da bin ich mir nicht so sicher, überhaupt nicht sicher«, antwortete ich und trank mein Glas in einem Zug aus.

Lämmchen wollte das dreiwöchige Bestehen unserer Beziehung unbedingt mit einem besonderen Abend inklusive Essen in ihrem Stuttgarter Lieblingslokal bei ihr um die Ecke festlich begehen. Sie hatte im Dante2 einen *gemütlichen* Ecktisch für 20 Uhr reserviert und holte mich direkt nach meiner Zwölf-Stunden-Schicht um kurz nach sieben in der Klinik ab. Sie war sichtlich aufgeregt und sah unglaublich süß aus mit ihren roten Bäckchen, den glänzenden Augen und dem tief ausgeschnittenen T-Shirt, das immer lässig und aufreizend auf einer Seite über ihre perfekt gerundete, makellose Schulter rutschte. Mein Dienst war äußerst anstrengend gewesen. Irgendwie schienen sich alle an diesem Tag etwas abzuschneiden, so dass ich mehr hatte nähen müssen, als mir lieb gewesen war.

Die Karte im Dante2 war klein und übersichtlich und bot vom bewährten Kartoffelsalat mit Schnitzel für stolze 18,90 Euro bis zum Loup de Mer mit Marktgemüse für 32,40 Euro so ziemlich alles, was der Magen begehrte. Ich entschied mich für ein Bärlauchsüppchen und danach für gefüllte Calamari mit Gemüse vom Grill. Constanze wollte von meinem Süppchen probieren und anschließend einen eigenen Salat mit Gambas, aber nur, wenn diese bereits geschält waren.

Der aufmerksame Wirt, trotz des italienischen Namens des Lokals kein Italiener, sondern ein aufgeweckter Kroate, der Constanze mit Küsschen auf die Wangen begrüßt hatte und anschließend anschmachtete, brachte *mein* Süppchen mit zwei Löffeln. Ich war begeistert! Ich hatte zum Frühstück das letzte Mal die Gelegenheit gehabt, was Richtiges zu essen, und wollte alles, nur mein Essen nicht mit jemandem teilen, schon gar nicht, wenn dieser jemand einen eigenen Löffel und somit ungehinderten Zugriff auf mein Süppchen hatte. Es stellte sich nämlich heraus, dass die Verniedlichung nicht zufällig gewählt worden war. Das bisschen Bärlauchschaum wurde in einer ziemlich popeligen Kaffeetasse serviert.

»Magst du dir nicht selbst eine bestellen?«, fragte ich Constanze, als das Ausmaß der Portion offensichtlich vor mir stand.

»Nee, Schatz, nur mal probieren.«

Das tat sie dann auch, noch ehe ich selbst davon essen konnte.

»Mh, das schmeckt super lecker und ganz schaumig. Komm, probiere doch auch mal was!«, forderte sie mich auf.

Aber Schatz wollte nicht probieren, Schatz wollte sich satt futtern.

Nach zwei Löffeln der wirklich ausgezeichneten Suppe warf Lämmchen einen gierigen Blick in die Tasse und meinte: »Darf ich den Rest austrinken?«

Schatz nickte resigniert, seufzte und wurde dafür mit einem »Du bist ein Schatz!« belohnt. »War doch lecker, oder?«, fragte Lämmchen, nachdem sie der Suppe den Garaus gemacht und sich die vollen, roten Lippen genüsslich geleckt hatte.

»Doch, ja, war es. Ich hätte gerne mehr davon gehabt.«

»Gute Idee von mir, hierher zu gehen, nicht?«

»Doch ja, gefällt mir gut.« Das Dante2 war ein Lokal, bei dem sowohl Essen als auch Ambiente stimmten.

»Lass uns auf uns anstoßen«, forderte Constanze mich auf.

Den Wein hatte ich aussuchen dürfen, weil das immer der Mann macht, meinte Constanze, die trotz ihrer Jugend manchmal extrem wertkonservativ war. Also hatte sich Schatz für eine Flasche Bardolino entschieden, den er alleine trinken musste, weil Lämmchen lieber beim Cremant blieb, der zum Zuprosten bestellt worden war. Weil er Constanze zu warm war, wurden kurzerhand einige Eiswürfel dazu geordert und in den edlen Cremant geschmissen. Ich war zu müde und ausgepowert, um mich heute Abend über so was aufzuregen. Zudem hatte Lämmchen offensichtlich viel Spaß und glühte förmlich von innen heraus, was sie unglaublich erotisch aussehen ließ. Trotzdem rührte sich im Unterkörper von Schatz nichts – was diesem zu denken gab.

Die Hauptspeisen waren reichlichere Portionen, und zusammen mit dem knusprigen Weißbrot mit Olivenöl und Salz zum Dippen wurde ich schließlich fast satt.

Lämmchen fragte, ob wir uns nicht einen Nachtisch, sprich eine Crème Brulée, teilen sollten, und ganz Schatz, der ich war, stimmte ich auch diesem Programmpunkt des Abends zu. Constanze rekapitulierte während des Essens sämtliche Stufen unserer Beziehung. Ich rechnete im Kopf nach und kam genau auf sechsmal Geschlechtsverkehr jeweils mit gemeinsamer Nahrungsaufnahme davor oder danach. Für Constanze war ich etwas ganz *Besonderes*, ließ sie mich wissen, ehe sie auf die Toilette verschwand.

Ich blieb am Tisch zurück, schenkte mir den letzten Rest des ausgezeichneten Rotweins in mein Glas und war deprimiert, weil Constanze nichts Besonderes für mich war und ich die Erwartungen, die dieses nette, liebe Wesen, das so toll basteln und bloggen konnte, in mich setzte, nie im Leben würde erfüllen können. Ich hatte mich im Kindergarten schon geweigert, aus Klorollen und Käsedosen Geschenke für meine Lieben zu kreieren, und ein Fashion Victim würde aus mir auch nie werden. Es war Zeit, das Spiel zu beenden, ehe ich noch mehr Unheil anrichtete.

Über den Rand meines Glases sah ich einen Mann, Ende fünfzig, sehr gut gekleidet mit dunklem Anzug und offenem, weißem Hemd, der den ganzen Abend alleine gesessen und gegessen hatte. Jetzt starrte er in ein Glas Cognac, die linke Hand, auf den Tisch aufgestützt, in nachdenklicher Geste vor den Mund haltend. Plötzlich sah ich mich in zwanzig Jahren an seiner Stelle alleine in einem Lokal sitzen, noch sehr gut aussehend für mein Alter, aber ohne Begleitung, müde und hoffnungslos nach einem anstrengenden Arbeitstag. Gegen meine sonstigen Gewohnheiten, holte ich mein Handy heraus, schaltete den Blitz aus und machte unauffällig ein Foto von dem Mann.

Schließlich kam Constanze zurück und lenkte mich mit ihrem fröhlichen, für meine Ohren ziemlich banalen Geschwätz ab. Im Kindergarten waren die Masern ausgebrochen, die Constanze als Kind bereits gehabt hatte – wie alle anderen Kinderkrankheiten, deren Verlauf sie mir haarklein erzählte.

Ich lächelte und mit jedem *Aha, aha*, das ich von mir gab, verzehrte ich mich mehr nach dem ebenfalls fröhlichen und oft sehr sinnfreien Geschwätz von Ricky, das aber in einer anderen Liga, wahrscheinlich in einer gänzlich anderen Sportart, stattfand. Wenn ich Wasser zu Wein verwandeln konnte, dann besaß Ricky die Fähigkeit, mit ihren geistreichen Kommentaren Champagner daraus zu machen. Constanze schien den Wein zu verdünnen und statt Champagner wurde ordinäre Schorle draus.

Ich gab mir einen Ruck. »Du, sei mir nicht böse, aber ich bin zum Umfallen müde und muss ins Bett«, meinte ich schließlich und winkte den Wirt heran, um die Rechnung bringen zu lassen.

»Oh, ja, klar, du Armer hast ja den ganzen Tag gearbeitet.« Dann fügte sie mit neckischem Prinzessin-Diana-Gedächtnis-Blick von unten herauf hinzu: »Da hast du dir aber eine Belohnung verdient.«

Lämmchen konnte unglaubliche Dinge mit etwas Massageöl anstellen, erinnerte ich mich durch die dumpfe Müdigkeit, die sich immer mehr in mir ausbreitete. Wenig später stand Constanze die Enttäuschung ins Gesicht geschrieben, als ich mich vor der Tür des Lokals von ihr verabschiedete und verkündete, dass ich mit dem Bus in meine eigene Wohnung fahren wolle. »Ich muss morgen früh um sechs schon wieder raus.«

Wir verabschiedeten uns mit einem kurzen Kuss vor der Tür des Lokals, und ich ging die paar Schritte bis zur Bushaltestelle. Der nächste Bus in meine Richtung kam schon nach wenigen Minuten.

Ich ließ mich schwer auf die Sitzbank fallen, und als der Bus losfuhr, kramte ich mein Handy heraus. Ricky, bei der ich mich aus zeitlichen Gründen den ganzen Tag nur zweimal gemeldet hatte – sehr ungewöhnlich für unsere Verhältnisse –, zuletzt am späten Nachmittag, hatte geschrieben:

19:10 Nachricht von Priscilla
Vermisse Dich!
20:30 Nachricht von Priscilla
Du liebst mich nicht mehr! Heul!
21:58 Nachricht von Priscilla
Bin traurig, sehr, sehr traurig …
22:05 Nachricht von Priscilla
Beeeennnyyyyy!!!!
22:39 Nachricht an Ricky Brandstätter
Musst nicht traurig sein, Häschen, bin ab sofort wieder durchgehend für dich da!

Dann schickte ich Ricky das Foto von dem einsamen Mann im Dante2.

22:40 Nachricht an Ricky Brandstätter mit Bilddatei
Davor habe ich Angst.

Und wie immer verstand Ricky sofort, was ich meinte, und ihre Antwort kam in Sekundenschnelle.

22:41 Nachricht von Priscilla
Mh, kann ich nachvollziehen. Wo bist Du?
22:42 Nachricht an Ricky Brandstätter
Im Bus auf dem Heimweg. War was mit 'ner Bekannten essen. Bin sooo müde … Und depri …
22:43 Nachricht von Priscilla
Ruf mich an, wenn Du zu Hause bist, o.k.?

Ich musste eingenickt sein und hätte beinahe meine Haltestelle verpasst, wäre nicht ein anderer Fahrgast beim Aussteigen an meine Sitzbank gestoßen. In der Wohnung angekommen fütterte ich erst einmal meinen Kater, der mich freudestrahlend begrüßte. »Clapton, du hast Glück, ich bin heute in Spendierlaune.« Ich öffnete eines dieser klitzekleinen Döschen mit dem Zeug, das er so gerne fraß und ich ihm nur zu Feiertagen und als Belohnung gab. »Tut mir leid, wenn ich in der Vergangenheit sämtliche Jubiläen vergessen haben sollte. Ist nicht so mein Ding, dieser ganze Beziehungskram.« Clapton fraß das Näpfchen leer und schleckte jedes verbliebene Fitzelchen in einer anschließenden Säuberungsaktion weg.

Mit einem Glas Talisker setzte ich mich auf die Couch und wählte Rickys Nummer, Clapton gesellte sich zu mir: »Wir Männer verstehen uns auch ohne Gedenkfeiern, nicht?« Ich kraulte ihn hinter den Ohren, und er streckte mir genüsslich sein Köpfchen entgegen. Es klingelte im Herzen der kleinen Insel im Mittelmeer.

»Hey, Elvis.«
»Hey, Priscilla.«
»Wie war dein Tag, Hase?«
»Ah, frag nicht. Und deiner?« Ich zog mir die Decke meiner Mutter bis ans Kinn. Clapton störte sich nicht weiter daran, dass er auch zugedeckt war.
»Gut, dass du fragst, der war nämlich ziemlich schön.«
»Wie kommt's?«
»Die richtigen Leute am richtigen Platz zur richtigen Zeit und – peng! – ist die schwer zu verkaufende Finca von Frau Preusche-Höffgen verkauft und rate mal, wer einen Sonderbonus bekommt?«
»Die weltbeste Immobilienmaklerin der Welt?«
»Jupp, genau die.«

»Und, wie heißt die Alte?«

»Benny, du kannst mich heute noch nicht mal im Ansatz ärgern. Ich habe heute was schier Unglaubliches geleistet. Die Burg stand über fünf Jahre im Katalog. Ich bin voller Glückshormone! *Yeah, I made it, I am the world's greatest*«, imitierte sie R. Kelly.

Ich lachte leise in mich hinein und nahm einen Schluck des rauchigen Whiskys und ließ die bernsteinfarbene Flüssigkeit langsam und genüsslich über die Zunge laufen. Orale Ersatzbefriedigung vom Feinsten. Eine Fülle von Aromen in so wenig Stoff.

»Aha, aha, jetzt weiß ich endlich wofür das ominöse R. in R. Kelly steht.«

»Klar, für Ricky, ich bin sein Ghostsinger.« Ohne meine Antwort abzuwarten, fragte sie: »Erzählst du mir jetzt die Geschichte von dem einsamen Mann auf dem Foto?«

»Da gibt es nicht viel zu erzählen. Der saß den ganzen Abend da, hat alleine gegessen und ins Leere gestarrt. Ich sah mich in ihm in zwanzig Jahren, das war dann doch ein wenig zu viel nach dem Abend.«

»War deine Begleitung so deprimierend?«

»Hm, waren die falschen Leute am falschen Platz zum falschen Zeitpunkt.«

»Hast du so Angst vor dem Alter?«

»Was heißt Angst? Ich will eine eigene Familie, einen Stammhalter zeugen. Ich will endlich fröhliches Kinderlachen um mich haben und kaputte Knie durch Pusten heilen und beim Sex mit meiner Frau gestört werden, weil der Zwerg schlecht geträumt hat und bei uns schlafen möchte. Wir schlafen dann zu dritt oder zu viert oder zu fünft weiter, von mir aus noch mit Hund und Clapton im Bett. Alles ist laut und voller Leben. In dieser Wohnung ist so wenig Leben und Lachen.« Ich seufzte leise.

»Darin besteht die Liebe, dass sich zwei Einsame beschützen und berühren und miteinander reden.«

»Sehr schön. Von wem ist das?«

»Rainer Maria Rilke«, kam die Antwort.

»Aha, aha. Der fängt wohl auch nicht zufällig mit ›Ri‹ an?«

Am anderen Ende der Leitung erklang dieses helle, offene Lachen, das so Sorgen vertreibend wirkte: »Genau, ich war Rilkes Ghostwriter.«

Ich kannte Ricky lange genug, um zu erkennen, dass sie gerade wieder versucht hatte, auf ihre charmante, intelligente Art vom Thema abzulenken. »Das beantwortet aber nicht meine ursprüngliche Frage.«

»Ich habe keine Frage gehört«, kam es ungewöhnlich kleinlaut aus dem Hörer.

»Manchmal willst du einfach nicht zwischen den Zeilen lesen, hm?«, fragte ich und fuhr fort: »Achtung, hier kommt eine Frage: Warum treffen wir uns nicht endlich und sehen zu, dass wir unsere einsamen Leben zusammenschmeißen und mit perlendem Lachen und entzückenden, bildhübschen Kindern füllen?«

»Weil es dafür noch zu früh ist, Benny.«

»Und wann ist Zeit dafür, deiner Meinung nach? Weihnachten, Silvester, Ostern nächstes Jahr?«

»Das weiß ich auch noch nicht. Ich habe doch gerade eben angefangen, mir hier ein neues Leben aufzubauen.«

»Aha, aha.« Ich trank einen weiteren Schluck und auch Ricky zog es ungewöhnlicherweise vor, zu schweigen. Ich setzte nach. »Ohne Kinder hat man keine Verbindung zur Zukunft. Das habe ich neulich gelesen und seitdem beschäftigt mich der Satz.«

»Das ist richtig«, sagte Ricky noch kleinlauter als zuvor.

»Möchtest du keine Kinder?«

»Doch, sehr gerne sogar.«

»Gut zu wissen.«

»Aber Kinder schützen nicht vor Einsamkeit im Alter.«

»Aber sie verringern die Chance, dass dem so ist«, warf ich ein und wechselte das Thema. Genug Trübsal geblasen für diesen Abend. »Hast du eigentlich deinen Verkaufserfolg von heute schon gefeiert?«

»Nee, mache ich am Wochenende mit den Mädels.«

»Ricky, wir sehen uns irgendwann wirklich?«

»Aber ja. Ganz bestimmt, wenn du möchtest.«

»Nichts lieber als das.«

»Sagte Piggeldy und ging mit Frederick nach Hause.«

»Du bist so ein dummes Huhn«, stöhnte ich lachend. »Außerdem heißt das: Nichts *leichter* als das!«

»Benny?«

»Ja, du doofe Nuss?«

»Ich schlaf jetzt. Vergiss mich bloß nicht über Nacht.«

»Wie soll ich dich denn vergessen? Ich werde wohl bis an mein Lebensende diese Narbe überm Auge sehen und dabei an meine geheimnisvolle Retterin denken müssen.«

»Das geht auch irgendwann vorbei.«

»Ich werde auf keinen Fall das Zeitliche segnen, ehe ich dich einmal wissentlich zu Gesicht bekommen habe und der kleine Elvis in dir gesteckt hat.«

»Huch, will da einer ewig leben?« Dann fügte sie hinzu: »Scherz.«

»Das will ich dir auch geraten haben. Ich leg jetzt auf, du freches, sehnsüchtig erwartetes Miststück.«

»Brandstätter, eines muss man dir lassen: Keiner macht so schöne Liebeserklärungen wie du. Echt wahr!«

»Das lassen wir mal so stehen!«

»Gute Nacht, Hase, und süße Träume!«

»Gute Nacht, du Wahnsinnsweib, du!«

»Siehst du, geht doch!«

»Leg endlich auf!«

»Zu Befehl, Chef!«

Kaum hatte Ricky aufgelegt, vibrierte mein Handy.

23:25 Nachricht von Priscilla
Du fehlst mir!

23:26 Nachricht an Ricky Brandstätter
Dich wird man wohl nie los?!?!

23:26 Nachricht von Priscilla
Nee, Wahnsinnsweiber bleiben kleben … Sind adhäsiv …

23:26 Nachricht von #FashionLamb
Hi, Schatz, kannst auch nicht schlafen? Könnte noch auf 'nen Sprung bei dir vorbeikommen. Oder ist das zu grazy jetzt noch?

23:27 Nachricht an Ricky Brandstätter
Ich stell mein Handy stumm … Wenn Dich in der Nacht das unstillbare Bedürfnis nach einer unwiderstehlichen Männerstimme überkommt, nutz das Festnetz.

Grazy Lämmchen oder *crazy Huhn?*, das war hier die Frage, bitte entscheiden Sie sich #gleich!

23:38 Nachricht an Lämmchen
Bin durch … Können wir uns morgen Abend treffen? 19.30 Uhr im Zulu???

23:39 Nachricht von #FashionLamb
Gerne, Schatzi! Schlaf gut! Lammbussi!

Der Abschied von Constanze am nächsten Abend war weniger Theater, als ich erwartet hatte. Sie erklärte mir nur, dass sie mich für immer und ewig hassen würde, was zu erwarten gewesen war. #bennyarsch! ›Bitte hinten anstellen!‹, sprach eine Stimme in mir, die für niemanden sonst zu hören war. Nur Ricky ahnte manchmal, was diese Stimme sagte, und das machte diese Frau noch attraktiver, als sie es eh war. Brandstätter, du jagst einem Phantom nach und wirst irgendwann übel auf der Schnauze landen, sagte meine innere Stimme, nachdem Constanze aus dem *Zulu* gestürmt war und mich mit den beiden noch nicht angetrunkenen Hugo alleine ließ. Ich machte ein Foto von den dekorativen Getränken und schickte es Ricky.

20:20 Nachricht an Ricky Brandstätter
Here's to you, Priscilla, my girl!
20:25 Nachricht an Ricky Brandstätter
Riiiiickyyyyy?????
20:34 Nachricht von Priscilla
Meinst nicht, dass Du es langsam übertreibst, Elvis, my man?

Nachdem ich die beiden Abschiedshugo wohl oder übel vernichtet hatte – ich war dann doch so viel Schwabe, dass ich sie nicht verkommen lassen konnte –, suchte ich mir vor der Bar eine stille Ecke. Ich nahm mein Handy, aktivierte eine Sprachnotiz und sang in allerbester Howard-Carpendale-Manier mit viel Inbrunst und sämtlichen Sprachfehlern und falschen Tönen: ›*Nachts, wenn alles schläft, solltest Du bei misch sein, isch brauche Deine Liebe*‹, und schickte die Sprachnotiz an Ricky. Eigentlich fand ich Sprachnotizen #peinlich, aber im Moment war mir alles #egal.

Wenige Minuten später erreichte mich eine Sprachnotiz, in der Ricky eine noch bessere Howie-Imitation hinlegte: »*Oh, Elvis, isch weiß nischt, ob isch Deine Worte Glauben schenken kann! Worte sind billisch, sind manschmal sou billisch!*«

Meine Antwort: »*Isch komm gleisch zu Disch über das grousse Wasser, such Deine Schpuren im Sand und zeig Disch, wie billisch meine Worte sind und wie willisch mein Körper ist, kleine, süße Prisscilla!*«

Ihre Antwort: »*Du findst misch nischt, isch leb nischt mehr Tür an Tür mit Elvis!*«

Meine Antwort: »*Elvis, who the fuck is Elvis?*«

April

Sehnsucht & Sprühattacken

Es war ein ungewöhnlich warmer Tag für Anfang April. Clapton war erst am frühen Morgen ins Bett gekommen und hatte mich ignoriert, als ich mich um sechs aus demselben quälte. Die Nacht zuvor hatte ich zwei Stunden mit Ricky telefoniert, wobei das Gespräch gegen Ende mehr als zweideutig geworden war. Ich lag mit einem ziemlich aufrechten kleinen Elvis auf der Couch und Señorita Koch erklärte, gar nicht ladylike, dass sie nach solch erregenden Telefonaten meist noch ein Nutellabrot als Ersatzbefriedigung futtern musste, um überhaupt schlafen zu können. Obwohl unsere Gespräche und Nachrichten, je länger wir uns kannten, immer erotischer wurden, hielten wir uns dennoch beide sehr zurück, wenn es zu gemeinsamen Handgreiflichkeiten kam. Telefonsex war, trotz aller Sehnsucht und Verlangen nach dem (unerforschten) Körper des anderen, für uns bisher keine wirkliche Option gewesen. Es gab eine Hemmschwelle, die wir beide noch nicht zu überschreiten gewagt hatten. Ich legte in den meisten Fällen erst Hand an mich, nachdem ich aufgelegt hatte. Was Ricky tat, um dem Triebstau abzuhelfen, stellte ich mir in solchen Fällen jeweils spontan sehr, sehr bildlich vor.

Der Satz mit dem Nutellabrot als Ersatzbefriedigung war eine Steilvorlage der flachsten Sorte, aber da sich unser Telefonat schon mal auf einem solch niedrigen Niveau befand, wurden wir, beide hormongesteuert, zum ersten Mal etwas deutlicher. Ricky erzählte mir ihre Fantasievorstellung, in der der Brotaufstrich und der kleine Elvis eine wichtige Rolle spielten. In dieser Nacht hatten wir das erste Mal wirklich und wahrhaft Telefonsex miteinander, bis zum süßen, klebrigen Ende.

Ich ließ mein Fahrrad bergab Richtung Margarinenklinik rollen, pfiff verträumt die Melodie von *Fly me to the Moon* und achtete kaum auf den Verkehr, weil ich in Gedanken den extrem erotischen Telefonverkehr der letzten Nacht rekapitulierte. Als ich aufgelegt hatte und duschte, musste ich den Kopf über die erotische Komponente unserer seltsamen Beziehung schütteln. Das Gute an Telefonsex war: Man brauchte keine Kondome. So kam es, dass ich morgens kurz vor sieben wie ein Bekloppter lachend durch den Stuttgarter Frühverkehr raste.

An der Zentralen Aufnahme saß Fatima, die ich überschwänglich begrüßte, indem ich sie im Sitzen von hinten umarmte und meine Nase im Hormonrausch tief in ihrem Haar vergrub. Bei Fatima hatte ich den Status, dies ungestraft tun zu dürfen, wenn niemand dabei zusah. Fatima roch absolut fuckable, war aber immer noch verlobt mit diesem aufgepumpten Muskeltürken und hatte unverständlicherweise noch immer null Bock auf mich.

»Wie geht es meiner Lieblingsmuselfrau?«

»Die war die ganze Nacht hier und ist nur noch müde. Was ist mit dir los, Testosteronschub?«

»Sehr gut erkannt. Der Herr Dr. Brandstätter ist ein richtiger Mann.« Ich verwuschelte ihr Haar. Sie richtete es halbherzig, mit müder Geste.

»*Und als ein Mann sah ich die Sonne aufgehen*«, sang ich leise vor mich hin.

»Hast du deine Telefreundin endlich getroffen, oder hast du sie in der Nacht betrogen?« Sie schnüffelte an mir. »Hm, nach Sex riechst du nicht gerade. Nur nach ungewaschenem Körper. Duschst du eigentlich nur samstags?«

Ich schnüffelte demonstrativ unter meinen Achselhöhlen: »So riecht ein männlicher Körper in der Blüte seiner Jahre eben mal. Das kannst du nicht wissen, mit deinem anabolischen *Schrägstrich* anatolischen Ausnahmeverlobten.«

»Stimmt, der wäscht sich nämlich regelmäßig und war in seinem Leben noch keinen einzigen Tag in Anatolien.«

»Ich würde dich ja gerne länger und intensiver an mir schnuppern lassen, aber der notgeile Arzt, äh, der geile Notarzt fährt heute Rettungswagen.«

Fatima kramte aus ihrer Handtasche ein Deospray heraus. »Da, nimm das aus Rücksicht auf deine Mitfahrer *Schrägstrich* Patienten.«

Die Spraydose war in pink und Magentatönen bedruckt, was darauf schließen ließ, dass es sich um ein blumig riechendes Damendeo handeln musste.

»Ich nehme nur Deos in männlich satten Düften mit Moschus als Grundnote. Das passt ausgezeichnet zu meinem natürlichen Veilchenduft.«

Fatimas Augen verengten sich zu Schlitzen. Wäre ich nicht durch den nächtlichen Sex ruhig gestellt gewesen, hätte ich die Gefahr gewittert. Aber so war es zu spät. Fatima hatte mir eine volle Ladung *Tropical Rainflower* auf mein Arbeitsshirt gesprüht.

»Oh nee! Ich muss die nächsten vierundzwanzig Stunden mit dem stinkenden Hemd durch die Gegend rennen!«, fluchte ich laut.

Fatima sah völlig ernst auf eine Stelle rechts hinter meinem Kopf: »Guten Morgen, Herr Dr. Teichmann.«

»Guten Morgen, Frau Yüksel. Herr Kollege Brandstätter.«
Ich drehte mich um und wünschte dem Insektizid ebenfalls einen guten Morgen.

»Herr Kollege, wenn ich Sie auf ein Wort bitten darf.«

»Ich müsste eigentlich schon seit einer Viertelstunde in der Leitstelle drüben sein. Notarztwagen«, erklärte ich entschuldigend.

»Dann melden Sie sich eben einsatzbereit und schauen bitte danach bei mir im Office vorbei.«

Mein ursprünglicher Plan war gewesen, bei Frau Klemm, ehe ich rüber zur Leitstelle ging, noch einen guten Latte zu schnorren. Aber mit dem Insektizid in Lauerstellung meldete ich mich nur kurz an und begrüßte die Kollegin Kathrin Grabowski. Letztere war, wie sich herausstellte, eine ziemlich unattraktive Internistin in meinem Alter. Sie würde mich heute begleiten, um sich ihren Schein für den Notarztwagen zu holen.

In der Leitstelle gab es immer eine gefüllte Thermoskanne Kaffee. Ich goss mir eine Tasse ein, schüttete ordentlich Zucker dazu und fand im Kühlschrank sogar Frischmilch. Das Insektizid würde warten müssen, ich musste erst die Kollegin bespaßen, was sich jedoch als schwieriger herausstellte, als ich es mir vorgestellt hatte. Die Grabowski war knochentrocken, extrem ehrgeizig und absolut zielgerichtet. Außerdem schniefte sie ständig und putzte sich geräuschvoll die Nase.

»Sind Sie erkältet?« Meine vorangegangene Frage, ob wir uns duzen könnten, hatte sie damit beantwortet, dass sie ein *klares, abgrenzendes SIE* bevorzugen würde. Also grenzte ich wunschgemäß brav ab.

»Nein, das dürfte eher eine allergische Reaktion sein. Ich reagiere auf einige künstliche Duftstoffe hochsensibel.«

»Aha, aha.« Frauen wie Kathrin waren prädestiniert für Allergien jeglicher Couleur plus Laktoseintoleranz, Glutenunverträglichkeit, Reizdarmsyndrom und, ganz im Trend: Fibromyalgie.

In diesem Moment betrat die Besatzung eines Rettungswagens auf der Suche nach einer frischen Tasse Kaffee die Leitstelle – Robert Heerle und Pierre Illinger.

»Hier riecht es wie im türkischen Puff«, bemerkte Pierre, der mit seinen zwanzig Jahren noch ganz weit weg von jeglicher Diplomatie war und mit ziemlicher Sicherheit noch keinen türkischen Puff von innen gesehen hatte.

Der Koordinator der Leitstelle, Jürgen Taschner, mischte sich ebenfalls ein. »Ja, riecht schon sehr orientalisch.« Er schnüffelte an mir. »In welchem Bazar gibt's denn das zu kaufen?«

Die Kollegin rümpfte die Nase: »Oh, wenn Sie das sind, kann ich aber unmöglich den ganzen Tag mit Ihnen in einem Raum, geschweige denn einem geschlossenen Wagen, verbringen.«

»Keine Sorge, bei der Karre kann man durchaus die Fenster öffnen«, meinte ich provokant.

Jürgen holte aus einer Schublade des Schreibtisches eine Flasche *Tabak Original* heraus und nebelte mich damit von Weitem ein, was dazu führte, dass sich der muffige Duft überlagerter Gewürze mit dem klebrig süßen Blumenduft von Fatimas Deo zu einem üblen Konglomerat vermischte.

Robert bemerkte trocken: »Jetzt riecht's nach Türkenpuff, in dem sie perverse Spielchen mit einem geschlechtsreifen Zuchtbullen machen.«

Kathrin hatte diese Bemerkung Gott sei Dank nicht gehört, weil sie sich gerade wieder einmal die Nase putzte. Wie konnte eine so kleine, zierliche Frau solch ein Geräusch nur unter Zuhilfenahme eines simplen Papiertaschentuchs hervorbringen? Selbst begnadete Trompeter brauchten dazu jede Menge Metall und einen Trichter am Instrument.

Sie schniefte: »Tut mir leid, aber das geht wirklich nicht.«

»Ich geh mir ein frisches Shirt besorgen, und dann muss ich noch beim Chef vorbei. Wenn was ist, ruft ihr an.«

In meiner Hosentasche vibrierte es und ich zückte das Telefon.

07:23 Nachricht von Priscilla
Guten Morgen, Elvis!

07:24 Nachricht an Ricky Brandstätter
Guten Morgen, Priscilla-Baby! Die Nacht gut überstanden?

Neben mir nieste die Kollegin dreimal hintereinander. Die Assistenten und Jürgen weiteten das Thema *Sodomie im Türkenpuff* aus. Ich hörte nur mit halbem Ohr hin.

07:25 Nachricht von Priscilla
Allerdings! Nur ist mein bislang gutes Verhältnis zu einem gewissen Brotaufstrich nachhaltig gestört!

07:25 Nachricht an Ricky Brandstätter
Gott sei Dank habe ich so was nicht im Haushalt.

07:25 Nachricht von Priscilla
Bei mir steht's auf dem Küchenschrank! Hilfe!!! Wie soll ich den Tag überstehen?

07:26 Nachricht an Ricky Brandstätter
Würde gerade nix lieber tun, als Dir dabei zu helfen, das Zeug zu vernichten! Versuchs mal auf 'ne Banane zu schmieren … usw.

07:26 Nachricht von Priscilla
Eine ungeschälte?

07:26 Nachricht an Ricky Brandstätter
Wenn du sie vorher schälst, wird's schwierig mit usw … grins … Gurke ginge auch, schmeckt aber wahrscheinlich in Kombi mit Nutella gewöhnungsbedürftig.

07:26 Nachricht von Priscilla
Wäh, Du Ferkel … Gurke, interessant!

07:26 Nachricht von Priscilla
Hey, Benny, weißt was?

Benny wusste nicht viel, aber immerhin, dass Sätze, die bei Ricky mit *Hey, Benny* anfingen, immer das Herz des Angesprochenen berührten.
07:27 Nachricht an Ricky Brandstätter
Nö, was denn?
07:27 Nachricht von Priscilla
Schlag mich, aber schön war's ...

Kathrin räusperte sich hörbar. Ich sah kurz vom Telefon hoch und erklärte: »Bin schon weg! Wenn ich zurückkomme, rieche ich völlig neutral. Versprochen.« Tippend lief ich in Richtung Umkleide, um mir ein neues Hemd überzuziehen.
07:28 Nachricht an Ricky Brandstätter
Empfand ich ebenso.
07:28 Nachricht von Priscilla
Ich hatte tatsächlich Telefonsex mit SB! Spinn ich?
07:28 Nachricht an Ricky Brandstätter
Dann sind wir beide gleich verrückt. Herrliches Gefühl!

Jürgen rief mir hinterher: »Die Fackert hat gerade angerufen. Du sollst sofort beim Chef vorbeikommen. Er hat nicht den ganzen Morgen Zeit, auf dich zu warten, meint er.«

Ich steckte das Handy weg und ging ohne mich umzuziehen zum Büro des Insektizids. Dessen Sekretärin Andrea Fackert, klapperdürr, blondiert, mit Dauerwelle aus den Achtzigern, winkte mich ins Allerheiligste durch: »Er wartet schon.«

Ich salutierte vor ihrem Schreibtisch. Die Tür zum Büro stand offen und das Insektizid bat mich, sie hinter mir zu schließen. Ich wunderte mich darüber, dass sein Büro wesentlich größer war als das des Ärztlichen Direktors, das der sich auch noch mit seiner Sekretärin teilen musste. Man munkelte, das Insektizid kenne die richtigen Leute im Vorstand der Margarinenklinik.

»Ah, Kollege Brandstätter, endlich. Was hat Sie aufgehalten?«

»Ich habe kurz eine Mitfahrerin instruieren müssen, sonst wäre ich schon lange hier gewesen.«

Er sah mich rätselhaft an, rümpfte kaum merklich seine ziemlich ausgeprägte Nase, stand wortlos auf und öffnete das Fenster. »Was haben Sie für einen merkwürdigen Duft an sich, Herr Kollege?«

»Ich habe mich auch schon gewundert. Ich kann mir das nur so erklären, dass die in der Wäscherei einen neuen Weichspüler verwenden.«

»Nun, das geht überhaupt nicht. Man muss doch schließlich auf Allergiker Rücksicht nehmen. Klinikwäsche hat rein und unauffällig zu riechen. Alles andere ist inakzeptabel.« Er machte eine Notiz auf einem Studentenblock, dessen aufgeschlagene Seite schon zur Hälfte vollgeschrieben war. Vor jeder Anmerkung stand eine Nummer. Alles war mit bunten Markern angestrichen und erinnerte an ein Malbuch für Kinder im Vorschulalter.

Das Insektizid bemerkte meinen Blick und verstand ihn völlig falsch: »Meine To-do-Liste. Das System habe ich selbst erfunden. Ich arbeite streng nach laufender Nummer. Das mit dem Weichspüler hat die Nummer 12. Die Farbcodierung gibt eine Unterordnung der Punkte an.«

»Aha, aha«, heuchelte ich Interesse.

Er erklärte mir langwierig das Zahlen-/Farbensystem, nach dem er seine Aufgaben erledigte: »Sehen Sie, hier in Orange Numero 5, also schon dringlich, Personalgespräch mit dem Kollegen Brandstätter.« Es folgte eine gewichtige Pause, wie bei einem Nachrichtensprecher, ehe der nächste Satz folgte. »Wie ich sehen und hören kann, haben Sie sich gut bei uns eingelebt, Herr Kollege.«

Da es keine Frage war, antwortete ich nicht. Ich lauschte dem Vibrieren in meiner Hosentasche, das mit ziemlicher Sicherheit von Ricky verursacht wurde. Durch die konzertierte

Aktion gestern Nacht waren meine Gefühle für sie noch verstärkt worden. Das Gleiche galt auch für mein körperliches Verlangen nach diesem Menschen, den ich nur von Fotos kannte. Die wesentlichen am Sex beteiligten Körperteile waren mir aber noch gänzlich unbekannt. Ricky war nicht die Frau, die Fotos von ihren intimsten Zonen verschickte. Bis dato zumindest. Ich spürte ein vertrautes Ziehen im Unterleib und war für die unförmigen Notarzthosen das erste Mal in meinem Leben dankbar.

»Was denken Sie darüber?«

Da ich dem Insektizid unmöglich sagen konnte, was mir gerade eben durch den Kopf gegangen war, beantwortete ich die mir unbekannte Frage mit einer der idiotischen Floskeln, die das Insektizid ständig gebrauchte: »Da gehe ich ganz d'accord!«

»Das verwundert mich ein wenig, Herr Kollege. Ich muss jedoch zugeben, ich bin durchaus angenehm überrascht. So viel Akzeptanz und Einsicht hätte ich von Ihrer Seite nicht erwartet.«

Das Insektizid lächelte so zufrieden, wie ein Insektizid zu lächeln in der Lage war. Ich hatte keinen Schimmer, welchem Schwachsinn ich soeben zugestimmt hatte. Irgendwann würde ich es erfahren. Ein neuer Vibrationsschub sorgte dafür, dass sich die Zustände in meiner Hose sprichwörtlich verhärteten. Ich gratulierte mir insgeheim: Genial, Brandstätter, das bringst auch nur du fertig, morgens um halb acht mit einem halben Ständer vor deinem Chef zu sitzen. Ich sah, um herunterzukommen, in DDTs blasse, blaue Augen, über denen die Brauen wie fette, haarige Raupen prangten.

»Wo sehen Sie sich in fünf Jahren, Herr Kollege Brandstätter, wenn Sie mir die Frage erlauben?«

Blitzschnell fielen mir die folgenden Antworten ein, durchnummeriert, wie vom Insektizid vorgelebt und farblich codiert:

1. Auf deinem Stuhl, du Arsch / Rot

2. Auf einer Jacht in der Karibik / Orange
3. Auf Señorita Ricarda Koch / Dunkelrot
4. Auf dem Titelblatt der GQ als *Sexiest Man Alive* / Grün

Wie auf Autopilot kamen aus meinem Mund jedoch belanglose Worthülsen, wie *Oberarzt* und *mehr Verantwortung*. Ehe das Insektizid darauf eingehen konnte, bekam ich den rettenden Anruf von der Leitstelle. Wir mussten ausrücken. Zu einem Motorradunfall in der Innenstadt. Der Rettungswagen war bereits unterwegs und ich machte mich mit Günter ohne H, unserem Fahrer, und Kathrin auf den Weg. Im Auto checkte ich meine Nachrichten. Das sexuell stimulierende Vibrieren war nur einmal von Ricky gekommen, die mir mitteilte, dass sie zu einem Termin musste und erst nachmittags wieder schreiben konnte. Ich tippte:

07:47 Nachricht an Ricky Brandstätter
Motorradunfall, bis später.

Eigentlich hatte ich vor, Kathrin die ganze schmutzige Arbeit machen zu lassen und nur zuzusehen. Beim Eintreffen am Unfallort stellte sich heraus, dass der Motorradfahrer, der aus ungeklärter Ursache die Kontrolle über sein Fahrzeug verloren hatte und mit der schweren Maschine gegen den Betonpfeiler einer Unterführung geschlittert war, einen offenen Beinbruch hatte, der vor Ort unter Narkose gerichtet werden musste. Das war handwerkliches Arbeiten, das ich mir nicht nehmen lassen wollte. Ich überließ der Kollegin das Checken der peripheren Durchblutung, der Motorik und der Sensibilität des Unfallopfers, während ich die Narkose vorbereitete. Der Motorradfahrer war ein schwer übergewichtiger Mann Mitte fünfzig, den wir zu viert auf die Trage hieven mussten. In der Medizin nannte man so was eine raumgreifende Veränderung. Nachdem ich den Bruch reponiert hatte, machte sich der Rettungswagen mit uns auf den Weg in die Klinik.

Kathrin gestand mir, dass sie vor offenen Brüchen Angst hatte.

»Tja, ich mache diese blutige Arbeit auch nicht gerne«, log ich, »aber einer muss die Drecksarbeit ja machen.«

Die Internistin sah etwas verlegen zur Seite und bedankte sich. Von da an war weder mein seltsamer Geruch noch sonst etwas ein Problem für Kathrin. Die Kollegin schniefte und nieste fortan still leidend vor sich hin.

Nachdem wir den Patienten in der Orthopädie übergeben hatten und er in den OP gebracht worden war, gönnte ich mir den längst überfälligen Belohnungslatte bei Frau Klemm. Kathrin ließ ich in der Leitstelle bei abgestandenem Filterkaffee zurück. Die Tür zum Gemeinschaftsbüro des Ärztlichen Direktors stand offen, er selbst war nicht zu sehen. Seine Sekretärin schrieb mit Kopfhörer und unbewegter Miene. Ich streckte meinen Kopf ein Stück durch die Tür und grinste.

Fritzi Klemm, seit Jahrzehnten das Schreiben endloser Arztbriefe nach Diktat gewohnt, sah kurz hoch, tippte weiter und fragte: »Lassen Sie mich raten: Kaffee?«

»Sie können in mir lesen wie in einem Buch.«

»Ist ja nicht schwierig in so einem offenen Gesicht wie dem Ihren.« Sie schrieb unbeirrt weiter. »Selbstbedienung, ich muss das hier in einer halben Stunde fertig haben.«

Ich drückte die richtige Taste, stellte meine mitgebrachte Tasse, die mal irgendjemandes *Coole Schwester* namens *Martina* gehört haben musste, darunter und hatte Sekunden später einen frisch gemahlenen, aufgebrühten Latte mit feinstem Milchschaum. Um den Nachschub an frischen Kaffeebohnen und Milch nicht zu gefährden, steckte ich einen Fünfeuroschein in das Sparschweinchen, das Frau Klemm neben den Automaten gestellt hatte.

Sie kommentierte meine Spende: »Die Firma dankt.«

»Der wichtigste Automat in der ganzen Klinik.«

Dann verdrückte ich mich mit meinem wunderbar riechenden und schmeckenden Kaffee in eine Fensternische und schrieb an Ricky.

11:23 Nachricht an Ricky Brandstätter
Offenen Bruch reponiert, ein bisschen Narkose gemacht, genialer Kaffee! Guter Tag so weit! Kann nicht so viel schreiben, bin unter Bewachung. Stocksteife Kollegin fährt mit.

Als ich in die Leitstelle zurückkam, war von Kathrin weit und breit nichts zu sehen. Ich erledigte den Schreibkram für den letzten Einsatz und checkte anschließend meine Nachrichten.

12:01 Nachricht von Priscilla
Du Schwein hast nach so einer Nacht was mit anderen Frauen! Ich bin enttäuscht!

12:02 Nachricht von Priscilla
Ich war Telefonsexjungfrau! Du hast mir die Unschuld genommen! So was verpflichtet einen Mann!

12:10 Nachricht an Ricky Brandstätter
Die bedeuten mir doch alle nichts! Ist rein körperlich …

12:11 Nachricht von Priscilla
Ich bin jetzt traurig, so traurig!

12:11 Nachricht an Ricky Brandstätter
Was muss ich tun, um MEINE RICKY wieder fröhlich zu stimmen? Dutzi-dutzi machen?

12:12 Nachricht von Priscilla
Du sollst keine anderen Frauen haben neben mir, und wenn, dann will ich Deine Lieblingsfrau sein.

Inzwischen war Kathrin zurückgekommen von ihrem Ausflug und stand erwartungsvoll vor mir. Sie schniefte immer noch in meiner Nähe. Ich stand auf und wollte mich auf den Weg machen, endlich das muffelnde Shirt zu wechseln, als das bodenständige Klischee einer Mitarbeiterin der Hauswirtschaftsabteilung in Arbeitsmontur und Birkenstocksandalen, mit Kampflesbenkurzhaarschnitt, Oberweite in Doppel-G, Brillengläsern wie Gurkenglasböden und einer Sprühflasche in der Hand breitbeinig mit in den Hüften gestemmten Armen im Durchgang stand. Wir sahen sie alle neugierig an. Keiner war sich einer Schuld bewusst.

»Wir haben in der Wäscherei eine Reklamation bekommen, dass unser neuer Weichspüler unangenehm riechen würde. Gibt's hier einen Dr. Brandstätter?«, brummte sie in bedrohlich tiefem Alt, wie ein Bauchredner, ohne die Lippen merklich zu bewegen.

Angesichts der geschätzten hundertzwanzig Kilo geballter Aufgebrachtheit schwieg ich erst mal. Jürgen sah die Sache ähnlich und sagte auch nichts.

Kathrin, niedergelassene Ärztin und reichlich naiv und unerfahren in puncto Klinikpolitik und Überlebenskampf, platzte heraus: »Das da drüben ist der Doktor Brandstätter«, wobei sie mit dem Finger auf mich zeigte, die elende Petze. »Und mir ist dieser Geruch auch schon aufgefallen. Schlimmer noch, ich bin allergisch dagegen.« Um überzeugender zu wirken, zog sie geräuschvoll zum tausendsten Mal an diesem Tag die Nase hoch.

Die Riesin aus der Wäscherei kam überraschend schnell für ihre Statur auf mich zu, wobei sie mich an ein Nashorn beim Angriff erinnerte. Sie schnaubte auch ähnlich gefährlich. Kurz vor mir kam sie zum Stehen und schnüffelte an meinem Hemd. »Das kann nicht aus der Wäscherei kommen. Wir benutzen keinen Weichspüler und das Waschmittel ist seit Jahren das Gleiche.« Sie nahm noch mal einen tiefen Atemzug: »Das riecht mehr nach billigem Vergnügen zwischen Männlein und Weiblein. Waschen statt sprühen hätte geholfen, wenn Sie den Tipp einer Fachfrau hören wollen.«

Ehe ich auf diese Beleidigung etwas sagen konnte, hatte das Waschweib die Flasche in ihrer Hand gegen mich gehoben und zum dritten Mal an diesem Tag wurde ich angesprüht: »Das hilft gegen alle üblen Gerüche. Trotzdem, Seife wirkt manchmal Wunder.« Nach diesen Worten stapfte sie donnernd aus der Leitstelle.

Meine Hemdbrust war nun durch und durch nass und roch nach giftiger Chemie mit Lavendelnote im Abgang. »Jetzt muss ich mich wohl wirklich umziehen«, brummte ich.

»Geht nicht, Benny. Wir haben einen Herzstillstand in einem Kaufhaus. Eine Ärztin, die zufällig vor Ort war, hat mit der Reanimierung schon angefangen.«

Ich seufzte resigniert: »Abmarsch.«

Zu dritt machten wir uns auf den Weg in die Innenstadt, wo tatsächlich in der Schuhabteilung eine Frau zusammengebrochen war. Mir fiel die Schuhwerbung ein, bei der Frauen hysterisch kreischend den Postboten mit dem Schuhkarton empfingen. Ich hatte in meiner Studentenzeit im Schuhladen meiner Tante Edith, der Schwester meiner Mutter, gejobbt. Deshalb war mir der Anblick von Frauen mit Schnappatmung im Angesicht ihres Traumschuhs nicht fremd. Der Al Bundy in mir jubilierte und auf der Hinfahrt beschloss ich, wenigstens einer Frau was Gutes zu tun:

12:45 Nachricht an Ricky Brandstätter
Sehr geehrtes Fräulein Koch, hiermit bestätige ich Ihnen wunschgemäß, dass Sie meine Lieblingsfrau sind (ungepimpert)! Hochachtungsvoll, Dr. med. B. Brandstätter

Die Antwort kam noch ehe wir am Einsatzort waren und ich für die nächste Zeit *offline* sein würde.

12:48 Nachricht von Priscilla
Sehr geehrter Herr Dr. Brandstätter, hiermit nehme ich Bezug auf Ihre Bestätigung von 12.45 Uhr und möchte Sie davon in Kenntnis setzen, dass es schon lange mein absoluter Wunsch

war, die ungepimperte Lieblingsfrau von jemandem im Allgemeinen und Ihnen im Besonderen zu sein. Mit vorzüglicher Hochachtung, Ricarda Koch

Dank der ausgezeichneten Erstversorgung durch eine Zahnärztin, die zufällig in der Mittagspause auch mit Schuhe kaufen beschäftigt gewesen war, hatte die fünfundsechzigjährige Patientin eine reelle Chance, den Herzstillstand einigermaßen gut zu überstehen. In diesem Fall ließ ich Kathrin alles selbst machen und stand nur überwachend daneben. Wir lieferten die Patientin relativ schnell in der Notaufnahme der Margarinenklinik ab.

Danach war es Zeit für einen ausgiebigen Toilettengang und die Weisheit des Tages.

Im Wort Kaufrausch steckt nicht zufällig das Wort FRAU!!!
14:12 Nachricht an Ricky Brandstätter
Er: Wenn du mir einen bläst …
Sie: Ich bin doch keine Schlampe!
Er: … kaufe ich dir ein paar Schuhe.
Sie: Größe neununddreißig …
14:30 Nachricht von Priscilla
Fuperluftig!!!

Danach gönnte ich mir ein anständiges Mittagessen. Kathrin war eine der Frauen, die man bei der ersten Begegnung als unattraktiv und bei längerem Zusammensein auch noch als unangenehm empfand. Trotzdem aß ich mit ihr zu Mittag in der Kantine. Günter ohne H hatte sich in Luft aufgelöst. Frau Dr. Grabowski nutzte die Durststrecke nach dem Essen, um auf einem Tablet mit einem angebissenen Äpfelchen als Logo Mails zu beantworten. Ich legte mich in den Bereitschaftsraum auf ein freies Bett und fragte bei Ricky an, ob sie willens war, mit mir zu schreiben. Meine körperliche Sehnsucht nach meiner ungepimperten Lieblingsfrau war seit den frühen Morgenstunden beinahe unerträglich geworden.

16:19 Nachricht an Ricky Brandstätter
Riiiiiiickyyyyyy!!!!!!

Ich musste kurz weggenickt sein, als ich das gewohnte Vibrieren in meiner Hose spürte. Ich holte das Handy raus und war erstaunt, dass ich eine ganze Stunde ungestört geschlafen hatte.

17:23 Nachricht von Priscilla
Beeeeennnnnyyyyy???
17:23 Nachricht an Ricky Brandstätter
Was machst Du?
17:24 Nachricht von Priscilla
Hatte gerade einen Besichtigungstermin für eine Finca, die ich verkaufen soll. Und jetzt sitze ich in Soller auf der Placa, trinke einen Kaffee Solo und denk an Dich …

Ich erhielt eine Mediendatei. Ein kurzes Video von einem belebten Platz mit alten Gebäuden und einem riesigen, noch älteren Olivenbaum, Rickys ausgestreckten, braun gebrannten Beinen in hübschen, schwarzen Sandalen, die Zehennägel in einem hellen Braunton lackiert. Taupe? Ich musste Dobro bei Gelegenheit zu Rate ziehen.

17:25 Nachricht an Ricky Brandstätter
Beam me up, Ricky!!!!!
17:25 Nachricht an Ricky Brandstätter
Denkst Du oft an mich?
17:26 Nachricht von Priscilla
Nee, nicht oft …

17:26 Nachricht an Ricky Brandstätter
☹

        17:27 Nachricht von Priscilla
        … eigentlich immer!

17:27 Nachricht an Ricky Brandstätter
Hey, das macht mich wirklich glücklich.

        17:27 Nachricht von Priscilla
        Wish you were here …

17:28 Nachricht an Ricky Brandstätter
Du hast hübsche Beine und in Verbindung mit den Schuhen der Hammer!

Es klopfte an der Tür und Günter ohne H, aber mit erstaunlich viel Haar, steckte den Kopf herein: »Ah, du schläfst ja gar nicht. Umso besser. Wir haben einen Einsatz.«

»Komme schon«, antwortete ich und tippte im Aufstehen.

17:28 Nachricht an Ricky Brandstätter
Sorry, muss los … ein wenig arbeiten. Ich wünschte auch, ich könnte jetzt bei Dir sein, vermisse Dich den ganzen Tag wie blöd … Sehnsucht!

Rickys Antwort las ich erst im Wagen.

        17:29 Nachricht von Priscilla
        Ich hab Dich sehr lieb, Benny!

17:42 Nachricht an Ricky Brandstätter
Ich hab Dich auch sehr lieb, Ricky!

Ich wunderte mich immer wieder, wie einfach mir neuerdings solche Liebeserklärungen über die Lippen sowie aus der Tastatur kamen.

Wenige Minuten später erwartete uns in einer typischen Nachkriegswohnsiedlung aus den Fünfzigerjahren eine enorm übergewichtige türkische Frau, deren Tochter uns angerufen hatte, weil die Mutter nach einem heftigen Familienstreit unter Atemnot litt. Der am Handgelenk selbst gemessene Blutdruck lag bei über 200. Kathrin untersuchte die Patientin gründlich, wobei der von ihr gemessene Blutdruck bei 170 lag, ein durchaus erträglicher Wert, selbst bei einem Übergewicht von hundert Kilo. Die Patientin lamentierte während der Untersuchung in einem fort. Ich war etwas angepisst, weil das hier eigentlich überhaupt kein Fall für einen Notarztwagen war. Die Frau hätte locker zu ihrem Hausarzt gehen können, ohne vorher das Zeitliche zu segnen. Dr. med. Benny Brandstätter stellte sich mit verschränkten Armen hinter seine Kollegin und durchbohrte die Patientin mit seinem stechenden Blick, der medizinisches Unverständnis demonstrieren sollte.

Die Tochter, anscheinend die einzig Normale in diesem Haushalt, hatte uns einen frischen Pfefferminztee gemacht, den wir dankend annahmen. Das süße Gebäck, eine Art Biskuitrolle mit Bananen und viel Schokolade, aß nur Günter ohne H.

»Richtig lecker, das Zeugs«, meinte er, was die Tochter freute, weil sie es selbst gebacken hatte.

Sohn und Ehemann der Patientin waren in der Küche nebenan und telefonierten beide in maximaler Lautstärke auf Türkisch; ich hatte die Vermutung: miteinander. Die Mutter unterbrach ihre endlose Litanei nur, um kurz Luft zu holen, obwohl ihr mittlerweile klar sein musste, dass sie nicht sterbenskrank war. Schmerzen konnte sie auch keine haben, außer im Kopf, aber dagegen halfen Medikamente nur bedingt.

Als die Tochter sich an ihre Seite setzte und ihre Hand nahm, wuchs das Gejammer zu einem wilden Crescendo an.

Der überreizte Notarzt verlor die Geduld: »Wenn Sie etwas leiser wären, würden Sie meiner Kollegin die Arbeit wesentlich erleichtern.«

»Aaaaaaaah, ich habe so Schmerzen in der Brust!«

Na, klasse, jetzt konnte Kathrin auch noch die Herzgeräusche abhören. Der daraufhin freigelegte Busen der Hundertsiebzig-Kilo-Frau war spektakulär, um nicht zu sagen monumental. Offensichtlich hielt es die Dame nicht für nötig, einen BH zu tragen. Günter ohne H verschluckte sich an einem Stück des klebrigen Gebäcks.

»Muss ich eingreifen?«, fragte ich trocken.

»Geht schon wieder.« Er spülte mit einem Schluck Tee nach.

Unglücklicherweise hatte der Sohn im Nebenraum aufgehört, zu telefonieren und mitbekommen, dass seine Mutter, mit der er vor Kurzem noch bis aufs Messer gestritten hatte, sich vor zwei deutschen Männern entblößt hatte.

Er erschien auf zwei Krücken im Türrahmen und brüllte mit hochrotem Kopf: »Was ist hier los?«

Woraufhin der Vater ebenfalls zu Hilfe geeilt kam. Es folgte ein aufgeregtes Geplänkel, wie Günter ohne H und ich es wagen konnten, den blanken Busen der Frau des Hauses anzuglotzen. Günter ohne H fragte mich, ob er die Staatsgewalt rufen solle. Ich entschied mich für Abbruch der Behandlung und geordneten Rückzug. Die beiden Männer des Hauses folgten uns, üble Drohungen aussprechend, bis in den Hausflur. Die Mutter fing wieder mit ihrem Geschrei an. Die Tochter versuchte, vor Scham im Boden zu versinken.

Im Wagen informierte Günter ohne H dann doch die Polizei, weil zu befürchten war, dass der Familienstreit aufs Neue angefacht worden war. Ich war geladen wie ein Defibrillator.

Kathrin schien den Tränen nahe: »Hatten Sie keine Angst?«

»Nope, Günter hat 'nen schwarzen Gürtel«, bemerkte ich.

»In welcher Kampfsportart?« fragte Kathrin.

»Ich mach doch gar keinen Kampfsport«, meinte Günter ohne H entschuldigend.

»Wobei haben Sie dann einen schwarzen Gürtel bekommen?«

Mein Fahrer sah mich verwirrt an. Ich eilte zu Hilfe: »Den hat er sich selbst gekauft. Beim Breuninger.«

Kathrin sah mich ratlos an: »Aber, ich dachte ...«

»Hab ich nicht behauptet. Ich habe lediglich gesagt, dass er einen schwarzen Gürtel hat. Von Kampfsport habe ich nie gesprochen. Warum hört mir eigentlich nie jemand richtig zu?«

Die Ärztin holte Luft, besann sich dann aber eines Besseren. Wahrscheinlich hielt sie mich endgültig für plemplem. Ich checkte mein Handy und mir war gleichgültig, was meine unterkühlte Mitfahrerin von mir hielt. Ricky hatte geantwortet.

17:35 Nachricht von Priscilla
Ich vermisse Dich auch so oft! Tagsüber, wenn ich stundenlang nichts von Dir höre, dann sehe ich ständig nach, ob vielleicht doch eine Nachricht von Dir kommt. Verrückt, aber schön.

18:26 Nachricht an Ricky Brandstätter
Ich find's irgendwie genial, dass wir beide so ähnlich empfinden. Denke manchmal: Oh, nee, das erzähle ich ihr nicht, die muss ja denken, Du bist bescheuert, und zack, kommt 'ne ähnliche Aussage von Dir. Oder eine Aussage, die ich total gut nachvollziehen konnte, ja, die hätte aus meinem Mund kommen können! Ich habe das Gefühl, dass mir was fehlt, wenn ich nichts von Dir höre. Ich finde es sehr schön, dass es Dich gibt und wir uns kennengelernt haben.

18:28 Nachricht von Priscilla
Machst jetzt Dutzi-dutzi?

18:28 Nachricht an Ricky Brandstätter
Mache nie Dutzi-dutzi, wenn es um Gefühle geht.

»Ich hätte Hunger!«, vermeldete ich und steckte mein Handy weg.

»Auf keinen Fall was Türkisches«, murrte Günter ohne H.

»Außerdem bin ich noch pumperlsatt von dem Kuchen.«

Kathrin sprach immer noch nicht mit uns.

»Dann fahr bei einem McKing vorbei. Ich bestelle mir was am nächsten Fahrdurch.«

Die Kollegin unterbrach ihr demonstratives Schweigen und erklärte mit Nachdruck, dass sie auf keinen Fall amerikanische Franchiseketten unterstützen wolle, die den Planeten mit ihrem Müll verschandelten und deren Mitarbeiter für einen Appel und ein Ei arbeiten müssen. Ich nahm dankbar den Ball auf und bemerkte, dass es neuerdings doch ganz normal sei, dass man zu seinem Apple auch ein Ei bekäme. Kathrin verstand das Wortspiel nicht, Günter irgendwie auch nicht so richtig. Der einzige Mensch, der mich wirklich restlos verstand, lebte auf einer Insel mit zwei Bergen und war unsichtbar für mich.

Ich aß mein *ValueSuperXXLMenü* mit geschätzten dreitausend Kalorien auf der Rückfahrt in die Margarinenklinik betont auffällig. Kathrin schien bei jedem Bissen mit den armen Werktätigen, die meinen Burger, die Pommes und den halben Liter Cola für mich unter Entbehrungen bereitet hatten, quälendes Mitleid zu empfinden.

Ich überlegte kurz, ob ich rülpsen sollte, vermeldete aber nur: »Ah, das war genau das, was ich gebraucht habe.« Ich schlürfte so laut ich konnte den Rest aus dem Colabecher. Obwohl ich das System mit den Einwegverpackungen auch nicht besonders toll fand, hätte ich gerne die Scheibe heruntergemacht und die ganzen leeren Verpackungen achtlos auf die Straße geworfen, nur um Kathrin leiden zu sehen.

Der Rest des Abends verlief ereignislos. Ricky teilte mir mit, dass sie sich kurzfristig mit einem Bekannten zum Abendessen verabredet hatte und sich erst spät wieder melden wollte. Die schniefende Kollegin hatte ihr Eier-Pad herausgeholt und schrieb irgendwelches Zeug mit noch ernsterer Miene, als sie den ganzen Tag aufgesetzt hatte.

Ich bemerkte trocken: »Für ein Appel und ein Ei arbeiten geht nicht, aber mit 'nem Apple und 'nem i arbeiten schon, wie es aussieht?«

Kathrin verstand immer noch nicht, was ich von ihr wollte, und fragte: »Meinen Sie mein iPad? Das war aber nicht billig, im Gegenteil.«

»Klar, die von dem WorldWide Obstbauunternehmen bezahlen ihre Mitarbeiter in China bekanntermaßen viel besser als die Franchisenehmer von Fast-Food-Ketten in Deutschland ihre. Habe ich erst neulich was drüber gelesen.«

»Das kann man doch gar nicht miteinander vergleichen.«

»Stimmt, das wäre, als würde man Äpfel mit Burgern vergleichen.« Mit diesen konfuzianisch anmutenden Worten wandte ich meine Aufmerksamkeit den anderen Personen im Aufenthaltsraum zu.

Günter ohne H spielte auf seinem Handy herum. Im Fernsehen lief ein Tatort, der schon so alt war, dass ich mich nicht mehr daran erinnern konnte, wer der Mörder gewesen war.

Günter ohne H schien sich sehr wohl erinnern zu können und vermeldete nach einer Viertelstunde, ohne von seinem Spiel aufzusehen: »Der Taxifahrer mit dem Schnäuzer hat die Tussi überfahren. Aus Eifersucht.«

Die beiden Assistenten, die den Krimi ebenfalls sahen, heulten auf, weil angeblich die Spannung raus war.

»Das kann nicht sein«, warf ich ein.

»Warum nicht? Ich erinnere mich genau.«

»Der ist kein Linkshänder. Der Mörder in Krimis ist immer Linkshänder. Oder Gärtner.«

»Was spielt das denn für eine Rolle, mit welcher Hand am Steuer er die Tante überfahren hat?«, wollte Günter ohne H wissen. »Das mit dem Gärtner ist auch Schwachsinn. Die Frau wurde ja nicht mit dem Spaten erschlagen.«

»Das musst du den Drehbuchautoren fragen und nicht mich.«

Es stellte sich heraus, dass der Taxifahrer ohne Schnurrbart der Täter war und aus Geldgier gehandelt hatte, weil er der Tussi viel Geld schuldete. Zur Tatzeit hatte er mutmaßlich beide Hände am Steuer.

Kurz nach 24 Uhr kam eine Nachricht von Priscilla, dass sie schlafen gehen wolle. Ich überließ Günter ohne H und Kathrin ihren Computern und legte mich ebenfalls schlafen.

00:12 Nachricht an Ricky Brandstätter
Bist noch wach, Häschen?

00:13 Nachricht von Priscilla
Mh, hab grad das Licht ausgemacht. Wo bist du?

00:13 Nachricht an Ricky Brandstätter
Lieg hier im Bereitschaftsraum und versuch, auch ein wenig zu schlafen.

00:14 Nachricht von Priscilla
Blöd, dann is nix mit Telefonieren!

00:15 Nachricht an Ricky Brandstätter
Nee, heute kein heißer Telefonsex ;-)

00:15 Nachricht von Priscilla
Cybersex?

00:15 Nachricht an Ricky Brandstätter
Wenn Du Lust hast … .

00:16 Nachricht von Priscilla
Habe Lust auf Dich, egal wie …

00:17 Nachricht an Ricky Brandstätter
Na, dann, Hände unter die Bettdecke.

00:17 Nachricht von Priscilla
Geht nur mit einer Hand, mit der anderen muss ich schreiben.

00:18 Nachricht an Ricky Brandstätter
… scheiß Handicap … sprichwörtlich!

00:18 Nachricht an Ricky Brandstätter
Würde gerne beide Hände frei haben und Dich überall streicheln …

00:18 Nachricht von Priscilla
Hm, das klingt gut … mein Körper gehört Dir!

00:19 Nachricht an Ricky Brandstätter
Ah, wie gerne würde ich von dem Angebot in echt Gebrauch machen … Deine weiche Haut erkunden … Deine Brüste streicheln … Deinen Bauch, die zarte Haut an den Innenseiten Deiner Oberschenkel …

00:22 Nachricht von Priscilla
Mache ich stellvertretend für Dich …

00:24 Nachricht an Ricky Brandstätter
… mich von hinten an Dich drücken und Deinen Nacken küssen, Deine Brüste kneten …

00:25 Nachricht von Priscilla
Ich spür Deinen Schwanz zwischen meinen Beinen …

00:27 Nachricht an Ricky Brandstätter
Du drehst Deinen Kopf herum und wir küssen uns lange und innig …

00:28 Nachricht von Priscilla
Ich drücke mich ganz fest an Dich …

00:29 Nachricht an Ricky Brandstätter
Dann stecke ich meinen steifen Penis in Dich, ganz langsam und ganz tief … Du bist so weich und doch so fest …

00:33 Nachricht von Priscilla
… mmmmhhhhhhh …

00:36 Nachricht an Ricky Brandstätter
Meine Stöße werden schneller, animalischer …

00:38 Nachricht von Priscilla
… ich stöhne immer wieder Deinen Namen …

00:40 Nachricht an Ricky Brandstätter
Ich flüstere Dir ins Ohr, wie sehr ich Dich liebe! Wie toll

Du bist! Wie süß! Wie geil! Wie gern ich Dich vögle!

00:44 Nachricht von Priscilla

Ich lös mich von Dir und setz mich langsam auf Dich ... Lehn mich vor und küss Dich, während ich mich auf Dir auf und ab bewege ... Deine Lippen fühlen sich so weich an ...

00:46 Nachricht an Ricky Brandstätter

Ich spiele mit Deinen Nippeln, die ganz hart und lang sind ...

00:47 Nachricht von Priscilla

oh ... ich komme gleich ...

00:48 Nachricht an Ricky Brandstätter

Ich spür, wie sich deine Scheidenmuskulatur um meinen Schwanz zusammenzieht, Du machst mich wahnsinnig ... ich stoß Dich weiter, nachdrücklicher ...

00:50 Nachricht von Priscilla

Mein ganzer Körper spannt sich, ich werfe den Kopf in den Nacken und schrei ganz laut ...

00:51 Nachricht an Ricky Brandstätter

... ich komm gleichzeitig mit Dir ... Und weil Du zu mir gehörst, spritz ich alles schön tief in Dich hinein ... lauwarm ... geil ... der Druck lässt nach und ich verlier alle Kraft ...

00:54 Nachricht von Priscilla

Ich lass mich erschöpft und verschwitzt auf Dich sinken und schmecke die salzige Haut an Deinem Hals, leck die Schweißtropfen ab ...

00:55 Nachricht an Ricky Brandstätter

Es laufen immer noch leise Schauer durch meinen Körper ... es war so schön mit Dir, ich könnte heulen ...

00:58 Nachricht von Priscilla

... ich atme Deinen wunderbaren Geruch ein ...

00:59 Nachricht an Ricky Brandstätter

... es riecht nach uns beiden gemeinsam ... Wir haben

einen neuen Duft erschaffen ... mir laufen die Tränen die Wangen herunter ...

01:00 Nachricht von Priscilla
Ich küss Dir die Tränen weg und streich Dir die verschwitzten Haare aus dem Gesicht ...

01:04 Nachricht von Priscilla
Ich bitte Dich, noch eine Weile in mir zu bleiben, will Dir möglichst lange so nahe sein ...

01:05 Nachricht an Ricky Brandstätter
... könnte ich gar nicht, ihn rausziehen ... Ich bin emotional so gefangen.

01:06 Nachricht an Ricky Brandstätter
Du bist ich ... Wir sind eines in diesem Moment ...

01:07 Nachricht an Ricky Brandstätter
... ich könnte mir auch vorstellen, irgendwann nicht mehr ohne Dich schlafen zu wollen!

01:08 Nachricht von Priscilla
Oh, Mensch, jetzt hast mich wirklich zum Heulen gebracht!

Ich lag hochgradig erregt in einem Bett an meinem Arbeitsplatz, und Fräulein Koch und ich hatten es mal wieder fertiggebracht, uns gegenseitig zu Tränen zu rühren. Meine Nüsse waren dick und taten weh. Ich hatte einen fetten Kloß im Hals, trotzdem genoss ich den Kontakt zu Ricky wie selten etwas zuvor. Mein Zustand konnte kurz und knapp als verzweifelt glücklich beschrieben werden.

01:08 Nachricht an Ricky Brandstätter
Ach, verdammt – ich würd mich so gerne an Dich kuscheln und Dich riechen und spüren ... Warum bist Du so weit weg???

01:08 Nachricht von Priscilla
Benny, wart ab, kommt Zeit, kommt Ricky!

01:09 Nachricht an Ricky Brandstätter
Ich hatte keine Vorstellung davon, wie weh Sehnsucht tun kann. Sowohl körperlich als auch mental …
                       01:11 Nachricht von Priscilla
                       Dito!

Es klopfte an der Tür. Günter ohne H erschien im Türspalt und verkündete: »Aufwachen! Suizidversuch.«

»Alles klar«, seufzte ich resigniert und war froh, dass der Frust über den Coitus interruptus so groß war, dass sich meine deutliche Erektion in Nichts aufgelöst hatte. Die Eier schrumpften leider nicht, aber zum Glück war in der Hose genug Platz.

01:13 Nachricht an Ricky Brandstätter
Tut mir schrecklich leid … aber ich muss ausrücken! Schlaf gut und träum schön!
                       01:13 Nachricht von Priscilla
                       Das Leben ist nicht fair! Pass auf Dich auf!
01:13 Nachricht an Ricky Brandstätter
Mir passiert schon nichts …
01:14 Nachricht an Ricky Brandstätter
… und wenn, warte ich anderswo auf Dich!
                       01:14 Nachricht von Priscilla
                       Dann helfe ich nach.
                       01:14 Nachricht von Priscilla
                       Wie bei Romeo und Julia.

Ihre Nachricht zierte ein Emoticon mit Waffe am Kopf. Bei der Erwähnung des Liebespaares musste ich unweigerlich an die Zigarre in Frau Otranto denken.

Günter ohne H raste mit Blaulicht und Sirene durch die Nacht. Kathrin saß mit ausgezehrten, hohlen Wangen und leichenblass auf dem Rücksitz. Sie sprach immer noch nicht mit uns.

»Ich sag's gleich, wenn das genauso eine Nullnummer wie

vorhin mit Big Mama ist, werde ich unangenehm«, vermeldete ich und schrieb an Ricky:
> **01:20 Nachricht an Ricky Brandstätter**
> Danke, mit der Assoziation hast mich runter gebracht. Kann wieder klar denken. Kuss!
>> **01:21 Nachricht von Priscilla**
>> Nichts zu danken! Ich schlafe jetzt! Kuss zurück!

»Warum? Warst du eingeschlafen?«, fragte Günter ohne H.

Gerade mal eine halbe Stunde geschlafen zu haben, war fast so brutal wie in der Tiefschlafphase geweckt zu werden. Menschenunwürdig.

Der Suizidversuch stellte sich als Fall für den Psychiater dar. Cornelia Fischer, 42, hockte mutterseelenallein in einem spärlich möblierten Einzimmerappartement in einem sehr unschönen Viertel Stuttgarts. Sie hatte gestern früh um kurz nach zehn beschlossen, dass ihr Leben nicht mehr lebenswert sei, und eine vermeintliche Überdosis eines Eisenhutpräparats eingeworfen. Zwei Stunden später erschien ihr die Idee, zu sterben dann doch nicht mehr so prickelnd. Woraufhin sie sich kurzerhand den Finger in den Hals gesteckt hatte, um das Mittel auszukotzen. Jetzt saß sie völlig am Ende auf ihrer billigen, knallroten Ausziehcouch und versicherte schluchzend, dass sie nicht sterben wolle, aber auch nicht mehr leben könne.

Kathrin ließ mir den Vortritt. Ich redete der Patientin gut zu, trotz meines Ärgers, dass ich hier eigentlich fehl am Platz war. Eigentlich hätte es jede Schulter zum Ausheulen besser getan. Nachdem ich ihr zur Beruhigung Lorazepam gespritzt hatte, nahm ich sie im Rettungswagen mit. Während der viertelstündigen Fahrt in die Klinik mit angeschlossener Psychiatrischer Abteilung erzählte sie mir mit leiser Stimme, wegen des Beruhigungsmittels sehr schleppend und mit langen Unterbrechungen, die Geschichte ihrer unglücklichen Liebe zu einer

Frau namens Petra, die leider verheiratet war und sich nicht von ihrem Mann trennen wolle, obwohl Cornelia sich wegen Petra von ihrer früheren Freundin getrennt hatte und in die trostlose Einzimmerwohnung gezogen war.

Anscheinend war das Leben im homosexuellen Milieu auch nicht einfacher als bei uns Heteros, im Gegenteil. Meine schlaue Ricky hatte neulich gemeint, als wir das Thema »*Sag mal, hast du eigentlich schon mal was mit ner Frau beziehungsweise einem Mann gehabt?*« durchgehechelt hatten, der einzige Unterschied bei Beziehungen zwischen Frauen sei, dass keine Socken zur Reviermarkierung überall herumlägen. Ein kurzer Blick auf das verknäulte Sockenpaar von vorgestern auf meiner Couch ließ mich ertappt schweigen.

Um halb vier kamen wir alle endlich dazu, ein wenig zu schlafen. Ehe ich mein Telefon lautlos stellte, schickte ich Priscilla noch eine Nachricht:

03:35 Nachricht an Ricky Brandstätter
Weißt Du, was ganz schlimm wäre? Wenn ich morgens mein Handy anmachen würde und es wäre keine Nachricht von Priscilla darauf zu sehen ... Schlaf gut!

Als ich um halb sieben aufwachte, las ich voller Freude:

04:39 Nachricht von Priscilla
Das kann ich nicht zulassen! Ich würde auch verzweifeln, wenn keine Nachrichten mehr von Dir kämen!

Ricky war wohl mitten in der Nacht aufgewacht und hatte sich die Mühe gemacht, eine Nachricht an mich zu schicken. Ich fühlte mich plötzlich so unendlich wohlbehütet und geliebt und gebraucht. Ich mochte Ricky immer mehr, weil ich mich so mochte, wie ich war, wenn ich mit ihr zu tun hatte. Sie war trotz der Entfernung mittlerweile mein bester Freund geworden, war mir Motivation und Inspiration, und ich hatte das Gefühl, wir wuchsen aneinander in die Höhe, und nach oben war keine Grenze abzusehen.

06:33 Nachricht an Ricky Brandstätter

… auch wenn ich mich manchmal verzehre, weil ich den Wunsch habe, Dich in den Arm zu nehmen, Dich zu riechen, zu schmecken und mit Dir einzuschlafen, in Deine Augen zu blicken, einfach willenlos vor Dir hinzuknien und Dich an mich zu drücken, bist Du doch, obwohl ich Dich noch nie wissentlich gesehen oder berührt habe, das Beste, was mir bisher passiert ist.

Die Worte kamen einfach so aus mir heraus. Ich musste nicht lange überlegen, ob ich sie abschicken solle. Noch vor wenigen Wochen hätte es dazu noch eines langen Vorlaufs und umfangreicher Überlegungen bedurft. Benny Brandstätter war gerade dabei, langfristig und nachhaltig über sich hinaus zu wachsen, und der Grund war die tiefe Zuneigung zu einer ungesehenen Frau.

Auf dem Heimweg besorgte ich mir frische Croissants und zwei dicke Filetsteaks für das Mittagessen. Ich brauchte Fleisch! Frau Winterberg war nirgends zu sehen. Dafür begrüßte mich Clapton an der Haustür und lief mit mir die Treppe hoch. Wir frühstückten zusammen, ich machte mir einen Latte, mein Mitbewohner bekam ein Schälchen mit fetter Sahne und wieder mal eines von den kleinen Schälchen, die ich aus vielerlei Gründen nur ungern kaufte, die mein Kater dagegen umso mehr liebte. Auf die Croissants strich ich extra dick Butter und darauf von der selbst gemachten Erdbeermarmelade, die mir meine Mutter bei meinem letzten Besuch bei ihr mitgegeben hatte.

Ehe ich mich für eine zweite Runde an diesem Tag schlafen legte, sprang ich noch schnell unter die Dusche. Ich sah nach, ob die diversen Sprühattacken des Tages meine wenigen Brusthaare zerstört hatten. Alle fünf waren noch an ihrem Platz und ich rasierte die Überlebenden kurzerhand weg. Als ich mir die Haare trocken rubbelte, klingelte das Festnetztelefon. Keine Anrufer-ID – entweder jemand, der mir was verkaufen wollte, oder Ricky.

Ich nahm ab und hörte die vertraute Stimme: »Hey du, mir war grad nach dir.«

»Hm, das ist schön von dir. Tut gut, nach so einem Tag deine Stimme zu hören.« Ich legte mich mit dem Telefon und Ricky am anderen Ende der Leitung ins Bett, deckte mich bis zum Kinn zu, schloss die Augen und ließ mich von Rickys Stimme in den Schlaf reden. Irgendwann dämmerte ich weg. Als das Telefon zu Boden fiel, wachte ich kurz auf, Ricky hatte längst aufgelegt, sie kannte das Spiel. Ich drehte mich um und fiel in einen tiefen, erholsamen Schlaf, aus dem ich erst nach 13 Uhr erwachte.

13:04 Nachricht an Ricky Brandstätter
Sorry, dass ich vorhin einfach so ins Rickykoma gefallen bin …

Eine Antwort von Ricky kam erst, als ich im Fitnessstudio auf dem Laufband stand.

16:20 Nachricht von Priscilla
Ich kann Dir ja sonst nicht viel Gutes tun, als Dich in den Schlaf zu quatschen!

18:25 Nachricht an Ricky Brandstätter
… das ist schon sehr viel … Du tust mir viel Gutes, einfach indem Du da bist als vertrauter Mensch … Ich mag Deine verträumte Art zu reden, Deine Frechheiten, Deine Haarfarbe, Deine Augen, Deine Spinnereien, Deine Verspieltheit..

18:30 Nachricht von Priscilla
Meine verträumte Art zu reden?

18:32 Nachricht an Ricky Brandstätter
Ja, Zusammenspiel zwischen Inhalt und der Art, wie Du

was sagst, und Deiner Stimme ... einzigartig!

Ich fand, es war an der Zeit, mir mal wieder etwas Gutes zu tun, und machte nach dem Fitnessstudio einen kurzen Zwischenstopp in meinem Lieblingsplattenladen. Ich stöberte in der Countryecke nach verborgenen Schätzen. Immer dicht auf meinen Fersen war ein sehr distinguiert aussehender Mann Ende fünfzig, in feinstem Anzug, Hemd mit goldenen Manschettenknöpfen und Fönfrisur, den ich mehr in der Klassischen Abteilung oder beim Jazz vermutet hätte und der mir irgendwie bekannt vorkam. Bei J angekommen betrachtete ich eine CD von Waylon Jennings, der mir völlig unbekannt war. Die Stücke darauf waren zum größten Teil altbekannte Countrystücke. Nichts Neues. Ich steckte die CD zurück.

»Das sollten Sie nicht tun«, meinte der Anzugmann, meiner Einschätzung nach Rechtsanwalt oder Übleres, neben mir.

Da weit und breit niemand außer uns zu sehen war, fühlte ich mich angesprochen und fragte nach: »Bitte?«

»Die CD zurückstellen. Außer Sie hätten sie schon.«

»Nein, die habe ich noch nicht. Ich kenne den Interpreten noch nicht mal.«

»Dann haben Sie was verpasst, wenn Sie auf gute Countrymusik stehen.«

»Tja, dann werde ich mal auf Ihre Empfehlung hören.« Ich holte die Doppel-CD wieder raus. »Vielen Dank für den Tipp.« Was konnte man bei 12,90 Euro schon falsch machen?

»Gern geschehen.«

Während ich noch eine Weile herumkramte, überlegte ich, woher ich den Mann kannte, kam aber zu keinem Ergebnis und fand auch keine weitere passende CD mehr.

Zu Hause wartete Clapton sehnsüchtig auf längst überfällige Streicheleinheiten, die ich ihm zur Genüge verpasste, nachdem ich meine CD-Empfehlung aufgelegt und den Ton so laut gestellt hatte, dass Mr. Jennings in der ganzen Wohnung gut zu hören war.

Die Lieder waren sehr kurz. Kaum eines, das länger als drei Minuten ging, alle sehr sparsam instrumentiert und mit Waylon Jennings' unverwechselbarer Stimme gesungen. Er hatte die Gabe, innerhalb einer Liedzeile seine countryraue Whiskystimme in eine samtweiche, verträumte Kopfstimme umzupfriemeln. Ich war mittelschwer begeistert. Clapton interessierte sich weniger für die Musik. Ich hatte manchmal das Gefühl, dass bei der Gelegenheit, bei der er sein Auge verloren, auch das Trommelfell auf dieser Seite etwas abbekommen hatte. Nebenher machte ich uns ein gemeinsames Abendessen. Dann kamen ein paar sparsame Gitarrenakkorde aus den Lautsprechern und Waylon begann *We had it all* zu singen. Ich war hin und weg. Ich kannte das Lied zwar in einer Version von Dolly Parton, berührt hat es mich trotz des schönen Textes jedoch wenig. Aber Waylon Jennings brachte mit seiner melancholischen Vortragsweise den wehmütigen Grundton des Textes rüber. Insgesamt hörte ich mir fünf Wiederholungen an, bis ich die Musikdatei an Dobro schickte.

20:16 Nachricht an Dobro Dope
Hör Dir das mal an. Kannst Du das Einüben?
20:17 Nachricht an Dobro Dope
Kurzfristig …

Ich musste meine Steaks und den Gurkensalat alleine essen. Clapton, kulinarisch und musikalisch eher konservativ eingestellt, hatte vom ewig selben Lied genug und war wahrscheinlich zu Frau Winterberg geflüchtet, um sich etwas anständige deutsche Volksmusik gewürzt mit Leberwursthäppchen reinzuziehen.

Während ich mein einsames Mahl zu mir nahm und der melancholischen Stimme von Waylon Jennings lauschte, kam mir plötzlich eine Idee, woher ich den Mann im Plattenladen kannte. Ich öffnete meine Fotodatei und scrollte zurück bis in den März. Da saß er tatsächlich an einem Tisch im Dante2, den Kopf aufgestützt, ganz in Gedanken versunken. Meine Plattenladenbekanntschaft war der Herr, bei dessen Anblick mich neulich die Angst vor meiner eigenen Zukunft gepackt hatte. Irgendwie hielt das Leben in der letzten Zeit sehr viele seltsame Zufälle für mich bereit. Ricky würde scherzhaft sagen: *Ein Zeichen, ein Zeichen!*

20:22 Nachricht von Dobro
Klar, Bunny! Bis wann brauchst es?
20:23 Nachricht an Dobro Dope
Passt 22 Uhr im FAQ?
20:24 Nachricht von Dobro
Welcher Tag?
20:24 Nachricht an Dobro Dope
Scherzkeks! Heute natürlich.
20:25 Nachricht von Dobro
Mission possible! See you later. Wollt eh hingehen.
20:25 Nachricht an Ricky Brandstätter
Hey, Du, gehe gleich jammen ... Bist Du so gegen Mitternacht noch wach?

Dann übte ich anderthalb Stunden meinen neuen Lieblingssong ein und suchte mir die Griffe auf der Gitarre. Kurz vor 22 Uhr packte ich meine Sachen zusammen und machte mich auf den kurzen Weg ins FAQ, wo Dobro bereits mit Hubert Franke, einem Bassisten und einem mir unbekannten Schlagzeuger *Desperado* von den Eagles spielte. Ich bestellte mir bei Holger dieses Mal keinen Shirley Temple, sondern ein anständiges Pils, richtete mir das zweite Mikrofon ein und begleitete die letzten Akkorde von *Desperado*. Um mich einzusingen, stimmte ich *Danny Boy* an und sang mit Hubert, der eine ganz gute Stimmte hatte, zweistimmig. Hubert wünschte sich *Waltzing Mathilda*, gefolgt von einer eher jazzigen Version von *Hoochie Coochie Man*. Danach wollten die Jungs Pause machen.

»Ich geh pissen, Alter, bestell mir mal ein Kirschweizen«, beauftragte mich Dobro.

Hubert hatte sein Radler bereits auf dem Tresen stehen. Ich stellte mich zu ihm und dem Schlagzeuger, der sich mir vorstellte: »Thorsten. Ich hab schon viel von dir gehört.«

»Aha, aha. Ich hoffe doch nur Gutes.«

»Klar, einer der besten Sänger in Stuttgart, meinen viele.«

»Na ja …«, wiegelte ich ab.

»Nix na ja, ich hab's doch eben selbst gehört. Warum trittst nicht mal woanders auf? Ich bin Polizist und wir haben eine Band, die *Blue Lights*. Hättest du nicht mal Lust, bei uns mitzumachen?«

»Im Prinzip schon, aber mein Job ist denkbar ungeeignet für feste Probezeiten.«

»Macht doch nichts, wir sind alle Polizisten oder bei der Feuerwehr und die meisten von uns haben Schichtdienste. Überleg es dir, du bist jederzeit willkommen.« Woraufhin er eine Visitenkarte von sich herausholte und mir reichte. »Da, falls du es dir noch anders überlegst.«

Ich steckte die Karte in die Gesäßtasche meiner Jeans und wusste, ich würde nie anrufen. In einer Band zu spielen war für mich Einzelgänger nie eine Option gewesen. Desperado, woisch.

Dobro war von der Toilette zurückgekommen und kippte die Hälfte seines üblen Bier-Kirschsaftgemischs auf einen Schlag hinunter: »Wir haben vorhin deinen Song geübt. Klappt ganz gut.«

»Klasse! Ich brauche nämlich ein gutes Video davon.«

»Wofür? Willst dich endlich bei einem Plattenlabel vorstellen? Oder bei DSDS bewerben? Die nehmen aber keine Ü30, das weißt schon.«

Erstaunlich, wie viel Dobro über aktuelle Fernsehsendungen wusste. »Nee, das ist für Ricky.«

»Mann, Alter! Gibt es die Tussi immer noch? Habt ihr euch wenigstens mal getroffen?«

»Das hat noch nicht geklappt. Ist schwierig. Beruflich und so.«

»Gibt's doch nicht! Du warst doch immer so ein tougher Hund, wenn es um Frauen ging. Hab viel von dir gelernt, Alter.«

»Tja, irgendwann setzt auch bei mir die Altersmilde ein.« Es war zwecklos zu erklären, was und warum ich so gegen meine sonstigen Gewohnheiten an Ricky hing.

»Weißt, was ich glaube? Du klebst nur deswegen so an der, weil du sie nicht haben kannst. Also wirklich, so mit Vögeln und allem. Dann wäre die Alte schon längst Geschichte im legendären Bugs Bunny Book. Stimmt doch, Alter, oder?«

»Wahrscheinlich«, antwortete ich und log unverhohlen, weil ich in Ricky mehr sah und weil ich von Ricky mehr wollte als nur den vorübergehenden Austausch von Körperflüssigkeiten. Ich wollte Ricky als Gesamtpaket. Hirn und Arsch und Seele sozusagen und das auf Dauer.

»Dann lass es uns mal probieren. Ein Probedurchgang?«

»Nee, das muss beim ersten Mal sitzen, sonst ist es nicht mehr so ganz gefühlsecht.«

»Verstehe ich.«

Ich beauftragte Holger, mit seinem Smartphone unseren Auftritt aufzunehmen, mit besonderem Augenmerk auf den geilen Leadsänger. Holger hatte in den zehn Jahren, in denen bei ihm im Lokal gejammt wurde, Erfahrung mit so was gesammelt.

Hubert fragte, ob er mitsingen solle.

»Bloß nicht«, meinte Dobro, ehe ich selbst antworten konnte. »Das ist ein Liebeslied für Bunnys Angebetete in Übersee. Wir bitten um vornehme Zurückhaltung, damit die sieht, dass er der Star ist. Klar?«

Ich sang mir die Seele aus dem Leib, die Jungs spielten mit mehr Gefühl, als ich in meinen kühnsten Träumen erwartet hatte. Bei der letzten Strophe kamen mir beinahe die Tränen, mein Publikum war während des Liedes ganz still gewesen und bis zum ersten Applaus dauerte es einen Moment, was in der Regel immer ein gutes Zeichen war.

Dobro zeigte mir den Daumen nach oben, Hubert beugte sich kurz rüber und flüsterte mir zu »Pure Gänsehaut, Respekt.«

Ich hatte beim Spielen selbst Gänsehaut bekommen, was mir nicht allzu oft passierte. Holgers Frau Vera stand mit Pfützchen in den Augen hinterm Zapfhahn und ich war stolz wie Oskar. Um halb zwölf machten wir Schluss und packten unsere Instrumente ein. Holger schickte mir das Video per Bluetooth auf mein Handy.

In der Wohnung spielte ich Clapton, der auf seiner Decke auf der Couch lag, das nur knapp drei Minuten lange Werk vor. Mein musikalischer Kater legte mir anerkennend eine Pfote auf den Oberschenkel und ich wusste, ich war gut gewesen. Ganz viel Schmalz in der Stimme und Melancholie im Ausdruck. Sogar mein Gitarrenspiel, mein Schwachpunkt, hörte sich gut an. Ich sandte das Video an Ricky.

23:56 Nachricht an Ricky Brandstätter
Guckst Du, Priscilla-Baby, was der große Elvis für Dich gesungen hat!

Angenehm müde und schläfrig machte ich mich fertig fürs Bett. Clapton half mir wie üblich, in dem er meine tägliche Routine kontrollierte, ehe er mit mir in die Heia ging.

Ich fand, es war Zeit, mal ein ernstes Wort mit ihm zu reden: »Wie sieht's eigentlich bei dir mit der Hygiene vorm Schlafengehen aus, mein Freund? Du wälzt dich draußen im

Dreck hinterm Haus und dann kommst du ungeputzt in mein Bett, du Ferkel.«

Clapton, coole Socke, die er war, ignorierte mein Lamento und richtete sich für die Nacht häuslich in meiner Kniekehle ein. Ricky hatte sich nicht gemeldet und zum Lesen war ich zu ausgepowert. Also machte ich das Licht aus, schaltete das Handy auf lautlos, beobachte aber den Bildschirm beim Einschlafen.

00:31 Nachricht von Priscilla
Hey, Elvis! Du trägst Deinen zweiten Namen nicht umsonst. Das ist wunderschön! Habe es mir ein paarmal angehört und hätte heulen können! Kenne das nur in der Version von Waylon Jennings, und das flasht mich schon jedes Mal.

00:32 Nachricht an Ricky Brandstätter
Das gibt es nicht! Du kennst Waylon Jennings und dieses Lied? Unglaublich! Willst Du mich heiraten?

00:33 Nachricht an Ricky Brandstätter
Ricky?

00:33 Nachricht an Ricky Brandstätter
Bist ohnmächtig geworden?

00:34 Nachricht an Ricky Brandstätter
Oh, Scheiße! Ich hab sie auf dem Gewissen!

00:34 Nachricht an Ricky Brandstätter
Riiiiiiiiickyyyyyyyy!!!!!

00:35 Nachricht von Priscilla
Beeeeeennnnnnyyyyy …

00:36 Nachricht an Ricky Brandstätter
Puh, sie hat es überlebt … .

Als ich auf *Senden* drückte, klingelte mein Festnetztelefon.

»Suchtberatungsstelle«, meldete ich mich.

»Ich weiß nicht, ob Sie mir helfen können, aber ich bin seit mehreren Monaten schwer auf Droge und komm nicht davon los, obwohl ich wirklich alles probiere!«

»Schaun wir mal, junge Frau, was wir für Sie tun können. Um was für eine Droge handelt es sich denn?«

»Bennythadon.«

»Oh, eben wird's haarig. Da haben wir noch nicht besonders viel Erfahrung. Davon werden in der Regel nur blutjunge Frauen abhängig. Davon wegzukommen ist fast unmöglich. Es gibt eben nichts Vergleichbares auf dem Markt. Aber Sie haben Glück, ich bin der einzige Spezialist in Deutschland für diese Droge.«

»Was soll ich machen? Ich brauche immer mehr und mehr davon. Der Typ hat mich angefixt. Er hat mir einen Unfall vorgetäuscht, um Kontakt mit mir zu bekommen. Dann folgten ein paar belanglose Nachrichten, anschließend hat er die Dosis erhöht und mich regelmäßig am Telefon zugedröhnt. Gestern Nacht hat er mich virtuell verführt, und vorhin kam ein Video mit Sirenengesang drauf! Ich kann nicht mehr!« Ricky schluchzte sehr überzeugend am anderen Ende der Leitung.

»Ach herrje, da gibt es nur eines: desensibilisieren! Und dann eine Überdosis mit direktem Kontakt! Eine andere Möglichkeit sehe ich nicht.«

»Ich wusste bereits nach diesem ersten legendären, völlig unsinnigen Telefonat, dass ich für immer abhängig bin von diesem Typ.«

»Sie könnten natürlich auch entziehen. Schluss, aus, fertig. Ihn vergessen, ehe es wirklich für Sie zu spät ist.«

Die schlagfertige Ricky zögerte für ihre Verhältnisse sehr lange mit einer Antwort.

»Benny, weißt du eigentlich, dass du, sobald du emotional wirst, ganz minimal zu stottern anfängst?«, fragte sie mit dem zärtlichsten Ausdruck, den ihre vielfältige Stimme hervorbrachte.

Klein-Benny schluckte und stotterte dann tatsächlich noch etwas mehr. »Dass du so was merkst.«

»Ich hör dir eben zu, Benny.« Sie lachte leise und fügte hinzu: »Eigentlich habe ich ja nur angerufen, um dir meine Absage auf deinen Heiratsantrag nicht per Textnachricht geben zu müssen. Das wäre mir dann doch zu unpersönlich.«

»Ah, wie gemein. Du Hexe missbrauchst mich für Telefon- und Cybersex, ich sing ein Lied extra für dich und dann das!?!«

»Hey, Benny?«

»So fangen Rickysätze an, wenn sie was Liebes sagen möchte.«

»Siehst, du verstehst mich auch.«

»Ich hör dir eben zu, Häschen. Außerdem ist jemanden zu verstehen die Voraussetzung dafür, jemanden zu lieben.«

»Warum hast du mir nie gesagt, dass du so eine geniale Stimme hast?«

»Wie jetzt? Ich hab dir doch von Anfang an gesagt, dass ich singe.«

»Ja, schon, das tue ich auch. Aber deine Stimme ist der helle Wahnsinn. Ich bekomme ja schon bei Waylon Jennings Gänsehaut. Du hörst dich an, als hätte man Cash und Elvis gekreuzt und Cher hätte das Kind ausgetragen. Wenn du den spanischen Grande machst, bekommt man eine vage Vorstellung davon, wie deine Singstimme klingt.«

»Warum kennst du überhaupt Waylon Jennings? Da will man dich mal mit einer Entdeckung überraschen und dann weiß die gnädige Frau schon wieder alles vorher und besser und überhaupt.«

»Muss doch schlimm sein für dich, schließlich jemanden getroffen zu haben, der alles noch besser weiß und kann.«

»Ist nicht auszuhalten, meine Allerwerteste. Das Genie legt auf.«

»Das größere Genie ebenfalls. Schönes Leben noch.«

Keiner von uns machte seine Drohung wahr und beendete

das Gespräch. Stattdessen erzählte ich die Geschichte, wie ich auf das Album des früh verstorbenen Countrysängers aufmerksam geworden war, und tatsächlich meinte die Dame lachend, dass das ein Zeichen sei. Um halb drei legten wir beide gleichzeitig auf, weil ich kurz weggenickt war und Ricky glaubte, ihr Kopf hätte sich von ihrem Körper gelöst und würde einen Meter überm Bett schweben. Telefonieren bis ins Koma.

Mai

Palliativ & Porno

Ich hatte das vergangene Wochenende plus die laufende Woche an einer Fortbildung in Palliativmedizin teilgenommen. Wenn man sich eine ganze Woche lang nur mit dem Sterben und dem Leiden davor hoch konzentriert beschäftigt, braucht man entweder ein völlig stabiles Umfeld oder viel Alkohol, um nicht trübselig zu werden. Ich hatte nur den Alkohol und ein wenig Ricky, die, so gut sie konnte, versuchte, mir zur Seite zu stehen. Gestern, dem letzten Kurstag, war mir nach dem bisschen stabilen Umfeld, das ich außer einigen engen Freunden hatte, meiner Mutter, bei der ich mich im Anschluss an den Kurs für ein paar Tage einquartierte. Wir waren am Abend zusammen essen gewesen, während ihr Freund ein wichtiges Fußballländerspiel im Fernsehen angesehen hatte.

Weil ungestörtes Telefonieren im hellhörigen Haus meiner Mutter mit seiner offenen Bauweise etwas schwierig war, hatte ich mit Ricky nur gechattet. Es ging mal wieder um das mittlerweile leidige Thema: Wann sehen wir uns endlich und wo? Ricky blockte nach wie vor früher oder später ab, wenn ich darauf zu sprechen kam, von alleine fing sie nie davon an. Das

Ende vom Lied war, dass wir die endgültige Klärung wieder einmal vertagten. Kurzum, die ganze Woche war düster und nicht sonderlich zufriedenstellend gewesen und der Palliativmediziner war alles andere als gut gelaunt.

Mit dem Gefühl, auf dieser Welt sowieso nichts zu verpassen, schlief ich lang und gut. Als ich aufstand, war meine Mutter schon unten in ihrem Laden. Michael, ihr Freund seit über zehn Jahren, betrieb ein kleines, aber lukratives Ein-Mann-Architekturbüro im Ort und war oft auch an den Wochenenden auf Baustellen unterwegs. Ich machte mir in der Küche einen Kaffee, frische Brötchen lagen in einem Korb bereit, holte Eier aus dem Kühlschrank und stellte mir ein deftiges Frühstück samt Rührei mit krossen Baconscheiben zusammen. Ein richtiger Mann braucht tierisches Eiweiß, Fett und Cholesterin im Überfluss. Beim Essen am Tresen in der Küche schrieb ich Ricky in meiner seltsamen Verfassung. Diese hatte am Morgen schon gut vorgelegt.

09:00 Nachricht von Priscilla
GM! Sehr gut geschlafen. Bennykoma, nehme ich an.
09:13 Nachricht von Priscilla
Noch mal wegen gestern Abend. Du warst so deprimiert und ich konnte nichts tun, um Dich aufzuheitern. Im Gegenteil, ich hatte das Gefühl, ich ziehe Dich noch mehr runter mit meiner Unentschlossenheit. Du bist ein toller Mann und ich bin so froh, dass ich Dich kenne!
10:25 Nachricht von Priscilla
Wäh, da sagt man so nette Sachen und bekommt keine Antwort.
10:35 Nachricht an Ricky Brandstätter
GM! Ich habe tief und fest bis eben geschlafen! Bin nicht lieb!
10:36 Nachricht an Ricky Brandstätter
… bekomme keine Antwort … püh!

10:36 Nachricht von Priscilla
Warum bist nicht lieb?
10:36 Nachricht an Ricky Brandstätter
Bin nie lieb! Bin gefährlich!
10:36 Nachricht von Priscilla
Ah!
10:37 Nachricht an Ricky Brandstätter
Bin ein Heuchler! Tu nur so!
10:37 Nachricht von Priscilla
Wozu?
10:37 Nachricht an Ricky Brandstätter
Um mein wahres ICH zu verbergen.
10:38 Nachricht von Priscilla
Aha!
10:38 Nachricht an Ricky Brandstätter
Um an Ware zu kommen! An Frauen …
10:38 Nachricht an Ricky Brandstätter
… für meine Abnehmer …
10:38 Nachricht an Ricky Brandstätter
… für Dich hab ich auch den Versandtermin verschieben müssen …
10:38 Nachricht von Priscilla
Ah so, und jetzt bin ich uninteressant, weil ich Dir nicht in die Falle getappt bin?
10:38 Nachricht an Ricky Brandstätter
Mist!!!
10:39 Nachricht an Ricky Brandstätter
Verschoben ist nicht aufgehoben!
10:39 Nachricht von Priscilla
Kriegst deswegen Ärger?
10:39 Nachricht von Priscilla
Musst die Kohle zurückzahlen? Was hast für mich bekommen?

10:40 Nachricht an Ricky Brandstätter
Noch nix, vielleicht hätte ich Dich selbst behalten!
10:40 Nachricht an Ricky Brandstätter
Überleg ich mir noch!
10:41 Nachricht an Ricky Brandstätter
Privatnutte.

10:41 Nachricht von Priscilla
Will aber auf keinen Fall bei einem versoffenen Russen landen!
10:41 Nachricht von Priscilla
Du bist heute Morgen sehr charmant!

10:41 Nachricht an Ricky Brandstätter
Ja …
10:41 Nachricht an Ricky Brandstätter
… so bin ich!
10:41 Nachricht an Ricky Brandstätter
Charming Elvis!

10:41 Nachricht von Priscilla
Verkauf ich mich lieber selber an einen Zahnarzt!
10:43 Nachricht von Priscilla
Zahnarztgattinenschlampe!

10:43 Nachricht an Ricky Brandstätter
Das sind doch keine richtigen Ärzte, hab ich Dir doch schon gesagt! Denen geht's finanziell auch nicht mehr sooo gut! Nimm lieber 'nen Anästhesisten, die sind viel sexier!

10:44 Nachricht von Priscilla
Mir doch egal, ob die richtige Ärzte sind oder nicht. Nehm einen Promizahnarzt, der nur Privatpatienten behandelt.
10:45 Nachricht von Priscilla
Außerdem zieh ich in die USA, da sind die alle steinreich!

10:45 Nachricht an Ricky Brandstätter
… und steinalt und impotent! Ha! Musst Du es Dir immer selbst machen!

10:45 Nachricht von Priscilla
Und? Halte ich mir einen blutjungen Physiotherapeuten.
10:46 Nachricht von Priscilla
Kann ich mir ja dann leisten, und wenn er mir nicht mehr gefällt, adios!
10:46 Nachricht an Ricky Brandstätter
Der petzt dann dem Zahnarzt ...
10:46 Nachricht an Ricky Brandstätter
... dann hast nix mehr!
10:46 Nachricht an Ricky Brandstätter
So!
10:47 Nachricht von Priscilla
Der glaubt dem nicht, weil ich dem so den Kopf verdreht habe, dass er mir alles glaubt.
10:47 Nachricht von Priscilla
So!
10:47 Nachricht an Ricky Brandstätter
So was machst Du?
10:47 Nachricht an Ricky Brandstätter
Kopf verdrehen, bis der Mann Dir hörig ist?
10:47 Nachricht von Priscilla
Dann komme ich zu Dir zurück, Du bist mittlerweile auch älter und ungefährlich, weil besser gelaunt ...
10:48 Nachricht von Priscilla
Tja, Elvis, im Notfall ist jedes Mittel recht ...
Bin auch gefährlich! Wie Du!
10:49 Nachricht an Ricky Brandstätter
Mhhhh ...
10:49 Nachricht an Ricky Brandstätter
Vergessen wir das und ich behalte Dich!
10:49 Nachricht an Ricky Brandstätter
Musst nur mit 'nem Schild ›Unverkäuflich, bitte nicht berühren‹ rumlaufen.

10:50 Nachricht von Priscilla
Lass mir ein T-Shirt drucken, Schild stört beim Putzen!
10:50 Nachricht von Priscilla
Gut, dass Du Deine Meinung geändert hast! Würde eine Absage nämlich nicht akzeptieren. Käme trotzdem.
10:52 Nachricht an Ricky Brandstätter
Mach ich die Tür nicht auf!
10:52 Nachricht an Ricky Brandstätter
Jalousie runter …
10:53 Nachricht von Priscilla
Mir egal, trete ich die Tür ein.
10:53 Nachricht an Ricky Brandstätter
… Licht aus!
10:53 Nachricht von Priscilla
Vorschlaghammer, Taschenlampe!
10:53 Nachricht an Ricky Brandstätter
Schaffst Du gar nicht!
10:53 Nachricht an Ricky Brandstätter
Du bist klitzeklein!
10:53 Nachricht von Priscilla
Hallo! Wenn ich wo rein will, komme ich rein!
10:54 Nachricht von Priscilla
Weil ich so klein bin!
10:54 Nachricht von Priscilla
Passe evtl. unterm Türschlitz durch!
10:54 Nachricht an Ricky Brandstätter
Verkleb ich …
10:55 Nachricht von Priscilla
Dann erstick doch in deiner versch… Wohnung und mach's Dir selber!
10:56 Nachricht von Priscilla
Will gar nicht mehr kommen!

10:56 Nachricht von Priscilla
Nie!
10:56 Nachricht von Priscilla
Pah!
10:57 Nachricht an Ricky Brandstätter
Du gibst aber schnell auf … Schlüsselloch hätt ich in meinen Sicherungsmaßnahmen nicht berücksichtigt …
10:57 Nachricht von Priscilla
So weit kommt's noch, dass ich mir bei 'nem Mann den Zutritt erbetteln muss! Je suis la Priscilla!
10:58 Nachricht von Priscilla
Auch wenn mir das Herz blutet, c'est fini!
10:59 Nachricht an Ricky Brandstätter
Also doch Zahnarzt mit Privatpatienten?

Dann stockten die Nachrichten aus Mallorca. Ich räumte den Frühstückstisch ab und wollte mir gerade was *Anständiges*, wie meine Mutter sagen würde, anziehen. Warum verfiel man immer wieder im Bannkreis seiner Eltern in Kindheitsgewohnheiten?

11:11 Nachricht an Ricky Brandstätter
Was ist? Guckst Dir schon die Gelben Seiten nach geeigneten Opfern durch?
11:21 Nachricht von Priscilla
Fachrichtung ist mir egal! Hauptsache, genug Geld! Bin desillusioniert! Von wegen wahre Liebe! Pft! Männer wollen doch eh nur deinen Körper! Schweine! Kann ich auch materialistisch sein.
11:22 Nachricht von Priscilla
Me no savvy, me no care, me go marry millionaire.
If he die, me no cry, me go marry other guy.
So!
11:25 Nachricht an Ricky Brandstätter
Nein, ich will alles! Körper und Geist!

11:32 Nachricht an Ricky Brandstätter
Hast die Nachricht gelesen? Hä???
11:34 Nachricht von Priscilla
Hab ich! Frage: Die ganzen 100 kg? Hä?

Ich musste lachen, ich hatte die letzten Wochen immer gefrotzelt, dass Ricky mich nicht mehr sehen wollte, weil sie seit Januar auf Mallorca dank des gehaltvollen mallorquinischen Essens und der ungezählten Ensaimadas, von denen sie so schwärmte, fett geworden sein musste.
11:38 Nachricht von Priscilla
Bin ja nicht fett, aber mein Hirn wiegt so viel!
11:38 Nachricht an Ricky Brandstätter
Ahhhh ...
11:38 Nachricht von Priscilla
Ja!
11:39 Nachricht an Ricky Brandstätter
... also mit den ganzen 100 kg!
11:39 Nachricht an Ricky Brandstätter
Kriegst da keine Nacken- und Rückenschmerzen?
11:40 Nachricht von Priscilla
Bins ja gewohnt! Hab extrem starke Nackenmuskulatur!

»Benny, was sitzt du da in Unterhose und sonst nichts und spielst auf deinem Handy rum?«, meinte meine Mutter, die in der offenen Tür des Gästezimmers erschienen war und ihren Sprössling mit in Sorgenfalten gelegter Stirn betrachtete. Meine Mutter war trotz ihrer achtundsechzig Jahre noch eine attraktive Frau. Sie war immer schick angezogen und mit perfekt sitzendem Haar, das sie, seit ich denken konnte, in einem mittellangen Bob geschnitten trug. Die dunkelbraune Farbe kam mittlerweile aus der Tube beziehungsweise von Tante Elvira, der jüngsten Schwester meiner Mutter, die im Ort einen Friseursalon hatte.

»Sorry, Mama, bin noch nicht lange wach. Ich hab gerade gefrühstückt. Danke für die Brötchen, übrigens.«

»Ah, du hast erst gegessen. Ich wollte uns was zum Mittag machen, aber dann wirst du keinen Hunger haben.«

Ich zog ein T-Shirt über. »Nee, ich wollte ein bisschen in die Stadt gehen, bei Tante Edith vorbeischauen. Ein paar neue Schuhe könnten nicht schaden und die Haare werde ich mir auch schneiden lassen.«

Auch Tante Edith, die mittlere der drei Rieger-Schwestern, betrieb im Ort einen florierenden Laden.

»Dann grüß alle von mir. Aber am Abend bist du zum Essen da?«

»Klar, Mama, bin ich auf jeden Fall.«

Egal, ob man acht oder achtunddreißig war, Mütter änderten sich nie. Ich zog die Jeans an und widmete mich Ricky.

12:05 Nachricht an Ricky Brandstätter
Welcher Gewichtsanteil entfällt auf Deinen Körper und welcher auf die Hirnmasse?

12:06 Nachricht von Priscilla
96 : 4

12:06 Nachricht an Ricky Brandstätter
Was? Mit 4 kg Körpergewicht ist auch La Priscilla nicht lebensfähig.

12:07 Nachricht von Priscilla
Aber mit 4 kg Hirnmasse wohl!

12:08 Nachricht an Ricky Brandstätter
Aber wenn der Rest 96 kg wiegt, bist doch fett!

12:09 Nachricht von Priscilla
Meine Leber ist vom vielen Saufen aufgeschwemmt!

12:10 Nachricht an Ricky Brandstätter
Mein Herz ist schwer vor Kummer!

Ich verabschiedete mich von meiner Mutter, die in der Küche herumwerkelte und mir hinterherrief: »Um halb acht gibt's Abendessen, des woisch!«

»Alles klar, Mama.«

> **12:11 Nachricht an Ricky Brandstätter**
> Nur für den Fall, dass dein überschweres Hirn platzen sollte oder Deine Leber demnächst ihren Geist aufgibt oder dein schweres Herzchen bricht: Ich hab Dich ganz doll lieb, Häschen, bin aber unterwegs ... bis später! Powershoppen und Haare schneiden!
>
> **12:12 Nachricht von Priscilla**
> Kauf bloß keine Schuhe, T-Shirts oder Jeans!
>
> **12:13 Nachricht an Ricky Brandstätter**
> Sorry, Ihre letzte Nachricht konnte nicht mehr an den Teilnehmer weitergeleitet werden!
>
> **12:13 Nachricht von Priscilla**
> Konsumjunkie!

Meine Mutter und ihr Freund verzogen sich nach dem Abendessen mit der restlichen Flasche Rotwein vor den Fernseher. Mama strickte wie seit Jahr und Tag an irgendetwas. Ricky hatte seit der letzten Nachricht um die Mittagszeit nichts mehr von sich hören lassen.

> **21:02 Nachricht an Ricky Brandstätter**
> Bin vollgefressen und hab mir 'ne Glatze rasieren lassen!
>
> **21:03 Nachricht an Ricky Brandstätter**
> Schreibst nimmer?

Ich nahm das Telefon mit ins Wohnzimmer und sah mir den Spielfilm ebenfalls an. Weder meine Mutter noch ihr Freund waren große Freunde von abendlichen verbalen Unterhaltungen im Familienkreis.

21:10 Nachricht an Ricky Brandstätter
Muss ich Dutzi-dutzi machen?
21:15 Nachricht an Ricky Brandstätter
Jetzt hätte ich grad 5 Minuten Zeit. Ich könnt Dich prima zwischenreinschieben ...
22:00 Nachricht an Ricky Brandstätter
Riiiiiickyyyyyy!!!!!

Mir war nach Ersatzbefriedigung mit Zucker und viel Fett: »Mama, hast du was Süßes da?«

»Im Kühlschrank müsste noch ein Schokoeis sein. Was anderes habe ich nicht, wir beide essen so was nicht mehr.«

»Ich würd's ja essen, wenn man mich ließe«, warf Michael ein.

»Soll ich dir was von dem Eis mitbringen?«, bot ich an.

»Lass mal lieber, sonst muss ich mir die ganze nächste Woche die Vorwürfe deiner Mutter anhören.«

»Du hast Zucker, Michael!«, kam es auch prompt aus deren Ecke.

Ich verzog mich in die Küche und plünderte das Gefrierfach. Der Einfachheit halber löffelte ich das Eis direkt aus dem Becher, setzte mich auf die Küchenarbeitsplatte und hoffte, dass meine Mutter nicht hereinkam, weil sie das noch nie hatte leiden können. Ich machte ein Bild vom Becher und schickte es an Ricky.

22:10 Nachricht an Ricky Brandstätter
Da, jetzt hab ich eine Ersatzbefriedigung gefunden.
22:10 Nachricht an Ricky Brandstätter
Mhhhh ... .

22:12 Nachricht von Priscilla
Eis?

22:12 Nachricht an Ricky Brandstätter
Schoko Cookie!

22:13 Nachricht von Priscilla
Du hast es halt gut bei Deiner Mama! Wirst nach Strich und Faden verwöhnt!
22:14 Nachricht an Ricky Brandstätter
Jaaaa ... tut ja sonst keine!
22:15 Nachricht von Priscilla
Isst den ganzen Becher?
22:15 Nachricht an Ricky Brandstätter
Mal gucken, ob ich ihn schaffe.

Ich ging mit dem Eis ins Gästezimmer, machte es mir im Bett gemütlich und las ein wenig über Internationales Seerecht.

22:45 Nachricht von Priscilla
Eis geschafft?
22:46 Nachricht an Ricky Brandstätter
Hab noch ca. 2 x 2 cm übrig gelassen. Da war so ein riesiger Schokoklumpen drin, den hab ich gegessen, jetzt ist mir schlecht.
22:47 Nachricht von Priscilla
Wie viel war das? 0,5 Liter?
22:48 Nachricht an Ricky Brandstätter
Ja, glaub schon!
22:48 Nachricht von Priscilla
Sauber! Du spinnst doch!
22:48 Nachricht an Ricky Brandstätter
War ein Priscillaeis!
22:48 Nachricht an Ricky Brandstätter
Ist süß und macht süchtig!
22:49 Nachricht von Priscilla
Aber ich hab keine 3000 Kalorien!
22:49 Nachricht an Ricky Brandstätter
Doch, Kopfkalorien!

22:50 Nachricht von Priscilla
Hä?
22:50 Nachricht an Ricky Brandstätter
Vergiss es, wenn ich's noch erklären muss …
22:52 Nachricht von Priscilla
Ah, eben, jetzt ja! Eine Insel! Hab's verstanden.
22:52 Nachricht an Ricky Brandstätter
Hast Du nicht! Schwindlerin!

Mama lugte durch die halb geöffnete Tür meines früheren Kinderzimmers, das sie völlig unsentimental ziemlich schnell nach meinem Auszug in ein schickes Gästezimmer verwandelt hatte. Mögen andere Mütter die Zimmer ihrer Nachkommen wie einen heiligen Schrein, ein Relikt aus besseren Tagen, bewahren und man deshalb auch mit Ende dreißig noch die Gelegenheit haben, unter dem Poster von Metallica oder Kurt Cobain pennen zu können, so war mein Mütterlein die Tine Wittler unter den Müttern. Schnöde Kindheitserinnerungen mussten Design und Funktion weichen. Ich hatte kein Problem damit gehabt, Björn war damals fast ausgerastet, als seine Formel-1-Höhle in ein funktionales Büro verwandelt worden war, und alle jahrelang mühevoll gesammelten Poster und Devotionalien in einem Karton im Keller gelandet waren.

»Störe ich?«, fragte sie.

»Nö.«

Sie kam herein, setzte sich neben mich aufs Bett und zog die Beine unter sich, wie das manche Frauen taten. Die saßen dann immer und überall so, egal wie klein die Sitzfläche war, sie bekamen die Füße immer mit drauf. Schon als Kind hatte mich diese Art, sich hinzusetzen, regelrecht fasziniert. Ich habe immer wieder versucht, meine Mutter nachzuahmen, bis ich merkte, dass das männliche Becken für diese Sitzposition gänzlich ungeeignet war und diese Körperhaltung auf meinen Freund Simon *voll schwul* wirkte.

Mama reichte mir eines der beiden bauchigen Gläser, die sie mitgebracht hatte und die mit rubinrotem Wein gefüllt waren. Früher hatte sie mich ständig ermahnt, nicht so viel zu trinken, heute trug sie mir den Alkohol nach. *The times they are a changin'.* Wir stießen miteinander an, die teuren, mundgeblasenen Weingläser, die sie letztes Jahr vom Gardasee mitgeschleift hatte, klangen edel. Die Leidenschaft für wertvolle, erlesene Dinge hatte ich definitiv von meiner Mutter geerbt. Für meinen Vater musste alles immer nur praktisch sein, dann war es auch gut. Ich konnte mich noch gut erinnern, dass er immer darauf bestanden hatte, dass meine Mutter den Senf in Gläsern kaufte, weil er es praktisch fand, diese danach noch zum Trinken verwenden zu können. Dabei war er gar nicht der Schwabe in der Familie; seine Eltern waren kurz nach dem Krieg aus Oberschlesien gekommen.

»Mit wem schreibst du die ganze Zeit?«, kam die Frage, die schon seit gestern auf ihrer Zunge lag und überfällig war, ausgesprochen zu werden.

»Mit einer Freundin.«

»*Gute* Freundin?«

»Mama, gibt das wieder dieses *Ich-will-Enkel-und-zwar-bald-Gespräch*?«

»Nein.« Meine Mutter legte den Kopf nach rechts. »Vielleicht.« Kopf nach links. »Doch.« Sie nickte und lachte kokett. Ich stimmte mit ein. Wir tranken einen weiteren Schluck und sie fuhr fort: »Ich will dich nicht nerven, aber so ein wenig mehr würde ich schon gerne an deinem Leben teilhaben. Ihr seid so weit weg, du und Björnie.«

»Du hast doch Michael.«

»Hm, aber der ist mein Freund. Ihr seid die Früchte meines Leibes.«

»Erinnere mich bloß nicht da dran!«

»He, sei nicht so frech zu deiner alten Mutter, du Früchtchen.« Sie schlug mir spielerisch an die Wade. »Also, ist sie eine Freundin oder eine *Freundin*?«

»Ach, ich weiß es doch selbst nicht.« Ich lehnte mich weit zurück, legte den Kopf in den Nacken und betrachtete die Decke des Zimmers mit der Designerlampe, die aussah wie ein riesiges, silbernes Wollknäuel mit eingewickelten leuchtenden Tropfen.

»Brauchst du den Rat einer erwachsenen Frau?«

»Ich weiß nicht, ob das viel hilft.«

»Ist *es* kompliziert oder ist *sie* kompliziert?« Meine Mutter kommunizierte weniger mit vielen Worten, dafür mit Betonungen.

»*Es* ist kompliziert«, meinte ich und fügte hinzu: »Aber einfach kann jeder.«

»Hm, wenn es am Anfang schon kompliziert ist – wie soll das erst werden, wenn der Alltag und die Pflichten sich einschleichen? Mit deinem Vater war es wenigstens zu Anfang unkompliziert und schön.« Sie nahm einen Schluck aus ihrem Glas.

Die Ehe meiner Eltern war in meinen Augen nie kompliziert gewesen, eher langweilig und vom tristen Alltag durchsetzt. Sie hatten sich nicht mehr viel zu sagen gehabt. Sie lebten so lange nebeneinander her, bis die Söhne aus dem Gröbsten raus waren und sie nicht mehr dachten, dass es wichtig sei, eine heile Familie, die es nie gegeben hatte, vorzuspielen. Die Zeiten, als Sigrid und Georg Brandstätter sich geliebt und begehrt und wenigstens zweimal Geschlechtsverkehr miteinander gehabt haben mussten, weil es sonst weder mich noch Björn gegeben hätte, waren längst vorbei und für mich nicht nachvollziehbar.

»Warum ist es kompliziert?«

»Tja, wenigstens das ist einfach: Sie lebt auf Mallorca.«

»Eine Spanierin?«

»Nein, eine Deutsche, die als Immobilienmaklerin dort arbeitet.«

»Wie hast du sie kennengelernt?«

»Auf einer Party bei einem Kumpel«, schwindelte ich meine Mutter an, weil ich keine Lust hatte, ihr zu erklären, warum ihr Sohn stockbesoffen nachts mit dem Fahrrad durch Stuttgart gefahren und von der Frau seiner Träume verletzt am Wegesrand aufgegabelt worden war. Ich wollte, dass meine Mutter weiter der Illusion nachhing, ihr ältestes Kind sei normal und gut geraten.

»Dann seht ihr euch ja selten.«

»Stimmt«, sagte ich und dachte: *Eher nie, Mama.* »Deswegen auch die ganze Schreiberei.«

»Wenn sie es wert ist.«

»Das wird sich herausstellen.«

Wir schwiegen beide eine Weile, hingen unseren Gedanken nach und leerten unsere Gläser.

»Südhang«, bemerkte ich scherzhaft.

»Der Wein oder deine Freundin?«, fragte Mama und legte ihren Kopf kurz auf meine Schulter.

»Beide!« Ich lachte und dachte drüber nach, wie sehr ich mir wünschte, zu wissen, wie Ricky schmeckte. Südhang, auf jeden Fall. Als Grundnote Schokolade mit Zimt und etwas grüner Pfeffer im Abgang. Oder Waldbeere?

Meine Mutter sah mich von der Seite an und meinte: »Einen Pfennig für deine Gedanken.«

Ich lächelte still in mich hinein und stimmte im Kopf das passende Lied von Marillion mit dem alten Kindervers an: *A penny four your thoughts my dear! Lavender's blue, dilly, dilly, lavender's green. When I am king, dilly, dilly, you will be queen. When you love me, dilly, dilly, I will love you.*

Meine Mutter wuschelte mir durchs Haar: »Meine Söhne. Der eine schweigsam wie ein Grab und der andere quasselt einem ein Ohr ab.« Sie seufzte und wechselte abrupt das Thema: »Hast du eigentlich mal wieder etwas von deinem Vater gehört?«

Meine Eltern lebten seit ihrer Scheidung vor zwanzig Jahren in der gleichen schwäbischen Kleinstadt, waren sich in all der Zeit jedoch nur alle Schaltjahre zufällig über den Weg gelaufen. Trotzdem war Mama durch Tante Elvira, die immer noch Papas Haare schnitt, bestens informiert, was dieser so trieb.

»Nein, ich habe ihn zwischen Weihnachten und Neujahr mal getroffen, da hatte er in Stuttgart zu tun und war auf einen Sprung bei mir vorbeigekommen«, meinte ich und fügte hinzu: »Die jährliche Weihnachtsgratifikation abgeben.« Geschenke waren von meinem Erzeuger von jeher nie zu erwarten gewesen. Er beschränkte sich auf die einfache Art zu schenken: ein kurzer, schmerzloser Griff in die Geldbörse.

»Tante Elvira meint, er sähe schlecht aus.«

»Was heißt schlecht?« Als Mediziner hasste ich diese ungenauen, schwammigen Beschreibungen irgendwelcher Zustände. War er blass, hatte er zugenommen, gingen ihm die Haare aus? Letzteres hätte mir große Sorgen bereitet, war ich doch die jüngere, fast identische Ausgabe von Herrn Dr. Georg Brandstätter. Was mit seinem Körper im Alter geschah, war für mich wie ein Blick in die Zukunft.

»Blass und abgemagert«, meinte sie.

»Aha, aha.«

»Sag mal, wann hast du dir eigentlich dieses Aha-aha angewöhnt?«

»Das fragt mich Ricarda auch immer.«

»Wie lange geht das schon so mit euch?«

Meine Mutter und ich konnten locker zwanzig Themen parallel abhandeln, ohne den Faden zu verlieren, darin waren wir groß: Benny, wo sind deine guten Sandalen, warum ist dein Kettcar schon wieder kaputt, habt ihr Hausaufgaben, heute Mittag gehst rüber zur Oma Rieger und holst frisches Brot, kannst du deine Sachen eigentlich nie wegräumen, sag deinem Vater, er soll essen kommen, soll ich an Weihnachten Gans oder

Ente machen, mir passen meine Hosen nicht mehr, alles zu eng, das man euch immer alles dreimal sagen muss, Nachtisch gibt's auch noch, beim Edeka ist die Butter im Angebot, mein Auto gehört mal gewaschen, zum Friseur müsstest du auch mal wieder, wo ist eigentlich mein Deo hingekommen, ich muss noch den Lottoschein abgeben …

»Seit Februar.«

»Meinst du, du könntest dich mal wieder mit deinem Vater treffen? Nur mal um zu sehen, ob alles in Ordnung ist? Björn kann ich ja darum nicht bitten.«

Mein kleiner Bruder war gerade mal vierzehn gewesen, als sich unsere Eltern getrennt hatten. Er hatte es unserem Vater nie vergeben, dass er uns damals verlassen hatte. Ich dagegen war heilfroh gewesen, als mein Erzeuger endlich aus dem Haus war und mit ihm ein für alle Mal diese Grabesstimmung, die immer herrschte, wenn der Herr des Hauses anwesend war. Björn, für den unser Vater Vorbildfunktion gehabt hatte, hatte das nie so empfunden. Beide verband sie die Liebe zu Autos und zur Formel I. Sie verbrachten viel Zeit miteinander vor dem Fernseher und sahen zu, wie überzüchtete Autos im Kreis herumfuhren. Mit meiner Leidenschaft für Musik und damit, dass ich stundenlang in meinem Zimmer hocken konnte, in ein Buch vertieft war oder Stücke auf der Gitarre einübte und dazu sang, hatte mein Vater nie etwas anfangen können. Gitarre war so weit in Ordnung, Bücher und Singen waren ihm zu unmännlich gewesen. Meine Metrosexualität war meinem Vater selbst dann noch unheimlich, als eindeutig feststand, dass ich definitiv und unwiderruflich auf Frauen stand.

»Klar kann ich das machen. Ich rufe ihn bei nächster Gelegenheit an.«

Meine Mutter sah auf mein Handy, das zwischen uns auf dem Bett lag und in der Zwischenzeit einige Male das vertraute, hingehauchte *Hey, Benny* von sich gegeben hatte, das mir Ricky als Sprachnotiz geschickt hatte und das ich seitdem als Mitteilungston für ihre Nachrichten verwendete. Ich nahm das Telefon und stellte es auf lautlos.

»Ist das *ihre* Stimme?«

»Jupp, das ist sie.«

»Du bist verknallt, stimmt's?«, fragte Mama und stieß mir den Ellenbogen in die Seite.

»Könnte gut sein.« Ich grinste verlegen.

»Das muss dir doch nicht peinlich sein.«

»Ist es mir, glaube ich, auch nicht.«

»Dann wünsche ich dir viel Glück mit deiner neuen, komplizierten Fernliebe.« Sie streckte mir ihr Glas entgegen und ich stieß an. »Aber wenn es dich unglücklich macht, hör auf damit. Mach nicht den gleichen Fehler wie ich. Ich bin viel zu lange bei eurem Vater geblieben und habe gehofft, dass es besser würde. Nichts wurde besser, überhaupt nichts. Es gibt immer eine Alternative zum Kummer.«

»Ich weiß, Mama.«

Zu wissen, dass die Alternative zu Kummer immer das Nichts war, machte mich noch deprimierter, als ich den ganzen Tag gewesen war. Trotzdem stieg ich bei dem kleinsten Problem immer gleich aus Beziehungen aus, sagte lieber *tschüss* als *lass uns drüber reden*. Nur bei Yvonne hatte ich mich wunderlicherweise durch ein jahrelanges Beziehungsgewirr mit allen Höhen und Tiefen gekämpft. Hatte sie zurückgenommen, nachdem sie einmal ausgezogen war und ein halbes Jahr bei einem Internisten gewohnt hatte. Als ich hörte, dass es zu Ende war mit den beiden, war ich überglücklich und hatte sie mit Handkuss zurückgenommen. Leider wurde meine Gutmütigkeit nicht belohnt, Yvonne war nach sechs Wochen wieder ausgezogen. Dieses Mal hatte sie sich für einen Onkologen entschieden. Als Psychologin in einer Gemeinschaftspraxis gingen ihr die bekloppten Ärzte, die sie bei ihrer Arbeit kennenlernte, anscheinend nie aus.

Jetzt war Ricky, noch nie bewusst gesehen, riesige Projektionsfläche für all meine Wünsche und Gefühle und Bedürfnisse, aber mit einer Persönlichkeit, die ich fesselnd und faszinierend fand, und in diesem Punkt spielte Projektion keine Rolle. *Dilly, dilly, she was my queen, dilly, dilly, and I was her king.* Ricky war meine Traumfrau, mein Deckel, meine Zukunft?

Die Frage hatte ich ihr neulich gestellt: »Ricky, bist du meine Zukunft?«

Sie hatte wie immer blitzschnell geantwortet, als müsste diese Frau nie nachdenken, was sie sagt, als lägen alle möglichen Antworten irgendwo fertig verfasst parat: »Ich weiß es nicht, ich weiß nur, dass ich deine Gegenwart bin. Mach was draus, Brandstätter.«

»Typische Ricarda-Antwort«, bemerkte ich.

»Wenn ich jetzt wüsste, was eine Ricarda-Antwort ist.«

»Intelligent und frech, mit einem Hauch, wirklich nur einem feinen Hauch von Überheblichkeit! Aber lieb.«

»Puh, da bin ich ja erleichtert, dass ich deinen Überheblichkeitsradar grad so unterflogen habe«, kam die Antwort wieder in Sekundenschnelle.

»Ich geh ins Bett«, vermeldete Michael vom Flur aus und riss mich aus meinen Gedanken.

Meine Mutter stand auf, drückte kurz meine Hand und folgte ihrem Freund: »Ich komme mit.«

Nachdem die Geräusche von zwei Menschen, die sich fürs Bett fertig machten, verklungen waren, durchstöberte ich die Küche nach weiteren alkoholischen Getränken und fand eine offene Flasche Rotwein, die ich mit in mein Zimmer nahm.

23:01 Nachricht von Priscilla
Meine Güte, Brandstätter, bist Du heute auf Krawall gebürstet

...

23:24 Nachricht an Ricky Brandstätter
Ich geh jetzt pennen!

23:28 Nachricht von Priscilla
Früher durfte ich mit ins Bett, neuerdings werde ich abgefertigt! Wäh!

23:30 Nachricht an Ricky Brandstätter
Kann mich nicht erinnern, Dich jemals zuvor abgefertigt zu haben, ehe ich zu Bett ging.

23:31 Nachricht von Priscilla
Ah, haben wir auch noch ein selektives Gedächtnis?

23:32 Nachricht an Ricky Brandstätter
Was willst mir mit dem Hinweis ›selektiv‹ sagen?

23:33 Nachricht von Priscilla
Vergiss es, wenn ich es noch erklären muss!

Es war klar, dass die Hexe meine Bemerkung von heute Mittag nicht vergessen hatte. Jetzt bekam ich die Retourkutsche und freute mich darüber.

23:35 Nachricht an Ricky Brandstätter
Du elendes kleines, Miststück! Ich mach mein Handy aus!!!

23:38 Nachricht von Priscilla
Du verträgst 0 Widerspruch! Frustrationsschwelle exakt 0,5 mm hoch!

23:39 Nachricht an Ricky Brandstätter
Verarscht!

23:40 Nachricht an Ricky Brandstätter
Mal wieder …

23:41 Nachricht von Priscilla
Arschgeigenbenny!

23:41 Nachricht an Ricky Brandstätter
Spüre ich da einen Hauch von Ironie?

23:42 Nachricht an Ricky Brandstätter
Nur ganz leicht?
23:42 Nachricht an Ricky Brandstätter
Wie einen warmen Luftzug im Sommer?
23:43 Nachricht an Ricky Brandstätter
Den man kaum spürt, weil er sooo zart ist?
23:44 Nachricht an Ricky Brandstätter
Wie kommt's dann, dass ausgerechnet Du ihn spürst???
23:41 Nachricht an Ricky Brandstätter
Mensch, Du verstehst 0 Spaß! Spaßgrenze exakt 0,5 mm hoch!!!

23:42 Nachricht von Priscilla
Das ist mein Spruch! Denk Dir gefälligst einen eigenen aus. Copyright: La Priscilla.

23:43 Nachricht an Ricky Brandstätter
Lass uns aufhören zu streiten, Häschen ... Komm, wir fangen noch mal von vorne an ...
23:44 Nachricht an Ricky Brandstätter
Hallo!

23:44 Nachricht von Priscilla
Entschuldigung, kennen wir uns?

23:45 Nachricht an Ricky Brandstätter
Noch nicht, aber das kann sich ja ändern ... grins ...

23:45 Nachricht von Priscilla
Bist schon im Bett?

23:45 Nachricht an Ricky Brandstätter
Fragen Sie Leute, die Sie gerade erst kennengelernt haben, immer gleich, ob sie schon im Bett liegen?

23:45 Nachricht von Priscilla
Jupp!
23:46 Nachricht von Priscilla
Bin sehr direkt. Müssen Sie sich dran gewöhnen!

23:46 Nachricht an Ricky Brandstätter
Kriegt man Sie schnell ins Bett?

23:46 Nachricht von Priscilla
Ja, nehme mit, was ich kriegen kann. Cyberschlampe! Problem?

23:47 Nachricht von Priscilla
Also, liegen Sie nun im Bett und was haben sie an? Möchten Sie mich duzen und mir Ihre Genitalien im Detail beschreiben?

23:48 Nachricht von Priscilla
Also, ich bin 18, blond (überall) und trage nur ein dünnes Hello-Kitty-Hemdchen ...

23:50 Nachricht an Ricky Brandstätter
Du, ist in Ordnung ...

23:51 Nachricht von Priscilla
Der Rest braucht noch? Bist schüchtern?

23:51 Nachricht an Ricky Brandstätter
Nee, keine Genitalien, wurden amputiert!

23:52 Nachricht von Priscilla
Ui? Unfall?

23:52 Nachricht an Ricky Brandstätter
... ja, ist beim Sex passiert ... Autoerotische Stimulation e bissele übertrieben ...

23:53 Nachricht von Priscilla
Eier auch weg?

23:54 Nachricht an Ricky Brandstätter
Jupp, alles weg ...

23:55 Nachricht von Priscilla
Ja, das tut mir echt leid! Hast jetzt Komplexe? Dass Du so offen darüber sprechen kannst ... puh!

23:56 Nachricht von Priscilla
Musst im Sitzen pinkeln? Ist ja nix Dummes ... Hast eine hohe Stimme?

23:57 Nachricht an Ricky Brandstätter
Nee, ist erst nach der Pubertät passiert.

23:57 Nachricht von Priscilla
Ah. Ja, weißt, Du bist ja bestimmt ein supernetter Kerl, aber mit dem, was ich grad erfahren habe, muss ich erst mal fertig werden. Echt, Du. Puh!
23:58 Nachricht von Priscilla
Tut das weh? Phantomschmerzen?
23:58 Nachricht an Ricky Brandstätter
Phantomerektionen!!!
23:59 Nachricht an Ricky Brandstätter
Am besten, Du trennst Dich sofort von mir …
23:59 Nachricht an Ricky Brandstätter
Werde Dich nie befriedigen können …
23:59 Nachricht von Priscilla
Musst Dich doch deswegen nicht schämen, Mensch!
00:00 Nachricht an Ricky Brandstätter
Treffen wir uns trotzdem mal?
00:00 Nachricht von Priscilla
Hast andere Qualitäten?
00:00 Nachricht an Ricky Brandstätter
Nee, bin arm, klein, schmächtig und dumm!
00:00 Nachricht an Ricky Brandstätter
Hässlich auch noch und die Wunde ist nie richtig verheilt! Riecht übel und sifft!

Ich trank den restlichen Wein und löschte das Licht.
00:01 Nachricht von Priscilla
Benny, mein Traumhase, ich bin müde!
00:01 Nachricht an Ricky Brandstätter
Ricky, mein Traumhäschen, ich auch!
00:02 Nachricht von Priscilla
Dann mach jetzt Dutzi-dutzi und dann Bubu!
00:02 Nachricht an Ricky Brandstätter
Ach herrlich, jemanden gefunden zu haben, mit dem man

vorm Schlafengehen noch so hochgeistig hyperintellektuelle Diskurse führen kann! Bin so froh, dass wir uns kennengelernt haben! Würd mir jederzeit für Dich wieder die Stirn blutig schlagen!
00:02 Nachricht von Priscilla
Dito!
00:30 Nachricht an Ricky Brandstätter
Kann nicht einschlafen …
00:57 Nachricht an Ricky Brandstätter
Habe übrigens nix an, außer Socken und meine Genitalprothesen!
01:32 Nachricht an Ricky Brandstätter
Ah, sie schläft tief und fest! Süße Träume …

Ich legte das Telefon beiseite und war innerhalb von Sekunden eingeschlafen. Ich wachte auf, als ich im Bad nebenan die Dusche laufen hörte. Ricky hatte kurz zuvor geschrieben.
08:12 Nachricht von Priscilla
Schick Foto! Also, von den Socken, nicht von den Prothesen!

Ich fuhr direkt nach dem gemeinsamen Frühstück mit meiner Mutter und Michael zur Arbeit. Nach einer Woche langweiliger Theorie freute ich mich wieder richtig auf die praktische Ausübung meines wunderlichen Berufes. Aber vor der Arbeit kam das Vergnügen. Ich besuchte die Toilette und wählte als Spruch des Tages:

Es ist hart, ein Diamant in einer Welt voller Klosteine zu sein!

Der erste Patient nach so langer Abstinenz war ein neunundsechzigjähriger Witwer, dessen Nacken am Haaransatz ein faustgroßes Geschwür zierte und den ich langwierig davon überzeugen musste, dass es besser sei, er würde seinen künstlichen Haarersatz ablegen, ehe ich den Abszess spaltete. Während der Behandlung stellte ich mir insgeheim die Frage, ob man moralisch verpflichtet war, einen Menschen darauf hinzuweisen, dass er ohne Perücke wesentlich besser aussäh als mit. Ich kam zu keinem Ergebnis und schwieg.

Señorita Koch im fernen Mallorca war anscheinend nicht sonderlich gut drauf und das auch noch in Englisch.

15:16 Nachricht von Priscilla
After a terrible night of throbbing headaches I must realize that I am under - in so many ways: -sexed, -loved, -paid, -estimated, -stood, -funded! There is just one thing that I am over- and that is – fed. In many ways! Life sucks!

16:02 Nachricht an Ricky Brandstätter
Also, das mit dem underloved stimmt so nicht! Und dass Du undersexed bist, daran bist du selbst schuld! Ich könnte das jederzeit sehr nachdrücklich und nachhaltig ins Gegenteil verkehren! Wenn man mich nur endlich LIESSE!!!

16:05 Nachricht von Priscilla
Schrei mich nicht an!

16:34 Nachricht an Ricky Brandstätter
ICH SCHREI DOCH GAR NICHT!

16:59 Nachricht von Priscilla
Was wir uns seit Wochen fragen: Ist es eigentlich netter, wenn es regelmäßig Sex hat? Also nicht nur mit sich selbst?

17:30 Nachricht an Ricky Brandstätter
Nee, isses nicht! Zählt Sex mit Haushaltsgeräten auch dazu?

17:45 Nachricht von Priscilla
Haben wir uns irgendwie gedacht, seufz … Zählt nur dann, wenn die Geräte einen Stecker haben!

18:10 Nachricht an Ricky Brandstätter
Themenwechsel. Sitze gerade in einem Vortrag. Strahlenbelastung. Stinklangweilig.

18:15 Nachricht von Priscilla
Hallo, wenn Du denkst, Du kannst mir erzählen, dass Du Sex mit Haushaltsgeräten hast, und dann einfach so das Thema wechseln, dann hast Dich aber getäuscht!

18:16 Nachricht an Ricky Brandstätter
Wieso getäuscht? Siehst doch, dass es ganz einfach war. Ein Thema fertig, zack, Neues angefangen.

Danach betrat das Insektizid den Raum, setzte sich unmittelbar neben mich und demonstrierte Anwesenheit. Meine Unterhaltung mit Ricky kam ins Stocken, bis einige Zeit später der Piepser das Insektizid zu einem dringenden Fall rief. Ich hole mein Handy wieder raus.

18:17 Nachricht von Priscilla
Pft!

18:48 Nachricht an Ricky Brandstätter
Los, komm schon, schreib mir!!!

18:49 Nachricht von Priscilla
Bist noch in Deinem Kurs?

18:49 Nachricht von Priscilla
Bin ich jetzt dein Pausenclown, oder was?

18:50 Nachricht an Ricky Brandstätter
Zu beidem: YES!!!

18:50 Nachricht von Priscilla
Will nicht mehr! Fühl mich benutzt!

18:51 Nachricht an Ricky Brandstätter
Ah, wie gerne würde ich das einmal tun: Dich benutzen! Deinen Körper zum Lustgewinn missbrauchen!

18:52 Nachricht von Priscilla
Sag mal, seitdem du diese Palliativfortbildung gemacht hast,

bist arg seltsam drauf! Muss ich mir Sorgen machen?
19:52 Nachricht an Ricky Brandstätter
Habe mir vorhin eine CD von Du-weißt-schon-wem gekauft!
20:00 Nachricht von Priscilla
Bitte, Benny, lass Dich doch behandeln, ehe es zu spät ist!
20:01 Nachricht an Ricky Brandstätter
War ein Scherz, aber: Wenn ich Dich bis in 2 Wochen nicht gesehen habe, tue ich es wirklich! Letzte Warnung!
20:02 Nachricht von Priscilla
NEIN!!! TU ES NICHT!!! Es gibt immer eine Alternative zum Erlöser!
20:03 Nachricht an Ricky Brandstätter
Es gibt keine Alternative zu Lord Naidumort! Dieser Weg wird unausweichlich sein!
20:04 Nachricht von Priscilla
Mach diesen Fehler nicht! Mensch, ich liebe Dich! Manche Platten bieten so viel mehr!
20:05 Nachricht an Ricky Brandstätter
Bei meiner Seele, Du bist so herzergreifend. Ich lieb Dich voll!

Im Anschluss an den Kurs ging ich mit einigen der Kollegen und der Dozentin noch etwas trinken und erwachte am frühen Morgen mit brummendem Schädel und schlechtem Gewissen neben Clara Wissmann, einer rothaarigen Orthopädin mit Sommersprossen am ganzen Körper. Ich quälte mich durch ein gemeinsames Frühstück ohne Kaffee, dafür aber mit jeder Menge Verlegenheit, und beschloss auf dem Nachhauseweg, nie wieder in meinem Leben Sex ohne Gefühle zu haben.

Mein erster Patient in dieser Nachtschicht war ein Privatpatient. Anwalt und von der Sorte Mann, die selbst mit sechsundvierzig noch immer Pausbäckchen und Babyspeck haben. Er wohnte vermutlich noch bei seinen Eltern im Flachdachbungalow aus den Siebzigerjahren, in dem er abends solche Sätze zu hören bekam wie: »Enno, hilf deiner Mutter doch bitte eben mit den Hors d'œuvres, die Köchin hat heute frei und die Gäste kommen gleich.«

Enno Grammel klagte über pulsierende Kopfschmerzen direkt über den Augen, die seit Tagen immer schlimmer wurden. Wenn er sich nach vorne beugte, wurde ihm schwindelig. Er wollte aber nicht von einem popeligen Assistenzarzt behandelt werden, sondern mindestens von einem Oberarzt und, noch besser, vom Leitenden Oberarzt. Das Insektizid war leider an diesem Abend nicht anwesend, dafür die Kollegin Simone Kant, die, für uns alle unerklärlich, im letzten Monat zur Oberärztin ernannt worden war. Ich fand, dass die beiden sowieso besser zusammenpassten als er und ich, und übergab den Patienten.

Vor der Kabinentür fing mich Bernadette, eine kleine, dralle, blonde Ausgabe einer Musterschwester, die hier im Krankenhaus bereits gelernt hatte, ab. »Frau Wachtel ist wieder hier«, erklärte sie mir.

»Hat sie ihr Geschäft schon erledigt?«, fragte ich und fügte hinzu: »Sonst komme ich nämlich nicht.«

Elfriede Wachtel, 86, war eine kleine, zierliche alte Dame, seit zehn Jahren Dialysepatientin, nachdem Lupus beide Nieren zerstört hatte. Seit dieser Zeit wurde Frau Wachtel mit schöner Regelmäßigkeit in die Notaufnahme eingeliefert. Wer vom Personal bereits länger hier war, erinnerte sich an eine liebenswürdige, leicht untersetzte Antiquitätenhändlerin, die trotz ihrer vielen Brüche und Verletzungen, die sie sich regelmäßig zuzog, nachdem sie ihr linkes Bein verloren hatte und immer noch der festen Überzeugung war, sie könne ohne Prothese, nur mit Stöcken, überallhin laufen. Leider hatte die lange Dialyse und die schlechte Durchblutung sie nicht nur ihr eines Bein und die Fingerspitze des rechten Zeigefingers gekostet, sondern letztendlich auch ihren ehemals wachen Verstand und ihre Persönlichkeit.

Ich kannte Elfriede Wachtel nur als ausgemergelte Pflegeheimpatientin, deren dünne, papierne Haut sich straff über ihr Skelett spannte. Frau Wachtel war hochgradig dement und sprach nicht mehr. Alles, was sie noch an Lauten hervorbrachte, war mehr ein Schmatzen denn ein Sprechen, das so klang wie *Mma-mma!* Sehr zum Erstaunen aller war sie noch zu einer anderen Lautäußerung in der Lage, nämlich: *Werr-nerr!* Das schnarrte sie allerdings nur, wenn sie mich zu Gesicht bekam. Sie verfolgte mich dann mit ihren kataratrüben Augen überallhin, unaufhörlich *Werr-nerr* von sich gebend, bis ich aus ihrem Blickfeld war, danach wechselte sie wieder zu *Mma-mma!*

Der Rest der Mannschaft hatte aus diesem Grund beschlossen, dass ich von nun an Frau Wachtels Leib- und Magenarzt sei. Sie holten mich immer, wenn sie eingeliefert wurde, und das war praktisch einmal im Monat. Sie hatte neuerdings die Fallsucht und kippte ständig aus ihrem Rollstuhl oder aus dem Bett.

Eigentlich wäre Elfriede Wachtel eine unproblematische Patientin gewesen, das Schmatzen und Schnarren überhörte man recht schnell, hätte sie nicht die unangenehme Angewohnheit gehabt, ihre Windeln regelmäßig vollzumachen und dann bei nächster Gelegenheit, ehe es jemand vom Pflegepersonal bemerkte, dieselbe händisch auszuräumen und den Inhalt großzügig in Reichweite zu verteilen. Also weigerte ich mich, Frau Wachtel zu behandeln, bis sie nicht ihr Geschäft erledigt hatte und frisch gewindelt war.

Bernadette sah kurz zur Seite, ehe sie antwortete: »Nein, sie hat sich noch nicht eingemacht, aber es geht ihr sehr schlecht. Sie hat sich in der Dialyse heute früh die Zugangskanüle aus dem Shunt gerissen, was die in der privaten Dialysestation wohl erst sehr spät gemerkt haben.«

»Aha, aha«, bemerkte ich und folgte Bernadette an Frau Wachtels Bett. Diese lag, noch ausgemergelter als sonst, mit dem typischen, eingefallenen Gesicht eines Menschen, der nicht mehr lange zu leben hatte, in einem unserer Intensivbetten. Mein Kollege Ralf und eine Schwester kümmerten sich bereits um sie. Sie bekam Sauerstoff und Ralf berichtete mir, dass er ihr Morphin und Lorazepam gegen die Schmerzen und die Unruhezustände gegeben hatte sowie Buscopan gegen die Rasselatmung. Mehr sollte man in diesem Fall nicht mehr machen. Elfriede Wachtel war verstummt und würde den nächsten Sonnenaufgang mit etwas Glück nicht mehr erleben. Angewandte Palliativmedizin auf kleinstem Level.

Als ich um halb eins in der Nacht nach Elfriede Wachtel sah, saß ein großer Mann Anfang sechzig mit auffallend weißem, langem Haar an ihrer Seite und hielt ihre Hand.

Der Besucher begrüßte mich mit einem knappen Nicken und flüsterte mit brüchiger Stimme: »Meine Mutter schläft.«

»Hm, wir haben ihr etwas gegeben, damit sie keine Schmerzen hat. Sie war zwar nicht bei Bewusstsein, als sie eingeliefert wurde, aber doch sehr unruhig.«

»Sie wird wohl nicht mehr aufwachen?«

Mein Blick wanderte automatisch zu den Monitoren in seinem Rücken. Die Herzfrequenz wurde in diesem Moment zur Nulllinie. Ich schüttelte den Kopf. »Nein, sie ist grad eben gegangen.«

Elfriede Wachtel tat noch einmal einen letzten Atemzug, der wie ein erlösendes Seufzen klang, und dann war es zu Ende. Sie hatte aufgehört, zu atmen und lag mit geschlossenen Augen und weit offenem Mund vor uns.

Frau Wachtels Sohn begann, leise zu weinen und ihre Haare zu streicheln. »Darauf war sie immer so stolz gewesen, auf ihr schönes, dichtes Haar. Früher war es tiefschwarz.«

Der Sohn hatte das Haar wohl von ihr geerbt, wie es aussah.

Ich schaltete die Monitore aus und entfernte den Sauerstoffschlauch unter ihrer Nase. »Das braucht sie nicht mehr.«

»Wie geht es jetzt weiter?«

»Ich schicke gleich jemanden vorbei, der alles mit Ihnen durchspricht.«

»Sie musste nicht leiden, oder?«

»Nein, Ihre Mutter ist ganz friedlich eingeschlafen.«

»Gut, dann warte ich hier.« Und nach einer kurzen Pause: »Was soll ich sonst auch tun.«

»Mehr können Sie nicht mehr für ihre Mutter tun. Ich wünsche Ihnen viel Kraft.«

Ich drehte mich um und wollte gehen, als Herr Wachtel leise fragte: »Sind Sie Dr. Werner?«

»Nein, mein Name ist Brandstätter.«

»Kennen Sie einen Dr. Werner, der hier arbeitet oder gearbeitet hat und meine Mutter immer behandelt hat?«

»Nein, es gibt in der Klinik niemanden, der so heißt, aber ihre Mutter hat oft den Namen erwähnt, wenn sie hier war.«

»Sie hat mich in einem ihrer wenigen lichten Momente gebeten, ihr Amulett, das sie immer trug, dem Dr. Werner zu geben. Sie hat gemeint, sie kenne ihn von früher.« Dann löste Herr Wachtel ein goldenes Kettchen mit Anhänger vom dünnen Hals seiner Mutter. »Mutti hat das immer bei sich getragen, seit ich denken kann. Sie hat es nur zum Baden abgelegt.«

Er öffnete das Amulett, welches ein Schwarz-Weiß-Foto eines blutjungen Soldaten in Wehrmachtsuniform enthielt. Herr Wachtel begriff ebenso schnell wie ich, warum seine Mutter bei meinem Anblick Werner geschmatzt hatte. Der junge Soldat sah mir zum Verwechseln ähnlich. Er drückte mir das Schmuckstück wortlos in die Hand und setzte sich wieder an die Seite seiner toten Mutter.

Mit dem Amulett in der Faust und einem fetten Kloß im Hals machte ich mich in Richtung Zentrale Aufnahme davon, wo zum Glück Fatima höchstpersönlich saß. Sie strahlte trotz der späten Stunde glücklich vor sich hin.

»Du siehst ja aus, als wäre dir ein Geist begegnet«, begrüßte sie mich.

Ich erwiderte: »Und du siehst aus, als wäre dir die Fee mit den drei Wünschen begegnet.«

Ich erzählte ihr die Geschichte von Frau Wachtel und Werner, was dazu führte, dass Fatima Pfützchen in den Augen bekam und mir eröffnete: »Benny, ich bin schwanger.«

»Von mir ist es nicht«, konterte ich.

»Benny, du völlig verblödeter Volltrottel, kannst du noch nicht mal in solchen Momenten deine blöden Scherze lassen?« Sie schniefte und lachte zugleich.

»Nee, ich hab meinen schlechten Ruf zu verteidigen.« Dann lachte ich auch und nahm sie in den Arm. »Doch, kann ich schon. Ich gratuliere dir und wünsch dir, das alles gut wird und das Kind mein gutes Aussehen und deinen Humor erbt.« Ich löste mich und drückte ihr das Amulett in die Hand: »Tausch es gegen irgendwas Schönes für das Baby ein, versprochen?«

»Danke, du völlig romantischer Volltrottel.« Fatima öffnete das Amulett, sah sich das Foto an und verglich es mit meinem Gesicht. »Und was machen wir mit Werner?«

»Gib ihn mir«, meinte ich und ging rüber zur Intensivstation. Elfriede Wachtels Körper lag unter einem weißen Laken, bis ihn später jemand in den Keller bringen würde. Von ihrem Sohn war nichts mehr zu sehen. Ich nahm Skalpell, Nadel und Faden und sorgte dafür, dass Werner und Elfriede auch im Tod für immer zusammenblieben.

01:40 Nachricht an Ricky Brandstätter
Fatima ist schwanger.

Dann hielt mich eine Gruppe Besoffener, die sich eine Schlägerei mit der Polizei geliefert hatte, beschäftigt.

01:46 Nachricht von Priscilla
Von Dir?

02:03 Nachricht von Priscilla
????????

05:32 Nachricht an Ricky Brandstätter
Jupp, aber wenn ihr Verlobter es herausbekommt, bin ich ein toter Mann.

07:21 Nachricht von Priscilla
Dann überweis mal 30.000 Euro auf mein nachstehendes Konto! Al instante, por favor!

07:37 Nachricht an Ricky Brandstätter
Miststück!

07:37 Nachricht an Ricky Brandstätter
Ricky, ich hab Dich so lieb, wie man jemanden, den man noch nie bewusst gesehen hat, haben kann. Weißt Du das eigentlich?

07:38 Nachricht an Ricky Brandstätter
Aber ich muss ein paar Stunden am Stück pennen ... vergiss mich nicht!

07:38 Nachricht von Priscilla
Dich vergessen? Wie sollte das funktionieren? Vergesse doch niemanden, der mir 30.000 Euro schuldet!

Juni

Praktikant & Panzer

Es war der Morgen nach Fatimas Hochzeit. Ich saß im zerknitterten Anzug einer italienischen Nobelmarke, die geschmackvolle, rote Seidenkrawatte lässig um den Hals gelegt, auf der Toilette der Festhalle eines Stuttgarter Vorortes und telefonierte mit einem Taxidienst. Papa Yüksel hatte angeboten, mich zu fahren. Da ich mit ihm und seinem Sohn in den letzten Stunden eine Flasche Raki, der für meinen Gaumen genauso widerlich schmeckte wie sein griechischer Verwandter, der Ouzo, niedergemacht hatte, hatte ich sein Angebot dankend ausgeschlagen. Die Dame von der Taxizentrale hatte mir wegen Überlastung eine Wartezeit von fünfzehn Minuten angekündigt. Ich nickte zur Bestätigung, dass das okay war, und legte auf. Da ich das Handy schon in der Hand hatte und so bequem saß, schrieb ich noch einen Guten-Morgen-Gruß an Ricky.

06:15 Nachricht an Ricky Brandstätter
Bin noch auf Fatimas Hochzeit – muss jetzt arbeiten! Shit! Schreibe Dir diese bewegenden Zeilen beim Pinkeln! Taxi habe ich auch beim Pinkeln bestellt, übrigens! Ha! Will nix mehr davon hören, von wegen ich sei nicht multitaskingfähig!

06:15 Nachricht an Ricky Brandstätter
Guten Morgen, by the way.

Nach dem Händewaschen gab ich meinem Laster nach und schrieb an die Trennwand:

Nazis essen heimlich Döner!

Die Hochzeit war ein Ereignis der Sonderklasse gewesen. Alle dreihundert geladenen Gäste, außer den Deutschen, die viel zu sehr auf Understatement machten, waren in feinste Gewänder gehüllt. Die Mädels leuchteten in allen erdenklichen Bonbonfarben, die Herren kamen dezenter daher. Fatima ganz in Weiß mit unglaublich viel Zuckerwattentüll um die Hüfte, um den kleinen Babybauch zu kaschieren, und Sahnebaiser um die Brüste war eine wunderschöne Braut. Ihr zu groß geratener Mann Mustafa sah aus, als wäre er Türsteher in einer Dorfdisko. Er hatte gerade sein Maschinenbaustudium beendet und würde demnächst bei einem Unternehmen arbeiten, das Schwerlastkräne baute. Nüchtern betrachtet war Fatima mit ihm wohl besser dran als mit einem windigen, verdrogten Notarzt.

Fatima war ständig von einer Begleitflotte von vier weiblichen, unentwegt schwatzenden Fregatten umgeben, die ihr alles hinterher trugen. Sie waren auch dafür zuständig, das ausladende Kleid samt Schleier im richtigen Moment anzuheben. Die Braut könne unmöglich ohne fremde Hilfe pinkeln gehen, erklärte mir Dörte Huber, die beim Essen neben mir saß, viel zu anschaulich für meinen Geschmack. Um alleine mit Fatima zu sein, musste ich wohl oder übel mit ihr tanzen. Bei einer dieser hüftschädigenden türkischen Weisen, bei der alle wie wild mit den Armen in der Luft rumfuchtelten, konnten wir uns endlich unterhalten.

»Schön, dass du gekommen bist, Benny«, meinte sie.

»Schön, dass du mich eingeladen hast.« Ich lächelte sie etwas wehmütig an und hoffte, sie würde nach ihrer Heirat nicht jede Menge zusätzliche kleine türkische Teppichratten produzieren und völlig mit Arbeiten aufhören. »Hey, du heißt ja gar nicht mehr Yüksel mit Nachnamen«, fiel mir spontan ein. »Wie muss ich dich denn ab heute nennen?«

Fatima zögerte und sah mich mit diesen verschlagenen, osmanischen Mandelaugen an: »Fatima Dündar.« Ehe Benny B. etwas sagen konnte, nahm ihm Frau Dündar die Worte aus dem Mund: »Und wehe, du nennst mich einmal Dünndarm, dann bist du tot.«

»*You took the words right out of my mouth*«, gestand ich.

Fatima zwinkerte mir zu, und ich, schon leicht beschwipst, fuhr fort: »Und wenn du mal die Schnauze voll haben solltest von diesem tumben Muskelprotz und einen anständigen deutschen Nachnamen möchtest, der nichts mit Eingeweiden zu tun hat – ich würde dich jederzeit samt Kind nehmen.«

»Du wärst auf jeden Fall meine zweite Wahl, sollte meine erste Ehe schiefgehen, Benny Stinson«, erwiderte sie.

Viel zu schnell klatschte ein Cousin vierten Grades, der kein Wort Deutsch sprach und aus dem tiefsten Anatolien zu der Hochzeit angereist war, Fatima ab. Vorbei war das traute Gespräch mit meiner Lieblingskollegin. Dafür kam Dörte in einem türkisfarbenen, trägerlosen Kleid auf mich zugerauscht und fasste mich von vorne an den Schultern. Ich musste zwangsläufig in ihr tiefes, beeindruckendes Dekolleté starren, das sonst unter der Dienstkleidung gut verborgen war. Dörte trug zur Feier des Tages keinen BH, hätte es aber besser getan, meiner Meinung nach.

»Komm, lass uns Spaghetti machen«, forderte sie mich auf und schielte mich lasziv dabei an.

»Wozu willst du jetzt Spaghetti machen? Die Tische biegen sich doch unter dem türkischen Buffet. Bist du nicht satt geworden?«, wunderte ich mich.

»Nein, ich meine doch Boh-loh-näh-seh«, versuchte sie zu erklären.

»Iss doch Köfte, das ist auch Hackfleisch.«

»Ich will doch nichts essen, Dummerle«, flirtete sie mich mit dem neckischen Blick einer volltrunkenen Nachtschwester an. Ihr Astigmatismus verschlimmerte sich dabei zusehend. »Ich möchte tanzen! Dreh dich mal um, ich zeig's dir.«

Sie drehte mich an der Schulter und als sie erneut ihre Hände auf meine Schultern legte, war mir klar, was sie von mir wollte: »Du meinst Polonaise!«

»Sag ich doch die ganze Zeit.«

Ehe ich mich verdrücken konnte, war die Schlange hinter mir schon fünf Mann stark. Ich musste wohl oder übel eine Runde um die Tische ziehen, bis ich mich abseilen konnte und Dörte die Führung über die auf gut dreißig grölende Personen angewachsene Spaghetti-Polonaise übergab.

Fatima hatte mich als einzigen Arzt aus der Klinik eingeladen, was mich ehrte. Um zu beweisen, wie sehr ich mich über die Einladung freute, war ich einer der letzten, die am frühen Morgen die Veranstaltung verließen. Fatima hatte vier Brüder, alle ähnlich hübsch wie die große Schwester und mit diesem dichten, tiefschwarzen Haar gesegnet, auf das ich so stand. Irgendwann nach Mitternacht hatte ich mich mit ihrem ältesten Bruder Mehmet angefreundet. Ein vierundzwanzigjähriger Student der Verfahrenstechnik, seit Langem aktiv in der Jungen Union und, wie sich herausstellte, der reaktionärste, konservativste Schwabe, den ich je kennengelernt hatte. Er war mit Fatimas Humor gesegnet und so hatten wir viel Spaß, der jäh damit endete, dass einer von uns auf die Uhr sah und mir einfiel, dass man von mir erwartete, dass ich mich um sieben Uhr für eine Vierundzwanzig-Stunden-Sonntagsschicht auf dem Notarztwagen einfand.

Bis das Taxi kam, setzte ich mich auf einen hässlichen Blumenkübel aus Waschbeton, der mit noch hässlicheren, roten Geranien bepflanzt war. Irgendwie musste ich auf meinem Blumenkübel kurz eingenickt sein, denn plötzlich hupte es vor meiner Nase.

Ich ließ mich schwer auf die Rückbank des Taxis fallen.

Der Taxifahrer, offensichtlich ein alter Hase in seinem Metier, ermahnte mich nach kurzer Inspektion im Rückspiegel: »Ich sage es Ihnen gleich: Wenn Sie mir den Wagen vollkotzen, zahlen Sie die Reinigung.«

»Geht klar, Chef!«

»Gut. Wohin soll's denn gehen?«

»Margarinenklinik.«

»In welcher Stadt ist die denn?«

»Ah so, Krankenhaus St. Margarethen. Aber flott, Meister, die warten auf mich.«

»Was fehlt Ihnen denn, außer, dass Sie etwas zu tief ins Glas geblickt haben?«

»Was mir fehlt? Gute Frage. Ich denke, so einiges. Ich hab zum Beispiel kein Haus, kein Äffchen und kein Pferd.« Ich schlug mir auf die Oberschenkel und lachte mich über meinen Wortwitz schlapp.

Der Fahrer warf mir einen schrägen Blick zu und fragte: »Nein, ich meine, warum müssen Sie um diese Zeit überhaupt ins Krankenhaus?«

»Weil die sonst meine Gehaltszahlungen einstellen würden, schätze ich. Also, wenn ich nicht mehr hinginge.« Ich dachte kurz nach: »Obwohl, vielleicht fällt es gar nicht auf, wenn ich nicht mehr käme. Müsste ich einfach mal probieren.«

»Ach so, Sie arbeiten dort.«

»Genau! Sie sind mir ein ganz Schlauer, Sie«, lachte ich fröhlich.

Der Fahrer beobachtete mich skeptisch im Rückspiegel.
»Pfleger?«

»Kalt.«

»In der Küche?«

»Gaaanz kalt«, antwortete ich und fügte hinzu: »He, das ist lustig! Noch einmal dürfen Sie raten. Dann sag ich's. Sie haben in dem Fall selbstverständlich keine Kaffeemaschine gewonnen.«

»Was weiß ich, was man da noch machen kann?« Er dachte kurz nach und meinte dann: »Wenn ich mir Sie so anschaue ... vielleicht Clown für die krebskranken Kinder?«

»Kalt, kalt, kalt.« Ich seufzte: »Ich bin Arzt.«

»Gibt es nicht!«

»Doch, doch«, entgegnete ich entrüstet über so viel Misstrauen und die Unverschämtheit mit dem Clown. »Ich fahre heute Notarztwagen, bis morgen früh. Also, wenn Ihnen was passiert, ein Anruf genügt. Ich bin in spätestens zehn Minuten vor Ort. Bin eine Kapazität auf dem Gebiet. Kann alles, weiß alles, mach alles.« Ich tippte stolz auf die dezente Narbe über meinem Auge: »Da, selbst genäht!«

Der Fahrer warf mir einen kurzen Blick im Rückspiegel zu. »Nix für ungut, aber in Ihrem Zustand fahren Sie Notarztwagen?«

»Ach, das geht schon, ich muss doch nicht selbst fahren.«

»Na, dann bin ich ja beruhigt.«

Den Rest der Fahrt verschlief ich. Ich gab dem Fahrer ein großzügiges Trinkgeld, weil ich ihn ein wenig ins Herz geschlossen hatte.

Er verabschiedete sich mit den Worten: »Dann mal einen angenehmen Arbeitstag, Herr Professor.«

Ich salutierte, kam dabei leicht ins Schwanken, betrat die Klinik aber aufrecht wie ein Mann.

In der vergangenen Nacht hatte ich kein Auge zugetan, sondern mich mit leckerem, aber im Grunde für deutsche Mägen unverdaulichem türkischem Essen vollgestopft. Aus Verzweiflung hatte ich dieses Teufelszeug namens Raki hinterhergeschüttet, welches angeblich die Verdauung beschleunigen sollte.

Dementsprechend schlecht waren die Voraussetzungen für einen geordneten Dienstablauf. Zu all dem selbst verschuldeten Elend hatte man mir hinterrücks und ohne mein Wissen unseren neuen Praktikanten, Johannes Severin, aufs Auge gedrückt. Der fromme Johannes hatte gerade sein Abi gemacht und wollte unbedingt Medizin studieren. Hätte er mich gefragt, so hätte ich ihm empfohlen, die klerikale Laufbahn einzuschlagen und sich ein Bistum unter den Nagel zu reißen. Er war uns als *normaler Praktikant* untergejubelt worden. Florian Schneider, unser Pflegedienstleiter, hatte uns alle unter der Hand gewarnt: Johannes war ein Wolf im Schafspelz, oder im Chitinpanzer, wenn man seine Abstammung berücksichtigte. Er war nämlich der einzige Sohn der Schwester unseres Insektizids und deshalb mit etwas Vorsicht zu behandeln.

Kurz bevor ich die türkische Hochzeit verlassen hatte, hatte mir noch eine Tante von Mustafa einen türkischen Mokka in einem dieser kleinen Kupferkännchen gebraut, die wohl zur Standardausrüstung türkischer Damen über sechzig gehörten. Der Mokka war stark und süß gewesen und ich fühlte mich fit wie ein Turnschuh. Beim Anziehen der Notarztuniform wurde mir ein klein wenig übel. Ich besorgte mir was dagegen, warf zwei Kaugummi gegen die Alkoholfahne ein und meldete mich einsatzbereit.

Johannes saß still und leise, wie es seine Art war, neben dem Einsatzteam an der Zentrale und las auf seinem Tablet. Johannes las immer, wenn es nichts zu tun gab, auf seinem Tablet. Johannes unterhielt sich nie über private Dinge. Das Tablet diente sozusagen als Schutzschild gegen den Rest der Welt.

Ich begrüßte alle mit den Worten: »Damit es klar ist, ich bin heute nur in Notfällen einsatzfähig.«

Johannes sah mich aus großen, braunen Augen emotionslos an. Der Rest der Mannschaft war meinen Humor gewohnt und reagierte nicht. War wohl noch zu früh, um auf Scherze anzusprechen.

Es war nichts zu tun, und ich meldete mich ab, um mich kurz aufs Ohr zu legen. Ich wachte auf, als die Tür zum Bereitschaftszimmer langsam aufgemacht wurde. Jeder wusste, dass man diese Tür nicht langsam aufmachen durfte, weil sie dann quietschte, man musste sie schnell und mit viel Kraft aufreißen, damit niemand gestört wurde. Jeder wusste das, außer Johannes, der sich ja mit niemandem unterhielt, sondern lieber in sich ging.

»Ich soll Bescheid geben, dass wir einen Einsatz haben«, vermeldete er mit leiser Stimme, die in meinem Kopf dröhnte. »Es ist aber nichts Lebensbedrohliches, soll ich sagen.«

»Okay, ich bin in wenigen Sekunden bereit.« Nach einem kurzen Pit-Stopp auf dem Klo und einer Katzenwäsche meldete ich mich an der Zentrale. »Was liegt an?«

»Die Polizei liefert sich gerade eine Schlägerei mit einem Junkie. Die wollen einen Arzt vor Ort haben zur Blutentnahme und für den Fall, dass dann doch was passiert. Geht wohl übel zur Sache.«

Ich hasste solche Proformaeinsätze, weil man meist nur dumm herumstand und versuchte, möglichst professionell dreinzuschauen und die Zeit totzuschlagen.

»Wer fährt?«, fragte ich, sah aber schon Günter ohne H um die Ecke kommen.

Als unser Wagen in der ruhigen Wohnstraße in Stuttgarts Osten ankam, trauten wir unseren Augen nicht. Neben einem Rettungswagen waren ein Mannschaftswagen der Polizei und zwei Streifenwagen bereits kreuz und quer geparkt. Aus einem Fenster aus dem zweiten Stock kam gerade eine Stehlampe eines großen schwedischen Möbelhauses auf die Straße geflogen.

»Ist schon wieder Midsommar?«, fragte ich trocken.

»Ganz schön viel Einsatz für *einen* Junkie«, meinte Günter ohne H.

Ich meldete mich bei dem Polizisten, der nach Verantwortung aussah: »Was gibt es, Chef?«

»Junger Mann, der am Ausrasten ist. Wir haben keine Ahnung, was er wann eingeschmissen hat. Die Familie hat uns vor einer Stunde gerufen, weil er die ganze Wohnung demoliert hat, und eben fängt er wohl mit Aufräumen an.«

Der Stehlampe folgten zwei rustikale Eichenstühle, die eindeutig nicht aus Schweden waren.

»Die Kollegen sind schon im Haus und versuchen, mit der Freundin dem Kerl zuzureden – bislang leider erfolglos. Wir warten, bis der Vater eintrifft. Das da drüben sind der Stiefvater und die Mutter.« Er deutete mit dem Kopf auf den Gehweg gegenüber des Hauses.

Die Angehörigen des Vandalen waren alle mit Zigarette und Kaffeetasse ausgestattet und damit klar von den Nachbarn zu unterscheiden. Letztere sahen dem Spektakel ebenfalls mit großem Interesse, aber ohne Genussmittel ausgestattet, zu.

Günter ohne H hatte sich zu den Assistenten neben dem Rettungswagen gesellt und rauchte eine Zigarette mit ihnen. Johannes stand immer genau drei Schritt hinter mir, in respektablem Abstand, aus dem er alles mitbekam, mich aber nicht riechen musste.

»Ich warte im Wagen, hatte 'ne lange Nacht«, meinte ich zu dem Polizisten, der mich kurz prüfend ansah und sich dann wieder seinem eigentlichen Auftrag widmete.

Ich setzte mich auf den Beifahrersitz, Johannes blieb vor der Tür Wache stehen. Nach nur wenigen Minuten war ich trotz des Krachs weggenickt, bis Johannes mir durchs offene Fenster auf die Schulter tippte und meinte: »Die haben gerade eine Polizistin mit blutender Nase zum Rettungswagen gebracht, sollten wir da nichts tun?«

»Doch«, kam es krächzend aus mir. Nach einem kurzen Räuspern klang meine Stimme dann schon etwas kräftiger. »Sollten wir unbedingt.«

Die noch sehr junge Polizistin lag blass auf der Liege im Wagen. Aus ihrer Nase lief das Blut in Strömen und aus den Augen kullerten dicke Tränen.

»Der hat mir die Nase gebrochen.«

»Lassen Sie mal sehen.« Vorsichtig untersuchte ich die Nase und versuchte, die Blutung zu stillen.

»Ich bin jetzt für ewig entstellt«, heulte sie weiter.

»Keine Sorge, wen ich mal in meinen Händen hatte, der ist danach nicht entstellt. Im Gegenteil. Da ist nichts gebrochen. Die Nase ist perfekt«, versicherte ich ihr. »Bleiben Sie noch einen Moment liegen, bis die Blutung aufgehört hat, okay?«

Sie hielt sich einen Tupfer unter die Nase und nickte. Die Tränen flossen aber immer noch.

»He, nicht mehr weinen, das wird doch wieder.«

»Ach, ich heule aus Wut über den Arsch da drinnen. Wir sind zu acht und bekommen den nicht zu fassen, weil wir ihn mit Samthandschuhen anfassen müssen.«

Das ewige Dilemma der Polizei. Sie sollten für Recht und Ordnung sorgen, aber dabei auf Zehenspitzen um die Täter herumschleichen, um keinen bleibenden Schaden zu hinterlassen, weil sie sonst schneller verklagt werden würden, als sie bis drei zählen konnten.

Mittlerweile lagen die halbe Wohnungseinrichtung plus Geschirr, ein paar Emailtöpfe, ein Glas Essiggurken sowie ein Handy auf der Straße. Die Nachbarn hatten es sich an diesem sonst idyllischen Junimorgen gemütlich gemacht an den offenen Fenstern, den Vorgärten oder gleich auf der Straße. Einer fragte mich, ob ich mal nach seiner Frau sehen könne, die durch die Aufregung am frühen Morgen *Herzstolpern* bekommen habe. Ich maß den Blutdruck, hörte das Herz der Dame ab, fand aber keine Auffälligkeiten. Ich ließ Johannes noch mal das Gleiche machen. Er konnte nichts Irreguläres feststellen. Als Dank für die Gratisbehandlung bekamen wir eine Kanne frischen Kaffee und noch ofenwarme Schokomuffins von der Schwiegertochter.

Kurz nach zehn kam endlich der Junkieerzeuger in einem riesigen gelben Abschleppwagen, mit einem vorne völlig zerdepperten PKW auf der Ladefläche, angerauscht und blockierte die Straße vollends. Die Restfamilie sowie ein Polizeibeamter setzten ihn in Kenntnis über die Untaten seines Sprösslings.

In diesem Moment führten zwei Polizeibeamte den sich heftig wehrenden Jüngling mit auf dem Rücken gefesselten Händen aus dem Haus. Dicht hintendran folgte eine ziemlich schwangere, heulende junge Dame der Sorte *Bitch*. Deswegen die Essiggurken, schloss der unterforderte Notarzt.

Der Vater eilte zu seinem Sohn, den die Polizisten mittlerweile zu viert auf dem Boden festhielten, kniete sich neben ihm hin und flehte theatralisch: »Sei doch vernünftig, Tassilo.«

»Tassilo«, lachte Günter ohne H direkt neben mir auf. »Ich glaub's nicht.«

»Tja, der kleine Tassilo hat offensichtlich nicht mehr alle Tassen im Schrank«, bemerkte der smarte Notarzt als exakte Diagnose und ging, um sich die Angelegenheit aus der Nähe zu betrachten.

Der Vater redete weiter auf den jungen Mann ein: »So lass dir doch helfen, wir meinen es doch alle nur gut mit dir!«

Hallo, räumte ich gedanklich ein, wir wollen es doch mal nicht verallgemeinern. Ich meinte es nicht gut mit diesem sich wie blöd aufführenden Schwachkopf, dessen Gebrüll in meinem restalkoholisierten Schädel wie Donner hallte. Ich hatte auch genügend Mittel bei mir, um das nervige Geschrei ziemlich schnell abzustellen, wenn man mich nur machen ließe.

»Ihr könnt mich nicht gegen meinen Willen festhalten. Ich habe nichts getan«, brüllte Tassilo aus voller Lunge und versprühte dabei jede Menge Speichel. Als er mich neben sich bemerkte, fiel ihm plötzlich ein, dass er *Megaschmerzen* an den Armen und in den Handgelenken habe.

Die hätte ich auch, wenn vier ausgewachsene Polizisten auf mir knien würden. Ich kniete mich ebenfalls neben Tassilo und meinte: »Wenn du dich ruhig verhältst, kann ich dich untersuchen.«

»Du darfst mich nicht einfach duzen, du blöder Wichser!«, bekam ich zur Antwort, und an die Polizisten richtete er auch gleich ein förmliches Ersuchen: »Ihr sollt mich loslassen, ihr Ärsche, der muss mich untersuchen. Ich bekomme keine Luft mehr.«

Die Polizisten hatten Tassilo schon ein Stück hochgehoben, ließen ihn aber auf sein Geheiß alle auf einmal los, was zur Folge hatte, dass Tassilo noch leicht in Schräglage und mit auf den Rücken gebundenen Händen ein paar Schritte vortaumelte und dann über einen der massiven Eichenstühle stolperte und übel auf die Schnauze fiel.

Er heulte laut auf, worauf die Familie zu Hilfe gerannt kam, die Kaffeebecher und Zigaretten immer noch in den Händen, weshalb die geleistete Hilfe rein verbaler Natur war.

Der freundliche Notarzt bot Tassilo an: »Wenn Sie erlauben, werden die beiden hilfsbereiten Assistenten Sie vorsichtig hochheben und in den da drüben extra Ihretwegen angereisten Rettungswagen befördern, und dort werde ich mit meinem reizenden Assistenten«, bei diesen Worten zeigte ich auf Johannes, der brav drei Schritte neben mir stand, »etwas gegen Ihre Schmerzen tun, die Sie offensichtlich zur Zeit haben. Sollten Sie dies nicht wünschen, sagen Sie bitte Bescheid oder nennen Sie mich noch einmal Wichser oder betiteln Sie mich mit einer anderen beleidigenden Anrede, denn dann werde ich mich weigern, Sie zu behandeln, und abziehen. Haben Sie das verstanden?«

Tassilo heulte wie ein kleines Kind, Blut und Schnodder liefen ihm aus der Nase. Schließlich nickte er zustimmend. Die beiden Rettungsassistenten brachten ihn in den Wagen und setzten ihn auf die Liege.

»Mach sofort den Dreck um meine Hände ab. Das tut weh«, brüllte er viel zu laut für meinen Brummschädel.

Der Dreck um seine Hände war ein Kabelbinder, den die Polizei manchmal statt Handschellen benutzte. Ich sah mir die Handgelenke an. Die Fesselung war nicht so fest, dass sie irgendwelche Schäden verursachen würde. Ich würde mich hüten, diese abzunehmen, so lange Tassilo nicht ruhiger war. Vor der offenen Tür des Rettungswagens hatte sich Tassilos Familie versammelt. Die Freundin machte Anstalten, einzusteigen. Sie hatte die Zigarettenkippe netterweise auf der Straße ausgetreten, kam aber trotzdem nicht herein.

»Macht mal bitte alles hier dicht«, bat ich die Rettungsassistenten. Was diese von außen taten und anschließend die Tür bewachten. Johannes blieb treu an meiner Seite.

Ich sagte zu Tassilo: »Hör mal gut zu, mein Freund, ich kann dir den Kabelbinder abschneiden, aber wenn du nur eine falsche Bewegung machst, kann ich für nichts garantieren. Das Gleiche gilt, wenn du nicht endlich mit diesem dämlichen Geschrei aufhörst. Das ist kein Kindergarten, kapiert?«

»Du kannst nicht so mit mir reden.«

»Hörst du doch, dass ich das kann.«

»Ich will hier wieder raus.«

»Wunderbar, ist mir eh das Liebste.« Und zu Johannes gewandt: »Mach mal bitte die Tür auf, der junge Herr möchte uns verlassen.«

»Du musst erst die Fesseln abmachen.«

»Muss ich nicht, die habe ich nicht angebracht und aus medizinischer Sicht sind die Dinger irrelevant.«

»Du musst meine Nase untersuchen, die ist gebrochen.«

»Das könnte gut sein.«

»Dann mach schon.«

»Wie heißt das Zauberwort?«

»Willst du mich verarschen?«

»Ich will im Moment eigentlich gar nichts und müssen tue ich noch weniger. Aber wenn du schön bitte, bitte sagst, überlege ich es mir noch.«

Tassilo hatte ein Auge auf Johannes geworfen, der ebenfalls Uniform trug und zugegebenermaßen sehr professionell und kompetent aussah.

»Ich will, dass der mich behandelt«, beschloss der Patient spontan.

»Tja, das ist doch mal 'ne Idee. Wenn der Herr das möchte! Der Patientenwille geht natürlich vor. Johannes, bitte richte dem jungen Mann mal eben das Näschen.«

»Darf ich wirklich?«, fragte Johannes, der noch nicht mal mit dem Medizinstudium angefangen, aber sicher schon alles über gebrochene Nasen gelesen hatte, was jemals geschrieben worden war.

»Gerne doch, aber nicht hier in diesem Wagen. Ist nicht wegen mir, das hat was mit der Versicherung zu tun. Geht doch eben vor die Tür, ihr beiden. Wenn ihr was braucht, leihe ich euch das gerne.«

Tassilo meldete sich wieder zu Wort: »Ich bräuchte dann auch noch ein ärztliches Attest, dass mich die Bullen verletzt haben, mit Fotos und so. Als Beweis.«

»Ah, das tut mir jetzt aber wirklich leid – außer einem blöden Wichser bin ich nämlich noch Legastheniker. Wenn Sie mit dem Fremdwort nichts anfangen können: Das bedeutet, ich bin zu dämlich, meinen Namen, geschweige denn ein Attest, zu schreiben. Wenn Sie das anzweifeln, dann kann ich Ihnen gerne mein Abgangszeugnis zeigen, da steht das unter Besonderheiten!«

Tassilo, dessen Riechorgan mittlerweile ziemlich angeschwollen war und immer noch heftig blutete, willigte endlich zu einer Untersuchung ein. Sein hellgraues T-Shirt zierte ein Konterfei von Ozzy Osbourne mit weit aufgerissenen Augen und Mund. Die echten Blutflecken passten hervorragend zu dem Musiker, der auf der Bühne schon mal einer Fledermaus den Kopf abgebissen hatte. Unter Ozzys Foto stand der Spruch: *I here you scream!!!* Dem Erbsenzähler in mir tat der Rechtschreibfehler in der Seele weh. Auch T-Shirts hatten das Recht auf korrekte Orthografie.

Ich spulte das gleiche Programm wie bei der Polizistin vorhin ab, nur nicht ganz so zärtlich. Tassilos Nase war zu meinem Bedauern nicht gebrochen, und so stopfte ich sie mit reichlich Tamponade zu.

Die Tür zum Rettungswagen wurde geöffnet und der Einsatzleiter der Polizei reichte mir ein Blatt Papier herein, der richterliche Beschluss, dass wir Tassilo Blut abzapfen durften.

Ich hielt Tassilo das Papier vor die demolierte Nase und fragte: »Haben Sie lesen gelernt? Dann lesen Sie, ansonsten erledigt das mein reizender Assistent gerne für Sie. Ich kann's ja leider nicht.«

Der Patient überflog die Seite und japste, schwer durch den Mund atmend: »Ah, Feiffrichter.« Dann zu mir gewandt: »Maff miff jepft lof.«

»Wenn Sie versprechen, still zu halten.«

»Fick diff doff!«

»Das würde ich wesentlich lieber tun, als hier mit Ihnen meine Zeit zu verschwenden. Aber was soll's, Pflicht ist Pflicht«, seufzte ich und fragte Johannes: »Sag mal, hast du schon mal Blut abgenommen?«

»Nein, noch nie.« Ein verräterisches Leuchten blinkte in seinen bislang eher leblosen Augen auf.

»Dann wird es Zeit, dass du es lernst.«

Tassilo bekam leichte Panik, wie ich aus seinen plötzlich weit aufgerissenen Augen sehen konnte.

»Und wenn du es unter diesen erschwerten Umständen kannst, dann geht es im Normalfall ratz-fatz.«

Tassilo machte Anstalten, von der Liege zu hüpfen.

Ich drückte ihn mit einer Hand zurück »Sie gehen hier erst raus, wenn wir unser Blut haben.« Dann erklärte ich Johannes: »Erst mal die Einstichstelle desinfizieren. In deinem Fall großflächig, ist eher unwahrscheinlich, dass der erste Versuch gelingt.«

Ich fügte, wieder zum Junkie des Monats gewandt, hinzu: »Ich würde jetzt ganz, ganz stillhalten, denn wir bekommen unser Blut, und wenn wir es an allen möglichen oder unmöglichen Stellen immer wieder versuchen müssen, und mein Assistent ist, wie gesagt, gänzlich unerfahren. Da wollen wir ihm die Sache doch nicht noch erschweren, nicht wahr?«

»Daf dürfen fie nifft.«

»Doff, laut dem Befluff hier muff iff daf fogar«, antwortete ich angemessen.

»Iff meine, einen Penner, der kein Apft ift, an miff heranlaffen und fiff über miff luftig maffen.«

»Auch das darf ich. Ich komme aus einem Lehrkrankenhaus der Uni und bin promovierter Arzt und darf jeden ausbilden, der was lernen möchte. Darüber hinaus verbietet es mir meine ärztliche Ehre, mich über einen Patienten lustig zu machen. Ich wollte mich nur Ihren sprachlichen Gewohnheiten anpassen, empathisch, wie ich nun mal bin.« Ich schüttelte den Kopf und murmelte vor mich hin: »Undankbarer Job.«

Dann zeigte ich Johannes, wo und wie er die Nadel ansetzen solle, und motivierte ihn mit den Worten: »Nur zu, mit leichtem Druck einstechen. Den Widerstand der Haut und der Ader mit der Nadelspitze schön langsam durchbrechen.«

Tassilo wurde leichenblass und sah aus, als würde er sich gleich übergeben müssen, was er dann doch nicht tat, und Johannes machte seine Sache gar nicht so schlecht. Beim ersten Versuch durchstach er die Vene glatt, was ich mit dem Ausruf: »Upps, das ging aber voll daneben«, kommentierte.

Tassilo rollte mit den Augen und Johannes traf beim zweiten Versuch.

Eine halbe Stunde später übergab ich den Randalierer mit geschwollener, zugestopfter Nase und einem sich abzeichnenden fetten Hämatom in der Armbeuge der Polizei. Der medizinische Teil der konzertierten Aktion rückte geschlossen wieder ab.

Auf der Wache zog ich mich, nachdem der Schriftkram erledigt war, wortlos in ein Bett zurück und schrieb Ricky.

13:12 Nachricht an Ricky Brandstätter
Hey, Häschen! Bin zwar übel versackt, u.a. auch in Raki, aber nicht darin umgekommen. Weißt ja, Unkraut vergeht nicht. Wie war dein Abend mit den Mädels?

Sie wollte Samstagabend auf eine original spanische Fiesta im Landesinnern. Die Antwort kam, noch ehe mir die Augen zufielen.

13:15 Nachricht von Priscilla
Habe mich mit einem Mallorquiner auf einem edlen Hengst angeschmachtet! Was soll ich sagen, als er abgestiegen war, erschien er mir nicht mehr so verlockend! Tja, so eine Tonne Gaul zwischen den Beinen ist schon ziemlich beeindruckend!

13:16 Nachricht von Priscilla
Im Ernst: Wir hatten viel Spaß. Aber mit Miriam, der wandelnden Blumenwiese, kannst nirgendwo hingehen. Die macht ShakeYourBoobies mit ihren Riesenteilen while the rest of us cries und

auf innere Werte verweist! Schluchz!

13:16 Nachricht an Ricky Brandstätter
Gräm Dich nicht, Häschen! Verbal hast Du doch mindestens Doppel-D!

13:16 Nachricht von Priscilla
Oh, danke, Du bist soooo süß!

13:17 Nachricht von Priscilla
Hat Dir eigentlich heute schon mal jemand gesagt, dass er Dich lieb hat? Hä?

13:17 Nachricht an Ricky Brandstätter
Da muss ich eben mal überlegen ...

13:17 Nachricht an Ricky Brandstätter
Warte, ich wurde heute beleidigt, bedroht, besoffen gemacht, angeglotzt, begrapscht ... hm, aber dass er mich lieb hat, nee, das hat mir heute noch niemand gesagt ...

13:18 Nachricht von Priscilla
Dann wird es mal Zeit. Da, lies: Ich hab Dich lieb!

13:19 Nachricht an Ricky Brandstätter
Das tut sooooo gut!

13:19 Nachricht an Ricky Brandstätter
Aber es war eine lange Nacht und ein Scheißmorgen und ich bin zum Umfallen müde ...

13:20 Nachricht von Priscilla
Schlaf gut, bis später! Kuss!

13:25 Nachricht von Priscilla
Ich fahr nach Palma, ein bisschen Touristen aufmischen. Werde in der Kathedrale eine Kerze für Dich anzünden.

13:26 Nachricht an Ricky Brandstätter
Eine Kerze wird nix nützen. Um mir zu helfen, musst Du wahrscheinlich das Gotteshaus selbst abfackeln!

13:26 Nachricht von Priscilla
Mach ich. Guck Dir später die Nachrichten an und komm mich

mal im Knast besuchen! Vergiss bitte die Stange Zigaretten nicht, sonst muss ich der Knastlesbe zur Verfügung stehen!

Wie es schien, hatte Ricky wirklich etwas Größeres angezündet, denn ich konnte bis kurz nach 17 Uhr ungestört schlafen. Danach mussten wir nur noch zweimal ausrücken. Das erste Mal zu einem Auffahrunfall mit Schleudertrauma auf der Bundesstraße und einer geprellten, leider männlichen, Brust durch den Airbag.

Der zweite Einsatz war kurz nach Mitternacht in einem Klub in der Innenstadt, in dem eine Neunzehnjährige auf der Tanzfläche zusammengebrochen war. Das Mädchen war völlig blau, zugedröhnt, zudem dehydriert und unterzuckert. Sie hatte nach ihren Angaben außer ein paar Weizenbier mit Limone und irgendwelchen aufputschenden Pillen, von denen sie nicht wusste, wie sie hießen, an diesem Tag nichts zu sich genommen. Ich nahm sie im Rettungswagen mit, hängte sie erst mal an den Tropf, um zumindest ihren Flüssigkeitshaushalt wieder einigermaßen herzustellen, und gab ihr Sauerstoff.

Sie kaute ständig auf ihren Lippen und den Nägeln herum. Johannes war auf einmal auffallend lebendig und kümmerte sich rührend um Eileen, ehe die Kollegen in der Notaufnahme übernahmen.

»Nicht übel, die Kleene, oder?«, neckte ich Johannes, als wir von der Notaufnahme in die Wache rüber liefen.

»Hm ...«, grummelte er.

Ich stieß ihn mit der Schulter: »Warum so indifferent? Komm, gib schon zu, das Lippenkauen hat dich angemacht.«

»Nein, überhaupt nicht.«

»Hast du *Shades of Grey* gelesen?«, fragte ich.

Als Antwort errötete Johannes. »Das ist doch Schund.«

»Ah, er hat es gelesen!«

»Aber nur, um mir eine Meinung bilden zu können.«

»Klar, deswegen habe ich mir auch jede Menge Pornos reingezogen. Wie soll man verachten, was man nicht kennt?«

»Richtig.«

»Und, wie bist du drauf? Sado oder Maso?«

»Also, eigentlich ganz normal. Ich will niemanden verletzen oder selbst verletzt werden.«

»Bist du Jungfrau?«

»Nein, natürlich nicht.«

»Warum? Ist doch nicht schlimm. Ich bin eine.« Was nicht gelogen war, denn mein Sternzeichen war Jungfrau.

»Da habe ich aber schon anderes gehört.«

Aha, aha, Johannes schien sich doch mit dem Klinikpersonal zu unterhalten, oder sein Onkel, das Insektizid, hatte mich angeschwärzt.

»Alles hohles Geschwätz, mein Lieber. Ich möchte unbefleckt in die Ehe gehen und alle, die was anderes sagen, sind nur sauer, weil sie abgeblitzt sind, und deswegen werde ich übel verleumdet.«

Ehe Johannes das Thema weiter vertiefen konnte, verabschiedete ich mich auf die Toilette und hinterließ eine neue Botschaft für die Nachwelt:

**A diamond is a piece of charcoal
that handled stress exceptionally well.**

Ich musste erst am übernächsten Tag wieder zum Dienst antreten. Meinen freien Tag verbrachte ich mit Sport, Schlafen, Essen und am Abend mit einem ganz langen Telefonat mit Mallorcas begehrtester Einwohnerin. Ich genoss es, ohne Zeitdruck und Themenvorgabe einfach so über Stunden mit ihr zu quatschen.

Ricky machte völlig unbrauchbare, aber witzige Anmerkungen zu meinem Alltag: »*Wie, nur zwei Einsätze in der Nacht? Wäre es da nicht kostengünstiger, man überließe die Leute ihrem Schicksal?*«

Ich machte politisch vollkommen unkorrekte Bemerkungen zu ihrem Wohnort, nachdem sie sich über die nervigen Touristen beschwert hatte: »*Ist doch genial! Eine komplette Insel nur mit dem Einsatz von Handtüchern erobert. Der Führer muss doch im Grab rotieren vor Neid.*«

Wir hatten an diesem Abend sogar einen verbindlichen Zeitraum für unser erstes Date festgelegt. Ich würde sie Anfang August auf Mallorca besuchen zu einem einwöchigen Praktikum mit Probefummeln und Option auf Verlängerung.

»Ich freu mich so auf dich!«, säuselte Ricky mit dieser ganz leisen Variante ihrer vielfältigen Stimme, die immer dann zum Tragen kam, wenn sie emotional wurde. Das war eine der Stimmlagen, die regelmäßig Kammerflimmern in mir auslösten.

»Ich würde mich mal gerne auf dir, in dir, unter dir freuen!«, säuselte ich leicht stotternd zurück und war damit Auslöser einer dramatischen Wendung unseres Telefonats, in dessen Verlauf dem kleinen Elvis übel wurde und Ricky unglaubliche Dinge mit der kleinen Priscilla anstellte.

Dementsprechend frohgelaunt erschien ich am nächsten Morgen um sieben Uhr zum Dienst in der Notaufnahme, wo mir Angelika Kröner, der langweilige Fatimaersatz, zugleich eine frohe Botschaft verkündete: »Der Dr. Teichmann hat gestern verkündet, dass Johannes bis auf Weiteres nur noch mit dir Dienst macht.«

»Angelique, du holder Engel, schön, dass du endlich auch etwas Humor entwickelst. Aber an deinen Scherzen musst du noch etwas arbeiten, die sind noch nicht ausgereift«, entgegnete ich.

»Das liegt wohl daran, dass das kein Scherz ist«, kam es leicht pikiert zurück.

»Warum das denn?«, fragte ich entgeistert.

»Scheint so, als hättest du großen Eindruck bei Johannes hinterlassen.« Dann folgte etwas zickig der Nachsatz: »Warum auch immer.«

In diesem Moment kam Johannes auch schon um die Ecke und begrüßte mich. Ich verdrehte den Kopf und sprach in Richtung Decke, über der ich irgendwo eine verantwortliche, übergeordnete, leicht hohl drehende oder einfach nur schlichtweg überforderte Instanz vermutete. Kein Wunder, hatte sie doch mit zwei mickrigen Menschen im Paradies angefangen, was auch nicht lange gut gegangen war, weil der weibliche Teil des Paares sich nicht an die göttlichen Vorgaben gehalten hatte. Wie sollte das mit mehreren Milliarden der gleichen Spezies funktionieren? »Warum nur? Was habe ich dir getan?«, jammerte ich laut.

»Wollt ihr beiden gleich anfangen? Es ist ziemlich viel los heute«, drängte Angelika.

»Ja, dann her mit den Todgeweihten.«

»Fünfundvierzigjähriger Bauarbeiter mit gequetschtem Fuß.«

Harry Panzer war ein wettergegerbter Betonbauer in Muscleshirt, Nato-Tarnhosen, einem ergrauten Irokesenschnitt, mit jeder Menge Tattoos und Ohrringen, auch an Stellen, an denen sich gar keine Ohren befanden. Er hüpfte auf einem Bein, gestützt von zwei Bauarbeitern, die ähnlich verwegen aussahen, in die Untersuchungskabine. Harry P. hatte bei der Arbeit den Fuß zwischen zwei tonnenschwere Betonplatten bekommen, weil das Trageseil am Kran nicht richtig befestigt war.

»Aha, aha, ein Arbeitsunfall. Wie schön«, bemerkte ich sarkastisch, weil jeder Arbeitsunfall jede Menge zusätzliche

Schreibarbeit nach sich zog. »Sind Sie sicher, dass das bei der Arbeit und nicht im Schlaf passiert ist?«, fragte ich deshalb scherzhaft nach.

»Mir wäre auch lieber, ich hätte das nur geträumt.«

Der Fuß steckte noch im Arbeitsstiefel und war so dick geschwollen, dass er über dem Rand des Stiefels einen dicken Wulst bildete. Der stabile Sicherheitsschuh hatte den Fuß davon abgehalten, noch weiter anzuschwellen, dafür steckte er wie festgegossen in dem Stiefel.

Ich schickte Johannes los, beim Hausmeister einen Bolzenschneider oder sonst etwas in der Art zu holen, um den Schuh aufzuschneiden.

»Haben Sie sonst noch Verletzungen, außer am Fuß?«

»Nein, sonst ist alles in Ordnung mit mir.«

Mein Blick fiel auf seine Tattoos, chinesische Schriftzeichen, die sich an beiden Innenarmen vom Handgelenk bis rauf zum beachtlichen Bizeps hin streckten.

»Was bedeutet das?«, fragte ich. »Links und rechts?« Ich bemühte mich, nicht allzu sehr über meinen Witz zu grinsen, den ich ausgesprochen genial fand.

Harry Panzer dagegen fand ihn anscheinend nicht annähernd so gelungen und erwiderte völlig ernst: »Nein, das sind die Namen meiner beiden Söhne.« Er hob den linken Arm: »Justin-Maurice«, danach den rechten Arm: »Dustin-Fabrice.«

»Interessante Namen«, meinte ich und gab mich geschlagen. Sein Joke war eindeutig besser als meiner.

Harry Panzer zog ungefragt sein ärmelloses Shirt aus, auf dem unter einem grinsenden Totenkopf in gotischen Lettern geschrieben stand: *Klage nicht, kämpfe!* Der selbst ernannte Kämpfer zeigte mir stolz seinen Rücken, auf dem vom Haaransatz bis zum ersten Lendenwirbel ebenfalls chinesische Schriftzeichen tätowiert waren.

»Shakira-Amber, so heißt meine Tochter. Ich liebe meine

Kinder ohne Punkt und Komma. Das kann jeder sehen.«

Ich betrachtete nochmals die Schriftzeichen: »Stimmt, weder Punkt noch Komma zu sehen. Aber mein Chinesisch ist nicht das Allerbeste.«

»Haben Sie Kinder?«, fragte Harry Panzer.

»Nein, aber wenn ich welche hätte, würde ich sie bestimmt ohne Wenn und Aber lieben.« Ich handelte mir ein zustimmendes Kopfnicken ein und fuhr fort: »Entschuldigen Sie, ich muss mal eben sehen, wo mein Praktikant mit dem Werkzeug bleibt.«

Ich lief zur nächsten Toilette und lachte lauthals. Diese Namen waren an sich schon Klischee pur, aber in Verbindung mit dem Nachnamen Panzer und dem Shirtspruch der Oberhammer. Der multipel beschriftete Herr Panzer war eindeutig die Krönung meines Tages. Der Punkt auf dem i sozusagen. Diese neue Assoziation führte zu einem weiteren Lachflash, der abrupt endete, als sich eine Kabinentür öffnete und das Insektizid herausgekrochen kam.

Er betrachtete mich mit seinem stechenden Blick unter diesen einzigartigen Raupenaugenbrauen, als wolle er mich auf der Stelle einnebeln und vernichten.

»Ach, der Herr Kollege Brandstätter. So gut gelaunt am frühen Morgen.«

»Tja, mir macht die Arbeit hier eben Spaß.«

»Das hört man sehr gerne als Vorgesetzter.« Er wusch sich die Hände, desinfizierte sie brav und trocknete sie sorgfältig ab. Kurz vor der Ausgangstür drehte er sich in Columbo-Manier um: »Herr Kollege, Sie nehmen nicht etwa stimmungsaufhellende Mittel, wenn Sie mir die Frage gestatten?«

»Nee, nee, so was braucht man in diesem Laden nun wirklich nicht. Eher etwas, um runterzukommen.«

Ehe ich die Toilette verließ, hinterließ ich noch eine abwaschbare Nachricht an der Trennwand:

Education is important,
but biceps is importanter!

Anschließend schickte ich Ricky noch eine Nachricht mit den Kindsnamen.:

07:45 Nachricht an Ricky Brandstätter
Kannst Du mir mal sagen, warum man sich die Namen seiner Kinder auf den Körper tätowiert?

Mittlerweile hatte Johannes eine Blechschere besorgt, mit der ich den Schuh über dem Rist aufschnitt. Herr Panzer verzog dabei keine Miene. Mir kam die spontane Idee, auf meine Dienstkleidung den Spruch *Klage nicht, leide!* sticken zu lassen, damit die Patienten gleich wussten, was Sache war.

»Johannes, hol mal bitte einen Rollstuhl und kutschiere den Herrn Panzer rüber zum Röntgen«, forderte ich meinen Praktikanten auf.

Während Johannes mit dem Panzer unterwegs war, behandelte ich Verena Brenner, 34, mit geschorener Glatze und in türkisgoldenem Sari. Bei kleinen zierlichen Inderinnen, die mir höchstens bis zur Kinnspitze gingen, sah ein Sari wunderschön aus. Für eine Eins-achtzig-Frau mit der Rückenmuskulatur einer Wettkampfschwimmerin dagegen war es das unpassendste Kleidungsstück, das man sich vorstellen konnte. Vor allen Dingen, wenn man stilsicher ausgelatschte Laufschuhe dazu trug. Frau Brenner wollte unbedingt mit dem Namen Shiva Fernanda angesprochen werden. Dies hatte spirituelle Gründe, die mir aber gänzlich egal waren. Ich würde sie auch Catwoman oder Gertrud nennen, sollte sie Wert darauf legen.

Ich überlegte, ob sich Verenas Papa den Vornamen seiner Tochter irgendwohin hatte tätowieren lassen und ob er ihn durchgestrichen und durch die neuen Vornamen ersetzt hatte. Ich traute mich aber nicht, zu fragen, denn Frau Brenner blickte sehr, sehr ernst drein. Wie sie meinte, hatte sie indischen Tempeltanz zu Hause geübt, dabei eine komplizierte Figur etwas übertrieben und sich bei einem Hüftschwung dieselbe verrenkt. Ich tastete an ihrem Oberschenkel, der sehr weich und griffig war, herum, zog und renkte ihre Beine im Liegen in die verschiedensten grotesken Winkel und Stellungen, fand Gefallen daran und dachte mir neben den medizinisch notwendigen ganz neue aus. Schließlich kam ich zu der Feststellung, dass nichts verrenkt, sondern einfach ein Muskel gezerrt war. Salbe drauf sowie eine Woche keinerlei Tätigkeiten, die die Oberschenkelmuskulatur beanspruchten, *und gut ist es.* Frau Brenner schien enttäuscht, offensichtlich hatte sie mindestens einen Monat im Gipsbett erwartet. Ich schickte sie mit einem Rezept nach Hause, denn heute war die Notaufnahme zum Bersten voll und keine Zeit für Sentimentalitäten.

Johannes war bereits mit dem stolzen Kindsvater zurück. Die Röntgenaufnahmen zeigten, dass die Knochen nichts abbekommen hatten. ich schickte die beiden sicherheitshalber noch zum MRT, weil mir der Fuß ungewöhnlich stark geschwollen schien.

Ricky hatte inzwischen auch geantwortet.

08:37 Nachricht von Priscilla
Vielleicht weil sie sich diese langen, komplizierten Namen sonst nicht merken können?
08:37 Nachricht an Ricky Brandstätter
Wäre es dann nicht einfacher, gleich die Kinder mit Namen zu tätowieren?
08:38 Nachricht von Priscilla
Hase, Du bist so verdammt schlau! Boah! Ey, echt, wirklich!
08:38 Nachricht an Ricky Brandstätter
Was soll ich dazu sagen, außer: JUPP! Das bin ich wohl?

An der Zentralen Annahme, die neben Angelika auch noch mit Ivana, unserem heißen ukrainischen Neuzugang, besetzt war, fragte ich in die Runde: »Hat irgendjemand die Panzergruppe Severin gesehen?«

Angelika antwortete entrüstet: »Ich sehe mir doch keine Kriegsfilme an!«

Ich seufzte. Wieder einmal war der grandiose Wortwitz des überqualifizierten Facharztes im Nichts verpufft.

Unsere ukrainische Empfangszicke spielte gerade mit einem anderen osteuropäischen Frauenmodell Zwergenaufstand in der Notaufnahme und warf ihrer Kontrahentin vor: »Ich glaubä, Sie väschtähän kein Deutsch!«

Worauf die andere Frau unbekannter Provenienz antwortete: »Niecht, wänn man so schläscht schbriescht wie Sie!«

Zu gerne hätte ich den Ladys ein paar Fässer Schlamm und zwei knappe Bikinis besorgt und im voll besetzten Warteraum für Unterhaltung gesorgt und Wetten angenommen.

Der Panzer und sein Führer waren immer noch nicht wieder aufgetaucht. Angelika bot mir Huggie als nächsten Patienten an, wohl weil sie mir das kleine Geplänkel am Morgen noch immer nicht verziehen hatte.

Normalerweise hätte ich mit allen Tricks versucht, den extrem ungepflegten Obdachlosen an einen ungeliebten Kollegen weiterzuschieben, aber heute wollte ich meinem reizenden Assistenten damit eine besondere Freude bereiten.

»Herr Zumwinkel«, rief ich Huggie ganz formell auf und er kam mit seinem Wanderrucksack und in einer Hose, die vorne im Schritt ein verdächtig gelber, eingetrockneter Fleck zierte, auf mich zu.

»Oh, mein Lieblingsarzt.«

Er machte Anstalten, mich an seine Brust zu drücken, um seinem Namen alle Ehre zu machen.

Ich hob rechtzeitig abwehrend beide Hände. »Immer noch

Pfeiffersches Drüsenfieber, das willst du doch nicht bekommen, oder?«

»Um Gottes willen, Dr. Benny, ich hab das gegoogelt, das kann ich auf der Straße wirklich nicht brauchen. Dass Sie aber mit so was arbeiten müssen.« Er schüttelte verständnislos den Kopf. »Kein Wunder, dass Sie nicht gesund werden.«

»Tja, ich wäre dir echt verbunden, wenn du vielleicht mal eine Beschwerde an die Klinikleitung, sprich: unseren Leitenden Oberarzt, deswegen schreiben könntest.«

»Das mach ich doch glatt. Keine Frage, Dr. Benny! Ich war ja früher aktiv in der Gewerkschaft gewesen.«

Früher war Huggie sogar verheiratet gewesen, hatte zwei Kinder und ein Einfamilienhaus gehabt und in Böblingen als Schreiner gearbeitet. Nach der Scheidung hatte Huggie erst den Kontakt zu seinen Kindern verloren und danach den Boden unter den Füßen.

Ich nahm ihn mit in Kabine 3 und fragte: »Was fehlt dir denn?«

»Mich juckt's ganz furchtbar im Schritt, Dr. Benny.«

»Im Sinne von ›Ich könnt mich ständig kratzen‹ oder ›Ich bräuchte dringend mal 'ne Frau‹?«

»Nee, nee, von Frauen habe ich die Schnauze voll, das kann ich Ihnen sagen. Das juckt wie blöd und überall habe ich so kleine rote Flecken.«

Mir schwante Böses: »Dann müssen wir warten, bis mein Praktikant zurück ist, der ist nämlich der Neffe von unserem Chef. Die ganze Familie ist ein wenig spezialisiert auf Leiden wie deines. Das dauert aber noch ein wenig. Magst einen Kaffee?«

»Das wäre ganz arg klasse. Mit viel Milch und Zucker und 'nem Schuss Asbach.«

Ich besorgte Huggie eine Tasse Kaffee aus der Bereitschaftsküche, allerdings ohne den Schuss. Als ich aus der Kabine herauskam, sah ich den Panzer und seinen Führer um die Ecke biegen.

Ich schickte Johannes in Kabine 3.

»Herr Zumwinkel ist ein einfacher Patient. Hör dir an, was er zu sagen hat, und sieh dir das Ganze mal in Ruhe an, bis ich nachkomme.«

Johannes drehte sich zackig, um seinen ersten eigenen Patienten zu behandeln. In der Tür rief ich ihn zurück und erwähnte ganz beiläufig: »Noch was: Du bist doch optimal vernetzt. Google *Klabusterbeeren*. Die kannst du dann auch schon mal entfernen, dazu muss man nicht Medizin studiert haben.«

Mein Praktikant nickte diensteifrig und drehte sich um, um sein Werk zu beginnen, als ich ihn erneut zurückrief: »Und Johannes ...«

»Ja, bitte?«

»Klage nicht, kämpfe!«

Wieder nickte Johannes zustimmend, aber der freudigerwartungsvolle Gesichtsausdruck von eben wurde jetzt tendenziell durch leichte Anzeichen von Verwirrung überlagert. Jede Wette, dass er ihn komplett verloren haben würde, wenn ich ihn das nächste Mal zu Gesicht bekäme.

Ich lächelte selbstzufrieden in mich hinein und sah mir die MRT-Aufnahmen von Herrn Panzer auf dem Bildschirm an. Nichts Weltbewegendes: eine Gelenkkapselruptur, der Rest gequetscht, mit starken Einblutungen ins Gewebe. Nichts, was nicht mit viel Zeit heilen würde.

Ich beruhigte Herrn Panzer und teilte ihm die freudige Nachricht mit: »Tja, so wie das aussieht, werden Sie in der nächsten Zukunft ganz viel Zeit mit Ihren Kindern verbringen können, ohne Punkt und Komma.«

Zu guter Letzt passte ich ihm eine abnehmbare Schiene an, um den Fuß ruhig zu stellen, und entließ den Patienten mit einem Rezept für ein Schmerzmittel und der Ermahnung, den Fuß hochzulagern und zu kühlen, in sein interpunktionsloses Familienleben.

In Kabine 3 fand ich einen völlig entblößten Huggie vor. Von Johannes war weit und breit nichts zu sehen. In einer Einmalschale lagen fünf rosinengroße, bräunliche Kügelchen. Mein Lieblingspraktikant hatte die sogenannten *Klabusterbeeren* – kleine, feste Kügelchen aus Haaren, Kot, Fusseln und Toilettenpapierresten, die durch die Reibung der Pobacken entstehen und gerne die Tendenz haben, sich in den Haaren um den After festzusetzen – weisungsgemäß entfernt. Diese Prozedur war sowohl für den Patienten als auch für den behandelnden Arzt eine recht unangenehme Geschichte. Johannes hatte die Aufgabe in Rekordzeit gelöst. Meine Achtung vor dem stillen jungen Mann wuchs.

»Wo ist denn mein Assistent hin?«, fragte ich.

»Ich glaube, der hatte was Falsches gegessen, weil er in eine Schale gekotzt hat und dann abgehauen ist. Ich hoffe bloß, das ist nichts Ansteckendes. Dass ihr Ärzte aber auch krank arbeiten müsst, eine Schande ist das.«

»Meine Rede«, bekräftigte ich ihn und hakte nach: »Hast du ihn gedrückt?«

»Ja, der war so nett und fürsorglich, da war ich ganz gerührt.«

Johannes betrat ziemlich blass um die Nase, aber mit wild entschlossenem Ausdruck, die Kabine, in der Hand eine große, blaue Mülltüte.

»Untersuchung abgeschlossen?«, wollte ich wissen.

Johannes nickte nur.

»Gut, dann besorg dir eine Schwester und lass dir zeigen, wie man einen erwachsenen Mann badet.«

Ohne mit der Wimper zu zucken, packte der junge Mann Huggies herumliegende Klamotten in die Mülltüte.

Ich warf meinem geschäftigen Assistenten einen Mundschutz zu und hielt ein Fläschchen Minzöl hoch. »Probier's mal mit der Kombi, ehe dir wieder schlecht wird.«

Im Anschluss behandelte ich noch eine Gallenkolik und war gerade dabei, bei einem Achtzigjährigen aus einem Pflegeheim ein disloziertes Schultergelenk wieder einzurenken, als Johannes lautlos hinter mir auftauchte.

»Was gibt's Neues an der Front?«, erkundigte ich mich.

»Der Herr Zumwinkel wäre so weit, dass man ihn entlassen könnte, denke ich.«

»Gut, ich bin hier gleich fertig, dann komm ich zu euch rüber.«

»Kabine 6«, kam es einsilbig aus Johannes.

Als ich zwanzig Minuten später in die entsprechende Kabine kam, las Johannes auf seinem Tablet. Auf der Liege schnarchte ein nicht wiederzuerkennender Huggie – gewaschen, gekämmt, rasiert und vor allen Dingen mit frischen, sauberen Klamotten.

Johannes legte sein Tablet weg: »Ich habe diese«, er zögerte und schluckte, »also diese Dinger entfernt und ihn gegen Filzläuse behandelt. Schwester Dörte hat mir gesagt, was ich tun muss. Dann habe ich ihn gebadet, rasiert und aus der Kleiderkammer neue Anziehsachen besorgt.«

Ich nickte anerkennend mit dem Kopf: »Respekt! Und das alles in der kurzen Zeit.«

»Na ja, man tut, was man kann.«

Huggie war aufgewacht und fragte, ob er gehen könne, er hätte noch eine dringende Verabredung.

Wir entließen den Obdachlosen wieder auf die Straße. In der Gewissheit, dass er in wenigen Tagen wieder genauso ungepflegt mit neuen Beschwerden hereinkommen würde.

An der Zentralen Annahme forderte ich Johannes auf: »Sieh mal, was noch da ist, und such dir aus, was dich interessiert.«

Er durchstöberte jedoch nicht die aufgenommenen und noch unbehandelten Fälle im Computer, sondern sah durch die Glasscheibe und deutete auf ein junges Mädchen mit langem, blondem Haar, die sich das Handgelenk hielt, während eine dunkelgelockte Gleichaltrige, die neben ihr saß, auf ihrem Smartphone herumspielte und mit offenem Mund Kaugummi kaute.

»Die da!«, bedeutete Johannes.

»Langsam kommen wir uns näher«, meinte ich lächelnd und ließ ihn die Patientin mit dem verstauchten Händchen aufrufen und in eine Kabine bringen.

Johannes konnte von mir nicht nur Medizin lernen, so viel war sicher.

Das *Träumers* war eine Stuttgarter Institution in der Innenstadt, die es schon seit Schwabengedenken gab und deren Publikum mit ihm gealtert war. Um mich herum saßen nur Ü60, mit Ausnahme eines jungen Paares Mitte zwanzig, die sicher ortsunkundig waren. Man bekam in dem urigen Ambiente mit vielen alten Werbeschildern aus Emaille an den Wänden und der Decke schon immer und ewig die gleichen, traditionellen schwäbischen Spezialitäten wie Linsen mit Spätzle, Kässpätzle und einen anständigen Rostbraten. Mich hatte es noch nie hierher verschlagen, aber mein Vater, mit dem ich verabredet war, wollte die legendären Maultäschle mit Kartoffelsalat probieren.

Entgegen meinen sonstigen Gewohnheiten war ich etwas zu früh gekommen und hatte mir ein Pils zum Vorglühen und Runterkommen bestellt. Ich war seit sechs Uhr auf den Beinen und hatte den Tag mit langweiligen, endokrinologischen Notfällen verplempert. Dafür war die letzte Patientin alles andere als langweilig gewesen. Sarah Schirmer, 72, lag mit verbundenem Handgelenk, Turban um den Kopf und clownesk geschminkten Lippen, den blutroten Lippenstift weit über die normale Lippenkontur gemalt, vor mir und sprach mit großen Gesten und der ausgeprägten Mimik einer Theaterschauspielerin. Die Patientin schien eine völlig Bekloppte zu sein, die am linken Handgelenk versucht hatte, sich die Pulsadern mit einem Teppichmesser aufzuschneiden. Im Prinzip war das schon das richtige Werkzeug, um so ein Vorhaben erfolgreich durchzuführen, aber man sollte nicht quer über den Unterarm schneiden, sondern die Ader längs aufschlitzen. Alter Laienfehler. So war sie nicht verblutet, hatte sich aber sämtliche Sehnen, die zur Hand führten, sauber durchtrennt.

Als ich der Patientin mitteilte, dass man eine solche Verletzung nicht auf die Schnelle in der Notaufnahme flicken könne, sondern das Ganze einer richtigen OP unter Vollnarkose bedurfte, wollte sie einfach nur einen festen Verband und etwas gegen die Schmerzen von mir haben und dann wieder gehen, weil sie am Abend auf die Vernissage eines befreundeten Malers wolle und momentan keine Zeit habe für eine längere Behandlung. Sie könne aber gerne am nächsten Morgen nach zehn Uhr da sein.

Meine Anmerkung, dass sie diese Ausstellung wohl nie hätte zu sehen bekommen, wenn sie den Schnitt richtig gesetzt hätte, tat sie mit »Papperlapapp, da habe ich schon ganz andere Dinge überstanden« ab.

Es dauerte fast eine Stunde, die Frau mit Hilfe eines Psychologen aus der Sozialstation davon zu überzeugen, dass ihre Verletzung dringend operiert werden müsse. Auch wenn sie schließlich zustimmte, war das alles in allem kein schöner Abschluss für einen Arbeitstag.

Als mein Vater mit zehnminütiger Verspätung das Lokal betrat, hatte ich bereits mein zweites Pils angefangen und war, dank minimaler Nahrungsaufnahme den Tag über, angeschickert, allerdings nicht auf die nette, humorige Art. Selbst nicht das allergrößte Messer im Besteckkasten, war ich erstaunt, wie klein und zerbrechlich mein Vater wirkte. Die Wangen hohl und eingefallen, die Augen glanzlos, die Haut papieren und grau. Der

Arzt in mir tippte spontan auf Probleme mit den Innereien.

Dr. jur. Georg Brandstätter und sein ältester Sohn hatten sich nie besonders nah gestanden, und so fiel die Begrüßung auch jetzt ziemlich förmlich aus. Die Bedienung kam prompt mit einer Speisekarte. Mein Vater bestellte sich ein Mineralwasser und die Maultaschen, derentwegen er hierhergekommen war. Mir war nach sauren Kutteln, die ich nicht mehr gegessen hatte, seitdem Oma Rieger vor einigen Jahren das Zeitliche gesegnet hatte.

»Ja, so sieht man sich wieder«, eröffnete mein Vater das Gespräch und fragte erst mal, wie es allen Verwandten und Bekannten ginge, zu denen ich Kontakt hatte, er aber nicht mehr.

Ich erzählte ihm, dass es allen gut ginge, und fragte, was ihn denn aus der bedächtigen Provinz in die Landeshauptstadt getrieben habe.

»Ich habe ein wenig Probleme mit dem Magen und mein Hausarzt daheim hat mir einen Internisten hier in der Stadt empfohlen und da war ich gerade.«

»Hoffentlich nichts Schlimmes?«, fragte ich und war leicht pikiert, dass er nicht im Traum daran gedacht hatte, einen seiner beiden Söhne, beides Mediziner, der eine sogar angehender Internist, nach ihrer Meinung zu fragen.

»Es sind noch nicht alle Ergebnisse da.«

»Aha, aha.«

Das Essen kam zum Glück sehr schnell. Wir aßen schweigend und lobten beide nur kurz die Qualität der Speisen. Ich monierte, dass seine Maultäschle keine wirklichen Taschen waren, sondern eher Maulrollen.

Woraufhin mein Vater meinte: »Hm, stimmt«, und hinzufügte: »Eigentlich soll ich ja so was Schweres gar nicht mehr essen. Ich vertrag das nicht mehr. Aber zur Feier des Tages.« Er lachte leise in sich hinein.

Mir war weder klar, was es zu feiern gab, noch, worüber

ich mich hätte amüsieren sollen. Dieses Treffen war eine reine Pflichtveranstaltung, weil ich es meiner Mutter versprochen hatte.

Mein Vater bestellte sich eine Bayrisch Creme zum Nachtisch. Ich verzichtete darauf, genehmigte mir aber einen Obstler, weil mir das Essen schwer im Magen lag.

»Wie läuft es mit deinem Job? Du hast ja in die Notaufnahme gewechselt«, erinnerte sich mein Vater daran, was ich ihm bei unserem letzten, sehr kurzen Treffen mit Geldübergabe im vergangenen Jahr erzählt hatte.

»Es ist manchmal recht anstrengend, aber spannend und lehrreich.«

»Ah ja. Ich wollte ja immer, dass ihr beiden in die Wirtschaft geht, aber anscheinend ist auch so was aus euch geworden.« Er sprach sehr leise, als würde er mit sich selbst reden.

Mit Wirtschaft meinte Georg nicht, dass seine Söhne sich eine Kneipe zulegen sollten. Er selbst war als promovierter Jurist nach seinem Studium ›*zum Daimler*‹ in die Rechtsabteilung und von dort vor einigen Jahren direkt in den Ruhestand gegangen. Für Björn und mich hatte er sich einen ähnlichen Lebenslauf vorgestellt. Ich wusste nicht so recht, was ich zu dieser Bemerkung sagen sollte. Aus mir wäre nie ein guter Jurist oder Betriebswirt geworden, bei meinem Bruder, der wesentlich rationaler und organisierter war, hätte es vielleicht klappen können.

»Ja, also, ich wollte nur sagen, dass es mich freut, dass ihr so gut zurechtkommt und ich mir keine Sorgen um euch machen muss.«

»Tja, das war wohl immer dein Problem, dass da zwei kleine Menschen waren, um die du dich hättest kümmern müssen«, erklärte ich, plötzlich zornig über seine Aussage und seine Einstellung uns gegenüber, die sich im Laufe der Zeit anscheinend nicht im Geringsten geändert hatte.

Er sah mich erstaunt, mit müdem Blick an: »Ja, in der Tat, das hat mich immer schwer belastet. Ich bin wohl kein Mann, der eine Familie hätte haben sollen.«

»Deswegen hast du dann auch eine neue angefangen?«, bemerkte ich sarkastisch in Bezug auf seine zweite Frau und meine Stiefschwester, die einundzwanzig Jahre jünger war als ich. *Better luck next time?*

»Sabine ist eine ganz andere Frau als deine Mutter. Die hat mir immer alle Sorgen mit der Familie abgenommen, sodass ich Zeit für den Beruf hatte.«

»Ich kann mich nicht erinnern, dass du dir besonders viel Zeit für uns genommen oder zu Hause viel geholfen hättest.«

Meine Mutter hatte alles um uns herum erledigt, während mein Vater entweder auf Arbeit war oder in seinem Fernsehsessel saß und *Dalli-Dalli, Kojak* oder *Straßen von San Francisco* angesehen hatte.

»Mama hat doch auch den ganzen Haushalt alleine gemacht, obwohl sie den Laden hatte.«

Deswegen war nie jemand vor sieben Uhr abends zu Hause gewesen, wenn ich von der Schule kam. Ich konnte zwar zu Mama in den Laden gehen, aber die konnte sich während der Öffnungszeiten selten um mich kümmern. Wenn über Mittag geschlossen war, musste sie kochen, die Buchhaltung oder Besorgungen machen.

Mein Vater sah auf seine Hände. Die Rechte zierten ein goldener Ehering sowie der Siegelring meines Großvaters.

»Mein Beruf war eben sehr anstrengend und hat mich in Beschlag genommen. Dafür konnten wir uns auch alles leisten.«

»Meiner ist es auch. Ich arbeite manchmal sechsunddreißig Stunden an einem Wochenende, bin hundemüde und durch den Wind, so wie gerade, und trotzdem nehme ich mir die Zeit für ein Sozialleben.«

»Das mit deiner Mutter war nicht immer einfach. Du

kennst sie ja.« Sein Seufzen im Anschluss an diese Aussage machte mich noch ein Stück wütender.

»Das mit dir auch nicht.« Ich geriet langsam in Fahrt. »Weißt du, was ich einmal scherzhaft in der Schule auf die Frage der Lehrerin, was die Eltern beruflich machen, geantwortet habe?«

Papa schüttelte den Kopf, den Blick starr auf eine Stelle auf dem Tisch gerichtet.

»Ich meinte, mein Vater sei Testpilot für Fernsehsessel. Das hat mir viele Lacher eingebracht.«

»Du warst schon immer ein sehr stiller, nachdenklicher Junge, den ich nie richtig verstanden habe. Mit deinem Bruder war das einfacher, der war viel zugänglicher.«

»Mag sein, aber immer schön den Weg des geringsten Widerstandes gehen und das Kind, das nicht so ins Schema passt, links liegen lassen. Wird schon was aus ihm werden.«

»Aber es ist doch was aus dir geworden«, beharrte er.

»Ja, richtig, mit der Hilfe des von dir mühsam verdienten Geldes. Vielen herzlichen Dank noch mal. Und jetzt möchte ich gehen. Ich bin müde. Meine Couch, mein DVD-Player und meine Playstation warten auf mich. Für meinen Geschmack genug sozialisiert für diesen Abend.«

»Warum bist du so zornig? Ich habe dir doch nichts getan.«

»Deswegen bin ich so zornig, weil du mir nie was getan hast, sondern an mir vorbei gelebt hast.«

Genau das hatte mich immer so verletzt, dieses Nichtbeachtet-Werden. Meine Freunde hatten mit ihren Vätern an den Wochenenden Dinge unternommen. Sie waren gemeinsam angeln gegangen, in den Baumarkt, Tennis spielen oder einfach ins Kino oder in den Zoo. Mein Vater hatte mich mit mir alleine gelassen und meinen Büchern, der Musik oder was immer ich auch als Hobby anfing.

»Erinnerst du dich, dass du mir zu meinem siebzehnten

Geburtstag diesen teuren Squashschläger geschenkt hast? Übrigens das einzige wirkliche Geschenk, das jemals von dir kam.«

»Deswegen habe ich dir ja auch den Schläger besorgt. Aber ich hatte nicht das Gefühl, dass du dich darüber gefreut hast. Danach habe ich so was nie wieder gemacht.«

»Ich kann dir auch ganz genau sagen, warum ich von dem Geschenk enttäuscht war, anstatt mich zu freuen.«

Er sah mich mit Augen an, die genauso aussahen wie meine eigenen. Es war erschreckend, wie ähnlich ich meinem Vater war. Selbst als wir vorhin über den Speisekarten gebrütet hatten, taten wir das mit der gleichen Geste, den rechten Arm am Ellbogen aufgestützt und mit den gespreizten Fingern beim Lesen über die Stirn streichend.

»Ich habe nie Squash gespielt, immer nur Badminton und das fünf Jahre ziemlich erfolgreich im Team.«

»Das wusste ich nicht.«

Die Bedienung fragte, ob sie uns noch was bringen sollte, worauf wir simultan antworteten: »Die Rechnung.«

»Du bist eingeladen«, bot mein Vater an.

»Nein, du bist eingeladen. Ich möchte mich revanchieren für all das viele Geld, das ich dich gekostet habe.«

»Red doch keinen Unsinn.«

»Das ist kein Unsinn, das ist die traurige Wahrheit.«

Er senkte den Kopf. »Ich war wohl als Vater der absolute Versager.«

Ich antwortete daraufhin nichts, sondern legte demonstrativ meinen Geldbeutel vor mich hin und trank den letzten Rest Bier aus. Es war warm und schmeckte schal.

»Aber mach es erst mal besser, Benny«, meinte mein Erzeuger, den Blick auf die Tischplatte gerichtet.

Ich holte einen Fünfziger aus meinem Geldbeutel und knallte den Geldschein auf den Tisch: »Das müsste wohl reichen. Ich muss hier raus.« Im Aufstehen fügte ich hinzu: »Ich werde es besser machen, darauf kannst du Gift nehmen. Ich werde meinen Kindern, sofern ich irgendwann mal welche haben sollte, ein richtig guter Vater werden. Ich werde mit ihnen segeln gehen und ihre ganzen Schulvorführungen besuchen und klatschen und Bravo rufen, auch wenn es noch so scheiße war. Ich werde meine Frau nie mit der Familie allein lassen, sondern ihr jederzeit zur Seite stehen, damit sie nicht abends vorm Schlafengehen heulend über ihrem Strickzeug hockt und einfach nur einsam ist und sich ungeliebt fühlt, weil ihr Mann direkt nach dem Fernsehfilm ins Bett abgehauen ist und mal wieder keinen überflüssigen Ton von sich gegeben hat. Ich werde meine Frau totquatschen und mit Aufmerksamkeit überhäufen, bis es ihr aus den Ohren herauskommt. Weil ich niemals so werden möchte wie du!«, zischte ich.

Die Bedienung im feschen Dirndl, sehr typisch für Schwaben, hatte zögerlich die Rechnung auf den Tisch gelegt und sah mich fragend an.

»Der Rest ist für Sie.« Ich ging an ihr vorbei. »Einen schönen Abend noch, die Herrschaften!«

Ich schnappte mein Fahrrad und fuhr einen riesigen Umweg nach Hause, um mich wenigstens körperlich abzureagieren. Zum ersten Mal war ich froh, dass ich, egal, aus welcher Richtung ich in meine Wohnung fuhr, eine Steigung zu bewältigen hatte. Zu Hause drehte ich mir eine Zigarette aus der umbenannten Kaffeedose und beschloss, diese demnächst gegen eine neue auszutauschen. Ich hatte keine Lust mehr, ständig an Yvonne erinnert zu werden, wenn ich kiffen wollte.

Gegen zehn versuchte ich mein Glück bei Ricky. In der weitläufigen Finca musste man es gewöhnlich zehnmal oder noch öfter klingeln lassen, bis sie ans Telefon ging.

Heute meldete sie sich gleich nach dem zweiten Klingeln

und fragte zur Eröffnung: »Wie war das Gespräch mit deinem Vater?«

»Bescheiden«, sagte ich völlig erschöpft und müde vom Rauchen.

»Hast du gekifft?«, folgte sofort die Frage.

Ich fragte mich zum x-ten Mal, warum sie immer wusste, wenn ich was geraucht hatte. Auf meine Nachfragen bekam ich als einzige Antwort: *Weibliche Intuition!* Ich vermutete, dass sie bei ihrem Besuch im Januar überall Überwachungskameras installiert und meinen Laptop gehackt hatte.

»Woher weißt du das immer?«

»Weil du dann ein ganz anderer Mensch bist.«

»Aha, aha.«

»Trink lieber was, dann bist du netter.«

»So züchtet man sich Alkoholiker. Trink doch was, Alter, dann bist du so nett und lustig. Ha! Ha! Ha! Ich kann ja dir zuliebe vor jedem Telefonat koksen, dann bin ich nämlich unwiderstehlich nett und zum Umfallen komisch!«

»Wenn's doch stimmt.«

»Ich hatte zwei Bier und einen Obstler zum Essen. Zufrieden?«

»Egal, dieses Kraut macht alles wieder wett.«

»Ricky?«

»Hm?«

»Bitte nicht mit mir streiten.«

»Ich will nicht mit dir streiten. Ich habe nur festgestellt, dass du gekifft hast.«

»Daran kann ich auch nichts mehr ändern. Mir war eben danach.«

Ricky konnte und wollte offensichtlich was an meiner Stimmung ändern. Sie erzählte und plauderte munter drauflos und lenkte mich mit spielerischer Leichtigkeit vom Ärger des Tages ab, wie sie das immer tat. Nach wenigen Minuten konnte ich befreit lachen.

»Du bist meine beste Droge«, meinte ich schließlich.

»Das nehme ich als Kompliment.«

»So war es auch gedacht.«

Dann erzählte sie noch eine Geschichte von einer Kundin, die tatsächlich einen voll ausgestatteten, schalldichten SM-Keller im zu verkaufenden Haus hatte, von dem aber niemand etwas wissen sollte bei den Hausbesichtigungen. Sie wollte den Keller, der anscheinend nicht nur reine Zierde, sondern regelmäßig in Gebrauch war, erst ausräumen, wenn das Haus verkauft war. Ricky hatte ihr deswegen geraten, einen Schrank vor die Tür zu stellen, was dann auch vor jeder Hausbesichtigung getan wurde, bis auf den heutigen Tag, an dem sie niemanden hatte, der ihr helfen konnte, den Schrank vor die Tür zu schieben. Es sei schwierig gewesen, dem interessierten Kunden, einem distinguierten Unternehmer aus Basel, nebst Trophywife und zwei Mädchen im Kindergartenalter, klar zu machen, dass er diesen Teil des Hauses heute unmöglich sehen wolle.

Abrupt hörte Señorita Koch auf zu erzählen: »So, ich glaube, ich habe dir jetzt nichts mehr zu sagen.«

»Das fällt dir einfach so, mitten im Gespräch ein?«

»Jupp, kam so über mich.«

Ich lachte leise vor mich hin. Das war eine typische Ricky-Gesprächswendung, völlig verspielt und für meinen Geschmack einfach hinreißend.

»Dann hab ich dir auch nichts mehr zu sagen«, entgegnete ich.

»Tja, dann schönes Leben noch«, meinte sie und fuhr fort: »Eines muss ich dir doch noch sagen ...«

Das *Eine* dauerte eine geschlagene halbe Stunde, war der Inhalt eines Buches, das sie gerade las und in dem das Lied *Asleep* von den Smiths eine Rolle spielte. Ich kannte ausnahmsweise weder den Song noch die Gruppe und versprach, es mir später anzuhören. Laut Ricky war es *wunderherrlichschöntraurig*. Wir hatten beide ein Faible für tieftraurige, melancholische Lieder.

Schließlich hakte sie noch mal nach: »Ist nicht so gut gelaufen mit deinem Papa, hm?«

»Nee, ich hab ihm die Meinung gesagt, weil er einfach nichts kapiert hat.«

»Okay, das tun die selten. Ich hatte es auch nicht leicht. Bin in einer Diktatur aufgewachsen. Meine Mama war der reinste Diktator. Ich war das kleine, blonde, blasse Mädchen, das ständig krank war und etwas renitent. Mein Bruder war viel wichtiger und lebendiger und braunhaarig und rotwangig, nie krank und strahlte immer jeden an. Der sah aus wie das Kind auf der Zwiebackpackung. Dafür hat er alles kaputt gemacht und war schlecht in der Schule. Erst später, als ich einen respektablen Mann anschleifte, war sie stolz auf ihre Tochter. Ist auch nicht leicht, wenn einen die eigene Mutter nur wegen dem Mann an deiner Seite achtet. Dann war der Mann weg und die Tochter plötzlich wieder ein Nobody.«

»Na ja, dann kannst du ja bald mit einem richtigen Doktor angeben.«

»Äh! Falsche Antwort!«

»Was denn? Was hätte ich sagen sollen?«, meinte ich amüsiert.

»Wenn du das nicht weißt, ich sage es dir nicht.«

»Ich versuch gerade, mir *Asleep* anzusehen. Dem Arsch, der die Idee hatte, vor Videos Werbeclips einzuspielen, müsste man vor jedem Orgasmus dreißig Sekunden Spätzlewerbung vorspielen«, fluchte ich.

»Ich erzähl dir von meiner verkorksten, traumatischen Kindheit, bin am Rande eines Nervenzusammenbruchs und du merkst es noch nicht mal, sondern guckst dir Videoclips im Internet an«, mokierte sie sich künstlich, aber dank ihres schauspielerischen Talentes sehr überzeugend, wenn man sie nicht kannte. Wenn sie nämlich wirklich verärgert war, schwieg Señorita Koch wie ein Grab. Dann versiegte der unaufhörliche Wortfluss plötzlich und nur die allernotwendigsten Worte wurden einzeln zwischen zusammengekniffenen Lippen herausgepresst.

»Das glaube ich dir nicht. Außerdem hast du mir den Clip doch empfohlen.«

»Wohl und seit wann machst du, was ich dir sage?«

»Heulst jetzt?«

»Jupp«, kam es trotzig. »Ich ruf dich nie wieder an.«

»Dann rufe ich dich an, du doofe Henne.«

»Nehm ich nicht ab.«

»Wirklich schöner Song«, bemerkte ich.

»Hey, habe ich dir von dem Albtraum erzählt, den ich neulich nachts hatte und aus dem du mich geweckt hast, weil du mir um halb vier beim Pipimachen mal wieder eine Multitasking-Nachricht geschickt hast?«, wechselte sie unvermittelt das Thema.

»Nein, hast du nicht. Erzähl.«

»Ich weiß den Inhalt auch nicht mehr so genau, aber es waren Außerirdische hinter mir her, die mich gefangen genommen hatten und folterten, weil sie von mir ein Geheimnis erfahren wollten, das die ganze Menschheit gefährdet hätte. Dann hast du mich geweckt, weil ich im Schlaf die Vibration des Handys gespürt habe.«

Ich stöhnte auf: »Unter *Menschheit retten* tut es die kleine Ricky wohl nicht? Dieser Traum lässt so tief blicken, Häschen.«

»Weißt du was, ich habe diesen Traum schon so vielen Menschen erzählt und du bist der Einzige, der bemerkt hat, dass da ein gewaltiges Stück Größenwahnsinn drin steckt.« Kleine Pause, dann: »Du bist so verdammt intelligent, Brandstätter. Echt wahr!«

»Das lassen wir jetzt mal so stehen.« Ich legte nach: »Außerdem habe ich dich mit einem Vibrator gerettet.«

»Hut ab, das hat auch noch keiner zuvor geschafft.«

»Und du hast es mal wieder geschafft, den Ärger des Tages völlig vergessen zu machen. Ich werde wohl wieder mit einem dämlichen Grinsen einschlafen, und du bist schuld daran.«

»War mir ein Vergnügen und ein Bedürfnis, Elvis.«

»Danke dir, Priscilla.«

»Hey, habe ich dir eigentlich schon die Geschichte erzählt, von der Verkäuferin heute früh in dem englischen Buchladen, die zu mir gesagt hat, als ich in der Schlange vor der Kasse einen Niesanfall bekam: »*Please don't die in my line! That would be so much paperwork*«?

»Hast du nicht. Erzähl!«

Was sie auch tat, und eine Stunde später schlief ich mal wieder beim Telefonieren ein, mein Vater und die psychotische Selbstmörderin waren seit Stunden Geschichte und zählten nicht mehr viel.

Juli

Iris-Heterochromie & Irritationen

Als ich am Abend meinen Dienst antrat, zeigte ein kurzer Seitenblick durch die Scheibe der Anmeldung in den Wartebereich, dass noch nicht viel los war. Auf den Stühlen saßen zwei Vertretertypen in dunklen Anzügen, einer davon seltsam verrenkt. Direkt daneben hatte sich eine fünfköpfige Familie mit Migrationshintergrund, die alle kerngesund aussahen und sich eine saftige Wassermelone teilten, niedergelassen. Es war Freitagabend und die üblichen Alkohol-, MDMA- und weiblichen High-Heel-Opfer waren erst nach 22 Uhr zu erwarten. Die normal Verrückten saßen noch beim Abendessen oder bereits vor der Glotze. Voller Selbstbeherrschung stellte ich mich hinter Fatima, ohne in ihrem dichten Haar zu wühlen, und warf einen Blick auf den Bildschirm.

»Was gibt's Schönes für einen ausgeruhten, fähigen, sauattraktiven Arzt?«

»Seit wann gibt es so jemanden in dieser meiner Notaufnahme?«, fragte sie, ohne eine Miene zu verziehen.

»Hey, was ist eigentlich aus den demütigen, jungen türkischen Frauen geworden, die es nie wagen würden, einem Mann gegenüber die Stimme zu erheben?«

»Die sind alle zu Hause in der Türkei, tragen Kopftuch, sind alt und fett geworden und haben sechs Kinder. Du musst schon mit mir Vorlieb nehmen.« Sie grinste falsch und fuhr fort. »Eigentlich wäre die sauattraktive Atemnot dran, aber den kann ich dir nicht geben. Simone hat Dienst. Die ist wieder solo und hat sich pauschal alle passablen männlichen Fälle unter sechzig reservieren lassen. Also bleibt dir nur der eingewachsene eitrige Zehennagel mit Familienanschluss.«

Ich mochte meine Kollegin Simone Kant und ihre verstrebte, oberkorrekte Art grundsätzlich nicht besonders. Außerdem hatte ich sie in Verdacht, langfristig den Bund fürs Leben mit mir geplant zu haben, inklusive Traumhochzeit in Weiß in einer kleinen romantischen Dorfkirche in ihrem geliebten Niederbayern. Sie wartete nur auf einen Fehler oder schwachen Moment meinerseits und – zack! – würde die Ehefalle für immer und ewig zuschnappen.

»Nix da, immer schön der Reihe nach. Natürlich nehme ich die attraktive Atemnot. Der Mann muss beschützt werden vor diesem Spinnenweibchen.«

»Simone macht dich alle, wenn du das tust. Der ist nämlich im passenden Alter. Würde mir auch gefallen. Diese Augen. Faszinierend. Habe ich noch nie gesehen, dass jemand zwei unterschiedliche Augenfarben hat.«

»Iris-Heterochromie gibt es öfter, als man denkt. Bei Hunden und Katzen zum Beispiel. Geht oft einher mit Gehörlosigkeit.« Plötzlich fiel mir ein: »Ich hab eine Freundin, deren Ex hat auch zwei verschiedene Augenfarben.« Dann las ich auf dem Bildschirm die Angaben des Patienten. David van Damen – wie oft hatte ich diesen Namen in den letzten Monaten von Señorita Koch gehört! Ich hatte mir dazu einen geschleckten Protagonisten im offenen Cabrio aus einem Roman von Rosamunde Pilcher vorgestellt. Jetzt bot sich mir die einzigartige Chance, den Ex meiner unerfüllten Liebe verwundet und wehrlos in die Finger zu bekommen. Den geliebten, aalglatten Autohändler, der sie seit Monaten verschmähte und vorher so unendlich glücklich gemacht hatte. Ricardas Soulmate, der Mann, der laut ihrer Aussagen ihr kompliziertes Achtganggetriebe so mühelos hatte schalten können und dessen windiger Geist zwischen mir und der Erfüllung meiner ausgefeilten Pläne mit Ricarda Koch zu stehen schien.

»Der Mann hat offensichtlich starke Schmerzen, da lässt mein ärztliches Gewissen nicht zu, ihn noch länger warten zu lassen. Simone ist doch sonst so überkorrekt.«

Voller Vorfreude ging ich in den Wartebereich und achtete darauf, meinen berühmten Richard-Gere-Gedächtnisgang einzulegen. Männliche Lässigkeit gepaart mit ärztlicher Kernkompetenz. Alle Blicke im Wartebereich wandten sich mir hoffnungsvoll zu. Ich sprach den verhassten Namen diabolisch lächelnd aus: »David van Damen.«

Langsam wie ein Greis erhob sich der jüngere der beiden Anzugträger und ging, von dem Älteren gestützt, in gebückter Haltung auf mich zu. Wenigstens taub schien er nicht zu sein. Schließlich stand der großartige David schmerzgebeugt vor mir. So stellte man sich doch das erste Treffen mit dem Ex seiner Zukünftigen nicht mal in seinen kühnsten Träumen vor. »Brandstätter, du geile Sau«, beglückwünschte ich mich und tanzte im Geist am Eckpfosten.

»Bitte in die letzte Kabine ganz hinten links.«

Vorne war bis auf eine Kabine alles frei, aber ich wollte David leiden und laufen sehen. Zugegeben, er machte trotz der seltsamen Körperhaltung in seinem perfekt sitzenden Maßanzug aus feinstem Zwirn eine gute Figur. Schlank und rank. Glänzendes, volles Haupthaar. Mindestens zehn Zentimeter größer als ich. Er machte überhaupt nicht den Eindruck eines gewieften Gebrauchtwagenhändlers. Im Gegenteil, er wirkte wie der sympathische Junge von nebenan im Konfirmandenanzug. Das war wohl das Geheimnis seines durchschlagenden beruflichen Erfolges. Ich hasste ihn von Minute zu Minute mehr.

Mit Hilfe seines Begleiters, der mit Bicolor-Rolex schon eher dem Klischee und Feindbild entsprach, setzte sich das Objekt meines Missfallens auf die Kante der Untersuchungsliege, den Oberkörper immer noch vorgebeugt, flach und vorsichtig atmend. Ich zog den Vorhang zu: Für das, was jetzt passieren würde, konnte ich keine Zeugen gebrauchen.

»Sind Sie ein naher Verwandter?«, fragte ich im angelernten autoritären Ton eines Gottes in Weiß den anderen Anzugträger.

»Nein, ich bin ein Kollege. Ich habe David hergefahren. Er konnte es ja nicht mehr selbst.«

»Aha, aha. Ja, dann warten Sie bitte im Wartebereich, bis die Untersuchung abgeschlossen ist. Das kann aber dauern«, sagte ich mit *Ich-bin-Arzt-und-du-nix-Stimme*.

Dann hörte ich zum ersten Mal den tiefen, grollenden, angeblich erotischen Bass, von dem die Frau meiner Träume so schwärmte: »Thomas, du musst nicht auf mich warten, ich nehme mir ein Taxi zurück.«

»Okay, wie du meinst, David. Dann mal alles Gute! Und ruf an, wenn du doch Hilfe brauchen solltest.«

»Klar, mache ich, und danke fürs Fahren.«

»War doch selbstverständlich.« Und zu mir gewandt: »Ja, dann auf Wiedersehen.«

Der behandelnde Arzt, keine Zeit und keinen Kopf für solche überflüssigen Floskeln, nickte nur knapp und effizient mit dem Kopf und entließ den letzten Zeugen.

»So, dann wollen wir beide mal.«

Es kostete mich sehr viel Selbstbeherrschung, mir nicht die Hände zu reiben. Ricky hatte David van Damen als intelligent und misstrauisch beschrieben. Ich musste äußerst vorsichtig vorgehen.

»Erzählen Sie mal, wie das passiert ist«, forderte ich DvD auf, während ich seine Akte auf dem Bildschirm aufrief.

»Ich hab den Reifen eines SUV aus dem Kofferraum gehievt ... die Dinger sind so verdammt schwer ... dann verspürte ich ein Stechen in der Brust – seitdem kann ich nicht mehr richtig atmen oder gerade stehen«, erzählte er stockend, unter sichtlichen Schmerzen. In den Sprechpausen schnappte er hörbar nach Luft mit diesen beschissen vollen Lippen.

»Dann werden wir Sie erst mal richtig durchchecken. Nicht, dass es was mit dem Herzen ist.«

Ich tippte auf eine stinknormale Zerrung der Brustmuskulatur oder eine Interkostalneuralgie. Die bloße Erwähnung, es könne was mit dem Herzen sein, machte Patienten, vor allen Dingen Männer, immer sehr gefügsam. Erschrocken sah mich David mit seinen plötzlich weit aufgerissenen, zweifarbigen, einfach lächerlichen Kulleraugen an. Nichts in Davids Gesicht war wirklich gelungen. Die Augen zu rund, die Nase zu lang und groß, der herzförmige Mund zu klein, keine ausgeprägten Wangenknochen, die Haut blass, fast wächsern. Alles in allem war er jedoch durchaus attraktiv. Sein ekelhaft volles, dunkelblondes Haar, strich er sich regelmäßig mit einer lässigen Geste aus der Stirn. Ich sah Rickys wunderschöne Hände darin wühlen und in mir wütete die Eifersucht heißer als je zuvor.

»Dann machen Sie sich mal frei, bitte.« Ich tippte geschäftig auf der Tastatur rum und beobachtete aus dem Augenwinkel Davids Bemühungen, sein Jackett auszuziehen.

»Lassen Sie mich Ihnen helfen.«

Normalerweise ließ ich das von einer Schwester machen, aber in diesem speziellen Fall legte ich selber mit Hand an. David roch noch dezent nach einem sehr guten Duftwässerchen. Ich war dankbar, dass ich vor dem Dienst noch schnell unter die Dusche gesprungen war und das teure Duschgel verwendet hatte, das ich von meiner Mama zu Ostern geschenkt bekommen hatte und das ich normalerweise für besondere Anlässe aufsparte. Das *Everyday-Gel* war ausgegangen und ich hatte noch nicht für Nachschub sorgen können.

Während David mühsam sein Hemd aufknöpfte, war Dörte durch den Vorhang in die Untersuchungskabine geschlüpft und stellte sich wortlos zur Verfügung.

»Hilfst du dem jungen Mann, sich auszuziehen, bitte.«

Mit der Erfahrung einer geübten Schwester schälte sie David aus Hemd und T-Shirt. Was darunter zum Vorschein kam, ließ mich vor Neid erblassen. Sehr schön definierte Brust-, Bauch- und Armmuskulatur. Gerade richtig, nicht übertrieben. Leichte Behaarung auf Brust und Bauch. Bei dem Gedanken, wie Ricky exakt diese Haare gekrault hatte und mit der flachen Hand dann unter den Gürtel gefahren war und weiter, zog es meine eigene Bauchmuskulatur und den Lendenbereich schmerzhaft zusammen.

Dörte hatte die Kleidungsstücke auf einen Stuhl drapiert und stand einsatzbereit da. »Bitte komplett freimachen.«

Ein kurzer, fragender Seitenblick von Dörte, aber dann wurde David weiter vor meinem wachsamen Auge entblößt, bis er nur noch in Boxershorts und Socken dastand auf seinen langen, geraden Beinen, die nicht so dünn waren wie meine eigenen. Sehr schöner Wadenmuskel. Wie oft hatte mich Ricky mit meinen haarigen O-Beinen und Knubbelknien aufgezogen. Ich war zwar Arzt, aber im Moment eben auch und viel eher Mann, und meine Beine waren sozusagen meine Achillesferse.

»Den Rest bitte auch noch.«

Ein weiterer verwunderter Blick der Schwester, dieses Mal mit hochgezogenen Augenbrauen, weil mein Anliegen ziemlich ungewöhnlich war; die Unterwäsche ließ man möglichst jedem Patienten für die Wahrung der Restwürde. Aber ich wollte David nackt, demütig und möglichst würdelos vor mir liegen sehen.

Selbst David, der bislang brav alles mitgemacht hatte, muckte auf. »Mir tut doch nur die Brust weh«, pienste er völlig unmännlich.

»Ja, das tut mir leid, aber bei Ihren diffusen Symptomen muss ich mir schon ein umfassendes Bild machen. Wenn's vorne zieht, drückt's meistens hinten, nicht wahr?« Ich drehte mich zu Dörte um: »Wenn Sie so lieb wären, *Schwester*.«

»Ja, wenn der Herr *Doktor* das so möchte, dann runter mit dem Höschen. Der hat schließlich jahrelang studiert und sollte eigentlich wissen, was er tut.«

»Danke, ich rufe, wenn ich wieder Hilfe benötige.«

»Aber gerne doch, *Herr Doktor Brandstätter*«, kam die Antwort vor Sarkasmus triefend und im Vorbeigehen traf mich ein verschlagener Blick, den ich mit meinem erprobten Schwiegersohnlächeln kaltstellte.

»So, legen Sie sich bitte mal hin.«

Nach viel Gestöhne und Getue lag der Körper, der unter, über und vor allem in der Frau meiner Träume gewesen war, nackt und schutzlos vor mir. Vor meinem geistigen Auge lief ein blutiges Splattermovie ab. Zahlreiche Skalpelle und Verbandsscheren steckten tief und letal in dem gut proportionierten, fettfreien Oberkörper. Jedes Muttermal und jeder Leberfleck ein Ziel für etwas Scharfes oder Spitzes. Bei manchen Naturvölkern machten sie noch heute aus dem Hodensack des erlegten Feindes einen Tabaksbeutel, hatte ich neulich in einer Fernsehdokumentation gesehen. Interessante Vorstellung. Ich überlegte, wie ich den Schnitt am besten anlegte, und zog das Handy aus der Brusttasche. »Entschuldigung, das muss ich kurz checken.«

Der gute David sah mich äußerst ungläubig an, als ich mein Smartphone ausgiebig zu studieren schien und darauf herumtippte.

»Vorher-Nachher-Foto!«, scherzte ich, um jeden Verdacht im Keim zu ersticken, und ehe David was erwidern konnte, fuhr ich fort: »Kleiner Scherz. War eine wichtige Message von meinem Chef.«

Aus Erfahrung wusste ich, dass Menschen mit Schmerzen viel mehr mit sich machen ließen als gesunde. Wer wagt, gewinnt, und Frechheit siegt.

Kühl und professionell meinte ich, nachdem ich das Handy wieder weggesteckt hatte und während ich mir die Einmalhandschuhe überzog: »Wo tut's denn genau weh?«

David fasste sich mit der rechten Hand an die Stelle, die ich bereits zu Anfang als die Wurzel des Übels in Verdacht gehabt hatte. Keine schönen Hände. Die Finger ein wenig zu kurz und fleischig. Metzgerhände.

Mit den Fingern meiner äußerst filigranen Ärztehände drückte ich fest auf die neuralgische Stelle: »Da?«

Die Frage hätte ich mir sparen können, denn David klappte im Bruchteil einer Sekunde erwartungsgemäß wie ein Taschenmesser zusammen und sämtliche Restluft entströmte schlagartig seiner Lunge.

»Ja, genau da«, fiepste er.

Aha, der Herr van Damen konnte also auch Sopran. Die Tränen in den Augenwinkeln ließen ihn sehr verletzlich wirken. Süß. Langsam bekam ich eine Ahnung davon, was Ricky an ihm gefunden hatte.

»Wunderbar. Dann wissen wir jetzt, wo wir ansetzen müssen.«

Routiniert tastete ich den bleichen Luxuskörper meines Vorgängers weiter ab. Ging der Mann denn nie in die Sonne? Mit diesem fahlen Körper hatte meine Ricky schon all die Dinge getan, die ich so gerne mit mir hätte machen lassen, und ich war nahtlos braun gebrannt. Diese Wurstfinger hatten in ihrem Haar wühlen und ihre Brüste anfassen dürfen. Diese aufgedunsenen Lippen hatten ihre perfekten Lippen angeschlabbert und diese Glubschaugen in ihre wunderschönen Augen gesehen. Das Allerschlimmste war: Dieser winzige Penis hatte bereits wiederholt tief in der Frau meiner fleischlichen Begierde gesteckt und ihr Lust bereitet. Dieser schlaffe, runzelige Wurm hatte sie aufstöhnen lassen, und, und, und. Ich steigerte mich langsam in die Sache hinein.

»Hatten Sie heute schon Stuhlgang?«, bereitete ich meinen nächsten Schachzug taktisch klug vor, meine Augen zu schmalen Schlitzen verengt.

»Nein, heute noch nicht.«

Wie konnte sie dieses kratzige Brummen nur so erotisch finden? Was war an meinem melodischen Heldentenor falsch?

»Gestern?«, hakte ich nach.

»Ähm ...«

Ich wollte die Antwort nicht hören. »Leiden Sie öfter unter Verstopfung?«

»Ich würde das nicht als Verstopfung bezeichnen«, kamen grollend die ersten Widerworte.

»Ich schon.« Ich sah ihm tief besorgt in die Augen. Eines meergrün, das andere stahlblau. Affig! *Aber ich bin ja nur der ausgebildete Mediziner von uns beiden, was?*, dachte ich mir und fragte weiter: »Irgendwelche Allergien, Unverträglichkeiten?«

»Außer gegen Dummheit und Inkompetenz, nein.«

Ich überhörte diese Provokation geflissentlich, die Stunde meiner Rache würde im Laufe der Nacht sicherlich noch kommen. »Wann hatten Sie das letzte Mal Geschlechtsverkehr?«

»Was hat das alles damit zu tun, dass ich mich verhoben habe?« In diesem grummeligen Ghettobass mit Rasierklingen unterlegt klang das leicht bedrohlich.

»Eventuell alles. Wenn Ihr ganzer Muskeltonus verspannt ist, aus Gründen, die ich gerade versuche zu eruieren, dann kann so was leicht vorkommen. Da sollte man die Ursachen bekämpfen und nicht nur die Symptome behandeln. Sagt Ihnen der Begriff ganzheitliche Behandlungsmethode etwas?«

Resigniert seufzend antwortete David: »Samstagnacht.«

Das war eine Antwort, die mir gar nicht gefiel: Anscheinend hatte dieses Schwein regelmäßiger Sex als ich.

»Leiden Sie unter Erektionsstörungen?«

David grinste unter Schmerzen: »Eher im Gegenteil.«

Wer will das wissen, du Arsch?, dachte ich mir und bemerkte: »Aha, aha. Interessant.« Meine Augen wurden zu noch schmaleren Schlitzen. »Symptomatisch bei so verspannten Menschen, wie Sie das sind. Sie können nicht locker lassen. Ein rein psychosomatisches Problem.« Jetzt seufzte ich und warf wie zufällig einen prüfenden Blick auf seine Geschlechtsteile. »Ihre Hoden sind unterschiedlich groß, das wissen Sie?« Ich nahm mir die Freiheit, in aller Ruhe Davids Gemächt zu betrachten, und betete, dass bloß keiner von der Mannschaft die Kabine betrat und meinem merkwürdigen Treiben zusah. Es kostete mich sehr viel Selbstkontrolle, nicht spontan zuzudrücken, um zu verhindern, dass sich dieser kleine Scheißer überhaupt jemals vermehren konnte. Hatten diese schlampig rasierten Nüsse jemals im Mund meiner Traumfrau gesteckt, hatte ihre Zunge darüber geleckt?

Entschuldigend meinte David: »Ich habe eine Krampfader auf der einen Seite, das tut aber nicht weh.«

»Könnte aber problematisch werden bei Kinderwunsch.«

»Das wird schon klappen. Es ist momentan auch nicht aktuell, das mit dem Kinderwunsch.«

»Warum nicht? Möchten Sie keine Familie? Haben Sie was gegen Kinder? Hatten Sie eine Vasektomie?«

»Nein, um Gottes willen, also doch, schon, Kinderwunsch, also …« Das Thema schien dem Herrn unangenehm, so wie er ins Stottern kam. »Unbedingt. Aber so weit bin ich noch nicht. Das hat noch Zeit. Und Vasektomie lehne ich grundsätzlich ab. Erst Mal die richtige Frau finden.«

Ich setzte mich, ganz der fürsorgliche Arzt, und rollte mit

dem Hocker direkt neben die Untersuchungsliege. Obwohl ich den Mann gerade mehrfach im Geiste getötet hatte, war mir seine körperliche Nähe nicht unangenehm. Irgendwie gab es mir das Gefühl, Ricarda so näher zu sein, als ich es je zuvor bewusst war. Am liebsten hätte ich ihn so unter Drogen gesetzt, dass ich ihn über Ricky hätte ausfragen können. Wie war es, ihre Haut anzufassen, sie zu riechen, zu schmecken, ihre Hand in deinem Haar zu fühlen und in sie einzudringen, ihr Stöhnen nicht nur zu hören, sondern sie dabei beobachten zu können? Zum tausendsten Male verfluchte ich meinen Filmriss im Januar.

»Aha, aha. Gut, dann gebe ich Ihnen was gegen die Schmerzen. Ich würde Sie aber gerne über Nacht zur Beobachtung hierbehalten. Nur zur Sicherheit, bis wir ausschließen können, dass es vielleicht doch etwas Koronares ist. Gegen Ihre Verstopfung sollten wir bei der Gelegenheit auch was tun. Das könnte durchaus die Ursache für die Verkrampfungen sein, ganzheitlich betrachtet.«

Ein letztes Mal, ehe die Medikamente ihre Wirkung entfalten konnten, drückte ich noch mal mit beiden Händen fest auf die neuralgische Stelle an Herrn van Dämlichs Brust und genoss das schmerzverzerrte Gesicht meines Vorgängers. Auf der Oberlippe mit dem kümmerlichen Versuch eines Drei-Tages-Bartes hatten sich kleine Schweißperlen gebildet. Ich war ein schrecklicher Mensch und Mediziner.

Ich tätschelte seinen muskulösen Oberarm: »Keine Sorge, das bekommen wir wieder hin. Ich lege erst mal einen Zugang, damit wir Sie medikamentös versorgen können.«

Eigentlich legte ein Arzt nur so lange intravenöse Zugänge, bis er es beherrschte, dann ließ er die Schwestern ran. Als Anästhesist und Intensivmediziner war das mein tägliches Brot und ich konnte es ziemlich schmerzfrei. Der Muskelprotz vor mir musste wegsehen und hielt hörbar den Atem an, als ich zustach.

Ich sah ihm kurz direkt in die Augen, ein unterdrücktes Grinsen in meinen Mundwinkeln.

»Es ist gleich vorbei, dann bekommen Sie ein Mittelchen und nichts tut mehr weh.«

Ich zwinkerte dem Patienten vertraulich zu. Nachdem ich zur Schmerzstillung Metamizol intravenös verabreicht hatte, ließ ich David vorerst alleine.

Dörte stand mit Fatima an der Anmeldung und beide warfen mir bei meiner Ansage: »Den Herrn van Damen in Kabine 8 behalten wir über Nacht zur Beobachtung hier«, einen ungläubigen Blick zu. »Einen Zugang habe ich gelegt, die Medikamente sind drin. Der Herr dürfte jetzt entspannt und glücklich sein. Wenn mal jemand nach ihm sehen würde, wäre das toll. Ein EKG, Lungenröntgen und Labor hätte ich auch gerne.«

Dörte lief an mir vorbei, um sich Davids anzunehmen, und stoppte auf meiner Höhe: »Wenn ich es nicht von unzähligen Frauen anders gehört hätte, würde ich annehmen, du bist scharf auf den Herrn da drin.«

»Tja, ich arbeite intensiv an meinem Coming out, *Schwester*. Von nun an ist Schluss mit all den Affären im Verborgenen.«

»Kann ich ihn wenigstens wieder anziehen, *Doktor*?«

»Mit einem adretten Flügelhemdchen gerne. Für den schnellen Zugriff im Notfall.« Ich verzog das Gesicht zu einem Grinsen.

»Ich habe in dieser Notaufnahme schon viele gedeckt, aber alles hat seine Grenzen«, warnte sie mich.

»Die ich nie im Leben überschreiten würde, solange du Dienst hast«, *der meines Wissens nicht die ganze Nacht ging*, vervollständigte ich den Satz im Geiste.

»Wie kann ein so schöner Mensch so verrückt im Kopf sein?« Kopfschüttelnd zog sie von dannen.

»Die Gene, Schwester, die Gene«, rief ich ihr hinterher.

Anschließend zog ich mein Handy aus der Tasche und tippte im Chat:

18:36 Nachricht an Ricky Brandstätter mit Anhang
Schau mal, Häschen, was Deinem Hasen zugelaufen ist.

Ich hängte ein soeben aufgenommenes Foto an. Senden und abwarten.

Die nächste Stunde war ich damit beschäftigt, ein Stück Finger, das einer Blechschere zum Opfer gefallen war, wieder anzunähen. Das Smartphone in meiner Brust hatte währenddessen öfter vibriert. Ricarda hatte wohl das Foto erhalten. Während Fatima den nächsten Patienten – mittlerweile war die Auswahl recht groß geworden – für mich heraussuchte, checkte ich meine Nachrichten. Sechs von den zehn waren von Priscilla.

18:51 Nachricht von Priscilla
Benny, was hast Du getan?
18:51 Nachricht von Priscilla
Warum sind seine Augen zu? Ist er tot?
18:53 Nachricht von Priscilla
Warum ist der nackt?
19:01 Nachricht von Priscilla
Benny?!?!?!?!?
19:35 Nachricht von Priscilla
Beeeeeeennnnnnnnyyyyyyyy?!?!?!?!?!?
20:02 Nachricht an Ricky Brandstätter
Riiiiiiiiickyyyyyyy???????

Fatima hatte mir eine Nierenkolik bei einem Zahnarzt zugewiesen, gefolgt von einer Achtundvierzigjährigen, die von ihrer Dänischen Dogge in den Oberschenkel gebissen worden war.

Ricky sorgte in der Zwischenzeit dafür, dass es mir nicht langweilig wurde.

20:05 Nachricht von Priscilla
Benny, warum liegt David da rum und was hat er?
20:20 Nachricht an Ricky Brandstätter
Letale Hypochondrie!
20:20 Nachricht von Priscilla
Benny, bitte!
20:34 Nachricht an Ricky Brandstätter
Verstopfung.
20:45 Nachricht von Priscilla
Geht's etwas genauer?
21:03 Nachricht an Ricky Brandstätter
Na ja, er konnte heute noch nicht aufs Töpfchen und sein großes Geschäft erledigen.
21:05 Nachricht von Priscilla
Seit wann muss man damit in die Klinik?
21:35 Nachricht an Ricky Brandstätter
Ist wohl etwas empfindlich, der Herr! Pflänzchen!
21:36 Nachricht von Priscilla
Benny!!!!!
21:48 Nachricht an Ricky Brandstätter
Ricky??????
21:50 Nachricht von Priscilla
Hör auf mit dem Blödsinn und sag mir, was Du mit David gemacht hast!

Ich beschloss, ausnahmsweise auf die Anweisung meiner Angebeteten zu hören, mit dem Blödsinn aufzuhören und Nägel mit Köpfen zu machen. Meine Kollegen und Fatima hatten die Notaufnahme so weit im Griff und ich konnte mich endlich um meinen persönlichen Übernachtungsgast kümmern. Das Objekt meiner Fürsorge lag, bekleidet mit einem Krankenhaushemd, friedlich schlummernd im Bett. Die Hand mit dem Zugang lag ruhig auf der Bettdecke. David weilte im Land der

Träume. Die Augäpfel zuckten unter den geschlossenen Lidern. Ich zückte erneut das Smartphone und fotografierte.
>**22:00 Nachricht an Ricky Brandstätter mit Anhang**
>Zu spät!
>>**22:01 Nachricht von Priscilla**
>>Das sieht ja übel aus! Was hat er???
>
>**22:01 Nachricht an Ricky Brandstätter**
>So sehen alle Männer aus, die meine Auserwählte unglücklich machen! Ha! Bin der Rächer der Enterbten, der Tröster der Witwen und Waisen, der Geschändeten und Entrechteten. Doctor Revenge.

Ich steckte mein Telefon ein und rüttelte sanft an Davids Schulter. Schläfrig öffnete er langsam die Augen und schenkte mir ein strahlendes Lächeln, das sein kräftiges Pferdegebiss freilegte.

»Oh, hallo. Ich bin wohl eingeschlafen.«

»Haben Sie noch Schmerzen?«

»Nein, alles ganz wunderbar. Es tut nichts mehr weh. Ich denke, ich kann dann gehen.«

»Das glauben auch nur Sie. Sie haben deswegen keine Schmerzen mehr, weil Sie voller hochwirksamer Medikamente stecken. Arg weit würden Sie in dem Zustand nicht kommen.«

»Ja, dann bleibe ich eben hier.« Herr van Damen lächelte wieder selig, mein Medikamentenmix hatte ihn offensichtlich glücklich gemacht. »Ist ja ganz schön. Die Schwester ist auch eine ganz Nette. Oder ich lass mich abholen«, schlug er letztendlich vor.

»Haben Sie denn jemanden, der Sie abholen könnte?«

»Meine ...« Er fing noch mal von vorne an: »Eine Bekannte, Hanna, die kann ich anrufen, dann kommt die.«

»Aha, aha. Kennen Sie sich schon länger?«

»Sie ist eine Arbeitskollegin. Aber näher kennen wir uns seit einem halben Jahr oder so.«

»Haben Sie Probleme in der Beziehung?«

»Wozu müssen Sie das wieder wissen?«, fragte der zugedröhnte David misstrauisch.

»Wie ich bereits mehrfach erwähnte, können Ihre Schmerzen in der Brust durchaus psychosomatische Ursachen haben und das würde eine andere Behandlung der Symptome nach sich ziehen.«

»Ich verstehe. Die möchte mit mir in Urlaub fahren, zwei Wochen DomRep. Ich aber nicht mit ihr, und jetzt macht sie deswegen Stress.«

»Sehen Sie, habe ich es mir doch gedacht.« Ich spürte wieder ein Vibrieren in meiner Brusttasche und sah nach, was Señorita Koch wollte.

22:15 Nachricht von Priscilla
Könntest Du bitte mal ernst werden!

Ich entschuldigte mich kurz bei David und tippte:
22:16 Nachricht an Ricky Brandstätter
Nee, kann ich nicht. Ist ein Scheißname! Ernst Revenge, wie klingt das denn?!?!?

22:16 Nachricht von Priscilla
Benny!

22:17 Nachricht an Ricky Brandstätter
Der Name ist schon besser!

Ich steckte das Handy weg und wandte mich meinem Patienten zu: »So, zurück zu Ihren Problemen.«

»Na, also ein richtiges Problem ist das ja nicht.«

»Sieht Ihre Freundin das ebenso?«

»Hanna ist nicht meine Freundin, ist nur so eine Art Beziehung«, nuschelte er, schloß die Augen und legte erschöpft die Hand auf die Stirn. »Ich bin Single. Ich habe die Nase voll von den Frauen.«

»Da geht es Ihnen wie mir.«

Interessiert sah er mich an: »Echt? Ich dachte, ihr Ärzte könnt euch vor Weibern nicht retten?«

»Dachte ich auch, als ich mit dem Studium anfing.«

Davids Lachen klang viel heller und melodischer als sein kratziger Bass.

Es vibrierte erneut über meinem Herzen.

22:23 Nachricht von Priscilla
RUF MICH AN!

22:24 Nachricht an Ricky Brandstätter
Please! Contenance! Verstehe ja, dass Du Lust auf mich verspürst, aber ich bin bei der Arbeit und beim Patienten. Später, gerne … Fang schon mal ohne mich an.

22:25 Nachricht von Priscilla
Arsch!

22:26 Nachricht an Ricky Brandstätter
Ich hab Dich auch lieb, Häschen.

22:27 Nachricht von Priscilla
Du bist echt mies im Zwischen-den-Zeilen-Lesen.

»Bitte entschuldigen Sie, man muss bei manchen Patienten immer am Ball bleiben.« Ich steckte das Telefon wieder in die Tasche. »Es ist ja nicht so, dass es keine Interessentinnen gäbe, aber bis man die Richtige findet, sucht man schon eine Weile.«

»Alles Schlampen außer Mutti«, antwortete David.

»Hotelerbinnenschlampen.« Ich erinnerte mich an die Entenvideos, die mir Ricky mal geschickt hatte und die ursprünglich für David gedacht waren.

Die Kulleraugen von David verengten sich zu Kullerschlitzen: »Wie kommen Sie auf die Bezeichnung?«

»Na ja, alles Schlampen wie zum Beispiel diese Paris soundso, nicht wahr?«

»Ah so.«

»Ich sehe schon, wir verstehen uns, Herr van Damen. Der Name klingt übrigens auch nach Programm«, scherzte ich.

Wie zu erwarten, begann David unter dem Einfluss des alles locker machenden Medikamentencocktails zutraulich zu werden.

»Und wenn man mal denkt, es ist die Richtige, dann wird man auch enttäuscht.«

»Das ging mir erst neulich auch so. Ich hab mich richtig reingehängt in die Beziehung und – patsch! – habe ich trotzdem den Laufpass bekommen, ohne eine vernünftige Erklärung«, log ich als vertrauensbildende Maßnahme das Blaue vom Himmel herunter.

»Weiber halt«, stimmte David mir zu.

»Und seitdem nur noch: *Wham, bam, thank you, Mam.* Nichts Tiefergehendes mehr. Nur noch Sex ohne Gefühle.«

»Genau«, lallte mein neuer Gesinnungsgenosse. »Da trifft man einmal eine, die einen endlich versteht. Man gibt sich alle Mühe und dann kommt raus, dass sie dich die ganze Zeit beschissen hat. Verlorene Zeit, wenn Sie mich fragen.«

»Hatte sie nebenher noch einen anderen?«

»Quatsch, so was würde mir nie passieren.« Er sah mich herausfordernd an, als würde er fragen: *Dir schon, was, Alter?* Als ich dem Blick standhielt, fuhr er fort. »Nein, nein, die Ricarda hätte so was nie getan. Die war toll. Witzig und intelligent. Und liebevoll. Ein Traum von einer Frau, eigentlich.« Er zog die Nase hoch und legte die Hand, an der kein Zugang war, über die Augen. »Hätte mir eben von Anfang an die Wahrheit sagen sollen, die verlogene …« Er schien nach einer passenden Bezeichnung für Ricky zu suchen, fand aber anscheinend keine oder nur eine, die er besser für sich behielt. Was ich in dem Moment sehr begrüsste, weil ich nicht wusste, wie ich reagiert hätte, hätte er Ricky beleidigt.

Ich war dem Geheimnis von Rickys und Davids Trennung, all dem, was sie mir erst unter vier Augen und nach zwei Flaschen Rotwein sagen konnte, so nah. Am liebsten hätte ich die Antwort aus David herausgeschüttelt, aber der fuhr von alleine fort, wohl froh, dem Leidensdruck endlich nachgeben und sein Herz ausschütten zu können, die offensichtliche Niederlage jemandem zu gestehen.

»Wir haben Pläne gemacht. Ich habe Pläne gemacht. Verstehen Sie, das war DIE Frau, wie für mich gebacken. Die einzige Frau, die mich jemals verstanden hat. So was suchst du dein ganzes Leben.« Er stoppte. »Elende Scheiße, verdammte.«

»Wenn ich so jemanden hätte, würde ich sie aber nicht mehr loslassen, das können Sie mir glauben«, goss ich Öl ins Feuer.

»Die hat mir die ganze Zeit nicht die Wahrheit gesagt. Ganz schön verarscht. Alle Pläne für den Müll«, lallte er wie nach dem zwölften Jägermeister.

Ich war definitiv der beste Drogenmischer weit und breit. In diesem Moment öffnete sich die Tür. Herein stöckelte eine sehr große, künstliche Blondine mit üppigem Vorbau im blauen Businesskostüm und stürzte sich auf David.

»David! Tommie hat mir vorhin Bescheid gegeben, dass du in der Notaufnahme bist. Ich bin so schnell wie möglich gekommen. Wie geht es dir, Süßer?« Sie hatte blitzschnell an seiner Seite Platz genommen und die Hand mit dem Zugang gepackt.

»Au, verdammt!« David zog die Hand zurück und schien insgesamt wenig begeistert von seinem überraschenden Besuch.

»Oh, bitte entschuldige, das wollte ich nicht!« Erschrocken zuckte die Blondine zusammen.

Entschlossen übernahm ich die Leitung des Theaterstücks. »Sie müssen noch einen Moment draußen warten, ich untersuche Ihren Freund gerade.«

David unterstützte mich laut brummend: »Hanna, du kannst doch nicht einfach so hier reinstürmen, das ist ein Krankenhaus. Du störst den Doktor.«

Betroffen verzog sich Hanna vor die Tür und David meinte: »Manchmal helfen nur deutliche Ansagen bei den Weibern.«

Ich nickte. Der Ton und das Gebaren von Herrn van Damen gefielen mir insgesamt nicht mehr, aber ich musste diese einmalige Chance nutzen, mehr über Ricky zu erfahren.

»Warum? Konnte sie nicht kochen oder war sie nicht gut im Bett?«, bemerkte ich scherzhaft.

»Nein, nein. Die konnte besser kochen als meine Mutter und im Bett hat das mit uns beiden auch perfekt gestimmt. Gleiche Vorlieben, Sie verstehen.« Er grinste und fuhr ungebremst fort. »Egal! Echt alles Schlampen. Die hat mir vorgespielt, sie wolle Kinder. Mit mir! Wir waren schon dabei, eine größere Wohnung zu suchen, damit wir zusammenziehen könnten. Dann erzählt sie mir einen Tag, ehe wir den Mietvertrag unterschreiben sollten, sie könne gar keine Kinder bekommen. Das ist doch der Hammer.«

»Ricarda?«

»Genau, die Frau mit der ich alt werden wollte, die Mutter meiner zukünftigen Kinder. Wir hatten schon Namen für den Nachwuchs: Ann-Sophie und Leif-Thore. Nicht eines hätten wir bekommen können. Und ich hab die immer nur mit Kondom gef…« Er brach mitten im Satz ab, ehe ihm das böse Wort über die Lippen kam.

»Was war die Ursache?«

»Irgend so ein Scheißkrebs vor ein paar Jahren. Alles raus! Dann kam sie mit *Kinder adoptieren*! Hallo, ich möchte mich fortpflanzen und nicht die Kinder anderer Leute großziehen. Das ist, wie wenn man das gespeicherte Spiel eines anderen auf der Playstation weiterspielt.«

Jetzt war es heraus, die Geschichte, derentwegen es mit

den beiden auseinandergegangen war und die Ricky wohl im Umgang mit mir so vorsichtig sein ließ, die verhinderte, dass wir uns bislang getroffen hatten. Nach all dem, was ich ihr von meinen Zukunftsplänen erzählt hatte, musste sie wieder Angst haben, jemanden aus dem gleichen Grund zu verlieren wie zuvor. Dann ihn lieber nie richtig kennenlernen. Feige, aber irgendwie verständlich. Ich fühlte mich plötzlich wie erschlagen. Jim Morrison von den Doors sang in meinem Kopf: *This is the end. Of our elaborated plans the end.* Unsere kleine Marie-Claire würde nie gezeugt werden. Für den Moment konnte ich sogar den verhassten David verstehen, dass er jeglichen Kontakt abgebrochen hatte.

Ich fragte nach: »Aber wenn doch sonst alles so toll war, so gut gepasst hat, warum haben Sie sich so abrupt getrennt?«

»Weil sie mich belogen hat. So was macht man nicht mit mir. Hätte sie es von Anfang an gesagt, hätte es vielleicht eine Chance gegeben, aber so? Fertig! Schluss! Aus!«

»Hätten Sie es von Anfang an gewusst, hätten Sie nie was mit ihr angefangen, egal wie toll Sie sie gefunden hätten, stimmt's?«

Er überlegt kurz »Dann wäre sie eine von vielen Fickbeziehungen geworden und es wäre auch schon wieder vorbei. That's life!«

Ich hatte vorerst genug erfahren und wechselte das Thema: »Aha, aha. Dann mal zurück zu Ihrem Stuhlgang. Wie sieht es aus? Hat es geklappt?« Ich würde Ricky rächen und dann in aller Ruhe später meine eigenen Situation überdenken. Bei einem Glas Bruichladdich und guter Musik. Den Doors oder Rodriguez, *Sugarman*.

»Nö! Es hat sich nichts getan in der Beziehung.« Wieder dieses alberne Lachen. Kopfstimme.

Dir wird das Lachen schon vergehen. Ich rief die Patientendatei auf und trug je eine Ampulle Metoclopramid und Physostigmin ein, die zusammen für die Verdauung von Herrn van Damen wahre Wunder bewirken würden. »Lassen Sie mich mal machen. Es wäre doch gelacht, wenn wir Sie nicht völlig entspannt bekämen.«

Vor der Tür wartete Hanna Unbekannt, die aktuelle *Fickbeziehung*. Ob sie wusste, in welcher Kategorie sie rangierte? Ich sprach sie freundlich an: »Sie können kurz rein. Ihr Freund hat noch mal Medikamente bekommen.«

»Kann ich David dann mitnehmen?«

»Das würde ich Ihnen beim besten Willen nicht raten! Es sei denn, Ihr Auto hätte eine Toilette.«

Als ich über mich selbst begeistert lachend von dannen zog, eine ratlose Blondine zurücklassend, sah ich auf mein Smartphone. Sechs neue Nachrichten von Priscilla. Das gleiche Spiel wie vorhin, nur wir spielten mit einem völlig neuen Satz Karten. Ich brauchte Zeit, alle Karten neu zu mischen, steckte das Handy wieder ein und versorgte den nächsten Patienten.

Gegen halb drei kehrte endlich Ruhe ein und ich legte mich für ein Stündchen aufs Ohr. Obwohl es keine Störung mehr gab, schlief ich, wie immer in der Notaufnahme, sehr unruhig und oberflächlich. Mein Telefon hatte ich auf stumm geschaltet. Als der Wecker um 5.45 Uhr klingelte, war ich bereits wach. Ich sah als Erstes auf mein Handy. Ricky, die wusste, dass ich bei der Arbeit längere Zeit nicht antworten konnte, hatte um kurz nach drei Uhr nachts die letzte Nachricht abgesetzt: »*Pest und Cholera, Haarausfall und Erektionsstörungen.*« Ich lachte still vor mich hin. Ich liebte dieses kleine, freche Miststück wirklich und wahrhaftig und wusste dennoch nicht, wie ich mich ihr gegenüber verhalten sollte.

Ich stand auf, fuhr mir kurz mit beiden Fingern durchs Haar und ging zur Toilette. Ich schrieb den Spruch des Abends:

If plan A fails, remember that you have 25 letters left.

Danach ging ich weiter ins Bereitschaftszimmer, wo ich mir einen Milchkaffee einschenkte, mit dem ich an die Aufnahme schlenderte. Inzwischen war Fatima von Frank Strunz abgelöst worden, der abwesend in einer Zeitschrift blätterte. Als er mich kommen hörte, blickte er kurz auf.

»Hi, Benny. Nix los, du hättest noch schlafen können.«

»Schon okay, ich muss noch nach einem Patienten sehen.«

»Deinem Spezialgast?«

»Kann man denn hier überhaupt keine Geheimnisse haben?«

Ich stellte meinen halb leeren Kaffeebecher auf den Tresen und machte mich frohen Mutes auf, Herrn van Damen zu entlassen. Während ich meine anderen Patienten versorgt hatte, war er mir in den Stunden nach Mitternacht gelegentlich mit gehetztem Ausdruck bei seinen Toilettengängen über den Weg gerannt. Dörte hielt mich vorwurfsvoll über seinen Zustand auf dem Laufenden. Ich verstieß in dieser Nacht gegen so ziemlich alles, was mir beruflich heilig war, trotzdem hatte ich nicht annähernd ein schlechtes Gewissen; sondern sang fröhlich vor mich hin: *I shot a man in Reno, just to watch him die.*

Mein Patient schlummerte friedlich in seinem Krankenhausbettchen. Noch vor wenigen Stunden war er total verkrampft, von Schmerzen geplagt und voller Scheiße gewesen. Dank meiner Behandlung war der Herr nun völlig entkrampft, schmerzfrei und entschlackt. Wenn ich nicht ein genialer Arzt war, wer dann? Trotzdem musste er verschwunden sein, ehe meine Ablösung kam und ich seinen Fall übergeben musste. Meine Spezialbehandlung blieb besser ein Fall für die Akten. Ich kratzte mich am Kinn und rief seinen Namen. Er kam nur langsam zu sich und schlug träge die unterschiedlich farbigen Augen auf.

»Wie war die Nacht? Noch Schmerzen?«, fragte ich scheinheilig. Wenn Herrn van Damen nicht sein Popöchen brannte, dann wusste ich auch nicht.

»Nee, nur das mit dem Durchfall war sehr unangenehm«, jammerte er.

»Es hat aber geholfen, oder?«

»Na ja ...«

Ich ließ ihn nicht ausreden. Kompetenz und Entschlossenheit vortäuschen, meine Devise. »Oder haben Sie etwa noch Schmerzen in der Brust?« Ich drückte auf die neuralgische Stelle.

David hielt instinktiv angstvoll die Luft an. »Nein, aber ...«

»Sehen Sie, wenn man so was ganzheitlich angeht, dann wird das auch was«, fiel ich ihm ins Wort und hörte die milchweiße Brust und den Bauch unter steinharten Muskeln ab. Nichts mehr drin in David van Damens Darm, was hätte raus können. Ganze Arbeit, Brandstätter, lobte ich mich, und nebenbei auch noch eine Alliteration kreiert – wäre da nicht dieses lächerliche ›van‹ gewesen.

»Ich denke, Sie können jetzt gehen. Es ist so weit alles in Ordnung mit Ihnen. Sollten die Schmerzen in der Brust anhalten oder zurückkommen, dann sollten Sie einen Orthopäden aufsuchen.«

»Ja, danke, Herr Dr. Brandstätter«, sagte er, machte jedoch keine Anstalten, aufzustehen.

»Dann mal auf mit Ihnen, die Freiheit wartet.«

»Ich bin gleich weg.« Mein Patient lag noch immer erschöpft auf dem Rücken und regte sich nicht.

Ich hatte nichts weiter zu tun und Lust, mich mit ihm zu unterhalten: »Was machen Sie eigentlich beruflich, das Sie so einspannt?«, fragte ich treudoof.

»Ich verkaufe Autos«, kam es recht emotionslos.

»Und das ist so anstrengend? Wenn ich in ein Autohaus gehe, habe ich immer das Gefühl, die sitzen den ganzen Tag nur rum und freuen sich über jede Abwechslung.«

Er sah an mir vorbei ins Leere. »Nicht auf dem Level, auf dem ich das tue. Das ist ein Zwölf-Stunden-Job an sechs Tagen in der Woche.« Langsam erhob er sich schließlich und seine nackten, wohlgeformten Beine hingen aus dem Bett.

»Aha, aha. Da haben wir ja ein ähnliches Problem. Ich bin auch schon seit zwölf Stunden hier.« Ich tat kumpelhaft. »Manchmal arbeite ich auch sechs Tage die Woche. Am Wochenende habe ich oft vierundzwanzig Stunden Dienst, am Stück.« Der klitzekleine Unterschied ist, bei mir geht es nicht nur um Blech und Profit, sondern um Menschenleben, also erzähl mir nichts über Arbeitsbelastung, du Sack, fügte ich im Geist hinzu. Ich versuchte, nicht daran zu denken, dass mir Ricky einmal erzählt hatte, dass ihr Ex mehr als doppelt so viel verdiente wie ich.

Er sah mich mit einem rätselhaften Ausdruck an, erwiderte aber nichts.

Im Aufstehen gab ich ihm den Rat: »Lassen Sie sich abholen, oder nehmen Sie ein Taxi. Ich würde an Ihrer Stelle nicht selbst fahren.« Gegen meine sonstigen Gewohnheiten reichte ich ihm die Hand zum Abschied und sah ihm tief in die Augen: »Auf Wiedersehen. Hat mich gefreut, Ihre Bekanntschaft gemacht zu haben.«

»Auf Wiedersehen. Und wenn Ihnen mal was fehlen sollte, also ein Auto meine ich, dann können Sie sich gerne an mich wenden.«

Ich sah meinem Vorgänger ein letztes Mal in die Augen. Wir waren so unterschiedlich, wie zwei Männer nur sein konnten, und doch hatten wir uns in die gleiche Frau verliebt und anscheinend hatten wir beide etwas, das Ricky anzog. Wie konnte so was sein?

Als ich um kurz vor sieben Uhr Frank Strunz an der Annahme tschüss sagte, drückte dieser mir eine Visitenkarte in die Hand: »Hat der smarte Anzugtyp, der hier übernachtet hat, zurückgelassen. Soll ich dir geben.«

»Aha, aha.« Ich nahm die Karte prüfend in die Hand.

»Wenn du mich fragst, ist der Kerl schwul und steht auf dich! Wetten wir?«, flüsterte Frank, weil David van Damen jenseits der Glasscheibe im Warteraum saß und auf seinem Smartphone rumtippte, kurz hochsah und, als er mich hinter der Scheibe bemerkte, nickte.

»Die Wette nehme ich an. Um was?«

»Eine Gropa Gummifläschchen?« Er meinte eine Großpackung mit den Gummicolafläschchen, die als Währung in der Notaufnahme dienten, seit fast alle zu rauchen aufgehört hatten.

»Ich erhöhe auf zwei.«

»Einverstanden.«

Wir schlugen ein und in dem Moment betrat Hanna die Bildfläche jenseits der Glasscheibe, drückte sich hingebungsvoll an ihren Schatzi, und wie um mir zu beweisen, dass er dann doch der tollste Hengst im Stall war und Frauen ohne Ende haben konnte, knutschte Herr van Damen seine Fickbeziehung in aller Öffentlichkeit ab. Nach einer Nacht mit ungeputzten Zähnen, widerlich. Aber auf die Eitelkeit und das Imponiergehabe mancher Herren konnte man sich hundertprozentig verlassen.

Frank seufzte resigniert: »Nee, mit dir macht das keinen Spaß. Musst du immer recht haben?« fragte er mich.

»Das ist mein Schicksal. Stell dir das nur nicht so einfach vor. Damit musst du umgehen können.«

Ich ließ David und seiner Flamme ein paar Minuten Vorsprung und machte mich dann auf meinem Fahrrad auf den Weg nach Hause. Unterwegs legte ich einen kurzen Zwischenstopp in meiner Lieblingsbäckerei mit Stehcafé ein, um ein Croissant und einen Latte Macchiato zu mir zu nehmen und ein frisches Vollkornbrot zu kaufen. Um acht Uhr früh schlief ich endlich ein, nachdem ich vor dem Einschlafen an Ricky geschrieben hatte, wie ich dies seit Monaten immer tat.

07:58 Nachricht an Ricky Brandstätter
Bleiben Sie ruhig, junge Frau! Habe den Mann Ihres Herzens nach erfolgreicher Behandlung entlassen. Er kann wieder Schrottkarren verkaufen. Würde gerne später am Tag mit Dir telefonieren, wenn es Dir passt. Ich schlaf jetzt. Schönen Tag, bis später.

09:05 Nachricht von Priscilla
Dürfte so ab 18 Uhr zu Hause sein. Habe um 14 Uhr noch einen wichtigen Kundentermin. Ich melde mich, wenn ich da bin.

Es wurde dann doch nach 19 Uhr, bis das Telefon klingelte und eine sehr verhaltene Ricky sich meldete.

»Hey, du!«

»Hey, du!«

Dann schwiegen wir uns sekundenlang an. Das hatte es auch noch nie gegeben. Sonst sprudelten die Worte aus uns beiden nur so heraus. Ricky und ich waren ungekrönte Meister im Simultanunterhalten.

»Wie war dein wichtiger Kundentermin?«, fragte ich endlich.

»Nicht sonderlich erfolgreich. Ich habe nichts verkauft und da wird auch nichts mehr nachkommen. Ich habe das Gefühl, das waren keine Kunden, sondern Touristen, die nach einem billigen Unterhaltungsprogramm gesucht haben.«

»Gibt's das?«

»Öfter, als uns lieb ist.«

»Tut mir leid.«

»Und mir erst mal.« Sie seufzte und fuhr fort: »Benny, erklärst du mir bitte, was David bei dir gemacht hat?«

Ich erzählte Ricky die Leidensgeschichte ihres Ex-Lovers in kurzen Zügen. Sie hörte nur zu und machte keine einzige witzige oder freche Bemerkung. In diesem Telefongespräch war der Wurm drin und wir konnten beide nichts dagegen tun. Ich war traurig und Ricky schien erschöpft.

»Ich dachte schon, es sei etwas Ernsthaftes«, meinte sie schließlich.

»Nee, eigentlich hätte ich ihm eine Spritze verpassen und dann nach Hause schicken können, aber die Gelegenheit, den Idioten, der so eine tolle Frau wie dich von der Bettkante geschubst hat, zu quälen, bekomme ich nie wieder.«

»Ist schon okay. David ist eigentlich kein richtiger Idiot.«

»Er hat mir zwischendurch fast leidgetan.« Ich atmete tief ein und holte dann zum Rundumschlag aus: »Wie findest du eigentlich den Namen Ann-Sophie, falls Marie-Claire ein Schwesterchen bekommen sollte?«

Die kurze Pause, die auf meine Frage folgte, war zum Nachdenken zu kurz und für eine unverbindliche Antwort zu lang für die schlagfertige Ricky. Ich wusste, dass sie völlig dehydriert und krank nachts um halb zwei, frisch aufgeweckt, schneller reagieren konnte als jetzt.

»Doch, sehr schön. Macht sich sicher gut auf deinem Unterarm.« Der Scherz kam sehr verhalten und ohne dieses freche Lachen.

»Einen Namen für einen Jungen sollten wir uns aber auch überlegen. Ich brauche ja noch eine Beschriftung für meinen Rücken.«

Die Pause, die folgte, war extrem lang und tat mir körperlich weh.

»Hör auf, Benny.«

»Eigentlich habe ich gerade angefangen.«

»Warum spricht David mit dir über so was?«

»Weil ich Anästhesist bin und das mit den Drogen verdammt gut drauf habe.«

»Worüber habt ihr noch gesprochen?«

»Oh, über Thore-Leif und all das, was du mir nicht am Telefon sagen wolltest, sondern nur direkt.«

»Leif-Thore«, korrigierte sie mechanisch.

»Ist doch scheißegal, wie rum.«

Wieder stockte die Unterhaltung ungewohnt lange.

»Du bist sauer auf mich«, stellte Señorita Koch fest.

»Nee, ich bin nicht sauer. Ich bin tief verletzt, dass du mir was vorgemacht hast, die ganzen Monate. Wir haben uns über Familie und Kinder und unsere Zukunft unterhalten und du hast keinen Ton darüber verloren, dass du keine Kinder bekommen kannst, sondern mich stur im Glauben gelassen, dass dem so sei. Das ist verarscht, und das tut weh!«

»Das tut mir leid. Das wollte ich nicht, dich verletzen.«

»Das hast du aber getan. Hast du denn gar nichts daraus gelernt, dass David so harsch reagiert hat, als du das Gleiche mit ihm gemacht hast?«

»Das waren ganz andere Voraussetzungen. David ist ein völlig anderer Mann als du, für den bedeutet Familie alles. Der braucht halt ein Unternehmerflitscherl, das ihm einen Erben für das Blechimperium schenkt. Ich dachte, du suchst vorrangig eine Partnerin.«

»Klar suche ich in erster Linie eine Freundin, aber eben eine, mit der ich eine Familie gründen kann, weil ich unbedingt eine möchte. Das habe ich so oft explizit erwähnt.«

»Tut mir leid, mir war *explizit* nicht bewusst, dass du eine Zuchtstute suchst«, zischte es giftig aus dem Hörer.

»Zuchtstute?« Meine Stimme überschlug sich fast. »Bist du jetzt völlig übergeschnappt? Ich wollte nur, dass du ehrlich mit mir bist und nicht auf meinen Träumen herumtrampelst.«

»Auch das wollte ich nicht.« Dieser kleinlaute Tonfall aus Rickys frechem, vorlautem Mundwerk war beinahe unerträglich für mich und machte mich noch viel ärgerlicher, als ich ursprünglich war.

»Tja, aber genau das hast du getan. Du hast mich ein halbes Jahr an der Nase herumgeführt.« Keine Antwort. »Erinnerst du dich noch, als wir neulich Cybersex hatten und ich mittendrin schrieb, dass wir aufhören müssen, weil es gewitterte und Marie-Claire sicher aufwachen und zu uns ins Bett kriechen würde?«

»Klar erinnere ich mich daran.« Der Ton wurde zunehmend schärfer. »Und wie ich mich daran erinnere, weil ich danach nämlich geheult habe wie ein Schlosshund, weil du einen *meiner* Träume ausgesprochen hast, einen, den ich mir nie erfüllen kann, du dir schon. Es laufen da draußen doch jede Menge fruchtbare Frauen rum. Wie lautete eine deiner ersten Nachrichten? *Wie schaffen es so viele Frauen, unbefleckt und ohne zu empfangen durch das Leben zu gehen?* Habe ich recht?«

»Kann schon sein.«

»Das ist so, lies mal bei Gelegenheit nach. Hast du eigentlich eine Ahnung, wie solche achtlos dahingeschriebenen Worte auf eine Frau wirken, die keine Kinder bekommen kann, obwohl sie sich welche wünscht?«

»Du hättest da doch schon was sagen können. Ich kann nicht hellsehen!«

»Klar, ist doch ganz einfach, über das Übelste, was mir bisher in meinem Leben passiert ist, mit einem mir völlig unbekannten Typen zu sprechen, mit dem ich einmal im Vollsuff telefoniert hatte.«

»Später hätte es noch genügend Möglichkeiten gegeben. Wir haben seit Februar stündlich Kontakt. Jetzt weiß ich auch, warum wir uns nie gesehen haben. Scheiß-Hinhaltetaktik kann ich da nur sagen!«

»Wenn du das so siehst, kann ich nichts mehr dran ändern. Tut mir leid, dass ich nicht die Frau bin, die du brauchst.«

»Darum geht es doch gar nicht, verdammt. Es geht darum, dass du mir einfach nichts gesagt hast. Wir waren doch wie mit einer Nabelschnur miteinander verbunden. Es gab kaum einmal mehr als vier Stunden, in denen wir keinen Kontakt auf irgendeine Art hatten, außer wir haben geschlafen. Wir waren uns doch emotional so nah, wie ich das selten zuvor erlebt habe. Trotzdem hast du es nicht geschafft, mich ins Vertrauen zu ziehen. Wie oft habe ich einen Anlauf gemacht, dass wir uns endlich treffen, und du hast mich immer wieder vertröstet. Ich weiß noch immer nicht, wie du in Bewegung aussiehst. Das ist unfassbar! Das tut so weh.«

»Du hast mich gesehen! Ich habe dich im Auto mitgenommen. Ich war auf deiner Wanne gesessen, als du dich verarztet hast. Wir haben zusammen gelacht und ich habe dich ins Bett gebracht, zugedeckt und neben dir geschlafen. Ich habe eine ganze Nacht lang auf dich aufgepasst. Es tut mir unendlich leid, dass ich dich verletzt habe. Aber das ist ein Thema, über das ich mit niemandem reden kann, nicht mal mit meiner besten Freundin.« Rickys Stimme brach, was ich zuvor noch nie gehört hatte: »Wie sollte ich darüber am Telefon reden, ohne dir dabei in die Augen sehen zu können? Was hätte ich tun sollen, dir eine saloppe Nachricht schicken: *By the way, Hase, ich hatte da mal so 'ne kleine lächerliche OP und wir müssten doch die Kleine aus Afrika adoptieren. Schlimm?«*

»Jetzt wirst du blöd.«

»Tja, dann bin ich halt blöd. Blöd, aber realistisch.«

»Ich muss das erst alles mal verdauen«, sagte ich müde.

»Dann mach das.«

»Ich brauch einfach Abstand.«

»Du kannst allen Abstand haben, den du brauchst. Ich werde dir nicht mehr zu nahe treten«, kam es trotzig. »Ich möchte deiner Familienplanung auch nicht länger im Wege stehen.«

»Sei doch nicht kindisch!«

»Ach, lass mich doch einfach in Ruhe.«

»Dann mach's mal gut.«

»Mach du es besser, Benny!«

In dem Moment, in dem ich die Verbindung unterbrach, hatte ich das Gefühl, einen riesigen, unumkehrbaren Fehler gemacht zu haben. Einen Menschen um Abstand zu bitten, der in seinem Facebook-Account das Zitat stehen hat: *Wenn ich zurückgehe, dann höchstens, um Anlauf zu nehmen*, war nicht besonders klug.

23:01 Nachricht an Ricky Brandstätter
Schlaf gut!

Nachdem um zwölf noch keine Antwort da war, nahm ich an, Ricky war schon früh zu Bett gegangen und ich legte mich selbst zu einem unruhigen, traumlosen Schlaf ins Bett. Noch nicht einmal Clapton erschien in dieser Nacht, um mir Beistand zu leisten.

Auch am nächsten Morgen gab es kein Lebenszeichen von Ricky und ich war lange vor dem Weckerklingeln wach. Ihre letzten Worte waren denen meines Vaters erschreckend ähnlich. War ich zu anspruchsvoll und setzte ich zu hohe Erwartungen in meine Mitmenschen, dass mich alle aufforderten, es besser als sie selbst zu machen?

07:05 Nachricht an Ricky Brandstätter
Guten Morgen, ich hoffe, du hast trotz allem gut geschlafen.

Es folgten an diesem Tag noch gute zwanzig Nachrichten mit immer dem gleichen Inhalt, nämlich: »*Bitte melde Dich! Ist doch alles nicht so wild! Wir bekommen das schon hin. Ich bin nicht mehr sauer! Lass uns reden! Bitte! Riiiiiickyyyyy!!!*«, von mir an Rickys Nummer, von denen keine einzige beantwortet wurde. Meine Anrufe am Abend wurden ebenfalls alle ignoriert, bis ich kurz nach Mitternacht erschöpft aufgab

00:04 Nachricht an Ricky Brandstätter
Jetzt bist Du unfair! Gib mir wenigstens ein Lebenszeichen.

In den nächsten Tagen verfluchte ich wechselweise mich, Ricky, mein Schicksal, David van Damen, meine Eltern, einen Gott, an den ich nicht glaubte, und den Typen von der Spätzlewerbung im Radio. Ich versuchte es bei Ricky mit Humor, Zorn, Flüchen, Verwünschungen und Versprechen. Kurzum, ich machte mich völlig zum Clown, um sie zu einer Aussage zu zwingen, aber Ricky blieb auf Abstand und in der Versenkung verschwunden, damit ich es besser machen konnte. Als Spruch der Woche wählte ich:

Liebe ist der Beginn von kommendem Ärger.

Schließlich flüchtete ich mich in die Arme meiner Mutter, der letzten Vertrauten, die ich auf Erden noch besaß. Aber die war so mit den Vorbereitungen ihrer Geburtstagsfeier beschäftigt, dass sie mein Leid gar nicht wahrnahm. Ricky hatte die virtuelle Nabelschnur zwischen uns zerschnitten, und ich musste wieder alleine zurecht kommen.

Auf der Geburtstagsfeier meiner Mutter spielte ich noch ein letztes Mal *We had it all* und hörte danach auf, Ricky Nachrichten zu schicken.

August

Exitus & Ende

Ich saß mit Marion Gumbert, meiner Lieblingsfahrerin nach Günter ohne H, wenn ich auf dem Notarztwagen fuhr, in meiner Stammdönerbude. Die Nacht war bislang recht ruhig verlaufen und auf dem Rückweg von unserem letzten Einsatz, einer Unterzuckerung, die ich aber leicht wieder in den Griff bekommen hatte, machten wir hier Halt. Yufka um kurz vor Mitternacht – mit einer großen Cola, um wach zu bleiben. Gesund war das nicht, schmeckte aber immer wieder gut. Zudem hatte mich Fatih, der Besitzer, ins Herz geschlossen, nachdem ich seiner Tochter eine Platzwunde am Knie versorgt hatte. Dafür gab es die Getränke für mich und meine Begleitpersonen immer umsonst.

Wir standen an dem einzigen kleinen Tisch direkt neben der Theke und aßen schweigend. Nach dem letzten Bissen hielt es Marion nicht mehr aus: »Was ist los mit dir, Ärger?«

Ich zuckte mit den Schultern. »Wie kommst du darauf?«

»Oh, bitte! Ich kenne dich seit einem halben Jahr und so lange hämmerst du jede freie Minute auf deinem Handy rum. Lachst leise in dich hinein mit diesem dämlichen Gesichtsausdruck, murmelst ab und zu kopfschüttelnd *dieses Miststück,* und wenn ich Glück habe, lässt du mich sogar an eurem Geschreibsel teilhaben.« Sie trank den letzten Schluck ihrer Cola. »Und heute, nix, nada, niente. Und von Lächeln bist du ganz schön weit weg.«

»Mh.«

»Siehst du, ich bekomme nur ein müdes *Mh* als Antwort. In der Klinik nennen dich alle Benny Stinson, weil du einen ähnlichen Frauenverschleiß wie der legendäre Barney himself hast und eine mindestens genauso große Klappe. Aber heute kamen kaum mehr als zehn Worte aus dir heraus. Das ist direkt unheimlich.«

»Na ja, ich wollte dich halt auch mal zu Wort kommen lassen. Kannst du endlich mal beweisen, was rhetorisch in dir steckt.«

»Das wüsste ich. Du bist traditionell für die Unterhaltung in unserem Team zuständig.«

»Ja, sorry, es läuft halt grad nicht so gut für mich, privat.«

»Willst du darüber reden? Meinen weiblichen Sachverstand in Anspruch nehmen?«

Wir wurden unterbrochen von einem eingehenden Notruf. Bewusstloser Gast im Hotel Mondial nach Suizidversuch.

Fatih winkte uns durch, als er mitbekam, dass wir es sehr eilig hatten. »Ich schreib's an.« Er zerknüllte den Kassenzettel und warf ihn in den Müll.

Mit Blaulicht und Sirene machten wir uns auf den kurzen Weg zum Einsatzort. Marion lenkte den Wagen sicher und fast ohne zu bremsen durch den noch immer dichten Innenstadtverkehr und hielt direkt vor dem Haupteingang des großen Hotels, wo uns ein aufgeregter Angestellter erwartete. Wir packten unsere Sachen und liefen dem jungen Mann hinterher.

»Wir müssen in den vierten Stock. Zimmer 405. Da, der Aufzug ist reserviert.«

Hotels hatten immer Probleme damit, wenn es Notarzteinsätze gab, und sahen es lieber, wir benutzten den Hintereingang. Marion und ich bevorzugten den großen Auftritt auf dem roten Teppich, sofern vorhanden.

Der Angestellte informierte uns im Aufzug: »Der Gast hat anscheinend Tabletten genommen und eine Flasche Cognac getrunken. Eigentlich hätte ihn das Zimmermädchen erst am nächsten Vormittag gefunden. Aber der Gast vom Nebenzimmer hat für sich und seine *Frau*« – er machte dabei Anführungszeichen mit beiden Händen in der Luft – »eine Flasche Champagner aufs Zimmer bestellt und in der Aufregung die falsche Zimmernummer angegeben. Die Bestellung wurde vom Roomservice dann auf Zimmer 405 gebracht. Der Mitarbeiter hat gesehen, dass da ein bewusstloser Mann in seinem Erbrochenen lag. Auf dem Nachttisch lagen eine Medikamentenpackung sowie eine leere Schnapsflasche. Da hat er sofort geschaltet und wir haben gleich bei euch angerufen. Eine unserer Empfangsdamen ist Freiwillige beim Roten Kreuz. Sie ist jetzt oben und tut, was sie kann.«

Im Zimmer roch es nach Alkohol, Urin und Erbrochenem. Der Geruch der Verzweiflung, kam es mir in den Sinn. Wir stellten unsere Koffer ab und zogen die Handschuhe über.

Die Ersthelferin trat bereitwillig zur Seite: »Er ist nicht ansprechbar und hat einen ganz schwachen, langsamen Puls. Er hatte Glück, weil ihm schlecht wurde und alles rauskam.«

Ich sah mir die Tablettenpackung an. Betablocker. Ich drehte den Kopf des kleinen, sehr dünnen Mannes, der in heller Freizeithose und offenem, kariertem Hemd vor mir lag, zu mir und für einen Moment stockte mir der Atem. Meine geraden Augenbrauen, meine volle Unterlippe, das Grübchen im Kinn, meine hohe Stirn, mein Haaransatz, die prägnante Nase, nur wesentlich älter, verbrauchter. Dünne Haut, wie Pergamentpapier über den gut sichtbaren Wangenknochen. Vor mir lag in seiner Kotze der Mann, der mich vor achtunddreißig Jahren in einer leidenschaftlichen Minute zusammen mit meiner Mutter gezeugt hatte, aus dessen Spermium der Arzt wurde, der ihn jetzt behandelte. Ich erinnerte mich an unser unerfreuliches Treffen vor einiger Zeit, bei dem ich mit ihm gestritten hatte. Weil wir uns zwar so ähnlich sahen, aber nie ähnlich waren in dem, was wir taten und dachten und wie wir lebten.

Marion spürte mein Zögern: »Problem, Benny?«

»Nee, alles klar.«

Routiniert spulten wir unser Programm ab. Direkt nach uns waren auch die Rettungsassistenten eingetroffen. So schnell es ging, brachten wir meinen bewusstlosen Vater in den Wagen, versorgten ihn für eine Beatmung mit einem Tubus und machten uns auf den Weg in die Klinik.

Ich versuchte, mit den wenigen Mitteln, die ich zur Verfügung hatte, ihn stabil zu halten und selbst nicht ins Grübeln zu kommen, warum um alles in der Welt mein Vater sich ausgerechnet in dieser Nacht in einem Hotel in der Stadt das Leben nehmen wollte. Meine Gedanken drehten sich im Kreis, während ich bemüht war, das Leben meines Erzeugers zu retten. Ein Leben, das dieser offensichtlich nicht mehr ertrug und aus dem er gehen wollte.

Im Krankenhaus waren wir schon angekündigt, der Schockraum war vorbereitet. Roland und zwei Pfleger warteten darauf, den Patienten weiterzubehandeln. Hier endete normalerweise der Verantwortungsbereich des Notarztes und das Klinikteam übernahm.

»Okay, Benny, wir machen weiter. Erledigt ihr die Aufnahmeformalitäten«, meinte Roland, nachdem Simone und zwei weitere Ärzte im Schockraum eingetroffen waren.

Ich hörte einen der Assistenten sagen: »Ich hab die Geldbörse vom Nachttisch mitgenommen. Da müssten alle notwendigen Papiere drin sein. War ein Hotelgast.«

Ich beatmete meinen Vater unbeeindruckt weiter. Seine entblößte Brust hob und senkte sich im Rhythmus, den ich vorgab. Die Haut meines Vaters, der im Sommer jede freie Minute im Garten neben seinem Pool lag, um jeden Sonnenstrahl einzufangen, war außergewöhnlich blass für August.

»Ist gut Benny. Ich mach weiter.« Simone machte Anstalten, mir den Beatmungsbeutel aus der Hand zu nehmen.

»Nein, ich mach das schon.«

»Komm, hör auf. Du hast hier nichts mehr verloren. Kann sich nicht von der Arbeit trennen. So was!«, meinte Roland in scherzhaftem Ton, der bei mir aber nicht sonderlich gut ankam.

»Finger weg!«, zischte ich und stellte mich so, dass er den Beatmungsbeutel nicht greifen konnte. Das gesamte Team arbeitete ruhig weiter, behielt mich aber misstrauisch im Auge.

»Hoppla, was ist mit dir denn los? Schlechte Laune, der Herr?« Roland konnte seine Klappe nie halten. »Lässt du das bitteschön nicht an uns aus?«

Mechanisch versuchte ich weiter Leben in den ausgemergelten Körper meines Vaters zu pumpen. Simone hatte derweil alle notwendigen Geräte angeschlossen, die dessen Vitalwerte kontrollierten und anzeigten. Ich schloß ihn an das Beatmungsgerät an.

Der regelmäßige Sinusrhythmus auf dem Monitor veränderte sich zu unregelmäßigen Flimmerwellen, die Sauerstoffsättigung zeigte eine Nulllinie.

»Kammerflimmern, beginnt mit der Reanimation«, informierte ich meine Kollegen knapp über den Zustand des Patienten, der vor ihnen lag. Ich blieb mit zusammengepressten Lippen neben dem Kopf meines Vaters stehen, sodass ich die Apparate immer im Blick hatte.

Seine letzten Worte an mich waren gewesen: *Mach es erst mal besser!* Und ob ich es besser machen würde. Meine Kinder würden mich niemals in einem Hotelzimmer in meinem Erbrochenen auffinden müssen. Ich war zorniger denn je auf meinen Erzeuger. Meine Wangenmuskulatur war vom vielen Zähne zusammenbeißen mittlerweile knüppelhart geworden und schmerzte.

Das Schockraumteam hatte inzwischen mit der Herzdruckmassage begonnen und Klebepads an meinem Vater angebracht. Beim Defibrillieren hob sich sein Körper steif von der Liege. Ich konnte das nur hören, wusste aber aus Erfahrung, wie es aussah. Stur beobachtete ich weiter mit zusammengepressten Kiefern die Monitore. Nur keinen Blick auf den Patienten werfen. Meine Kollegen machten unbeirrt weiter. Ich vermied es, auf die Uhr zu sehen.

Aus dem Augenwinkel beobachtete ich, dass Thorsten, der Assistent, der die Anmeldung übernommen hatte, mit Roland flüsterte. Sie sahen gleichzeitig zu mir her. Ich erwiderte den Blick und schluckte. Um mich herum ging die Routine weiter. Ich konzentrierte mich auf die Maschinen. Deswegen war ich Anästhesist geworden, weil mich der technische Aspekt interessierte. Aus dem Flimmern war inzwischen eine Nulllinie geworden. Das Herz meines Vaters weigerte sich, wieder von selber zu schlagen.

»Benny?«, hörte ich Simone nach einer ganzen Weile fragen.

Ich sah überrascht auf und blickte aus Gewohnheit auf die Uhr. Ich schüttelte mit dem Kopf und richtete meinen Blick dann weiter auf die Anzeigen.

Simone registrierte mein Kopfschütteln und ging schweigend vor die Tür des Schockraumes. Ich sah sie mit Roland tuscheln.

Roland kam alleine zurück. »Benny«, sagte er leise direkt neben mir, »komm, lass gut sein.«

Ich sah weg von den Anzeigen und betrachtete den Mann, der an ihnen angeschlossen war. Ich konnte das wunderbar, mich in solchen Fällen auf die Apparate konzentrieren, den Menschen ausklammern, um so ungestört zu arbeiten. Sobald Angehörige dabei waren, war das schwierig, den Menschen an den Drähten zu vergessen. Heute besetzte ich eine Doppelrolle, Arzt und Angehöriger. Ich sah meinen Vater noch einmal an, nickte kurz, verließ wortlos den Raum und überließ seinen leblosen Körper meinen Kollegen.

Im Gehen hörte ich Roland sagen: »Dann lasst uns jetzt aufhören.«

Marion stand neben Frank Strunz an der Zentralen Aufnahme, beide sahen kurz auf, als ich schweigend, die Hände tief in die Hosentaschen meiner Einsatzhosen vergraben, an ihnen vorbei und in den um diese Zeit völlig leeren Innenhof lief. Ich nahm auf einer Bank unter einem Baum Platz, holte mein Handy heraus und tippte:
02:55 Nachricht an Ricky Brandstätter
Mein Papa ist mir gestorben!

Dann wartete ich, den Blick starr auf den Bildschirm gerichtet, der kurz nach dem auf Sparmodus umschaltete und dann ganz dunkel wurde. Marion erschien nach einer Weile wie von Zauberhand neben mir und drückte mir einen richtigen Milchkaffee in die Hand.

»Wo hast du den denn her?«

»Wir sind ins Büro des Profs eingebrochen.«

Ich nahm einen tiefen Schluck. Süß und cremig, wie ich es liebte. »Danke.«

Marion nahm neben mir Platz und streckte ihre langen Beine neben meinen aus. Meine Beine steckten in den säurefesten Uniformhosen und meine Füße in unförmigen Sicherheitsschuhen. Benny Brandstätter, unbrennbar. Zumindest die Schale war unkaputtbar. Das empfindliche Innere war seit Wochen ziemlich desolat.

»Gern geschehen. Das war übrigens Simones Idee. Aber getraut hat sie sich dann doch nicht.«

Ich lachte trocken auf und nahm einen weiteren Schluck.

»Du hast ein kleines Milchbärtchen«, bemerkte Marion.

Automatisch leckte ich über meine Oberlippe und spürte die kratzigen Stoppeln. »Ich hatte mal 'ne Freundin, die hat sich beim Frühstück immer auf meinen Schoß gesetzt und das Bärtchen abgeleckt. Die hieß Nadja«, fiel mir ein. »Nadja Baumann.«

»Immer?«

»Ja, immer, wenn ich nicht schnell genug war, um es selbst zu tun. Die war Studentin und hat in 'ner WG gewohnt, selbst da ist sie auf meinen Schoß geklettert.«

»Hemmungslos.«

»Genau, das war sie.« Ich seufzte: »Das war in meiner wilden Jugend. Vorbei, verweht, nie wieder.« Nadja hatte immer ganz leicht nach Zimt geschmeckt und gerochen, nach diesen roten Kaugummis, auf denen sie ständig rumkaute und die sie herausnahm und überall hinklebte, wenn wir uns küssten. Noch Monate nachdem wir uns getrennt hatten, fand ich getrocknete Kaugummireste unter den Möbeln. Seltsam, was einem in solchen Momenten in den Sinn kam. An Nadja hatte ich seit Jahren nicht mehr gedacht.

»Roland übernimmt deine Schicht auf dem Wagen. Komm erst mal zur Ruhe.«

»Danke.«

»Soll ich bei dir bleiben, bis ich raus muss, oder jemanden schicken?«, fragte sie und legte mir die Hand kurz auf den Oberschenkel.

»Nein, ich muss alleine sein. Meinen Bruder anrufen und so.«

»Okay. Brauchst du sonst was?«

»Hast du 'ne Kippe?«

»Klar doch.« Sie zog eine Schachtel Mentholzigaretten aus ihrer Hosentasche, zündete zwei Zigaretten gleichzeitig an und reichte mir eine davon. Schweigend pafften wir vor uns hin.

»Der Patient ist dein Vater, nicht wahr?«

»Der Patient war mein Vater, richtig.«

»Hast du ihn im Hotelbett gleich erkannt?«

»Hm.«

»Und warum hast du nichts gesagt?«

»Was hätte das geändert? Ihr wärt mir nur unnötig nervös geworden.«

»Benny?«

»Was?«

»Du bist schon ein verdammt tougher Hund.« Sie sah mich von der Seite an. Die geübte Raucherin war mit ihrer Zigarette schon am Ende und drückte sie auf der Bank aus. Ich hatte erst die Hälfte geschafft. Ich legte den Kopf in den Nacken und blies den Rauch langsam hoch in die Luft. Das half, die aufsteigenden Tränen zurückzuhalten.

Marion legte ihren Arm um meine Schulter und drückte mich kurz und kräftig. »Du solltest aber aufhören, immer und überall tough sein zu wollen, das tut dir nicht gut.«

Ich nickte mehrmals wie ein Wackeldackel.

Marion stand auf. »Ich muss mal los. Ruf an, wenn ich dir irgendwie helfen kann, klar?« Dann ging sie langsam zur Notaufnahme zurück.

Mir war plötzlich danach, etwas zu zerstören, meine Wut an einem Gegenstand abzureagieren. Ich drückte meine Kippe auf den unbrennbaren Schuhen aus. Sie hielten der schwachen Hitze der Zigarettenglut mühelos stand. Wie so oft, wenn ich seelisch völlig am Ende war, fielen mir die passenden Liedzeilen dazu ein, *Iris* von den Goo Goo Dolls. Aktuell kämpfte ich heftig gegen die Tränen, die nicht kommen wollten, alles fühlte sich an wie in einem Film, und ich hatte das Gefühl, ich müsste bluten, nur um zu spüren, dass ich noch lebe. Ich wollte nicht, dass die Welt mich so sah, weil mich niemand verstehen würde. Alles um mich herum zerbrach, und ich hätte so gerne gehabt, dass Ricky an meiner Seite war, weil es so unglaublich wichtig für mich war, dass sie mich verstand.

Ich fühlte wie das Handy in meiner Hosentasche vibrierte, und zog es heraus. Mein Herz begann wie wild zu klopfen, als ich einen Absendernamen las, den ich schon so lange nicht

mehr gelesen hatte. Ich öffnete die Nachricht.
02:58 Nachricht von Priscilla
Das tut mir so unendlich leid für Dich, Benny! Ich drück Dich ganz fest und bin in Gedanken bei Dir.

Ich kniff die Augen fest zusammen und fuhr mit der freien Hand durchs Haar. Genau, in Gedanken war sie bei mir und drückte mich virtuell. Ich hätte schreien können vor Enttäuschung und Ärger. Was nützte mir das? Ich hätte ihre Nähe gebraucht, hätte heute Nacht an sie gedrückt einschlafen müssen. Kleines Löffelchen, großes Löffelchen. Zusammengerollt, behütet und beschützt. Der ganze Frust und die Anspannung der letzten Stunden entluden sich, und ich schrie in die Dunkelheit: »Das ist so eine verkackte Scheiße, Ricky!«, und ließ mein Smartphone in weitem Bogen in die Büsche fliegen.

An der Zentralen Annahme saßen ein Wachmann, den ich nicht näher kannte, und Frank, der vorhin die Einlieferung meines Vaters aufgenommen hatte. Er sah auf, als ich mich durch das Fenster beugte.

»Habt ihr mal 'ne Taschenlampe für mich?«

»Klar, haben wir.« Frank reichte mir eine Taschenlampe, die man ebenso gut als Schlagstock hätte verwenden können. »Wiedersehen macht Freude!«

»Du mich auch«, murmelte ich leise. Ich würde nie der beliebteste Mitarbeiter des Monats werden.

Fluchend durchsuchte ich das dichte Buschwerk, in das ich vor wenige Minuten mein Handy geworfen hatte. Nichts zu finden.

Ich hörte hinter mir ein Rascheln und eine Stimme brummen: »Kann ich Ihnen helfen?«

Ich drehte mich um, da stand der Wachmann, der vorhin an der ZA gesessen hatte, mit einer Taschenlampe, die fast doppelt so groß wie meine war. *Freddie Himmelmann* las ich auf seinem Klinikausweis.

»Ich suche mein verdammtes Handy. Ich habe das hier irgendwo verloren.«

»Mitten in den Büschen, so weit weg vom Weg?«

»Ich wollte urinieren und da muss es mir wohl aus der Tasche gefallen sein.«

Mittlerweile stand Freddie, groß und mit viel überflüssigem Fett am Bauch und Kinn, neben mir. »Wenn Sie mir ihre Nummer sagen, rufe ich an, dann hören wir es klingeln. Ist einfacher, als hier auf gut Glück weiter im Dunkeln zu suchen. Ehe noch jemand drauf tritt.«

Ich nannte ihm meine Handynummer, die er mittippte. Es war auch sofort das vertraute *Cocaine* ein ganzes Stück weiter im Buschwerk zu hören. Der Wachmann schlug sich durch das dichte Grünzeug, kehrte mit meinem unversehrten Telefon zurück und drückte es mir in die Hand.

»Vielen Dank.«

»Gern geschehen – und mein Beileid. Wir wussten das vorhin noch nicht, als Sie sich die Taschenlampe geborgt haben.« Er reichte mir die Hand, und ich drückte sie fest.

»Vielen Dank«, wiederholte ich mich.

»Ja, trotzdem sollten Sie in Zukunft vielleicht die Toiletten im Haus aufsuchen, wenn Sie sich erleichtern wollen«, bemerkte er freundlich und ging weiter auf seiner Runde durch die nächtliche Klinik.

Es klingelte lange, ehe mein Bruder an sein Handy ging. Er hatte nur wenige Kilometer entfernt von mir ebenfalls Dienst auf der Inneren Station einer anderen Klinik. Ihm wäre es nie passiert, den eigenen Vater in seinem Erbrochenen zu finden. Mein kleiner Bruder, der später, wenn er nach Hause kam, das Glück hatte, dort einen richtigen Menschen vorzufinden, dem er seine traurige Geschichte erzählen konnte. Später konnte er unter eine warme Decke neben eine Person aus Fleisch und Blut schlüpfen und, wenn er wollte, sogar Verzweiflungssex haben.

Anders als sein großer Bruder, der sich seit Monaten hoffnungslos im Kreis drehte und sich in ein Phantom aus Vorstellungen, Gedanken und Worten verliebt hatte. An deren erstes und einziges Treffen er sich nicht mehr erinnern konnte und die sich weigerte, ihn zu treffen, weil sie sich fürchtete, sich wirklich und nicht nur aus der sicheren Distanz in ihn zu verlieben. Weil sie ihm nicht über den Weg traute, weil sie Angst hatte, er würde sie verletzen und verlassen oder verstoßen. Weil er es nicht fertiggebracht hatte, im vergangenen halben Jahr so viel Vertrauen aufzubauen, dass sie sich zu ihm gehörig fühlte. Zu allem Übel hatte er sie auch noch in einem Streit völlig vergrault, sodass sie selbst beim Tod seines Vaters nicht mehr als einen belanglosen Dreizeiler für ihn übrig gehabt hatte.

Sie hatte mich aufgegabelt, als ich sturzbesoffen und verletzt am Straßenrand saß und mehr als einen versoffenen, überarbeiteten Klinikarzt, der zudem kiffte und dann ausfallend wurde, hatte sie nie in mir gesehen. Das Handy vibrierte erneut, als mein Bruder endlich ranging.

»Auch noch wach, Brüderchen?«, tönte es fröhlich aus dem Lautsprecher. Mein Bruder war immer und jederzeit ein kleiner, gutgelaunter Sonnenschein.

»Hm, ich habe Dienst. Notarztwagen«

»Und jetzt ist dir langweilig, oder was? Ich habe Nachtdienst und wollte mich gerade 'ne Runde aufs Ohr legen. Da hast du aber Glück, dass ich das Handy noch nicht auf lautlos gestellt habe.«

»Nee, nicht langweilig. Ist einiges los gewesen diese Nacht«, meine Stimme klang heiser und brüchig.

»Ist was, du klingst so ernst? Du bist wohl auch nicht mehr ganz frisch, was?«

Ich räusperte mich. »Hm, kann man wohl sagen. Ich hatte gerade einen Suizid im Hotel. Tabletten und Alkohol. Er hat es nicht überlebt. Obwohl wir fast eine Stunde reanimiert haben.«

»Bingo, gewonnen. Ich kann keinen Todesfall verzeichnen. Bei mir lebt alles noch«, lachte Björn. Optisch konnte man uns sehr leicht auseinander halten. Er blond mit blauen Augen, ich dagegen mit dunklem Haar und braunen Augen. Am Telefon war es schon schwieriger, unsere fast identischen Stimmen und unser Lachen auseinander zu halten. Eigentlich konnte das nur unsere Mutter auf Anhieb.

»Benny, wenn alles okay ist, dann schlaf ich noch ein Stündchen. Lass uns die nächste Woche mal was trinken gehen. Oder komm zum Essen vorbei. Pia hat sich neuerdings fürs Kochen begeistert. Ich habe schon vier Kilo zugenommen.«

»Ich denke, wir sehen uns vorher.«

»Das schaff ich unmöglich. Ich habe jeden Tag Nacht- oder Spätdienst, auch am Wochenende.«

»Der Suizid, das war Georg.«

Keiner von uns nannte unseren Vater nach der Scheidung von unserer Mutter, seinem Auszug, seiner zweiten Hochzeit und der Geburt unserer Halbschwester noch Papa.

»Georg? Wie in Georg Brandstätter?«

»Genau.«

»Hör auf!« Björns Stimmung war gerade gekippt.

»Kann ich leider nicht. Das ist nun mal so.«

»Du hast ihn gefunden?«

»Ich wurde zum Einsatz gerufen.«

»Und jetzt?«

»Jetzt ist er tot.«

»Nein, schon klar, ich meine, was passiert jetzt?«

»Beerdigung und so weiter.«

»Auch klar. Oder nicht klar. Ich versteh grad gar nichts mehr. Warum hat sich Papa umgebracht? Ich hab ihn doch getroffen letzte Woche und er hat keinen Ton gesagt. Du hast ihn doch auch gesehen. Wusstest du was, Benny?«

»Mich hat das auch völlig überrascht.«

»Okay, ich muss das erst mal verdauen. Weiß Mama schon Bescheid?«, und nach einer kurzen Pause: »Du hast das ja im Griff.«

»Nichts habe ich im Griff, verdammt noch mal. Mir ist grad unser Vater unter den Händen gestorben.«

»Ja, echt krass. Ist ja der Hammer. Ich begreif das nicht. Halt die Ohren steif, Bruderherz, und sag Bescheid, wegen der Beerdigung und so.«

Typisch Björn, zu denken, der große Bruder packt das alles besser ganz alleine. Ich übernehme die ganze Drecksarbeit und er kommt, wenn alles Unangenehme getan ist. Von ganz tief in mir kam ein langgezogenes Heulen hoch, das ich jedoch nicht raus ließ, sondern in meiner Kehle in ein tiefes Grollen umwandelte, das im Hals wehtat. In diesem Moment spürte ich das vertraute Vibrieren über meinem Herzen.

03:10 Nachricht von Priscilla
Pass auf Dich auf, Benny!

03:11 Nachricht an Ricky Brandstätter
Ich bin es so leid, auf mich selbst aufzupassen! Ich halte das nicht mehr aus! Ich brauch Dich, Ricky, hier und jetzt und morgen und übermorgen. Zum Anfassen. Scheiß auf Telefonate und diese verfickten Nachrichten!

Ich wollte das Handy schon wegstecken, entsperrte es aber noch einmal und tippte:

03:12 Nachricht an Ricky Brandstätter
SCHEISS AUF DICH, RICKY!!!!!!

Ich drückte auf *senden* und kümmerte mich um meinen toten Vater, dessen Tochter und seine Frau noch nichts davon wussten, dass Georg Brandstätter von ihnen gegangen war. Ich würde jetzt alles tun, was man von einem Sohn erwartete, auch wenn ich nie ein guter Sohn gewesen war. Aber jeder bekommt den Sohn, den er verdient. Nicht wahr?

Mein Dienst war um acht zu Ende. Müde von der durchwachten Nacht, in der ich nur zweimal für Minuten eingenickt war, zog ich den schwarzen Anzug an, den ich mir gestern mitgenommen hatte und den ich zuletzt bei Fatimas Hochzeit getragen hatte. Weißes Hemd darunter, schwarze, feinste italienische Anzugschuhe an den Füßen. Was hatte ich in meinem Leben schon Geld ausgegeben für teure Schuhe. Nach meinen Reisen und dem Whisky mein einziges kostspieliges Hobby. Mein Vater hatte immer nur günstige oder reduzierte Modelle gekauft. Er hatte als guter Schwabe an allem gespart. Auch an Gefühlen und Worten. Hatte sich und seiner Umwelt keinen Luxus gegönnt. Das einzige Teure waren seine Autos gewesen, aber das waren immer Firmenwagen für den Herrn Dr. Georg Brandstätter, Vollblutjurist und Geschäftsführer. Geschäfte hatte er führen können, mein Herr Vater, aber Menschen und ein Leben nicht. Da hatte er jämmerlich versagt, mein Erzeuger und Ernährer. Selten bis nie war er mein Vorbild, mein Vertrauter. Ausgerechnet in seinen letzten Minuten auf dieser Erde war ich ihm näher gewesen, als es mir lieb war.

Meine schwarze Krawatte lag noch von der Beerdigung meines Großvaters vor einem Jahr bei meiner Mutter. Sie hatte sich letztendlich doch entschlossen, ihre beiden Söhne zur Beerdigung ihres früheren Mannes zu begleiten, schon alleine wegen der Leute, meinte sie. Ganz die Geschäftsfrau, immer auf ihren guten Ruf im Städtle achtend.

Am Hinterausgang traf ich auf zwei rauchende Kollegen, Chirurgen, mit denen ich früher, als ich noch Anästhesie machte, regelmäßig zu tun gehabt hatte.

»Hey, Benny! Ultraschick! Hochzeit oder Beerdigung?«

»Abi-Abschlussball meiner Freundin!«

Beide pfiffen. »Seit wann stehst du auf Lehrerinnen?«, fragte der eine.

»Schülerin!«, sagte ich und dachte an die Worte des Taxifahrers, der vermutete, ich arbeite als Clown für die krebskranken Kinder. So unrecht hatte der gute Mann gar nicht gehabt. *Ich bin ein Clown und sammle Niederlagen.*

Beide Kollegen lachten und gaben *Thumbs-Up*. Ich winkte zum Abschied, ehe ich ins Auto meines Bruders stieg, der am Straßenrand bereits seit Längerem warten musste.

»Scheiße, Benny, kannst du nicht mal zur Beerdigung deines Vaters pünktlich kommen?«, stauchte er mich zusammen und fuhr mit quietschenden Reifen los. »Jetzt muss ich fahren wie ein Henker.«

Mein Bruder machte sein Versprechen wahr. Er wäre auch so gerast, wenn wir nicht zu spät dran gewesen wären. Er würde erst vernünftig fahren, wenn später unsere Mutter zugestiegen war. In Anwesenheit von Mama mutierte Björn stets zum Vorzeigesohn. Während Benny immer und ewig das schwierige Kind war, das nie mit den anderen spielen wollte, Tobsuchtsanfälle bekam, wenn man ihn dazu zwang, weil er lieber in seinem Zimmer lesen, Musik hören oder auf der Gitarre klimpern und dazu singen wollte.

Während der Fahrt erzählte Björn launige Anekdoten von seinem Arbeitsplatz, dem St. Josephs-Krankenhaus am anderen Ende der Stadt. Ich hörte nur mit einem Ohr zu. Sagen musste man bei Björns ewigen Monologen sowieso nichts. Ich warf einen Blick auf mein Smartphone. Noch immer keine Nachricht von Ricky. Seit meinem Ausraster nach Papas Tod herrschte wieder Funkstille. Ich schien sie zum zweiten Mal verloren zu haben und fühlte mich wie amputiert. Nun kümmerte sich kein Mensch mehr um mich. Eigentlich hätte diese Woche mein Praktikum bei Ricky auf Mallorca anfangen sollen. Daraus würde wohl auch nichts mehr werden. Fangen wir mal wieder von ganz vorne an, Brandstätter. *Desperado, you better find someone to love you before it's too late.*

Meine Mutter stand in ihrem Laden hinterm Tresen, wie sie dies tat, seitdem ich denken konnte. Als Kind hatte ich oft hier auf dem Boden allein mit meinen *Lego* oder *Playmobilfiguren* gespielt oder eine der Angestellten genötigt, *Memory* mit mir zu spielen. Manchmal beriet ich Kundinnen, die das ganz entzückend fanden, wenn ein Dreijähriger mit leichtem Sprachfehler über Merino- oder Alpakawolle fachsimpelte und Sätze sagte wie: »Grün find is söner als blau.« Wie oft war dann ein Eis oder eine andere Süßigkeit für Klein-Benny herausgesprungen. Wahrscheinlich wurde bereits hier der Grundstein für meinen späteren Erfolg beim weiblichen Geschlecht gelegt, in einem Handarbeitsladen in der schwäbischen Provinz. Früh übt sich, was ein Frauenheld werden will.

Meine Mutter, in einem todschicken Leinenkleid ganz in Schwarz, einer Farbe, die ihr ausgezeichnet stand, beriet noch eine Stammkundin. Sie erzählte wie nebenbei vom Tod ihres Exmannes und begrüßte uns erst richtig, als die Kundin gezahlt hatte. Was heißt richtig. Wäre es richtig gewesen, ihre erwachsenen Söhne in den Arm zu nehmen, angesichts des Anlasses? Die alte Familientradition, dass man sich nicht allzu sehr berührte, über Bord zu werfen? Sollte ich damit als Erster brechen und mich meiner Mutter in meinem achtunddreißigsten Lebensjahr an den Hals werfen und schluchzend in ihr Haar weinen? Mir war danach mich in irgendjemandes Haar heulend zu vergraben.

Nachdem sie ihrer Verkäuferin Instruktionen gegeben hatte, hakte sie sich bei meinem kleinen Bruder, ihrem ewigen Liebling, unter, und Benny lief, wie vor Jahr und Tag, hinterher.

Im Auto saß sie vorne neben Björn und ich nahm hinten

Platz. Immer noch keine Nachricht von Ricky. Hätte ich sie anrufen sollen? Einfach einen weiteren Schritt auf sie zugehen? Obwohl sie mich seit Monaten auf sichere Distanz gehalten hatte? Mich entschuldigen? Wofür? Schließlich hatte sie mich belogen, mir wesentliche Informationen vorenthalten. Schließlich war *mein* Vater gestorben, unter *meiner* Aufsicht. Aber auch das wusste sie nicht; hatte sich mit keinem Wort über die Umstände seines Todes erkundigt. *Pass auf Dich auf, Benny!* Famous last words wie aus dem Lehrbuch.

Eine Rückfrage beim Hausarzt meines Vaters hatte mir die Erklärung dafür gegeben, warum sich Georg umgebracht hatte. Es war Bauchspeicheldrüsenkrebs in einem inkurablen Stadium bei ihm diagnostiziert worden. Letztendlich wäre ihm nur noch wenig Zeit geblieben, die er mit einer qualvollen Chemotherapie hätte kurzfristig verlängern können, was er aber strikt abgelehnt hatte. Stattdessen hatte er sich nach einem Besuch bei seinem Onkologen an einer Stuttgarter Klinik, die er so herausgesucht hatte, dass er nicht in die Verlegenheit kam, einem seiner Söhne über den Weg zu laufen, ein Hotelzimmer genommen. Mit einer Überdosis der Betablocker, die er schon seit vielen Jahren brauchte, und einer Flasche Cognac hatte er den Zeitpunkt seines Todes selbst gewählt. Sicher lag dahinter die Absicht, nicht in seinem Haus von seiner Frau oder seiner minderjährigen Tochter gefunden zu werden. Damit, dass sein ältester Sohn in der Nacht als Notarzt unterwegs war, hatte er wohl nie gerechnet. Einer der vielen seltsamen Zufälle in letzter Zeit.

Der Friedhofsparkplatz war bereits ziemlich voll, als Björn seinen 3er BMW hineinlenkte. Er hielt ohne zu zögern auf einem *Reserviert für Geistliche* ausgeschilderten Stellplatz direkt am Eingang.

Nachdem wir ausgestiegen waren, holte unsere Mutter zwei schwarze Krawatten aus ihrer Handtasche, drückte mir eine in die Hand und band die zweite meinem Bruder mit den Worten um: »Du musst das auch mal lernen, Björnie. Ich kann ja nicht überall sein.«

Ich band mir wortlos meine Krawatte um und ging hinter meiner Mutter und meinem Bruder den gekiesten Weg zu der kleinen Friedhofskapelle, in der ich schon vor einem Jahr gewesen war, als mein Opa Herbert hier beigesetzt worden war. Schon damals hatte mein Bruder sich seine Krawatte nicht binden können und er hatte es im vergangenen Jahr nicht gelernt. Brauchte er auch nicht. Für Björn würde immer eine Frau da sein, die ihm dabei half, sein Leben zu meistern.

Sabine, die zweite Frau meines Vaters und meine Stiefmutter, die nur vier Jahre älter war als ich, hatte alle Formalitäten mit dem Bestatter erledigt. Wir hatten nichts zu tun, als das fertige Produkt zu betrachten. Zu dritt gingen wir die wenigen Schritte bis vor den Sarg und hielten einen Moment inne. Meine Mutter schlüpfte sofort in die zweite Reihe und setzte sich, die Augen mittlerweile hinter einer riesigen schwarzen Sonnenbrille versteckt. Puck, die Stubenfliege, fiel mir dazu ein. Unter normalen Umständen hätte ich sie damit geneckt, heute schwieg ich betreten. Benny Brandstätter, vorübergehend außer Betrieb.

Björn und ich gingen auf unsere Stiefmutter zu, die neben Iris, unserer Halbschwester in der ersten Reihe saß und aufgestanden war, als sie uns hatte kommen sehen. Sabine war zweifellos eine sehr hübsche Frau mit ihrer modischen Kurzhaarfrisur, den blonden Strähnchen und den strahlend blauen Augen, die heute rot und verheult waren. Der Gegenentwurf zu meiner Mutter mit dunkelbraunen Haaren und Augen. Sabine reichte Björn die Hand, drückte mich dagegen fest an sich und gab mir einen Kuss auf die Wange. Ihre Wangen waren feucht vor Tränen. Endlich mal jemand, der mich Björn vorzog. Iris ignorierte uns trotzig, wie sie dies seit siebzehn Jahren tat. Sie sah mir ähnlich mit ihren geraden Augenbrauen, den dunklen Augen und Teint, der trotzig vorgeschobenen Unterlippe und dem Grübchen im Kinn. Die Verwandtschaft war nicht zu leugnen.

Sabine kramte schniefend in ihrer Handtasche und holte statt des erwarteten Taschentuchs eine kleine, rote Schmuckschatulle heraus, die sie mir in die Hand drückte. »Dein Vater wollte, dass ich dir das gebe. Das bekommt immer der älteste Brandstätter. Das stand in seinem Abschiedsbrief.«

Bei der Erwähnung des Abschiedsbriefs, den Georg vom Hotel per Post aus an sie geschickt hatte und der zwei Tage nach seinem Tod bei ihr eingetroffen war, übermannte Sabine der Kummer. Sie begann wieder heftig zu weinen und setzte sich neben ihre Tochter.

Ich öffnete das Kästchen und sah den Siegelring, den mein Vater immer am kleinen Finger seiner rechten Hand getragen hatte, wie schon sein Vater vor ihm. Ich steckte die Schatulle in meine Anzugtasche.

»Setzt euch hier neben uns«, forderte Sabine uns auf. Wir nahmen beide Platz und harrten der Dinge, die da noch kommen sollten.

Auf dem hellen Eichensarg lag ein großes, herzförmiges Bukett mit weißen Rosen und Lilien. Direkt daneben standen zwei Kränze, einer mit roten Rosen von Sabine und Iris und einer mit gelben Blumen von Björn und mir. Meine Mutter hatte sich darum gekümmert. Ich hatte vergessen, ihr zu sagen, dass ich gelbe Blumen hasste. Sie dagegen liebte sie.

Björn gingen die Blumen am Arsch vorbei. Er sah immer wieder auf sein Smartphone und auf einen tadelnden Blick von mir und später auch von Sabine, erklärte er pflichtschuldigst: »Probleme mit dem Dienstplan.«

Das ging so, bis ihn endlich unsere Mutter von hinten anstupste und flüsterte: »Kind, was sollen die Leute denken.« Dann steckte er das Ding ein für alle Mal weg. *His mother's voice!*

Während vom Band lauter erbauliche Lieder liefen, füllte sich die kleine Kapelle mit mehr Menschen, als ich erwartet hatte. Anscheinend war mein ungeselliger Vater in seinem zweiten Leben nach uns doch umgänglicher geworden. Oder, was wahrscheinlicher war, Sabine hatte alles mobilisiert, um nicht alleine dasitzen zu müssen. Außer uns hatte mein Vater keine näheren Angehörigen. Sein älterer Bruder Philip war als Kind an einer Lungenentzündung gestorben, wie Oma Ruth unter Tränen bei jeder Gelegenheit zu erwähnen pflegte und weswegen sowohl Björn als auch ich sommers wie winters immer zu warm angezogen waren, wenn wir bei unseren Großeltern zu Besuch waren. Ein zweites Mal würde kein Kind, das sich in der Obhut von Ruth Brandstätter befand, an einer Lungenentzündung sterben.

Somit waren mein Bruder und ich die letzten lebenden Brandstätter. An uns lag es, ob eine alte Dynastie von Bauern aus Oberschlesien weiter existierte und der Name weitergegeben wurde. Ich holte den Siegelring aus der Anzugtasche und probierte ihn an. Er saß perfekt am kleinen Finger. Ich beschloss, ihn für die Dauer der Beerdigung zu tragen, als Hommage an meine männlichen Vorfahren, die in meinem Alter bereits alle mehrfach Väter gewesen waren.

Immer wieder blieben mir fremde Menschen am Sarg stehen, kamen zu uns herüber, gaben uns die Hand und drückten ihr Beileid aus, mit dem ich nichts anfangen konnte, aber es gehörte sich wohl so.

Eine ältere Dame mit schlohweißem Haar und Stock, versicherte beim Kondolieren: »Sie sind Ihrem Vater wie aus dem Gesicht geschnitten, junger Mann.« Sie tätschelte fürsorglich meine Wange und stolzierte von dannen.

Ich versuchte, den dicken Kloß in meinem Hals herunterzuschlucken und drehte unaufhörlich an meinem Ring.

Sabine beugte sich über meinen Bruder zu mir herüber,

drückte meine Hand und erklärte: »Das war Frau Zehner, die Mutter von Ulli.«

Wer immer Ulli war. Das Leben meines Vaters war ein Buch mit sieben Siegeln für mich, Ähnlichkeit hin oder her. Ich versuchte, Bilder aufzurufen aus der Zeit, als mein Vater noch bei uns wohnte, Bilder, auf denen er lachte, wir alle lachten. Aber mir fielen keine ein. Ich sah immer nur diesen schweigsamen Mann vor dem Fernseher oder am Steuer eines seiner großen Firmenwagen, auf die er so stolz war, sitzen, rauchend und trinkend und seine Familie um ihn herum ignorierend. Er hatte mit seinen Einkünften für meine Nahrung, Unterkunft, Schuldbildung gesorgt. Während meines Studiums hatte er mir freiwillig monatlich eine gewisse Summe Geld überwiesen. Es hatte ihn dafür nie interessiert, was ich tagtäglich machte. Ich gehörte nicht hierher. Ich wollte hier raus. Mich in meiner Wohnung verkriechen, sämtliche Spiegel abdecken, damit ich das Ebenbild meines Vaters nicht sehen musste, einen Joint rauchen und allen Mut zusammen nehmen und Ricky anrufen und endlich wieder ihre Stimme und ihr Lachen hören. Wie sehr hatte ich das vermisst in den letzten Wochen. Dann würde ich ins Bett zu Clapton kriechen und zwei Tage lang nur schlafen.

Vom Band kam jetzt eine andere traurige Melodie, meine Halbschwester kaute auf einer Haarsträhne und Sabine öffnete eine neue Packung Taschentücher. Ich wollte für mich keine triste Trauerfeier. Ich wollte ein Freudenfest mit fröhlichen Menschen, die mein vergangenes Leben feierten. Ich wollte eine Sektpyramide über meinem Sarg und bunte Blumen und Freunde, die wilde Stories über mich erzählten und lachten, weil sie sich freuten, mich gekannt zu haben. Wenn die Nacht gekommen war und alle müde und heiser vom Feiern und Singen und Tanzen waren und besoffen, weil sie meinen Weinkeller und meine Whiskyvorräte leer getrunken hatten, sollten sie meinen Körper auf mein Segelboot legen, es anzünden und es aufs offene Meer hinaustreiben lassen.

Was für ein unvergesslicher Anblick, wenn die Flammen schließlich die Segel erreichten und an ihnen hochzüngelten.

Die nächste Melodie, die die Stille in der Kapelle erträglich machen sollte, kannte ich von irgendwoher und spontan fiel mir eine Textzeile dazu ein. *Herr, deine Liebe ist wie Gras und Ufer, wie Wind und Weite und wie ein Zuhaus.* Irgendwann gehört, vergessen, aber bei passender Gelegenheit wieder abrufbar. Wunderschöne Melodie. Ich musste erneut an Ricky denken und wie ihre wohltuende Liebe für mich spürbar war. Wie sie mir trotz der Entfernung Halt und Trost war, mich aus so manchem tiefen Tal geholt und ganz oben auf den Berg gelenkt hatte, wo es schön war und ich wieder Ausblick hatte. Das war uns beiden wichtig, ein Zuhause mit Aussicht. Wie oft hatten wir darüber Witze gemacht. Scheiße, ich wurde sentimental. Ich war dabei, die Beisetzung meines Vaters in eine Trauerfeier für eine Beziehung umzufunktionieren, die eigentlich nie eine richtige gewesen war und die mir dennoch so viel gebracht hatte. Bis ich sie geschreddert hatte.

Musik war seit meiner frühesten Kindheit mein zuverlässiger Seelentröster und meine Zuflucht gewesen, wenn die Welt um mich herum nicht besonders schön oder einladend war. Wie oft hatte ich schon Balladen gesungen, um den richtigen Herzschmerz zu übertönen. John Miles hatte recht, Musik war meine erste Liebe gewesen und würde vermutlich auch meine Letzte sein, und sie hatte mir in schweren Zeiten immer geholfen. Um mir den Rest zu geben, intonierte ich im Kopf *We had it all,* die Ballade, die für Ricky stand. *It was so good, when I was your man.*

Endlich löste sich der drückende Kloß in meinem Hals auf und dicke Tränen rannen heiß meine Wangen hinunter.

Björn warf mir von der Seite einen Blick zu und raunte: »Hey, Mann, geht's noch?«

Meine Mutter reichte mir von hinten wortlos ein weißes, gebügeltes Stofftaschentuch mit Häkelspitze und ihrem Monogramm *SB* bestickt. *SB*, Rickys und meine Abkürzung für Selbstbefriedigung, einer unserer *running gags* wie Hunderte andere. Um meinen Vater hatte ich nicht weinen können, sein Tod machte mich lediglich ärgerlich und ratlos. Der Verlust meiner Seelenverwandten ließ mich tieftraurig und leer zurück. Ich würde mich auf der Trauerfeier sinnvoll betrinken, beschloss ich. Wieder fielen mir, wie zu mittlerweile jedem Thema, passende Worte von Ricky ein. Noch vor wenigen Wochen hatte ich darüber gejammert, dass ich wohl als Alkoholiker enden würde, wenn wir weiter endlose nächtliche Telefonate führten, während denen ich jedes Mal eine Flasche Rotwein leerte und Whisky hinterherschüttete.

Ricky hatte mir entgegnet: »Ich schreib dann deinen Nachruf: Er war ein belesener, hochprozentiger Freigeist.«

Ich erwiderte, dass ich in dem Fall selbstverständlich weiter trinken würde. Die Erinnerung an Ricky, endlos, ohne Maß.

Im Gang der Kapelle war plötzlich der energische, melodische Schritt einer Frau mit Absätzen zu hören. Sehr ungewöhnlich, bislang waren alle Beerdigungsbesucher beinahe lautlos dahergeschlichen. Ein ganz eigener Takt. Björn drehte sich um und beobachtete die Frau, schien sie aber nicht zu kennen. Er drehte sich zurück und starrte wie zuvor auf seine gefalteten Hände, wie ich das auch tat. Den Ring zu drehen, hatte was mantramäßiges. Vielleicht würde ich ihn doch öfter tragen. Den geschmückten Sarg mit der Leiche unseres Erzeugers konnte und wollte ich nicht länger ansehen.

Der Takt wurde kurz unterbrochen, wohl um vor dem Sarg innezuhalten. Der rhythmische Takt. Irgendwann hatte ich den Satz schon gehört. Mir fiel es wie Schuppen von den Augen. Das waren Dobros Worte im Januar gewesen, als er mir die Frau beschrieben hatte, die morgens in aller Frühe unser Haus verlassen hatte. »*Die Dame mit dem rhythmischen Schritt.*« Rickys scherzhafter Kommentar, als ich ihr das erzählt hatte: »*Tja, Elvis, ich hab ein Klangbild im Schritt.*« Wie ich mir das bildlich vorgestellt hatte am Telefon und wir uns zusammen krank darüber gelacht hatten. Zwei Idioten, eine Meinung.

Ich riss meinen Kopf hoch und sah zu der schlanken Frau hinüber, die vor Papas Sarg mit gesenktem Kopf stand, das Gesicht vom langen Haar verdeckt. Ich wusste sofort, zu wem die schmalen Fesseln und das volle, dunkelblonde Haar gehörten. Da stand der Traum der letzten Monate in live und Farbe nur wenige Schritte entfernt von mir. Ich erhob mich langsam und die Frau drehte sich zu mir um. Sie hatte die Sonnenbrille hoch ins Haar geschoben. Ich sah das Gesicht, das ich von so vielen Fotos kannte, das erste Mal in Bewegung. Wie in Zeitlupe zauberte sie ein Lächeln andeutungsweise hervor und ging die paar Schritte auf mich zu. Unsere Blicke waren förmlich ineinander verhakt. Sie hatte nicht nur akustisch, sondern auch optisch eine ganz eigene Art zu gehen, typisch für minimal unterschiedlich lange Beine, wie der Mediziner sofort bemerkte. Schließlich stand sie leibhaftig vor mir, die kleine Hexe, und ich sah nur noch zwei olivgrüne Augen mit goldenen Sprenkeln unter langen, schwarzen Wimpern und diesen markanten, dichten Brauen, wie Vogelschwingen über den Augen.

Ich musste unter Tränen lächeln und flüsterte: »Scheiße ...«

Schließlich kam aus diesem unbekannten Mund die seit Monaten geliebte, erotischste Stimme der Welt: »Brandstätter, was ist denn das verdammt noch mal für eine Begrüßung?«

Dann fielen wir uns gegenseitig in die Arme. Dank der hohen Absätze war Ricky genauso groß wie ich. Ich spürte ihre Wange an meiner, ihre weichen Brüste an meiner Brust. Ich sog tief ihren süßen Geruch nach Sonne ein, drückte sie mit aller Kraft an mich, als wäre ich am Versinken im Eismeer und sie die rettende Eisscholle.

Ich vergrub meine Nase tief in ihrem seidenweichen Haar

und flüsterte in ihr Ohr: »Ich hab dich so schrecklich vermisst!«

Das galt nicht nur für die letzte Zeit, in der wir keinerlei Kontakt gehabt hatten, sondern auch für die vielen Monate zuvor, wo ich ihr so nahe gestanden hatte, sie aber so weit weg von mir war. Unerreichbar weit, wie es mir manchmal schien.

»Dito«, kam es zurück.

Wieder liefen mir die Tränen über die Wangen und in Rickys Haar. Ich ließ sie los und wischte ungeschickt über die nasse Stelle weg. »Entschuldigung. Jetzt habe ich auch noch deine Frisur ruiniert.«

Meine Traumfrau schüttelte lachend mit dem Kopf, ebenfalls Pfützchen in den Augen, wie sie immer so schön gesagt hatte. Ich konnte die Pfützchen mit eigenen Augen sehen und musste nicht von Schilderungen und meiner Vorstellung leben.

Ricky beugte sich vor und flüsterte mir ins Ohr: »Wurde auch Zeit. Schließlich warte ich schon seit einem halben Jahr, dass du mir die Frisur ruinierst, wie angekündigt.«

Es war der Wahnsinn! Ich konnte Rickys Stimme nicht mehr nur hören, sondern ihre Lippen warm und lebendig an meinem Ohr fühlen. Ihre Wimpern kitzelten meine Wangen. Ich spürte Ricky tatsächlich. Dann löste sie sich von mir und betrachtete lächelnd mein Gesicht, legte ihre Handfläche an meine Wange und fuhr zärtlich mit dem Daumen über die feine Narbe an meiner Stirn.

»Das haben wir gut hinbekommen, Elvis.«

Ich lachte. Von diesem Humor würde ich nie im Leben genug bekommen.

Sie ging zur Seite und gab meinem Bruder die Hand: »Mein Beileid.«

Mein Bruder sah mich fragend von der Seite an, als Ricky Sabine kondolierte. Meine Mutter zuppelte ungeduldig wie ein kleines Kind von hinten an meiner Anzugjacke. Ich ignorierte beide, weil ich Ricky einfach nicht mehr aus den Augen lassen wollte.

Schließlich kam sie wieder zu mir und meinte: »Ich setz mich da nach hinten. Bis später.«

»Nein, nicht weggehen. Bitte bleib. Bitte.« Dabei nahm ich ihre Hand und zog sie auf den freien Stuhl neben mir und verschränkte ihre Finger mit meinen. Ich fühlte ihre warme Hand lebendig in meiner eiskalten Hand. Mit der anderen Hand fuhr ich über die Narbe an meiner Stirn. Jupp, das haben wir verdammt gut hinbekommen. Die Beerdigung meines Vaters, absurderweise der schönste Moment in meinem bisherigen Leben.

Am Ende wird alles gut!
Und wenn es nicht gut ist, ist es nicht das Ende!

Oscar Wilde